월든

월든

펴 낸 날 | 2023년 6월 1일 개정판 1쇄

지 은 이 | 헨리 데이비드 소로
옮 긴 이 | 한기찬
펴 낸 이 | 이태권

책임편집 | 윤주영
북디자인 | 고현정
펴 낸 곳 | 소담출판사
             서울특별시 성북구 성북로5길 12 소담빌딩 301호 (우)02880
             전화 | 02-745-8566   팩스 | 02-747-3238
             등록번호 | 1979년 11월 14일 제2-42호
             e-mail | sodambooks@naver.com
             홈페이지 | www.dreamsodam.co.kr

ISBN   979-11-6027-308-3 (03840)

WALDEN

월 든

헨리 데이비드 소로 지음

한기찬 옮김

소담출판사

Contents

WALDEN

차례

■ 일러두기

1. 작품 속의 각주는 모두 미국과 프랑스에서 나온, 다섯 가지의 각기 다른 『월든』의 각주본들과 기타 수많은 자료들을 참조하여 역자가 작성한 것들입니다. 그러나 책 읽기의 흐름을 방해하지 않기 위하여 가급적 각주의 수를 줄이려고 노력했습니다.

2. 원저자는 길이의 단위인 인치, 피트, 마일 이외에 라드를 사용했습니다. 라드는 한국의 독자에게는 생소하므로 역자는 이것을 미터로 환원하여 번역했습니다.

"I do not propose to write an ode to dejection, but to brag as lustily as chanticleer in the morning,standing on his roost, if only to wake my neighbors up."

— from the title page of Walden's first edition.

소로의 첫 번째 이야기

삶의 경제학
ECONOMY

Walden

내가 다음 글을, 아니 이 책을 썼을 때 나는 인가로부터 멀리 떨어진 숲 속에 내 손으로 지은 집에서 혼자 살았다. 그곳은 매사추세츠주의 콩코드에 있는 월든 호숫가였다. 나는 그때 오로지 내 두 손의 노동만으로 생계를 유지했다. 내가 그곳에 산 것은 2년 2개월 동안이었다. 지금 나는 다시 문명의 세계로 돌아와 있다.

도회지 사람들이 내 생활방식에 대해 이런저런 질문을 하지 않았더라면 이렇게 독자들에게 내 일을 구구하게 늘어놓지는 않았을 것이다. 어떤 이들은 이 일을 주제넘은 짓이라고 할지 모르지만 내가 보기엔 결코 주제넘은 짓이 아니라 주어진 상황을 고려할 때 아주 자연스럽고 적절했던 것 같다. 사람들은 내가 무엇을 먹고 살았는지, 외롭지는 않았는지, 무서웠는지 등등에 대해서 물어보았다. 또는 내 수입에서 얼마나 자선의 목적에 썼는지를 알고 싶어한 사람들도 있었다. 또 대가족을 거느린 어떤 이는 내가 가엾은 아이들을 얼마나 부양했는지에 대해서 묻기도 했다. 따라서 내게 별로 관심이 없는 독자들에게는 내가 이 책에서 그런 몇몇 질문에 대답한 것에 대해 미리 양해를 구해야겠다.

대부분의 책에는 일인칭 대명사 '나'를 쓰지 않지만 이 책에서는 계속 쓰일 것이다. 이 점은 자기 본위라는 관점에서 볼 때 중요한 차이를 낳는다. 우리는 흔히, 사정이 어떻든 간에 글 속의 화자는 반드시 일인칭이라는 사실을 망각하고 있다. 나 자신만큼 나를 잘 아는 사람이 나 말고 또 있다면 나는 나에 대해 그렇게 많은 말을 하지 않았을 것이다. 유감스럽게도 나는 이 책의 주제를 나의 경험이라는 협소한 범위에 한정시켰다. 뿐만 아니라 나는 모든 작가들에게도 남의 삶에 대해 들은 얘기만 할 것이 아니라 자신의 삶에 대해 단순하면서도 진지한 이야기를 하도록 당부하는 바이다. 고향에서 멀리 떠나 집안사람들에게 보낼 법한 그런 이야기 말이다. 그의 삶이 성실했다면 그런 이야기는 분명 먼 타향에서나 써 보내게 마련일 테니까. 다음 글은 누구보다도 가난한 학생들을 위해 씌어졌다고 할 수 있다. 다른 독자들의 경우는 자신에게 해당되는 부분만 받아들여도 좋을 것이다. 옷을 입으면서 솔기를 늘여 가면서까지 입을 사람은 없을 것이다. 그 옷은 몸에 맞는 사람에게나 유용할 테니까 말이다.

내가 하려는 이야기는 중국인이나 하와이 주민들에 관한 것이 아니라 바로 지금 이 글을 읽고 있는 당신, 뉴잉글랜드에 살고 있는 주민과 관련된 이야기다. 당신의 형편, 특히 외부 조건이나 이 마을 또는 이 세상에 처한 상황에 대한 이야기로서, 그것이 실제로 지금처럼 그토록 열악할 필요가 있는지, 그러지 않을 수는 없는지, 또는 혹시라도 개선될 수는 없겠는지에 대해 말하고자 한다. 나는 콩코드 이곳저곳을 적지 않게 다녀보았는데, 상점이나 관청이나 밭 어디에서나 이곳 주민들은 수많은 독특한 방식으로 고행하고 있는 듯이 보였다.

브라만의 승려들은 네 개의 불길 속에서 태양을 똑바로 쳐다보거나, 아니면 불꽃 위에 거꾸로 매달려 있거나, '물 이외에는 어떤 음식도 넘길 수 없을 정도로 목이 비틀어진 채 다시는 제자리로 돌아올 수 없게 되도록' 어깨 너머로 하늘을 쳐다보거나, 평생을 나무 밑에서 사슬에 묶인 채 살거나, 흡사 쐐기벌레처럼 자신의 몸으로 광활한 왕국이 얼마나 넓은지 재보거나, 기둥 꼭대기에 외다리로 서 있기도 한다는데, 이런 의식적인 온갖 고행들조차 내가 매일같이 목격하는 광경들에 비해 유난히 믿을 수 없거나 더 놀라운 것이라고 할 수 없다. 헤라클레스의 열두 가지 노동[1]도 나의 이웃들이 수행하는 일상사에 비하면 하찮을 정도다. 왜냐하면 헤라클레스는 열두 가지만 끝내면 됐지만, 나의 이웃들이 어떤 괴물이든 죽이거나 사로잡아서 한 가지라도 노동을 완수하는 경우는 본 적이 없기 때문이다. 이들에게는 벌겋게 단 인두로 히드라의 머리를 지졌던 이올라우스[2] 같은 친구도 없어서, 머리 하나를 없애는 순간 곧장 머리 두 개가 솟아 나왔다.

　나는 우리 마을 젊은이들의 불행은 농장과 가옥, 헛간, 가축, 농기구들을 유산으로 물려받는 데서 싹튼다고 생각한다. 그런 물건들을 얻으면 여간해서는 없애버리기 어렵기 때문이다. 차라리 드넓은 초원에서 태어나 이리 젖을 먹고 자라는 편이 훨씬 더 나았

1　헤라클레스의 열두 가지 노동 - 헤라클레스가 제우스의 질투심 많은 아내 헤라의 계략으로 에우리스테오스의 신하가 되어 치러야 했던 노동.

2　이올라우스 - 헤라클레스의 조카이며 그의 두 번째 과업에 수행했던 조수.

을 것인데, 그랬다면 자신들이 노동을 바쳐야 할 밭이라는 것의 실체를 좀 더 똑똑히 볼 수 있었을지도 모를 일이다. 누가 그들을 흙의 노예로 만들었을까? 인간이란 원래 한 줌의 육신을 소모시키면 그만인데 어째서 60에이커나 되는 땅을 부려야 한단 말인가? 어쩌자고 태어나는 그 순간 무덤을 파기 시작한단 말인가? 인간은 이 모든 것들을 내치고 인간다운 삶을 영위해야만 한다. 그럼으로써 가능한 한 훌륭한 삶을 영위해야만 하는 것이다. 자신의 짐에 짓눌려 숨이 막힌 채 75×40피트짜리 헛간과 한 번도 청소해 본 적이 없는 불결한 마구간, 100에이커의 땅과 경작지, 건초지, 초원, 식림지 사이로 그 짐을 끌며 삶의 행로를 기어가다시피 하는 가엾은 불멸의 영혼이 얼마나 많은지 모른다! 이런 불필요한 유산 때문에 사투를 벌일 필요가 없는 무산자들은 한 줌밖에 안 될 육신을 다스리고 교화시키는 일도 이미 중노동으로 여기는 마당에 말이다.

하지만 사람들이 이렇게 고생을 하는 것은 모두 그릇된 생각 때문이다. 우리의 육신 대부분은 이내 흙에 묻혀 퇴비로 화한다. 흔히 필연이라고 부르는 허울 좋은 운명에 속아, 어느 고서(古書)[3]에서 말하듯 좀먹고 녹슬며 도둑이 들어와 훔쳐가고 말 재물을 축적하느라 자신의 삶을 소진하고 만다. 삶을 마감할 때나 돼서

---

3   어느 고서(古書) - 성서를 가리킴, 「마태복음」 6:19.

야 겨우 알게 되겠지만 이것이야말로 어리석은 삶이다. 인간은 데우칼리온과 피라[4]가 등 뒤로 돌을 던져 창조한 것이라고 하지 않는가.

"Inde genus durum sumus, experiensque laborum,
Et documenta damus qua simus origine nati."[5]

롤리[6]는 위의 시를 다음과 같은 격조 높은 언어로 옮겼다.

"그로부터 우리 인간은 고통과 근심을 감내하는 돌의 심장을 가졌으니, 이는 우리의 육신이 돌의 본성을 지녔음을 보여주는 것이다."

돌을 등 뒤로 집어던지고는 어디에 떨어지는지 보지도 않은 어설픈 신탁의 맹목적인 추종에 대해선 이 정도로 해두자.

비교적 자유롭다는 이 나라에서도 대부분의 사람들은 단순한 무지와 오해 때문에 있지도 않은 근심을 하고 필요 이상으로 거

---

4 데우칼리온과 피라 – 둘 다 신화 속의 인물. 데우칼리온은 프로메테우스의 인간 아들, 피라는 데우칼리온의 부인. 제우스의 명으로 돌을 던져 인간을 창조함.

5 오비드의 시구, BC.43~AD.7.

6 롤리 – 월터 롤리 경(1552~1618). 오비드 번역자.

친 삶의 노고에 너무 골몰한 나머지 보다 감미로운 삶의 열매를 맛보지 못하고 있다. 지나친 노동에 시달려온 그들의 손은 삶의 열매를 잡기에는 너무 무디고 떨리는 것이다. 실제로 노동하는 이들은 매일매일의 참된 고결함을 구할 여유가 없다. 다른 사람들과 인간다운 관계조차 유지할 수가 없는데, 그랬다가는 그의 노동은 시장에서 값이 떨어지고 말 것이다. 그는 기계 이외에 그 어떤 것도 될 짬이 없다. 자신의 지식을 그토록 자주 써먹어야 하는 그가 어떻게 자신이 무지하다는 사실을 상기할 수 있겠는가? 무지를 깨닫는 일이야말로 그가 성장하는 데 꼭 필요한 일인데 말이다. 우리가 그런 인간을 제대로 평가하려면 먼저 이따금씩이나마 그에게 무상으로 먹을 음식과 입을 옷을 주고 강장제로 원기를 돋워주어야 한다. 인간 본성 중에서 가장 훌륭한 속성은 열매를 얻기 위해 꽃을 잘 가꿔주어야 하듯 아주 세심하게 다루어주어야만 보존될 수 있는 것이다. 그러나 우리는 다른 이들은 물론, 우리 자신까지도 그렇게 애정 어린 손길로 대하지 않는다.

우리 중에는 가난한 이도 있고 살기 힘겨운 이도 있고 실제로 숨쉬기조차 어려운 이도 있다. 이것은 우리 모두가 알고 있는 사실이다. 자신이 먹어치운 밥값도 내지 못하거나 다 낡은 옷과 구두를 살 돈이 없음에도 빚쟁이에게서 빌리거나 훔친 시간으로 지금 이 글을 읽고 있는 이들도 분명 있을 것이다. 여러분 중 많은 이들이 분명 초라하며 천한 삶을 영위하고 있을 것이다. 온갖 경험으로 연마된 내 눈에는 그것이 보인다. 계속 일을 해야만 빚을 탕감할 수 있는 아슬아슬한 선상에 있는 것이다. 그것은 실로 예로부터 있어 왔던 수렁으로, 놋쇠로 돈을 만들어 썼던 고대 로마인들은 그것을 '남의 놋쇠(aes alienum)'라고 불렀다. 지금도 여전히 이 '남의 놋쇠'에 얽매여 살다 죽어 땅에 묻히고 있다. 늘 빚을 갚겠다고, 내일은 꼭 갚겠다고 약속하다가 내일이 되기도 전에 파산자가 되어 죽고 마는 것이다. 입에 발린 소리를 늘어놓으며 교도소에 들어갈 죄만 빼놓고 갖은 수단을 다해 단골을 끌려 애쓴다. 거짓말과 아첨을 늘어놓고 투표권을 행사하고 알량한 예절로 무장하고, 그러다 희박하고 덧없는 관용 속에 희석되기도 하면서, 이웃을 설득하여 구두나 모자나 옷이나 마차를 만들고 식품을 들여오는 것이다. 또한 자신이 병들었을 때를 대비하여 돈을 벌어 그곳이 어디든 또 액수가 얼마든 낡은 궤짝이나 회벽 뒤의 양말 속, 또는 좀더 안전하게 은행 속에 쑤셔넣으려다 결국 스스로 병들고 만다.

또는 이렇게 말할 수도 있겠다. 나는 종종 우리가 흑인 노예제라는 이 야비하고도 이질적인 노예 행태에 빠질 수 있을 정도로 천박한 인간이라는 사실에 놀라움을 금할 수 없다. 실제로 남부와 북부 모두에는 그 제도에 전념하는 교활한 노예 주인들이 적지 않다. 남부의 노예 감독은 거칠다고 하는데 북부의 노예 감독은 한술 더 뜬다. 그러나 무엇보다 나쁜 것은 자신이 자신의 노예 감독이 되는 일이다. 그러면서도 인간의 신성에 대해서 떠들다니! 밤낮으로 장터를 찾아다니는 저 큰길의 짐꾼을 보자. 그의 내면에 어떤 신성이 작용하고 있는가? 그의 가장 거룩한 의무는 자기 말들에게 사료와 물을 먹이는 일이다! 운송으로 얻는 이익과 비교할 때 그에게 있어서 자신이 처한 운명은 과연 무슨 의미가 있는가? 그는 지금 평판 좋은 시골 지주 나리가 되기 위해 마차를 몰고 있을까? 그는 얼마나 존엄하며, 또 어느 만큼이나 불멸의 존재일까? 하루 온종일 움츠리며 굽실거리는 꼴을, 뭔지 모르는 채 두려워하는 모습을 보라. 그것은 그가 불멸이나 신성의 존재가 아니라 바로 자신에 대해 스스로 내린 평가, 자신의 행위에서 얻게 된 평가의 노예이며 죄수이기 때문이다. 대중의 평가는 우리 자신이 스스로 내린 평가에 비하면 나약한 폭군에 불과하다. 자신이 스스로에 대해서 하는 생각, 그것이 그의 운명을 결정짓거나 방향을 지시한다. 공상과 상상으로 만들어진 이 서인도제도에서 자기 해방을 하기 위해서는 어떤 윌버포스[7]가 필요할 것인가? 또한 자신들의 운명에 지나친 관심을 드러내지 않기 위해 죽는 날까지 화장대 방석이나 짜고 있는 이 땅의 숙녀들에 대해서도 생각해 보라! 마치 영원을 손상시키지 않고서도 얼마든지 시간을 죽일 수 있다는 듯 하지 않는가.

---

7   윌버포스 – 윌리엄 윌버포스(1759~1833). 영국의 정치가로서, 영국령 서인도제도의 노예무역 폐지안을 법률로 확정시킨 인물.

사람들 대부분은 절망 속에서 말없이 삶을 영위하고 있다. 체념이라는 것은 불치병이나 다름없는 절망을 일컫는 것이다. 기껏해야 절망의 도시를 떠나 절망의 시골로 들어갈 뿐이며, 밍크나 사향뒤쥐 모피의 화려함으로 스스로를 위로할 수밖에 없다. 인류의 놀이와 오락 속에조차 틀에 박힌, 그러면서도 무의식적인 절망감이 감춰져 있다. 사실 그것들은 결코 유희라고 할 수 없는데, 왜냐하면 유희라는 것이 일의 연장선상에 있기 때문이다. 그러나 그것은 절망적인 일을 하지 않기 위한 지혜의 한 특성인 셈이다.

　교리문답식 표현을 이용해서 인간의 궁극적 목적과 진실로 필요한 삶의 방식에 대해 생각해 보면, 인간은 일부러 평범한 삶을 선택한 듯이 보인다. 그것이 다른 어떤 것보다 더 좋기 때문이라는 듯이 말이다. 그들 대부분은 솔직하게 말해서 다른 선택의 여지가 없다고 생각한다. 그렇지만 기민한 정신과 건강한 기질의 소유자들은 선명하게 떠오른 태양의 존재를 기억하고 있다. 편견이라는 것은 언제라도 버릴 수 있는 법이다. 아무리 오래된 것이라 해도 아무 증거도 없이 남의 사상이나 업적을 믿을 수는 없다. 모두들 오늘까지 참된 것으로서 되뇌이거나 묵과하고 있는 것들도 내일이면 한낱 실체 없는 견해에 불과한 것이 될 수도 있다. 어떤 이들은 그것을 토양을 비옥하게 하는 단비를 뿌려줄 구름이라고 굳게 믿는 것이다. 선인들이 불가능한 일이라고 한 것도 지금 시도해 보면 가능한 일이라는 사실임을 알게 된다.

그것은 옛 사람들에게나 적용되는 과거의 행동일 뿐이며, 새로운 시대에는 새로운 행동이 필요한 것이다. 옛 사람들은 불을 일으킬 새로운 연료를 어떻게 만드는지조차 알지 못했지만, 지금은 솥 밑에 마른 장작 한 줌을 때서 새만큼이나 빠르게, 속된 말로 노인들을 치어 죽일 정도로 빠르게 이동할 수 있다. 나이가 많다고 해서 무작정 젊은이들을 가르칠 수 있다고 볼 수는 없다. 왜냐하면 나이를 먹음으로써 얻는 것보다는 잃는 것이 더 많기 때문이다. 아무리 현명한 사람이라 해도 인생살이에서 절대적 가치를 배우게 될지 의심스럽다. 실제로 나이 든 이가 젊은이에게 해줄 중요한 충고라고는 없다. 그러기에는 그들의 경험이 지나치리만큼 불완전하고 그들의 삶은 너무나도 참혹한 실패였던 것이다. 그러면서도 그들은 그것을 개인적인 사유 탓으로 돌린다. 그들은 그런 경험과 모순되게도 어느 정도의 신념을 품고 있다. 문제는 전처럼 젊지 않다는 것이다.

이 세상에 살아온 지 30년가량 되었지만 나는 여전히 손윗사람들로부터 유용하거나 성심에서 나온 충고 한마디를 듣지 못했다. 그들은 내게 아무 말도 해주지 않았는데 어쩌면 적절한 충고를 해줄 능력이 없어서 그런 것인지도 모른다. 지금 이곳에는 내가 아직 거의 시도해 보지 못한 실험이라고 할 수 있는 인생이 있다. 손윗사람들이 인생을 경험했다는 사실이 내게는 별로 도움이 되지 않는다. 설혹 내가 앞으로 유익한 경험을 겪게 된다 해도 인생의 선배들이 그 일에 대해 아무 말도 해주지 않았다는 사실만 상기할 게 분명하다.

어느 농부는 이렇게 말한다. "인간은 채소만 먹고 살 수는 없소. 채소에서는 뼈를 만들 양분을 얻을 수 없기 때문이오." 그리고는 거의 종교적인 열성으로 자신의 몸에 뼈의 원료를 공급하는데 하루의 일부를 바치는 것이다. 그 농부는 말을 하는 동안에도 내내 소의 뒤를 따라다니고 있는데, 그 소는 채소로 만들어진 뼈를 가지고 온갖 장애물 사이로 농부와 육중한 쟁기를 끌고 다니는 것이다. 이를테면 노약자에게는 인생살이에서 진정으로 필요한 물건이 다른 이들에게는 한낱 사치품이거나 전혀 알지 못하는 것일 수도 있다.

어떤 이들에게는 선조들이 인생의 성쇠를 이미 답파하여 그 모든 내용이 충분히 알려진 것처럼 보일 것이다. 이블린[8]에 의하면 "지혜로운 왕 솔로몬은 나무의 간격도 법령으로 정해 놓았으며, 로마 집정관들은 이웃의 땅에 들어가 떨어진 도토리를 주워 와도 되는 횟수와 나무 주인의 몫을 정해 놓았다"고 한다. 히포크라테스는 손톱을 깎는 방법까지 지침으로 남겨 놓았는데, 손톱의 길이는 손끝에 맞춰 고르게 잘라야 하며 그보다 더 짧거나 길어서도 안 된다고 했다. 확실히 인생의 다양성과 기쁨을 모두 소진시

---

8 이블린 – 존 이블린(1620~1706). 영국의 원예학자.

킬 정도의 권태와 싫증은 아담만큼이나 오래된 것 같다. 그러나 인간의 능력은 결코 측정된 적이 없고 별다른 일을 한 적도 없는 선조들에 비교해서 어떤 일의 할 수 있고 없음을 판단해서도 안 될 것이다.

"나의 아들아, 지금껏 네가 그 어떤 실패를 겪었든 간에 그 일로 괴로워하지 말라. 아직 다하지 못한 일이 있다 한들 누가 네 탓이라고 하겠느냐?"[9]

우리의 삶을 간단히 시험해 볼 수 있는 방법은 수없이 많다. 예를 들어서, 지금 내 밭의 콩을 익게 해주는 바로 그 태양이 태양계의 다른 수많은 행성들도 밝혀 준다는 점을 생각해 보라. 이 점만 명심했다면 어느 정도 실수는 저지르지 않을 수도 있었을 것이다. 이 빛은 내가 예전에 콩밭을 맬 때의 그 빛이 아니다. 그런데 별들은 그 얼마나 경이로운 삼각형의 정점인가! 우주의 수많은 별들에 사는 저 멀고 다른 존재들 역시 같은 순간 같은 일을 생각하고 있는 것이다! 우리의 체질이 제각기이듯 자연과 인생 역시 다양하기 그지없다. 남의 인생이 어떻게 될지 그 누가 알 수 있겠는가? 우리가 잠시 서로의 눈을 들여다보는 것보다 더 기적적인 일이 있을 수 있을까? 우리는 한 시간 동안에 이 세상이 겪

---

9 힌두교의 고전 「비슈누 푸라나」에 이와 유사한 구절이 있다.

었던 그 모든 세월을 경험하는 것이다. 그렇다, 모든 시대의 그 모든 세상을 말이다. 역사와 시와 신화! 그 모든 것을 통틀어도 이것보다 더 놀랍고 유익한 경험이 적힌 책을 읽은 적이 없다.

나는 이웃들이 선하다고 하는 일들의 대부분이 악하다고 진심으로 믿고 있다. 내가 후회하는 일이 있다면 그것은 필시 나의 선행일 것이다. 내가 그런 선행을 하다니 대체 어떤 악마에 씌었던 것일까? 노인이시여, 70년의 세월을 살아오고 또 어느 정도 명예도 얻은 당신은 지금 할 수 있는 가장 현명한 말을 하고 있을지 몰라도 내 귀에는 그 말을 듣지 말라는 불가항력의 음성이 들린다오. 한 세대는 흡사 난파선이라도 되듯 다른 세대의 일을 버리는 법이라오.

우리는 지금보다 훨씬 더 많은 믿음을 가져도 좋을 것 같다. 자기 자신에 대한 지나친 걱정에서 벗어나 다른 데에 관심을 쏟아도 좋으리라. 자연은 우리의 강점은 물론 약점에도 어울리게 마련이다. 거의 불치병이라고 할 정도로 끊임없이 걱정과 긴장에 싸여 있는 이들이 있다. 인간은 흔히 자신이 하는 일의 중요성을 과장하지만 우리가 하지 못하는 일이 얼마나 많은가! 또 그러다 병에 걸리기라도 하면 어떻게 될 것인가? 용의주도한 우리는 피할 수만 있다면 되도록 믿음을 가지고 살지 않으려고 결심한다. 온종일 경계하며 지내다가 밤이 되면 마지못해 기도를 드리곤 자신을 불확실성에 맡기는 것이다. 이처럼 철저하고도 진지하게 삶을 숭배하고 변화의 가능성을 부인하면서 살아가는 것이다. 그리고는 그것이 유일한 삶의 방식이라고 말한다. 하지만 하나의 중점에서 그릴 수 있는 반지름의 수만큼이나 많은 방법이 있다. 생각에 따라서 모든 변화는 기적이라고 할 수 있지만, 그것은 매 순간 일어나는 기적이다. 공자는 이렇게 말했다. "아는 것을 안다고 하고 모르는 것은 모른다고 할 줄 아는 것이야말로 참된 지식이다." 나는 한 사람이 상상의 사실을 지각 가능한 사실로 바꾸었을 때 마침내 모든 사람이 그것을 기초로 자신의 삶을 세울 수 있게 되리라고 생각한다.

내가 지금껏 언급한 근심과 걱정의 태반이 무엇에 관한 것인지, 그것이 과연 걱정할 만한 일인지, 아니 조금이라도 신경을 쓸 만한 일인지에 대해서 잠시 생각해 보기로 하자. 삶에서 대체로 필요한 것이 무엇이며 그런 것들을 얻기 위해서 어떤 방법들이 동원되었는지 알아보기 위해서라면, 문명 속에서라도 원시적이고 개척자 같은 삶을 영위해 보는 것도 어느 정도 도움이 될 것이다. 또는 상인들의 옛 장부를 들여다보거나 사람들이 상점에서 흔히 사는 물건이 무엇이며, 주로 어떤 식료품을 비축해 두는지 알아보는 것도 좋다. 아무리 시대가 발전했다고 해도 생존의 기본 법칙에는 거의 변화가 없기 때문이다. 그것은 우리의 골격이 선조들의 골격과 크게 다를 바 없는 것과 마찬가지다.

여기서 삶의 필수품이라는 것은 인간이 자신의 노력으로 획득하는 모든 것들 가운데서 처음부터 또는 오랫동안 사용함으로써 인간의 삶에 너무나도 중요하게 되어서 이제는 야만인이든 가난한 사람이든 철학적인 이유에서든 그것 없이는 살아갈 수 없는 것들을 의미한다. 이런 의미에서 거의 모든 생물체에게 있어 살아가는 데 필수적인 유일한 요소는 식량이다. 굳이 삼림지나 산 밑에서 주거지를 찾으려 들지 않는 초원의 들소에게는 입맛에 맞는 얼마간의 풀과 마실 물이 필수품일 것이다. 실제로 야생의 생명체들은 식량과 잠자리 이상의 것을 필요로 하지 않는다. 우리와 같은 기후대에서 살고 있는 인간이라면 삶의 필수품을 식량과 주거와 의복과 연료 같은 몇 가지 사항으로 분류할 수 있다. 이런 것들을 확보하기 전에는 성공할 수 있으리라는 전망을 품고서 진정한 삶의 문제들을 자유롭게 다룰 수 없다. 인간은 주택뿐 아니라 의복과 음식까지 만들어냈다. 따뜻한 불을 우연히 발견하고 그것을 지속적으로 사용하게 되자 처음에는 한낱 사치였던 불가에 앉는다는 것이 이제는 필수적인 일로 간주되었다. 고양이와 개들에게서도 이와 똑같은 제2의 천성을 획득하는 과정을 관찰할 수 있다. 적절한 주거와 의복 덕분으로 인간은 체온을 유지하게 되었다. 그러나 이런 것들, 또는 연료를 지나치게 사용함으로써, 다시 말해서 자신의 체온보다 외부로부터 더 많은 열을 끌어들이게 됨으로써 혹시 우리 자신을 요리하게 되는 일은 없을까?

박물학자 다윈은 티에라 델 푸에고의 원주민에 대해 이야기하면서, 의복을 제대로 갖춰 입고 불가에 앉아 있는 그들 일행이 여전히 추위를 느끼고 있는데도 벌거벗은 야만인들은 불가에서 멀리 떨어져 있었음에도 "지나친 더위 때문에 땀을 뻘뻘 흘리고 있다"는 사실을 발견하고 무척 놀랐다고 한다. 또한, 오스트레일리아의 원주민들은 벌거벗고도 아무렇지 않은데 유럽인들은 옷을 다 입고서도 벌벌 떨었다는 얘기도 들은 적이 있다. 이들 야만인의 강건함과 문명인의 지성을 한데 결합시킬 수는 없을 것인가? 리비히[10]의 말에 의하면 인체는 난로와 같아서 연료인 음식이 폐 속에서 내적 연소를 유지시켜 준다고 한다. 인간은 날이 추우면 음식을 더 많이 먹고 날이 더우면 덜 먹는다. 동물의 체열은 느린 연소의 결과이며, 그 과정이 지나치게 빠를 경우에는 병에 걸리거나 죽고 만다. 또 연료가 모자라거나 환기에 결함이 생길 경우에도 불은 꺼지는 것이다. 물론 생명의 열을 불과 혼동해서는 안 되지만 이 정도의 유추는 가능할 것이다. 따라서 위에 열거한 내용으로 볼 때 동물의 생명이란 표현은 동물의 열과 거의 동의어인 것처럼 보인다. 음식이 체내의 불을 유지시켜 주는 연료로 간주될 수 있는 데 반해 실제 연료는 음식을 만들고 외부로부터 몸의 온기를 증가시켜 주는 역할만 하고, 주거와 의복 역시 그렇게 해서 방출되어 흡수된 열을 유지시켜 주는 역할을 할 뿐이니까.

---

10 리비히 - 유스투스 프레이 헤르 폰 리비히(1803~1873). 독일 생화학자.

결국 인간의 몸에 가장 필요한 것은 온기를 유지하는 일, 체내에 생명의 열을 유지시켜 주는 일이다. 따라서 우리는 식량과 의복과 주거뿐만 아니라 밤의 의복인 잠자리를 확보하는 데도 노고를 아끼지 않는다. 우리는 이 주거지 안의 주거지를 마련하기 위해 마치 두더지가 굴 속에다 풀잎과 나뭇잎으로 잠자리를 만들 듯 새의 둥지와 가슴털을 훔치는 것이다! 가난한 사람은 늘 세상이 차갑다고 불평한다. 그것은 육체가 느끼는 냉기라기보다는 사회적 냉대를 뜻하는 것으로, 그것이 사실 우리가 겪고 있는 고통의 대부분을 차지한다. 어떤 기후대에서는 여름철이면 천국과도 같은 삶을 누릴 수 있다. 음식을 만들 때 이외에는 연료가 필요 없다. 태양이 곧 불이며 거의 모든 과일은 햇빛만으로도 충분히 익는다. 식량도 훨씬 다양하고 구하기도 그만큼 쉬우며, 의복과 주거는 전적으로 또는 반쯤 불필요하다. 나 자신의 경험으로 보건대 오늘날 이 나라에서 그 다음 필수품으로 꼽을 수 있는 것은 몇 가지 도구들, 칼과 도끼, 삽, 손수레 따위이며, 면학에 힘쓰는 이들이라면 등잔과 필기구, 책 몇 권을 들 수 있을 것이지만, 그것들도 모두 약간의 비용으로 손에 넣을 수 있다. 그런데도 현명치 못한 몇몇 사람들은 지구 저편의 미개하고 비위생적인 곳까지 건너가서 10년이나 20년을 무역에 종사하는데, 그 목적은 결국 뉴잉글랜드의 안락한 온기 속에서 살다가 죽기 위해서인 것이다. 부자들은 안락한 온기 정도가 아니라 부자연스러울 정도로 덥게 사는 버릇이 있는데, 앞에서도 말했듯이 그랬다가는 소스까지 엎은 요리가 되기 십상이다.

사치품 대부분, 그리고 이른바 생활 편의품이라고 하는 것들 중 상당수는 없어서 안 될 물건이 아닐 뿐 아니라 인류의 발전에 확실한 장애물이기도 하다. 사치와 편의에 대해 말하자면, 현인들은 가난한 이들보다 훨씬 더 소박하고 빈약한 생활을 누려왔다. 중국, 인도, 페르시아, 그리스 등지의 고대 철학자들은 외적인 부라는 면에서는 누구보다도 가난하면서 내적인 부에서는 누구도 따를 수 없을 만큼 부자였던 계층이었다. 우리는 그들에 대해 별로 알고 있는 것이 없다. 하지만 지금 알고 있는 정도만으로도 대단한 일이다. 그들과 같은 부류로 좀더 현대적이었던 개혁자와 자선가들 역시 마찬가지였다. 이른바 자유의사에 의한 가난이라 할 수 있는 그 유리한 지점에 오르지 않고서는 어느 누구도 인생에 대하여 공정하거나 현명한 관찰자가 될 수 없다. 농업이든 상업이든 문학이든 예술이든 간에 사치스러운 삶의 열매는 사치일 뿐이다. 요즘에는 철학교수는 있지만 철학자는 보이지 않는다. 그럼에도 오늘날에는 대학교수직이 찬탄의 대상인데, 그것은 한때 산다는 일이 찬탄의 대상이었기 때문이다.

철학자가 된다는 것은 심오한 사상을 갖는다거나 학파를 세우는 일뿐만 아니라 지혜를 너무도 사랑하여 지혜가 지시하는 바에 따라 소박하고 독립적이며 관대하고 믿음성 있게 산다는 것이다. 철학자가 된다는 것은 이론적으로만이 아니라 실천적으로 인생의 제반 문제를 해결한다는 것이다. 위대한 학자나 사상가들의 성공은 대체로 왕이나 남자다운 성공이 아니라 아부하는 신하로서의 성공에 불과하다. 실제로 그들의 조상이 그랬듯이 영합함으로써만 겨우 삶을 영위해 나가는 그들은 어떤 의미에서도 고귀한 인간의 본보기라곤 할 수 없다. 하지만 어째서 인간은 이토록 끊임없이 타락하고 있는 걸까? 무엇이 가문을 영락케 만드는 걸까? 국가를 쇠약케 하고 파멸로 몰아가는 사치의 본질은 무엇일까? 우리의 삶에 사치가 없다고 자신할 수 있는가? 철학자는 외적 삶의 양태에서조차 시대를 앞서는 사람이다. 그는 동시대인들처럼 배불리 먹거나 편안히 자거나 좋은 옷을 입거나 따뜻하게 지내지 못한다. 어떻게 철학자이면서 다른 사람들보다 더 나은 방법으로 자기 자신의 생명의 열을 유지하지 못할 수 있단 말인가?

앞에서 서술한 여러 가지 방식으로 몸을 따뜻하게 하고 난 뒤에는 무엇을 원하게 될까? 그와 같은 종류의 온기를 더 원하려 하지는 않을 것이다. 다시 말해서 더 기름진 음식을 먹고 더 크고 화려한 집을 얻으며 더 훌륭하고 더 많은 옷가지를 장만하고 끊임없이 좀더 뜨겁게 불을 피우려는 생각은 하지 않을 것이다. 삶에 필요한 이런 물건들을 손에 넣은 뒤에는 좀더 많은 물건을 얻으려 하기보다는 다른 것을 원하게 마련인데, 이제 힘겨운 노고로부터 휴가를 얻어 인생의 모험을 떠나는 일일 것이다. 알맞은 토양에 묻힌 씨앗은 그 여린 뿌리를 아래로 뻗기 시작하여 이제 자신 있게 위를 향해 줄기를 뻗을 것이다. 인간이 대지에 이토록 단단히 뿌리를 내린 이유는 바로 그 정도로 하늘을 향해 솟아오르기 위함일 것이다. 보다 고귀한 식물들은 지면에서 멀리 떨어져 공기와 햇빛 속에서 마침내 맺는 그 열매로 인하여 소중하게 취급을 받게 마련이어서, 다른 흔하디흔한 야채와는 다른 대우를 받는다. 야채들은 2년생일 경우라 해도 뿌리가 다 자랄 때까지만 재배되다가 뿌리가 자라는 것과 동시에 줄기가 잘려나가고 말기 때문에 꽃이 언제 피는지조차 알 수가 없는 것이다.

나는 강하고 용감한 기질을 가진 이들에게 어떤 규칙을 제시하려는 것이 아니다. 우리가 늘 꿈꾼 대로 정말 그런 이들이 있다면 그들은 천국이든 지옥이든 자신의 일을 알아서 처리하고, 부자들보다 더 웅장한 집을 짓고 더 넉넉하게 돈을 쓰면서도 가난해지는 법이 없는 사람들이다. 그런데 그들이 세상에 살고 있기나 할까, 모를 일이다.

또한, 나는 바로 현재 주어진 상황에서 용기와 영감을 얻으며 흡사 연인들처럼 애정과 열정을 가지고 삶을 사랑하는 이들에게 무슨 규칙을 제시하려는 생각도 없다, 나 자신도 이런 부류에 속할 거라고 생각하지만. 또 어떤 상황에서든 만족스러운 직장 생활을 하고 있으며 자신들이 정말 만족하는지 여부를 알고 있는 이들 역시 내가 말하려는 상대가 아니다. 지금 내가 이야기를 하고 싶은 대상은 주로 불만에 가득한 사람들, 자신의 험한 운명이나 시대에 대해 손을 쓸 여지가 있는데도 불구하고 빈둥거리며 불평을 늘어놓는 사람들이다. 그중에는 자신이 할 일을 다하고 있다는 이유를 들면서 누구보다도 열심히, 못 말릴 만큼 불만을 토로하는 이들도 있다. 또 겉으로는 부유하게 보이지만 사실은 어떤 계층보다 가난한 이들로서, 쓸데없는 찌꺼기만 잔뜩 쌓아놓고 그것을 어떻게 써야 할지 어떻게 없애야 할지 몰라 결국 스스로 금은으로 된 족쇄를 채우고 있는 이들에게도 이야기를 하려한다.

지난 몇 년 동안 내 삶을 어떻게 보내고 싶었던가에 대해 이야기한다면 나의 과거의 삶에 대해 어느 정도 알고 있는 독자들은 아마 좀 의외라고 여길 것이며, 나에 대해 전혀 모르고 있는 독자들은 분명 몹시 놀랄 것이다. 이제 내가 가슴속에 품고 있던 계획들 중 몇 가지에 대해 이 자리를 빌려 얘기해 보겠다.

나는 날씨에 상관없이 하루 중 어느 때에도 그 한순간을 이용하여 기록으로 남기려 열망해 왔다. 과거와 미래라는 두 개의 영원한 시간이 합류하는 현재의 이 순간에 서서 그 지점을 출발점으로 삼으려 했던 것이다. 지금부터 내가 하려는 이야기가 어느 정도 불분명하더라도 용서해 주기 바란다. 왜냐하면 내가 하는 일은 다른 어떤 일보다 은밀한 것인 데다가 고의적으로 비밀에 부친 것은 아니지만 그 성질상 어쩔 수 없기 때문이다. 나는 내가 알고 있는 바에 대해 기꺼이 이야기할 생각이며, 문짝에다 '출입금지'라고 적지는 않을 것이다.

오래전 사냥개와 구렁말과 비둘기를 잃은 나는 아직도 그들을 뒤쫓고 있다. 나는 수많은 여행자들에게 그것들이 곧잘 다니던 길과 그것들을 어떻게 불러야 하는지를 설명하면서 그 동물들에 대해 이야기해 보았다. 그중에는 사냥개가 짖는 소리를 들었다는 사람도, 구렁말의 발굽 소리를 들었다는 사람도, 심지어 비둘기가 구름 뒤편으로 사라지는 것을 보았다는 사람도 있었다. 그들 모두 자신들이 잃어버리기라도 한 것처럼 그 동물들을 찾고 싶어 했다.

동틀 녘과 새벽만이 아니라 가능하다면 자연 그 자체를 예견한다는 것! 나는 이웃들이 아직 일을 시작하기도 전에 얼마나 많은 여름과 겨울의 아침에 벌써 일어나 일을 하고 있었던가! 분명 해 뜨기 전의 어스름 속에서 보스턴으로 떠나는 농부들과 일하러 나선 나무꾼들 같은 마을 사람들이 이미 일을 하고 돌아오는 나와 마주치곤 했던 것이다. 실제로 해가 뜨는 것을 도운 일은 없었지만, 그 자리에 있었다는 사실만으로도 중요한 일을 한 셈이다.

얼마나 많은 가을과 겨울날을 마을 밖에서 보내면서 바람결에 묻어 오는 소리를 듣고 또 그것을 속달로 보내려 애썼던가! 나는 거기다 내 모든 자금을 쏟아붓고는 바람을 정면으로 받으며 달려가다 하마터면 목숨마저 잃을 뻔했다. 만약 그것이 두 정당 중 어느 한쪽과 관계된 소식이었다면 틀림없이 순식간에 신문에 보도됐을 것이다. 또 어떤 때는 절벽이나 나무 꼭대기 전망대에서 뭐든 새로 오는 소식을 전보로 타전하기 위해 지켜보기도 했고, 저녁이면 언덕 꼭대기에서 뭐든 잡을 생각으로 하늘이 허물어지기를 기다리고 있었다. 하지만 특별히 잡은 것은 없었으며 설혹 있다 해도 마치 만나[11]처럼 햇살을 받기가 무섭게 녹아버리곤 했다.

나는 한때 어느 조그만 잡지사에서 오랫동안 기자로 일한 적이 있었는데, 그곳 편집장은 내 글 대부분을 기사화하기에 부적합하다고 보았다. 그건 작가들에겐 흔히 있는 일로서 나는 헛수고만 한 셈이었다. 그렇지만 이 경우에는 내가 겪은 수고 자체가 보상이었다.

여러 해 동안 나는 스스로를 눈보라와 폭풍 감시자로 임명하고는 의무를 충실히 이행했다. 또한 큰길은 아니더라도 숲 속 오솔길과 모든 지름길의 검사관이 되어 길이 막히지 않도록 지켰고, 사람들의 발길이 나 있어 효용이 증명된 곳에는 골짜기마다 다리를 놓아 어느 철이고 지나갈 수 있도록 했다.

나는 툭하면 울타리를 뛰어넘어 착실한 목동들을 괴롭히는 마을의 사나운 가축들도 돌보았고 농장의 외진 구석구석도 감시했지만, 조나스나 솔로몬이 어느 날 밭일을 제대로 했는지까지는

---

11 만나– 신이 주는 양식, 「출애굽기」 16:14~36.

알지 못했는데 그건 나와는 상관없는 일이었다. 나는 빨간월귤나무와 모래벚나무, 쐐기풀나무, 옹이붉은소나무, 검은물푸레나무, 백포도, 노랑제비꽃에 물을 주었는데, 그러지 않았다면 건기에 말라죽었을 것이다.

간단히 말해서 나는 이처럼 오랫동안 충실하게 내 일에 전념했는데(그렇다고 자랑삼아 얘기할 생각은 없다), 시간이 흐르면서 마을 사람들이 나를 마을관리자 명단에 끼워 준다거나 적당한 수당이 따르는 한직 하나 주지 않으리라는 사실이 점점 명확해졌다. 봐주는 사람 없어도 충실하게 기록해 온 내 장부는 인수나 결재는커녕 감사조차 한 번 받아 본 적이 없었다. 그렇지만 나는 그 일에 신경써 본 적이 없었다.

얼마 전 떠돌이 인디언 하나가 우리 동네에 사는 유명한 변호사의 집으로 바구니를 팔러왔다. "바구니를 사시겠어요?" 하고 인디언이 물었다. 그런데 그가 들은 대답은 "아니, 우린 바구니가 필요없소."라는 것이었다. "뭐라고? 당신은 우리를 굶겨죽일 작정이오?" 이것이 그 인디언이 문을 나서면서 외친 소리였다. 부지런한 백인 이웃들이 잘사는 것을 본 그는(특히 그 변호사는 변론을 엮어내기만 하면 마치 무슨 마술처럼 부와 지위가 뒤따랐던 것이다) 이렇게 생각했다. '나도 일을 해야겠어. 바구니를 짤 거야. 내가 할 수 있는 일은 그것이니까 말이야.' 바구니를 다 만들면 그것으로 자기 할 일은 끝나는 것이고, 그 다음에는 백인이 바구니를 사기만

하면 된다고 생각한 것이다. 그 인디언은 남들이 살 만한 가치가 있는 바구니를 만들어야 한다는 것, 또는 적어도 그렇게 생각하도록 만들어야 한다는 것, 그렇지 않으면 차라리 남들이 살 만한 가치가 있는 다른 물건을 만들어야 한다는 것을 알지 못했다.

그런 식으로 나 역시 섬세한 재료로 일종의 바구니를 엮었지만 결국 남이 살 만한 물건으로 만들지는 못했던 것이다. 그렇지만 나의 경우에는 그것들을 엮을 만한 가치가 있었다고 생각한다. 나는 남들이 내 바구니를 살 만한 것으로 만들 궁리를 하는 대신에 어떻게 하면 남들에게 팔지 않아도 될까를 궁리했던 셈이다. 사람들이 찬미하고 성공했다고 여기는 삶은 한 가지뿐이다. 어째서 우리는 다른 삶들을 희생시켜 가면서까지 어느 한 가지 삶만을 과장하는 것일까?

동료 시민들이 내게 법원의 한 자리 또는 부목사라든가 다른 어떤 생계 수단을 제공할 가능성이 없으며, 생계를 스스로 해결해야 한다는 사실을 알게 된 나는 비교적 내가 잘 알려진 숲 쪽으로 더욱 더 마음을 돌렸다. 나는 충분한 자금이 들어오기를 기다리지 않고 이미 갖고 있는 빈약한 준비금만 가지고 곧장 사업에 착수하기로 마음먹었다. 내가 월든 호수에 간 것은 보다 싼 생활비로 살기 위해서라거나 화려한 생활을 하기 위해서가 아니라 아무 방해 없이 나만의 일을 하기 위해서였다. 어느 정도의 상식과 모험심, 사업적 재능의 결여로 그 일을 하지 못한다는 것은 어리석다기보다는 차라리 슬픈 일인 것 같았다.

나는 일에 임해서 언제나 엄격한 습관을 지니려고 애써 왔는데, 그건 누구에게나 반드시 필요한 일이다. 만약 중국 왕조와 무역을 하려 한다면 세일럼 항구 연안에 조그만 회계실을 마련하는 정도의 준비만 있으면 족하다. 그리곤 이 나라에서 생산되는 풍부한 얼음과 소나무 목재, 얼마간의 화강암 같은 국산품을 언제나 본국 화물선을 이용하여 수출하게 될 텐데, 사업에서 성공하려면 다음과 같은 일들이 필요하다. 모든 세부 사항을 직접 감독할 것, 스스로 수로 안내인과 선장, 선주이자 해상보험업자가 될 것, 팔고 사들이는 일을 직접 하고 장부에 적을 것, 수취된 모든 서신을 읽고 발송할 모든 서신을 직접 쓰거나 읽을 것, 수입품의 하역을 밤낮이고 감독할 것, 때로는 가장 값진 화물이 저지 해안에 부려질 수도 있으므로 연안 이곳저곳을 거의 동시에 찾아다닐 것, 스스로 전보가 되어 끊임없이 수평선을 훑으면서 연안을 지나가는 모든 선박과 교신할 것, 거리가 멀고 규모가 엄청난 이런 시장에 물품을 공급해야 하므로 상품을 늘 안정되게 운송할 수 있도록 할 것, 세계 곳곳의 시장 상황과 전쟁과 평화에 대한 정보를 수집하고 무역과 문명의 흐름을 예측할 것, 모든 탐험대의 보고서를 이용하고 새 항로와 개선된 모든 항법을 활용할 것, 해도를 연구하고 암초와 새로 생긴 등대와 부표의 위치를 확인하며 언제나 반드시 대수표를 수정할 것(계산원의 착오로 정다운 부두에 도착해야 할 배가 암초에 걸려 부서지는 경우가 왕왕 일어나기 때문이다—
미궁에 빠진 라 페루즈[12]의 운명을 생각해 보라), 전 인류의 학문과 보조
를 맞추기 위해 한노[13]와 페니키아인들에서 오늘날에 이르는 모
든 위대한 발견자와 항해가, 모험가와 상인들의 삶을 연구할 것,
또한 자신의 현황을 정확히 알기 위해 수시로 재고 장부를 기록
할 것 등이다. 그것은 한 인간의 제반 능력을 시험하는 것이며, 보
편적인 지식으로서 이익과 손해, 이자, 용기 중량 계산법 및 그것
을 이용한 모든 계측에 대해 알아야 하는 일이기도 하다.

나는 월든 호수가 일하기에 적당한 장소라고 여겼는데, 그건
비단 그곳에 철로가 깔리고 얼음 상인이 있기 때문만은 아니었
다. 거기에는 여러 이점들이 있는데 그것을 공표한다는 건 그다
지 현명한 생각 같지가 않다. 그곳은 좋은 안식처이며 기초도 탄
탄하다. 네바강의 늪지처럼 땅을 메워야 한다거나 집을 짓기 위
해 사방에 말뚝을 박을 필요가 없다. 서풍이 불고 네바강에 얼음
이 어는 때 밀물이 들이치면 상트페테르부르크가 지상에서 사라
진다고들 한다.

나는 일반적으로 필요한 자금조차 없이 이 일에 뛰어들었기 때

---

12 라 페루즈 - 프랑스 탐험가, 해군 장교. 아프리카 북서연안 탐험. 1786년 북아메리
카 서해안을 지도로 만들고, 1787년 우리나라 제주도를 측량하기도 함. 솔로몬 군도를
찾던 중 실종됨 (1741~1788).
13 한노 - 카르타고의 탐험가, 정치가. 기원전 5세기경 인물.

문에, 이런 일을 하는 데 반드시 필요한 수단을 어디서 얻어야 할지 막막하기만 했다. 우선 실질적인 당면 문제로서 의복을 생각할 때, 사람들은 대체로 진정한 의미에서의 실용성보다는 새것에 대한 선호와 남들의 평판을 염두에 두게 마련이다. 할 일이 있는 사람에게 옷을 입는다는 행위의 목적은, 첫째 생명의 열을 유지하기 위한 것이고, 둘째 우리가 살고 있는 사회에서는 노출을 하지 않아야 하기 때문임을 상기시켜 준다면, 그는 그것이 아무리 필요하고 중요한 일일지라도 새로 옷을 구하지 않고 해낼 수 있다는 사실을 알게 될 것이다. 재단사가 만들어 바치는 옷을 한 번 입고 버리는 왕과 왕비라면 몸에 잘 맞는 옷을 입을 때의 편안한 느낌을 알 리가 없다. 그런 이들은 옷걸이라고 해도 과언이 아닐 것이다. 우리의 옷은 하루하루가 지나면서 옷주인의 성격에서 감화를 받아 점점 우리 자신과 동화됨으로써 결국에 가서는 우리의 육신처럼 신성한 것으로 여기게 된 나머지 옷을 벗으려면 주저하거나 수술 도구를 동원해야 할 정도가 된다. 나는 기운 옷을 입었다고 해서 그 사람에 대한 평가를 낮춰본 적이 없다. 그러나 사람들 대부분은 건전한 양심을 갖는 일보다는 유행에 맞는 옷을 입거나 적어도 깨끗하고 깁지 않은 옷을 입는 데 더 많은 신경을 쓰고 있다. 하지만 설혹 해진 곳을 제대로 깁지 않았다 해도, 그것 때문에 드러나는 악덕이라고 해봐야 주의가 부족하다는 정도일 것이다.

나는 종종 내가 알고 있는 사람들에게, 무릎 위를 한두 군데 기운 옷을 입을 수 있느냐고 물어 보는 시험을 하곤 한다. 그러면 그들 대부분은 그런 짓을 하면 인생을 망치기라도 할 것처럼 군다. 그들에게는 기운 바지를 입느니 차라리 부러진 다리로 절룩거리며 돌아다니는 편이 쉬워 보인다. 신사가 다리를 다칠 경우에는 어떻게 고칠 방도가 있지만, 그의 바지에 그런 일이 생기면 도저히 어떻게 해볼 수 없는 모양이다. 그는 진정한 의미에서 존중해야 할 것보다는 사람들이 존중하는 것만 생각하기 때문이다. 우리가 아는 것은 사람이 아니라 윗저고리와 바지들이다. 지난번 갈아입은 옷을 허수아비에게 입히고 당신 자신은 옷을 입지 않은 채 그 옆에 서 있는다면, 사람들은 얼핏 그 허수아비에게 인사를 하지 않겠는가? 얼마 전 옥수수밭을 지나치다가 모자와 저고리 차림을 한 말뚝을 보고는 그제야 그것이 밭주인임을 알아본 일이 있었다. 그 밭주인은 지난번 내가 보았을 때보다 약간 더 비바람에 시달렸을 뿐이었다. 어떤 개는 옷을 입고 주인집에 들어오는 낯선 사람을 보면 짖어대다가도 발가벗은 도둑을 보면 짖지 않았다고 한다. 사람에게서 옷을 벗길 경우 그들 각자가 얼마나 지위를 유지할 수 있을지는 흥미로운 문제가 아닐 수 없다. 그 경우 당신이라면 가장 존경받는 계층에 속한 문명인들을 확실히 가려 낼 수 있겠는가?

동서양에 걸쳐 모험적인 세계 여행을 하던 파이퍼 부인[14]이 고국에 가까운 러시아령 아시아에 도착했을 때 일이다. 그녀는 그곳 관리를 만나러 갈 때는 여행복이 아닌 다른 옷차림을 해야 했다. 그것은 그녀가 이제 '옷을 보고 사람을 판단하는…… 문명국에 왔기 때문'이었다. 우리처럼 민주적인 뉴잉글랜드 지방에서조차 우연히 돈을 모아 옷차림과 마차 따위로 부를 과시하기만 하면 거의 모든 사람들로부터 존경받을 수 있다. 그러나 아무리 그수가 많다 해도 이런 식으로 존경을 표하는 자들은 야만인일 뿐이어서 선교사를 파견할 필요가 있는 것이다. 게다가 의상 때문에 바느질이라는 것이 생기게 되었는데, 이것은 끝이 없는 일이다. 다시 말해서 여성복에서 바느질이라는 것은 완성되는 법이 없을 것이다.

　마침내 할 만한 일을 찾은 사람이라고 해도 그 일을 하기 위해 새 옷을 장만할 필요는 없는 일이다. 오랫동안 다락방에서 먼지를 뒤집어쓰고 있던 헌 옷을 입더라도 그 일을 하는 데는 아무런 지장이 없다. 낡은 신발이라도 영웅의 경우라면 그의 시종보다 더 오래 쓸 것인데(영웅에게 시종이 있다면 말이지만), 그것은 맨발이 신발보다 더 오래 가는 법이고 영웅이라면 신발 없이도 얼마든지 돌아다닐 수 있기 때문이다. 오직 파티와 입법부 무도회에 가는

14　파이퍼 부인 ─ 아이다 파이퍼 (1797~1858). 오스트리아의 여행가, 작가.

사람들만이 새 옷이 필요한데, 그 이유는 옷의 주인이 자주 달라질 필요가 있기 때문이다. 그렇지만 내 저고리와 바지, 모자와 신발이 하느님께 예배드리기에 적합하다면 그것으로 족할 것이다. 그렇지 않겠는가? 자신의 헌 옷, 낡은 저고리가 원래의 재료로 환원될 정도로, 그래서 그 옷을 가난한 아이에게 주는 일이(그랬다면 그 아이는 거의 아무것도 없이 살 수 있으므로 더 부유하다고 할 수 있는, 자기보다 더 가난한 아이에게 그 옷을 주었을 테지만) 결코 자선이 될 수 없을 만큼 다 낡도록 입는 사람이 있을까? 새 옷을 입는 일보다는 새 옷이 필요한 일을 주의할 필요가 있다. 사람이 새롭지 않은데 어떻게 새 옷이 잘 맞을 수 있겠는가?

어떤 일을 시작할 때는 낡은 옷을 입고 하라. 사람들이 원하는 것은 '가지고 할 무엇'이 아니라, '해야 할 무엇', 또는 '되어야 할 무엇'인 것이다. 그것이 아무리 해지고 더러운 낡은 옷이라 해도 너무나 열심히 일한 나머지 헌 옷을 입고도 새 사람이 된 듯이 느껴질 때까지는, 또 헌 옷을 새 술을 담을 낡은 부대처럼 느낄 수 있을 때까지는 새 옷을 구해서는 안 될 것이다. 우리가 털갈이할 시기는 새들이 그러하듯 우리 인생에서 중요한 단계에 이르렀을 때여야만 한다. 아비(阿比)는 털갈이 철이 되면 외딴 호수를 찾아간다. 뱀 역시 이런 식으로 허물을 벗고 쐐기벌레 역시 내적 활동과 확장으로써 애벌레의 껍질을 벗는 것이다. 의복이란 인간의 외피이며 속세의 번뇌에 다름 아니기 때문이다. 그러지 않을 경우 가짜 깃발을 달고 항해하는 셈이어서 결국 인류는 물론 스스로의 심판에 의해 반드시 징계를 받고 말 것이다.

우리는 흡사 밖으로 겹겹이 성장하는 외생식물처럼 옷 위에 옷을 껴입는다. 우리가 입는 얇고도 색다른 의복들은 우리의 표피 또는 허물에 불과한 것이며 생명과는 무관하고, 여기저기를 벗긴다 해도 치명적인 상처가 되지는 않을 것이다. 반면, 늘 입고 있는 보다 두꺼운 의복은 세포의 껍질 또는 피질이라고 하는 것으로서, 그것은 우리의 인피부 또는 진정한 껍질이며 사람을 다치지 않고 일부만 떼어낸다는 것이 불가능한 셔츠인 셈이다. 모든 인종은 어느 계절이 되면 셔츠에 해당하는 어떤 옷을 입는 것 같다. 되도록 옷을 간소하게 입어서 어둠 속에서도 자기 몸을 만질 수 있고, 모든 면에서 간결하고 준비를 갖춘 삶을 영위함으로써 설혹 적이 마을을 점령하더라도 옛날의 어느 철학자가 그랬듯이 아무 걱정 없이 빈손으로 성문을 걸어나갈 수 있도록 하는 것이 바람직하다. 대체로 두꺼운 옷 한 벌은 얇은 옷 세 벌과 같고, 누구나 싼값으로 구할 수 있는 옷이 있다. 몇 년이고 입을 수 있는 두꺼운 윗옷 한 벌은 5달러면 살 수 있고, 두꺼운 바지는 2달러, 쇠가죽 구두 한 켤레는 1달러 남짓, 여름용 모자는 25센트, 방한모는 62센트 남짓이면 살 수 있는데, 더 낮게는 푼돈을 들여 집에서 만들어 쓸 수 있다. 너무도 가난한 나머지 이렇게 자신이 번 돈으로 옷을 만들어 입은 이에게 경의를 표할 줄 아는 현명한 사람들이 없는 나라는 없을 것이다.

내가 나만의 스타일로 된 옷을 만들어 달라고 하면 여재봉사는 진지한 얼굴로 "사람들은 요즘 그런 옷을 만들지 않아요"라고 말한다. 그녀는 흡사 운명의 신 같은 초자연적인 권위를 지닌 말이라도 하듯 '사람들'이라는 말을 강조하지도 않는다. 결국 나는 여간해서는 내가 원하는 옷을 맞춰 입을 수 없는데, 그것은 그 여재봉사가 내가 진심에서 그런 말을 한 것이 아니고 또 내가 그렇게 지각 없는 인간이 아닐 거라고 굳게 믿고 있기 때문이다. 이런 신탁이나 다름없는 말을 들으면 잠시 생각에 잠기지 않을 수 없다. 나는 그녀의 말 한 마디 한 마디를 되새겨 보면서 그 '사람들'과 나 사이에 어떤 관계가 있는지, 그리고 그들이 어떻게 해서 내 일에 이토록 깊은 영향을 미치게 된 것인지 생각하다가 결국 그녀에게 나도 역시 수수께끼나 다름없는 다음과 같은 말을 해주고 싶은 충동을 느낀다(그리고 나 역시 '사람들'이라는 말을 굳이 강조하지 않으면서). "사실 최근까지는 그러지 않았지만 요즘 사람들은 이런 옷을 만들어 입는단 말이오." 하고 말이다. 그런데도 그녀가 내 성격을 재지 않고, 흡사 그 옷을 걸어둘 옷걸이나 되듯 내 어깨의 폭이나 재고 만다면 그런 측정이 무슨 소용이 있을까? 인간은 미의 여신도 운명의 여신도 아닌 유행의 여신을 섬기고 있는 것이다. 그 여신이 권위를 가지고 실을 잣고 옷감을 짜고 옷을 재단한다. 파리의 원숭이 우두머리가 여행용 모자를 쓰면 미국의 모든 원숭이들이 똑같은 짓을 한다. 나는 종종 인간의 도움만으로는 이 세상에서 아주 간단하고도 정직한 일 하나 제대로 할 수 없을 것 같은 절망감에 사로잡힌다. 우선 그들을 강력한 압착기 속에 집어넣어 낡은 생각들을 쥐어짜낸 다음 두 다리로 일어서지도 못하게 만들어야 할 것이다. 하지만 그러고도 그중 누군가의 머릿속에 구더기가 자랄 것이고 그것이 낳은 알은 아무도 모르는 사이에 부화할 것이다. 불로도 그것들을 죽일 수 없을 테니 결국 헛수고를 하는 셈이다. 그럼에도 불구하고 우리는 이집트의 밀이 미라에 의해 우리에게까지 전해졌다는 사실을 잊을 수는 없으리라.

　대체로 우리 나라든 아니든 의상이 존엄한 예술로까지 승화되었다고는 주장할 수 없다. 오늘날 사람들은 그저 손에 닿는 옷을 입는다. 그들은 마치 난파선의 선원처럼 해변에서 눈에 띄는 옷을 입고는 시간이든 공간이든 어느 정도 여유가 생기면 상대방의 우스꽝스런 옷차림에 웃음을 터뜨린다. 어느 세대든 구세대를 비웃으면서도 거의 종교적인 열정으로 새것을 추종한다. 우리는 헨리 8세나 엘리자베스 여왕의 의상을 보면서 마치 무슨 식인종 추장의 옷차림을 보기라도 한듯 재미있어 한다. 일단 몸에서 벗겨진 옷은 어느 것이나 우습고 괴상해 보이게 마련이다. 옷을 보아도 우습지 않게 하고 그것을 입은 사람을 성스럽게 만들어 주는 것은 입은 사람의 진지한 눈빛과 그 사람의 성실한 삶뿐이다. 어릿광대가 배를 잡고 웃으면 그의 장식물 역시 마찬가지로 보일 것이다. 포탄에 맞은 병사에게는 갈갈이 찢어진 넝마가 고관의 의상 이상으로 어울리는 것이다.

새로운 양식에 대한 남녀의 유치하고도 야만적인 취향은 만화경을 들여다보며 오늘날의 세대가 요구하는 어떤 특정한 형태를 찾는 것과 같다. 제조업자들은 그런 취향이 한낱 변덕에 불과하다는 사실을 익히 알고 있다. 어떤 색채에서 한두 올의 차이밖에 나지 않는 두 양식 가운데 한 가지는 순식간에 팔리고 나머지 하나는 선반에서 잠자게 마련이지만, 한철이 지나고 나면 선반에서 잠자고 있던 양식이 유행의 첨단을 달리는 경우가 흔히 일어난다. 이와 비교하면 흔히 말하는 것처럼 문신이란 것도 그다지 끔찍한 습관은 아니다. 피부 속까지 파고들어 영원토록 남는다는 이유만으로 문신을 야만스럽다고 할 것도 아니다.

오늘날의 공장 제도가 인간이 의복을 구할 수 있는 최상책일 것 같지는 않다. 직공이 처한 상황은 날이 갈수록 영국 직공과 비슷해지고 있다. 내가 듣거나 관찰한 바에 의하면 공장의 주된 목적이 사람들이 옷을 잘 입게 하려는 것이 아니라 회사가 번창하는 데 있는 까닭에 그건 그리 놀랄 만한 일도 아니다. 먼 장래를 내다볼 때 인간은 결국 자신이 노리는 바를 구하게 되어 있다. 따라서 비록 지금 당장은 실패한다 해도 보다 높은 목표를 겨누는 편이 나을 것이다. 오늘날에는 주거 역시 삶의 필수품이라는 사실을 부인하지는 않겠지만, 인간이 이곳보다 더 추운 지방에서도 오랫동안 집 없이 삶을 영위했다는 실례가 있다. 사무엘 렝[15]은 "라플란드인들[16]은 털옷을 입은 사람도 얼어 죽을 만큼의 혹한 속에서도 가죽옷에다 머리와 어깨에는 가죽자루를 뒤집어쓴 채 눈밭에서 잠을 잔다"고 말했다. 자신은 그렇게 잠자는 그들을 눈으로 보았다고 했다. 그러면서도 그는 "그들이 다른 종족보다 더 강인한 것은 아니다."라고 덧붙여 말했다. 아마도 인간은 이 지상에서 살기 시작한 지 얼마 지나지 않아서 가정의 위안이라는 집의 편의성을 발견했을 것인데, 그 표현은 원래 가족에서보다는 집에서 구하는 만족감을 의미한 것이었으리라. 하지만 집이란 것이 관념 속에서 주로 겨울이라든가 우기와 관련이 있을 뿐 연중 3분의 2는 파라솔을 제외하면 집이 아예 불필요한 기후대에서라면 극히 부분적이고 일시적인 의미만 있을 것이다. 우리 나라와 같은 기후대의 여름철에는 집이라는 것이 원래 밤을 지내기 위한 목적만 갖고 있었다. 인디언 문서에서는 오두막이 하루치의 행군을 상징하는 것으로서, 나무껍질에 새기거나 그린 오두막의 숫자는 야영한 일수를 의미했다. 인간의 사지가 아무리 크고 건장하다고 해도 자기 세계를 줄여 알맞는 공간 속에 스스로를 가둘 필요가 있다. 인간은 처음에는 벌거벗은 상태로 야외 생활을 했다. 그러나 비록 그것이 화창하고 따뜻한 날씨의 낮 동안에는 쾌적할

---

15 사무엘 렝 - 영국 스코틀랜드 출신의 작가(1780~1868).

16 라플란드인 - 스칸디나비아 북부에 살던 종족.

지 몰라도 우기나 겨울철에(따가운 불볕은 말할 것도 없고) 서둘러 옷을 입고 집 안에 들어가지 않았다면 인간은 자칫 초기에 멸망했을지도 모를 일이다. 우화에 의하면 아담과 이브는 옷을 입기 전에 나뭇잎으로 몸을 가렸다. 인간은 온기를 주는 집, 즉 온기의 위안을 먼저 구하고 나서 사랑의 온기를 갈구했던 것이다.

　인류의 초창기에 모험심 넘치는 어느 인간이 바위 속에 난 구멍으로 기어들어가 그곳을 집으로 삼았으리라고 상상된다. 어떤 의미에서 아이들은 각기 세상을 다시 시작한다고 할 수 있는데, 비가 오고 추운 날씨에도 야외에서 지내기를 좋아하는 것이다. 아이는 말놀이는 물론 집놀이도 하는데, 그것에 대한 본능이 있기 때문이다. 어렸을 때 선반처럼 생긴 바위나 동굴 입구를 보았을 때 흥미를 느끼지 않은 사람이 있을까? 그것은 인류의 원시 조상이 아직 우리의 내면에 살아 있기에 느끼는 자연스러운 갈망인 것이다. 인류는 동굴에서 종려나무 잎사귀로 만든 지붕, 나무껍질과 나뭇가지로 된 지붕, 아마포를 짜서 늘인 지붕, 풀잎과 짚으로 만든 지붕, 판지와 널, 그리고는 돌과 기와로 된 지붕 순서로 발전해 왔다. 그러다 마침내 야외에서 산다는 것에 대해 알지 못하고, 우리의 삶은 생각할 수도 없을 만큼 많은 면에서 가정적이 되었다. 난롯가와 들판 사이에 이제 엄청난 거리가 생긴 것이다. 우리가 지금보다 훨씬 많은 낮과 밤을 우리와 천체 사이에 아무 장벽도 두지 않은 채 지낼 수 있다면! 시인이 지붕 밑에서 시를 쓰지 않고 성자가 지붕 밑에서 너무 오래 은거하지 않는다면! 새들은 굴에 갇혀서는 노래하지 않고 비둘기들도 비둘기장에서는 더 이상 순결을 소중히 여기지 않는 법이다.

만일 살 집을 지을 작정이라면 감화원이나 출구도 알 수 없는 미로, 박물관, 양로원, 감옥, 또는 화려한 왕릉처럼 짓지 않기 위해서 뉴잉글랜드인 특유의 재치를 약간 발휘하는 것이 좋다. 먼저 인간에게 꼭 필요한 집이라는 것이 얼마나 소박한 것인지 생각해 보라. 나는 이 마을에서 얇은 무명천으로 천막을 짓고 사는 페놉스캇 인디언들을 본 적이 있는데, 천막 주위로 눈이 거의 1피트나 쌓여 있었다. 차라리 눈이 좀더 쌓여 바람을 막아주면 좋을 것 같았다. 예전에 어떻게 하면 정직하게 생계를 유지하면서 마음놓고 내 일을 할 수 있을까, 하는 문제로 지금보다 훨씬 더 골머리를 썩은 적이 있었는데(불행히도 지금은 그 문제에 어느 정도 무감각해졌다), 그때 철로가에 있던 길이 6피트에 폭 3피트짜리 상자를 본 적이 있었다. 그것은 인부들이 밤에 연장을 넣어두는 곳이었다. 나는 그것을 보면서 몹시 쪼들리는 사람이라면 저런 것을 1달러에 사서 최소한의 공기가 들어오도록 구멍을 몇 개 뚫은 다음 비가 오거나 밤이면 그 속으로 들어가 뚜껑을 닫으면 자신이 사랑하는 자유를 누릴 수 있음은 물론 영혼까지 자유로워질 거라는 생각을 했다. 그것이 그렇게 최악의 선택도 아니고 그다지 경멸할 만한 생각도 아닌 것 같았다. 그러면 내키는 대로 밤 늦도록 자지 않아도 될 것이고, 언제고 일어나고 싶을 때 일어나고, 집주인에게 집세를 달라는 시달림도 받지 않고 자유롭게 드나들 수 있을 터였다. 그런데 이런 상자 속에서도 얼어죽지는 않을 텐데도 너무나 많은 사람들이 이보다 크고 화려한 상자 속에 살며 세를 지불하느라 죽도록 고생하고 있다. 나는 지금 결코 농담을 하는 것이 아니다. 사람들은 경제를 쉽게 생각하고 있지만 실제로는 그렇게 간단히 해결되는 문제가 아니다.

한때는 이곳에도 대부분을 야외에서 살았던 미개하고도 강인한 종족이 자연에서 쉽게 마련할 수 있는 재료만으로 안락한 집을 만든 적이 있었다. 매사추세츠 식민지의 인디언 감독관으로 일했던 구킨은 1674년 이렇게 쓴 바 있다. "인디언들이 만든 집 중에서 제일 좋은 것은 수액이 오를 철에 줄기에서 벗겨내 아직 푸른 기가 가시지 않았을 때 묵직한 통나무로 눌러, 얇고 큼직하게 만든 나무껍질로 빈틈없이 따뜻하게 덮은 것이다……. 그보다 좀 못한 집들은 일종의 파피루스로 만든 가마니로 덮은 것으로, 그것 역시 앞의 집만큼 훌륭하지는 못하더라도 빈틈이 없고 따뜻하다……. 어떤 집은 길이가 60에서 100피트에 폭이 30피트에 달하는 것도 있었다……. 나는 종종 인디언 오두막에서 잠을 잤는데 영국에서 가장 좋은 가옥만큼이나 따뜻했다." 그는, 그 집들은 대부분 바닥에 깔개가 깔려 있고 안에는 수를 놓은 매트가 덮여 있고 가구들도 여러 종류가 되었다는 말을 덧붙였다. 이들 인디언들은 지붕에 난 구멍 위에 매트를 걸어 끈으로 바람을 조절할 정도로 개화돼 있었다. 하루 이틀 정도면 지을 수 있고 몇 시간이면 해체할 수 있는 이런 오두막을 한 가족이 하나씩 갖고 있으며, 오두막 안에 별도로 방을 갖고 있는 경우도 있었다.

미개 상태에서는 모든 인류가 저마다 최상의 집을 갖고 있었는데, 당시의 단순하고도 소박한 욕구를 만족시키는 데는 그것만으로도 충분했다. 공중의 새도 둥지가 있고, 여우들도 굴이 있고, 미개인들 역시 오두막을 제각기 갖고 있음에도 오늘날의 문명 사회에서는 자기 집을 가진 사람이 절반도 되지 않는다 해도 지나친 말이 아닐 것이다. 어느 곳보다도 문명화된 대도시에서는 집을 가진 사람의 수가 전체에 비하면 극소수에 불과하다. 그 나머지는 여름이든 겨울이든 없어선 안 될 필수품이 돼버린 이 겉옷 때문에 매년 세를 물고 있는데, 인디언의 오두막 마을을 통째로 살 수 있는 그 돈 때문에 살아 있는 동안 끊임없는 가난에 시달리는 것이다.

내가 지금 이 자리에서 집을 소유하는 것에 비해 세를 사는 것이 불리하다는 말을 하려는 것은 아니지만, 미개인들은 거의 비용이 들지 않기 때문에 자기 집을 갖고 있는 데 반해서 문명인들은 그만한 돈이 없다는 이유에서 세를 사는 것만큼은 분명한 사실이다. 길게 봐서 집세를 물 여유가 그만큼 더 생기는 것도 아닌데 말이다. 하지만 문명인이 비록 가난하더라도 약간의 집세를 물기만 하면 미개인에 비해 궁전 같은 저택을 소유할 수 있지 않느냐는 반박도 있을 수 있다. 매년 25달러에서 100달러의 집세만 내면(이것이 국내의 현 시세다) 수세기에 걸쳐 개량된 주택의 온갖 이점을 누릴 수 있는 것이다. 널찍한 방, 깨끗한 칠과 도배, 럼퍼드식 벽난로, 회벽, 베니션 블라인드, 구리 펌프, 용수철 자물쇠, 널찍한 지하실 등등. 그러나 이런 편의시설을 누리는 문명인들이 가난한 반면 그런 것이 없는 미개인들은 미개인 나름으로 풍족한 것은 어찌된 일일까?

문명이 인간 조건의 진보라고 주장한다면(현명한 사람들만이 그러한 진보의 이점을 이용하겠지만 나 또한 그렇다고 생각한다) 문명 속에서 더 큰 희생을 치르지 않고 보다 나은 집을 구할 수 있다는 점이 입증되어야 할 것이다. 그 희생이란 지금 당장이든 장기적으로든 그것과 교환하는 데 필요한 삶의 길이를 말한다. 이 지역의 평균치 주택값은 대략 800달러 정도로서, 그 정도의 금액을 모으기 위해서는 부양가족이 없는 노동자가 자신의 인생에서 10년에서 15년을 바쳐야 한다(이는 사람에 따라 다소간 차이는 있지만 노동을 금액으로 환산한 가치를 하루 1달러로 계산한 것이다). 요컨대 일반 노동자가 자신의 오두막집 하나를 마련하는 데 인생의 절반 이상을 고스란히 바쳐야 하는 것이다. 설혹 집세를 낸다고 가정하더라도 그다지 나을 것 없는 선택일 뿐이다. 미개인이 이런 조건으로 자신의 오두막과 궁전을 바꾼다면 그게 과연 현명한 짓일까?

이 불필요한 재산을 보유하는 데서 얻는 이점은 미래에 대비한 저축에 불과한데, 개인에 관한 한 그것은 주로 자신의 장례비로 지출될 뿐이다. 그러나 자신이 자신의 장례를 치를 필요는 없다. 그럼에도 불구하고 이 사실은 문명인과 미개인 사이의 중요한 차이점을 시사한다. 그리고 분명 여기에는 우리를 위한 모종의 계획, 즉 종족을 보존하고 개선하기 위하여 문명인의 생활을 개개인의 삶이 그 안에 대부분 흡수될 수 있는 하나의 제도로 만든다는 계획이 있는 것이다. 그러나 나는 현재 이러한 이점을 얻기 위해 얼마나 큰 희생을 치러야하는 것인지를 밝히고, 그와 동시에 아무 손실 없이 그 모든 이점을 확보할 수 있는 삶이 가능할지 모른다는 점을 제안하려는 바이다. "가난한 자는 늘 그대와 함께 있다"느니, 또는 "조상이 신 포도를 먹었으니 그 자손의 이가 시리다" 같은 속담의 의미는 무엇일까?

"주 하느님께서 말씀하시기를, 내가 사는 동안 너희가 이스라엘에서 이 속담을 다시는 쓰지 못하게 만들리라. 보라, 모든 영혼은 모두 나의 것이니. 아비의 영혼이 그러하듯 그 아들의 영혼도 나의 것이다. 죄를 범하는 영혼은 죽으리라."[17]

적어도 경제적인 면에서는 다른 계층만큼 잘살고 있는 내 이웃인 콩코드의 농부들을 생각해 보면, 그들 대부분은 20년, 30년 또

---

17 성서 에스겔 18:3~4.

는 40년을 힘겹게 일해 온 사람들로서 이제는 자신들이 일하는 농장의 실질적인 주인이 될 수도 있건만 대부분 부채와 함께 농장을 물려받았거나 빌린 돈으로 사들이고는 여전히 아직 빚을 다 갚지 못한 상태(그들이 들인 노고의 3분의 1은 집을 사는 비용으로 간주해도 좋다). 때로는 채무가 농장의 값을 넘는 경우까지 있어서 농장 자체만으로도 적지 않은 부담인데도 불구하고 자신이 그 농장을 속속들이 알고 있다는 이유에서 그냥 물려받고 마는 것이다.

나는 아무 부채 없이 농장을 소유한 사람이 마을에서 10여 명에 불과하다는 자산감정인들의 말에 놀라지 않을 수 없었다. 이런 농가의 내력에 대해 알고 싶다면 그 농가를 저당 잡고 있는 은행에 물어 볼 일이다. 실제로 순수하게 자신의 노동으로 빚을 갚은 이는 아주 희귀해서 누구나 금방 손꼽을 수 있을 정도다. 콩코드에는 그런 이가 세 명도 되지 않는 것 같다. 상인들 100명 가운데 97명은 실패한다는 속담은 농부들에게도 고스란히 적용된다. 그러나 상인들에 관해서는 어떤 상인 하나가 정확히 한 말대로, 그들이 실패한 원인 대부분은 금전상의 문제가 아니라 형편이 맞지 않아 계약을 이행하지 않은 데 있다고 한다. 다시 말해서 상인들의 파산은 도덕적 성격을 갖고 있다는 것이다. 그러나 이 사실은 문제를 훨씬 더 악화된 형태로 변질시킬 뿐 아니라, 나머지 세 명마저 자신들의 영혼을 구하는 데 성공하지 못했으며 어쩌면 정직하게 실패한 이들에 비해 훨씬 나쁜 의미에서 파산한 것임을 시사한다. 파산과 지불 거절은 우리 문명인 대부분이 공중제비를 넘는 도약대임에 반해, 미개인들은 기아라는 아무 탄력도 없는 널빤지 위에 서 있다. 그럼에도 마치 농업이라는 기계의 모든 부품에 아무 이상이 없기라도 하듯 미들섹스 가축품평회는 매년 성황리에 개최되고 있다.

농부들은 생계 문제를 실제보다 훨씬 복잡한 공식으로 해결하려 한다. 겨우 구두끈 하나를 사기 위해 가축을 떼로 키우는 것이다. 안락과 자립을 얻으려고 능숙한 솜씨로 털로 엮은 덫을 놓고 돌아서는 순간 자기 다리가 덫에 걸리고 만다. 이것이 바로 농부가 가난할 수밖에 없는 이유다. 그리고 비슷한 이유에서 우리는 온갖 사치품에 에워싸여 있으면서도 원시적인 다른 수많은 안락함을 누림에 있어서는 가난한 자인 것이다. 채프먼[18]은 다음과 같이 시를 썼다.

"거짓된 인간 사회에서는 속세의 부를 좇느라 거룩한 모든 위안은 허공에 흩어질 뿐."[19]

집을 소유한 농부는 집 때문에 더 부유해지는 것이 아니라 가난해질 뿐이며, 오히려 집이 그를 소유한 셈이 되고 만다. 내가 보

---

18 채프먼 - 조지 채프먼(1599~1634). 영국의 시인, 극작가.
19 「시저와 폼페이의 비극」에서 나온 구절.

기에, 미네르바[20]가 만든 집에 대해 모무스[21]가 "나쁜 이웃을 피할 수 있도록 이동식 주택을 짓지 않았다"고 제기한 반론은 타당한 것 같다. 그 반론은 여전히 유효한데, 그것은 우리가 만든 집들이 우리가 그 집 속에서 거주한다기보다는 갇히는 결과를 야기하는 다루기 힘든 재산이기 때문이다. 여기서 피해야 할 나쁜 이웃은 바로 우리 자신의 천박한 자아인 것이다. 이 마을에서 거의 한 세대가 지나도록 교외에 있는 자기 집을 팔고 마을 안으로 들어오려 했지만 뜻을 이루지 못한 가족이 적어도 한두 집 있는데, 그들은 죽어야만 집으로부터 자유를 얻을 것이다.

마침내 사람들 대다수가 모든 편의시설을 갖춘 현대식 주택을 갖거나 빌릴 수 있게 됐다고 가정해 보자. 문명은 주택을 개선시켰지만 그 안에 거주하는 인간을 그와 같은 정도로 개선시키지는 못했다. 문명으로 궁전을 만들 수 있게 됐지만 귀족과 왕족을 만들기는 그처럼 쉬운 일이 아니었다. 그리고 만약 문명인이 추구하는 바가 미개인이 추구하는 바에 비해 더 가치 있는 것이 아니라면, 요컨대 문명인이 단지 조악한 필수품과 안락을 얻기 위해 미개인보다 인생의 더 많은 부분을 일하느라 보내야 한다면, 어떻게 문명인이 미개인보다 더 좋은 주거지를 가졌다고 할 수 있단 말인가?

---

20 미네르바 – 지혜의 여신.
21 모무스 – 남을 조롱하고 흠잡는 신.

그렇다면 소수의 가난한 이들은 어떻게 지내고 있을까? 외적 여건에서 볼 때 미개인보다 더 나은 삶을 영위하는 이들이 있는 비율만큼이나 다른 이들은 미개인보다 열등한 상태로 떨어졌을 것이다. 한 계층의 사치스런 삶은 다른 계층의 빈곤을 야기한다. 한쪽에는 궁전이, 다른 한쪽에는 빈민수용소와 '묵묵하게 살아가고 있는 가난한 자들'이 있게 마련이다. 파라오가 묻힐 피라미드를 짓는 데 동원된 수많은 사람들은 마늘로 연명했을 것이고 품위 있는 무덤도 갖추지 못했으리라. 궁전의 처마장식을 마무리하던 석공은 밤이면 움막이나 다름없는 자기 집으로 돌아가리라. 문명이 존재했다는 일반적인 증거가 있는 나라라고 해서 그 나라 국민 대다수가 처한 상황이 미개인보다 열등하지 않으리라고 가정한다는 것은 잘못이다. 내가 여기서 말하는 것은 영락한 부자가 아니라 영락한 빈민이다. 이 사실을 알기 위해서는 문명의 상징인 철도 연변에 늘어선 판잣집을 보면 족하다. 나는 매일 그곳을 지나쳐 걸으며 돼지우리 같은 곳에 사는 사람들을 보는데, 그들은 채광을 위해 겨우내 문을 열어놓고 지내야하며 거기에는 장작단 비슷한 것도 찾아볼 수가 없고, 그곳에 사는 사람들은 노인이든 젊은이든 추위와 비참함으로 움츠리는 버릇에 젖어 있어 아예 온몸이 오그라들었고, 사지와 다른 신체 기능의 발달도 제대로 이루어지지 않았다. 오늘의 세대를 다른 세대와 구분 짓는 업적들이 바로 이들의 노동력으로 이루어지고 있는 만큼 이 계층에 대해 살펴볼 필요가 있다.

　세상에서 가장 큰 감옥이라 할 수 있는 영국의 모든 노동자들이 처한 상황도 크든 작든 이와 비슷한 상태다. 또는 지도에 흰색의 개화 지역으로 표시된 아일랜드를 그 예로 들 수도 있다. 아일랜드인의 신체 조건을 북아메리카 인디언이나 남태평양 섬주민들, 또는 문명인과의 접촉으로 타락하기 전의 다른 미개인종과 비교해 보라. 나는 그 나라를 다스리는 통치자들 역시 평균적인 문명국 통치자들만큼은 현명하리라고 확신한다. 그런데 그들이 처한 상황은 궁핍과 문명이 서로 양립한다는 사실만을 입증해 줄 뿐이다. 이 자리에서 굳이 지금 이 나라의 주요 수출품을 생산하며 그들 자신이 남부의 주요 생산품이 되어 있는 흑인 노동자들을 언급할 필요도 없을 것이다. 나는 지금 비교적 온당한 형편에 처해 있는 사람들에 대한 이야기를 하는 것이다.

　사람들 대부분은 집이라는 것이 과연 무엇인지에 대해 생각해 본 적도 없이, 이웃들이 소유한 정도의 집을 소유해야 한다는 이유에서 사실상 평생을 불필요하게 가난에 쪼들리고 있다. 마치 재봉사가 재단해 놓은 옷이면 뭐든 가리지 않고 입기라도 할 것처럼, 또는 점차 종려나무 잎새로 만든 모자나 마못 가죽 모자를 벗게 되자 이번에는 왕관을 살 수 없다는 신세를 한탄하기라도 하듯 말이다! 지금 우리가 살고 있는 집보다 더 편리하고 호화로운 집을 만들 수는 있을 테지만, 그런 비용을 낼 만한 사람은 없을 것이다. 늘 이런 것들을 더 많이 얻으려는 궁리만 할 뿐 모자란 대로 만족하지는 못하는 것일까? 그 결과 존경할 만한 시민이 젊은이들에게 죽기 전에 여분의 장화와 우산, 있지도 않은 손님들을 위한 손님용 침실을 마련할 필요가 있다고 본보기를 보여가며 엄숙하게 가르쳐야만 하는 것일까?

어째서 우리가 쓰는 가구는 아랍인이나 인디언의 가구처럼 소박해서는 안 되는 것일까? 천상의 사자이며 인간에 대한 거룩한 선물로 숭상받아 온 인류의 은인들을 생각해 보자. 그들의 뒤에는 어떤 수행자도, 최신 가구를 잔뜩 실은 수레 하나도 없다. 또는 우리가 도덕적으로 또한 지적으로 우월하므로 그것에 비례하여 아랍인보다 복잡한 가구를 써도 좋다고 한다면 그것이야말로 기이한 생각이 아니겠는가! 현재 우리의 집은 그런 가구들로 잔뜩 어지럽혀져 있다. 현명한 주부라면 그 대부분을 쓰레기통 속에 처넣음으로써 아침 일거리를 없애버릴 것이다.

그런 것들이 아침 일거리라니! 오로라[22]의 붉은 빛과 멤논[23]의 음악이 울리는 아침에 인간이 해야 할 일이 과연 무엇이어야 하는가? 전에 책상 위에 석회암 조각 세 점을 놓았다가, 내 마음속에 있는 가구들 먼지조차 아직 털지 않았는데 매일같이 그것들의 먼지를 털어야 한다는 사실에 질겁을 해서 넌더리를 내며 창 밖

22　오로라 – 여명의 여신.
23　멤논 – 에티오피아의 왕, 새벽의 여신 에오스의 아들.

으로 집어던진 일이 있다. 그런데 내가 어떻게 가구가 잔뜩 들어찬 집을 가질 수 있겠는가? 그러느니 차라리 앞이 탁 트인 빈터에 앉아 있는 편이 나을 것이다. 인간이 땅을 허물지 않는 한 풀잎에 앉을 먼지 하나 일지 않을 테니 말이다.

많은 사람들이 그처럼 열심히 추종하는 유행을 만든 이들은 바로 사치와 방탕을 일삼는 자들이다. 이른바 일류 숙박업소에 투숙하는 여행자라면 곧 그 사실을 깨닫게 되는데, 왜냐하면 여관 주인은 손님을 마치 사르다나팔루스[24]나 되듯 극진히 모시기 때문에 그들의 달콤한 대접을 탐닉하다가는 얼마 안 가서 알맹이는 모두 빼앗기고 빈 껍질만 남을 테니 말이다. 열차의 객차 역시 안전과 편의보다는 사치에 더 많은 돈을 쓰는 경향이 있다. 안전과 편의를 제쳐둔 객차는 자칫하면 침대 의자와 쿠션 의자, 차양 등 우리가 서양으로 들여온 수 많은 동양식 장식물로 가득한 현대식 거실이 될 우려가 있다. 그것들은 원래 하렘의 여자들과 중국 왕조의 나약한 원주민들을 위해 만든 것으로 우리 뉴잉글랜드인이라면 그 이름만으로도 부끄럽게 여길 물건들이다. 사람들이 북적대는 벨벳 쿠션 위에 앉느니 차라리 호박 하나를 통째로 깔고 앉는 편이 나을 것 같다. 유람 열차의 화려한 객실에 앉아 학질에 걸릴 위험이 있는 공기를 호흡하다 천국으로 가는 것보다는 차라

---

24 사르다나팔루스 – 앗시리아 최후의 왕으로 호화럽고 방탕한 생활을 한 인물.

리 신선한 공기를 마음껏 마시며 소달구지를 타고 지상을 여행하는 편이 나을 것 같다.

원시 시대의 소박하고 꾸밈없는 생활에는 적어도 인간을 자연 속에 머물게 하는 이점이라도 있었다. 음식과 수면으로 기운을 회복하고 나면 다시금 여행길을 생각했던 것이다. 실제로 당시의 인간은 세상이라는 천막 속에 살면서 골짜기를 누비거나 평원을 가로지르거나 산꼭대기를 올랐다. 그러나 보라! 인간은 이제 자신들이 쓰는 도구의 도구가 되어 버렸다. 배가 고플 때면 아무 생각 없이 과일을 따먹던 인간이 이제는 농부가 되었고, 은신처가 필요하면 나무 밑으로 들어갔던 그가 이제는 가옥 관리인으로 전락하고 말았다. 우리는 이제 더 이상 밤을 지새우기 위해 야영을 하지 않으며, 지상에 정착하면서 하늘을 잊었다. 우리는 기독교를 단지 진보된 농경 문화의 하나로만 받아들이고 있다. 현세를 위해서는 가족의 저택을, 내세를 위해서는 가족 묘지를 지었다. 훌륭한 예술 작품은 이런 조건에서 해방되기 위한 인간의 투쟁을 표현한 것이지만, 오늘날의 예술은 단지 이런 저급한 상태를 편안히 받아들이도록 하면서 보다 고결한 상태를 잊도록 만드는 효과가 있다. 실제로 우리 마을에는 설혹 미술 작품이 생기더라도 그것을 세워둘 마땅한 공간조차 없다. 우리의 삶, 우리의 집과 거리에는 미술품을 놓을 적당한 자리 하나 마련돼 있지 않은 것이다. 그림을 걸 못도 없고 영웅이나 성자의 흉상을 얹어놓을 선반도 없다. 집들이 어떻게 지어지고 그 대금을 어떻게 치르고 못 치르는지를, 그리고 그 가계가 어떻게 관리되고 유지되는지를 생각해 보면, 벽난로 선반에 놓인 싸구려 장식품에 감탄하는 손님의 발 밑에서 마룻장이 저절로 꺼져 정직하지만 딱딱한 지하실 흙바닥 위로 넘어뜨리지 않는 것이 신기할 정도다. 나로서는 이른바이 부유하고 세련된 삶이라는 것이 분수에 넘게 너무 높은 곳까지 뛰어오른 것이라는 생각을 하지 않을 수 없으며, 집 안을 장식한 미술품을 감상하기보다는 황급하게 마련한 부에 온 신경이 쏠리는 것이다.

내 기억에 의하면, 순전히 인간의 근육에 의지한 진정한 의미에서 가장 기록적인 도약은 어느 아랍 유목민이 세운 것으로 지상에서 25피트 높이에 달한 것이다. 인위적인 뒷받침 없이 그 높이에 이른 인간은 다시금 땅으로 떨어지게 마련이다. 따라서 그런 부당한 부의 소유자에게 묻고 싶은 첫 번째 질문은 당신을 받쳐주는 이가 누구냐는 것이다. 당신은 실패한 97명 중 하나인가, 아니면 성공한 세 명에 속하는가? 우선 이 질문에 대답해 보라. 그런 뒤에야 당신의 싸구려 장식품을 살펴보겠다. 말 앞에다 수레를 다는 일은 아름답지도 유용하지도 못하다. 집 안을 아름다운 물건으로 장식하기 전에 먼저 벽을 깨끗이 치우고 우리의 삶에서 불필요한 것들을 제거해야 한다. 그래야만 아름다운 살림과 아름다운 생활이 바탕이 되는 것이다. 미에 대한 취향은 집도 가

정부도 없는 야외에서 가장 훌륭하게 배양되는 법이다.

존슨[25] 옹은 「기적의 섭리」라는 글에서, 자신의 동시대인인 이 마을 정착민들에 대해 이야기하면서 다음과 같이 쓴 바 있다. "그들은 언덕 중턱 아래 굴을 파서 최초의 주거지를 마련했으며 들보 위에는 흙을 높게 덮고 맨 위의 흙에다 연기 나는 불을 피웠다." 또 말하기를, "그들은 주님의 은총으로 흙에서 빵을 만들 만큼 곡식을 생산할 때까지는 집을 마련하지 않았으며", 첫해의 수확이 너무 적어서 "보릿고개 때는 빵을 아주 얇게 썰어야만 했다"고 했다. 1650년 뉴잉글랜드의 지방장관은 그곳에 정착하려는 사람들에게 정보를 주려는 목적에서 네덜란드어로 좀더 구체적인 내용을 기록했다. "뉴네덜란드인들, 특히 처음에 자신들이 원하는 대로 농가를 지을 방도가 없었던 뉴잉글랜드인들은 땅에 움처럼 네모난 구덩이를 팠다. 깊이는 6, 7피트였고 길이와 폭은 적당하게 정했으며 움집 안 흙벽에는 빙 둘러 나무를 대고 그 위에 다시 나무껍질이나 흙이 흘러들지 못하도록 다른 재료를 댔다. 이 움집 바닥에는 널빤지를 깔았으며 머리 위의 천장에는 널빤지를 댔고, 그 위에 가로뼈대로 지붕을 세우고 나무껍질이나 떼를 입혔다. 이렇게 해서 움집 안에서 온 가족이 2, 3년에서 4년까지 건조하고 따뜻하게 살 수 있었다. 가족 규모에 따라 움집 안

---

25 존슨 - 에드워드 존슨(1599~1672). 뉴잉글랜드 황무지를 개척하고 그 역사를 기록으로 남긴 인물.

에 칸막이를 하는 경우도 있었다. 식민지 초기 뉴잉글랜드의 부자와 유력 인사들 역시 이런 식으로 첫 번째 거처를 마련했는데 거기에는 두 가지 이유가 있었다. 첫째, 그것은 집을 짓는 데 시간을 허비하지 않음으로써 다음 추수 때까지 식량이 모자라지 않도록 하기 위해서이고, 둘째는 자신들이 고국에서 데려온 가난한 수많은 동포들의 용기를 꺾지 않기 위해서였다. 그로부터 3, 4년이 지나 농사에 틀이 잡히게 되자 비로소 많은 돈을 들여 훌륭한 집을 지었다.”

우리 선조들이 취한 이 방식에는 최소한의 분별을 엿볼 수 있는데, 그들은 보다 화급한 문제를 먼저 해결한다는 원칙을 갖고 있었던 것 같다. 하지만 지금은 그런 화급한 문제들이 제대로 해결되고 있을까? 화려한 집을 마련하려던 나는 단념할 수밖에 없는데, 왜냐하면 이 나라에는 아직 인간적인 문화가 자리를 잡지 못했으며 따라서 우리는 아직도 우리 선조들이 빵을 얇게 썰었던 것보다 훨씬 더 얇게 정신의 빵을 썰어야 할 형편이기 때문이다. 아무리 험한 시대라 해도 모든 건축 장식을 무시할 필요는 물론 없다. 그렇지만 생활과 접하는 곳을 먼저 조개껍질처럼 아름답게 꾸미되 겉장식에 치중하지 말자. 애석한 일이지만 그런 집 안에 들어가 본 적이 있는 나는 그 집 안의 꾸밈새가 어떤지 잘 알고 있다.

오늘날 아무리 우리가 퇴화되었다고 해도 동굴이나 움막에서 살지 못하거나 가죽옷을 입을 수 없을 정도는 아니다. 그러나 비록 비싼 값이 들기는 했어도 인류의 발명과 근면함이 낳은 이점을 받아들이는 편이 나은 것은 확실하다. 내가 살고 있는 마을 같은 곳에서는 널빤지나 지붕널, 석회와 벽돌을 구하는 것이 적당한 동굴이나 통나무, 충분한 나무껍질, 심지어 잘 이긴 진흙과 판석을 구하는 것보다 값도 싸게 먹히고 구하기도 쉽다. 내가 이런 문제에 대해 이야기하는 것은 나 자신이 이론적으로나 실제적으로 잘 알고 있는 일이기 때문이다. 약간만 재치를 부린다면 이런 재료들을 이용하여 가장 부유한 자보다 더 부유하게 살 수도 있고 문명을 하나의 축복으로 만들 수도 있다. 문명인이란 보다 경험이 많고 현명한 미개인인 것이다. 그러나 이제 그만 내가 했던 실험 이야기로 넘어가자.

1845년 3월이 끝나갈 무렵 나는 도끼 한 자루를 빌려 집을 짓기로 작정한 곳에서 가까운 월든 호숫가의 숲 속으로 들어간 다음 재목으로 쓰기 위해 크고 꼿꼿하게 자란 한창때의 백송나무를 베기 시작했다. 처음부터 물건을 빌리지 않고 시작하기도 어려운 일이지만, 그 결과 다른 사람들에게 자신이 하는 일에 대해 관심을 갖도록 한다는 것은 지극히 관대한 행위일 것이다. 도끼 주인은 도끼를 넘겨주면서 그것이 자기에게 아주 소중한 물건이라고 했지만, 나는 빌려올 때보다 더 날카롭게 버려서 돌려주었다. 내가 일하는 곳은 소나무가 우거진 상쾌한 언덕배기였는데, 나무 사이로 호수와 소나무와 히코리나무가 자라는 조그만 공터도 내다보였다. 호수의 얼음은 아직 다 녹지 않았지만 군데군데 녹은 자리마다 스며든 호수의 물이 검게 보였다. 내가 일하는 낮 동안 간간이 가벼운 눈보라가 날린 적도 있었지만, 집으로 돌아오기 위해 철로가에 나설 때면 대개 노란 모래더미가 엷은 아지랑이 속으로 멀리 뻗어 있고, 철로도 봄의 햇살 속에서 반짝였으며, 종달새와 딱새 같은 새들이 또 다른 한 해의 시작을 알려주고 있었다. 상쾌한 봄날이 되자 겨우내 품었던 불만은 대지와 함께 녹아버렸고 굼뜬 생활도 기지개를 펴기 시작했다.

하루는 도끼날이 빠져서 히코리의 푸른 가지를 잘라 돌멩이로 쐐기를 박았다. 그런 다음 자루를 물에 불리기 위해 도끼를 통째로 호수 얼음 구멍 속에 담갔다. 그 순간 물속을 지나는 줄무늬 뱀이 보였는데 그놈은 내가 그곳에 있는 동안(아마 15분은 더 됐을 것이다) 아무 불편 없이 호수 바닥에 가만히 엎드려 있었다. 어쩌면 아직 완전히 동면에서 벗어나지 못했기 때문인지도 몰랐다. 문득 어쩌면 인간도 그와 비슷한 이유에서 지금처럼 비천하고 원시적인 상태에 머물고 있는지 모른다는 생각이 떠올랐다. 인간이 자신을 일깨우는 봄의 기운을 느낄 수 있다면 분명 보다 고결하고 더욱 성스러운 삶을 영위할 것이다. 예전에 몹시 추운 아침나절이면 잔뜩 굳은 채 풀리지 않은 몸뚱이를 길에 걸친 뱀들과 마주치곤 했는데, 그 뱀들은 해가 나서 몸이 풀리기를 기다리고 있었던 것이다. 4월 1일에는 비가 내리면서 얼음이 녹았다. 안개가 자욱한 그날 아침 이른 시각에 나는 길 잃은 암기러기 한 마리가 호수 바로 위를 날면서 당황한 듯이 우는 소리를 들었다. 마치 안개의 정령과도 같았다. 이렇게 며칠 동안 조그만 도끼 한 자루만 가지고 목재를 베고 기둥을 깎고 서까래를 다듬고 지냈는데, 그동안 특별히 언급할 만한 심오한 생각도 하지 않은 채 이런 노래를 부르곤 했다.

사람들은 많은 걸 안다고 말하네.
하지만 보라! 거기엔 날개가 달렸나니
예술이며 과학,
수많은 지식도.
불어오는 바람
그것이 우리가 아는 유일한 것이라네.

나는 주된 목재를 사방 6인치가 되도록 다듬었으며 기둥은 대부분 양면만을, 서까래와 마루에 깔 나머지 나무는 나무껍질 그대로 남겨둔 채 한 면만을 다듬어서 톱으로 켠 것보다 더 똑바르고 튼튼하게 만들었다. 그리곤 이제 다른 연장들도 빌려왔기 때문에 목재마다 조심스럽게 장부 구멍을 내거나 장부[26]를 만들었다. 내가 숲에서 일하는 시간은 그리 길지 않았으나 대개의 경우 버터 바른 빵을 싸 가지고 가서 점심때가 되면 내가 베어낸 푸른 소나무 가지 속에 앉아 빵을 쌌던 신문지를 읽었다. 내 손에는 온통 송진이 늘어붙어서 빵에서도 송진 향내가 풍겼다. 나는 집 짓는 일을 마치기 전에 소나무의 적이라기보다는 친구처럼 되었는데, 그것은 비록 소나무를 좀 베기는 했으나 그 나무에 대해 훨씬 잘 알게 되었기 때문이다. 이따금 숲을 지나던 사람이 도끼질 소리에 끌려 다가오면 나무 부스러기를 밟고 서서 유쾌하게 잡담을 나누곤 했다.

일을 서두르지 않고 정성을 들였기에 4월 중순이 되어서야 뼈대를 세울 준비가 끝났다. 나는 널빤지를 사용할 목적으로 피츠버그 철도에서 일하는 아일랜드인 제임스 콜린스의 판잣집을 사두었다. 제임스 콜린스의 판잣집은 꽤 쓸 만하다는 평판을 받고 있었다. 내가 집을 보러 갔을 때 그는 마침 집에 없었다. 나는 집 외곽을 둘러보았는데, 창문이 너무 깊고 높이 나 있어서 처음에는 집 안에 있는 사람도 그곳에 있는 나를 보지 못했다. 그 집은 작은 것으로 시골집처럼 지붕이 뾰족했고 집 주위로 마치 퇴비 더미를 쌓듯 흙을 5피트가량 쌓아올려서 별달리 볼 것이 없었다.

---

26 장부 – 건축에서 한쪽 끝을 다른 쪽 구멍에 맞추기 위해 가늘게 만든 부분을 말함.

볕에 잔뜩 휘어진데다 삭기는 했어도 그중에는 지붕이 그런 대로 제일 멀쩡했다. 문지방은 없었고 문짝 바로 아래로 닭들이 사철 드나들 수 있는 통로가 나 있었다. 그때 그의 부인이 문 앞에 나와 집안도 둘러보라고 했다. 내가 다가가자 닭들이 쫓기듯 문 아래쪽으로 들어갔다. 집 안은 어두웠고 바닥은 대부분 흙으로 되어 있어 축축하고 추워 오한이 일 정도였다. 다만 몇 군데는 떼어내면 부서질 것 같은 판자가 깔려 있었다. 그녀는 등잔을 켜서 지붕과 벽 안쪽을 보여 주고, 침대 밑까지 깔린 마루도 보여 주었으며 2피트 깊이의 쓰레기 구덩이처럼 생긴 땅광에 발을 디디지 않도록 조심하라고 일러 주었다. 그녀의 표현에 의하면 "위쪽 판자도, 벽 판자도, 창문도 성했다." 그 창문은 원래 온전한 두 짝짜리인데, 최근에 그곳을 통해 집고양이가 달아난 것 말고는 별다른 문제가 없다고 했다. 살림이라고는 난로 하나, 침대 하나, 앉을 자리 하나, 그 집에서 태어난 갓난애 하나, 비단 양산 하나, 테를 도금한 거울, 그리고 떡갈나무 묘목에 못으로 걸어놓은 최신형 커피 빻는 기계가 전부였다.

그 사이에 제임스가 돌아왔기 때문에 곧 계약이 끝났다. 나는 그날 밤 안으로 4달러 25센트를 지불하고, 그는 다음 날 아침 5시까지 집을 비우되 그 사이에 아무에게도 팔지 않는다는 조건이었다. 내가 그 집을 소유하는 시각은 6시로 정했다. 그는 되도록 일찍 오는 것이 좋다고 말했는데, 집세와 연료비를 물라는 애매하고 말도 안 되는 주장을 하는 자가 있다는 것이다. 그는 그것이 유일한 말썽거리라고 단언했다. 아침 6시에 나는 노상에서 그와 그의 가족을 보았다. 커다란 꾸러미 하나에 침대와 커피 기계, 거울, 닭 등 고양이를 제외한 그들의 전 재산이 들어 있었다. 그 고양이는 숲으로 들어가 야생 고양이가 되었으며, 훗날 알게 된 사실이지만 마못을 잡기 위해 놓은 덫에 걸려 그만 죽고 말았다.

나는 그날 아침 이 집을 헐어 못을 뽑은 다음 조그만 수레에 실어 몇 차례에 걸쳐 호숫가로 날랐다. 그리곤 표백을 시키고 흰 부분을 제대로 잡기 위해 볕이 드는 풀밭에 펼쳐놓았다. 아침 일찍 일어난 개똥지빠귀 소리를 들으며 숲 속 오솔길을 따라 수레를 밀었다. 패트릭이라는 꼬마가 내게, 이웃에 사는 아일랜드인 실리가 내가 수레로 짐을 나르는 사이사이에 아직 쓸 만한 똑바르고 성한 못과 고정쇠와 대못 따위를 슬쩍했다고 고자질을 했다. 그러고 나서 내가 지나는 길에 잠시 들러 보니 실리는 무심한 얼굴로 봄날의 생각에 잠긴 채 집 허문 자리를 바라보며 서 있었다. 달리 할 일이 없어서라고 그는 말했다. 그는 구경꾼의 대표로 그곳에 와 있었던 것이니, 이 하찮은 사건에 트로이 신들의 이사와도 같은 의미를 부여해 준 셈이었다.

나는 마못이 예전에 굴을 파놓았던 남향의 언덕배기에 옻나무와 검은딸기나무 뿌리 사이를 지나 고운 모래가 나올 때까지 사방 6피트에 7피트 깊이로 식물이 더 이상 보이지 않을 만큼 지하광을 팠는데, 그 정도면 아무리 추운 겨울이라도 감자가 얼 염려가 없었다. 측벽에는 돌을 쌓지 않고 경사진 그대로 두었지만, 그곳까지는 해가 들지 않기 때문에 모래가 무너질 것 같지는 않았다. 그 일을 하는 데는 겨우 2시간이 걸렸다. 나는 이렇게 땅을 파는 일에 즐거움을 느꼈는데, 그것은 어느 지방에서든 땅속을 파고 들어가면 일정한 온도를 유지할 수 있기 때문이다. 도시의 가장 웅장한 저택 밑에도 예전처럼 뿌리채소를 저장해 두는 지하광이 있다. 아마 오랜 세월이 흘러 지상의 건물이 사라지고 나면 후세 사람들은 땅에 파인 자국을 보게 될 것이다. 결국 집이란 것은 여전히 굴 입구에 만들어놓은 일종의 현관인 셈이다.

드디어 5월 초가 되자 아는 이들의 도움을 받아 집의 틀을 세우게 되었는데, 그것은 꼭 도움을 받아야 할 필요가 있어서라기보다는 이것을 기회로 이웃간의 정을 돈독하게 하기 위해서였다. 이 상량꾼들의 자질을 볼 때 누구보다도 내가 영광을 입은 셈이었다. 그들은 언젠가 이보다 훨씬 더 웅장한 주택의 상량을 거들 운명을 타고났던 것이다. 나는 판자를 치고 지붕을 얹은 직후인 7월 4일부터 그 집에서 살기 시작했다. 판자의 한쪽을 얇게 깎아 서로 겹치게 했기 때문에 비가 스며들 염려는 없었다. 판자를 붙이기 전에 호숫가에서 두 수레분의 돌을 팔로 안아 날라다 한쪽 끝에 굴뚝의 기초를 만들었다. 가을에 밭일을 마친 뒤 온기를 얻기 위한 불이 필요해지기 전에 굴뚝을 세웠는데, 그 사이에는 아침 일찍 집 밖 땅바닥에서 음식을 만들었다. 나는 지금도 그 방식이 어떤 면에서는 훨씬 더 편하고 기분 좋았다고 생각한다. 빵을 다 굽기 전에 날씨가 사나워지면 불 위에 판자 몇 장을 덮고는 그 아래 앉아 빵이 구워지는 것을 지켜보며 즐거운 몇 시간을 보내곤 했다. 그 시절에는 너무 분주한 나머지 책을 거의 읽지 못했지만, 그릇 받침대이자 식탁보 구실을 한 신문지 조각이 책 읽는 만큼의 즐거움을 안겨 주었고 실제로 내게는 『일리아스』나 다름없었다.

그런데 내가 그랬던 것보다 좀더 신중하게, 예를 들면 문짝이나 창문, 지하광, 다락방 등이 인간성 어디에 기반을 둔 것인지를 생각하면서 집을 지으면 좋을 것 같다. 그래서 어쩌면 일시적인 필요에 의해서보다 좀더 그럴 듯한 이유를 찾을 때까지는 아예 집을 짓지 않을 수도 있다. 사람이 자기 집을 지을 때도 새가 자기 둥지를 만드는 데서 볼 수 있는 합당한 이유가 있어야 한다. 인간이 자기 손으로 집을 짓고 스스로 자기 가족을 위해 소박하고 정직한 방식으로 먹을 것을 마련한다면 새들이 집을 짓고 먹이를 구할 때 늘 그렇듯 시적 능력이 개발되지 않을까? 그러나 안타깝게도 우리는 남의 둥지에 자기 알을 낳는 찌르레기나 뻐꾸기처럼 행동하고 있다. 그런 새들의 요란스럽기만 하고 서투른 울음소리는 길 가는 나그네의 귀를 즐겁게 해줄 수가 없다. 집 짓는 일의 즐거움을 영원히 목수들의 손에 넘겨 줄 것인가? 사람들이 겪는 일 중에서 건축에 대한 경험은 얼마나 될까? 나는 자기 집을 짓는 것만큼 소박하고도 자연스러운 일에 종사하는 사람을 만난 적이 없다. 우리 인간은 사회에 속해 있다. 한 사람의 몫에서 9분의 1밖에 하지 못하는 것은 비단 재봉사만이 아니라 목사와 상인과 농부도 마찬가지다. 이 노동의 분업은 언제나 끝날 것인가? 그리고 그것은 결국 어떤 목적에 귀결될 것인가? 다른 사람이 나를 대신해서 생각할 수도 있겠지만, 그 결과 내가 스스로 생각하지 못하게 되는 것은 결코 바람직하지 못하다.

실제로 이 나라에는 이른바 건축가라는 사람들이 있고, 내가 알기로 건축의 장식은 적어도 진리의 핵심, 필연성, 따라서 아름다움을 갖춰야 한다는 일종의 계시나 다름없는 생각에 사로잡혀 있는 건축가가 한 사람은 있다. 그것은 그 나름의 관점에서 볼 때는 아주 그럴싸하게 들리지만, 평범한 아마추어 예술과 크게 다를 바가 없다. 감상적인 개혁자인 그 건축가는 기초가 아니라 처마 장식에서부터 시작했다. 그것은 모든 캔디에 아몬드가 아니면 회향 열매를 집어넣듯이(나는 아몬드에는 설탕이 없어야 건강에 좋다고 생각하지만) 건물 장식에 진리의 핵심을 넣겠다는 방식으로, 그 집의 거주자가 진정한 의미에서 안팎을 지어 나가면서 장식을 자연스럽게 덧붙여 나가도록 하는 방식과는 거리가 멀다. 이성적인 사람이라면 그런 장식들이 외적인 표피에 불과한 것이라고, 브로드웨이의 주민들이 자기 동네의 트리니티 교회를 청부업자에게 맡긴 것처럼 거북의 얼룩점을 찍게 하고 조개가 진주빛을 만들게 했다, 라고 생각할 수 있을까? 그러나 인간이 자기 집의 건축 양식과 무관한 것은 거북 그 껍질 무늬와 무관한 것이나 마찬가지다. 병사가 아무리 한가하다 해도 아군의 깃발에다 자신의 힘을 색으로 칠할 필요가 없는 것과 마찬가지다. 적군은 금방 알아채고 말 테고 시련이 닥치면 그 병사는 하얗게 질리고 말 것이다. 내가 보기에 이 건축가는 처마 장식 너머로 교양 없는 거주자에게 머뭇거리며 어설픈 진리를 속삭이고 있는 것처럼 보인다. 그런데 사실 그 거주자는 건축가보다 진리에 대해 더 잘 알고 있는 것이다. 지금 내가 보는 건축의 미라는 것은 안에서 밖으로, 겉치레에 대한 고려 없이 그 건물의 유일한 건축자라고 할 수 있는 거주자의 필요와 성격에서, 요컨대 무의식적인 진실과 고결함에서 차츰차츰 우러나온 것이다. 그런 부차적 아름다움에서 산출되는 것보다는 아무래도 삶의 무의식적인 아름다움이 우월하니까 말이다.

화가들이 알고 있듯이 이 나라에서 가장 흥미로운 주거 형태는 통상 가난한 이들이 사는 아무 꾸밈도 없는 소박한 통나무 오두막이다. 그런 집을 생생하게 만들어 주는 것은 바로 그들이 집을 외피삼아 사는 그곳 주민들의 삶이지, 결코 그 표면적인 형태가 아니다. 그 삶이 상상만큼 소박하고 쾌적한 것이라면, 그리고 그러한 주거 양식으로 효과만 노리려 하는 것이 아니라면 상자 모양을 한 시민들의 교외주택이라도 흥미로운 것이 될 것이다. 건축적 장식물 대부분은 문자 그대로 공허한 것이며, 9월에 강풍이 몰아치면 흡사 남에게 빌려다 붙인 깃털 장식처럼 고스란히 몸뚱이만 남긴 채 깨끗이 날려가 버리고 말 것이다. 지하실에 올리브도 포도주도 없이 살 수 있는 이들은 건축이라는 것 없이도 문제 없이 살 수 있다. 만일 문학에서도 문체라는 장식에 대해 이와 같은 소동이 벌어졌다면, 그래서 성서의 건축가들이 오늘날 교회 건축가들이 그러는 것처럼 지붕 장식에 대해 그처럼 많은 시간을 들였다면 어떻게 됐을까? 실은 그 결과 순수문학이나 순수미술, 그리고 그런 것을 강의하는 교수가 생기게 되었다. 너무나 많은 사람들이 머리 위나 발 밑에 기둥을 어떻게 경사지게 만들고, 또 집이라는 상자에 어떤 색을 입힐 것인가 하는 문제에 골머리를 썩고 있다. 진정한 의미에서 집주인 자신이 기둥들을 배치하고 직접 색을 입힌다면 그것 나름대로 의미가 있다 하겠다. 하지만 이미 집주인의 영혼이 떠난 집을 짓는 일은 자신의 관을 짜는 일이나 다름이 없다. 그것은 무덤의 건축이며 '목수'는 '관 짜는 사람'의 다른 이름일 뿐이다. 절망감에서 또는 삶에 대한 무관심에서 발치의 흙 한 줌을 집어들고는 자신의 집을 흙빛으로 칠하라고 말 할 수도 있겠다. 그렇다면 그는 자신이 마지막으로 들어갈 그 좁다란 집을 생각하고 있는 걸까? 그러느니 차라리 동전이나 한 닢 집어던질 일이다. 그렇게나 한가하다는 걸까? 어째서 흙

한 줌을 집어드는 것인가? 그보다는 차라리 자신의 얼굴빛으로 집을 칠하는 편이 나을 것이다. 집이 당신을 대신해서 창백해지거나 얼굴을 붉힐 수 있게 말이다. 그런데 오두막 건축양식을 개선시키려고 들다니! 당신이 내 장신구를 마련했다면 기꺼이 달아 주리라.

겨울이 오기 전에 나는 굴뚝을 세우고 이미 방수처리가 된 측벽에 통나무에서 잘라낸 첫물 목재로 불완전하고 물기가 많은 그대로 지붕널을 달았는데, 널 모서리는 대패로 반듯하게 다듬어 주어야 했다.

이렇게 해서 내게는 폭 10피트에 길이 15피트, 8피트짜리 기둥이 서고 다락방과 벽장이 있고 양편으로 큼직한 창이 나 있으며 뚜껑문이 둘 달리고 한쪽 끝에 문을 내고 맞은편에 벽돌로 벽난로를 만든, 야무지게 지붕널을 달고 회반죽을 바른 집 한 채가 생겼다. 다음에 집을 짓는 데 든 정확한 비용을 적어 놓았다. 내가 사용한 재료에 대해서는 현 시가를 적었지만 나 혼자 한 노임은 계산에 넣지 않았다. 또한 자기 집을 짓는 비용이 얼마인지 정확히 아는 사람이 거의 없는 데다가 설혹 있다고 하더라도 집을 짓는 데 들어간 갖가지 재료값을 알고 있는 이는 더욱 드물기 때문에 그 세목을 일일이 밝혔다.

판자	8달러 3센트 남짓
	(대부분 판잣집에서 뜯어온 것)
지붕 측면에 쓴 헌 지붕널	4달러
윗가지	1달러 25센트
유리가 달린 중고 창문 두 짝	2달러 43센트
낡은 벽돌 천장	4달러
석회 2통	2달러 40센트 (비싼값)
모사	31센트 (분량이 너무 많았음)
벽난로용 무쇠받침	15센트
못	3달러 90센트
경첩과 나사	14센트
걸쇠	10센트
호분	1센트
운임	1달러 40센트
	(대부분은 내가 지고 날랐음)
합계	**28달러 12센트 남짓**

이것이 내가 무단 개간자의 권리로 사용한 목재와 돌과 모래를 제외한 모든 재료다. 나는 옆에 작은 목재용 창고도 지었는데, 집을 짓고 난 나머지 재료로 만들었다. 지금 이 집만큼이나 유쾌하고 비용도 이 정도만 든다면 콩코드 번화가에 있는 웅장하고 화

려한 어떤 건물도 능가하는 집을 한 채 짓고 싶다.

이렇게 해서 나는 집이 필요한 학생이면 현재 매년 집세로 지불하는 돈만 가지고도 평생 동안 쓸 수 있는 집을 장만할 수 있다는 사실을 알게 되었다. 내가 지금 정도 이상으로 자랑하는 것처럼 보인다 하더라도, 내가 지금 자랑스럽게 여기는 것은 나 자신이 아니라 모든 인간이라는 사실로 변명이 될 것이다. 그리고 설혹 내게 어느 만큼 결함과 모순이 있다 해도 그것 때문에 내 말의 진실성이 영향받아서는 안 된다. 점잔 빼는 말투와 위선이 적지 않게 있음에도 불구하고(그것은 나의 밀알에서 가려내기 힘든 왕겨인 셈인데, 그 점에 대해서는 나 역시 다른 사람만큼이나 유감스럽게 여기고 있다) 나는 이 점에서는 자유롭게 숨쉬고 마음껏 사지를 펼 것이다. 오히려 그것은 도덕적으로나 신체적으로 안도할 만한 일이다. 나는 겸손을 가장한 악마의 대리인이 될 생각은 결코 없다. 진실을 위해서 말하도록 애쓸 것이다.

하버드 대학에서는 지금 내 방보다 조금 더 큰 방 하나에 대해 방세로만 매년 30달러나 낸다. 학교 당국은 한 지붕 아래 32개의 방을 나란히 늘어놓아 이득을 보고 있는 반면, 기숙생들은 많은 학생들이 내는 소음으로 불편을 겪을 뿐 아니라 자칫하면 4층에 살아야 하는 경우까지 있다. 만약 이점에서 진정한 지혜를 발휘한다면 교육의 필요성을 줄일 수 있을 뿐 아니라(왜냐하면 실제로 이미 너무 많은 교육을 받은 셈이므로), 교육비 또한 크게 줄일 수 있으리라는 생각을 하지 않을 수가 없다. 현재 하버드나 다른 곳에서 학생이 필요로 하는 편의 시설에 드는 비용은, 양쪽 당사자가 적절히 관리할 경우 치러야 할 희생의 열 배나 된다. 가장 많은 돈이 드는 일이라고 해서 학생들이 가장 원하는 일이라고 할 수는 없다. 예컨대 수업료는 학비 가운데 큰 비중을 차지하고 있는데, 학생들이 동시대인들 중에 가장 교양 있는 부류와 교제함으로써 얻는, 보다 더 값진 교육에는 아무 비용도 들지 않는다.

대학을 세우는 방식은 대개 기부금을 모은 다음 노동 분업의 원칙을 그 극단까지 맹목적으로 추종하여(그러한 원칙을 추종할 경우에는 반드시 세심한 주의가 따라야 함에도 불구하고) 청부업자를 끌어들이고, 청부업자는 이 일을 일종의 투기로 삼아 그 대학에 들어올 학생들도 할 수 있는 기초공사에 아일랜드인이나 다른 인부들을 고용하는 것이다. 그리고 이런 과오에 대해서는 후대인들이 대가를 치르게 마련이다. 학생들이나 대학의 혜택을 받으려는 다른 이들에게도 그들 자신이 직접 기초공사를 하는 편이 더 나을 것이다. 인간에게 필수적인 노동을 고의적으로 기피한 채 탐욕스럽게 여가를 확보하려는 학생은 실제로는 불명예스럽고 무익한 여가를 얻을 뿐이며, 여가를 유익하게 만들어주는 경험을 쌓을 기회를 스스로 박탈하는 셈이다. "그렇다면 당신은 학생들이 머리가 아니라 손으로 노동을 해야 한다는 말이오?" 하고 묻는 사람도 있으리라. 꼭 그렇다고는 할 수 없지만 그와 비슷하게 간주될 수도 있겠다. 내가 말하려는 바는, 사회가 그 값비싼 놀이의 비용을 대고 있는 동안 학생들은 인생을 놀면서 보내거나, 아니면 그저 인생을 공부만 할 게 아니라 처음부터 끝까지 진지하게 삶을 영위해야 한다는 것이다. 젊은이들이 지금 당장 삶을 실제로 경험해 보는 것 이상으로 인생에 대해 확실하게 배울 수 있는 방법이 있을까? 그런 방식이야말로 수학만큼이나 그들의 정신을 갈고 닦아줄 것으로 생각된다. 예를 들어서 어느 소년에게 예술과 과학에 대해 가르치고 싶을 경우, 나는 흔한 방식으로 그 아이를 교수에게 보내지는 않을 것이다. 그곳에서는 모든 것을 교수하고 실습할지 몰라도 인생이라는 기술을 배울 수는 없기 때문이다. 망원경이나 현미경으로 세상을 들여다보는 법은 배울지 몰라도 그애의 눈으로 직접 세상을 보는 법은 배우지 못할 것이다. 화학에 대해서는 배우겠지만 빵이 어떻게 만들어지는지 모를 것이고, 기계학은 배우겠지만 기계를 만드는 방법은 모를 것이며, 해왕성의 새로운 위성을 발견할 수는 있어도 자기 눈의 티끌은 보지 못하거나, 그 자신이 어떤 부랑자의 위성인지 알지 못할 것이다.

또는 식초 한 방울에 든 세균을 들여다보는 사이에 자기 주위에서 우글대는 괴물에 먹혀버릴 수도 있다. 자신이 캐내어 녹인 광석에서 잭나이프를 만든 아이와(그는 그 과정을 배우기 위해 필요한 책을 읽는다), 대학에서 야금학 강의에 출석하면서 아버지에게서 로저스제 주머니칼을 선물로 받은 아이 둘을 놓고 한 달이 지나면 어느 쪽이 더 많은 발전을 이룩했을까? 둘 중 어느 아이가 손가락을 베기 쉬울 것인가? 나는 대학을 졸업하면서 내가 재학 중에 항해학을 수강했다는 얘기를 듣고 깜짝 놀랐다. 만약 내가 한 번이라도 항구로 나간 적이 있다면 항해에 대해 훨씬 더 많은 것을 배웠을 텐데 말이다. 가난한 학생들조차 정치경제학만 공부하고 또 수업 받고 있는데, 정작 철학과 동의어인 삶의 경제학은 오늘날 대학에서 진지하게 교습되지 않고 있다. 그 결과 학생이 아담 스미스[27]와 리카르도[28]와 세이[29]의 저술을 읽는 동안 그의 아버지는 갚을 길 없는 부채에 빠져 버리는 것이다.

지금의 대학과 비슷한 처지에 놓인 것으로 수많은 '현대적 개량'이라는 것이 있다. 거기에는 일종의 환상이 있는데, 즉 언제나 긍정적 발전만 있는 것이 아니라는 것이다. 악마는 자기가 그 일에 맨 처음 투자한 몫과 그 이후 수없이 쏟아부은 투자분에 대해 끝까지 복리로 징수한다. 현대의 발명품이란 것은 대개 진지한 일에 관심을 쏟지 못하게 만드는 예쁜 장난감이기 쉽다. 그것들은 개량되지 않을 목적을 위한 개량된 수단에 불과한데, 그런 목적들은 대개의 경우 보스턴이나 뉴욕까지 난 철도가 그러하듯이 개량된 수단 없이도 이미 손쉽게 도착할 수 있는 것들이다. 지금

---

27 아담 스미스 – 영국 경제사상가(1723~1790).

28 리카르도 – 데이비드 리카르도(1772~1823). 영국 경제학자.

29 세이 – 장 밥티스트 세이(1767~1832). 프랑스 경제학자.

우리는 메인주에서 텍사스주까지 자석식 전신을 가설하기 위해 서두르고 있지만, 어쩌면 메인과 텍사스 사이에는 서로 통신을 할 정도로 중요한 일이 없을 수도 있다. 그 결과 두 개 주는, 어느 저명한 귀머거리 부인에게 소개받기를 간절히 원했다가 정작 그녀의 보청기 한쪽 끝을 손에 쥔 순간 아무 할 말도 없어진 남자가 빠진 것과 비슷한 곤경에 처할지도 모를 일이다. 전신의 주된 목적은 빠르게 말하는 것이지 조리 있게 이야기하는 것이 아닌 것과 마찬가지다. 또한 대서양 밑에 해저 전선을 가설하여 구세계의 소식을 신세계에서 몇 주 빨리 받아 보고 싶어하지만, 필시 이전선을 타고 귀를 잔뜩 열어놓고 있는 미국인들의 귀에 들어올 첫 번째 소식이란 것은 아델라이데 공주가 백일해에 걸렸다는 정도이리라. 아무튼 1분에 1마일을 달리는 말을 타고 오는 사람이라고 해서 가장 중요한 메시지를 갖고 오는 건 아닌 것이다. 그[30]는 복음전도자도 아니고 메뚜기와 야생 벌꿀을 먹으러 오는 사람도 아니다. 나는 경주마 '플라잉 칠더스'가 방앗간으로 곡식을 나른 적이나 있을지 의심스럽다.

누군가 내게 이런 말을 한다. "저축을 하지 않다니 놀랍군요. 당신은 여행을 좋아하잖아요. 오늘이라도 차를 타고 피츠버그로 가서 그곳 구경을 할 수도 있을 텐데 말이에요." 하지만 난 그 정

---

30 그 - 예언자를 말함.

도로 어리석지는 않다. 나는 가장 **빠른** 여행은 바로 자기 발로 가는 것임을 익히 알고 있는 것이다. 나는 친구에게, 그럼 우리 둘 중에서 누가 먼저 그곳에 도착할지 알아보자고 한다. 그곳까지의 거리는 30마일이며 차비는 90센트다. 그건 거의 하루치의 품삯에 해당하는 금액이다. 내 기억에 의하면 바로 그 길을 까는 데 동원된 노동자의 하루치 품삯이 60센트였다. 아무튼 나는 당장 도보로 출발해 밤이 되기 전에 목적지에 도착한다. 나는 일주일을 꼬박 그런 속도로 여행한 적도 있는 사람이다. 그 사이에 친구는 운 좋게 일자리를 때맞춰 구할 수 있다면 차비를 벌어 다음 날 아니면 오늘 밤쯤 목적지에 도착할 것이다. 친구는 피츠버그로 가는 대신 하루 종일 이곳에서 일해야 할 것이다. 결국 철도가 이 세상 안 가는 데 없이 구석구석 깔리게 되더라도 나는 언제나 그 친구를 앞지를 것이다. 게다가 그곳을 구경하고 그런 경험을 쌓는 일에 이르면 결국 그 친구와는 절교할 수밖에 없으리라.

이것이 바로 어느 누구도 속일 수 없는 보편적인 법칙이며 철도에 관해서도 결국은 마찬가지 말을 할 수 있다. 모든 인류가 이용할 수 있도록 세계 곳곳에 철도를 까는 일은 곧 지구 표면을 평평하게 만드는 일과 같은 것이다. 사람들은 주식으로 자금을 모아 삽질을 계속하기만 하면 마침내 모두가 어디든 순식간에 무료로 갈 수 있는 날이 온다는 식으로 애매하게 생각하지만, 군중이 역에 몰려들고 차장이 "발차!"를 외치고 기관차의 김이 물방울로

가라앉고 나면 기차에 탄 사람은 몇 명 되지 않고 나머지는 모두 기차에 치이는 사건이 생길 수도 있다. 결과적으로 그 일은 '하나의 슬픈 사건'으로 기억될 것이다. 요행히 그때까지 살아 있고 차비도 벌어놓은 사람이라면 기차를 탈 수 있을 테지만, 그때쯤에는 이미 신체적 탄력을 잃고 여행 의욕도 사라져 있을 것이다. 인생의 가치가 어느 때보다도 줄어들었을 노년기에 불확실한 자유를 누리기 위해 돈을 버느라 인생의 황금기를 탕진한다는 것은, 훗날 고국으로 돌아가 시인으로 살겠다는 생각에서 먼저 돈을 벌기 위해 인도로 가는 영국인을 연상시킨다. 그 영국인은 인도에 갈 것이 아니라 당장 다락방으로 올라가야 했다. 이 땅의 판잣집에 사는 수많은 아일랜드인들은 놀라 외칠지 모른다. "뭐라고? 우리가 건설한 철도가 좋은 게 아니란 말인가?" 하고 말이다. 그러면 나는 이렇게 대답하리라. "아니, 철도는 좋은 것이다. 비교적 좋단 말이다. 다시 말해서 당신들은 이보다 더 무가치한 일에 종사할 수도 있었으니까. 그렇지만 동포인 여러분에게 바라건대, 지금 이렇게 땅을 파는 것보다는 좀더 나은 일에 인생을 보낼 수 있었다면 더 좋았을 거라는 것이다."

집짓기가 끝나기 전에 정직하고 기분 좋게 10달러나 12달러를 벌어 예상 밖의 비용에 쓸 생각으로 나는 집 근처에 있는 부슬부

슬한 모래땅 2에이커[31] 반에 주작물로 호두를 심고 감자와 옥수수와 완두콩과 순무를 조금씩 심었다. 그 땅은 모두 11에이커나 되는데, 주로 소나무와 히코리나무가 자라고 있으며 전해에 1에이커당 8달러 8센트에 팔렸다. 한 농부는, 그 땅이 "시끄러운 다람쥐나 기른다면 몰라도 아무짝에도 쓸모 없다"고 말했다. 나는 그 땅에 비료라고는 전혀 주지 않았다. 그것은 내가 땅주인도 아닌 무단 정착민에 불과한 데다 다시 경작하리라고는 생각지 않았기 때문이며, 실제로 풀 한번 제대로 뽑아준 적도 없었다. 나는 밭을 갈다가 나무 밑동을 몇 개 뽑아냈는데, 그것은 한동안 연료로 쓸 수 있었다. 또한 뿌리를 뽑은 자리에는 작고 둥근 처녀지가 생겨났는데, 여름이 지나는 동안 그곳에 심은 콩이 다른 곳보다 훨씬 무성하게 자라서 쉽게 알아볼 수 있을 정도였다. 그 밖에도 죽은 나무와 집 뒤편에 있는 내다 팔 수도 없는 나무들과 호수에서 건진 나무들을 연료로 썼다. 밭을 갈 때는 쟁기질할 가축과 인부를 사야 했지만, 경작은 내 손으로 했다. 첫해의 농사비용으로 지출한 돈은 도구와 씨앗과 품삯으로 14달러 72센트 남짓 들었다. 옥수수 씨앗은 거저 얻었다. 사실 옥수수는 많은 양을 심는 게 아니라면 그다지 돈이 들지 않는다. 여기서 콩 12부셸[32]과 감자 18부셸, 그 밖에 완두콩과 사탕 옥수수도 약간 수확했다. 노란옥수

31 1에이커는 약 1,200평.

32 1부셸은 약 35리터.

수와 순무는 시기가 너무 늦어서 수확을 거두지 못했다. 내가 농사로 번 총수입은 23달러 44센트였다. 거기에 수입 23달러 44센트, 지출 14달러 72센트 남짓이었으므로 따라서 잔액은 8달러 71센트 남짓 남았다.

내가 먹어치운 농작물을 제외하고 수중에 남은 것만 따질 경우 4달러 50센트라는 계산이 나왔다. 수중에 남은 그 총액은 내가 경작하지 않았을 때 자라게 내버려 둔 풀을 상쇄하고도 훨씬 남는 것이었다. 모든 점을 고려했을 때, 요컨대 인간의 영혼과 오늘날이라는 시점의 중요성을 생각할 때, 내 실험은 짧은 시간에 이루어진 것임에도 불구하고, 아니 오히려 그런 일시적인 성격 때문에 그해 콩코드의 다른 어떤 농부보다도 나은 것이었다.

이듬해에는 한결 낫게 농사를 지었다. 왜냐하면 내게 필요한 땅 약 3분의 1에이커를 내 손으로 경작했으며 두 해의 경험에서 농업에 관한 수많은 유명 저술들(그중에서 아서 영[33]의 것이 단연 최고인데)에 겁먹지 않고 알아낸 사실들 때문이었다. 그것은 만약 인간이 소박하게 살면서 자신이 농사지은 것만 먹고, 자신이 먹을 만큼만 농사지으며 더 호사롭고 값비싼 데다 양도 얼마 되지 않는 식량과 바꾸어 먹지만 않는다면 몇 라드[34]의 땅에 곡물을 재배하는 것만으로도 충분하다는 것, 그리고 그 밭을 가는 데 소를 쓰

---

33 아서 영 – 영국의 농경저술가(1741~1820).

34 1라드는 약 10평.

는 것보다는 내 손으로 삽질하고 묵은 밭에 거름을 주는 것보다
는 간혹 새 땅을 밭으로 쓰는 편이 훨씬 값이 싸게 먹힌다는 것,
그러고 나면 여름내 시간이 날 때마다 틈틈이 농사를 짓기만 하
면 된다는 것, 그리고 그럴 경우 오늘날의 농부들처럼 소나 말이
나 돼지 따위에 얽매일 필요도 없다는 사실들이다. 나는 되도록
공정하게, 오늘날의 경제 및 사회제도의 성패와 무관한 사람으로
서 이 문제를 이야기하고 싶다. 내게는 나를 묶을 집도 농장도 없
기 때문에 콩코드의 다른 어떤 농부보다도 더 독립적으로, 곧잘
아주 기형적이라 할 수 있는 내 정신의 편향에 따를 수 있었다.
나는 지금 현재로도 이미 만족스러운 삶을 영위하고 있지만 그
점을 제외한다 치더라도, 그래서 만약 내 집이 불에 타고 경작에
실패한다 하더라도 전만큼이나 넉넉한 삶을 누렸을 것이다.

나는 사람이 가축의 주인이 아니라 오히려 가축이 사람의 주인
이며, 가축 쪽이 사람보다 훨씬 자유롭다고 생각한다. 사람과 소
는 서로 일을 교환하는 것이지만, 필요한 일만 생각해 볼 때는 소
가 훨씬 더 유리한 입장에 있는 것처럼 보인다. 그들의 농장이 더
넓은 것이다. 사람은 교환한 일의 일부로 6주 동안 건초 작업을
하는데 그건 결코 우습게 볼 작업이 아니다. 모든 면에서 소박한
삶을 영위하는 나라, 즉 철학자의 국가라면 가축의 노동력을 이
용하는 것 같은 엄청난 실수는 범하지 않으리라. 물론 철학자의
국가는 과거에도 없었고, 조만간 생겨날 가망도 없으며, 또 그런

국가가 있는 것이 바람직하다고도 생각지 않는다. 그러나 나는 그것이 내게 해줄 노동의 대가로 말이나 소를 길들여 내 집에 하숙시키는 따위의 짓은 하지 않을 것이다. 자칫하면 내가 마부나 목동으로 전락하고 말 테니까 말이다. 그리고 설혹 그 일에서 사회가 이득을 보는 듯이 보인다면 이렇게 자문해 보자. 한쪽의 이득이 다른 쪽에게는 손실이 되지 않는다고, 마부 소년이 주인과 똑같이 만족할 이유가 있다고 단언할 수 있겠는가? 어떤 공공사업을 가축의 도움 없이는 이룩할 수 없었다고, 그래서 그 사업의 영광을 소와 말과 더불어 누리게 되었다고 가정해 보자. 그 경우 인간이 자신의 힘만으로 좀더 가치 있는 사업을 이룩할 수 없었다고 말할 수 있을까? 사람이 가축의 도움을 받아 불필요하고 기교적인 일뿐 아니라 사치스럽고 무익한 일까지 하기 시작한다면, 그중 몇몇은 소와 맞바꾼 노동만을 전담할 수밖에 없게 된다. 다시 말해서 가장 강한 자의 노예가 되는 것이다. 이렇게 해서 인간은 자신의 내면에 있는 동물을 위해 일할 뿐 아니라 그 상징물인 외부에 있는 동물을 위해서도 일을 한다.

인간은 벽돌이나 돌로 지은 견고한 주택을 갖고 있음에도 여전히 외양간이 집보다 얼마나 더 큰가로 농부의 부를 측정하고 있다. 우리 마을에는 근방에서 가장 큰 축사가 있다고 하고 공공건물 역시 크게 뒤떨어지지 않는 편이지만, 그럼에도 우리 카운티에는 종교의 자유라든가 언론의 자유를 위한 시설은 거의 없다시피 하다. 국가가 그 건축물로써가 아니라 심오한 사상의 위력으로써 스스로를 기념하면 안 된다는 걸까? 『바가바드 기타』[35]야말로 동양의 다른 어떤 유적지보다도 찬탄할 만한 대상이 아닐까? 탑과 신전은 군주의 사치품일 뿐이다. 소박하면서도 독립적인 정신은 군주의 명령에 따라 일하지 않는다. 천재는 그 어떤 군주의 가신도 아니고, 그 소재는 무시해도 좋을 정도의 작은 부분을 제외하면 금은이나 대리석으로 이루어져 있지도 않다.

그렇다면 무슨 목적에서 그토록 많은 돌들을 다듬고 있는 걸까? 나는 아르카디아[36]에도 가 보았지만 거기에서 돌을 다듬는 광경은 찾아볼 수 없었다. 많은 민족들이 다듬어진 돌의 유물로 자신들에 대한 추억을 불멸의 것으로 만들려는 미친 듯한 야망에 사로잡혀 있다. 차라리 그러한 노고를 자신들의 품행을 도야하는 데 썼다면 어땠을까? 건전한 정신 한 조각이 달만큼 높이 치솟은 기념비보다 더 기억할 만한 것이리라. 돌은 제자리에 놓여 있는 것이 보기 좋다. 테베의 웅장함은 한낱 천박한 웅장함에 불과하다. 삶의 진정한 목적과 거리가 먼, 수많은 성문이 난 테베의 유적보다는 한 정직한 인간의 밭을 에워싼 얼마간의 돌담이 훨씬 더 눈에 띈다. 야만적이고 이교적인 종교와 문명은 웅장한 신전을 짓지만, 기독교에서는 그런 일을 하지 않는다. 한 민족이 다듬

---

35 바가바드 기타 - 힌두교의 최고 성전.
36 아르카디아 - 아테네 서쪽에 있는 펠로폰네소스 중앙부의 산악지대.

는 돌의 대부분은 그것의 무덤에 쓰일 뿐이다. 그들은 스스로를 생매장하고 있는 것이다. 피라미드를 볼 때 그토록 많은 사람이 야심에 찬 어떤 멍청이의 무덤을 짓느라 평생을 바칠 만큼 타락할 수밖에 없었다는 사실 말고는 그다지 놀라울 것이 없다. 그런 자는 나일강 속에 빠뜨린 다음 시체를 개들에게 내주는 편이 훨씬 현명하고 당당한 일이었으리라. 그 사람들과 무덤 주인을 위해 무슨 변명거리를 생각해 볼 수도 있겠지만 지금은 그럴 시간이 없다.

건축자들의 종교와 예술 애호는, 이집트 신전을 세우든 미합중국 은행을 짓든 세계 어디서나 마찬가지다. 앞으로의 쓰임새보다는 항상 비용이 더 들어간다. 그 주요 동기는 허영 때문인데, 그것은 마늘과 버터 바른 빵에 대한 선호로 뒷받침되는 것이다. 유망한 젊은 건축가 밸컴 씨는 심이 단단한 연필과 자를 가지고 비트루비우스[37]의 전통에 따라 설계한 다음 석재상 돕슨 앤 선즈에게 일을 맡긴다. 30세기쯤 지나 그 건물이 아래를 내려다보기 시작할 때면 인류는 그것을 올려다보기 시작할 것이다. 높은 탑과 기념비에 대해서도 이런 말을 할 수 있다. 예전에 우리 마을에 한 미치광이가 있어 땅을 파서 중국까지 가려고 했다. 그의 말에 의하면 중국인들의 항아리와 솥단지가 덜컹거리는 소리가 들릴 지

---

37 비트루비우스 - 로마 건축가.

점까지 땅을 팠다고 한다. 하지만 나는 그자가 만든 구덩이를 찬미하기 위해 일부러 구경갈 생각은 없다. 사람들 대부분은 동서양의 기념물에 깊은 관심을 가지고, 그것들을 세운 자가 누구인지 궁금해한다. 그런데 나는 그 당시에 그런 기념물을 짓지 않은 사람, 그런 어리석음을 초월한 사람이 누구였는지를 알고 싶은 것이다. 하지만 이제 다시 통계 얘기로 돌아가자.

손가락 수만큼이나 많은 직업을 갖고 있는 나는 한편으로 마을에서 측량과 목수, 막노동 등 온갖 일을 해서 13달러 34센트를 벌었다. 내가 숲에서 산 기간은 2년 남짓이었으나 이런 계산을 한 것은 8개월, 즉 7월 4일부터 이듬해 3월 1일까지였는데 그동안 쓴 식비는 내가 재배한 감자와 풋옥수수 약간, 완두콩 얼마를 제외하고 마지막 날짜에 남아 있던 식량도 빼지 않으면 다음과 같다.

쌀	1달러 73센트 50
당밀	1달러 73센트(당류 가운데 가장 쌈)
호밀가루	1달러 4센트 75
옥수수가루	99센트 75(호밀보다 쌈)
돼지고기	22센트
실패한 실험들:	
밀가루	88센트(가격과 번거롭다는 점에서 옥수수가루보다 비쌈)
설탕	80센트

라드	65센트
사과	25센트
말린사과	22센트
고구마	10센트
호박 1개	6센트
수박 1개	2센트
소금	3센트

그렇다, 내가 식비로 쓴 돈은 모두 8달러 74센트였다. 그렇지만 만약 독자들 대부분 역시 나와 같은 수치를 느끼고 있다는 사실, 그래서 그들이 먹은 것을 활자화할 경우 나보다 더 나을 것이 없으리라는 사실을 알지 못했다면, 아무 부끄러움도 없이 나의 감추고 싶은 내용을 이렇게 내놓고 기록하지는 못했을 것이다.

이듬해에는 종종 물고기를 잡아 식탁에 올려놓았고 한 번은 내 콩밭에 침입한 마못 한 마리를 잡아먹은 적도 있었는데(타르타르인[38]들이라면 그것으로 그놈의 윤회가 달성되었다고 하겠지만), 그건 실험적인 성격이 강했다. 사향내가 좀 나기는 했어도 그 순간에는 맛있게 먹을 수 있었으나, 아무리 마을 정육점 주인이 손질한 것이라 해도 마못을 오랫동안 먹는 일은 그다지 좋을 것같지 않다.

이 기간에 의복과 다른 잡비(이 항목은 특기할 만한 것이 없다)를 합

---

38 타르타르 – 원래는 몽골계 유목 민족.

하면 8달러 40센트 75였다.

기름 및 몇 가지 살림도구	2달러

결국 대부분 남에게 맡겨져서 아직 청구서를 받지 못한 세탁과 수선을 제외한 모든 금전 지출은 다음과 같은데, 이 액수가 이곳에 살 때 불가피하게 지출해야 했던 모든 비용인 셈이다.

집	28달러 12센트 남짓
한 해 농사비	14달러 72센트 남짓
8개월간의 식비	8달러 74센트
8개월간의 의복비, 기타	8달러 40센트 75
8개월간의 기름, 기타	2달러
합계	**61달러 99센트 75**

이제 생계비를 벌어야 하는 독자들에게 말할 차례. 나는 이 비용을 충당하기 위해 농작물을 판매하여 다음 액수를 벌었다.

농작물 판매	23달러 44센트
품삯으로 번 돈	13달러 34센트
합계	**36달러 78센트**

이 금액을 총 지출비에서 제하면 25달러 21센트 75라는 차액이 생기는데, 이는 내가 처음 착수금으로 마련한 액수와 비슷한 것이며 앞으로 내가 지게 될 빚이 어느 정도인가를 파악할 수 있게 해주는 것이다. 다른 한편으로 이 생활에서 여가와 독립과 건강을 확보한 것 이외에도 내가 원하는 만큼 살 수 있는 안락한 집도 얻었던 것이다.

이러한 통계는 임의적이어서 얼핏 도움이 되지 않을 것 같지만, 그것 나름대로 완벽하며 어느 정도 가치도 있다. 내 손에 들어온 것 중에서 장부에 기록하지 않은 것은 하나도 없다. 위의 계산에 의하면 식대만 산정할 경우 매주 27센트를 지출한 것이 된다. 이렇게 계산한 뒤 나는 거의 2년 동안 이스트를 넣지 않은 호밀가루, 감자, 쌀, 소금에 절인 아주 소량의 돼지고기와 소금을 먹었고 음료로는 물만 마셨다. 인도 철학에 그토록 매료된 내가 쌀을 주식으로 삼는 것은 당연했다. 고질적인 트집꾼의 반론에 응수하기 위해, 내가 늘 그래 왔듯이 그리고 앞으로도 그럴 기회가 있을 테지만 가끔 집 밖에서 식사를 하는 것은 가계에 손실이 되는 경우가 많다는 사실을 이 자리에서 밝혀 두는 것이 좋겠다. 그러나 방금 말했듯이 집 밖에서 식사하는 일은 늘 있는 일이어서 이 글과 같은 비교적인 진술에는 그다지 영향을 미치지 않는다.

2년 간의 경험에서 나는 이런 지방에서도 먹고사는 데 필요한 식량을 구하는 일이 믿을 수 없을 만큼 적은 노력이 든다는 사실을 알게 되었다. 또 인간은 동물처럼 소박한 식사를 할 수도 있으며, 그렇더라도 건강과 체력을 얼마든지 유지할 수 있다는 것이다. 나는 단지 옥수수밭에서 뽑은 쇠비름(포르툴라카 올레라키아)을 끓여서 소금만 넣고도 여러 면에서 만족스러운 식사를 할 수 있었다. 여기다 라틴어명을 적은 것은 그 평범한 이름에서 맛볼 수 있는 향기 때문이다. 이성을 가진 사람이라면 한적한 날 평범한 점심때 삶은 풋옥수수에 소금을 쳐서 넉넉히 먹는 것 이외에 무엇을 더 바라랴? 내 식단이 조금이나마 다양했던 것도 건강 때문이 아니라 식욕 때문이었다. 그러나 인간이 종종 굶는 것은 꼭 필요한 식량이 없어서가 아니라 사치스러운 음식이 없기 때문이다. 자기 아들이 물만 마셨기 때문에 목숨을 잃었다고 생각하는 부인도 있다.

이제 독자는 내가 이 문제를 영양적 관점이 아니라 경제적 관점에서 다루고 있음을 알 테고, 식품 창고가 넉넉하지 않더라도 감히 나와 같은 검소한 식단을 시험해 보려고 하지 않을 것이다.

내가 처음 만든 빵은 순전히 옥수수가루에다 소금만 넣은 것으로 그야말로 진짜 옥수수빵이었는데, 지붕널이나 집을 짓는 동안 생긴 목재 토막 한쪽 끝에 얹어 집 밖에서 구웠다. 하지만 그 빵에는 연기와 송진 냄새가 스며들곤 해서 다음에는 밀가루빵을 만들어 보았다. 그러나 결국에는 호밀에다 옥수수가루를 섞은 빵이 가장 굽기 쉽고 맛도 좋다는 사실을 알게 되었다. 추운 날 흡사 이집트인이 달걀을 부화시키듯이 조심스럽게 뒤집어가면서 빵 덩어리 몇 개를 연이어 굽는 것은 적지 않은 즐거움을 안겨 주었다. 이 빵은 내 손으로 익힌 진정한 의미에서의 곡식 열매였으며 내게는 다른 어떤 값진 열매만큼이나 향기로워서 천에 싸서 되도록 오랫동안 보관했다. 나는 기왕에 알려진 문헌들을 참조해 가며 인간이 야생 나무열매와 짐승고기에서 벗어나 처음으로 이 부드럽고 세련된 음식에 손을 대기 시작했을 무렵, 누룩을 넣지 않고 빵을 만들던 시절로 거슬러 올라가 제빵에 관한 고대의 필수불가결한 기술을 공부했다. 그러면서 차츰차츰 쉰 반죽에서 우연히 발효과정을 익히게 되고, 그후 갖가지 발효방식을 거쳐 생명의 양식이라는 '맛좋고 감미로우며 몸에 좋은 빵'에 이르게 되었다.

어떤 이들에게 '빵의 영혼', 즉 빵이 공기층을 채우는 영혼이라고 불리며 성화와도 같이 종교적으로 보존되어 온 효모는 병에 담긴 채 소중하게 메이플라워호에 실려 처음 이곳 아메리카로 건너와 그 임무를 수행하기 시작했고, 그 영향력은 점점 부풀어올라 곡식의 파도가 되어 이 땅 곳곳으로 퍼져 나갔다. 나는 그 엑기스를 정기적으로 충실하게 마을에서 얻어오곤 했다. 그러다 어느 날 아침 취급 방법을 깜박한 나머지 효모를 가열하고 말았다. 이렇게 해서 우연히 효모라는 것이 꼭 필요한 것이 아니라는 사실을 발견한 셈이다(내 발견은 종합적인 것이 아니라 분석적 과정을 거친 것이었다). 그 뒤로 나는 기꺼이 효모를 뺐는데, 주부들 대부분은 진지하게 효모가 없이는 먹음직스럽고 건강에 좋은 빵을 만들 수 없다고 장담했으며, 나이 든 이들은 그랬다가는 생명력이 순식간에 고갈돼 버릴 것이라고 예언했다. 그러나 나는 효모가 빵을 만드는 데 필수 성분이 아니라는 사실을 알고 있으며, 1년 동안이나 효모 없이 빵을 만들어 먹었지만 아직도 이 땅에 멀쩡히 살아 있는 것이다. 아무튼 그 결과 나는 주머니 속에 효모병을 넣고 다니는 번거로움에서 헤어나게 되었다. 마개가 빠지면서 내용물이 쏟아져 당황했던 적이 몇 번 있었던 것이다. 요컨대 효모를 빼는 편이 훨씬 간단하고 품위도 지킬 수 있다. 인간은 다른 어떤 동물보다도 갖가지 기후와 여건에 쉽게 순응할 수 있는 것이다. 나는 빵에 탄산소다는 물론 다른 어떤 산이나 알칼리도 집어넣지 않았다. 내 방식은 기원전 2세기 무렵 마르쿠스 포르키우스카토[39]가 제시한 조리법을 그대로 따른 것처럼 보일 것이다.

"Panem depsticium sic facito. Manus mortariumque bene lavato.

Farinam in mortarium indito, aquæ paulatim addito, subigitoque

---

39 마르쿠스 포르키우스 카토 - 로마의 귀족, 흔히 소(小)카토로 알려짐. 카이사르와 평생 대립한 인물로 유명. 대(大)카토의 증손자(BC 95~46).

pulchre. Ubi bene subegeris, defingito, coquitoque sub testu."

이 문장을 번역하면 이렇게 된다.

"빵 반죽은 다음과 같이 한다. 먼저 그대의 손과 반죽 그릇을 잘 씻는다. 가루를 그릇에 넣고 조금씩 물을 부어 가며 완전히 이긴다. 반죽이 제대로 되었으면 틀에 넣어 모양을 뜬 다음 덮개를 씌워 굽는다."

다시 말해서 빵 굽는 솥에 넣고 굽는다는 의미다. 여기에 효모에 관해서는 한마디도 나오지 않는다. 그러나 내가 언제나 이 생명의 양식을 먹었던 것은 아니다. 한때는 지갑이 비어서 한 달 이상이나 빵을 구경조차 못했던 적도 있었다.

뉴잉글랜드인이라면 누구나 값이 오르락내리락하는 먼 시장의 동향에 상관없이 호밀과 옥수수가 나는 이 고장에서 쉽사리 빵의 재료를 재배할 수 있다. 그럼에도 소박함과 독립성에서 거리가 멀어진 지금은 콩코드의 상점에서도 신선하고 감미로운 가루를 구하기 힘들며, 굵은 옥수수가루와 통옥수수 같은 재료는 너무 조악해서 거의 쓰이지 않고 있다. 농부들은 대부분 자신이 산출한 농작물을 소나 돼지에게 먹이고는 건강에도 좋을 것 없고 값도 더 비싼 밀가루를 상점에서 사고 있다. 나는 내가 먹을 호밀과 옥수수 한두 부셸 정도는 손쉽게 재배할 수 있다는 사실을 알게 되었다. 호밀은 척박한 땅에서도 잘자라며 옥수수 역시 비옥한 토양이 필요한 게 아니어서, 그것들을 맷돌에 갈기만 하면 쌀과 돼지고기 없이도 얼마든지 지낼 수 있는 것이다. 또 농축된 당분이 필요할 경우에는 호박이나 사탕무에서 양질의 당밀을 만들어 낼 수 있다는 사실을 실험을 통해 알게 되었다. 이보다 더 손쉽게 당분을 얻으려면 단풍나무 몇 그루만 심으면 된다. 그리고 그 나무가 자라는 동안에도 위에서 열거한 것 말고도 다른 많은 대용품들을 이용할 수 있었다. 선조들의 노래에 그 이유가 잘 나와 있다.

"호박과 사탕당근, 호두나무 조각으로
 입술을 감미롭게 할 술을 빚을 수 있다네."

마지막으로 식료품 중에서 가장 원시적인 소금에 대해서 말하자면, 그것을 얻기 위해 적당한 때 해변을 찾아갈 수도 있고, 아예 소금이 없이 지낼 경우에는 물을 적게 마시면 될 것이다. 나는 인디언들이 소금을 구하려고 고생을 했다는 얘기는 듣지 못했다.

이렇게 해서 나는 먹을 것에 관한 한 모든 거래와 물물교환을 피할 수 있었고, 이미 집을 갖고 있었기에 옷가지와 땔감 문제만 남은 셈이다. 내가 현재 입고 있는 바지는 어느 농가에서 짠 것으로, 인간에게 그런 능력이 있다는 것은 천만다행한 일이다. 왜냐하면 농부에서 공장 직공으로 몰락한 것은 인간에서 농부로 몰락한 것만큼이나 중요하고 기억할 만한 일이기 때문이다. 새로 자리를 잡는 곳에서는 땔감이 성가신 문제다. 주거지에 대해서는 만약 무단 정착이 허용되지 않으면 내가 재배한 그 땅에서 1에이커를 원래 팔렸던 값인 8달러 8센트에 사들이려고 했다. 그러나 실제로 정착이 허용되었으며, 내가 그곳에 정착함으로써 오히려 땅의 가치가 높아졌을 것이다.

간혹 채식만으로 살 수 있다고 생각하느냐고 묻는 회의론자들이 있는데, 그럴 경우 단번에 쐐기를 박기 위해(쐐기야말로 믿음을 주는 것일 테니까) 나는 왕못만 먹고도 살 수 있다고 대답하곤 한다. 그 말을 이해하지 못한다면 내가 하는 말 대부분을 이해하지 못할 것이다. 나는 기쁜 마음으로, 어떤 청년이 2주 동안 자신의 치아를 약절구삼아 이삭이 붙은 딱딱한 날옥수수만 먹고사는 실험을 했다는 소식을 전하는 바이다. 다람쥐 족속도 같은 실험을 해서 성공한 바 있다. 인류는 이런 류의 실험에 깊은 관심을 갖고 있다. 치아가 부실하여 도저히 그럴 수 없는 몇몇 노파와 죽은 남편의 재산으로 정미소를 운영하는 미망인들이야 기겁하겠지만 말이다.

가구 중에 일부는 내 손으로 만든 것도 있고 그 나머지는 전혀 돈이 들지 않아 회계 장부에 기재할 것도 없는 것들인데, 그것들은 침대, 탁자, 책상, 의자 셋, 직경 3인치짜리 거울, 부젓가락과 장작받침쇠 한 벌씩, 솥, 스튜용 냄비, 프라이팬, 국자, 설거지통, 나이프와 포크 두 벌, 접시 세 개, 컵, 스푼, 기름단지, 당밀단지, 그리고 옻칠한 등잔 하나다. 너무 가난한 나머지 호박 위에 앉아야 하는 사람은 없을 것이다. 그건 가난한 것이 아니라 주변머리가 없는 것이다. 마을 집집마다 다락방에는 치워 버렸으면 딱 좋을 것 같은 의자들이 잔뜩 있다. 가구라니! 다행스럽게도 나는 가구점의 도움 없이도 얼마든지 앉거나 일어설 수가 있다. 철학자가 아닌 사람이 한낮에 수레에 빈약한 가구를 싣고 거지 같은 꼴로 만인의 앞을 지나가면서 부끄러움을 느끼지 않을 수가 있을까? 저것이 스폴딩네 가구로군, 그래. 그런데 나는 그런 이삿짐만 보고서 그것이 부자의 짐인지 가난한 자의 짐인지 알 수 없었다. 언제고 이삿짐 주인이 가난에 짓눌린 사람처럼 보인 것이다.

실제로 짐이 많은 사람일수록 그만큼 더 가난한 사람이게 마련이다. 이삿짐 하나하나는 흡사 판잣집 한 다스에서 나온 내용물을 실은 것처럼 보인다. 그리고 판잣집 하나만으로도 가난한 거라면 그런 이삿짐은 한 다스만큼이나 더 가난한 셈이다. 우리가 이사를 하는 것도 바로 우리의 가구, 우리의 허물을 없애버리기 위해서가 아닐까? 마침내 이제까지 살던 세상을 떠나며 기존의 것을 불태우고 새로운 가구가 마련된 또 다른 세상으로 가려는 것이 아닐까? 그건 마치 이 모든 덫이 인간의 허리띠에 채워져 있어서 그 덫을 질질 끌고 다니지 않고는 우리가 가야 할 험한 길을 갈 수 없는 거나 마찬가지다. 덫에 걸린 꼬리를 떼어버릴 수 있었던 여우는 운이 좋은 놈이다. 사향뒤쥐는 빠져나가기 위해서라면 자기 이빨로 셋째 다리를 끊어버리리라.

인간에게 탄력성이 없어진 것도 놀랄 일은 아니다. 실제로 얼마나 자주 뻣뻣한 자세를 취하는가! "선생, 실례지만 뻣뻣한 자세라니 그게 무슨 소리요?" 당신이 예민한 관찰자라면 어떤 사람을 보기만 해도 그가 소유하고 있는 모든 것과 갖고 있지 않은 척하는 많은 것들, 주방용 가구라든가 쌓아두기만 하고 태워버리지 않을 온갖 잡동사니들까지 단번에 알아볼 수 있을 것이다. 그 사람은 그런 것에 잔뜩 얽매인 채 어떻게든 전진해 보려고 애쓰는 듯이 보일 테니 말이다. 내 눈에는 옹이구멍이나 좁다란 통로를 겨우 빠져나온 그가 이번에는 그 사이로 가구를 잔뜩 실은 썰매를 끌어내려고 사투를 벌이는 것처럼 보인다. 말끔하고 단정하며 얼핏 자유로워 보이는 누군가가 자못 결연한 태도로 자신의 '가구'가 보험에 들었느니 어쩌니 하고 말하는 것을 볼 때면 측은한 마음을 금할 수가 없다. "대체 내 가구들을 어떻게 해야 할까요?" 하면서. 요컨대 이 눈부신 나비는 거미줄에 걸린 것이다. 오랫동안 가구라고는 전혀 갖고 있지 않은 듯이 보이는 사람들도 좀더 다그쳐 보면 남의 집 헛간에 얼마간을 보관하고 있는 것이다.

오늘날의 영국은 짐을 잔뜩 가지고 여행하고 있는 노신사처럼 보인다. 그 잡동사니는 오랜 살림에서 축적된 것들로 차마 불태워 버릴 용기가 없는 것이다. 큰 가방, 작은 가방, 판지 상자, 꾸러미까지 말이다. 최소한 앞의 세 가지는 내던져 버려야 할 것이다. 요즘에는 건장한 사람의 힘으로도 자기 침대를 이고 걷기는 어렵다. 따라서 병약한 사람이라면 침대를 내려놓고 달려갈 것을 권하는 바이다. 나는 자신의 전 재산이 들어 있는 꾸러미를 지고 비틀거리며 걸어가는 한 이민을 보고(그 꾸러미는 그의 목덜미에 난 커다란 종기 같았다) 가엾이 여겼는데, 그것은 그 꾸러미가 그의 전 재산이어서가 아니라 그 사람이 그걸 모두 이고 다녀야 했기 때문이다. 내가 굳이 덫을 끌고 다녀야 한다면 되도록 가벼운 것을 고를 것이고 그놈이 급소를 물지 못하도록 조심할 것이다. 하지만 어쩌면 아예 덫에 손을 대지 않는 편이 현명하리라.

그런데 커튼으로는 돈이 전혀 들지 않았다는 말도 해야 할 것 같다. 왜냐하면 해와 달을 제외하면 안을 들여다볼 사람도 없고 해와 달이 들여다보는 것은 오히려 바라는 바이기 때문이다. 달 때문에 상할 우유나 고기도 없고, 해 때문에 손상될 가구나 빛 바랠 양탄자도 없었다. 이따금 햇빛이 벗삼기에 너무 따가울 정도가 되면 살림을 한 가지 덧붙이기보다는 자연이 마련한 커튼 뒤로 자리를 옮기는 편이 훨씬 더 경제적이다. 한번은 어떤 숙녀께서 내게 현관에 깔 매트를 주겠다고 했으나 내게는 집 안에 그런 것을 놓을 만한 자리도 없고, 집안에서든 밖에서든 그걸 털 짬도 없기 때문에 사양한 적이 있다. 나는 문 앞에 있는 풀밭에다 발을 문지르는 것이 더 좋았던 것이다. 화근은 애초부터 피하는 것이 상책이다.

얼마 전 어느 교회 집사의 동산을 경매하는 자리에 참석한 적이 있었다. 그의 삶이 그렇게 무익하기만 했던 것은 아닌 모양이다.

"인간이 저지르는 사악함은 사후까지도 이어지나니."[40]

흔히 그렇듯이 물건들 대부분은 그의 부친 시절부터 쌓이기 시작한 잡동사니들이었다. 그중에는 말라붙은 촌충도 한 마리 끼어 있었다. 그런데 반세기 동안 그의 다락방과 먼지 구덩이 속에 누워 있던 이 물건들은 불에 태워지지 않았다. 불에 태워버리거나 없애버림으로써 정화시키는 대신 오히려 경매에 부쳐 증식시켰던 것이다. 이웃들이 몰려들어 모조리 사들인 다음 자신들의 다락방과 먼지 구덩이로 조심스럽게 운반했다. 그것들은 그들의 유산이 처분될 때까지 그곳에 있다가 이 모든 과정을 다시 되풀이하게 되리라. 인간은 죽으면 먼지를 걷어차는 모양이다.

어떤 미개 민족의 습관 중에 우리가 배워서 좋을 만한 것으로

---

40 셰익스피어의 「줄리어스 시저」 중에서.

매년 허물을 벗는 것과 유사한 의식이 있는데, 그 실체가 어떻든 거기에는 중요한 생각이 포함돼 있다. 바트램[41]이 머클래스 인디언 부족의 관습으로 묘사한 '버스크' 또는 '햇과일의 축제'라는 것을 우리도 해 보면 좋지 않을까? 그 의식에 대해서 그는 다음과 같이 말하고 있다.

"한 마을이 '버스크' 의식을 행할 때에는 먼저 새 옷과 새 솥과 냄비, 그 밖의 다른 가재도구와 가구들을 마련해 놓은 다음 낡은 옷가지와 더러워진 모든 것들을 벗어 한데 모으고는 집 안과 광장과 마을 전체에서 오물을 청소한다. 그리곤 이것들과 남은 곡식 및 다른 식량들을 한 무더기로 쌓아 불을 지른다. 그 다음 모종의 약을 먹고 사흘간 단식을 한 후 마을 안의 모든 불을 끈다. 단식기 중에는 모든 식욕과 정욕을 삼간다. 그리곤 특사를 내려 모든 죄인은 자기 마을로 돌아간다."

"나흘째 아침이 되면 제주(祭主)가 마른 나무를 비벼 광장에 새로 불을 지피고 마을 사람들은 그 불에서 새롭고 깨끗한 불을 공급받는다."

그런 다음 그들은 햇곡식과 햇과일로 잔치를 벌여 춤과 노래로 사흘을 보낸다.

41　바트램 - 윌리엄 바트램(1739~1823). 18세기 자연 과학자.

"그리고 나흘 동안에는 같은 방식으로 몸을 정화시킨 이웃 마을의 친구들과 함께 어울려 잔치를 즐긴다."

52년마다 세상이 끝난다고 믿었던 멕시코인들도 그 주기가 끝날 때마다 이와 비슷한 정화 의식을 치렀다.

사전에서는 이런 신성한 의식에 대해 '내면적이고 정신적인 은총에 대한 외적이고 시각적인 표시'로 정의하는데, 나는 이보다 더 참된 의식을 들어 본 적이 없으며, 비록 이런 계시를 성서라는 기록으로 갖고 있지는 못하더라도 그들이 하늘에서 직접 영감을 받았을 것이라는 사실을 확신한다.

나는 5년 이상을 이런 식으로 오직 내 손의 노동으로 먹고살았으며, 그 결과 1년에 6주가량 일을 하면 모든 생계비를 충당할 수 있다는 사실도 알게 되었다. 여름철 대부분을 포함해서 겨울철을 모두 자유롭게 공부하는 데 쓸 수 있었던 것이다. 나는 전에 학교를 경영하는 데 골몰한 적이 있었는데, 그 비용이 수입과 맞먹거나 오히려 초과하는 경우가 있었다. 그것은 연구와 사색은 말할 것도 없고 옷치장과 양성에 돈이 든 데다가 시간까지 빼앗겼기 때문이다. 나는 같은 인간의 이익을 위해 가르치지 않고 단지 호구지책으로 가르쳤으므로 그 일은 결국 완전히 실패하고 말았다. 나는 장사도 해 보았지만 제대로 시작하는 데만도 10년이 걸리고 그런 다음에는 십중팔구 악마의 손에 넘어갈 터였다. 실제로 그때쯤 가서 사업에 성공하게 될까 봐 두려워하게 되었다.

한때 나는 먹고살기 위하여 무슨 일을 할 것인지 모색을 하다가(친구들의 소원에 따르다 겪었던 몇 가지 서글픈 경험들이 생생하게 떠올라 내 독창성을 무겁게 짓눌렀다) 허클베리 열매를 따서 팔 생각을 진지하게 한 적이 있었다. 그 일이라면 확실하게 할 수 있을 것 같았고, 이익이 적어도 상관없었으며(큰 것을 바라지 않는 것이 내 재주였으므로) 자본금도 거의 들지 않았고, 내 심기에도 크게 거스르지 않는 일이 아닌가 하고 미련한 마음으로 생각했던 것이다. 친구들이 서슴지 않고 장사며 갖가지 직업에 달려드는 동안에도 나는 이 직업이 그들의 직업과 비슷하다고 생각했다. 여름내 산을 돌아다니며 눈에 띄는 열매를 딴 다음 적당히 처분하기만 하면 되었던 것이다. 결국, 그 일은 아드메토스의 짐승을 돌봐주는 일[42]이 아닐까? 나는 또 약초를 캐거나 숲을 그리워하는 사람들이 흔히 찾는 상록수를 건초 수레에 싣고 마을이나 도시에다 팔 생각도 해 보았다. 그러다 결국 장사는 그것이 다루는 모든 것을 망치게 마련이라는 사실을 알게 되었다. 설혹 하늘의 메시지를 팔더라도 그 일에는 장사의 저주가 따르는 것이다.

내가 무엇보다 선호하는 일은 특히 내 자유를 소중히 여기는

---

42 아드메토스의 짐승을 돌봐주는 일 - 그리스 신화에서, 왕의 아들인 그가 알케스티스와 결혼하기 위해 사자와 멧돼지를 수레에 매어야 했을 때 수호신 아폴로가 도와줌.

것이고, 또 험하게 살더라도 나로서는 행복할 수 있으므로 지금 당장은 값비싼 양탄자나 좋은 가구, 맛있는 요리, 그리스식이나 고딕 양식의 주택을 손에 넣기 위한 돈을 버는 데 내 시간을 써버릴 생각이 없었다. 아무 장애 없이 그런 것들을 손에 넣을 수 있고, 그 다음 어떻게 써야 할지 아는 사람이 있다면 그것들을 추구하는 건 그 사람들에게 맡길 생각이다. 부지런하고, 또 일 자체를 위해 일하기를 좋아하는 것 같이 보이는, 어쩌면 그 덕분에 더 나쁜 해악을 저지르지 않을 수 있는 이들이 있는데, 나로서는 지금 그런 이들에게 할 말이 없다.

지금보다 더 많은 여유가 생길 경우 어떻게 해야 좋을지 모르는 이들에게는 일을 두 배로 하라고 충고하고 싶다. 그래서 몸값을 다 치르고 자유를 살 수 있을 때까지 말이다. 나로서는 날품팔이야말로 무엇보다 독립적인 직업이라는 생각이 드는데, 특히 그 일은 한 사람의 생계비를 벌기 위해서 1년에 3, 40일 정도만 일하면 되기 때문이다. 해가 지는 것과 더불어 하루 일이 끝나고 나면 그는 일과는 상관없이 자신이 하고 싶은 일을 하면서 지낼 수 있다. 그런 반면 끊임없이 사업에 골몰해야 하는 그의 고용주는 일 년 내내 휴식을 누릴 짬이 없다.

간단히 말해서 나는 신념과 경험 두 가지 모두에 의해, 소박하고 현명하게만 산다면 이승에서 한 사람이 먹고사는 일은 힘겨운 일이 아니라 유희나 다름없는 일이라고 확신하고 있다. 그것은 보다 소박한 민족이 영위하는 직업이라는 것이 아직도 인위적인 민족의 경우에는 스포츠인 것과 마찬가지다. 나보다 더 쉽게 땀을 흘리는 사람이 아닌 한 꼭 이마에 땀을 흘려 가며 생계비를 벌 필요는 없다.

내가 아는 한 젊은이가 유산으로 몇 에이커의 땅을 물려받았는데, 자기는 그럴 방도만 있다면 나처럼 살고 싶다고 말한 적이 있다. 나는 결코 누구도 내 생활방식을 받아들이기를 원치 않는다. 그것은 그 사람이 내 생활방식을 제대로 익히기도 전에 나는 또 다른 생활방식을 찾아낼지도 모른다는 이유 말고도 세상에 있는 수많은 사람들이 제각기 서로 다르기 때문이다. 나는 그들 하나하나가 자신의 부모나 이웃의 생활방식이 아니라 자기만의 생활방식을 신중하게 찾아서 추구하기를 바란다. 젊은이는 건축가도 농부도 선원도 될 수 있다. 다만 그가 하고 싶다는 일을 하지 못하도록 막는 일만은 없도록 하자. 선원이나 도망 중인 노예가 북극성을 지표로 삼듯이 우리는 정확한 한 점을 지표로 삼을 때만 현명해질 수 있다. 그리고 그것만으로도 평생의 길잡이로 삼기에 충분하다. 그것만 있다면 예정된 시일 안에 목표로 삼은 항구에 도착하지 못할지는 몰라도 올바른 항로를 유지할 수는 있을 것이다.

확실히 이 경우에 한 사람에게 진리인 것은 다른 많은 사람에게도 진리가 된다. 그것은 마치 큰 집이라고 해서 작은 집에 비례해서 건축비가 더 드는 것이 아닌 것과 같다. 왜냐하면 위를 덮을 지붕 하나, 밑에 설치할 지하실 하나, 벽 하나면 방을 몇 개든 나눌 수 있기 때문이다.

그러나 나는 독립된 주거지를 선호한다. 뿐만 아니라 남에게 벽을 함께 씀으로써 얻게 되는 이점을 설득시키느니 나 혼자 독채를 짓는 편이 값도 싸게 먹힐 것이다. 게다가 설득에 성공했다 해도 싸구려로 세운 공동 칸막이라는 것은 얇을 수밖에 없고, 어쩌면 함께 살게 된 이웃이 못된 사람일 수도 있으며, 자기 쪽 벽을 수리하려 들지 않을 수도 있다. 일반적으로 가능한 유일한 협력은 극히 부분적이고 피상적이게 마련이다. 진정한 의미에서의 협력이란 거의 찾아볼 수 없기 때문에 사람의 귀에 들리지 않는 화음처럼 아예 존재하지 않는 것같이 보인다. 신념이 있는 사람은 어딜 가든 똑같은 신념으로 협력할 것이다. 반면, 신념이 없는 사람은 어떤 무리에 속하든 세상 나머지 사람들과 마찬가지로 살아갈 것이다. 가장 고상한 의미든 아니든 협력이란 함께 삶을 영위한다는 의미다. 얼마 전 두 젊은이가 함께 세계 여행을 떠난다는 말을 들었다. 그중 하나는 돈이 없어서 여행을 하면서 뱃일이든 농사일이든 닥치는 대로 일을 하여 돈을 벌 생각이고, 다른 하나는 환어음을 지니고 가기로 했다. 둘 중 하나는 전혀 일을 하지 않을 테니 그들이 얼마 가지 않아 친구도 협력자도 될 수 없다는 것은 뻔한 일이었다. 그들은 여행이 첫 번째 위기에 닥칠 때 헤어지고 말 것이다. 앞에서도 암시한 바 있듯이 무엇보다도 혼자 여행하는 사람은 오늘 당장이라도 떠날 수 있다. 그러나 동행이 있는 여행자라면 그 사람이 준비가 끝날 때까지 기다려야 하는데 그러다 출발하기까지 한참 걸릴 수도 있는 일이다.

그러나 그런 삶은 너무 이기적이라고 말하는 마을 사람들도 있다. 사실이지 나는 지금껏 자선사업에 그다지 관여한 적이 없음을 이 자리를 빌려 고백하는 바이다. 나는 일종의 의무로 몇 가지를 희생시켰는데, 그중에서도 특히 자선의 즐거움을 희생시켰다. 마을의 몇몇 가난한 가정을 돕도록 만들려고 온갖 방법으로 나를 설득하려 한 사람들이 있다. 내가 아무것도 하는 일이 없었다면 어쩌면 심심풀이 삼아서라도 그 일에 손을 댔을지도 모를 일이다. 한가한 자에게는 악마가 일거리를 주니까 말이다. 그러나 내가 이 일에 관여하여 모든 면에서 내가 자립한 것만큼 부족함 없는 생활을 할 수 있도록 그들의 삶에 의무를 지워볼 생각을 하고 또 그렇게 제안해 보기까지 했지만, 모두들 주저없이 가난한 채로 그대로 살겠노라고 했다. 마을 사람들 모두가 그처럼 많은 방법으로 다른 이들을 위해 헌신하고 있으니 한 사람쯤 인도적인 일과는 거리가 먼 다른 일을 해도 좋을 것이라고 나는 생각한다.

다른 모든 일이 그렇듯이 자선에도 재능이 있어야 한다. 선행이라는 일자리는 이미 만원이다. 게다가 나도 그 일이라면 꽤 해본 편인데, 좀 이상하게 들릴지 몰라도 그 일이 내 체질과 맞지 않는다고 확신하게 되었다. 사회가 내게 요구하는 선행을 하기 위해, 또는 세상을 파멸로부터 건지기 위해 나만의 소명을 의식적으로, 또 고의로 저버려서는 안 된다. 그리고 나는 어딘가 이 세상과 비슷하면서도 거의 무한대로 더 큰 어떤 불변성이 있어 현재의 세상을 지켜줄 것으로 믿고 있다. 그러나 누구라도 그 일에 소질이 있다면 막을 생각이 없다. 뿐만 아니라 내가 사양하는 이 일에 성심껏 평생을 바치는 사람들에게 이렇게 말하고 싶다. 그렇게 될 가능성이 많지만 훗날 세상이 그 일을 나쁘다고 하더라도 결코 굴하지 마시오, 라고.

난 결코 내 경우가 특별하다고 보지는 않는다. 독자들 중에도 많은 사람들이 이와 비슷한 변명을 늘어놓을 것으로 의심치 않는다. 어떤 일을 함에 있어서는(이웃들이 그 일을 선한 일이라고 할지는 장담할 수 없다) 나는 내가 그 일에 적임자라고 주저 없이 말할 수 있지만, 그 일이 어떤 것인지는 내 고용주가 찾아내야 할 것이다. 평범한 의미에서 내가 어떤 좋은 일을 하느냐는 내게는 논외의 일이며, 설혹 그것이 좋은 일이 된다 해도 그 대부분은 전적으로 내가 의도한 바가 아니다. 실제로 사람들은 좀더 가치 있는 존재가 된다든가 친절한 마음으로 선행을 하려 들지 말고 현재 있는 그 위치에서 있는 그대로의 자기 모습대로 시작하라고들 말한다. 만약 내가 그런 엄숙한 어조로 설교를 해야 할 일이 있다면, 그보다는 먼저 착해지라고 말하고 싶다. 흡사 따뜻하고 자애롭던 그 빛이 점점 강해져 결국 너무 눈부시게 된 나머지 어떤 인간도 그것을 똑바로 쳐다볼 수 없는 그런 존재가 되는 게 아니라, 그와 동시에 한편으로는 궤도를 따라 세상을 돌며 선행을 하는 게 아니라(또는 새로 밝혀진 원리에 의하건대 세상이 선행을 하는 그 주위를 도는 게 아니라), 달이나 6등성에 자신의 불을 옮겨붙이고, 요정 로빈처럼 이집 저집 기웃거리면서 광인들을 미치게 만들고, 고기를 썩히고, 어둠을 어둡지 않게 만드는 태양은 없애야 하는 것처럼 말이다. 선행을 베풀어 자신이 신의 아들임을 입증하려 했던 파이톤[43]이 하루 동안 태양의 전차를 타고 엉뚱한 길로 모는 바람에 하늘 아래에 있던 동네를 불태우고 지상을 그을렸으며 샘물이란 샘물은 모조리 말라붙게 만들고 거대한 사하라 사막을 만들어 결국 주피터가 벼락으로 그를 땅에 동댕이쳤고 태양은 그의 죽음을 슬퍼하여 1년 동안 빛나지 않는 일까지 일어났던 것이다.

변질된 선(善)에서 솟는 것만큼 지독한 악취도 없다. 그것은 인간에게도 신의 경우에도 한낱 썩은 고기일 뿐이다. 만약 의식적으로 내게 선을 베풀려는 계획을 품고 내 집으로 누군가 오고 있다는 사실을 확실히 알게 될 경우 나는 그의 선행이 내게 베푸는 결과, 즉 그 선이라는 것이 내 핏속에 섞일까 두려워 입과 코와 귀와 눈을 흙먼지로 가득 채워 질식하게 만드는 저 아라비아 사막의 건조하고 뜨거운 모래폭풍을 피하듯 죽을 힘을 다해 달아

---

43 파이톤 - 그리스 신화의 인물. 태양 헬리오스의 아들.

날 것이다. 그건 안 될 일이다. 그보다는 차라리 자연스러운 악행을 당하는 게 낫다. 내가 굶주릴 때 먹을 것을 주고 추위에 떨 때 따뜻하게 해주고, 또는 수렁에 빠졌을 때(정말 내가 수렁에 빠지는 일이 일어날지는 모르겠지만) 나를 끌어내 준다고 해서 그 사람이 내게 선을 베푼 사람이 아니다. 그 정도의 일은 뉴펀들랜드종의 개[44]라도 얼마든지 할 수 있다. 넓은 의미에서 볼 때 자선은 인간애가 아니다. 하워드[45]는 분명 나름대로 더할 나위 없이 친절하고 훌륭한 사람이었고 나름대로 그 보답도 받았다. 그러나 비교적으로 말하면 우리가 가장 유복하게 살고 있을 때야말로 바로 우리에게 가장 도움이 필요한 때가 아닐까? 그리고 그 경우 우리를 돕지 못한다면 그런 하워드 같은 사람이 백 명이 있다 한들 무슨 소용이겠는가? 나 또는 나와 비슷한 인간에게 진심으로 선을 베풀려고 한 자선 모임에 대해선 들어 본 적도 없다.

예수회 수사들은 화형을 당하려는 인디언들이 고문자들에게 새로운 고문 방법을 제시하는 것을 보고 완전히 질리고 말았다. 육체적 고통에 굴하지 않던 인디언들은 선교사들이 제시할 수 있는 어떤 위안들에도 초연할 수 있었다. 그리고 네가 남에게 바라는 대로 해주라는 성경 말씀도 이들의 귀에는 그다지 설득력이 없었으므로, 그들은 남이 어떻게 하든 신경을 쓰지 않았고 새로

---

44 뉴펀들랜드종의 개는 주로 인명 구조에 이용됨.

45 하워드 - 존 하워드(1726~1790). 영국의 감옥 개혁자.

운 방식으로 원수를 사랑했으며 그들의 모든 행위를 너그럽게 용서해 주었다.

가난한 이들에게는 설혹 그들에게는 요원한 본보기가 되는 한이 있더라도 그들이 가장 필요로 하는 도움을 주도록 하라. 돈을 주려면 그들에게 직접 건네지 말고 당신이 그들을 위해 그 돈을 쓰도록 하라. 우리는 종종 엉뚱한 실수를 저지르곤 한다. 가난한 사람이 더럽고 남루하고 추해 보이더라도 그렇게 춥고 배고픈 상황에 처해 있는 것은 아닌 경우가 많다. 그건 어느 정도는 그 사람의 취향이며 단순히 불운 때문만은 아닌 것이다. 그럴 때 그에게 돈을 준다면 그는 그 돈으로 누더기를 더 사 입을지도 모른다.

나는 초라한 누더기 차림으로 호수에서 얼음을 자르는 어설픈 아일랜드 인부들을 보고 가엾게 생각하곤 했다. 나는 그보다 훨씬 나은 고급 옷이라 할 만한 것을 걸치고도 덜덜 떨고 있었으니 말이다. 그러나 몹시 추운 어느 날 물에 빠졌던 인부 하나가 몸을 녹이려고 우리 집을 찾아왔다. 그는 바지 세 벌과 양말 세 켤레나 껴입고 있었는데 모두 더럽고 낡은 것이었음에도 내가 내주는 여벌의 옷을 사양해도 좋을 만큼 내의를 잔뜩 갖고 있었다. 요컨대 이렇게 물에 빠지는 일이야말로 그에게 정말 필요했던 일인 것이다. 그제서야 나는 나 자신을 가엾게 여기기 시작했다. 그 인부에게 싸구려 기성복점 하나를 통째로 주는 것보다 내게 플란넬 셔츠 한 벌 주는 편이 훨씬 더 큰 자선이라는 사실을 깨달았던 것이다.

악의 가지를 치는 사람이 천 명이라면 악의 근원을 꺾는 이는 한 사람뿐이다. 가난한 사람들에게 가장 많은 시간과 돈을 쓰는 사람이 어쩌면 자신의 생활방식을 통해 그가 구하고자 하는 그 비참한 상황을 가장 열심히 더 만들어내는 사람일지도 모른다. 그것은 한 명의 노예를 판 수익금으로 나머지 아홉 명의 노예들에게 일요일만 자유를 주는 위선적인 노예 주인과 다를 바 없다. 또 가난한 사람에게 부엌일을 시킴으로써 자비를 베푸는 이들도 있다. 그런 일은 자신이 하는 편이 훨씬 더 자비로운 일이 아닐까? 사람들은 수입의 10분의 1을 자선에 쓰는 것을 자랑으로 여기지만 차라리 수입의 10분의 9를 자선에 쓰고 그 일에서 아예 손을 떼는 편이 더 나을 것이다. 결국 사회는 재산의 10분의 1만을 회수하는 셈이다. 이것을 재산가의 관용으로 봐야 할까, 아니면 사법 관리의 태만으로 봐야 할까?

자선은 인류에 의해 높이 평가받는 거의 유일한 미덕이다. 아니, 그건 지나치게 높은 평가를 받고 있는데, 그러한 과대평가는 바로 우리의 이기심 때문이다. 이곳 콩코드에서 어느 화창한 날 건장하고 가난한 한 사람이 내게 마을 사람 하나를 칭찬했는데, 그의 말에 따르면 그 남자가 가난한 이에게(그건 아마도 그를 말하는 것이리라) 친절을 베푼다는 것이다. 이들 자선가들은 진정한 의미에서 인류의 정신적인 아버지들보다 더 많은 존경을 받는다. 언젠가 학식과 지성을 갖춘 어떤 목사가 영국에 대해 설교를 하면서, 셰익스피어, 베이컨, 크롬웰, 밀턴, 뉴턴 등등 영국이 낳은 과학자와 문인, 정치가들을 죽 열거하고 나서는 직업상 어쩔 수 없기라도 하듯 그 위인들보다 훨씬 높은 자리에 위인 중의 위인으로 기독교의 영웅들을 추켜세우는 것을 본 적이 있다. 요컨대 펜[46], 하워드, 프라이 부인[47]같은 이들이 그렇다는 것이다. 그 설교를 들은 사람이라면 누구나 그것이 거짓된 위선에 불과하다고 여겼을 것이다. 그들은 영국에서 가장 뛰어난 위인들이 아니라 영국에서 가장 뛰어난 자선가들일 뿐이다.

나는 자선에 의당 따라야 할 찬사를 깎아내리려는 것이 아니라, 평생을 바쳐 인류에게 축복을 안겨준 모든 이들을 공정하게 대하기를 요구하는 것뿐이다. 나는 인간에게서 고결한 행위와 자비로운 마음을 가장 높이 평가하지는 않는데, 그것들은 이를테면 인간의 줄기와 잎에 해당한다. 그 풀이 시들면 사람들은 환자를 위한 비천한 용도로, 그것도 주로 돌팔이 의사들이 애용하는 약초로 쓰는 것이다. 내가 원하는 것은 인간의 꽃과 열매다. 인간의 향기가 내게 풍겨 오기를, 그 성숙함으로 우리들의 인간 관계에 풍미를 더할 수 있기를 원한다. 인간의 선함이 부분적이거나 일시적인 행위여서는 안 되며, 그것은 늘 남아도는 것, 그 사람에게 아무런 대가도 요구하지 않고 의식적이지도 않은 행위여야 하는

---

46 펜 - 윌리엄 펜(1644~1718). 펜실베이니아주 퀘이커교 창설자.

47 프라이 부인 - 엘리자베스 프라이(1780~1845). 영국의 감옥 개혁자, 퀘이커 교도.

것이다. 그것이야말로 수많은 죄를 감춰 주는 박애다. 자선가 자신이 헤어난 슬픔에 대한 기억으로 마치 공기처럼 인간을 감싸면서 그것을 연민이라고 부르는 것이다. 우리는 절망이 아니라 용기를, 질병이 아니라 건강과 안정을 함께 나눠야 하며 질병이 전염되지 않도록 조심해야 한다.

　그런데 저 울부짖는 소리는 남부의 어느 평원에서 나오는 것일까? 우리가 빛으로 인도할 이방인들은 어디에 살고 있을까? 우리가 구제해야 할 저 사납고 무지막지한 인간은 누굴까? 몸이 아파 제대로 기능을 발휘하지 못하면, 심지어 복통만 일어나도(위장이야말로 동정심이 생기는 곳이니까) 그는 즉각 세상을 시정하려 들게 마련이다. 자신이 우주의 축소판인 그는 세상이 풋사과를 먹어왔다는 사실을 알게 된다(그것은 참된 의미에서의 발견이며, 그가 바로 그 발견의 장본인이다). 실제로 그의 눈에는 지구 자체가 하나의 커다란 풋사과이며, 인간의 아이들이 채 익기도 전에 갉아먹을 것이라는 생각만 해도 끔찍스런 위험이 도사리고 있다. 그는 즉각 과감한 박애정신을 발휘하여 에스키모인과 파타고니아인을 찾아내고 인구가 밀집한 인도와 중국의 촌락들을 포용한다. 이렇게 몇 년 동안 자선활동을 벌이고 나면(강대국들은 그런 그를 자기들 목적에 이용한다) 그의 소화불량은 낫게 되고 지구는 흡사 익어 가는 과일처럼 볼이 발그레해지며 삶은 미숙함에서 벗어나 다시 한번 감미롭고 살 만한 것이 된다. 결국 내가 저지른 짓이야말로 극악

무도한 행위인 셈이다. 또한 나보다 더 악한 자는 과거에도 없고 앞으로도 없을 것이다.

　개혁자를 슬프게 만드는 것은 곤궁에 처한 동포에 대한 연민이 아니라 그 자신의 사적인 고통 때문이라고 나는 생각한다. 아무리 그가 하느님의 거룩한 아들이라도 말이다. 이 고통이 사라지고 봄이 오며 자신의 침상 위로 아침해가 솟으면 그는 사과도 없이 너그러운 동포를 저버릴 것이다. 내가 담배를 피우지 말라고 잔소리하지 않는 이유는 우선 나 자신이 담배를 피워 본 적이 없다는 사실 때문이며, 그 일은 담배를 피우다 끊은 사람들이 죄값으로서 해야 한다고 생각하기 때문이다. 그러나 내가 해 본 일 중에서 하지 말라고 잔소리할 수 있는 것이 그것 말고도 얼마든지 있다. 부득이 이런 자선행위를 하게 되었을 경우에는 오른손이 하는 일을 왼손이 모르도록 하라. 그것은 알릴 만한 일이 아닌 것이다. 물에 빠진 사람을 구했다면 구두끈을 고쳐 매고 잠시 숨을 돌린 다음 자신이 하고 싶은 일을 시작하면 그만이다.

　인간의 관습은 성자들과의 관계로 오염되고 말았다. 우리의 찬송가집은 하느님에 대한 저주와 영원한 인내의 선율을 반향하고 있다. 예언자와 구원자들 조차 인간의 희망을 확립시켰다기보다는 두려움을 달래주는 데 그쳤던 것 같다. 생명이라는 선물에 대한 소박하면서도 억누를 길 없는 만족감이나 하느님에 대한 기념할 만한 찬미를 기록한 내용은 어디서도 찾아볼 수 없다. 건강이나 성공은 아무리 멀리 떨어져 있는 것처럼 보여도 결국 내게 유익한 것이지만, 모든 질병과 실패는 그것이 내게 또는 내가 그것에 아무리 많은 동정을 품더라도 결국 나를 슬프게 하고 유해한 것이다. 요컨대 만약 진실로 인디언답게, 또는 식물답게, 혹은 매혹적이거나 자연스러운 수단을 동원해서 인류를 회복시키고자 한다면 우선 자연 그 자체처럼 소박하고 넉넉해지도록 하자. 우리의 이마에 드리워진 먹구름을 몰아내고 숨구멍마다 조금이나마 생명력을 불어 넣어 보자. 가난한 자의 감독이 되려 하지 말고 이 세상에서 가치 있는 한 인간이 되도록 노력하자.

시라즈[48]의 셰이크 사디[49]가 지은 『굴리스탄』, 즉 『꽃의 정원』이라는 책에 다음과 같은 말이 있다.

사람들이 현자에게 이렇게 물었다. "지고하신 신께서 창조하신 거룩하고 울창한 그 많은 나무들 가운데 아무 열매도 맺지 않는 편백나무 하나만을 '아자드' 즉 자유롭다 하니 이 어찌된 영문입니까?" 그러자 현자가 대답했다. "나무마다 각기 적당한 열매를 맺고 일정한 시기가 주어져 있어 그동안에는 싱싱하게 꽃을 피우며 그 시기가 아니면 마르고 시드느니라. 그런데 편백나무는 시기와 상관없이 언제나 정정하다. 아자드, 즉 종교적으로 자유로운 자들 역시 바로 이와 같은 성질

---

48 시라즈 - 현재 이란 파르 지방의 수도, 고원도시.
49 셰이크 사디 - 12세기 페르시아 시인.

을 떠느니라. 그대들도 덧없는 일에 마음을 두지 말라. 칼리프 족속이 멸한 뒤에도 '디즐라' 즉 티그리스는 유유히 흐를지니라. 그대들의 손이 풍성하면 대추나무처럼 아낌없이 나누어 줄지어다. 그러나 줄 것이 없다면 편백나무처럼 아자드, 즉 자유로운 인간이 돼라."

다음 글은 위의 내용을 보완하는 시편이다.

빈곤의 허세

"그대 가난한 이여, 고귀한 자리를 요구하다니
허세가 너무 심하구나.
그대의 초라한 오두막이나 함지 속에서
게으르거나 현학적인 덕을 키운다는 이유에서,
쉽게 구하는 햇볕이나 그늘진 샘물로
풀뿌리며 채소를 가꾼다는 이유로 그대의 오른손은
마음에서 인간의 정열을 뜯어내어
아름다운 덕이 번성하는 인간의 마음에서
본성을 타락케 하고 감각을 마비시켜
저 고르곤처럼 살아 있는 인간을 돌로 바꾸지 않는가.
우리도 따분한 교제를 원치 않는다.
그대의 부득이한 절제나 기쁨도 슬픔도 알지 못하는
그 부자연스러운 우둔함과는, 또한 그대가 어거지로

의욕을 누르고 뻣뻣이 치켜든 그 거짓된 무저항과도

평범함에서 벗어나지 못하는 이 비열한 족속이

바로 그대의 노예근성이구나.

그러나 우리는 무절제를 용인하는 미덕만을 촉진하나니,

바로 용기 있고 관대한 행위들, 당당하고 위엄 있는 자태,

전지전능한 분별력, 끝을 모르는 아량,

그리고 고대로부터 이름 없이 이어져 온

바로 헤라클레스, 아킬레스, 테세우스 같은

본보기로 남아 있을 뿐인 저 영웅들의 미덕들인 것이니.

그대의 역겨운 오두막으로 돌아가라.

그리하여 새로 빛나는 하늘이 보인다면

그 훌륭한 이들이 누군지 살펴보라."

—토머스 캐류[50]

소로의 두 번째 이야기

내가 살았던 장소와 삶의 목적
WHEN I LIVED & WHAT I LIVED FOR

Walden

인생이 어느 단계에 이르면 모든 장소를 집을 지을 만한 곳인지 생각해보게 된다. 나 역시 이런 이유에서 내가 사는 곳에서 12마일 안쪽에 있는 모든 땅을 조사해 보았다. 나는 상상 속에서 모든 농장들을 하나하나 사들였는데, 그건 그 농장들이 모두 마음만 먹으면 사들일 수 있는데다 값도 알고 있기 때문이었다. 나는 농부의 집을 하나씩 찾아가 그가 거둔 야생사과를 맛보면서 경작에 대해 얘기를 나누다 마음속으로 그가 부르는 값대로 농장을 사들였다가(사실 값은 아무래도 상관없었다), 그 농장을 다시 그 농부에게 빌려 주었다. 심지어는 그가 내놓는 값보다 더 높은 값을 쳐주기까지 했으며 땅문서를 제외한 모든 것을 받았는데, 그것은 이야기하기를 좋아하는 내가 문서가 아닌 그의 말을 믿었기 때문이었다. 그런 다음 나는 그 땅을, 그리고 어느 정도는 그 농부까지도 경작했으며, 만족할 만큼 경작을 한 다음에는 땅을 다시 농부에게 맡기고는 물러났다. 이런 행동 때문에 친구들은 나를 일종의 토지 중개인쯤으로 간주했다.

내가 어디에 자리를 잡든 그곳에서 살 수도 있는 일이었기에 풍경은 내게서 뻗어 나갔다. 집이란 바로 '세데스', 즉 터를 의미하는 것이 아닐까? 그리고 그곳이 전원이라면 더욱 좋은 것이다. 나는 금방 개발될 것 같지 않은 집터를 여러 군데 찾아냈는데, 그런 곳은 마을에서 지나치게 멀리 떨어진 것처럼 보일 수도 있지만 내 눈에는 마을이 그 터에서 너무 멀리 떨어진 것처럼 보였다.

그래, 이곳이라면 살 수도 있겠어, 하고 나는 중얼거렸다. 한 시간, 아니면 여름 한철이나 겨울 한철을 사는 거야. 그러면서 나는 그 자리에서 몇 해를 지내는 나의 모습을, 힘겹게 겨울을 보내고 나서 봄을 맞는 모습을 그려보았다. 집을 어디다 짓든 훗날 이 지역에 거주하게 될 사람들은 누군가 벌써 그들보다 먼저 그곳에 자리를 잡으려고 생각했다는 것을 확신해도 좋았다. 하루 오후 나절이면 과수원과 삼림지와 목초지로 땅을 나누고, 문 앞에 남겨둘 떡갈나무나 소나무는 어떤 것이 좋을지, 또 벼락맞은 나무가 가장 잘 보이는 방향이 어디인지 정하는 데 충분하다. 그리고 나서는 그 땅을 경작하지 않은 채 그대로 놔두기로 한다. 왜냐하면 그냥 놔둘 수 있는 것이 많을수록 그만큼 더 부자니까.

나의 상상력은 심지어 몇 군데 농장에서 선매권을 차지하는 데까지 이르렀지만(실제로 선매권이야말로 내가 원하는 모든 것이었다) 실제로 땅을 소유함으로써 호된 시련을 겪는 일은 없었다. 내가 실제로 땅을 소유할 뻔했던 일은 할로웰 농장을 구입했을 때였는데, 그때 나는 밭에 뿌릴 씨앗을 고르기 시작하고 씨앗을 싣고 다닐 외바퀴 수레를 만들 재료를 모아들였다. 그러나 땅주인에게서 문서를 넘겨받기 전에 그의 아내가 변덕을 부려(누구에게나 이런 아내가 있게 마련이다) 땅을 팔고 싶어하지 않았기 때문에 농부는 내게 위약금으로 10달러를 물겠노라고 했다. 이제 와서 솔직히 말하지만, 그때 내 수중에는 10센트밖에 없었기 때문에 실제 내 재산이 10센트였는지, 아니면 농장이었는지, 10달러였는지, 또는 모두 다 해당되는 건지는 내 계산 능력 밖의 일이었다. 그렇지만 나는 농부에게 10달러와 농장을 그냥 가지도록 했는데, 그것은 내가 이미 그 농장을 충분히 가져 보았기 때문이다. 또는 너그러운 마음에서 그에게 사들인 값으로 농장을 되팔고 그가 그다지 넉넉한 사람이 아니었으므로 10달러를 덤으로 얹어 주었다고 해도 좋다. 그러고도 내 수중에는 10센트뿐만 아니라 씨앗과 외바퀴 수레를 만들 재료까지 고스란히 남았던 것이다. 이렇게 해서 나는 내 청빈함에 아무런 손실을 입히지 않고도 부자가 된 경험을 누렸다. 그렇지만 그곳의 풍경만은 그냥 갖고 있었으므로, 매년 외바퀴 수레를 쓰지 않고도 그곳 풍경을 수확해 들였던 것이다. 풍경에 대해선 이렇게 말할 수도 있겠다.

"나는 내가 바라보는 모든 것의 주인이니,

내가 그곳에 있는 권리를 누가 뭐라고 할 수 없도다."[1]

나는 종종 어느 시인이 농장에서 가장 값진 부분을 충분히 즐기고 떠나는 광경을 보았는데, 그동안에도 무뚝뚝한 농부는 그자가 기껏해야 야생사과 몇 알을 따먹었을 거라고 짐작하는 것이

---

1   영국 시인 윌리엄 카우퍼(1731~1800)의 시.

다. 농장 주인은 그 뒤로 여러 해 동안, 시인이 자기 농장을 눈에 보이지 않는 가장 훌륭한 울타리라 할 수 있는 시에 담아 그것으로 담을 쌓고 즙을 짜고 찌꺼기를 걷어내고 가장 좋은 부분을 떠 냈다는 것, 그리고 농부에게는 찌꺼기인 우유만 남겨놓았다는 사실을 알지 못하는 것이다.

내게 있어서 할로웰 농장의 진짜 매력은 이런 것들이었다. 즉, 그곳은 완전히 외딴 곳으로 마을에서 2마일쯤, 그리고 가장 가까운 이웃에서 반 마일가량 떨어져 있는 데다가 큰길과의 사이에 널찍한 밭이 나 있었던 것이다. 다음으로 강을 끼고 있다는 점인데, 땅주인 말로는 강안개 덕분에 봄철의 서리 피해를 입지 않는다고 했으나 그건 내겐 아무래도 상관없는 일이었다. 농가와 헛간의 회색과 황폐함, 무너진 울타리들도 내겐 매력적으로 여겨졌는데 그것들은 전에 살던 이와 나 사이의 시차를 의미했다. 또 속이 비고 이끼로 덮인 사과나무들은 토끼들이 갉아먹은 흔적이 있어서 그곳에 살 경우 내 이웃이 누가 될지를 알려 주었다. 그러나 무엇보다도 마음에 들었던 점은 예전에 배를 타고 강을 따라 올라갔을 때의 추억이 서려 있다는 점이다. 그때 그 농가는 빽빽한 빨간 단풍나무 숲에 가려져 있었는데, 그 옆을 지나면서 개가 짖는 소리를 들었던 것이다. 나는 땅주인이 바위를 파내고 속이 빈 사과나무를 베고 초원에 싹트기 시작한 어린 자작나무들을 뽑아 버리기 전에, 간단히 말해서 농장을 좀더 개발해 놓기 전에 그 땅을 사려고 서둘렀다. 이러한 이점들을 누리기 위해서라면 농장을 경작할 각오가 돼 있었다. 아틀라스가 그랬듯이 세상을 어깨에 짊어지고(아틀라스가 그 일로 무슨 보상을 받았는지는 모르겠으나) 땅값을 치르고는 아무 장애 없이 농장을 내 것으로 갖는다는 것 이외에 다른 어떤 동기도 구실도 없는 그 모든 일을 다할 생각이었다. 왜냐하면 내가 이 농장을 사서 그대로 내버려 둘 수만 있다면 내가 원하는 작물을 풍부하게 수확하게 되리라는 사실을 알고 있었기 때문이다. 그러나 앞에서도 말했듯이 그 농장은 내 것이 되지 않았다.

여기서 내가 대규모 농업에 대해 할 수 있는 말은(언제나 기껏해야 채소밭이나 가꾸어 온 나이지만) 내가 그런 농업에 필요한 씨앗만큼은 준비한 적이 있다는 것뿐이다. 사람들은 세월이 흐르면 씨앗의 품질도 개선된다고 생각한다. 세월이 흐르면서 좋고 나쁜 종자가 가려지는 것만큼은 확실하다. 따라서 마침내 내가 씨앗을 뿌릴 때쯤에는 그리 실망스런 결과를 얻지는 않을 것이다. 하지만 여러분께 드릴 말씀은, 가능한 한 오래도록 자유롭게, 아무런 의무도 없는 삶을 영위하라는 것이다. 농장에 묶이든 감옥에 갇히든 별로 다를 바가 없기 때문이다.

카토[2] 장군은 이렇게 말한 바 있다(나는 그가 쓴 『데 레 루스티카』를

---

2   카토 – 올드 카토(BC. 234~149). 로마의 농경 저술가.

나의 '영농서'로 삼고 있으며, 내가 본 그 책의 유일한 번역본은 이 구절을 터무니없이 잘못 해석해 놓았다).

"농장을 구할 생각이라면 탐욕스레 냉큼 사들일 것이 아니라 마음 속에서 잘 궁리해야 한다. 또한 애써 농장을 돌아볼 것이며 그저 한 번 돌아보았다고 해서 충분하다고 여겨서도 안 된다. 좋은 농장이라면 자주 갈수록 그만큼 더 많은 기쁨을 느끼게 될 것이다."

나 역시 이제부터는 농장을 냉큼 사들이지 않고, 사는 동안 내내 그 주변을 빙빙 돌 것이다. 그러다 농장을 사기 전에 먼저 그곳에 묻힌다면 결국 더 많은 기쁨을 느끼지 않겠는가. 이제 이런 종류의 두 번째 실험에 대해 편의상 2년간의 경험을 하나로 묶어서 좀더 자세히 설명해 보겠다. 앞에서도 말했듯이 나는 지금 낙심한 내용을 시로 쓰려는 것이 아니라, 이로써 이웃들의 잠을 깨울 수만 있다면 아침에 횃대에 올라선 수탉처럼 기운차게 떠들어볼 작정이다.

내가 처음 숲 속에 거주했을 때, 다시 말해서 낮뿐 아니라 밤도 보내기 시작했을 때는 우연찮게도 독립기념일인 1845년 7월 4일이었는데, 그때 내 집은 아직 겨울 준비가 되어 있지 않아서 회벽도 굴뚝도 없이 비나 간신히 가릴 뿐이었다. 거칠고 풍우에 시달린 널빤지로 만든 벽에는 큼직큼직한 틈이 나 있어서 밤이면

서늘했다. 수직으로 깎아 만든 하얀 기둥과 갓 대패질한 문짝과 창틀 때문에 깨끗하고도 경쾌한 느낌을 주었는데 특히 아침이면 더욱 그랬다. 아침이면 목재는 이슬에 흠씬 젖어 정오 무렵이면 감미로운 수액이 배어 나오기라도 할 것 같았다. 내 상상으로 그 집은 하루 종일 이런 새벽다운 특징을 지니고 있어서 1년 전에 가 본 적이 있는 산꼭대기의 어떤 집을 연상시켜 주었다. 그 집은 바람이 잘 통하고 회벽도 없어서 방랑 중인 신을 맞이하기에 적당하고 여신도 긴 옷자락을 끌고 다닐 것 같았다. 내 집을 스쳐 가는 바람은 산등성이에 부는 바람과 같아서 지상의 음악에서 끊어진 선율을, 또는 천국에 해당하는 부분을 싣고 있었다. 아침 바람은 영원토록 불고 창조의 시는 중단되는 일이 없지만 그것을 들을 줄 아는 이는 거의 없다. 올림포스산은 속세를 벗어나기만 하면 어디서든 만날 수 있는 것이다.

내가 이전에 가져 보았던 유일한 집은 배를 제외하면 텐트 한 채뿐이었는데, 여름철 여행 때 종종 사용하곤 했으며 지금도 다락방에 둘둘 말린 채 보관돼 있다. 그러나 그 배는 이손 저손을 거치다가 세월의 흐름을 타고 어디론가 사라져 버렸다. 좀더 견실한 거처를 마련한 이제는 세상에 자리잡는 일에 얼마간 진보를 이룬 셈이다.

그처럼 허술한 껍질로 이루어진 이 뼈대뿐인 집도 내게는 일종의 결정체 같은 것으로, 집을 지은 내게 반응을 보여 주었다. 이

집은 마치 윤곽만 그린 그림처럼 어느 정도 암시적인 느낌을 주었다. 여기서는 바람을 쐬러 집 밖으로 나갈 필요가 없었는데, 집 안 공기가 신선함을 고스란히 간직하고 있었기 때문이다. 문 안쪽에 있다기보다는 문 밖에 앉아 있는 거나 다름없었으며, 비가 몹시 쏟아지는 날에도 마찬가지였다. 「하리반사」[3]에는 다음과 같은 말이 나온다.

"새가 없는 집은 양념을 넣지 않은 고기와 같다."

내 집은 그렇지 않았는데, 왜냐하면 나는 어느 결에 새와 이웃하고 지내게 됐기 때문이다. 내가 새를 가둔 것이 아니라 내가 새들 가까이에 둥지를 튼 격이었으니까. 나는 안뜰이나 과수원에서 흔히 볼 수 있는 새들과 더욱 가까워졌을 뿐만 아니라, 숲개똥지빠귀와 비어리[4], 풍금새, 들참새, 쏙독새 등 좀더 작으면서도 삼림지에 사는 좀더 날카로운 노래꾼들과도 가까워졌는데, 여간해서는 마을 사람들도 노랫소리를 들어 보지 못한 그런 새들이었다.

나는 콩코드 마을에서 남쪽으로 약 1마일 반 떨어지고 약간 높은 곳에 자리 잡은 어느 조그만 호숫가를 터전으로 삼았는데, 그곳은 콩코드 마을과 링컨 사이의 널찍한 삼림지 한복판이었으며

---

3 하리반사 - 5세기경 힌두어로 지은 서사시.
4 비어리 - 개똥지빠귀의 일종.

이 일대에서 잘 알려진 유일한 들판인 콩코드 전투지에서 남쪽으로 약 2마일 떨어진 곳이었다. 그러나 내가 있는 곳은 삼림지에서도 낮은 지역이어서 반 마일가량 떨어진 호수 건너편(그곳 역시 다른 부분과 마찬가지로 숲으로 덮여 있었다)이 내 시야에 들어오는 가장 먼 지평선이었다. 처음 한 주 동안에는 호수를 바라볼 때면 마치 바닥이 다른 호수의 수면보다 훨씬 높은 곳에 있는 산속의 작은 호수와도 같은 느낌을 받았다. 해가 떠오르면 밤 사이에 입고 있던 안개가 벗겨지면서 군데군데 잔물결과 거울과도 같은 매끄러운 수면이 드러나고, 유령과도 같은 안개는 흡사 야간 비밀회의가 파하기라도 한 듯 살금살금 사방을 에워싸고 있는 숲 속으로 흩어지곤 했다. 그곳은 산기슭에서 그렇듯 이슬도 여느 지역보다 훨씬 오랫동안 나무에 매달린 것처럼 보였다.

이 조그만 호수는 때때로 조용히 몰아치는 8월의 비바람 사이사이에 내 가장 소중한 이웃이 되었는데, 그때는 비록 하늘에는 구름이 잔뜩 끼어 있어도 대기와 수면이 더할 나위 없이 잔잔하여 아직 오후가 다 지나지 않았음에도 초저녁의 평온함을 느낄 수 있고, 사방에서 지저귀는 숲개똥지빠귀의 울음소리가 물가 여기저기서 들려왔다. 이런 호수는 바로 이런 순간에 더할 나위 없이 잔잔하게 마련이며, 구름에 덮이고 빛과 그림자로 가득한 호숫물로 어둑해진 수면 바로 위 야트막하게 뜬 맑은 공기층은 그 자체로 훨씬 더 소중한 제2의 하늘이 되는 것이다.

최근에 나무를 베어낸 근처 언덕 꼭대기에서 호수 건너 남쪽으로는 물가에 큼직한 톱니를 이루며 서 있는 언덕들 사이로 보기 좋은 전망이 펼쳐졌는데, 서로 맞은편 언덕을 향해 경사진 산비탈을 보면 숲이 우거진 골짜기 사이로 냇물이라도 흐를 것처럼 생각되지만 정작 냇물은 없었다. 그쪽 방향으로는 가까이에 있는 연두색 언덕들 사이와 그 너머로 청색을 띤 멀고 높은 언덕들이 지평선을 이루었다. 실제로 발끝을 세우면 북서쪽으로 좀더 떨어진 더욱 짙푸른 산맥의 산봉우리들을 얼핏 볼 수 있었는데, 그것들은 하늘이라는 조폐공사에서 찍어낸 진청색 동전과도 같았다. 그쪽으로는 마을도 일부 보였다. 그러나 그곳에서도 다른 방향으로는 나를 에워싼 삼림 이외에 아무것도 보이지 않았다. 근처에 물이 있으면, 좋은 점은 그 부력으로 땅을 띄워 준다는 것이다. 그리고 아무리 작은 우물이라도 갖고 있으면, 한 가지 좋은 점은 그 속을 들여다보면 그 주변의 땅이 대륙이 아니라 섬이라는 사실을 깨달을 수 있다는 것이다. 바로 이 점이 버터를 차갑게 식히는 일만큼이나 중요한 우물의 용도다. 이 언덕 꼭대기에서 호수 건너편 서드베리 초원 쪽을 바라보면(홍수 때 보면 그 초원이 용솟음 치는 골짜기 속에서, 아마도 신기루의 작용으로, 마치 대야 속의 동전처럼 떠오르는 것을 확연히 볼 수 있다), 호수 건너편의 모든 땅은 그 사이에 끼어 있는 이 조그만 호숫물 때문에 고립된 채 떠 있는 것처럼 보인다. 그럴 때마다 나는 내가 살고 있는 이 땅이 이 일대에서 유일하게 마른 땅이라는 사실을 상기하는 것이다.

집의 문 앞에서 보이는 전망은 그보다 훨씬 좁은 것이었지만 그래도 답답하다거나 갇혔다는 느낌은 전혀 없었다. 내 상상력이 뛰어다닐 초원은 충분했던 것이다. 떡갈나무 관목 숲이 우거진 그리 높지 않은 고원지대로 이어진 맞은편 물가는 서쪽 초원지로 뻗어나갔는데, 그곳은 흡사 방랑하는 인간 군상에 넉넉한 자리를 마련해 준 타타르 지방의 평원과도 같았다.

"광활한 지평선을 마음놓고 누릴 인간만이 진정한 행복을 느낄 수 있다."

이것은 자신의 가축들을 새롭고 더 넓은 목초지로 끌고 가려던 다모다라[5]가 한 말이다.

이제 장소와 시간이 바뀌어 나는 나를 가장 매혹시켰던 우주의 한 부분과 역사의 한 시대에 훨씬 더 근접해서 살게 되었다. 내가 사는 곳은 밤마다 천문학자들이 관측했던 수많은 천체만큼이나 사람들로부터 멀리 떨어진 곳이었다. 우리는 흔히 천체의 어느 멀고 외진 한구석, '카시오페이아의 의자' 별자리 저 뒤편, 세속의 소음과 번다함에서 멀리 떨어진 곳에 희귀하고도 즐거운 곳

---

5 다모다라 – 힌두교의 신 크리슈나의 다른 이름.

이 있다고 상상한다. 나는 내 집 역시 실제로 이런 외딴 곳, 그러면서도 영원히 새롭고 더럽혀지지 않는 우주의 한 장소에 자리잡고 있다는 사실을 발견하게 되었다. 묘성이나 히아데스 성단, 알데바란성이나 견우성 가까이에 자리잡는 일이 가치 있는 일이라면 나는 정말 그곳에 있었던 셈이다. 적어도 내가 떠난 삶으로부터는 그만큼 먼 거리에 떨어진 별, 너무도 섬세하고 작은 빛을 내기 때문에 가장 가까운 이웃조차 달 없는 밤에야 겨우 볼 수 있는 그런 별이 되어서. 내가 자리잡은 것은 이 우주 속에서도 바로 그러한 곳이었다.

"한 목동이 있었네,
그리고 그의 생각은
양 떼가 그에게 매시간 먹이를 주는
산만큼이나 높았다네."[6]

그런데 만일 그 양 떼가 언제나 그의 생각보다 더 높은 초원을 돌아다닌다면 그 목동의 삶은 어떤 것이 되겠는가?

매일매일의 아침은 내 삶을 자연 그 자체만큼 소박하게 하라는, 또는 순결하게 하라는 유쾌한 권유였다. 나는 그리스인들만

---

6 1610년경 발표된 익명의 시.

큼이나 진지한 오로라[7]의 숭배자였다. 나는 새벽같이 일어나 호수에서 목욕을 했는데, 그것은 거의 종교적 행사나 다름없었으며 내가 한 일 가운데 가장 좋은 것이었다. 탕왕의 욕조에 다음과 같은 취지의 글이 새겨져 있었다고 한다.

"매일같이 네 자신을 새롭게 하되 그 일을 영원토록 반복하라."

나는 그 글을 이해할 수 있다. 이렇게 아침은 영웅의 시대를 회복시키는 것이다. 나는 이른 새벽, 문과 창문을 활짝 열고 앉아 있으면 눈에 보이지도 않고 상상도 할 수 없는 길로 집 안을 돌아다니는 희미한 모깃소리에도 저 우렁찬 트럼펫 소리만큼이나 깊이 감동받는다. 그것은 바로 호머의 진혼곡이며, 그 자체가 공중에서 울려퍼지는 「일리아스」와 「오디세이아」로서 그 자신의 분노와 방랑을 노래하고 있다. 거기에는 어딘지 우주와 닮은 느낌이 있다. 요컨대 그 소리는 이 세상의 영원한 활력과 번식력에 대한 불변의 광고로서 금지될 때까지 계속되는 것이다. 하루 중에서 가장 기억할 만한 시기인 아침은 잠을 깨는 시간이기도 하다. 그때는 졸음기가 가장 없을 때이며, 적어도 그 한 시간 동안에는 밤이나 낮이나 잠을 자는 우리의 어떤 일부가 깨어나는 것이다.

---

7 오로라 - 여명의 여신.

우리가 우리의 비범한 정신에 의해 잠을 깨지 못하고 하인이 기계적으로 흔드는 대로 일어난다면, 또한 천상의 음악에 수반되는 새로운 힘과 내적인 열망에 의해서, 대기를 가득 채운 향기에 의해서 잠을 깨는 것이 아니라 공장의 종소리에 따라 일어난다면 그것을 하루라고 부를 수 있을지는 몰라도 그런 날에는 거의 아무것도 기대할 것이 없다. 우리는 아침에 일어나 전날 잠들 때보다 더욱 높은 삶으로 나아가야 하는 것이다. 그래야만 결국 어둠도 그 열매를 맺는 것이며 그 자체가 빛에 못지 않게 좋은 것임을 입증하는 셈이다.

매일매일이 자신이 지금껏 더럽혀 온 시간보다 더 이르고 더 성스러우며 더 장밋빛을 띤 시간으로 다가온다는 사실을 믿지 못하는 사람은 이미 인생에 절망하고 점점 어두워지는 내리막길을 따라가는 사람이다. 잠시 동안 감각적인 삶을 중단하고 나면 인간의 영혼 또는 그의 기관들은 매일같이 새로 활력을 얻게 되며 그의 비범한 정신도 다시금 고결한 삶을 만들기 위해 노력하게 된다. 기념할 만한 모든 사건은 아침 시간에, 그리고 아침의 대기 속에서 발산된다고 할 수 있다. 베다[8]에서도 "모든 지성은 아침과 더불어 잠을 깬다"고 말하고 있다. 시와 예술, 인간 활동의 가장 훌륭하고 기념할 만한 것은 바로 이 한 시간에서 비롯된다. 모

---

8 베다 - 브라만의 경전.

든 시인과 영웅들은 멤논처럼 오로라의 자식이며 동틀 때 자신의 음악을 연주하는 것이다. 태양과 더불어 탄력 있고 힘찬 생각을 발휘하는 사람에게 하루는 영원한 아침이다. 시간이 몇 시든, 남들의 태도와 일이 어떻든 상관없다. 아침은 내가 깨어나는 시간이며 내 안에서 동이 트는 시간이다. 도덕적 개혁이란 바로 잠을 쫓기 위한 노력인 것이다. 졸고 있는 것이 아니라면 어떻게 그토록 하루를 함부로 대할 수 있겠는가? 그렇다고 그들이 타산에 어두운 것도 아니다. 졸음에 압도되지 않았더라면 뭔가 쓸 만한 일을 했을 것이다. 수많은 사람들이 육체 노동을 할 만큼 잠에서 깨어 있지만, 그중에 단 한 사람만이 효과적인 지적 활동을 할 만큼 깨어 있는 것이며, 그보다 훨씬 많은 이들 중에서 한 사람만이 시적인 삶 또는 성스러운 삶에 종사하는 것이다. 깨어 있다는 것은 살아 있다는 것이다. 나는 지금껏 완전히 깨어 있는 사람을 한 번도 만난 적이 없다. 그러니 어떻게 내가 그런 사람의 얼굴을 들여다볼 수 있었겠는가?

우리는 기계적 도움에 의해서가 아니라 깊이 잠들었을 때조차 우리를 저버리지 않는 새벽에 무한한 기대감을 품음으로써 다시 깨어나고 또 잠을 깬 상태를 유지하는 법을 배워야 한다. 의식적인 노력으로 자신의 삶을 고양시킬 줄 아는, 더할 나위 없이 확실한 인간의 능력 이상으로 고무적인 것도 없다. 그림을 그리고 조각을 새기고 그럼으로써 어떤 대상에 아름다움을 부여할 줄 아는 것도 대단한 능력이지만, 그런 것을 보는 환경 자체를 조각하고 그릴 수 있는 능력은 그보다 훨씬 더 훌륭한 것이며, 실제로 우리에게는 그런 능력이 있다. 하루의 본질에 영향을 미칠 수 있다면 그것이야말로 지고의 예술인 셈이다. 누구에게나 자신의 삶을, 그 세세한 부분까지 가장 고결하고도 중요한 시간에 생각해 볼 가치를 지닌 것으로 만들 의무가 있다. 우리가 얻는 얼마 안 되는 지식마저 거부하거나 모두 다 써버릴 경우, 어떻게 해서 그 일이 일어날 수 있는지 신탁이 명확히 일러줄 것이다.

내가 숲 속에 들어간 이유는 신중한 삶을 영위하기 위해서, 인생의 본질적인 사실들만을 직면하기 위해서, 그리고 인생에서 꼭 알아야 할 일을 과연 배울 수 있는지 알아보기 위해서, 그리고 죽음의 순간에 이르렀을 때 제대로 살지 못했다는 사실을 깨닫지 않도록 하기 위해서였다. 삶이란 그처럼 소중한 것이기에 나는 삶이 아닌 것은 살고 싶지 않았고, 도저히 불가피하기 전에는 체념을 익힐 생각도 없었다. 나는 깊이 있게 살면서 인생의 모든 정수를 뽑아내고 싶었고, 강인하고 엄격하게 삶으로써 삶이 아닌 것은 모조리 없애버리고 싶었다. 숲 속에 널찍하고 반들반들하게 길을 닦아 삶을 맨 안쪽까지 몰아붙인 다음 가장 비천한 상태까지 내몰아 그 삶이 정말 비천하다고 판명날 경우 삶의 모든 천박함을 있는 그대로 뽑아서 온 세상에 공표하고 싶었다. 그렇지 않고 그 삶이 숭고한 것이라면 직접 체험함으로써 그 숭고함을 알고 싶고 다음번 여행 때에는 그것에 대하여 진정한 얘기를 할 수 있기를 원했다. 내가 보기에 대부분의 사람들은 삶이 악마의 것인지 하느님의 것인지 이상하리 만큼 확신하지 못하면서 다소 성급하게 '하느님을 찬미하고 영원토록 기쁘게 하는 일'[9]이야말로 이승을 사는 인간의 주된 목적이라는 식의 결론을 내리는 듯이 보였기 때문이다.

그러나 아직 우리는 개미처럼 비천한 삶을 영위하고 있다. 우화에서는 이미 오래전에 우리가 인간으로 바뀌었다고 말하고 있는데도 말이다. 우리는 피그마이오스[10]족처럼 두루미들과 다투고 있다. 그것은 실수에 실수를 더한 것, 헝겊에 헝겊을 덧댄 것일 뿐이며, 우리의 최고의 미덕은 무익하고 피할 수 있는 불행이 닥칠 경우에만 발휘된다. 삶은 자잘한 일에 낭비되고 있다. 정직한 사람이라면 셈을 세기 위해 열 손가락 이상 쓸 일이 없다. 극단적인 경우라 해도 발가락 열 개를 더하면 될 것이고 그 나머지는 무시해 버리면 그만이다. 단순하게, 단순하게, 단순하게 살지어다! 백 가지 천 가지가 아니라 두 가지나 세 가지로 일을 줄이라. 백만이 아니라 대여섯을 셈할 것이며 장부는 간소하게 적으라. 문명 생활이라는 이 거친 바다 한복판에는 구름과 폭풍과 유사(流砂) 등 온갖 것이 숨어 있기 때문에 만약 여기서 침몰하여 바닥에

---

9 웨스트민스터 사원의 교리문답.

10 피그마이오스족 - 신화에 나오는 난쟁이족으로 두루미와 싸우다 멸망함.

가라앉거나 항구에 도착하지 못하는 사태를 원치 않는다면 추측 항법[11]을 써서 삶을 영위해야 할 것이며, 따라서 사실상 여기서 성공하려면 탁월한 계산가가 되어야 하는 것이다.

단순화하고 단순화하라. 하루 세 끼 식사를 할 게 아니라 필요할 때 한 끼만 먹도록 하라. 백 가지 요리를 다섯 가지로 줄이라. 나머지 일들 역시 같은 비율로 줄이라. 우리의 삶이란, 수많은 소국들로 구성되고 끊임없이 국경이 바뀌어 결국에는 독일인조차 현재의 국경이 어딘지 말할 수 없게 된 저 독일연맹과 흡사하다. 국가 그 자체도 이른바 내적 개선에도 불구하고(실제로는 모두가 외부적이며 피상적인 개선에 불과하지만) 너무도 비대해서 다루기 힘든 조직체가 되어, 그 안의 수백만 가정이나 다를 바 없이 여기저기 가구가 어질러지고 자신이 놓은 덫에 걸리고 계산과 적당한 목표의 부족으로 사치와 부주의한 지출 때문에 몰락의 길을 걷고 있는 것이다. 그리고 이에 대한 유일한 치료책은 엄격한 검약, 스파르타식 간소함보다 훨씬 더 가혹한 생활양식, 고양된 목표다. 국가는 지나치게 방탕한 생활을 하고 있다. 사람들은 국가가 통상을 하고 얼음을 수출하며 전신으로 통신을 하고 시속 30마일로 달리는 일에 대해 그것이 과연 그런지에 대해서는 추호의 의심도 없이 필요한 일이라고 생각한다. 하지만 우리가 개코원숭이

---

11 추측항법 – 각종 수치의 오차로 배의 위치를 찾아내는 항법.

처럼 사는 건지 아니면 사람답게 살고 있는 건지에 대해서는 확신이 거의 없는 것 같다.

우리가 침목을 끌어대고 레일을 만들고 밤낮으로 일하는 것을 그만두고 그저 우리의 삶을 어떻게 개선해 볼까 하고 주물럭거리기만 하면 대체 철도는 누가 까느냐고? 그리고 철도가 깔리지 않으면 어떻게 때가 왔을 때 천국에 올라 갈 수 있겠느냐고? 그렇지만 우리가 집 안에 앉아서 우리의 일에만 전념한다면 철도를 쓸 사람이 누가 있을까? 우리가 철도를 타고 달리는 것이 아니라, 철도가 우리를 타고 달리는 것이다. 철도 밑에 깔린 그 침목들이 무엇인지 생각해 본 적이 있는가? 그것 하나하나가 아일랜드인이 아니면 미국인 같은 사람인 것이다. 그 위에 레일이 놓이고 모래가 덮여 기차가 매끄럽게 달리게 되는 것이다. 그건 정말 좋은 침목이다. 그리고 몇 년에 한 차례씩 새로운 부지에 철도가 깔리고 그 위를 기차가 달린다. 따라서 누군가가 철로 위를 달리는 즐거움을 맛보고 있다면 다른 누군가가 그 밑에 깔리는 불운을 맞는 셈이다. 그리고 잠을 자며 걷고 있던 누군가를(엉뚱한 위치에 있는 여분의 침목을) 치어 잠을 깨우게 되면[12] 갑자기 기차를 세우고는 마치 무슨 대단한 일이 벌어졌다는 듯이 소란을 피우는 것이다. 나는 침목을 받침대에 제대로 고정시켜 두기 위해서는 5마일마

---

12 '침목(sleeper)'에는 '잠을 자는 사람'이라는 의미가 있음.

다 사람들을 배치시켜 놓아야 한다는 사실을 알고 기뻤는데, 그것은 그들이 이따금씩 다시금 잠에서 깨어 일어나는 경우도 있다는 표시니까 말이다.

그런데 어째서 우리는 이렇게 쫓기듯이 삶을 영위해서 인생을 낭비하는 것일까? 우리는 허기가 지기도 전에 벌써 굶어죽을 각오를 하고 있다. 사람들은 제때의 한 바늘이 아홉 바늘의 수고를 덜어 준다고 하면서 내일 아홉 바늘의 수고를 덜기 위해 오늘 천 바늘을 꿰매고 있는 것이다. 사실 정작 중요한 일은 하나도 없는데도 말이다. 우리는 그저 무도병(舞蹈病)에 걸려 도저히 머리를 가만히 놔둘 수가 없는 것이다. 만약 내가 불이라도 난 것처럼 교회에 걸린 종 줄을 몇 번 당기기만 해도 채 종이 울리기도 전에 콩코드 외곽 농장에 있던 남자든(오늘 아침만 해도 수없이 온갖 약속을 둘러대며 바쁜 시늉을 했음에도 불구하고) 어린애든 여자든 할 것 없이 모든 일을 팽개치고 소리가 나는 곳으로달려올 것이다. 그것은 주로 화재에서 재산을 구하기 위해서라기보다는, 솔직히 말하자면 불난 구경을 하기 위해서(왜냐하면 어차피 불이 난 이상 타버릴 테고 우리가 불을 지른 것은 아니니까), 또는 불끄는 것을 구경하기 위해서가 아니면 한몫 거들기 위해서일 것이다(그 일이 제대로 된다면 말이지만). 그렇다, 설혹 교회 건물에 불이 났을지라도 마찬가지인 것이다. 어떤 사람은 식사를 하고 나서 반 시간쯤 낮잠을 자고 깨자마자 고개를 쳐들고는 마치 다른 사람들은 모두 자기가 자는 동안 옆에서 보초를 서기라도 했다는 듯이 대뜸 "무슨 소식이 없느냐?"고 묻는다. 또 반 시간마다 깨워 달라는 부탁을 하는 이들도 있는데 그 경우 역시 같은 목적에서다. 그런 다음 그 일에 대해 보상이라도 한다는 듯이 자기 꿈 얘기를 늘어놓는 것이다. 하룻밤을 자고 나면 뉴스는 아침식사만큼이나 불가결한 것이 된다. "이 지상 어디서든 누구에게 무슨 일이 벌어졌는지 얼른 말해 주게." 그리고는 커피를 마시고 롤빵을 먹으면서 신문을 읽는다. 거기에는 오늘 아침 와치토강 유역에서 어떤 남자가 눈을 뽑혔다는 기사가 실려 있다. 그러면서도 그는 자신이 세상이라는 어둡고 끝모를 거대한 동굴 속에 살고 있으며 자기 자신도 한쪽 눈은 흔적밖에 남지 않았으리라고는 꿈에도 생각지 못하는 것이다.

나의 경우엔 우체국이 없이도 얼마든지 잘 지낼 수 있다. 우체국을 통해 중요한 연락이 이루어지는 경우는 거의 없는 것 같다. 엄격하게 말하자면 나는 지금까지 살아오면서(내가 이 글을 쓴 것은 지금으로부터 몇 해 전이지만) 우표값을 하는 편지라고는 한두 통 정도밖에 받아 본 적이 없다. '1페니 우편제'는 무심코 농담으로 하던 말에 정말로 1페니를 지불하게 만든 제도인 것이다. 또한 신문에서 무슨 기억할 만한 뉴스를 읽은 적도 없었다. 누군가 강도를 당했다거나, 살해되었다거나, 사고로 죽었다거나, 어느 집이 불에 탔다거나, 어떤 배가 난파했다거나 증기선이 폭발했다거나, 소 한 마리가 서부 철로에서 치였다거나, 미친 개를 죽였다거나,

겨울에 메뚜기 떼가 출몰했다는 등등의 기사를 읽은 사람이라면 그런 기사는 두 번 다시 읽을 필요도 없는 것이다. 한 번으로 족하다. 원칙을 알고 있다면 수많은 실례와 응용에 대해 구태여 신경쓸 필요가 있을까?

철학자에게는 이른바 뉴스란 것은 모두 잡담에 불과한데, 그것을 편집하고 읽는 이들은 차를 마시는 나이 든 부인네들인 것이다. 그런데도 적잖은 사람들이 이 잡담에 탐욕스레 달려들고 있다. 언젠가 어떤 신문사에 근착 해외 소식을 알기 위해 수많은 사람들이 몰려드는 바람에 그 신문사의 대형 판유리 몇 장이 인파의 압력을 이기지 못하고 깨졌다는 얘기를 들은 적이 있다. 그런데 그 소식이라는 것은 머리가 좀 돌아가는 사람이라면 열두 달이나 12년 전에라도 꽤 정확하게 미리 써놓을 만한 것들이라고 생각한다. 예를 들어 스페인의 경우 돈 카를로스와 황녀, 돈 페드로, 세빌리아, 그라나다 같은 단어들을 적당히 배합할 줄 알고(어쩌면 내가 신문을 본 이후로 이름이 바뀌었을지는 모르겠지만) 적당한 기삿거리가 없을 경우에는 투우 얘기를 집어넣기만 하면 실로 정확한 기사가 될 것이고 신문에 실린 같은 제목의 간결하고 명쾌한 기사만큼이나 스페인의 정확한 실상이나 타락상을 전해 줄 수 있을 것이다. 그리고 영국의 경우 그 지역에서 나온 중요한 뉴스 가운데 거의 마지막 뉴스라고 할 만한 것은 1649년 혁명이었는데, 그곳의 평년 작황에 대해 알고 있다면 금전상의 문제를 고려하지 않는 한 그 일에 두 번 다시 신경쓸 필요가 없는 것이다. 신문을 거의 보지 않는 사람이 판단할 경우 해외에서 일어나는 새로운 일이란 거의 없는 것과 같고, 프랑스에서 일어나는 혁명이라 해도 예외는 아니다.

뉴스라니! 시간이 흘러도 결코 낡지 않는 것을 아는 것이 그것보다 얼마나 중요한 일이겠는가! 위나라의 재상 거백옥은 공자에게 사람을 보내 근황을 알아보게 했다. 공자가 그 사자를 가까이 앉히고 이렇게 물었다. "그대의 주인은 뭘 하고 계시오?" 사자는 정중하게 대답했다. "제 주인님은 자신의 허물을 줄이고자 하시지만 그 일이 끝이 없나이다." 사자가 가고 나자 그 철학자는 이렇게 말했다. "훌륭한 사자로구나! 정말 훌륭한 사자로다!"

목사는 주일의 마지막 휴일에(사람들에게 주일이란 잘못 보낸 한 주일을 적당히 종결 짓는 날이지 또 한 주일을 참신하게 시작하는 날이 아니다) 지겨운 설교로 꾸벅꾸벅 조는 농부의 귀를 괴롭히는 대신 우렁찬 음성으로 이렇게 외쳤다. "숨을 돌리시오! 멈추시오! 제자리에 서지 못하고 무엇 하러 그렇게 서두르는 시늉을 하는 거요?"

허위와 기만이 가장 건전한 진실로 존중되는 반면 현실은 거짓으로 간주되고 있다. 만일 우리가 끊임없이 진실만을 인식하고 기만을 용납하지 않는다면 인생이란(이를 우리가 알고 있는 삶과 비교해서 말하자면) 동화나 아라비안 나이트 같은 즐거운 이야기가 될 것이다. 만약 불가피한 일과 의당 그래야 할 일만을 존중할 수 있다면 음악과 시가 거리에 울려퍼지리라. 서두르지 않고 지혜로운 삶을 영위한다면 우리는 훌륭하고 가치 있는 것만이 영원하고 절대적이며, 하찮은 두려움과 쾌락은 현실의 그림자에 불과하다는 것을 깨닫게 될 것이다. 이것은 언제나 용기를 주는 지고의 진리다. 인간은 눈을 감고 졸며 허상에 속아 넘어감으로써 순전히 가공의 토대 위에 서 있는 틀에 박힌 인습적인 일상생활을 확립하는 것이다. 삶을 유희처럼 여기는 아이들은 어른들보다 더 명확하게 인생의 진정한 법칙과 관계를 인식하는데, 어른들은 그 삶을 가치 있게 영위하지 못하면서도 경험에 의해서, 요컨대 실패에 의해서 자신들이 아이들보다 더 현명하다고 여기는 것이다. 힌두교의 한 경전에 다음과 같은 얘기가 나온다.

"옛날에 한 왕자가 있었다. 그는 어렸을 때 왕궁에서 추방되어 숲속에서 자랐기 때문에 커서도 자신이 비천한 사람들과 같은 무리인 줄로만 알고 있었다. 부왕의 재상 하나가 우연히 왕자를 발견하고 그의 신분을 알려 주자 그는 비로소 틀린 생각을 고쳐 자신의 신분이 왕자라는 사실을 알게 되었다."

그 경전의 저자는 계속해서 이렇게 말했다.

"영혼도 이와 같다. 영혼 역시 그것이 속한 환경 때문에 원래의 신분을 잊고 있다가 어느 성스러운 교사에 의해 사실을 알게 됨으로써 비로소 자신이 '브라마', 즉 지고의 존재라는 것을 깨닫는 것이다."

우리 뉴잉글랜드 주민들이 이처럼 비천한 삶을 영위하는 것 역시 우리의 눈이 사물의 표면을 꿰뚫어보지 못하기 때문이다. 우리는 눈에 보이는 것이 실재일 거라고 생각한다. 만일 오직 사실만을 볼 줄 아는 누군가가 있어 마을 안을 돌아다닌다면 마을의 물방아둑은 어떻게 될까? 그 사람이 우리에게 자신이 본 사실을 알려 준다 해도 우리는 그가 말하는 물방아둑이 어디 있는 것인지 알 수 없을 것이다. 공회당이나 군청, 구치소, 상점, 집들을 보고 진정한 눈으로 응시할 경우 그것들이 무엇처럼 보일지를 말해 보라. 그러면 그것들에 대해 말하는 순간 그것들 모두가 산산조각나고 말 것이다. 사람들은 진리가 멀리 있다고, 천체의 바깥이나 가장 먼 별의 저편, 아담 이전에 있었거나 최후의 인간 이후에나 오는 거라고 생각한다. 사실, 영원에는 뭔가 참되고 숭고한 것이 있다. 그러나 이 모든 시간과 장소와 사건은 지금 이곳이다. 하느님 자신도 현재라는 순간에 완결되는 것이며 그 어느 시대에도 지금보다 더 거룩한 존재는 아닌 것이다. 우리는 우리를 에워싸고 있는 현실을 끊임없이 받아들이고 그 안에 흠씬 젖어듦으로써만 숭고하고 고귀한 것을 파악할 수가 있다. 우주는 끊임없이 또한 유순하게 우리의 생각에 응답해 준다. 우리가 빠르게 가든 느리게 가든 언제나 우리를 위한 길은 마련돼 있다. 그렇다면 생각하면서 삶을 영위하도록 하자. 어떤 시인이나 예술가의 구상이 너무나 아름답고 고귀해서 후손이 완성시킬 수 없을 정도였던 적은 없었다.

자연이 그렇듯 하루를 유유하게 보내며, 호두 껍질이나 모기 날개가 철로 위에 떨어진다 해서 궤도를 일탈하는 일이 없도록 하자. 일찍 일어나 식사를 하든, 거르든 간에 조용히 당황하지 말도록 하자. 벗들이 찾아오든 떠나든 괘념치 말자. 종이 울리고 아이들이 울도록 내버려두자. 그렇게 하루를 보내기로 결심하자. 무엇 때문에 녹초가 되어 물살에 휘말려야 하는가? 정오라는 여울에 자리잡은 점심이라는 저 무서우리만큼 빠른 소용돌이에 당황해서 가라앉지 않도록 하자. 이 위험을 뚫고 나가면 안전하다. 그 다음부터는 내리막길이니까. 긴장을 풀지 말고 아침의 활력을 지닌 채 율리시즈처럼 돛대에 몸을 묶고 다른 쪽을 보면서 항해를 계속하라. 기적이 목이 쉬도록 울리게 내버려두라. 종소리가 난다 해서 뛰어가야 할 이유가 있는가? 그것을 일종의 음악처럼 여기게 될 것이다.

이제 차분하게 자리를 잡고 일을 하면서 두 발을 의견, 선입견, 전통, 망상, 허상 따위의 진흙밭 깊숙이 집어넣자. 파리와 런던, 뉴욕과 보스턴과 콩코드, 교회와 국가, 시와 철학과 종교를 통틀어 이 지구를 덮고 있는 그 퇴적물들 속으로. 그러다 보면 진실이라고 부를 수 있는 단단한 바닥에 이르러, 바로 여기가 틀림없다고 말할 수 있는 순간이 온다. 그리고 나서 지지점이 생겼을 때 홍수와 서리와 불 밑에 벽이나 국가를 세울 만한 자리를, 가로등 기둥이나 측량기를 세울 만한 자리를 만들기 시작하자. 나일강 수위를 재기 위한 측량기가 아니라 진실을 측량하기 위한 계기를 말이다. 그리하여 후세인들이 기만과 겉치레의 홍수가 얼마나 범람했던지를 알 수 있도록 말이다. 만약 당신이 똑바로 서서 사실을 대면하면 흡사 언월도(偃月刀)라도 되듯 그 사실의 양면에 번쩍이는 햇살을 보게 될 것이며, 그 예리한 날이 당신의 심장과 골수를 자르는 것을 느낄 것이다. 그리하여 당신은 행복하게 지상에서의 운명을 마치게 될 것이다. 삶이 됐든 죽음이 됐든 우리가 갈구하는 것은 오로지 진실뿐이다. 만약 우리가 정말 죽어 가고 있는 거라면 목구멍 안에서 끓어오르는 소리를 들을 테고 임종의 싸늘함도 느낄 수 있으리라. 우리가 살아 있는 거라면 부지런히 할 일을 하도록 하자.

시간이란 내가 낚시하는 냇물일 뿐이다. 나는 그 물을 마시지만, 물을 마시는 동안 모래가 깔린 바닥을 보고 그것이 얼마나 얕은지를 알게 된다. 시간의 얕은 흐름은 이내 흘러가고 만다. 그러나 영원은 그대로 남는다. 나는 좀더 깊은 물을 마시고 싶다. 바닥에 조약돌처럼 별들이 깔린 하늘에서 낚시를 하고 싶은 것이다. 나는 하나조차 헤아릴 수 없다. 알파벳의 첫 번째 글자가 뭔지도 모른다. 나는 내가 태어난 그날처럼 현명하지 못했다는 사실을 언제나 뉘우치며 살고 있다. 지성이란 식칼과 같아서 사물의 비밀을 인식하고 갈라낸다. 나는 필요 이상으로 두 손을 바삐 놀릴 생각이 없다. 내 머리가 곧 두 손이며 두 발인 것이다. 내 모든 최고의 기능은 머릿속에 집중돼 있다. 나는 본능적으로 내 머리가, 짐승이 굴을 팔 때 주둥이와 앞발을 쓰는 것처럼 굴을 파는 기관이라는 것을 알고 있다. 나는 그것으로써 이 언덕을 파볼 생각이다. 이곳 어딘가에 가장 풍부한 광맥이 있다. 나는 점치는 막대와 엷게 떠오르는 수증기를 보고 그렇게 생각한다. 그리하여 바로 이곳에서 굴을 파기 시작할 것이다.

소로의 세 번째 이야기

독서
READING

Walden

자신의 직업을 선택함에 있어 조금만 더 신중을 꾀한다면 누구나 기본적으로 학생이나 관찰자가 되려고 할 텐데, 그것은 누구나 자신들의 본성과 운명에 관심이 있기 때문이다. 우리 자신 또는 후손을 위해 재산을 모으거나 가정이나 국가를 세우거나 명성을 얻어도 우리는 죽을 운명을 피할 수 없지만, 진리를 다룸에 있어서는 불멸이나 다름없으며 그 어떤 변화나 불의의 사고도 두려워할 필요가 없다. 고대 이집트인이 아니면 인도인 철학자가 신의 조각상에서 베일의 한 자락을 들쳐 올렸는데, 그 떨리는 옷자락은 여전히 들려 있는 채로 남아 있으며 나는 지금도 그 철학자가 그랬듯 신선한 영광을 응시하고 있다. 왜냐하면 당시 그토록 대담했던 것은 바로 그의 안에 있는 나 자신이었고, 지금 그 광경을 보고 있는 자는 바로 내 안에 있는 그 사람이기 때문이다. 그 옷에는 그 사이 먼지 하나 앉지 않았다. 신성이 발견된 이래로 시간은 전혀 흐르지 않았던 것이다. 우리가 진실로 개선하고 또 개선할 수 있는 시간은 과거나 현재, 미래가 아니다.

　내 집은 어느 대학 못지 않게 생각이나 진지한 독서를 하기에 적당한 곳이다. 내가 있는 곳은 흔해 빠진 순회도서관 하나 찾아오지 않는 곳이지만 나는 최초의 문장이 나무껍질에 기록되었고, 이제는 간혹 리넨지에 찍혀 나올 뿐인 온 세상 책들의 영향을 그 어느 때보다도 크게 입고 있다. 시인 미르 우드[1]는 이렇게 말했다.

"제자리에 앉아서도 정신 세계를 돌아다닐 수 있는 이점을 나는 책 속에서 누렸네. 포도주 한 잔으로 취하는 즐거움을 나는 심오한 학설이라는 술을 마심으로써 맛보았네."

나는 여름내 책상 위에 호머의 『일리아스』를 놓아두었지만 이따금씩 읽곤 했을 뿐이다. 처음에는 두 손을 끊임없이 놀려야만 했는데, 집도 마저 지어야 했고 콩밭에서 잡초도 뽑아야 했기에 그 이상 책을 읽는다는 건 불가능했다. 그러면서도 나는 앞으로 책을 읽을 수 있으리라는 희망을 품고 있었다. 일하는 사이사이에 가벼운 여행기를 한두 권 읽었지만 곧 그 일이 부끄러워졌다. 나는 내가 사는 곳조차 제대로 알지 못했던 것이다.

그리스어로 호머나 아이스킬로스[2]를 읽는 학생이라면 방탕이나 사치에 빠질 염려가 없을 텐데, 왜냐하면 그들은 자신들의 영웅을 본뜨려 할 테고 아침 나절을 그들의 저서로 신성하게 보낼 수 있을 테니까 말이다. 설혹 우리 모국어로 인쇄된 것일지라도 이 영웅시들은 타락한 이 시대에는 죽은 말로 된 듯이 읽힐 것이

---

1 미르 우드 - 18세기 페르시아 시인.
2 아이스킬로스 (BC 525~456). 그리스의 극작가.

다. 우리는 지혜와 용기와 관용 같은 단어에서도 우리의 일상 용법보다 훨씬 더 큰 의미가 있으리라고 짐작하면서 그 낱말이나 행 하나하나의 의미를 애써 판독해야 한다. 오늘날 번역본의 값도 더 내려가고 인쇄물도 풍부해졌지만 그렇다고 이 고대의 영웅시 작가들이 좀더 가까워진 것은 아니다. 그들과 그들의 글은 예전에 그랬던 만큼이나 진기하고 유별나 보인다. 젊은 날의 소중한 시간으로 고대의 언어를 몇 마디 배우기만 해도 그만한 가치가 있다. 그 언어는 거리의 진부함에서 벗어나 영원한 암시와 자극을 줄 수 있을 테니 말이다. 농부가 주워들은 라틴어 몇 마디를 기억해서 암송하는 것도 헛된 일이 아니다.

　사람들은 고전 연구가 현대의 보다 실질적인 학문을 위한 길이 되어 줄 것처럼 말하곤 하지만, 모험심에 넘치는 학생이라면 그것이 어떤 언어로 쓰이고 그 언어가 얼마나 오래된 것이든 상관없이 고전을 공부할 것이다. 고전이란 인간의 사상 중에 가장 고귀한 내용을 기록한 것에 다름아닐 테니까. 고전은 사멸되지 않은 유일한 신탁이며 가장 현대적인 질문에도 델포이나 도도나 [3] 신전조차 주지 못한 해답을 줄 것이다. 자연이 오래된 것이라 해서 자연을 공부하지 않을 수는 없는 법이다. 책을 잘 읽는 일, 다시 말해서 참된 정신으로 참된 책을 읽는 일은 숭고한 운동이며, 오늘

3　도도나 - 고대 그리스의 신탁소.

날의 관습이 존중하는 그 어떤 운동보다도 힘든 일이다. 그 일은 운동선수가 하는 것만큼 훈련을 필요로 하며, 독서를 제대로 하기 위해서는 거의 평생에 걸친 꾸준한 자세로 임해야 한다.

책은 그 책이 씌어졌을 때처럼 신중하고도 조심스럽게 읽혀야 한다. 그 책이 씌어진 국민의 언어로 말을 할 줄 아는 것만으로는 충분치 않은데, 왜냐하면 구어와 문어, 귀로 듣는 언어와 글로 씌어지는 언어 사이에는 현격한 차이가 있기 때문이다. 전자는 보통 일시적인 현상이며 하나의 소리, 하나의 말투, 방언에 불과하고 거의 미개하며, 우리는 그 언어를 동물들처럼 무의식 속에서 어머니에게서 배운다. 후자는 전자의 언어가 성숙하고 경험을 쌓아 이루어지는 말이다. 전자가 어머니의 말이라면 후자는 아버지의 말이고 신중하게 선택된 표현이며, 너무 깊은 의미를 갖고 있어서 귀로는 듣기 어려운 말이다. 그 말을 하려면 다시 한번 태어나야 하는 것이다.

중세에 그리스어와 라틴어로 말을 할 줄만 알았던 대중들은 그 언어가 사용되는 지역에 우연히 태어났다고 해서 그 언어로 씌어진 천재들의 작품을 읽을 수는 없었다. 그러한 작품은 그들 대중들이 알고 있던 그리스어나 라틴어로 씌어진 것이 아니라 선택된 문학 언어로 씌어졌기 때문이다. 그들은 그리스와 로마의 보다 고귀한 방언을 배우지 못했기 때문에 그런 언어로 씌어진 작품들은 그들에게는 휴지나 다름없었다. 따라서 그들은 동시대의 싸구려 문학을 더 높이 평가했다. 그러나 유럽의 몇몇 국가들이 나름대로 거칠지만 명확한 문어를 갖추게 되자 최초의 학문이 되살아나고 학자들은 아득히 먼 고대의 보물을 알아볼 능력을 갖게 되었다. 로마와 그리스의 일반 대중들이 들을 수 없었던 말을 수많은 세월이 지난 후 몇몇 학자들이 읽게 되었고, 극소수의 학자들만이 아직도 그런 글을 읽고 있다.

아무리 우리가 웅변가의 유창한 언변에 찬탄을 금치 못한다 하더라도 가장 고귀한 문어는 대부분의 경우 덧없는 구어의 저 멀리 훨씬 위쪽에 있게 마련이다. 그것은 별이 가득한 하늘이 구름 저편에 있는 것과 같다. 별들이 있으면 그것을 읽을 수 있는 이들도 있는 법이다. 천문학자들은 끊임없이 별들을 설명하고 관찰한다. 문어는 우리가 매일같이 나누는 말이나 덧없는 숨결과 같은 무의식적인 발산물이 아니다. 광장의 웅변이라는 것은 대부분 서재에서 볼 때는 한낱 수사에 불과하다. 웅변가는 한순간의 행사에 떠오르는 영감에 몸을 맡기고 눈앞에 있는 군중을 향해, 요컨대 자신의 말을 들을 수 있는 사람들을 향해 말을 한다. 그에 반해 작가는 보다 평온한 삶이 그의 행사인 셈이고 웅변가를 자극하는 사건이나 군중은 오히려 그의 정신을 산만하게 만들 뿐이며, 인류의 지성과 치유를 위해, 자신의 말을 이해할 수 있는 사람이면 시대를 가리지 않고 말을 거는 사람이다.

알렉산더 대왕이 원정 때마다 보물함 속에 『일리아스』를 넣어

지니고 다녔던 건 결코 이상한 일이 아니다. 글로 적힌 말은 유물의 꽃이다. 그것은 다른 어떤 예술품보다도 우리와 친근하며 그만큼 더 보편적이다. 그것은 우리의 삶 그 자체와 가장 밀접한 예술품인 것이다. 그것은 모든 언어로 번역될 수 있으며, 글로 읽힐 뿐만 아니라 실제로 모든 인간의 입술을 통해 숨결처럼 나올 수 있다. 요컨대 캔버스나 대리석으로 재현되는 데 그치지 않고 삶의 숨결 그 자체로 조각될 수 있는 것이다. 고대인에게는 사상의 상징이었던 것이 현대인에게는 말이 된다. 2천 번의 여름은 그리스의 대리석에 그러했듯 그리스 문학의 기념물에도 보다 성숙한 황금빛 가을색조를 더해 주었을 뿐인데, 그것은 그 작품들이 자신의 고요하면서도 거룩한 정조를 온 세상에 퍼뜨림으로써 세월의 부식에서 스스로를 지켰기 때문이다.

책은 세계의 소중한 재산이며 세대와 민족의 온당한 유산이다. 아무리 가난한 집이라도 그곳 선반에는 가장 오래되고 훌륭한 서적들이 자연스럽고 당당하게 자리잡고 있게 마련이다. 책은 스스로를 위해 아무런 변호도 하지 않지만, 그것이 독자를 계발시키고 고무시키는 한 양식 있는 사람이라면 책을 거부하지는 않을 것이다. 그 책의 저자들은 어느 사회에서든 자연스럽고도 매혹적인 엘리트로서, 왕이나 황제 이상으로 인류에게 커다란 영향력을 발휘한다. 책을 경멸하는 무식한 장사꾼이 모험심과 근면함으로 그토록 갈망하던 여유와 자립을 성취하여 부와 상류사회의 일원이 되면, 마침내 어쩔 수 없이 더욱 높고 그러면서도 아직 다가갈 수 없는 지성과 천재의 사회 쪽으로 눈길을 돌리는데, 그럴수록 자신의 불완전한 교양과 자신이 소유한 부가 얼마나 공허하고 불충분한 것인지를 통감한다. 이때 그는 뛰어난 판단력으로 자식들에게 자신이 그토록 결핍을 느꼈던 지적 교양을 마련해 주기 위해 수고를 아끼지 않는다. 그럼으로써 결국 그는 한 가문의 창시자가 되는 것이다.

고전을 원어로 읽는 법을 배우지 못한 사람들은 인류 역사에 대해 아주 부족한 지식을 얻을 수밖에 없다. 왜냐하면 우리의 문명 자체를 그런 사본으로 간주한다면 모르되 고전의 어떤 사본도 현대어로 제대로 번역된 적이 없기 때문이다. 호머는 아직 영어로 인쇄된 적이 없으며, 그 점은 아이스킬로스나 버질[4]의 경우도 마찬가지다. 이들의 작품은 우아하고 견실하며 거의 아침 그 자체만큼이나 아름답다. 후세 작가들이 설혹 천재적 재능을 가졌다 하더라도 이들 고대인들의 정교한 아름다움과 완성도, 그들이 평생 동안 문학에 바친 영웅적인 노력과는 비할 바가 아니었다. 고전을 모르는 이들은 그것을 잊어버리자고 말한다. 그러나 우리가 고전에 전념하여 제대로 음미할 수 있을 만큼 학식과 재능을 갖추었을 때 잊어도 늦지는 않을 것이다. 우리가 고전이라고 부

---

4 버질 – 로마의 시인(BC.70~19).

르는 그 유산들, 고전보다 더 오래되고 더욱 고전적이면서도 알려진 바가 거의 없는 여러 민족의 경전들이 한데 모일 때, 바티칸 궁전이 베다와 젠드아베스타[5]와 성서, 호머와 단테와 셰익스피어 등으로 가득 채워질 때, 그리고 앞으로 다가올 모든 세기가 자신들의 전리품을 세계라는 광장에 잇달아 쌓아놓을 때 그 시대는 실로 풍요로울 것이다. 이러한 풍요로운 누적이 있을 때 인간에게 비로소 하늘에 오를 희망이 생길지도 모른다.

위대한 시인들의 작품은 아직 인류가 제대로 읽은 적이 없는데, 그 이유는 위대한 시인만이 그것들을 읽을 수 있기 때문이다. 대중은 그 작품들을 마치 별을 보듯이, 요컨대 천문학적으로가 아니라 점성술적으로 읽었을 뿐이다. 사람들 대부분은 마치 장부를 적고 장사에서 속지 않기 위해 계산법을 배운 것처럼 하찮은 편의를 위해 읽는 법을 배웠다. 고귀한 지적 운동으로서의 책 읽기에 대해서는 거의 또는 전혀 알지 못하는 것이다. 그런데 사치품처럼 우리의 마음을 달래주고 보다 고귀한 기능을 잠들게 만드는 독서가 아니라, 발끝으로 서서 읽는 일, 우리의 가장 기민하고 주의 깊은 순간을 바쳐서 읽는 행위야말로 고결한 의미에서의 독서라고 할 수 있다.

일단 문자를 배웠으면 언제까지나 인생에서 가장 낮은 맨 앞자

---

5 젠드아베스타 – 조로아스터교의 경전.

리에 앉아 4학급이나 5학급의 한 음절로 된 말이나 되뇌고 있을 게 아니라 최고의 문학작품을 읽어야 한다고 생각한다. 사람들 대부분은 자신이 읽거나 남이 읽는 소리를 듣는 데 만족하며 우연찮게 성경이라는 좋은 책 한 권의 지혜를 깨닫는 것으로 그칠 뿐이고, 삶의 나머지 동안에는 별달리 하는 일 없이 이른바 가벼운 독서라는 것으로 자신들의 기능을 낭비하고 만다. 우리의 순회도서관에 '리틀 리딩'(가벼운 읽을거리)이라는 제목이 붙은 몇 권짜리 책이 있는데, 처음에는 그것이 내가 가보지 못한 마을 이름인 줄로만 알았다.

가마우지나 타조처럼 고기와 야채를 배불리 먹은 뒤에도 뭐든 그대로 버리기가 아깝다는 이유에서 이런 종류의 책을 닥치는 대로 먹어치우는 사람들도 있다. 이런 여물을 만들어 내는 기계 같은 사람들이 있는가 하면, 이렇게 그것을 읽어치우는 기계 같은 이들도 있는 것이다. 그들은『제벌론과 소프로냐』에 대한 9천 번째 이야기를 읽는다. 그들 두 연인이 어떻게 아무도 해 본 적이 없는 사랑을 했는지를, 그들의 참된 사랑이 겪는 순탄치 못한 과정을 말이다. 아무튼 이런 식으로 엎치락뒤치락하면서 이야기가 이어지는 것이다. 또 어떤 불운한 자가 교회 첨탑으로 기어 올라가는데, 그자는 애초에 종루까지 올라갈 필요가 없었다. 그런데 그 사람을 쓸데없이 그곳까지 올려놓은 다음 기분이 좋아진 작가는 종을 쳐서 온 세상 사람들을 한데 모아놓는다. 그리곤, 오, 맙

소사! 어떻게 저 높은 데서 다시 내려왔을까요? 하고 그 다음 얘기에 귀를 기울이도록 만드는 것이다. 내 생각을 말하자면, 저 옛날에 영웅들을 성좌 사이에 놓았듯이 이 소설 나라의 이 모든 야심만만한 주인공들을 인간 풍향계로 바꾸어 녹이 슬도록 꼭대기에서 빙글빙글 돌게 내버려두는 편이 좋을 것 같다. 다시는 아래로 내려와 정직한 사람들에게 장난을 치지 못하게 말이다. 다음번에 이 작가가 또다시 종을 친다면 나는 공회당이 몽땅 불에 타서 주저앉더라도 움직이지 않을 생각이다.

"『구시렁구시렁』의 유명작가가 쓴 중세의 로맨스 『발끝으로 냅다 뛰기』, 월별로 분할 출간 예정. 주문 쇄도. 차례차례 줄을 섭시다!" 모두들 눈을 부릅뜨고 잔뜩 긴장해서 유치한 호기심을 품고 뭐든지 소화시킬 수 있는 강력한 위장으로 이런 소설을 읽어 치우는데, 흡사 네 살바기 꼬마가 금박을 씌운 2센트짜리 『신데렐라』를 읽듯이 발음이나 악센트, 강세, 또는 교훈을 뽑아내거나 집어넣는 기술 따위에 하등의 발전도 기대할 수 없다. 그 결과는 시력 감퇴와 순환기의 기능저하이며, 모든 지적 능력이 전반적으로 녹아 버리고 벗겨져 나갈뿐이다. 그런데 거의 모든 집 화덕에서 이런 종류의 자극적인 생강빵이 매일같이 구워지고 순수한 밀이나 옥수수빵보다 더 인기가 있으며 시장 가치도 그만큼 확실하다.

이른바 제법 책을 읽는다는 이들조차도 최고의 책을 읽지 않는다. 우리 콩코드의 문화는 어느 정도일까? 이 마을에서는 몇몇 사람을 제외하면 모두가 읽고 쓸 줄 아는 말로 된 영문학에서도 최고의 책이나 양서를 읽으려는 시도조차 하는 사람이 없다. 이 마을이나 다른 곳에서나 대학 교육을 받은 이들과 이른바 제법 교육을 받았다는 자들도 영문학의 고전에 대해 사실상 거의 또는 전혀 알지 못한다. 인류의 지혜를 기록해 놓은 고전과 경전들 역시 어느 누구나 쉽게 읽을 수 있게 돼 있는데도 불구하고 어디서든 읽어 보려는 노력을 찾아보기 힘들다. 내가 아는 한 중년의 나무꾼은 프랑스 신문을 보는데, 그의 말에 의하면 뉴스 때문이 아니라(자신은 뉴스 같은 것은 초월했다고 하니까) 캐나다 태생인 자신이 '프랑스어를 잊지 않기 위해서'라고 한다. 그래서 내가 이 세상에서 가장 잘할 수 있는 일이 뭐냐고 물었더니, 그 일 외에 영어 실력을 늘리는 일이라고 대답했다. 바로 이것이 대학 교육을 받은 사람들이 일반적으로 하고 있거나 하기를 바라는 일이며, 그런 목적을 위해 영어 신문을 구독하고 있는 것이다.

방금 영어로 된 책 가운데 가장 뛰어난 책을 하나 읽은 사람이 있다고 하자. 그가 그 책에 대해 대화를 나눌 만한 사람을 얼마나 찾아낼 수 있을까? 또는, 이른바 무지한 자들도 그것이 얼마나 좋은 책인지 잘 알고 있는 그리스어나 라틴어 고전을 원어로 읽었다고 치자. 그 사람은 대화를 나눌 상대를 찾지 못하여 결국 침묵하고 말 것이다. 사실이지 우리 나라 대학에는 그 어려운 그리스어를 마스터하고 그에 비례하여 그리스 시인의 난해한 시정신을 마스터하고 나서 기민하면서도 대담한 독자에게 자신의 지식을 나누어줄 만한 교수가 거의 없다. 그리고 인류의 성서라 할 수 있는 성스러운 경전에 대해서는 이 마을의 어느 누가 그 제목만이라도 말할 수 있을 것인가? 사람들 대부분은 헤브루 민족 이외의 다른 어떤 민족에게 그런 성서가 있다는 사실을 모르고 있다. 누구라도 은화 1달러를 줍기 위해서라면 꽤 먼 거리라도 돌아갈 것이다. 그러나 여기 고대의 가장 현명한 이들이 말했고, 그후 모든 세대의 현자들이 그 말의 가치를 보증한 황금의 언어가 있다. 그럼에도 우리는 입문서나 교과서 따위의 쉬운 책이나 읽는 법을 배울 뿐이며 학교를 나서면 어린애나 초보자들을 위해 씌어진 이른바 『리틀 리딩』 같은 이야기책을 읽는 것이다. 우리가 하는 독서나 대화나 사고는 하나같이 극히 낮은 수준으로서, 피그미족 같은 난쟁이들의 수준에 머물러 있다.

나는 우리 콩코드 땅이 지금껏 배출한 사람들보다 훨씬 더 현명한 이들과 교제하고 싶다(비록 이곳에서는 그들의 이름이 거의 알려지지 않았지만). 내가 플라톤의 명성을 듣고도 그의 책을 읽지 않을까? 마치 플라톤이 우리 마을 사람인데 나는 그 사람을 한 번도 만난 적이 없다는 듯이, 또는 바로 내 이웃에 살고 있는데 그의 지혜로운 말을 들어 보지도 관심을 가져본 적도 없다는 듯이 말이다. 그러나 실제는 어떤가? 불멸의 지혜가 담긴 그의 『대화록』이 바로 옆 선반에 꽂혀 있는데도 그 책을 읽지 않고 있는 셈이다. 우리는 상스럽고 비천한 삶을 영위하는 무식한 인간이다. 그리고 이 점에서 나는 책이라곤 전혀 읽지 못한 우리 마을 사람들의 무지함과, 아이들과 저능한 이들을 위한 책만 읽도록 배운 사람들의 무지함 사이에 별 차이가 없다고 말하겠다. 우리는 고대의 훌륭한 사람들만큼 뛰어나야 하지만, 그러기 위해서는 먼저 그들이 얼마나 뛰어난가부터 알아야 할 것이다. 우리는 소인족이며 우리의 지적 능력은 일간신문의 칼럼 이상 날아오른 적이 없다.

모든 책이 다 독자들만큼 우둔하지는 않다. 어쩌면 바로 지금 우리가 처한 상황에 꼭 들어맞는 말을 해주는 책도 있을 것이다. 우리가 제대로 귀를 기울여 이해할 수만 있다면 아침이나 봄날 이상으로 우리의 삶에 유익하고 문제의 새로운 양상을 제시해 줄 수 있을지도 모를 일이다. 얼마나 많은 사람들이 한 권의 책을 읽고 자신의 삶에 새로운 기원을 마련했던가! 지금까지의 기적을 설명하고 새로운 기적을 보여줄 책이 우리를 위해 어딘가 분명 존재하고 있을 것이다. 내가 지금 말로 표현하지 못하는 것도 어딘가에 표현돼 있을 수도 있다. 지금 우리를 혼란케 하고 어리둥절하고 난처하게 만드는 문제들을 과거의 모든 현자들도 직면한 적이 있었다. 어느 한 문제도 빠지지 않고 말이다. 그리고 각각의 현자들은 자신의 능력에 따라 자신의 언어와 자신의 삶으로 그 문제들에 해답을 주었다. 나아가서 우리는 책에서 지혜와 더불어 관대함도 배우게 될 것이다. 콩코드 교외 농장에서 고용살이를 하고 있는 사람은(그는 제2의 탄생과 독특한 종교적 체험을 거쳐 자신의 신앙에 따라 말없는 엄숙함과 배타성을 신조로 삼게 된 사람인데) 그 말을 믿지 않을 것이다. 그러나 이미 수천 년 전 조로아스터 역시 그와 같은 길을 걷고 똑같은 체험을 했지만, 그럼에도 현명한 그는 그 일이 보편적인 것임을 깨닫고 그에 따라 이웃을 대하고 하나의 종교를 창시하기까지 했던 것이다. 그렇다면 고용살이를 하는 그로 하여금 겸손하게 조로아스터와 벗삼도록 하면 어떨까? 그리고 모든 위인들의 관대한 감화를 받아 예수 그리스도 자신과도 알도록 해주면 어떨까? 그래서 '우리 교회'라는 말은 아예 떼어 버리도록 하면 어떨까?

우리는 우리가 19세기인이며 다른 어떤 나라보다도 급속한 성장을 하고 있음을 자랑으로 여긴다. 하지만 이 마을이 그 자신의 문화를 위해 얼마나 하는 일이 없는지 생각해 보라. 나는 마을 사람들에게 아첨할 생각도 아첨받을 생각도 없는데, 그것은 우리 어느 쪽에게도 발전이 되지 않을 것이기 때문이다. 우리는 자극받을 필요가 있다. 사실이지 황소를 달리게 하려면 몽둥이 찜질을 해야 하는 것처럼 말이다. 우리에겐 비교적 쓸 만한 초등학교 제도가 있는데, 그것은 어린이들을 위한 학교일 뿐이다. 그러나 겨울에는 빈사 상태나 다름없는 문화회관과 나중에 주 정부가 마련해 준 어설픈 도서관을 제외하면 어른들을 위한 이렇다 할 교육시설은 없는 형편이다. 요컨대 정신적 질병보다는 육체적 질병에 더 많은 돈을 쓰고 있는 것이다.

이제 어른들을 위한 학교를 세워 어른이 되기 시작하면서 교육 현장에서 떠나는 일이 없도록 해야 할 때다. 마을이 대학이 되고 주민 중에 연장자는 대학 연구원이 되어 남은 평생 동안 여유 있게(사실 그 정도의 여유는 있으니까) 교양 공부에 전념할 때가 되었다. 세상이 영원토록 파리 대학 하나, 옥스퍼드대학 하나로 제한될 이유가 있을까? 마을에 학생들을 묵게 하여 콩코드의 하늘 아래서 교양 교육을 받도록 할 수는 없을까? 아벨라르[6]로 하여금 우리에게 강의하도록 하면 안 될까? 아아! 우리는 가축을 먹이고 상점을 지키느라 너무나도 오랫동안 학교에서 멀어지고 서글프게도 우리 자신을 교육하는 데 등을 돌려왔다. 어떤 면에서는 이 나라의 마을이 유럽 귀족이 맡았던 역할을 해야 한다. 그래서 예술의 후원자가 되어야 한다. 마을에는 그 정도의 여유가 있다. 단지 관대함과 세련미가 결여돼 있을 뿐이다. 농부와 상인들이 중요시하는 일에는 충분한 돈을 쓰면서도, 보다 지적인 사람들이 가치 있게 생각하는 일에 돈 쓰는 일은 몽상으로 치부한다. 요행인지 아니면 정치 때문인지 이 마을에서는 이미 공회당에 1만 7천 달러를 썼지만, 십중팔구 앞으로 100년 안에 그 껍질 속에 넣을 알맹이인 살아 있는 지혜에 그만한 돈을 쓰지는 않을 것이다.

---

6 아벨라르 - 피터 아벨라르(1079~1142). 프랑스의 철학자, 신학자.

그나마 매년 동계 문화회관을 유지하기 위한 비용으로 기부되는 125달러가 이 마을에서 걷히는 비슷한 종류의 다른 기부금에 비해 훨씬 나은 셈이다.

19세기에 살고 있는 우리가 19세기가 제공하는 이점들을 누리지 않는 이유는 무엇일까? 무슨 이유에서 우리의 삶이 어떤 면에서든 이 지방에 국한돼야 하는가? 신문을 읽는다면 어째서 가십 투성이인 보스턴 신문을 뛰어넘어 세상에서 가장 좋은 신문을 보지 않는가? '중립 가정'을 표방한 유아용 죽 같은 너절한 신문을 핥아먹거나 이곳 뉴잉글랜드의《올리브 나뭇가지》[7] 같은 신문을 뜯어먹을 게 아니라 말이다. 모든 학계의 보고서가 이곳까지 오도록, 그래서 학자들이 알고 있는 바를 우리도 알도록 하자. 어째서 하퍼 앤 브라더스나 레딩 같은 곳에다 우리가 읽을 책을 고르도록 맡기는가? 세련된 취향을 가진 귀족이 자신의 교양에 도움이 되는 것이면 뭐든 갖다 쌓듯이(그것이 비범한 정신이든, 학문이든, 지혜든, 책이든, 그림이든, 조각이든, 음악이든, 명상 도구든 간에) 우리 마을도 우리의 청교도 선조들이 한때 황량한 돌산에서 그런 식으로 추운 겨울을 났다는 이유만으로 교육자 한 사람, 목사 한 사람, 교회지기 한 사람, 행정위원 세 사람만 두고 말 것이 아니라 귀족처럼 해보자.

---

7 《올리브나뭇가지》- 감리교도가 간행하던 신문.

집단적 행동은 우리가 갖고 있는 여러 제도의 정신과도 일치한다. 그리고 확신컨대, 우리의 여건이 귀족보다 훨씬 더 낫기 때문에 우리가 훨씬 더 풍부한 재량을 발휘할 수 있으리라. 우리 뉴잉글랜드는 결코 지방에 국한될 필요 없이 세상의 모든 현자들을 고용하여 우리 주민들을 가르치게 하고 이곳에 머물게 할 수도 있다. 그것이 바로 우리가 원하는 어른들을 위한 학교이다. 귀족이 아니라 일반인을 위한 고귀한 마을을 만들자. 필요하다면 강에 다리 하나를 덜 놓고 좀 돌아가는 한이 있더라도 우리를 에워싸고 있는 보다 깊은 무지의 심연 위에 놓을 다리를 하나라도 더 건설하자.

소로의 네 번째 이야기

삶의 소리
SOUNDS

Walden

아무리 까다롭게 고른 고전이라 할지라도 책에만 갇혀 특정 언어로 된 글(한 계층이나 지역에만 통용되는 글)만 읽으면, 자칫 모든 사물과 사건이 비유 없이 말을 하고, 그 자체만으로도 풍부하고 표준어인 언어를 잊을 위험에 처할 수 있다. 그 언어는 널리 쓰이지만 인쇄되는 일은 거의 없다. 덧문 틈으로 스며드는 햇살도 덧문을 아예 제거해 버리면 더 이상 기억되지 않을 것이다. 어떠한 편법이나 전술로도 우리가 끊임없이 깨어 있어야 할 필요성을 대체할 수 없다. 역사나 철학이나 시 강좌를 아무리 잘 고르고 가장 훌륭한 사람들과 사귀고 남보다 뛰어난 생활을 영위하더라도 눈에 보이는 것을 끊임없이 바라보는 훈련에 비한다면 아무것도 아니다. 당신은 단순한 독자나 학생이 되겠는가, 아니면 '보는 사람'이 되겠는가? 당신의 운명을 읽고 눈앞에 있는 것을 보라. 그런 다음 미래를 향해 걸음을 떼어놓으라.

첫해 여름에는 책을 읽지 못했는데, 그것은 콩밭을 매야 했기 때문이다. 아니, 그보다 훨씬 낫게 보내기도 했다. 머리를 쓰든 손을 쓰든 그런 일 때문에 어느 한순간의 아름다움을 희생시킬 수 없는 때가 있었던 것이다. 나는 삶의 여백을 아낀다. 여름날 아침에는 습관이 된 목욕을 마친 후 해 뜰 녘부터 정오까지 볕 잘 드는 문간에 앉아 소나무와 히코리나무, 옻나무에 둘러싸여 평온한 고독과 정적 속에서 몽상에 잠기곤 했다. 새들이 지저귀며 소리 없이 집 안을 날아다녔다. 그러다 서쪽 창으로 햇빛이 들거나 큰

길을 지나는 여행자의 마차 소리에 문득 시간이 흘렀다는 사실을 깨닫곤 했다. 이런 계절이면 나는 하룻밤 사이에 크는 옥수수만큼이나 쑥쑥 자랐으며, 손으로 어떤 노동을 했을 때보다도 훨씬 훌륭한 시간이었다. 그것은 내 삶에서 공제되는 시간이 아니라, 오히려 여느 때의 할당량을 훨씬 초과하는 시간이었다. 나는 동양인들이 명상에 잠기느라 일을 하지 않는 참뜻을 이해했다.

대개 나는 시간이 어떻게 흘러가든 그리 개의치 않았다. 하루는 흡사 내 노동의 짐을 가볍게 해주기라도 하듯 흘러갔으며, 아침인가 하는 사이에 벌써 저녁이 되었는데 별다른 일을 한 것도 없었다. 나는 내 끊임없는 행운에 새처럼 요란스럽게 지저귀는 대신 조용히 미소만 지었다. 문 앞 히코리나무에 앉아 지저귀는 참새처럼, 나는 쿡쿡거리며 웃거나 입 밖으로 나오려는 노래를 삼켰는데, 어쩌면 그 참새는 내 둥지에서 나는 그 소리를 들었을지도 모를 일이다. 나의 하루하루는 이교도 신의 흔적이 남아 있는 일주일 중의 하루도[1], 시간으로 잘게 찢겨 째깍거리는 시계 소리에 안달을 내는 그런 하루도 아니었다. 퓨리라는 인디언 부족은 "어제, 오늘, 내일을 뜻하는 말이 하나밖에 없어서 어제일 경우에는 뒤쪽을, 내일일 경우는 앞쪽을, 오늘은 머리 위를 가리키는 식으로 의사를 전달한다"는데 내가 바로 그런 식으로 살았던

---

1 예컨대 수요일(wednesday)은 게르만의 신 woden을 어원으로 한다.

것이다. 마을 사람들은 이런 삶을 게으름 그 자체로 여겼을 테지만, 새와 꽃이 자기들 기준으로 나를 심판했다면 나를 자격 미달로 심판하는 일은 없었을 것이다. 사실 인간은 자신이 일할 필요를 스스로 찾아내야 한다. 자연의 하루는 더할 나위 없이 평온한 것이어서 인간의 게으름을 나무라는 법이 없을 테니까.

사교 생활과 극장에서, 요컨대 바깥에서 오락거리를 구할 수밖에 없는 사람들에 비교할 때 내 생활방식에는 적어도, 내 삶 그 자체가 내 오락이며 언제든 참신함을 잃지 않는다는 이점이 있었다. 그것은 수많은 장면들로 이루어진 끝나지 않는 드라마였다. 우리가 정말 언제나 가장 최근에 익힌 최선의 방식에 따라서 생계를 유지하고 생활을 통제한다면 결코 권태로 인해 고통받을 일이 없을 것이다. 자신의 재능을 따르라. 그러면 매시간 참신한 전망을 얻게 될 것이다.

집안일은 시간을 보내기엔 더할 나위 없이 즐거운 것이었다. 바닥이 더러워지면 아침 일찍 일어나 침대와 침대틀을 한 덩어리로 만들어 모든 가구를 문 밖 풀 위에 내놓고는 바닥에 물을 뿌린 다음 그 위에 호숫가에서 가져온 흰 모래를 뿌렸다. 그러고 나서 빗자루로 하얗게 되도록 깨끗하게 문질렀다. 마을 사람들이 아침 식사를 끝낼 무렵이면 아침해가 집 안을 깨끗이 말려 주어 나는 다시 집 안으로 들어가 거의 중단 없이 명상을 이어갈 수 있었다. 풀밭에 모든 가재 도구를 내놓고 보는 것은 즐거운 일이었다. 그건 흡사 집시의 짐보따리처럼 조그만 무더기를 이루었는데 책과 펜과 잉크까지 그대로 놔둔, 다리가 셋 달린 탁자는 소나무와 히코리나무 사이에 서 있었다. 그것들도 밖에 나온 것이 무척 기뻐서 다시 집 안에 들어가기 싫어하는 것 같았다. 나는 아예 그 위에 천막을 치고 그 아래 들어가 앉고 싶은 충동을 느끼곤 했다. 물건들 위로 햇살이 내리쬐고 그 위로 바람이 거침없이 지나는 소리를 듣는 건 충분히 해볼 만한 일이었다. 아무리 친숙한 물건이라도 이렇게 집 안에서 들어내놓고 보면 색다른 느낌을 준다. 가재 도구 바로 옆 나뭇가지에는 새 한 마리가 앉아 있고 탁자 밑에서는 영생초가 자라고 있으며 검은딸기 넝쿨은 탁자 다리를 휘감고 오른다. 여기저기에 솔방울과 밤송이와 딸기 잎들이 흩어져 있다. 흡사 이것이, 바로 이런 형상들이 우리의 가구와 탁자와 의자, 침대틀 같은 것으로 전이되는 방식이기라도 한 것 같았다. 왜냐하면 가구들도 한때는 그러한 자연 한복판에 있었던 것이기에.

나의 집은 언덕 사면, 바로 커다란 숲 언저리에, 그리고 어린 소나무와 히코리나무 숲 한복판이며 호수로부터 2, 30야드 떨어진 곳에 자리잡고 있었는데 언덕 아래로 호수까지 좁다란 오솔길 하나가 나 있었다. 앞마당에는 딸기와 검은딸기, 영생초, 물레나물, 미역취, 떡갈나무 관목과 모래벚나무, 월귤나무, 땅콩 따위가 자라고 있었다. 5월 말이 되면 모래벚나무(세라수스 푸밀라)는 짤막한 꽃대 주위에 원통 모양의 산형화가 차례로 자리잡은 가냘픈

꽃으로 오솔길 양편을 장식하다가 가을이 되면 큼직하고 보기 좋은 열매의 무게로 사방으로 뻗친 꽃다발처럼 땅바닥에 쓰러지곤 했다. 나는 자연에 대한 찬사로 그 열매를 따 맛을 보았지만 그다지 좋은 맛은 아니었다. 옻나무(루스 글라브라)는 내가 만들어 놓은 둔덕 위로 삐죽 튀어나와 첫해에 벌써 5,6피트나 자라 집 주위에 울창하게 우거졌다. 그 널찍하면서 날개 모양을 한 열대 나무 특유의 잎사귀는 보기 좋으면서도 왠지 낯선 느낌을 주었다. 늦봄 말라죽은 것처럼 보이는 삭정이로부터 어느 날 갑자기 불쑥 솟아나는 커다란 싹은 마치 마술을 부리기라도 하듯 지름이 1인치나 되는 우아한 연록색의 연한 나뭇가지로 자라난다. 이따금 창가에 앉아 있는 내 귀에, 너무 빠른 속도로 자라 연약한 마디에 무리가 간 나머지 바람 한 점 불지 않는데도 싱싱하고 여린 가지가 자신의 무게를 이기지 못하고 부러지면서 부채처럼 땅바닥에 떨어지는 소리가 들려오곤 했다. 8월이면, 꽃이 피었을 때 수많은 야생 벌들을 끌어들였던 수많은 열매들이 차츰 부드러운 진홍색을 띠면서 이번에도 역시 제 무게를 감당하지 못하고 휘어지다가는 여린 나뭇가지째 부러지곤 했다.

여름날 오후 창가에 앉아 있는데 매들이 내 개간지 위를 선회하였다. 야생 비둘기가 두세 마리씩 내 시야를 가로질러 날아가거나 집 뒤편 스트로부스 소나무 가지에 불안한 자세로 내려앉아서는 꾸룩거리는 울음소리를 낸다. 물수리 한 마리가 거울 같은 호수 수면에 잔물결을 일으키며 물고기 하나를 낚아챈다. 밍크한 마리가 문 밖 늪지에서 살그머니 빠져나오더니 물가에서 개구리를 잡았다. 사초는 이곳저곳에 사뿐히 내려앉는 미식조[2] 의 무게에 휘어지곤 한다. 그리고 벌써 반 시간 동안 내 귀에 기차가 덜커덩거리며 지나는 소리가 들렸는데, 보스턴에서 시골로 여행객들을 실어 나르는 그 기차 소리는 흡사 뇌조가 푸드덕거리는 소리처럼 이제 끊어졌는가 하면 다시 들려오곤 했다. 결국 나는 마을 동부의 어느 농가에 보내져 일하다가 얼마 전 허술한 차림에다 향수병에 걸려 그곳을 달아나 집으로 돌아왔던 소년만큼 세상에서 멀리 떨어진 것은 아니었다. 그애 말이, 그곳은 세상에서 가장 따분하고 외진 곳이며 사람들도 떠나고 기적 소리조차 들을 수 없는 곳이라고 했던 것이다! 지금도 매사추세츠주에 그런 곳이 있을 것 같지는 않다.

"우리 마을은 정말 표적이 되었네
저 기차라는 빠른 화살의 표적이. 우리의 평화로운
들판 위로 달래듯 울려퍼지는 소리는…… 바로 '콩코드'였네."[3]

피츠버그 철도는 내가 살고 있는 곳 남쪽으로 약 500야드쯤 떨

---

2 미식조 – 찌르레기과의 새.

3 엘러리 채닝(1818~1901)의 시.

어진 곳에서 호수를 지나간다. 나는 보통 철도 둑길을 따라 마을로 가기 때문에 실제로 철도가 나를 세상과 연결시켜 주고 있는 셈이다. 화물 열차를 타고 같은 노선을 왕복하는 이들은 마치 오랜 지기나 되는 듯이 내게 인사를 보내곤 한다. 그들은 나와 자주 마주쳤기 때문에 나를 철도회사 직원쯤으로 알고 있는 모양인데, 그 점은 나 역시 동의한다. 나 역시 지구라는 궤도 어디에선가 기꺼이 철로 수선공이 될 생각이 있으니 말이다.

여름이나 겨울이나 가리지 않고 흡사 어느 농가의 마당 위를 지나는 매의 울음소리처럼 내가 있는 숲 속까지 들려오는 기관차의 기적 소리는 부지런한 도시 상인들이, 그리고 그 반대편으로부터는 모험심에 불타는 시골 상인들이 읍내에 도착했다는 사실을 알려 준다. 두 곳에서 온 이 상인들이 한 지역에 모이게 되면 서로 상대편에게 길을 비키라고 지르는 소리가 종종 두 마을을 관통할 만큼 크게 들려온다. 자, 여기 여러분의 식품이 왔소이다. 주민 여러분, 여러분의 양식이 왔소! 그러면 자기 농장에서 나는 산물로 자급자족하고 있다는 이유로 싫다고 말할 사람이 없는 것이다. 자, 여기 돈이 있어요! 같은 시골 사람이 그렇게 기적 소리를 낸다. 흡사 성을 부수기 위한 도구처럼 길쭉하게 생긴 재목이 시속 20마일의 속도로 도시의 성벽을 향해 돌진하는데, 거기에는 성 안에 사는 모든 기진맥진한 주민들을 앉힐 만큼 충분한 좌석이 마련돼 있는 것이다. 이처럼 크고 육중한 예의를 차리면서 시골에서는 도시 쪽에 의자를 건넨다. 언덕의 모든 인디언 허클베리를 벗겨내고 초원의 모든 덩굴월출귤을 박박 긁어 도시로 보낸다. 목화는 도시로 올라오고 옷감은 시골로 내려가며, 비단은 올라오고 모직물은 내려간다. 그처럼 책이 도시로 올라가면, 그 책을 쓴 이들이 과연 시골로 내려갈 것인가?

증기 구름을 금색과 은색 꽃다발로 된 깃발처럼 나부끼며(지금껏 수없이 보아왔던 새털구름처럼 하늘 높이 그 거대한 덩어리들을 햇살 속에 펼치며) 차량을 줄줄이 달고 행성처럼 내달리는 기관차를 볼 때면(그보다는 혜성처럼 달린다고 해야 할지 모르겠는데, 왜냐하면 그 궤도가 반환곡선처럼 보이지 않기 때문에 구경꾼의 눈에는 그 정도의 속력에 그 방향으로 질주할 경우 기차가 태양계로 되돌아올지는 알 수 없는 일이므로), 이 이동하는 반신과도 같은 존재, 구름을 내뿜는 존재가 오래지 않아 노을진 하늘을 자기 열차의 제복으로 삼기라도 할 것처럼 보인다. 또한 이 철마가 천둥 같은 콧김으로 언덕을 울리고 그 발로 땅을 흔들고 불을 숨쉬며 콧구멍으로 연기를 내뿜는 소리를 들을 때면(어떤 날개 달린 말이나 불 뿜는 용이 새로운 신화 속에 편입될지는 몰라도) 흡사 지구에 이제 새로이 거주할 종족이 생기기라도 한 듯한 기분이 든다. 모든 것이 생각대로여서 인간이 어떤 고귀한 목적을 위해 자연의 힘을 자기의 하인으로 삼은 것이라면 얼마나 좋을까! 만약 기관차 위로 떠오르는 구름이 영웅적인 일을 하느라 생긴 땀이며 농가의 밭 위에 떠 있는 구름만큼이나 자비로운 것이라면, 자연의 힘과 자연의 여신 자신도 흔쾌히 인간의 사명에 동행할 것이고 그런 인간을 호위해 줄 것이다.

아침 열차가 통과하는 것을 볼 때면 해가 뜨는 것을 볼 때와 똑같은 기분이 드는데, 열차가 지나가는 시각 역시 해가 뜨는 것만큼이나 정확하다. 열차에서 솟는 연기 구름은 뒤쪽 멀리까지 뻗으면서 점점 더 높아져 열차가 보스턴으로 향하는 사이에 하늘까지 닿는다. 잠시 태양을 가리며 멀리 떨어진 내 밭까지 그늘 속에 잠기게 만드는 그 연기 구름은 하늘의 열차인 셈으로, 그 옆에서는 땅 위를 달리는 조그만 열차는 창의 촉에 불과하다. 이 철마의 마구간지기는 말에 사료를 주고 마구를 채우기 위해 이 겨울날 아침에도 산속의 별빛을 가늠하여 일찌감치 자리에서 일어난 것이다. 철마에 생명의 열을 넣어 떠날 수 있도록 불 역시 일찌감치 지폈다. 이렇게 이르게 시작된 그 일이 더없이 순수한 목적에서 나온 것이라면 얼마나 좋을까! 눈이 많이 쌓이면 철마에 눈신을 신기고, 거대한 쟁기로 산속에서 해안선까지 고랑을 판다. 그러면 열차들은 흡사 파종기처럼 그 뒤를 따르며 분주한 사람들과 유통 중인 상품들을 씨앗삼아 시골 이곳저곳에 뿌리는 것이다. 이 불의 말은 온종일 나라 안을 돌아다니며 주인이 쉴 때에나 걸음을 멈추는데, 나는 한밤중이면 그놈의 발굽 소리와 반항적인 콧김 부는 소리에 잠을 깬다. 바로 그놈이 멀리 떨어진 어느 숲속에서 얼음과 눈에 뒤덮인 자연의 힘과 대결하고 있을 때다. 그놈은 새벽별이 뜨면서 비로소 마구간에 들어가지만 쉬거나 잠을 잘 사이도 없이 다시금 길을 떠나는 것이다. 저녁때면 마구간에서 그날 하루의 남아도는 힘을 발산하는 소리가 들리는 때가 있는데, 그것은 몇 시간이나마 쇳덩이를 잠재우기 위해 신경을 안정시키고 간과 뇌를 식히기 위해서이리라. 불굴의 의지로 줄기차게 이루어지는 이 일이 영웅적이고 당당한 것이라면 얼마나 좋을까!

캄캄한 밤중에, 한때는 낮에도 사냥꾼들만 지나던, 마을에서 멀리 떨어진 인적도 없는 숲 속을 이 눈부신 객실들은 승객들도 모르는 사이에 질주한다. 어떤 때는 붙임성 있는 사람들로 북적대는 읍이나 도시의 불빛 밝은 역사에서 멈추기도 하고, 그런 다음에는 올빼미와 여우를 위협하며 늪지대를 지나기도 한다. 열차의 출발과 도착은 이제 마을의 하루에서 중요한 위치를 차지하고 있다. 기차가 이처럼 규칙적으로 정확하게 오가고 그 기적 소리가 멀리까지 울리게 되자 농부들은 그 소리에 시계를 맞추고, 그럼으로써 일사불란한 하나의 제도가 온 나라를 통제할 수 있게 되었다. 철도가 발명된 이후로 사람들이 시간을 좀더 엄수하게 되지 않았을까? 사람들은 마차역에 있을 때보다 역사에 있을 때 더 빨리 말하고 생각하는 건 아닐까? 역에는 어딘지 감전되는 듯한 분위기가 감돈다. 나는 철도가 만든 기적에 여러 차례 놀란 적이 있는데, 내 이웃들 중에 무슨 일이 있더라도 결코 그처럼 빠른 운송 수단을 이용해서 보스턴에 갈 것 같지 않았던 사람들까지 종이 울리기가 무섭게 역사에 모습을 나타내는 것이다. 어떤 일을 '철도식으로' 해치운다는 말이 이제 흔한 표현이 되었다. 사실상 어떤 강제를 써서라도 그토록 빈번히 또 진지하게 길을 비키라고 주의를 줄 만한 일인 것이다. 여기서는 호되게 꾸짖기 위해 멈추는 법도, 폭도의 머리 위로 총을 쏘는 일도 없기 때문이다. 우리는 절대로 옆으로 벗어나는 법이 없는 아트로포스 여신[4] 같은 운명을 만들어 놓은 것이다(기관차의 이름을 그 여신의 이름을 따서 붙여보면 어떨까?). 이 큰 화살은 몇 시 몇 분에 어느 지점을 향해 발사될 것이라고 예고된다. 그럼에도 그것 때문에 방해받는 사람은 아무도 없으며 아이들이 학교에 다니는 것은 그것과는 다른 길이다. 우리의 삶은 기차 덕에 훨씬 확고해졌다. 이렇게 해서 모두가 윌리엄 텔의 아들들이 되는 교육을 받는다. 대기는 눈에 보이지 않는 화살로 가득하다. 당신 자신의 길이 아닌 모든 길은 운명의 길이다. 그러니 자신의 길을 벗어나지 말도록 하라.

내가 상업에 호감을 갖는 것은 그 모험심과 용기 때문이다. 그것은 두 손을 모아 주피터 신에게 기도하지 않는다. 이들은 매일매일 어느 정도의 용기와 만족감으로써 일에 임하며 스스로 예측했던 것보다 훨씬 더 많은 일을 이룩하고 또 어쩌면 그들이 의식

---

4 아트로포스 여신 - 그리스 신화에서 운명의 세 여신 가운데 하나.

적으로 하고자 했던 것보다 훨씬 나은 성과를 올린다. 나는 부에
나 비스타 전선[5]에서 반 시간을 버텼던 영웅적인 용사들보다도,
제설차를 겨울 숙소로 삼고 사는 침착하고 쾌활한 이들의 용기에
더 감동된다. 그들은 나폴레옹이 세상에서 가장 희귀한 것이라고
일컬었던 새벽 세 시의 용기를 지녔을 뿐만 아니라 그 용기는 휴
식을 모르고 폭설이 멎거나 철마의 근육이 얼어붙고 나서야 비로
소 잠자리에 드는 것이다. 아직도 날뛰며 피를 얼어 붙게 만드는
폭설이 몰아치는 이 아침에도 그들의 기관차가 내는 종소리가 얼
어붙은 입김의 두터운 안개 속을 뚫고 나직하게 들려온다. 그것
은 뉴잉글랜드 북동부의 눈보라라는 자연의 거부에도 불구하고
열차가 그다지 연착되지 않고 오고 있다는 사실을 알려 주는 것이
다. 이어서 내 눈에, 눈과 얼어붙은 김으로 온통 뒤덮인 채 제설
장비 위로 고개를 내밀고 있는 제설 작업원들이 보인다. 그 제설
장비는 지금 이 세상 변두리 어딘가에 있는 저 시에라 네바다 산
맥의 바윗덩이처럼 데이지꽃과 들쥐의 굴을 뒤덮는 것이 아니라
다른 일을 하고 있는 것이다.

　상업은 의외로 자신만만하고 평온하고 날렵하고 모험에 넘치
며 지칠 줄 모르는 일이다. 게다가 그 방법에 있어서 잡다하고 유
별난 기획이나 감상적인 실험들에 비해 훨씬 자연스럽기 때문에

5　부에나 비스타 전선 - 1847년 멕시코 전쟁 때 있었던 전투.

오직 그것만이 성공을 거두게 되어 있다. 화물 열차가 덜컹거리며 지나칠 때면 나는 상쾌한 기분에 가슴이 부풀어오른다. 그럴 때면 롱 부둣가에서 챔플린 호수에 이르는 동안 계속해서 적재물의 냄새가 나는데, 그 냄새는 내게 이국의 땅과 산호초, 인도양, 열대 풍토, 그리고 이 지구의 크기를 떠오르게 한다. 내년 여름 뉴잉글랜드인의 아마빛 머리를 가려줄 종려나무 잎과 마닐라삼, 코코넛 껍질, 각종 고물, 마대 자루, 고철, 녹슨 못 따위를 보면 흡사 세계 시민이라도 된 듯한 기분이 드는 것이다.

화물차 가득 실린 찢어진 돛은 어차피 종이로 바뀌어 책으로 인쇄될 테지만 지금의 상태가 좀더 읽기도 쉽고 재미도 있다. 누가 이 돛들이 뚫고 온 폭풍우의 역사를 이 찢어진 자국들만큼 생생하게 묘사할 수 있겠는가? 이것은 수정할 필요가 없는 교정본인 셈이다. 여기엔 메인주에서 나온 목재가 실려 있는데, 그것은 지난번 홍수 때 바다로 떠내려 가지 않은 것으로, 그때 떠내려 가거나 쪼개진 나무들이 많아서 천 달러당 4달러 정도로 가격이 오른 것이다. 주로 소나무와 전나무와 삼나무로 된 이 목재들은 각기 1등급에서 4등급까지 값이 매겨져 있는데 최근까지만 해도 등급 구분 없이 곰과 말코손바닥사슴과 순록의 머리 위에서 가지를 흔들고 있던 나무들이다. 다음 열차에는 최상급 토마스톤산 석회가 실렸는데, 소석회로 굽기 위해 산속 깊이 가야 할 것들이다. 짐짝에는 온갖 색깔에 품질도 제각기인 넝마가 실렸는데,

그것들은 무명과 아마포였던 천이 최악의 상태로 떨어진 것들이며 모든 의복의 최후이다. 그 양식은 이제 밀워키에서가 아니라면 법석을 떨 일조차 없는 것들로서, 영국이나 프랑스, 미국의 날염 옷감과 깅엄[6], 모슬린 등 화려한 천들이 이제 상류계와 빈민층으로부터 수거되어 한 가지 색 또는 기껏해야 두어 가지 색으로 재생될 참이다. 그리고 그 위에는 이제 지위 고하를 막론한 현실 세계의 이야기가 사실에 입각하여 기록되리라. 문 닫힌 열차에는 소금에 절인 생선 냄새가 풍기는데, 뉴잉글랜드의 그 지독한 상업의 냄새는 나로 하여금 그랜드 뱅크 어장[7]을 상기시킨다. 이렇게 철저하게 소금에 절여놓아 어떤 식으로도 썩게 만들 수 없고, 성자의 인내심도 무안을 당할 수밖에 없는 이런 생선을 보지 못한 사람은 없을 것이다. 그것으로는 거리를 쓸거나 포장할 수도 있고 불쏘시개를 쪼갤 수도 있으며 마부는 햇빛과 바람과 비로부터 자신과 짐을 가릴 수도 있다. 또한 어느 콩코드 장사꾼이 예전에 그랬던 것처럼 상인들이 가게를 열면서 상점 간판으로 걸 수도 있다. 그러다 마침내 가장 오래된 단골조차 그것이 애초에 동물이었는지 식물이었는지 광물이었는지 알 수 없을 정도가 될 때까지 말이다. 그때가 되더라도 그 생선은 여전히 눈송이처럼 깨끗해서 솥에 넣고 끓이면 토요일 저녁 한 끼를 위한 멋진 암갈색

---

6 깅엄 – 줄무늬, 바둑판 무늬의 무명이나 리넨의 일종.

7 그랜드 뱅크 어장 – 뉴펀들랜드 남동부 근해이며 세계 4대 어장 중 하나.

생선 요리가 될 것이다. 그 다음으로 스페인산 생가죽이 실려 있
는데, 그 꼬리는 소들이 스페니시 메인[8]의 대초원을 질주할 때의
모양 그대로 위를 향해 구부러져 있다. 요컨대 이것은 모든 고집
의 표본으로서, 타고난 모든 악덕이 얼마나 고치기 힘든 것인가
를 잘 보여 주고 있다. 이 자리에서 고백컨대, 사실을 말하자면 나
는 누군가의 진정한 성품을 알게 됐을 경우 현재의 상태에서 더
좋은 것으로든 나쁜 것으로든 바꿀 수 있으리라는 희망을 갖지
않는다. 동양인들은 이렇게 말한다.

"개의 꼬리를 불에 구워 눌러놓고 끈으로 칭칭 감아놓는 일을 12년
동안 반복하더라도 원래의 형태를 유지할 것이다."

이 꼬리들에서 볼 수 있는 고질병을 치료할 수 있는 유일한 방
법은(그리고 이건 흔히 쓰이는 방법이라고 생각되는데) 그것을 가지고
아교를 만드는 것이다. 그러면 그것들은 붙여놓은 자리에 그대로
붙어 있을 테니까 말이다. 이번에는 버몬트주 커팅스빌에 사는
존 스미스에게 직송되는 당밀이 아니면 브랜디를 담은 큼직한 통
이 실려 있다. 그는 그린 산맥을 무대로 활동하는 상인으로, 자신
의 개간지 인근 농부들을 위해 물건을 수입하고 있는데, 아마도

---

8 스페니시 메인 – 남미 카리브 해 연안지방.

지금쯤 옥상 출입문 위에 서서 최근 바다로 도착한 물건들이 상품 가격에 얼마나 영향을 미칠까를 생각하고 있으리라. 그러면서 바로 이 순간 고객들에게 이번 기차로 최상급 물건이 도착할 예정이라고 벌써 오늘 오전만 스무 번째 되풀이했던 말을 하고 있을 것이다. 그건 이미 커팅스빌 타임즈에 광고가 실려 있다.

이런 물건들이 실려 올라가는가 하면 다른 물건들이 실려 내려온다. 갑자기 획 하는 소리에 책을 읽다가 고개를 들어 보니 먼 북부의 산에서 베어낸 키 큰 소나무가 그린 산맥과 코네티컷주를 넘어 날아와 채 10분도 안 되는 사이에, 그리고 다른 누군가가 미처 볼 사이도 없이 쏜살같이 마을을 관통하는 것이 보였다.

"어떤 거대한 군함의 돛대가 되려는 것이다."[9]

들어 보라, 여기 수많은 산에서 온 가축을 실은 가축 열차가, 허공에 뜬 양 우리이며 마구간이며 축사가 오고 있다. 몰이막대를 든 가축 상인들과 목동들도 그 틈에 끼어 있어 목초지만 빼놓고 모든 것이 다 있는 셈이다. 그것이 9월 돌풍에 산에서 날려온 낙엽처럼 날려오고 있는 것이다. 허공은 송아지와 양 떼의 울음소리와 밀치락대는 황소들로 가득하다. 흡사 계곡 하나가 통째로

---

9 존 밀턴(1608~1674, 영국 시인)의 「실낙원」에 나오는 구절.

지나가기라도 하는 것 같다. 선두의 나이 먹은 숫양 하나가 방울 소리를 내는 사이에 산들은 거세하지 않은 숫양처럼, 그리고 언덕들은 흡사 새끼양처럼 홀쩍홀쩍 스쳐 간다. 그 한복판에 가축 상인들도 하나 가득 타고 있는데, 이제 일거리도 없이 가축이나 다름없는 신세가 된 그들은 근무 중이라는 표시로 여전히 쓸모가 없어진 몰이막대에 매달려 있다.

그런데 양치기 개들은 어디 있을까? 개들은 앞다투어 뛰어가면서 몹시 당황하고 있다. 가축 냄새를 잃은 것이다. 피터보로 언덕 뒤편에서 개 짖는 소리가, 또는 그린 산맥의 서쪽 경사면을 헐떡거리며 올라오고 있는 소리가 들리는 것 같다. 개들은 가축들이 죽는 꼴을 보지는 않을 것이다. 그들의 일도 끝났다. 지금 개들의 충성심이나 기민함은 그 어느 때보다 좋지 못하다. 개들은 치욕을 느끼며 힘없는 걸음걸이로 개장으로 돌아가거나 어쩌면 야생으로 돌아가 이리와 여우와 어울릴 것이다. 이렇게 해서 목장의 삶은 쏜살같이 스쳐 지나간다. 그러나 종이 울리니, 이제 나는 선로를 벗어나 열차가 지나가도록 해야겠다.

철도는 내게 무엇일까?
나는 철도가 끝나는 곳을
보러 가지 않을 것이다.
철도는 분지를 몇 개 메우고

물 빠지는 구멍에 제방을 쌓는다.

모래를 날리고

검은딸기가 자라게 한다.[10]

그러나 나는 숲 속의 마찻길을 건너듯 철로를 가로지른다. 연기와 김과 증기가 빠지는 소리에 눈과 귀를 괴롭힐 생각이 없으니까.

열차가 지나가고 그와 더불어 분주한 세상도 모두 지나가 버리자 이제 호수의 물고기들은 덜컹거리는 소리를 느끼지 않고 나는 전보다 더 외로이 남는다. 그 뒤로 긴 오후 내내 멀리 떨어진 큰길을 지나는 마차나 수레 끄는 희미한 소리가 간간이 들려와 명상에 잠긴 내 마음을 방해할 뿐이다.

가끔 일요일에 바람의 방향이 맞으면 링컨이나 액튼, 베드포드, 콩코드의 종소리가 들리곤 했다. 그것은 어렴풋하면서도 듣기 좋은 종소리로 흡사 자연에서 울리는 선율 같아서 황무지에서 들을 만했다. 숲을 사이에 두고 충분한 거리를 두고 건너오는 이 소리에는, 마치 그 일대의 솔잎 위를 현줄을 울리듯 지나오기라도 한 것처럼 떨리는 음이 스며들어 있었다. 귀로 들을 수 있는 가장 먼 거리에서 울려오는 모든 소리도 그와 똑같이 우주의 악기가 떨리는 듯한 효과를 내는데, 그것은 그 사이에 낀 대기 때문

---

10 벤 존슨(1572~1637). 영국 극작가, 시인.

에 먼 산등성이가 담청빛을 띠어 우리의 눈을 즐겁게 해주는 것과 같다. 이 경우 내 귀에는 대기에 의해 잔뜩 팽팽해지고 숲 속의 모든 나뭇잎과 사귀고 난 선율이 들려오는 것으로, 자연의 힘이 변조시키고 골짜기에서 골짜기 사이로 메아리친 소리인 것이다. 이 메아리는 어느 정도 독창적인 소리이며 그 안에는 메아리 특유의 마법과 매력이 숨어 있다. 그것은 종소리 중에서도 되풀이할 가치가 있는 것만 다시 들려줄 뿐 아니라, 어느 정도는 숲 자체의 음성이 섞인 것인데, 바로 그 숲이 나누는 대화와 숲의 요정이 부르는 노래가 그것이다.

저녁때 숲 저편 멀리 지평선에서 들려오는 암소 우는 소리는 너무도 감미롭고 아름다워서, 처음에는 그 소리를 산과 골짜기를 떠돌며 세레나데를 부르는 어느 가수들이 내는 소리인 줄로만 알았다. 그러다 그 소리가 길어지면서 이내 그것이 자연 어디서나 흔히 들을 수 있는 소 우는 소리라는 사실을 깨닫고도 별로 실망스럽지는 않았다. 내가 그 젊은이들의 노랫소리를 소의 울음소리와 비슷한 줄 알았다고 한 것은 비꼬려는 뜻에서가 아니라 그들의 노래에 찬사를 던지기 위해서였던 것인데, 그 두 가지 소리는 바로 자연이라는 하나의 소리였던 것이다.

여름날 한때 저녁 열차가 지나간 직후인 일곱 시 반이 되면 정확하게 쏙독새들이 문 바로 앞 나무 그루터기나 들보 위에 앉아 반 시간가량 저녁 기도를 좋알댄다. 새들은 거의 시계처럼 정확하게, 매일 저녁 해가 지는 시각에서 5분 안에 지저귀기 시작한다. 내게는 그 시간이 쏙독새의 습성을 익힐 절호의 기회였던 셈이다. 때로는 숲 이곳저곳에서 네다섯 마리가 한꺼번에 우는 소리가 들리기도 했는데, 우연히도 한 소절씩 잇달아 부른 데다가 아주 가까이 있었기 때문에 각각의 울음소리에 이어지는 쿡쿡거리는 소리뿐만 아니라 거미줄에 걸린 파리가 붕붕거리며 내는 소리와 비슷하면서 몸집이 큰 만큼 더 크게 내는 소리까지 알아들을 수 있었다. 때때로 숲으로 들어가면 쏙독새 한 마리가 마치 줄에 매달아 놓기라도 한 것처럼 몇 피트 거리를 두고 빙글빙글 돌기도 했는데, 그것은 아마도 내가 알에 가까이 있었기 때문일 것이다. 새들은 밤새도록 띄엄띄엄 사이를 두고 울어댔는데, 그중 가장 듣기 좋을 때는 동트기 직전과 바로 동틀 녘이었다.

다른 새들이 잠잠해지면 작은 부엉이들이 금속성이 섞인 목소리로 노래를 부르기 시작하는데, 그것은 태곳적부터 비탄에 잠긴 여인처럼 '부어엉' 하고 운다. 그 음산한 울음소리야말로 벤 존슨을 연상케 한다. 한밤중에 마주치는 교활한 마녀! 그것은 시인들이 표현하는 정직하고도 무뚝뚝한 '부엉부엉' 하는 소리가 아니라, 장난기 하나 없는 더할 나위 없이 엄숙한 묘지의 노래이며, 자살한 연인들이 지하 무덤 속에서 꿈 같았던 사랑의 고통과 기쁨을 회상하며 서로를 위로하는 노래이다. 그래도 나는 그 부엉이들의 울음소리, 그 슬픈 응답이 숲 가장자리를 따라 떨려 나오는 소리가 듣기 좋다. 그것은 종종 음악과 노래하는 새들을 상기시켜 주는 것이다. 흡사 정말 노래로 불러야 할 것은 음악의 어둡고 슬픈 일면이며 후회이고 한숨이기라도 하듯 말이다. 그들은 정령, 그것도 음산한 정령이며 우울한 전조이다. 한때 인간의 형상으로 밤마다 지상을 돌아다니며 나쁜 짓을 저질렀다가 이제 울음의 성가로, 또는 자신들이 저지른 죄를 비가로 고하며 속죄하는 타락한 영혼의 정령이다.

그들은 내게 우리 모두의 거처인 자연의 다양성과 포용력에 대한 새로운 의미를 알려준다. "오오오, 차라리 태어나지 말걸!" 호수 이편에서 한 마리가 그렇게 탄식하고는 절망과 불안으로 선회하며 잿빛 떡갈나무 가지에 올라앉는다. 그러면 호수 맞은편에서 또 다른 부엉이가 떨리는 소리로 진지하게, "태어나지 말걸!" 하고 화답하고, 저 멀리 링컨 숲에서도 희미하게 "나지 말걸!" 하는 소리가 들리는 것이다.

올빼미 역시 세레나데를 들려 주었다. 가까이에서 그 소리를 들으면 자연이 내는 소리 가운데 가장 울적한 소리라는 생각이 든다. 마치 자연이 인간이 죽어갈 때 내는 신음소리를 똑같이 흉내내어 자신의 합창대 속에 영구히 보존하기라도 한 것 같다. 그것은 아무 희망도 없는 어느 가엾고 여린 인간의 혼이 짐승처럼 울부짖고 인간처럼 흐느끼면서 암흑의 골짜기로 들어설 때 내는 듯한 소리로, 꾸룩거리는 곡조 때문에(그 소리를 흉내내려 하자마자 내 목구멍에서는 꾸룩거리는 소리가 나왔다) 한층 더 끔찍하게 들리는 것이다. 그것은 건강하고 용기 있는 모든 사상이 썩어 끈적거리는 곰팡이 상태에 이른 정신의 표현이다. 그 소리는 시체를 파먹는 귀신과 백치와 미친 자의 울부짖음을 연상시킨다. 그러나 이제 먼 숲에서 화답하듯 올빼미 한 마리가 울고 있는데 거리가 멀어서인지 아주 음악적이다. 후우, 우후, 후어러 후. 사실, 낮이든 밤이든 여름이든 겨울이든 올빼미 소리는 내게는 즐거운 일만 상기시켜 주었다.

나는 올빼미가 있다는 사실이 기쁘다. 그들이 사람들을 위해 바보처럼 미친 듯이 울도록 하자. 그것은 어떠한 낮의 빛도 닿지 않는 늪지대나 어스름한 숲과 너무도 잘 어울리는 울음소리로, 인간이 인식하지 못하는 광활한 미개척의 자연을 암시해 주는 것이다. 그들은 황량한 어스름과 우리 모두의 충족되지 못한 사념의 대변자이다. 온종일 태양은 어느 황량한 늪지의 수면을 비추었는데, 거기에는 전나무 한 그루가 이끼를 달고 서 있고 몸집 작은 매들이 허공을 선회하고 박새가 상록수나무 숲에서 쩩쩩거리고 뇌조와 토끼가 소리 없이 돌아다닌다. 그러나 이제 좀더 음산하고 그곳 풍경에 보다 잘 어울리는 하루가 시작되면서 또 다른 종족이 그곳에서의 자연의 의미를 표현하기 위해 잠에서 깨어나는 것이다.

저녁 늦은 시각, 멀리서 다리를 지나는 마차의 덜커덩거리는 소리(밤이면 이 소리는 다른 어떤 소리보다도 멀리까지 울린다), 개들이 짖는 소리, 그리고 이따금씩 먼 농가 안마당에서 슬픈 암소가 우는 소리가 다시금 들려왔다. 그 사이에 호숫가는 온통 황소개구리의 요란한 울음소리로 뒤덮이는데, 이들은 고대 술고래와 술꾼들의 정령들로서 여전히 뉘우칠 줄 모르고 이 지옥 같은 호수에서(월든 호수의 요정들이 이런 비유를 용서해 주기를. 아무튼 이곳에는 잡풀은 거의 없는 대신 개구리들은 잔뜩 있었으니까) 돌림노래를 해보려 애쓰고 있다. 이들은 그 옛날 잔칫상의 떠들썩한 분위기를 살려볼 생각이었을 테지만, 목소리가 잔뜩 쉰 데다 음침할 정도로 엄숙해져서 즐거운 분위기는 흉내나 낼 뿐이고 술은 이미 그 풍미가 사라진 뒤여서 그저 배나 불리는 물일 뿐이었다. 과거의 기억속에 잠길 감미로운 도취감은커녕 포만감과 피로와 팽창감뿐이었다.

북쪽 호숫가에서 최고참자가 침을 줄줄 흘리는 입에 댈 냅킨 대용으로 턱을 심장초 잎새에 댄 채 한때는 경멸했던 물을 한 모금 쭉 들이켜고 나서 개굴, 개굴, 개굴! 하는 울음소리와 함께 잔을 돌리면, 연배로 보나 몸통으로 보나 이인자가 자기 잔을 마셨다는 신호가 곧장 맞은편 후미진 물가에서 터져 나온다. 이 의식이 호숫가를 한 바퀴 돌고 나면 잔치의 주인은 흡족한 목청으로 개굴! 하는 소리를 내고, 나머지 개구리들도 각기 차례대로 같은 소리를 반복하여 몸통이 가장 작고 제일 경박하며 뱃가죽이 늘어진 개구리까지 이르는데, 여기에는 한 치의 오차도 없다. 그러고 나서도 계속해서 울음소리가 물가를 순회하는데, 해가 떠올라 아침 안개가 흩어질 때쯤에는 최고참자만이 호숫가에 남아 이따금씩 개굴거리며 울어 보지만 더 이상 응답하는 소리는 나지 않는다.

내 개간지에서는 수탉이 우는 소리를 들은 기억이 없지만, 그울음소리를 들어 보기 위해서만이라도 노래하는 새처럼 수평아리를 키워봄직하다고 생각했다. 한때 야생 꿩이었던 이 수탉의 울음소리는 분명 다른 어떤 새들의 울음 소리보다도 독특하여, 만약 길들이지 않고 자연 상태에서 방목할 수만 있다면 닭의 울음소리는 얼마 가지 않아서 암기러기 소리나 올빼미 소리를 능가하는, 우리 숲에서 가장 뛰어난 소리가 될 것이다. 게다가 수탉이 낭랑한 목청을 잠시 쉴 때면 암탉이 꼬꼬댁거리며 그 빈자리를 메워줄 것을 생각해 보라! 달걀과 닭다리는 차치하고라도 인간이 이 새를 가축 속에 넣은 것도 결코 이상한 일이 아니다.

어느 겨울날 아침 닭들이 잔뜩 모여 있는 숲 속을, 닭들의 고향인 숲 속을 걸으면서 야생 수탉들이 나무 위에서 다른 새의 가냘픈 울음소리를 모조리 제압하면서 사방으로 몇 마일씩 울려퍼지는 선명하고도 날카로운 소리로 우는 것을 한번 상상해 보라! 그 소리는 여러 민족을 일깨워주기에 충분하다. 그 소리를 듣고도 일찍 일어나지 않을 사람이 있을까? 매일매일 더욱 일찍 일어나게 되어 마침내는 형언할 수도 없을 만큼 건강하고 부유하고 현명해지지 않겠는가? 만국의 시인들이 토종의 새들과 더불어 이 외래종 새의 노랫소리를 찬미하고 있다. 이 용맹스런 챈터클리어[11]는 그 어떤 풍토에도 적응할 수 있다. 그는 토종의 새들보다 더 토착적이기까지 하다. 건강은 언제나 양호하며 폐는 튼튼하고 정신은 시들 줄 모른다. 대서양과 태평양을 항해하는 선원들까지도 수탉의 울음소리에 잠을 깬다. 그러나 그 날카로운 울음소리도 깊이 잠든 나를 깨우지는 못했다. 나는 개도 고양이도 소나 돼지나 암탉도 키우지 않았으므로 가정에서 나는 소리는 없다고 할수 있다. 내 집에는 우유통을 젓는 소리도, 물레 소리도, 심지어 솥에서 나는 소리나 단지에서 쉿쉿거리는 소리, 아이들이 우는 소리 같은 마음을 누그러지게 해주는 소리도 없었다. 구식 인간이라면 이런 상황에서 미쳐버리거나 따분함을 이기지 못하여 죽어버렸을 것이다. 심지어 벽 속에 쥐조차 살지 않았는데, 그랬다가는 굶어죽기 딱 좋았기 때문이고 그보다는 먹을 만한 것을 찾을 수 없었기 때문일 것이다.

단지 지붕 위와 마루 밑에 다람쥐가, 들보 위에는 쏙독새가 살았으며, 창 밑에는 큰 어치가 울었고, 집 아래는 산토끼나 마못이 살기도 하고, 집 뒤에 부엉이나 고양이올빼미가 살았으며, 호수에는 기러기 떼와 아비, 밤중에 짖는 여우도 있었다. 농장 주위에

---

11 챈터클리어 – 닭을 의인화한 이름.

사는 온순한 종달새나 꾀꼬리는 내 개간지를 찾아온 적도 없었다. 마당에서는 수탉도 암탉도 울지 않았다. 아예 마당이라는 것이 없었다! 울타리도 없이 자연이 바로 문턱까지 다가와 있을 뿐. 낮은 풀밭 아래로는 젊은 숲이 한창 자라고 있었고 야생 옻나무와 검은딸기 덩굴이 지하광 속까지 자랐다. 건장한 송진소나무들이 자리가 모자라 지붕널에 줄기를 비벼대며 삐걱거리는 소리를 내고 그 뿌리는 바로 집 땅 밑까지 파고들었다. 강풍에 날려갈 천창(天窓)이나 차일은 없었지만 집 뒤편에서는 소나무가 부러지거나 뿌리째 뽑혀 땔감 노릇을 해주었다. 폭설이 내리면 대문까지 난 길이 막힐 염려도 없었는데 거기에는 대문도 앞마당도, 문명계로 통하는 길도 나 있지 않았던 것이다.

소로의 다섯 번째 이야기

고독
SOLITUDE

Walden

지금은 온몸이 하나의 감각으로 바뀌고 땀구멍 하나하나로 기쁨을 숨쉬는 감미로운 저녁이다. 나는 이상하리만큼 자유로운 자연의 느낌을 품고, 자연의 일부를 품고 돌아다닌다. 구름이 낀 데다 바람까지 부는 서늘한 날씨인데도 나는 셔츠 차림으로 돌이 깔린 호숫가를 따라 걸어 본다. 특별히 눈길을 끄는 것은 없다. 자연의 모든 요소가 내게는 유난히 친숙하게 느껴진다. 황소개구리는 밤의 도착을 알리듯 시끄럽게 울고 수면 건너 잔물결을 일으키는 바람에 묻어 쏙독새 지저귀는 소리가 들려온다. 바람에 흔들리는 오리나무와 백양나무에 대한 감응으로 나는 거의 숨이 막힐 지경이다. 그럼에도 나의 평온한 마음은 호수처럼 잔물결만 일으킬 뿐 넘실대지는 않는다. 저녁 바람에 이는 이 자잘한 흔들림은 거울처럼 매끄러운 수면만큼이나 폭풍과는 거리가 멀다.

이제 주위는 어두워졌으나 바람은 여전히 불어 숲 속에서 아우성치고 물결은 밀려들며 어떤 동물들은 노랫소리로 다른 동물들의 마음을 어루만져 준다. 휴식은 결코 완결되는 법이 없다. 가장 거친 동물들은 쉬지 않고 이제 먹잇감을 찾아 나선다. 여우며 스컹크, 토끼들이 이제 겁없이 들과 숲 속을 배회한다. 그들은 자연의 야경꾼들…… 생동감 넘치는 삶을 하루하루 이어주는 연결 고리인 것이다.

집에 돌아오면 그 사이에 누군가 찾아와 명함을 남겨두고 갔다는 것을 알게 된다. 그 명함은 꽃 한 다발이거나 상록수 화환이거나 아니면 노란 호두나무 잎새나 나뭇조각에 연필로 이름을 적은 것이기도 하다. 아주 드물게 숲을 찾은 그들은 오는 중에 장난삼아 숲의 한 조각을 가지고 와서 일부러 또는 무심코 남겨두는 것이다. 그중 어떤 이는 버들가지의 껍질을 벗긴 다음 그것을 둥글게 엮어내 책상에 놓고 가기도 했다. 나는 나뭇가지나 풀잎이 구부러진 모양이나 신발 자국을 보고 내가 없는 동안 손님이 있었다는 사실을 거의 정확하게 알아맞힐 수 있는데, 그들이 남겨놓은 사소한 흔적들, 이를테면 꽃을 떨어 뜨린다거나 심지어는 반 마일가량 떨어진 곳에 풀 한 다발을 뽑아 던진 모양새를 보고 또는 공중에 남아 있는 담배나 파이프 담배 냄새로 그들의 성별과 나이와 품성까지 알 수 있었다. 그 정도만이 아니라, 종종 파이프 담배 냄새를 맡고도 300야드쯤 떨어진 큰길을 누군가 지나간다는 사실도 알아채곤 했다.

우리 주위에는 대체로 널찍한 공간이 있게 마련이다. 지평선이 바로 팔꿈치 밑에 와 있는 건 아니니까 말이다. 울창한 숲도 호수도 바로 문 앞에 있는 것이 아니라 늘 어느 정도 사이를 두고 있게 마련이며, 우리의 발길로 닳게 하면서 자연과 함께 나누어 쓰고 또 울타리도 치면서 자연으로부터 잠시 빌려 쓰는것이다. 무슨 이유에서 나는 이 광활한 지역을, 인적도 없는 몇 제곱 마일이나 되는 이 버림받은 숲을 독차지하고 있는 것일까? 가장 가까운 이웃도 1마일이나 떨어져 있고, 심지어 내 집에서 반 마일 떨어진 언덕 꼭대기에 올라가지 않으면 인가를 전혀 볼 수가 없다. 숲으로 에워싸인 지평선을 나 혼자 차지하고 있다. 한편으로 멀리 호숫가를 지나는 철도가 보이고, 다른 한편으로는 삼림지대를 지나는 길에 친 울타리가 보인다. 그러나 대체로 볼 때 내가 사는 곳은 초원 지대만큼이나 외로운 곳이다. 뉴잉글랜드이면서도 아시아나 아프리카일 수도 있는 곳이다. 마치 나만의 해와 달과 별, 그리고 조그만 세상을 송두리째 갖고 있기라도 한 것 같다. 밤중에 나그네가 내 집 앞을 지나가거나 문을 두드린 적도 없었는데, 그건 내가 최초의 인간이 아니면 최후의 인간이 된 것보다 더했다.

봄날이면 아주 가끔 마을에서 메기를 낚으러 오는 사람이 있었다. 그들은 어둠을 미끼에 달아 자신의 마음속에 있는 월든 호수에서 더 많은 물고기를 낚았을 게 분명했다. 그렇지만 그들 역시 대부분 가벼운 바구니만 들고 '세상을 어둠과 내게' 남겨둔 채 이내 돌아갔다. 결국 밤의 어두운 핵심은 어느 이웃에 의해서도 훼손된 바 없었다. 마녀들은 모두 교수형을 받았고 기독교와 양초가 도입된 지금도 사람들은 대체로 어느 정도 어둠을 두려워하는 것 같다.

그러나 나는 종종 가장 감미롭고 다감하며 순수하고 힘을 북돋워 주는 교제를 자연 속의 대상에서 찾아볼 수 있을 것 같은 느낌을 경험했는데, 그건 사람을 극도로 싫어하는 가엾은 사람이나 몹시 우울한 사람의 경우도 마찬가지일 것이다. 자연 속에 살면서 평온한 감각을 유지하는 사람에게는 암담한 우울이란 있을 수 없다. 건강하고 순결한 이의 귀에는 폭풍도 이올리안[1]의 음악 소리로 들리리라. 소박하고도 용기 있는 사람을 천박한 슬픔으로 몰아넣을 권리를 가진 것은 아무 데도 없다. 내가 계절과의 우정을 즐기는 동안 그 어떤 것도 삶을 짐스럽게 만들 수는 없으리라. 오늘 콩밭에 물을 주는 이슬비로 나는 집 안에 박혀 있었음에도 결코 따분하다거나 우울한 기분을 느끼지 못했을 뿐 아니라 오히려 내게도 도움이 되었다. 비록 비 때문에 콩밭을 매지는 못했지만 그건 잡초를 뽑는 것 이상의 가치가 있다. 만일 비가 계속 내려서 땅에 묻은 씨앗이 썩고 저지대에 심은 감자를 버리게 된다 해도, 그 비는 고지대의 풀에는 유익하며 풀에 유익하다면 내게도 좋은 것이리라.

간혹 나를 다른 사람들과 비교해 보면 내게 그럴 만한 점이 없는데도 내가 남들보다 신의 총애를 더 받고 있는 것처럼 생각되곤 한다. 마치 내가 다른 이들에게는 없는 신의 면허나 보증을 받아 특별한 인도와 보호를 받고 있기라도 한 것처럼. 지금 나는 나 자신을 추켜세우고 있는 것은 아니며, 혹시라도 그런 일이 가능하다면 지금 나를 추켜세우고 있는 건 신들일 것이다. 나는 외로움을 느낀 적도, 고독감이 엄습한 적도 없었지만, 언젠가 내가 숲

---

1 이올리안 - 바람의 신.

에 들어온 지 몇 주 일이 지났을 때 가까이에 있는 이웃이 평화롭고 건전한 삶에 필수 요소는 아닐까, 하는 의혹을 품은 적이 있었다. 혼자 지낸다는 건 왠지 재미없는 일 같았다. 그러나 그와 동시에 나는 내 기분이 불안정하다는 것을 깨달았고 이제 곧 정상을 찾으리라고 예견했던 것 같다. 이슬비가 내리는 동안 이런 생각을 하고 있던 나는 문득 빗방울이 후두둑 떨어지는 가운데 내 집을 에워싸고 있는 모든 소리와 풍경에서 자연과의 감미롭고도 자애로운 친교를 느꼈다. 그것은 내 생명을 유지시켜 주는 공기처럼 무한하면서 동시에 설명할 수 없는 우정이었다. 그러자 상상속에서 생각했던 이웃의 이점들이라는 것이 무의미해졌으며 그 뒤로는 두 번 다시 그런 생각을 하지 않았다. 작은 솔잎 하나하나가 팽창하며 감응으로 부풀어올라 내 편이 되어 주었다. 나는 우리가 흔히 황량하고 쓸쓸하다고 하는 풍경 속에서도 너무나도 분명히 나와 혈연을 가진 듯한 어떤 존재를 의식했다. 또한 내게 가장 가까운 혈족이며 가장 인간적인 존재가 사람도 마을에 있는 누군가도 아니라는 것, 어떤 장소도 이제는 두 번 다시 낯설지는 않으리라는 것도 인식했다.

"때아닌 애도는 슬퍼하는 이의 삶만 소모시킬 뿐이니,
이승에서의 삶은 너무나도 짧구나,

아름다운 토스카의 딸이여."[2]

내가 가장 즐겁게 보낸 시간 중에는 봄이나 가을철 오랫동안 비바람이 몰아치던 때가 있었는데, 그런 날이면 오전은 물론 오후 나절에도 집 안에 박혀 끊임없이 부는 바람 소리와 몰아치는 빗소리에 위안을 받았다. 이런 때는 때이른 황혼이 수많은 상념이 뿌리를 내리고 전개될 긴 밤을 예고했다. 북동풍을 타고 비가 몰아치는 동안, 그래서 마을 하녀들이 범람을 막기 위해 자루걸레와 들통을 든 채 현관에 대기하고 있는 동안 나는 여느 집 현관이나 다름없는 내 조그만 집의 문 뒤편에 앉아 그 보호를 속속들이 즐기고 있었다. 뇌우가 몹시 심하던 어느 날 호수 건너편의 높은 송진소나무에 벼락이 떨어져 지팡이에 홈을 새길 때처럼 꼭대기에서 아래까지 1인치 정도의 깊이에 4~5인치의 폭으로 아주 뚜렷하고 규칙적인 나선형 홈을 만들어 놓았다. 얼마 전 그 나무 곁을 다시 지나갔는데, 8년 전 악의라곤 전혀 찾아볼 수 없던 하늘에서 떨어진 무시무시하고 불가항력적인 벼락이 만든 자국이 전보다 한층 더 뚜렷해진 것을 보고 두려움에 사로잡혔다.

사람들은 종종 내게, "그곳에서 외로우시겠군요. 특히 눈이나 비가 오는 날과 밤이면 사람이 가까이 있었으면 하실 테죠?" 하

2 　제임스 맥퍼슨(1736~1796).

고 말하곤 한다. 그럴 때면 이렇게 대답해 주고 싶은 충동을 느낀다. — 우리가 살고 있는 이 지구라는 것도 알고 보면 우주 속의 점 하나일 뿐이오. 우리가 가진 도구로는 도무지 폭을 알 길 없는 저 별에서 가장 멀리 떨어져 있는 두 주민이 서로 얼마나 멀리 떨어져서 살고 있는 것 같소? 그러니 어째서 내가 외롭다고 느껴야 하오? 우리 행성이 은하수에 있기라도 하단 말이오? 당신이 방금 던진 질문은 내가 보기엔 그다지 중요한 질문 같지 않구려. 사람을 동료로부터 고립시킴으로써 외롭게 만드는 건 대체 어떤 공간이겠소? 나는 아무리 두 다리로 애를 써봤자 두 마음이 서로 더 가까워지는 게 아니라는 걸 알게 되었다오. 우리가 가장 가까이 살고 싶어하는 것이 뭐겠소? 분명 많은 사람들 곁은 아닐 거요. 역이나 우체국, 술집, 공회당, 학교, 식품점, 그리고 사람들이 몰려드는 비콘 힐이나 파이브 포인츠 같은 곳도 아닐 것이오. 그보다는 버드나무가 물가에 서서 그쪽으로 뿌리를 뻗듯이 모든 경험에서 볼 때 생명을 분출하는 영구적인 원천 가까이에 있고 싶어할 거요. 그곳이 어디인가는 각자의 본성에 따라 다를 테지만, 현명한 사람이라면 그곳에다 자신의 지하광을 팔 거요…….

어느 날 저녁 나는 월든 숲길에서 소 두 마리를 끌고 시장에 가는 마을 사람 하나를 따라잡았는데, 그는 이른바 '상당한 재산'을 모은 사람이었다(그렇지만 그 재산이란 게 어떤 건지는 살펴본 바 없다). 그가 내게 어떻게 편안한 삶을 포기할 생각을 했느냐는 질문을 던졌다. 나는 지금의 생활에 그다지 문제가 없노라고 대답했는데, 그건 건성으로 한 대답이 아니었다. 그런 다음 나는 그가 어두운 진흙길을 헤치고 다음 날 아침쯤 도착하게 될 브라이튼인지 브라이트 타운인지 하는 곳으로 가도록 내버려둔 채 집에 돌아와 잠을 잤다.

죽은 사람에게 있어서 눈을 뜬다거나 다시 살아난다는 가망성은 모든 시공을 초월하게 만든다. 그런 일이 일어나는 장소는 언제나 같은 곳으로서 우리의 모든 감각에 형언할 수 없을 만큼 상쾌한 느낌을 준다. 우리는 대체로 지엽적이고 하찮은 일만을 관심사로 삼는다. 실제로 그것들이 우리가 혼란을 겪는 원인인 것이다. 세상 만물 바로 곁에는 그것들의 존재를 형성하는 힘이 있다. 우리 인간 바로 옆에서도 가장 큰 법칙들이 끊임없이 집행되고 있다. 우리 곁에는 우리가 고용한 일꾼, 우리가 얘기하고 싶어 하는 일꾼이 있는 게 아니라, 우리를 상대로 노동하는 일꾼이 있는 것이다.

"천지의 미묘한 힘의 영향은 얼마나 넓고 깊은 것인가!"[3]

"우리는 그것을 보고자 하나 눈으로는 보이지 않으며, 들으려고 하나

---

3 공자.

귀에 들리지 않는다. 그것은 만물의 본질과 같아서 분리할 수 없다."[4]

"그것은 삼라만상 가운데에서 사람들이 자신의 마음을 정화시키고 예복을 갖추어 선조에게 제사를 지내도록 한다. 그것은 미묘한 지혜의 바다이다. 그것은 위에도 왼쪽에도 오른쪽에도 어디나 있다. 그것은 사방에서 우리를 에워싼다."[5]

우리는 내가 적지 않은 관심을 갖고 있는 실험의 피험자이다. 이런 상황에서 잠시 잡담의 교제를 벗어나 우리 자신의 생각으로 스스로를 성원하며 지낼 수는 없는 것일까? 공자는 다음과 같은 진리를 남겼다.

"덕은 버림받은 고아가 아니다. 덕에는 반드시 이웃이 있다."

사념에 사로잡힘으로써 건전한 의미에서 우리는 미칠 수가 있다. 정신의 의식적인 노력으로써 행위와 행위의 결과에서 초연할 수가 있으며, 좋은 것이든 나쁜 것이든 모두 급류처럼 우리 곁을 지나쳐가게 된다. 우리는 전적으로 자연에 빠진 것은 아니다. 나는 냇물에 뜬 유목(流木)일 수도 있고, 하늘에서 그 유목을 내려다

---

4 공자.
5 공자.

보고 있는 인타라[6]일 수도 있다. 나는 어떤 연극에 감동을 받으면서도 나와 좀더 깊은 관계가 있는 실제 사건에는 감동받지 못할 수도 있다. 나는 나 자신을 인간적 실재로서, 다시 말해서 사상과 감정이 일어나는 장소로서만 알고 있다. 그와 동시에 타인에게서 만큼이나 나 자신으로부터도 멀리 떨어져 있을 수 있다는 이중성을 느낀다. 경험이 아무리 강렬할 때라도 나는 마치 나의 일부가 아닌 듯한 관객의 존재를, 그 관객의 비판을 의식하고 있다. 그 관객은 함께 경험하지 않으면서 그 사건에 주목하는데, 그것은 더 이상 내가 아니라 타자인 것이다. 인생이라는 연극(그것은 비극이 될 수도 있다)이 끝나면 관객은 제 갈길로 간다. 그에게는 그 연극이 하나의 허구이며 상상에서 나온 작품에 불과한 것이다. 이와 같은 이중성만으로도 우리는 쉽사리 형편없는 이웃이며 친구가 될 수 있다.

나는 보다 많은 시간을 혼자 지내는 일이 유익함을 알고 있다. 아무리 좋은 상대라도 함께 있으면 이내 싫증이 나고 좋아하는 감정도 식게 마련이다. 나는 홀로 있기를 좋아한다. 고독만큼 상대하기 좋은 친구를 보지 못했다. 우리는 대부분 방에 박혀 있을 때보다 밖에 나가 사람들과 섞일 때 훨씬 더 외로움을 느낀다. 생각하거나 일하는 사람은 어디에 있든 늘 혼자 있는 것과 마찬가

---

6 인타라 - 우뢰나 비를 주관하는 베다교의 주신으로, 불교에서는 제석천에 해당됨.

지다. 고독은 두 사람 사이의 거리로 측정되는 것이 아니다. 하버드 대학의 북적거리는 교실에서라도 정말로 공부에 전념하는 학생이라면 사막의 탁발승만큼이나 격리된 셈이다. 농부는 하루 종일 혼자서 들이나 숲에서 김을 매거나 나무를 베며 지내도 외로움을 느끼지 않는데 그것은 일이 있기 때문이다. 그러나 밤이 되어 집에 돌아온 농부는 방 안에 혼자 앉아 생각에 잠기지 못하고, '사람들을 볼' 수 있고 기분전환을 할 만한 곳으로 가지 않을 수 없다. 그는 온종일 혼자 지낸 데 대한 보상을 해야 한다고 생각하는 것이다. 그래서 농부는 학생이 어떻게 밤이든 낮이든 집에 혼자 있으면서 권태와 우울증에 빠지지 않는 건지 의아해한다. 농부는 학생이 집 안에 있더라도 농부가 그렇듯 자신의 밭에서 일을 하고 자신의 숲에서 나무를 베고 있는 것임을, 그리고 비록 좀 더 응결된 형태이긴 해도 역시 농부처럼 기분전환과 교제를 원한다는 사실을 깨닫지 못한 것이다.

교제들은 대부분 지나칠 정도로 가치가 떨어져 있다. 우리는 상대방을 위해 뭐든 새로운 가치를 획득할 짬도 없이 금방 다시 만난다. 우리는 하루 세 끼를 먹듯 만나서는 상대방에게 우리 자신이라는 저 곰팡내 나는 해묵은 치즈를 새로운 맛이라고 내놓는 셈이다. 결국 우리는 이렇게 자주 만나는 일을 그런대로 참아 주고 싸움을 벌이지 않기 위해 이른바 예절과 정중함이라는 일정한 규칙을 정해놓지 않을 수 없었다. 우체국에서도 만나고 친목회에서도 만나며 밤마다 난롯가에서도 만나니 말이다. 지나치리만큼 근접해서 살고 있고 서로 걸리적거리고 상대방의 발에 걸려 넘어질 정도여서 그 결과 서로에 대한 존경심마저 잃고 있는 것 같다. 만나는 빈도를 줄이더라도 분명 중요하고 애정 어린 의사소통을 하는 데 충분할 텐데도 말이다. 여공들을 생각해 보라. 그들은 꿈속에서조차 혼자 있는 법이 없다. 지금 내가 사는 곳처럼 1평방마일마다 주민이 하나씩 산다면 사정은 훨씬 나아질 것이다. 인간의 가치는 우리가 꼭 만져 봐야 된다고 여기는 피부에 있는 것은 아니다.

숲에서 길을 잃고 굶주림과 피로에 지쳐 나무 밑에서 다 죽어가던 어떤 사람 얘기를 들은 적이 있다. 그런데 육체적 쇠약으로 병적인 환상에 사로잡힌 그는 그것을 실제라고 믿었는데 결국은 그 괴기스런 환상에 의해 고독 속에서 살아 남았다는 것이다. 그와 마찬가지로 육체적·정신적 건강과 힘을 유지할 경우 우리는 앞의 경우와 비슷하면서도 더욱 정상적이고 자연스러운 교제를 통해 끊임없이 기운을 얻게 되고 자신이 결코 혼자 있는 것이 아니라는 사실을 알게 된다.

내 집에는 친구들이 잔뜩 있는데 특히 아무도 오지 않는 아침나절이면 더욱 그렇다. 내가 처한 상황을 쉽게 전달할 수 있도록 몇 가지 비유를 들어 보겠다. 나는 저토록 큰 소리로 웃는 아비나 월든 호수 자체가 외롭지 않은 것과 마찬가지로 외롭지 않다. 저

외딴 호수에게 대체 무슨 친구가 있겠는가? 그럼에도 그 담청색 물빛에는 푸른 악마[7] 대신 푸른 천사들만 있을 뿐이다. 태양 역시 혼자인데, 안개가 자욱한 날에는 간혹 둘로 보이는 때도 있지만 그중 하나는 가짜 태양인 것이다. 하느님 역시 혼자이지만 악마는 혼자 있는 법이 없다. 악마는 무리를 지어 돌아다니며 그 무리는 수도 없이 많다. 초원의 한 송이 우단현삼이나 민들레, 콩잎, 괭이밥, 등에, 땅벌이 외롭지 않은 것과 마찬가지로 나 역시 외롭지 않다. 방앗간 옆 개울이나 풍향기, 북극성, 남풍, 4월의 소나기, 1월의 해빙, 새 집에 든 첫 번째 거미가 그렇듯 나도 외롭지 않은 것이다.

눈이 펑펑 쏟아지고 숲 속에서 바람이 윙윙대는 긴 겨울밤이면 이따금 예전 이곳에 정착했고 원래의 주인이었던 노인이 찾아오곤 하는데, 그 노인이 월든 호수를 파서 그 밑에 돌을 깔고 주변에 소나무 숲을 조성했다고 한다. 노인은 내게 옛 시절과 새로 다가올 영원한 세월에 대해 이야기한다. 그러면 우리는 사과나 사과술 없이도 사귀는 기쁨과 즐거운 일들을 얘기하며 유쾌한 저녁 시간을 보내는 것이다. 노인은 현명하고 재미있는 친구여서 무척 내 마음에 드는데, 고프나 휠리[8]가 그랬듯이 여간해서는 자신의

---

7 푸른 악마 – '푸르다'는 말에는 '우울하다'는 의미가 있음.

8 고프나 휠리 – 윌리엄 고프, 에드워드 휠리영국의 찰스 1세 살해 혐의로 기소되어 미국에 숨어 살았음.

모습을 드러내지 않는다. 노인은 이미 죽은 사람으로 여겨지지만 아무도 그가 묻힌 곳이 어딘지 알지 못한다.

내 이웃에는 노부인도 한 사람 살고 있는데, 사람들 눈에는 보이지 않는다. 나는 종종 그녀의 향기로운 약초밭을 거닐며 약초도 캐고 그녀의 이야기에 귀를 기울이곤 한다. 그녀는 비할 데 없는 풍요의 재능을 갖춘 분으로서, 신화 이전 시대까지 기억하고 있기 때문에 내게 모든 전설의 기원과, 그 전설 하나하나가 어디에서 비롯된 것인지까지 얘기해 줄 수 있다. 그것은 그 일들이 그녀가 젊었을 때 있었던 것이기 때문이다. 혈색 좋고 정정하며 어느 기후, 어떤 계절에든 기쁨을 느끼는 이 부인은 자신의 모든 자녀보다도 훨씬 더 오래 살 것이다.

자연의 형언할 길 없는 순수와 은혜(해와 바람과 비, 여름과 겨울의 그것)는 영원토록 건강과 원기를 선사해 주지 않는가! 또한 자연은 우리 인간에게 그토록 감응하는 것이기에, 만약 누구라도 정당한 이유로 슬퍼한다면 모든 자연이 그 슬픔에 영향을 받아서 태양의 밝음도 사라지고 바람은 자비로운 한숨을 내쉬고 구름은 눈물을 뿌리고 숲은 한여름에도 잎을 떨구며 애도할 것이다. 그러니 내가 어떻게 대지의 지혜를 구하지 않겠는가? 나 자신이 바로 그 잎이며 식물의 부식토가 아닌가?

우리를 건강하고 평온하고 흡족하게 해줄 묘약은 어떤 것일까? 그것은 나나, 그대의 증조부가 빚은 약이 아니라, 우리의 증

조모인 자연이 빚은 우주의, 야채의, 식물의 약으로서, 자연은 그
것으로 영원한 젊음을 누리고 전성기의 다른 수많은 파(Parr) 노
인[9]보다 오래 살며 그들의 부식한 기름기로 자신의 건강을 유지
했던 것이다. 나의 만병통치약은, 종종 약병을 싣고 다니는 저 길
쭉하고 납작한 마차 모양의 시커먼 범선에서 실어 내린, 삼도천
과 사해의 물을 섞어 만든 가짜 물약이 아니라 희석시키지 않은
순수한 아침의 대기 한 모금이다.

　아, 아침의 대기! 만약 사람들이 하루의 샘인 이 대기를 마시지
않는다면 병 속에 담아 상점에서 팔아야 할 것이다. 이 세상의 아
침 시간 예매표를 잃어버린 사람들을 위해서 말이다. 하지만, 아
침의 대기는 아주 서늘한 지하실에서도 정오까지 가지 못한다.
이미 그 전에 병마개를 열고 나와 오로라의 발길을 따라 서쪽으
로 가버린다는 사실을 명심해야 한다. 나는 결코, 약사 에스큘레
이피어스 노인의 딸이며 한 손에는 뱀을, 다른 한 손에는 그 뱀이
마시는 술잔을 든 조각상에 나오는 저 히게이아[10]의 숭배자가 아
니다. 그보다는 차라리 주노[11]와 야생 상추의 딸이며 신과 인간을
회춘시키는 힘을 가진, 그리고 주피터의 술잔을 들고 있는 저 헤
베의 숭배자라 할 수 있다. 아마도 헤베야말로 이 지상에서 유일

9　파(Parr) 노인 - 토마스 파. 152세까지 살았다고 전해지는 영국인.

10　히게이아 - 건강의 여신.

11　주노 - 주피터의 아내.

하게 완벽한 건강미를 갖춘 강한 여인으로, 그녀가 가는 곳이면 어디든 봄이 열린 것이다.

소로의 여섯 번째 이야기

손님들
VISITORS

Walden

사람들 대부분이 그렇듯 나 역시 사람 사귀는 일을 좋아하여, 언제든 혈기왕성한 사람을 만나면 한동안 찰거머리처럼 달라붙을 만반의 준비를 갖추고 있다. 나는 천성적으로 은둔자는 아니어서 마침 술집에 무슨 볼일이 생기면 그 술집에서 가장 질긴 단골보다 더 오래 앉아 있을 수도 있다.

　내 집에는 의자가 세 개 있었는데, 하나는 고독을 위한 의자, 둘은 우정을 위한 의자, 셋은 친교를 위한 의자였다. 그런데 뜻밖에 그보다 더 많은 손님들이 찾아오면 그들 모두에게 내줄 의자는 세 번째 의자밖에 없었지만 대개는 앉지 않고 서서 공간을 좁히곤 했다.

　이렇게 작은 집에 얼마나 많은 사람들이 들어올 수 있는지 정말 놀라울 정도다. 한때 내 집에 한꺼번에 스물다섯에서 서른 명 정도가 육신은 물론 영혼까지 갖춘 채 들어온 적이 있었는데도 우리가 그렇게 바짝 붙어 있었다는 사실도 의식하지 못한 채 작별하곤 했던 것이다. 공공건물이든 개인주택이든 우리네가 쓰고 있는 집 대부분은 수없이 많은 방과 커다란 홀, 포도주며 평상시 물자를 쟁여두기 위한 지하실까지 있어 거주자에 비해 터무니없을 만큼 큰 것 같다. 집들이 너무 크고 웅장해서 정작 그곳에 사는 주민은 그 집에 기식하는 해충 정도로밖에 보이지 않는다. 전령관이 트레몬트나 애스터, 미들섹스 하우스 앞에서 소집 나팔을 불 때 모든 주민을 위한 광장에 우스꽝스럽게 생긴 생쥐 한 마리가 기어 나왔다가는 이내 보도블럭의 구멍 속으로 들어가는 것을 보면 어이없지 않겠는가?

너무 작은 집에 살면서 이따금 느꼈던 한 가지 불편이 있다면, 손님과 내가 거창한 말로 웅대한 사상을 주고받을 때 두 사람이 거기에 걸맞는 거리를 유지하기 힘들다는 것이었다. 우리의 사상이 목적한 항구로 항해하기 전에 우선 항해 장비를 갖추고 수로 한두 곳을 움직여 볼 만한 공간이 있어야 하는 것이다. 사상이라는 탄알은 그것을 듣는 이의 귀에 이르기 전에 일탈과 탄성을 극복하고 최후의 안정된 경로에 들어서야 하는데, 그렇지 못할 경우 그 탄알은 듣는 이의 옆머리를 파고 튀어나올 수도 있기 때문이다. 이와 마찬가지로 그 손님과 내가 말하는 문장도 어느 정도 공간에 그 행을 펼치거나 짤 만한 공간이 있어야 했던 것이다.

국가도 그렇지만 개개인 역시 그들 사이에 널찍한 자연 상태의 경계선을, 심지어 꽤 넓은 중립 지대까지 갖출 필요가 있다. 호수 맞은편에 있는 한 친구와 이야기를 주고받는다는 건 내게는 여간해서는 얻기 힘든 호사였다. 내 집에서는 서로 너무 근접해 있어야 했기 때문에 결국 상대방의 이야기를 들을 수 없을 지경이 되고 말았다. 상대방에게 들릴 만큼 나지막한 소리로 말하기가 불가능했던 것이다. 그건 마치 잔잔한 수면에 돌멩이 두 개를 너무 가까이로 던지면 서로 파문을 간섭하는 것과도 같다. 만약 그저 수다스럽고 큰 소리로 말하기를 좋아하는 사람들이라면 뺨과 턱이 닿을 만큼 바짝 붙어 서서 상대편의 숨결을 느끼면서 얘기해도 상관없는 일이다. 그러나 말을 삼가고 생각해서 대화하기를 원하는 사람들이라면 그보다는 좀더 멀찍이 떨어져서 얘기하기를, 그리하여 동물적인 열기와 습기가 증발될 수 있도록 하기를 원할 것이다. 만일 말을 하지 않거나 말을 초월한 마음만으로 가장 친근한 교제를 즐기는 사람들 이라면 입을 다물어야 할 뿐만 아니라 상대방의 음성이 들리지 않을 만큼 떨어져 있을 필요가 있다.

이런 기준으로 볼 때 말이란 귀가 잘 들리지 않는 사람들의 편의를 위해서 있는 것이다. 하지만 소리를 질러서는 도저히 말할 수 없는 섬세한 일들이 많다. 대화가 보다 고상하고 원대한 색조를 띠기 시작하자 우리는 서로 반대편 구석에 닿을 때까지 의자를 점점 더 멀리 떼어놓았는데 그런 다음에도 공간이 부족했다.

하지만 내가 가진 것 중에서 '가장 좋은 방', 언제나 벗을 맞이할 준비가 되어 있고 여간해서는 바닥 깔개에까지 햇빛이 드는 법이 없는 그 방은 집 뒤쪽 소나무 숲이었다. 여름철 기품 있는 손님들이 찾아오면 나는 그쪽으로 안내하곤 했는데, 그 방은 소중한 하인이 바닥을 쓸고 가구의 먼지를 털고 물건들을 가지런히 정돈해 둔 상태였다.

종종 손님이 한 사람일 때는 나와 함께 간소한 식사를 하는 경우도 있었는데, 그동안 속성 푸딩을 저어 주거나 잿불에서 빵덩어리가 부풀어오르며 익어가는 과정을 지켜보는 일도 대화에 방해가 되지 않았다. 그러나 손님이 스무 명쯤 와서 내 집에 앉아 있을 경우에는 두 사람 분 정도의 빵이 있더라도 아예 먹는다는 것이 잊혀진 습관이기라도 한 듯이 식사에 대해선 입도 떼지 않았다. 그래도 우리는 자연스럽게 금식을 실행에 옮겼으며, 그렇다고 해서 이런 접대에 언짢아하는 일 없이 아주 타당하고 신중한 일로 여겼다. 이럴 때는 그토록 자주 보충해야 하는 육체적 생명의 소모와 쇠퇴도 거의 기적처럼 유예되는 것 같았으며, 생명의 활기 역시 조금도 떨어지는 법이 없었다. 이렇게 할 경우 스무 명이 아니라 천 명이라도 대접할 수 있을 것 같았다. 그리고 만약 내가 집에 있는 경우에도 실망하거나 배가 고파서 가버리는 사람이 있었다면, 적어도 내가 그들의 심정을 이해했다는 사실만큼은 믿어도 될 것이다.

주부들 대부분은 믿지 못하겠지만, 낡은 관습 대신 새롭고 보다 나은 관습을 확립한다는 것은 이처럼 손쉬운 일이다. 손님들에게 어떤 식사를 대접하느냐에 평판을 의지할 필요는 없다. 내 경우를 말하자면, 내가 어떤 사람의 집에 뻔질나게 드나드는 일을 효과적으로 차단하는 방법은 무슨 케르베로스[1] 같은 걸 앉혀 놓을 게 아니라 내게 식사 대접을 한다고 잔뜩 뽐내기만 하면 된

---

1 케르베로스 – 저승 문을 지키는 머리가 셋 달린 개.

다. 그러면 나는 그 일을, 이제 다시는 자신을 성가시게 하지 말아 달라는 아주 정중하면서도 넌지시 일러 주는 암시로 받아들일 테 니까. 그런 곳이라면 두 번 다시 갈 생각이 없다.

나는 스펜서[2]의 다음과 같은 시구를 기꺼이 내 오두막의 좌우 명으로 삼으려 한다. 그것은 내 집을 찾아온 어떤 손님이 명함 대 신 노란 호두나무 잎에다 적은 것이다.

"그들이 이르러 그 작은 집을 채우지만
원래 없었던 환대를 새삼 바라지도 않는다네.
휴식이 그들의 잔치이며 모든 일은 마음대로,
가장 고귀한 정신만이 가장 흡족해 하리니."

훗날 플리머드 식민지[3] 총독이 된 윈슬로가 동료 한 사람과 도 보로 숲을 지나 인사차 매서소이트[4]를 방문했다. 인디언 부락에 도착했을 때는 지치고 허기져 있었다. 족장은 그들을 환영했으 나 그날 내내 식사에 대해선 아무 말도 없었다. 다음은 그들의 말 을 인용한 것이다. 밤이 되자, "족장은 우리를 자기와 자기 아내 와 같은 침대에 눕게 했는데, 침대 한켠은 그들 부부가 다른 한켠

---

2   스펜서 - 에드몬드 스펜서(1552~1599). 영국 시인.

3   플리머드 식민지 - 매사추세츠주 동남부에 두었던 영국 식민지.

4   매서소이트 - 왐파노아그족의 족장으로, 북미 인디언의 지도자였음.

은 우리가 썼다. 그 침대는 지면에서 1피트 높이에 널빤지로 만든 것으로 그 위에 얇은 거적 한 장이 깔려 있었다. 달리 있을 곳이 없던 족장의 부하 둘도 우리 틈을 비집고 들어왔다. 그래서 우리는 여행보다 잠자리 때문에 훨씬 더 녹초가 되고 말았다."

다음 날 오후 한 시쯤이 되자 매서소이트가 "자신이 쏘아 잡은 물고기 두 마리를 가져왔는데", 크기가 검은송어의 세 배쯤 됐다. "물고기를 끓이는 데 줄잡아 40명가량이 나누어 먹으려고 기다렸다. 그들 대부분이 이것을 먹었다. 이틀 밤과 하루 낮 동안 우리가 먹은 음식은 이것뿐이었다. 우리 중 하나가 뇌조를 사지 않았더라면 음식도 먹지 못한 채 여행할 뻔했다." 음식과 수면을 제대로 취하지 못한 데다 "미개인들의 귀에 거슬리는 노래 때문에(그들은 노래를 불러 잠드는 습성이 있기에)" 정신이 몽롱해질까 두려운 나머지, 그리고 아직 체력이 남아 있는 동안 돌아가고 싶었기 때문에 그들은 곧 그곳을 떠났다.

잠자리에 관해 그들이 형편없는 대접을 받은 건 사실이지만(그래도 그들이 불편을 겪었던 것은 인디언들이 그들에게 경의를 표하려는 의도 때문이었다), 음식에 관해서는 인디언들도 그 이상 어떻게 해줄 수 없었을 것이다. 인디언들 자신도 먹을 것을 갖고 있지 못했으며, 그렇다고 손님들에게 구차하게 변명을 늘어놓는다고 해서 음식을 제대로 대접하고 넘어갈 수 있으리라고 생각할 정도로 어리석지는 않았다. 그래서 결국 인디언들도 배고픔을 참으면서도 음식 얘기를 꺼내지 않은 것이다. 윈슬로가 그 인디언 부족을 다시 방문했을 때는 먹을 것이 풍부한 계절이었기 때문에 이 면에서는 부족함이 없었다.

어디에 있든 사람이 부족한 경우는 없을 것이다. 나는 숲에 살면서 내 평생 어느 때보다도 더 많은 손님을 맞았다. 내 말은 손님이 전혀 없지는 않았다는 뜻이다. 숲에서는 다른 어느 곳보다도 유리한 여건에서 손님을 맞았다. 그러나 사소한 일로 나를 찾아오는 사람들의 수는 줄어들었다. 이 점에서 볼 때 마을에서 멀다는 이유만으로도 손님이 선별된 셈이었다. 나는 고독이라는 거대한 바다 안으로 물러나 있었는데, 그 바다로 교제라는 강물이 흘러들었다. 내게 필요하다는 측면에서 볼 때는 대부분 가장 좋은 침전물만이 내 주위에 쌓인 셈이었다. 뿐만 아니라 바다 건너편에 탐사되지도 개발되지도 않은 대륙들이 있다는 증거들이 내가 있는 곳으로 실려왔던 것이다.

오늘 아침 내 오두막을 찾아온 손님은 호머풍의 인물이 아니면 파플라고니아[5]인 같은 인물로서(그의 이름은 실로 적절하고도 시적이지만 유감스럽게도 이 자리에서 밝힐 수가 없다) 캐나다 태생의 나무꾼이자 기둥 깎는 사람인데, 그는 하루에 기둥 50개에 구멍을 뚫을 수도 있었다. 그가 방금 먹고 온 식사는 그의 개가 사냥한 마못이

---

5 파플라고니아 - 흑해에 면한 고대국가.

었다. 그 역시 호머라는 이름은 들어 보았다면서, "책이 없었다면 비오는 날 뭘 하며 지낼지 알 수 없었을 것"이라고 말했지만, 우기가 수도 없이 지나도 책 한 권 제대로 떼지 못했을 것이다. 고향에 있을 때 그리스어를 읽을 줄 아는 교구 신부가 성서의 구절을 읽는 법을 가르쳐 주었다는데, 지금은 그가 책을 들고 있는 동안 아킬레스가 파트로클로스[6]의 슬픈 안색을 나무라는 부분을 내가 번역해 주어야 할 형편이었다.

"파트로클로스여, 어째서 어린 계집애처럼 눈물이 글썽한가?
프티아에게서 무슨 소식을 들었나?
액터의 아들 메노이티오스가 아직 살아 있다더군.
아이아코스의 아들 펠레우스도 용사 미르미돈들 틈에 살아 있다는군.
둘 중 하나라도 죽었다면 크게 슬퍼할 일이었을 테지."[7]

그가 말한다. "정말 좋은데요." 그는 어떤 병자에게 쓰기 위해 일요일 아침에 채집한 흰떡갈나무 껍질을 한 다발 팔 밑에 끼고 있다. "오늘 같은 날 이런 일을 해도 해가 될 일은 없겠죠." 하고 그가 말한다. 그에겐 호머가 위대한 작가였지만, 그의 작품에 대해서는 모르고 있었다. 이보다 더 소박하고 꾸밈없는 사람을 찾

6   파트로클로스 - 아킬레스의 친구.
7   호머의 「일리아스」에 나온 구절.

기는 어려울 것이다. 온 세상 도덕에 그처럼 침울한 그림자를 드리운 사악함과 병폐도 그에겐 아예 존재하지 않는 것 같았다. 그는 스물여덟 살 정도 됐는데 10여 년 전 일을 하기 위해 고향 캐나다에 있는 아버지의 집을 떠나 미국에 건너와서는 나중에 고향에 농장을 사기 위해 돈을 벌고 있었다. 그의 생김새는 더할 나위 없이 투박했으며 체구는 듬직한 데다 동작은 굼뜨면서도 우아하고, 목덜미는 볕에 그을고, 텁수룩한 검은 머리에, 졸리운 듯이 보이는 둔한 청색 눈빛을 하고 있었지만 이따금 감정이 실릴 때면 반짝거렸다. 그는 회색천으로 된 납작한 모자에 거무죽죽한 양털 빛깔의 외투, 쇠가죽 부츠 차림이었다. 그는 육식을 아주 좋아하여 보통 내 집을 지나 몇 마일 떨어진 작업장까지 양철통 속에다 차갑게 식힌 마못 고기를 넣어 운반했고(그는 여름내 나무를 베었던 것이다), 허리띠에는 커피가 담긴 돌로 된 병을 차고 다녔다. 그는 이따금씩 내게 커피를 한 모금 권하곤 했다.

그는 일찌감치 내 콩밭을 질러가곤 했는데 여느 미국인들처럼 초조하게 일을 서두르려는 기색은 없었다. 자기에게 무리가 될 일은 하지 않았다. 그저 식비만 벌어도 상관치 않았다. 그는 종종 작업장으로 가다가 자신의 개가 마못을 사냥하면 먼저 그놈을 호숫물속에 해 질 녘까지 안전하게 담가둘까 말까 반 시간가량 생각하고 나서, 점심 통은 덤불 속에 놔둔 채 1마일 반을 되돌아가 사냥감을 손질한 다음 자신이 묵는 집 지하광에 놔두곤 했다. 그는 이런 문제로 오랫동안 생각에 잠기기를 좋아했다. 그는 아침에 지나가면서 이렇게 말하곤 했다. "비둘기들이 얼마나 많은지 모르겠는데요! 매일같이 일하는 것만 아니라면 정말이지 비둘기며 마못, 산토끼, 뇌조 같은 걸 잡아서 필요한 고기를 얼마든지 구하겠는데 말이에요. 하루만 사냥해도 일주일 분은 구하겠어요."

노련한 나무꾼인 그는 일하면서 기교 부리기를 좋아했다. 그는 나무를 지면에 바싹 붙여 수평으로 베었는데, 그것은 나중에 돋아날 싹이 왕성하게 자랄 수 있도록 하고 썰매가 걸리지 않고 그루터기 위로 미끄러지도록 하기 위해서였다. 또한 묶어놓은 장작을 받칠 때도 통나무를 그냥 쓰는 것이 아니라 나중에 손으로 부러뜨릴 수 있을 만큼 가느다란 막대기나 조각으로 잘라놓곤 했다.

그가 내 관심을 끈 것은 그처럼 말이 없는 외톨이면서도 즐거워 보였기 때문이다. 흡사 흥겨운 익살과 만족감이 눈에서 흘러넘치는 것 같았다. 그의 명랑한 기질은 타고난 것이었다. 종종 그가 숲에서 나무를 베어 넘기며 일하는 모습을 보곤 했는데, 그럴 때면 형언할 수 없을 만큼 만족스러운 웃음소리로 나를 맞아 주었다. 그는 영어도 꽤 잘했지만 인사를 건넬 때는 캐나다계 프랑스어를 썼다. 내가 다가가면 하던 일을 멈추고는 기쁨을 반쯤 억누른 듯 자신이 베어 넘긴 나무 줄기에 기댄 채 벗겨낸 소나무 속껍질을 둘둘 말아 입 속에 넣고 씹으며 웃기도 하고 얘기도 했다.

흡사 동물과도 같은 이런 넘치는 활력의 소유자인 그는 뭔가 생각케 하고 재미있어 보이는 얘기만 나오면 웃음을 터뜨리며 땅바닥에서 데굴데굴 구르기까지 했다. 그는 주위의 나무들을 돌아보며 이렇게 외치곤 했다. "정말이지, 난 이렇게 나무를 베는 일이 얼마나 즐거운지 모르겠어요. 이보다 더 나은 일은 바라지도 않는답니다."

간혹 한가할 때면 온종일 권총을 가지고 숲 속을 돌아다니면서 일정한 사이를 두고 총을 발사하며 자축하곤 했다. 겨울철에는 불을 피워놓았다가 점심때가 되면 주전자에 커피를 끓였다. 그가 점심을 먹으려고 통나무에 앉으면 박새들이 그의 팔뚝에 내려앉아 손에 든 감자를 쪼아먹곤 했다. 그러면 그는 "이 꼬마 친구들이 함께 있어서 참 좋아요." 하고 말하는 것이다.

그에게서는 동물적인 인간의 모습이 확연히 두드러졌다. 육체적 끈기와 만족에 있어서는 소나무나 바위에 버금갔다. 언젠가 그렇게 온종일 일하고 나면 밤에 녹초가 되지 않느냐고 물어 보았다. 그랬더니 그는 자못 정색을 하고는, "천만에요, 전 평생 지쳐 본 적이 없답니다." 하고 대답했다. 그러나 그에게서 지적인 인간, 다시 말해서 정신적 인간은 갓난애 시절만큼이나 잠자고 있었다. 그는 가톨릭 사제들이 원주민들을 가르치는 것 같은 단순하고 비효율적인 교육을 받았을 뿐인데, 그런 교육으로는 의식이라고 할 만한 수준까지는 발전하지 못하고 신뢰와 존경을 표하는 수준에 머물기 때문에 어린애가 어른이 되지 못한 채 그냥 어린애로 남아 있기 십상이다. 처음에 자연의 여신이 그를 만들었을 때 그의 몫으로 강인한 몸과 만족감을 베풀고, 모든 면에서 존경과 신뢰를 바탕으로 깔아 주어서, 그는 60년하고도 10년을 더 어린애로 살 터였다. 그는 너무도 순수하고 천진해서, 마못 한 마리를 이웃에게 소개해야 할 때처럼 소개할 말이 없을 정도였다. 소개할 사람이 있다면 그 자신이 직접 그가 누군지를 알아내야 했다. 그는 어떤 역할도 맡으려 들지 않았다. 사람들은 일한 대가로 그에게 품삯을 지불했기에 그것으로 먹고 입는 데 도움을 받았지만, 그렇다고 사람들과 생각을 주고받은 일은 한 번도 없었다. 그는 너무도 단순하고 원래 타고나기를 겸손한 사람이어서 (아무 열망도 품지 않은 사람을 겸손하다고 할 수 있다면 말이지만) 겸손이 그의 두드러진 특징도 아니고 그 자신도 그것을 전혀 의식하지 못했다.

그에게 있어서 현자는 거의 신이나 다름없는 존재였다. 만약 그에게 그런 인물이 오고 있다고 말하더라도 그는 마치 그런 대단한 인물이라면 그에게 아무런 기대도 하지 않을 것이고 자기 혼자 알아서 할 뿐 그 자신은 잊혀진 존재나 다름없다는 듯이 굴었다. 그는 지금껏 아무에게도 칭찬을 들은 적이 없었다. 그는 특히 작가와 성직자를 존경했다. 그들이 하는 일은 기적이나 다름없다고 여겼던 것이다. 한번은 그에게 내가 적지 않은 글을 썼다는 말을 한 적이 있는데, 그는 오랫동안 그 말을 내가 글씨를 많이 쓰고 있다는 의미로 여겼다. 그 자신도 글씨를 상당히 잘 쓸 줄 알았던 것이다. 이따금 큰길가의 눈 위에 그의 고향 마을 이름이 멋진 솜씨로 프랑스어 악센트 기호까지 달려 씌어 있는 것을 보고는 그가 그 길을 지나갔다는 것을 알았다. 나는 그에게 혹시 생각을 글로 써보고 싶었던 적은 없느냐고 물었다. 그랬더니 그는 글을 모르는 사람들 대신 편지를 읽고 써준 적은 있지만 자신의 생각을 글로 써보려고 한 적은 없다고 했다. "아뇨, 글을 쓸 수 없어요. 우선 무슨 말을 써야 좋을지 알 수 없는데다가 철자까지 신경써야 하니 그거야말로 죽을 노릇 아닌가요?"

유명인사이며 개혁가인 한 인물이 그에게, 세상이 바뀌기를 원치 않느냐고 묻는 소리를 들은 적이 있다. 그러자 그는 지금껏 그런 질문은 생각도 못해 보았다는 듯이 캐나다인 특유의 억양으로 좀 놀란 것처럼 킬킬거리며 웃었다. "아뇨, 지금 세상도 꽤 쓸 만한데요." 철학자가 그와 사귄다면 적지 않은 문제에 대해 암시를 받으리라. 처음 만나는 사람의 눈에는 그가 아무것도 아는 게 없는 사람처럼 보였다. 그러나 나는 종종 그에게서 전에는 본 적이 없는 면을 발견하곤 했는데, 그럴 때면 그가 셰익스피어만큼 지혜로운 건지, 아니면 어린애처럼 소박하고 무지한 건지, 또는 그에게 시인 같은 섬세한 의식이 있는 건지, 아니면 우둔한 건지 알수가 없었다. 마을 사람 하나가 말하기를, 머리에 꼭 맞는 작은 모자를 쓰고 휘파람을 불면서 마을 안을 돌아다니는 그를 보면 변장한 왕자가 머리에 떠오른다고 했다.

그가 갖고 있는 책은 연감 한 권과 산수책 한 권뿐인데, 그는 산수에는 꽤 능했다. 연감은 그에게는 일종의 백과사전이나 다름없었으며 그는 거기에 인간의 지식이 대강은 다 담겨 있다고 여겼는데 실제로 어느 정도는 그런 면이 있다. 나는 곧잘 그에게 현재의 여러 가지 개혁에 대한 생각을 타진하곤 했다. 그럴 때마다 그는 어김없이 가장 소박하면서도 실제적인 측면에서 그 문제를 바라보았다. 그 자신은 전에는 한 번도 그런 문제를 들어 보지 못했는데도 말이다. 공장 없이도 살 수 있지 않겠소? 하고 내가 물었다. 그러자 그는, 자신은 손으로 짠 버몬트산 회색 옷을 입은 적이 있는데 좋았다고 말했다. 차나 커피가 없어도 괜찮겠소? 이 나라에 물을 제외하면 마실 게 있던가요? 그러면서 자기는 솔송나무 잎을 물에 적셨다가 그 물을 마셨는데, 더운 날씨에는 물보다 더 나은 것 같다고 말했다. 돈이 없어도 살 수 있겠느냐고 묻자 그는 화폐 제도의 기원에 관한 가장 합리적인 설명과 페큐니아라는 단어의 어원과도 일치하는 돈의 편의성에 대해 말했다.[8] 만약 소 한 마리를 재산으로 갖고 있으며 상점에서 바늘과 실을 구할 필요가 있을 경우, 물건을 살 때마다 매번 그 값만큼 소의 일부분을 저당

---

8   페큐니아(pecunia)란 라틴어로 원래 '셀 수 없는 양 떼'를 의미함.

잡히는 것은 불편하고 또 불가능한 일이라는 것이다. 그는 그것 말고도 다른 많은 제도에 대해 어느 철학자보다 답변을 잘할 수 있었는데, 그 이유는 자기와 관련된 것으로서 그 제도들을 설명하면서 그 제도들이 보급된 진정한 이유를 제시할 뿐 아니라 다른 생각은 해보지 않았기 때문이었다.

또 어느 때는, 인간에 대한 플라톤의 정의가 '깃털 없는 두발 짐승'인데 어떤 사람이 수탉의 털을 뽑은 다음 그것을 플라톤이 말하는 인간이라고 말했다는 소리를 듣고는, 인간과 닭과는 무릎이 구부러지는 점에서 차이가 있다고 말했다. 그는 이따금씩 "정말 얘기하는 게 좋아요! 온종일이라도 얘기할 수 있을 것 같은데요!" 하고 외치곤 했다. 언젠가 한번은 몇 달 동안 보지 못하다 만났을 때 그에게 올 여름에 무슨 새로운 생각을 한 게 있느냐고 물었다. 그랬더니 그는 이렇게 대답했다. "천만에요. 나처럼 일을 해야 하는 사람은 원래 갖고 있던 생각을 잊어버리지나 않으면 다행이랍니다. 어떤 사람이 선생님과 함께 잡초뽑기 내기를 했다고 해요. 그러면 선생님은 온통 그 생각만 해야 할 거예요. 잡초생각 말이에요."

이런 경우 어떤 때는 그가 먼저 내게, 그 사이에 무슨 좋아진 점이 있느냐고 물어 볼 때도 있었다. 어느 겨울날 나는 그의 내면에서 외부의 성직자를 대신할 만한 것, 요컨대 인생의 보다 고귀한 동기를 제시해 볼 생각으로, 언제나 자신에게 만족하느냐고 물어 보았다. 그랬더니 그가 이렇게 대답했다. "만족하냐고요? 사람에 따라 만족하는 것이 각기 다르죠. 가진 것이 넉넉한 사람이라면 하루 온종일 난롯가에 등을 대고 식탁 앞에 가만히 앉아 있는 것만으로도 정말 만족할 겁니다!" 그러나 온갖 방법을 다 동원해도 그로 하여금 사물의 정신적인 면을 보도록 할 수는 없었다. 그가 갖고 있는 가장 고상한 생각은 단순한 안락함으로서, 그것은 동물이라도 알 만한 것이었다. 사실이지, 이 점은 대부분의 사람들도 마찬가지이다. 내가 그의 생활방식을 조금이라도 개선할라치면 그는 전혀 후회하는 기색 없이 그러기엔 너무 늦었노라고 대답할 뿐이었다. 하지만 그는 정직성 같은 미덕들만큼은 철저히 신봉했다.

그의 내면에는 아주 작은 것이긴 해도 어떤 긍정적인 창의성이 엿보였으니, 나는 종종 그가 독자적으로 생각하고 자기 자신의 견해를 피력한다는 것을 관찰 끝에 알아냈다. 그런 현상은 아주 희귀한 것이어서 그것을 관찰할 수만 있다면 언제든 10마일을 걸을 용의가 있다. 그의 경우는 갖가지 사회제도를 재창조하는 경지에 이르러 있었다. 종종 주저하며 자신의 생각을 명확히 표현하지는 못했으나 그는 언제나 배후에 그럴싸한 사상을 품고 있었다. 그러나 그의 사고라는 것이 너무도 원시적이고 동물적인 삶에 묻혀 있어서, 비록 한낱 학식만 갖춘 인간의 사고보다 더 유망한 것이긴 해도 다른 사람에게 발표할 만큼 성숙되는 일은 거의 없었다. 그는 아무리 보잘것없는 신분에 평생 무식한 상태에서 헤어나지 못하더라도 인생의 최하층에 비범한 인물이 있을 수 있다는 사실을 시사해 주었다. 그들은 언제나 자신만의 생각을 갖고 있거나, 또는 전혀 생각이 없는 사람처럼 보인다. 그들의 생각은 비록 어둡고 탁할지 몰라도 월든 호수만큼이나 깊이를 알 수 없는 것이다.

적잖은 나그네들이 나와 내 집 안을 살피려고 일부러 가던 길을 벗어나, 나를 찾아온 구실로 물 한 잔을 청했다. 그러면 나는 그들에게, 나는 호숫물을 마신다고 하면서 호수가 있는 쪽을 가리켜 보이며 물을 떠먹을 만한 그릇 정도는 빌려 주겠노라고 했다. 멀리 떨어져 살았음에도 4월 초하루에 있는 연례 방문 대상에서 제외되지는 않았다. 그때가 되면 모두들 나들잇길에 나서는 것이다. 아무튼 내게도 그런 행운이 돌아왔는데, 손님들 중에는 별난 자들이 있었다. 빈민원 같은 곳에 수용돼 있던 지능이 좀 떨어지는 사람들이 나를 보러 왔는데, 그럴 경우 나는 그들이 온갖 지혜를 동원하여 자신들의 신상 얘기를 털어놓게 하려고 애를 쓰곤 했다. 이 경우 우리의 화제는 '지능'이 되었는데, 그런 식으로 보상을 받은 셈이었다. 사실이지 그중 몇몇은 이른바 빈민 감독관이나 마을 행정위원보다 더 현명했기에, 이제 각자 자리를 바꿀 때가 된 게 아닌가 하는 생각까지 들었다. 이 지능이라는 점에 있어서 반편과 온전한 사람 사이에 큰 차이가 있는 것이 아니라는 사실도 알게 되었다.

어느 날, 온순하고 지능이 모자라는 한 빈민이 나를 찾아왔는데, 나는 종종 그가 들판에서 소 떼와 그 자신이 길을 잃지 않도록 다른 사람들과 함께 서 있거나 통에 앉은 채 울타리 노릇을 하고 있는 것을 본 적이 있었다. 그는 내게 자기도 나처럼 살고 싶다고 말했다. 그는 겸손이라는 것을 훨씬 능가하거나 아니면 한참 미달하는 극도의 단순성과 진실성을 가지고 내게 말하기를, 자신은 "지능에 결함이 있다"고 했다. 그건 그가 쓴 표현이었다. 하느님이 원래 자신을 그렇게 만들어 놓았지만, 그래도 하느님은 남들만큼 자신을 걱정해 준다고도 했다. 그리곤 이렇게 말했다. "전 언제나 그랬답니다. 어렸을 때부터 말이에요. 한 번도 정신이 온전한 적이 없었어요. 다른 아이들 같지 않았죠. 전 머리에 문제가 있어요. 그건 하느님의 뜻일 테죠." 그리곤 자기 말이 맞다는 것을 입증하려는 듯이 보였다. 그는 내겐 몹시 어려운 수수께끼 같은 존재였다. 나는 이처럼 유망한 바탕을 지닌 사람을 거의 만난 적이 없었다. 그가 한 모든 말은 너무나 소박하고 진지하고 진실되었다. 그리고 실제로 그가 스스로를 낮춘 그 비율만큼이나 고귀해 보였다. 나는 처음엔 몰랐지만, 그것이야말로 현명한 처신에서 우러난 결과였다. 지능이 떨어지는 이 가엾은 친구가 마련해준 진실과 정직을 기반으로 하면 우리의 교제도 현자들 간의 교제보다 훨씬 더 나은 것으로 발전할 수도 있을 것 같았다.

나는 이 마을의 빈민 속에는 끼지 않았지만 그래야 될 사람들, 아무튼 세계의 빈민이라고 할 만한 사람들을 손님으로 맞기도 했다. 이 손님들은 단순한 대접이 아니라 환대를 원한다. 그들은 열심히 도움을 받고 싶어하면서도, 자신들은 우선 스스로의 힘으로 어떻게 헤쳐 볼 생각은 전혀 없노라는 의사부터 밝히는 것이다. 나로서는 실제로 아사지경에 이른 손님은 원치 않는다(어떻게 해서 그렇게 되었든 이 세상에서 가장 식욕이 왕성한 사람일지라도 말이다). 자선의 대상은 손님이 아니다. 내가 다시 내 일을 시작하고 점점 더 냉담하게 대꾸하는데도 불구하고 돌아갈 생각을 하지 못하는 이들도 있었다.

나들이 철에는 거의 온갖 지능의 소유자들이 나를 찾아왔다. 그중에는 어떻게 해야 할지 모를 만큼 지능이 뛰어난 이들도 있었다. 대단위 농장의 습성을 지닌 탈주 노예들도 있었는데, 그들은 마치 우화에 나오는 여우처럼 뒤쫓는 사냥개 소리가 들리기라도 하는 양 이따금 귀를 기울여가면서 애원하는 눈길로 나를 쳐다보는 것이다. 그 눈길은 이렇게 말하기라도 하는 것 같다. "오, 기독교도 양반, 설마 저를 돌려보내시진 않을 테죠?" 나는 그중에 진짜 탈주 노예 한 명에게 북극성을 따라가도록 거들어 준 일도 있었다. 병아리 한 마리를 달고 있는 암탉처럼 한 가지 생각에 매달린 사람들이 있는데, 그것도 실상은 오리새끼에 불과한 것이다. 그런가 하면 병아리 백 마리를 거느린 암탉처럼 천 가지 생각에 머릿속이 온통 너저분한 이들도 있는데, 모두가 벌레 한 마리를 쫓다가 그중 스무 마리씩 매일 아침 이슬에 길을 잃어버리고, 그 결과 털이 엉망이 되고 지저분해지고 만다. 지적인 지네처럼 다리 대신 생각을 달고 다니는 이들도 있는데, 그런 자들은 온몸을 근질거리게 만든다. 누군가 화이트산에서 하는 것처럼 손님들의 이름을 적는 방명록을 둘 것을 제안했지만, 안타깝게도 내 기억력은 쓸 만해서 굳이 그럴 필요를 느끼지 않는다.

나는 개개의 손님들이 갖고 있는 특성에 주목하지 않을 수 없었다. 아이들과 젊은 여자들은 대체로 숲 속에 들어온 일을 기뻐하는 것 같았다. 그들은 호수 속을 들여다보고 꽃을 보기도 하면서 좋은 시간을 보냈다. 사업가들은, 그리고 심지어는 농부들도 고독과 일거리에 대해, 그리고 내가 이런저런 것들로부터 이렇게 멀리 떨어져 사는 일들에 대해서만 생각했다. 그들은 이따금 숲 속을 거니는 일이 즐겁다고 말했지만 실은 그렇지 않은 게 확실했다. 생계를 유지하는 데 시간을 온통 빼앗겨 틈도 내지 못할 만큼 바쁜 사람들, 하느님 얘기에 대해서는 자신들이 독점권을 갖기라도 한 듯 다른 의견은 들으려고도 하지 않는 성직자들, 의사와 변호사들, 내가 집을 비운 사이에 내 찬장과 침대 속을 염탐한 불쾌한 주부들(그렇지 않았다면 아무개 주부가 어떻게 내 시트가 자기네 시트보다 깨끗지 못하다는 사실을 알 수 있었을까?), 잘 다져진 직업의 길을 선택하는 편이 가장 안전하다는 결론을 내린 결코 젊

지 않은 젊은이들……. 이들 모두가 대체로, 현재의 내 처지에서
는 그다지 쓸 만한 일을 하기가 불가능하다고 말했다. 아, 바로 거
기에 난관이 있었다. 늙고 병든 사람들과 소심한 이들은 나이나
성별과 상관없이 질병과 불의의 사고와 죽음에 대해서만 생각했
다. 그들에게 인생이란 위험으로 가득 찬 것이며(위험에 대해 노심
초사하지 않는다면 무슨 위험이 있단 말인가?) 신중한 사람이라면 마을
의사 B박사가 즉각 달려올 수 있는 가장 안전한 장소를 선별해야
한다고 생각한다.

　그런 사람들에게 있어서 마을은 문자 그대로 공동체, 즉 공동
방어를 위한 연맹체였으며, 약상자 없이는 허클베리조차 따러 가
지 않을 사람들인 것이다. 여기에서 하려는 말은, 사람이 살아 있
을 때는 언제나 죽을 위험을 갖고 있다는 것이다. 처음부터 죽은
거나 다름없이 사는 사람이라면 거기에 비례해서 죽을 가망이 훨
씬 적은 것은 확실할 테지만 말이다. 앉아 있는 사람이나 뛰는 사
람이나 위험의 크기는 같은 것이다.

　마지막으로 자칭 개혁가들도 손님으로 찾아왔는데, 이런 이들
이 누구보다도 따분했다. 그들은 내가 언제까지고 다음과 같은
노래를 부른다고 여기는 것이다.

　여기가 내가 지은 집이오.

　그리고 이 사람이 바로 내가 지은 집에 사는 사람들이라오.

하지만 그들은 거기에 셋째 줄이 있다는 것을 몰랐을 것이다.

그리고 이 사람들은 내가 지은 집에 사는 사람을 성가시게 하는 사람이라오.

나는 병아리를 키우지 않기 때문에 잿빛 개구리매를 두려워하지 않았지만, 이들 인간 개구리매들만은 두려워했다.

그보다 훨씬 더 유쾌한 손님들도 있었다. 딸기를 따러 오는 아이들, 깨끗한 셔츠 차림으로 일요일 아침 산책을 나온 철도원들, 낚시꾼과 사냥꾼들, 시인과 철학자들……. 간단히 말해서 자유를 구하기 위해 진심에서 마을을 버린 채 숲을 찾아온 모든 정직한 순례자들이 그들인데, 나는 그런 사람들이라면 얼마든지 환영할 준비가 돼 있었다.

"잘 오셨습니다, 영국분들! 잘 오셨습니다."[9]

나는 이들 종족에 대해 이미 잘 알고 있었던 것이다.

---

9 신세계를 찾은 영국인들에 비유한 것임.

소로의 일곱 번째 이야기

콩밭
THE BEAN-FIELD

한편 그 사이에, 이미 심은 줄까지 합하면 7마일 길이나 되는
내 콩들은 어서 김을 매줄 때만을 초조하게 기다리고 있었는데,
가장 먼저 심은 콩은 마지막 콩을 땅에 심기도 전에 벌써 상당히
자랐던 것이다. 사실이지 그대로 방치할 수 없는 형편이었다. 이
꾸준하고도 자존심에서 우러난 이 일의 의미를, 이 조그만 노역
의 의미를 나는 알지 못했다. 나는 내가 필요로 하는 것보다 훨씬
많은 양이긴 했으나 내 콩밭을, 내 콩을 사랑하게 되었다. 그것들
이 나를 대지와 묶어줘 나는 안타이오스[1]와도 같은 힘을 얻게 되
었던 것이다. 하지만 무슨 이유로 내가 콩을 기르게 된 걸까? 그
건 하늘만이 알 일이다. 그것은 여름 내내, 그 전에는 양지꽃과 검
은딸기, 물레나물 같은 향기로운 야생 열매와 보기 좋은 꽃들만이
자라던 대지의 일부에서 콩을 산출하는 실로 기묘한 노동이었다.
　나는 콩에서 무엇을, 또 콩은 내게서 무엇을 배우게 될까? 나는
콩을 소중히 아끼고 잡초를 뽑아 주며 이른 새벽부터 저녁 늦도
록 눈을 떼지 않는다. 그것이 내 하루의 일이다. 넓은 콩잎은 볼수
록 아름답다. 내 조력자들은 이 메마른 땅에 물을 주는 이슬과 비
이며, 대부분 척박하고 쇠퇴한 흙 속에도 남아 있을 산출력이다.
내 적들은 벌레와 서늘한 날씨, 그리고 무엇보다도 마못들이다.
마못은 내 4분의 1에이커에 자란 콩을 다 갉아먹었던 것이다. 하

1　안타이오스 - 바다의 신 포세이돈과 땅의 신 가이아 사이에서 태어난 거인으로, 땅
에 있는 동안은 불사신이었음.

지만 과연 내게 물레나물과 나머지 잡초들을 이곳에서 몰아내고 그 오래된 풀의 정원을 망쳐놓을 권리가 있을까? 그리고 이제 얼마 가지 않아 남아 있는 콩들은 적들보다 더 강인해질 것이며 그런 다음 다시 새로운 적들을 맞이하게 되리라.

네 살 때 나는 보스턴에서 내 고향이 된 이 마을로 이사를 했는데, 그때 바로 이 숲과 이 들, 이 호수를 지나간 것을 선명히 기억한다. 그것은 내 기억에 각인된 가장 오래된 장면이기도 하다. 그런데 오늘밤 내가 부는 피리 소리가 바로 그때의 호수 위로 울려 퍼졌다. 그때의 소나무들도 여전히 그 자리에, 나보다 더 나이를 먹은 채 서 있는 것이다. 어쩌면 그중에서 쓰러진 나무가 있어 그 그루터기로 내가 저녁밥을 지었는지도 모를 일이다. 그리고 사방에는 어린 소나무들이 새로운 어린 눈에게 또 다른 경치를 보여주기 위해 자라고 있다. 이곳 풀밭에는 그때와 거의 다름없는 물레나물이 똑같은 다년생 뿌리에서 솟아나고 있으며, 결국은 나 자신마저도 내 어린 시절의 꿈결 같던 그 비현실적인 풍경을 장식하기에 이르렀다. 그리고 내가 이곳에 살면서 끼치는 영향력이 이제 이 콩잎과 옥수수잎, 감자 덩굴에 나타나고 있다.

나는 2에이커 반 정도의 고지대를 재배했다. 그 땅이 처음 개간된 때로부터 불과 15년밖에 지나지 않았고 내가 직접 두어 평 되는 그루터기를 뽑아내기도 했는데, 나는 그 땅에 일절 비료를 주지 않았다. 그러나 여름이 지나면서 괭이질을 하다 파낸 화살촉으로 짐작컨대, 백인들이 이 땅을 개간하기 전에 멸종된 어떤 종족이 옛날 이곳에 살면서 옥수수와 콩을 재배했고 따라서 내가 지금 농작물을 가꾸기에는 흙의 기운이 어느 정도 고갈된 것 같다.

아직 마못이나 다람쥐가 길을 가로지르기 전, 또는 태양이 떡갈나무 관목 위로 떠오르기 전, 모든 이슬이 그대로 남아 있는 동안(농부들은 그러지 말라고 했지만 가능하다면 이슬이 마르기 전에 일을 모두 해치우라고 권하고 싶다), 나는 내 콩밭의 억센 잡초들을 넘어뜨리고 그 위에 흙을 씌웠다. 아침 일찍 나는 마치 조각가처럼 맨발로, 이슬을 흠뻑 머금어 잘 부스러지는 모래흙 속에 발을 적셔가며 일을 했지만, 나중에는 햇볕 때문에 발에 물집이 잡혔다. 자갈이 섞인 노란 고지대에서 80야드 길이의 길쭉하고 푸른 두둑 사이를 천천히 앞뒤로 움직이며 콩밭을 매는 나를 태양이 비추었다. 한쪽 끝에는 떡갈나무관목 숲이 있어서 그 그늘에서 쉴 수 있었고, 다른 한쪽 끝에는 검은딸기밭이 있어서 내가 한 차례 밭을 매고 날 때마다 푸른 열매는 그만큼 더 짙은 빛깔이 되어 있었다.

잡초를 뽑고 콩대 주위에 새 흙을 끼웠고, 내가 심은 이 풀을 격려하고 노란 흙으로 하여금 여름 동안의 생각을 쑥이나 파이퍼나 겨이삭이 아니라 콩잎과 콩꽃으로 표현하도록 만들고, 대지로 하여금 풀이 아니라 콩을 말하게 하는 것— 그것이 내 하루 일과였다. 말이나 소를 거의 쓰지 않고 어른이든 아이든 고용하지 않았으며 개량 농기구를 사용하지 않았기에 내 일은 더할 나위 없이 더뎠는데, 덕분에 콩들과는 여느 때 이상으로 가까워졌다. 그러나 손으로 하는 노동은 그것이 설혹 거의 고역이라 할 만큼 지루하게 진행되더라도 결코 최악의 게으름이라고는 할 수 없다. 그러한 노동은 지속적이며 불멸인 교훈을 지니고 있어서 학자에게서라면 권위 있는 성과를 낳을 수 있으리라.

링컨과 웨일랜드를 지나 서쪽 어디론가 가고 있던 여행자들에게 그런 내 모습은 일하는 농부(agricola laboriosus)처럼 보였으리라. 그들은 무릎에 팔꿈치를 괴고 고삐는 꽃줄장식처럼 느슨하게 늘어뜨린 채 이륜마차에 편히 앉아있는 여행자들이었고, 나는 집에 박힌 채 땅이나 파는 원주민 농사꾼이었다. 그러나 내 농가는 곧 그들의 시야는 물론, 생각으로부터도 벗어났다. 꽤 오랫동안 길 양편으로 보이는 탁 트인 경작지는 이곳뿐이기에 잠시 관심을 두었을 뿐이었다. 그런데 이따금씩 들에서 일하는 사람은 여행자들이 농부를 의식하지 않고 자기들끼리 주고받는 잡담이며 비평을 얻어듣게 마련이었다. "강낭콩을 이렇게 늦게 심다니! 완두콩을 이렇게 늦게 심다니!" 하면서 말이다. 나는 다른 이들이 김을 매기 시작했을 때에도 계속해서 콩을 심었던 것이다. 그런 일은 자신의 일을 성직으로 여기는 농부들에게는 상상도 할 수 없는 일이었다.

"사료로는 뭐니뭐니 해도 옥수수가 좋은데 말이야. 물론 사료로는 옥수수를 심어야 해." 그런가 하면 까만 보닛이 회색 저고리에게 "저 사람, 이곳에 살까요?" 하고 묻는 소리도 들린다. 험상궂은 인상의 농부가 고분고분한 농사용 말의 고삐를 당기고는 밭고랑에 거름이 보이지 않는데 어떻게 된 거냐고 묻고는, 톱밥이나 쓰레기, 그렇지 않으면 재나 석회라도 써보라고 권한다. 그렇지만 밭고랑은 2에이커 반이나 되는데, 여기엔 수레는커녕 괭이하나와, 그 괭이를 잡고 움직이는 두 손이 있을 뿐이다. 게다가 톱밥은 근방에선 구할 수 없었다.

여행자 패거리들이 덜컹거리며 지나갈 때 자기네들이 오면서 죽 보아온 밭과 내 밭을 비교해 준 덕분에 나는 농업계에서 내가 처한 위치가 어느 정도인지 알게 되었다. 이 밭은 콜맨 씨[2]의 보고서에도 나오지 않는 밭이었다. 그런데 사람이 경작하지 않는, 이보다 훨씬 더 거친 밭에서 자연이 산출하는 작물의 값어치는 누가 매길까? 영국에서는 건초를 수확하면 신중하게 무게를 달고 습도를 계산하며 규산염과 가성칼륨 수치를 재지만, 모든 골짜기와 삼림지의 호숫가, 초원과 늪지에서도 사람의 손에 수확되지 않는다뿐이지 풍성하고 다양한 작물이 자라는 것이다. 사실이지 내 밭은 야생 들판과 경작지 사이의 연결 고리였던 셈이다. 개발국도 있고 준개발국도 있으며 미개국이나 야만국도 있는 것처럼, 내 밭은 나쁘지 않은 의미에서 준개발된 밭이었다. 내가 경작

---

2   콜맨 씨 - 헨리 콜맨(1785~1848). 매사추세츠주의 농업 관리.

한 그 콩들은 기꺼이 야생의 원시 상태로 회귀하고 있었고, 내 괭이는 그런 그들을 위해 랑데바슈[3]를 연주해 주었다.

바로 옆 자작나무의 맨 윗가지에서는 갈색 개똥지빠귀(또는 붉은 개똥지빠귀라고 부르는 사람들도 있다)가 아침 내내 나와 벗하는 것이 기쁜 듯 지저귀는데, 만약 이 밭이 없었다면 다른 농부의 밭을 찾아갔을 것이다. 씨를 심고 있는 동안 개똥지빠귀가 소리친다. "뿌려라, 뿌려라…… 덮어라, 덮어라…… 뽑아라, 뽑아라." 그러나 이건 옥수수가 아니어서 개똥지빠귀 같은 적으로부터는 안전했다. 그 새의 수다스러운 지저귐, 현 한 줄이나 스무 줄을 가지고 흉내내는 어설픈 파가니니 연주와 콩 심는 일과 무슨 상관이 있다는 건지 의아할 테지만, 그 편이 거른 재나 석회보다는 훨씬 마음에 들었다. 그건 내가 전적으로 신뢰하는 저렴한 거름이었던 것이다.

괭이로 두둑에 좀더 새 흙을 덮으려던 참에 태곳적에 바로 이 하늘 아래 살았던, 기록에도 남지 않은 종족의 잔해를 휘젓게 되었다. 그들이 쓰던 전쟁과 사냥 도구들이 현대의 밝은 햇살 속에 드러났다. 자연석들 사이에 섞여 있는 그 잔해들 가운데는 인디언이 피웠던 불에 그을린 흔적이 있는 것도, 볕에 탄 자국이 있는 것도, 그런가 하면 근래에 이 땅을 경작한 이들이 가지고 온 자기

---

3 랑데바슈 – 알프스 목동이 부르는 독특한 선율.

나 유리 파편들도 있었다. 괭이가 돌에 부딪혀 쨍그랑 소리를 내면 그 음악 소리가 숲과 하늘로 메아리쳐서, 순식간에 무한대의 수확을 거두는 내 노동에 반주 역할을 했다. 이제 내가 매고 있는 것은 콩도 아니고 콩을 매고 있는 사람도 내가 아니었다. 그리고 혹시라도 그때 성가극을 보러 도시로 간 친구들의 모습이 눈앞에 떠오르기라도 하면 나는 자부심과 함께 연민을 느끼곤 했다.

  종일 일을 하다 보면 화창한 오후에 쏙독새가 눈에 든 티끌처럼, 아니 하늘의 눈 속에 들어 있는 티끌처럼 머리 위 공중을 선회하다가 이따금씩 단숨에 흡사 하늘이 아예 갈기갈기 찢기는 듯한 요란한 소리와 함께 아래로 내려꽂히곤 했는데, 그래도 하늘은 솔기 하나 없이 온전하게 남아 있었다. 그것은 하늘을 채우며, 아무도 찾을 수 없는 언덕 꼭대기 맨 흙모래 바닥이나 바위 위에 알을 낳는 꼬마 요정들이었다. 마치 호숫물에 이는 잔물결을 그대로 새겨놓은듯, 바람에 불려 하늘 높이 떠오른 나뭇잎이기라도 하듯 우아하고 날씬하다. 자연에는 이와 같은 닮은꼴이 존재하는 법이다. 쏙독새는 자신이 그 위를 날며 내려다보는 파도의 공중 형제이며, 바람에 부푼 그 완벽한 날개는 바다를 이루는 깃털 없는 날개들과 대응한다. 또 이따금 하늘 높이 선회하며 번갈아 솟아 올랐다가 내려오면서 접근하다가는 서로 떨어지는 매 한 쌍을 지켜보기도 했는데, 마치 내 생각의 화신들처럼 보였다. 또는 약간 떨리는 듯한 날갯짓 소리를 내며 이 숲에서 저 숲으로 날아가는 야생 비둘기의 모습에 끌리기도 했는데 뭔가 황급히 전할 것이 있는 것 같았다. 어떤 때는 썩은 그루터기 밑에서 괭이 끝에 느릿느릿하고 불길하며 괴상한 점이 박힌 도롱뇽이 걸려 나온 적도 있었다. 그건 이집트 나일강의 유물이면서 동시에 우리와 같은 시대를 사는 놈이었다. 잠시 하던 일을 멈추고 괭이에 의지해 서 있으면 밭고랑 어디에서고 이런 소리와 광경들을 듣거나 보게 된다. 그건 이 땅이 제공하는 무진장한 여흥거리의 일부였던 셈이다.

축제 때는 마을에서 대포를 쏘는데 이 숲에서 듣기에는 마치 딱총 소리 같다. 때로는 군악 소리가 토막토막 끊어진 채 이곳까지 들리는 경우도 있다. 마을 한쪽으로 멀리 떨어진 콩밭에 있는 내 귀에는 대포 소리가 말불버섯이 터지는 소리처럼 들렸다. 내가 모르는 사이에 마을에 군사 훈련이 있었을 때는 하루 종일 지평선 저편에 성홍열이나 뾰루지 같은 발진이 터질 것처럼 어딘지 가려움증을 앓고 있는 느낌이 들곤 했는데, 그러다 마침내 바람이 들판을 가로질러 웨일랜드 가는 길로 불어오면서 비로소 그것이 '민병대'였다는 사실을 알게 되곤 했다. 그럴 때면 멀리서 벌 떼가 웅웅대는 것 같은 소리가 났는데, 그건 흡사 먼 곳에 있는 어느 집 벌 떼가 자리를 옮기려 하자 이웃들이 버질의 충고에 따라 가사 기구 가운데 소리가 가장 요란한 것을 울려대면서 벌들을 다시 벌통 속으로 끌어들이려는 소리 같았다. 이윽고 그 소리도 완전히 잦아들고 웅웅대던 것도 그치고 바람에서도 아무런 기미를 느낄 수 없게 되면 나는 사람들이 마지막 수벌 한 마리까지 안전하게 미들섹스라는 벌통 속에 몰아넣었으며 이제는 벌통에 든 꿀에 온 정신을 쏟고 있다는 사실을 알게 되는 것이다.

나는 매사추세츠주와 우리 조국의 자유가 그토록 안전하게 수호되고 있다는 사실을 알고 자부심을 느꼈다. 그런 다음 다시 괭이질을 시작했는데, 내 마음은 표현할 수 없는 신뢰와 미래에 대한 평온한 믿음으로 가득하여 기분 좋게 노동을 계속할 수 있었다.

몇 개의 악대가 동시에 연주를 할 때는 흡사 마을 전체가 거대한 풀무라도 된 듯한 소리가 나면서 모든 건물들이 요란한 소리와 함께 늘어났다 줄어들었다 하는 듯했다.

그러나 이따금씩 실로 숭고하면서도 용기를 북돋우는 곡조가 숲 속까지 울려퍼지고 트럼펫이 유명한 군가를 연주할 때면 멕시코인에게 한바탕 침을 뱉을 수 있을 것 같은 기분이 들어(어째서 우리는 늘 사소한 일에 구애받아야 한단 말인가?) 혹시 내 용맹성을 발휘할 상대로 마못이나 스컹크가 없는지 주위를 둘러보았다. 팔레스타인만큼이나 먼 곳에서 들려오는 것 같은 이 군악은 마을의 울창한 느릅나무 우듬지를 진동시키며 지평선을 지나는 십자군의 행진을 연상시켰다. 그 무렵은 위대한 시절이었다. 내 개간지 위의 하늘은 매일같이 변함없는 장관을 보여 주고 있어서 아무런 변화도 찾아볼 수 없었지만 말이다.

내가 자진해서 콩과 맺은 오랜 교제는 실로 특별한 경험이었다. 콩을 심고 김을 매고 수확하고 타작하고 선별하고 팔았으며 (이 일이 무엇보다 힘들었다) 여기다 맛까지 보았으니 콩을 먹은 일까지 덧붙여야겠다. 나는 콩에 대해 속속들이 알아내기로 결심했다. 콩이 자랄 때는 아침 다섯 시부터 정오까지 김을 매주었고 대개 나머지 시간은 다른 일로 보냈다. 그와 더불어 다른 온갖 잡초들과 맺게 되는 친근하면서도 기묘한 관계도 생각해 보라. 그 일을 말하자면 어느 정도 중복을 피할 수 없는데, 그건 이 일에는 원래 반복되는 일이 적지 않기 때문이다. 아무튼 잡초의 섬세한 조직을 가차없이 교란시키고 괭이로 불쾌하기 짝이 없는 차별을 행사하며 어느 한 종은 속속들이 깔아뭉개면서도 또 어느 종은 꼼꼼하게 가꿔 주어야 하는 것이다. 저건 호그위드, 저건 명아주, 저건 괭이밥, 저건 파이퍼…… 저놈을 해치우고 저놈은 솎아버리고 저놈은 뿌리째 뽑아버리고 저놈은 수염뿌리 하나라도 그냥 놔두면 안 되며, 만약 그냥 내버려두면 이틀 만에 부추처럼 싱싱해질 것이다. 이건 두루미를 상대로 한 것이 아니라 잡초를 상대로 한 길고도 긴 싸움, 태양과 비와 이슬을 동맹자로 둔 트로이인들과의 전투였던 것이다. 매일같이 콩들은 괭이로 무장한 내가 자신들을 구해주러 그곳에 와서는 적들을 솎아내어 참호를 잡초의 시체로 메우는 것을 보았다. 주위의 전우들보다 1피트는 좋이 튀어나온 채 술 달린 투구를 자랑삼아 까닥거리던 수많은 헥토르

[4]들이 내 무기 앞에 쓰러져 먼지 구덩이에 뒹굴었다.

내 동시대인들이 보스턴이나 로마에서 미술에 열중하기도 하고, 또 다른 이들은 인도에서 묵상에 빠지고, 그런가 하면 어떤 이들은 런던이나 뉴욕에서 장사에 골몰해 있는 그해 여름에 나는 이처럼 뉴잉글랜드의 다른 농부들과 더불어 농사에 전념했다. 그건 먹을 콩이 필요했기 때문이 아니었는데, 왜냐하면 나는 남들이야 그것으로 죽을 쑤거나 투표를 하거나 상관없이 콩에 관한 한 천성적으로 피타고라스[5] 신봉자여서 그것으로 쌀을 바꾸어 먹었기 때문이다. 하지만 언젠가 우화 작가가 쓸지도 모를 비유와 표현에 도움을 주기 위해서라도 누군가 밭에서 일을 해야 할 것이다.

밭농사는 대체로 여간해서는 얻기 힘든 즐거움을 안겨 주는 것이었는데, 지나치게 오래 할 경우에는 자칫 기운이 소모가 될 수도 있었다. 비록 비료를 전혀 주지 않았고 단번에 김을 매주지도 않았지만 할 수 있는 한 공을 들여 김을 매주었기 때문에 결국에는 그 보답을 받았다. 이블린[6]은 이렇게 말했다. "진실로 그 어떤 퇴비나 거름으로도 이렇게 끊임없이 움직여 주고 북돋워 주고 삽으로 흙을 뒤집는 일에 견줄 수 없다." 그는 또 다른 곳에서 이렇게 덧붙여 말했다. "흙은, 특히 신선한 흙은 그 안에 어떤 자력

---

4   헥토르 - 트로이 최대의 용사.
5   그리스 철학자이며 수학자인 피타고라스는 제자들에게 콩을 먹지 못하게 했다고 한다.
6   이블린 - 영국의 일기 작가.

을 품고 있어서 염분과 힘 또는 효능(어느 쪽으로 부르든 상관없지만)을 끌어당기는데, 그것이 흙에 생명력을 주고, 우리가 우리 자신을 부양하기 위해 끊임없이 흙을 갈아엎는 그 모든 수고의 이치인 것이다. 인분이나 다른 더러운 혼합물은 이 개량식 농법의 대안일 뿐이다." 뿐만 아니라, 이 땅은 "고갈될 대로 고갈되어 안식일을 누리며 쉬고 있던 밭이기에" 케넬름 디그비 경[7]이 좋아하는 생각처럼 대기로부터 '생명의 기(氣)'를 끌어들였을 것이다. 내가 수확한 강낭콩은 모두 12부셸이었다.

하지만 좀더 꼼꼼하게 따지자면(왜냐하면 콜맨 씨가 보고한 것은 주로 돈이 많이 드는 귀족 농부들의 사례였으므로) 내 지출은 다음과 같다.

괭이	54센트
쟁기, 써레, 이랑에 든 품값	7달러 50센트(좀 비싸게 먹힌 셈이다)
강낭콩 씨앗	3달러 12센트 남짓
씨감자	1달러 33센트
완두콩 씨앗	40센트
무씨	6센트
까마귀 쫓는 데 쓴 하얀 실	2센트
말 쟁기와 소년 품삯(3시간)	1달러
수확물 운반에 쓴 말과 수레	75센트
합계	**14달러 72센트 남짓**

내 수입은 다음과 같다(patrem familias vendacem, non emacem esseoportet : 구매자가 아니라 판매자가 집 안의 가장이 되어야 한다).

강낭콩	9부셸12쿼트	판값16달러94센트
대감자	5부셸	판값2달러50센트
소감자	9부셸	판값2달러25센트
풀	1달러	
콩줄기	75센트	
합계	**23달러44센트**	

앞의 어디에선가도 말했듯이 금전상으로 남긴 순익은 8달러 71센트 남짓이었다.

내가 콩을 기른 경험에서 얻은 결과는 다음과 같다. 즉 6월 초에 보통 볼 수 있는 작고 하얀 강낭콩을 3피트 간격의 두둑에 18인치 사이를 두고 심는데, 되도록 싱싱하고 둥근 순종을 골라 종자로 삼는다. 처음에는 벌레를 조심하고 벌레가 먹어 빈자리가 생기면 그 자리에 새로 심도록 한다. 그리고 노출된 밭일 경우 마못을 조심해야 하는데, 마못은 가장 먼저 나오는 연한 떡잎을 거의 다 갉아먹기 때문이다. 그런 다음에도 어린 덩굴손이 나타나

---

7 케넬름 디그비 경 – 영국의 저술가이며 외교관.

기 시작하면 용케 알아차리고는 다람쥐처럼 두 발로 서서 싹이며 어린 콩꼬투리를 모조리 베어먹는다. 그러나 무엇보다 중요한 것은 되도록 일찌감치 수확하여야 서리의 피해를 입지 않고 팔기에 적당한 작물을 거둘 수 있다. 이런 식으로 할 경우 큰 손실을 줄일 수 있을 것이다.

또한 나는 다음과 같은 경험도 얻었다. 나는, 다음번 여름에는 콩과 옥수수만 그렇게 열심히 심을 게 아니라 아직 그 종자를 잃어버리지만 않았다면 성실, 진리, 우직함, 믿음, 순수와 같은 씨앗도 심으리라고, 그래서 설혹 노고와 거름을 덜 주더라도 그 씨앗이 이 토양에서 자라나 나를 먹여 살릴 수 있을지 알아보겠노라고 생각했다(왜냐하면 그런 작물을 키우는 데는 그렇게 지력이 떨어지지는 않을 테니까). 그런데 안타깝게도 지금은 그 여름도 지나고, 그다음번 여름도, 또 그 다음번 여름도 지났는데, 나로서는 독자 여러분께 내가 심었던 그 씨앗들이(그것들이 정말 그러한 미덕의 종자였다 해도) 모두 벌레에 먹히거나 생명력을 잃고 말아 싹트지 않았다는 말을 하지 않을 수 없다.

대개 인간은 자신의 조상이 용감했든 소심했든 그 조상을 따를 뿐이다. 오늘날의 세대는 거기에 무슨 운명이라도 작용한다는 듯이 수백 년 전 인디언들이 최초의 이주민들에게 가르쳤던 바로 그대로 매년 옥수수와 콩을 심고 있다. 얼마 전에 나는 한 노인이 놀랍게도, 괭이를 가지고 줄잡아 70번이나 똑같은 구멍을 파는 광경을 보았는데 그건 자신이 누울 구멍도 아니었다! 그런데 뉴잉글랜드인들은 어째서 새로운 모험을 시도하지 않는 걸까? 어째서 자신의 곡물과 감자와 건초와 과수에만 그토록 정신을 팔 뿐 다른 작물을 키울 생각을 하지는 않는 걸까? 우리는 왜 종자용 씨앗에만 관심이 있고, 인간의 새로운 세대에 관해서는 무관심한 걸까? 만일 내가 방금 열거했던 그런 품성이 그 안에 뿌리를 내리고 자란 사람을 만난다면 실로 많은 자양분과 격려를 얻을 수 있으리라. 우리 모두 그것을 다른 작물보다 훨씬 높게 평가하는데, 그 씨앗들은 대부분 공중에 떠다니기만 할 뿐이다.

우리는 길을 가다 우연히, 그것이 소량이고 또 새로운 변종일지는 몰라도 진실이나 정의 같은 미묘하고도 신성한 품성과 맞닥뜨릴 수도 있다. 우리의 대사들은 이런 종자를 본국에 보내도록 훈령받아야 하며 의회는 그 종자를 전국에 배포해야 할 것이다. 성실 앞에서 격식을 차려서는 안 된다. 가치와 우정이라는 알맹이만 갖춰져 있더라도 비열한 행동으로 서로를 속이고 욕하고 내쫓는 일은 일어나지 않을 것이다. 결국 우리는 만남을 서둘러서는 안 된다. 나는 사람들을 거의 만나지 않고 있는데, 그것은 그들에게 짬이 없어 보이기 때문이다. 모두들 콩 때문에 분주하기만 하다.

그처럼 끊임없이 일하면서 일하는 틈틈이 땅 위로 얼마간 솟아난 뻣뻣하기 그지없는 지팡이처럼(버섯이 아니라) 괭이나 삽자루에 몸을 기대는 사람과는 교제하지 못할 것이다. 그건 흡사 지상에 내려앉아 걷고 있는 제비와도 같은 모습이다.

"그리하여 그는 말을 하면서도 수시로 날개를
펼쳤다 접었다 했다, 금방이라도 날아갈 것처럼……."[8]

그래서 혹시 천사하고 대화를 하고 있는 게 아닌가 하는 착각이 들 정도로 말이다. 빵이 언제나 자양분을 제공해 주는 것은 아니다. 오직 인간이나 자연에서 조금이라도 관대함을 인식하고 순수하면서 씩씩한 기쁨을 공유하는 것만이 우리에게 늘 이롭고, 뻣뻣해진 우리의 관절을 풀어 주며 비록 고통의 원인은 모를지라도 우리를 유연하고 탄력성 있게 해주는 것이다.

고대의 시와 신화는 농사가 적어도 한때는 신성한 예술이었음을 암시하고 있다. 하지만 이제 우리는 불경스러울 정도로 성급하고 부주의하게 농사를 짓고 있는데, 우리의 목적은 대농장과 많은 수확뿐인 것이다. 우리에겐 농부들이 자기 직업의 신성함을 표현하고 그 성스러운 기원을 상기할 축제나 행렬이나 의식, 하다못해 가축품평회나 이른바 추수감사절 행사조차 없다. 그런 것이 있다 해도 이제 농부는 상품과 잔칫상에만 눈이 어두울 뿐이

---

8   프랜시스 퀼리스(1592~1644, 영국 시인)의 「목동의 신탁」에 나오는 구절.

다. 그는 퀼리스[9]와 대지의 신 주피터가 아니라 저 악독한 플루투스[10]에게 제사를 드린다. 탐욕과 이기심, 그리고 땅을 재산이나 부의 주된 획득 수단으로 보는 천박한 습성에 의해(어느 누구도 헤어나지 못하는) 풍경은 일그러지고 농사는 우리와 더불어 타락하며 농부는 가장 비천한 삶을 영위하는 것이다. 그는 자연을 약탈자로만 알고 있다. 카토는 농업의 유익함은 무엇보다도 경건하고 정의롭다(maximeque pius quaestus)고 했으며, 바로[11]에 의하면 고대 로마인들은 "대지를 어머니이면서도 케레스로 불렀으며 대지를 경작하는 이들은 경건하고도 유익한 삶을 영위했고 그들만이 사투르누스[12]의 후예라고 생각했다"고 한다.

우리는 자칫하면 태양이 우리의 경작지와 초원과 삼림을 아무 차별 없이 내려다보고 있다는 사실을 잊기 쉽다. 그것들 모두가 햇빛을 똑같이 반사하고 흡수하며, 우리의 경작지는 태양이 매일같이 운행하면서 내려다보는 저 찬란한 풍경의 극히 일부분에 불과한 것이다. 태양의 눈으로 보면 지구는 하나의 뜨락처럼 모두 똑같이 경작되고 있다. 따라서 우리는 태양의 빛과 열을 그것에 상응하는 신뢰와 넉넉함으로 받아들여야 한다. 내가 이 콩

---

9   퀼리스 - 풍작의 여신.

10   플루투스 - 부의 신.

11   바로 - 마르쿠스 테렌티우스 바로(BC.116~27). 로마의 저술가.

12   사투르누스 - 농경의 신.

의 종자를 소중히 가꾸어 가을철에 수확한다고 해서 무슨 큰 차이가 있겠는가? 내가 그토록 오랫동안 보살펴온 이 널찍한 밭은 그 주된 경작자인 내게 의지하는 게 아니라 물을 주고 그것을 푸르게 가꾸는 보다 다정한 힘에 의지한다. 이 콩들이 맺는 결실을 나만 수확하는 것은 아니다. 그 가운데 일부는 마못을 위해 자라는 건 아닐까? 밀 이삭(라틴어로 spica, 또는 사어가 된 speca라는 말은 원래 '희망'을 뜻하는 spe에서 파생된 말이다)이 농부의 유일한 희망이 돼서는 안 되며, 그 알맹이 또는 알곡(라틴어로 granum인 이 말은 원래 '출산'을 의미하는 gerendo에서 파생된 말이다)이 밀이삭이 출산하는 전부가 아니다.

그렇다면 어떻게 수확을 하지 못할 수 있겠는가? 새들의 곡물 창고인 풀씨가 풍성한 것 역시 내가 기뻐해야 할 일이 아닐까? 밭에서 나는 곡물로 농부의 헛간을 채울 수 있느냐는 문제는 그것에 비하면 하등 중요할 게 없다. 참된 농부라면 다람쥐가 올해 숲에 밤이 열릴지 걱정하지 않듯이, 아무 걱정 없이 밭이 생산하는 작물에 대한 모든 소유권을 포기하고 최초의 열매뿐 아니라 마지막 열매까지도 희생한다는 마음으로 매일매일의 노동을 마칠 것이다.

소로의 여덟 번째 이야기

마을
THE VILLAGE

Walden

김매기를 하거나, 또는 책을 읽거나 글을 쓰며 아침나절을 보내고 난 뒤에는 대개 호수에서 다시 한번 멱을 감았다. 호수의 후미진 한쪽 구석을 정해놓고 헤엄쳐 건너며 몸에서 노동의 먼지를 말끔히 씻어내거나 공부를 하느라 생겼던 주름살을 폈는데, 그러고 난 뒤의 오후 시간은 완전히 자유로웠다. 나는 하루 이틀 간격으로, 입과 입 또는 신문을 통해 세상에 나도는 얘기를 들으러 어슬렁거리며 마을 쪽으로 가보곤 했는데, 그런 얘기들을 동종요법[1]에서처럼 복용하면 나뭇잎의 사각거림이나 개구리 울음소리처럼 그 나름대로 상쾌해졌다. 새와 다람쥐를 보려고 숲 속을 걸었다면, 어른과 아이들을 보려고 마을을 걸어다닌 셈이었다. 여기에서는 소나무 사이를 지나는 바람 소리 대신 덜컹거리는 마차 소리가 들려왔다.

내 집에서 한쪽 방향으로는 강가 풀밭에 사향뒤쥐의 집단 서식지가 있었다. 그리고 그 반대편 지평선 느릅나무와 아메리카플라타너스 숲 아래로 분주한 인간들의 마을이 있었는데, 그들은 각기 자기들의 굴 어귀에 앉아 있기도 하고 잡담을 나누기 위해 이웃 굴로 달려가는 프레리도그나 되는 것처럼 내 눈에는 신기하게만 보이는 것이다. 나는 종종 그들의 습성을 관찰하러 가곤 했다. 내게는 마을이 하나의 거대한 뉴스 편집실처럼 보였는데, 한켠에

---

1 동종요법 - 그 질병과 비슷한 증상을 일으키는 약품을 소량 투여하여 환자를 치료하는 방법.

서는 마을을 유지하기 위해 예전에 스테이트가의 레딩 상사처럼 호두며 건포도, 소금, 옥수수 가루 같은 식품들을 팔았다. 어떤 이들은 전자의 상품, 즉 뉴스에 대한 왕성한 식성을 갖고 있고 더할 나위 없이 튼튼한 소화기관을 갖고 있어서 한길가에 언제까지라도 꿈쩍도 않고 앉아 뉴스가 부글부글 끓어오르다 지중해의 계절풍처럼 자기들 곁을 속삭이며 지나가는 소리를 듣고 있다. 그것은 마치 에테르를 들이켜기라도 하는 것 같아서 의식에는 아무런 영향도 주지 않은 채 통증에 대해서만 마비와 무감각으로 작용하는 것이다(그렇지 않을 경우 종종 뉴스는 견딜 수 없을 만큼 고통스러울 수 있는 것이다).

내가 어슬렁거리며 마을을 돌아다닐라치면 거의 어김없이 이런 양반들이 줄지어 사다리에 앉아 볕을 쬐는 모습을 볼 수 있었다. 그들은 몸을 앞으로 기울인 채 기사를 따라 두 눈을 이리저리 굴리다가는 이따금씩 흡족한 표정을 짓거나 양손을 주머니에 찌른 채 여인상으로 된 기둥처럼 헛간을 떠받치려는 듯 벽에 등을 기대곤 하는 것이다. 대부분의 시간을 집 밖에서 보내는 그들은 바람결에 묻어오는 소식은 뭐든 알고 있었다. 이들은 세상에서 가장 투박한 분쇄기로서, 모든 소문은 맨 처음 그 속에서 거칠게 소화되거나 부스러지고 나서야 비로소 가정이라는 보다 정교하고 섬세한 깔때기 속에 투입되는 것이다.

내 관찰에 의하면 마을의 중추부는 식료품점과 술집, 우체국,

은행이었다. 또한 이 조직의 필수 구성요소로서, 종과 대포와 소방차를 각기 편안한 자리에 설치해 두었다. 또한 주택들은 골목길과 서로 마주보는 위치에서 사람을 최대한 바라볼 수 있도록 배치되어서 지나가는 사람은 누구든 태형을 당하기라도 하듯 모든 남자와 여자와 아이들로부터 한 번씩 얻어맞도록 돼 있었다. 물론 가장 잘 볼 수 있고 눈에도 가장 잘 띄며 첫 번째 일격을 가할 수 있는 맨 앞줄에서 제일 가까이에 자리잡은 이들은 가장 비싼 자릿세를 냈다. 그리고 줄에서 큰 빈틈이 생기는 외곽에 흩어져 있는 몇몇 주민들은 여행자가 담을 넘거나 샛길로 빠져나갈 수 있기 때문에 지대나 창문세를 가장 적게 물었다. 그를 유혹하기 위해 사방에 간판이 내걸려 있었는데, 술집과 식품 저장소 같은 곳은 식욕으로, 포목상과 보석상 같은 곳은 도락으로, 그런가 하면 이발소나 구둣방이나 재봉사는 각기 머리카락이나 발이나 치맛자락으로 그를 유혹했다.

게다가 어느 집이나 방문해도 좋다는 한층 더 무섭고 영구적인 유혹이 있었는데, 이런 때는 교제에 대한 기대감까지 있는 것이다. 대부분의 경우 나는 태형을 받는 사람들에게 권장되는 방법대로 목표를 향해 대담하면서도 다른 생각은 일절 하지 않은 채 전진함으로써, 또는 "큰 소리로 수금을 울려 신들을 예찬하여 사이렌의 노랫소리를 압도함으로써 위험에서 벗어났던" 오르페우스처럼 고상한 사념에 전념함으로써 이런 위험들로부터 손쉽게 달아났다. 몇 번인가는 갑작스럽게 뜀박질을 놓아 내가 어디로 갔는지 아무도 모르게 만들었는데, 그것은 내가 품위 따위에 신경쓰지 않았고 울타리 구멍 앞에서 망설이지 않았기 때문에 가능한 일이었다. 나는 심지어 어느 집이든 불쑥 들어가서 그곳에서 환대를 받으며 뉴스의 알맹이라든가 최종적으로 걸러낸 부분을, 요컨대 뉴스의 침전물, 전쟁과 평화에 대한 전망, 그리고 세상이 좀더 오래도록 단결할지 여부 등등에 대해서 들은 다음 뒷길로 빠져나와 다시금 숲으로 달아나곤 했던 것이다.

마을에서 늦도록 있다가 밤 속으로 걸음을 내디딜 때, 그것도 특히 칠흑처럼 캄캄하고 폭풍우가 몰아칠 때 마을의 환한 응접실이나 강연장을 나와 호밀이나 옥수수가루 한 자루를 둘러메고 숲 속에 있는 나의 아늑한 항구로 항해할 때는 기분이 아주 상쾌했다. 그럴 때면 키 앞에 나의 육신만을 남겨놓은 채, 또는 항로가 뻔할 경우에는 아예 키까지 고정시켜 놓은 채 선박의 외부는 모두 단단히 고정시키고 사념의 즐거운 승무원들과 함께 갑판 밑으로 들어가는 것이다. 그렇게 '항해하는 동안' 나는 선실 불가에 앉아 수많은 즐거운 생각에 잠겼다. 비록 몇 차례 호된 폭풍우와 맞닥뜨린 적은 있었으나 날씨가 어떻든 한 번도 표류하거나 고통을 받은 적은 없었다. 보통 때도 밤의 숲 속은 사람들이 생각하는 것보다 훨씬 어둡다.

나는 종종 길을 확인하기 위해 오솔길 위 나뭇가지 사이로 뚫린 하늘을 쳐다봐야 했으며, 오솔길조차 없을 때는 내가 만들어 놓은 희미한 자국을 발로 더듬거나, 아니면 손으로 더듬어서 내가 이미 알고 있는 특별한 나무들의 위치로 방향을 잡아야 했다. 예를 들면 늘 캄캄한 숲 한복판에 18인치도 채 떨어지지 않은 소나무 두 그루 사이를 지나는 것처럼 말이다. 또 때로는 캄캄하고 무더운 밤 이렇게 늦은 시각에 돌아올 때면 눈으로는 볼 수 없는 길을 두 발로 더듬어 가며 오는 동안 내내 멍하니 몽상에 잠긴 채 집까지 와서 빗장을 올리기 위해 손을 들어야 할 때에야 비로소 정신이 돌아오곤 했다. 그럴 때면 내가 어떤 길로 어떻게 왔는지 조금도 기억이 나지 않았는데, 손이 다른 도움 없이도 입을 찾아가듯이 필시 주인이 모른 체한 길을 몸이 알아서 찾아냈을 거라고 생각한다.

　몇 번은 손님이 저녁 늦도록 머물다 날이 저문 적이 있었는데 그럴 때면 나는 그에게 집 뒤편에 있는 마찻길까지 안내해 주고는 어느 방향으로 가야 할지 일러 주곤 했으며 그 손님은 눈보다는 발에 의지해서 그 방향대로 따라가야 했다. 아주 어두운 어느 날도 나는 이런 식으로 호수에서 낚시질을 하던 두 젊은이에게 길을 일러준 적이 있었다. 그들은 숲에서 1마일가량 떨어진 곳에 살고 있어서 그 일대 지리를 잘 알고 있었다. 그런데 하루 이틀인가 지나서 그중 한 젊은이가 내게 말하기를, 밤새도록 자기들의 집 근처를 헤매다가 새벽녘이 다 돼서야 겨우 집에 도착할 수 있었다고 했다. 그 사이에 몇 차례 심한 소나기가 내린데다 나뭇잎도 모두 흠뻑 젖어 있어서 속속들이 젖기까지 했다는 것이다. 짙은 어둠은 칼로 자를 수 있다는 말이 있듯이, 마을 안 거리에서조차 길을 잃는 경우가 많다는 말도 들었다. 마을 외곽에 사는 이들이 물건을 사러 마차를 타고 마을에 들어왔다가는 하룻밤을 마을에서 지내야 했던 일도 있었다. 또 나들이 가던 신사 숙녀가 오직 발로만 길을 더듬어 가다가 돌아야 할 모퉁이를 놓치고는 1마일이나 길을 벗어난 적도 있었다.

어느 때든 숲 속에서 길을 잃는 것은 소중한 경험임은 물론 놀랍고도 두고두고 기억에 남을 만한 일이다. 때로 대낮에 눈보라가 몰아치기라도 하면 잘 아는 길에서도 어느 쪽으로 가야 마을에 갈 수 있는지 알 수 없는 때도 있는 법이다. 수없이 그 길을 지나다녔으면서도 흡사 시베리아를 지나는 길처럼 아무런 특징도 알아볼 수 없고 그저 낯설기만 한 것이다. 물론 밤이 되면 혼란은 극대화된다. 지극히 평범한 길을 갈 때에도 우리는 끊임없이, 그러면서도 무의식 중에 마치 키잡이처럼 잘 알려진 수로 표지나 곶을 보고 방향을 잡으며, 흔히 다니는 길을 벗어나게 될 경우에도 여전히 인접한 곶과의 관계를 마음속에 새겨두는 것이다. 그리하여 완전히 길을 잃거나 몸을 한 바퀴 돌리기 전까지는 (왜냐하면 이 세상에서 길을 잃으려면 눈을 감은 채 한 바퀴 돌기만 하면 되니까) 광활하고 낯선 자연의 존재를 깨닫지 못하는 것이다. 누구나 잠에서건 몽상에서건 깨어날 때마다 나침반의 눈금을 확인해야 할 것이다. 길을 잃어 보기 전에는, 다시 말해서 세상을 잃어버리기 전에는 자기 자신을 찾아내지도, 자신이 지금 서 있는 위치와 자신이 맺고 있는 무한한 관계를 깨닫지도 못하는 것이다.

첫 번째 여름이 끝나가던 어느 날 오후 나는 구두 수선점으로 구두를 찾으러 마을로 갔다가 체포되어 투옥되었는데, 어딘가에서 말했듯이 내가 상원 의사당 앞에서 남녀노소를 가축처럼 사고 파는 국가에는 세금을 내지 않았을 뿐 아니라 그 권위를 인정해 주지 않았기 때문이다. 내가 숲으로 들어간 것은 그것과는 다른 이유에서였다. 그러나 사람의 발길이 닿는 곳이면 어디든 그들은 그 비열한 제도를 가지고 뒤쫓고 함부로 다루며, 할 수만 있다면 자신들의 결사적인 비밀 조직으로 묶어놓으려고 하는 것이다. 사실이지 나는 효과가 있든 없든 무력 저항을 할 수도 있었고, 사회에 대해 거칠게 굴 수도 있었다. 그러나 나는 사회가 내게 함부로 굴도록 내버려두는 쪽을 선택했다. 절망에 빠진 것은 사회였으니 말이다. 아무튼 나는 그 다음 날 풀려나 수선한 구두를 찾은 다음 한창때를 맞은 숲으로 돌아가 페어 헤이븐 언덕의 허클베리로 배를 채웠다.

나는 국가를 대표하는 자들을 제외하면 어느 누구로부터도 괴롭힘을 당한 적이 없었다. 원고를 넣어둔 책상을 제외하면 자물쇠도 걸쇠도 없었고 빗장이나 창에 못 하나 박은 것이 없었다. 며칠 동안 집을 비울 경우에도 밤이든 낮이든 문을 잠그지 않았다. 그다음 가을에 메인주의 삼림지에서 두 주를 보냈을 때도 마찬가지였다. 그래도 내 집은 한 무리의 병사들이 둘러싸고 있을 때보다 더 소중히 지켜졌다. 지친 방랑자는 내 집의 벽난로 옆에서 휴식을 취하며 몸을 녹일 수 있었고, 문필가라면 내 책상 위에 있는 몇 권의 책으로 즐거움을 맛 볼 수도 있었고, 호기심이 많은 이들이라면 찬장 문을 열어 보고 내가 먹다 남긴 점심식사가 무엇인지, 또 저녁식사로는 무엇을 먹을 것인지도 알 수 있었다. 갖가지 계층의 수많은 사람들이 이 앞을 지나 호수로 들락거렸지만 이들로부터 큰 불편을 겪은 일이 없었고, 호머의 조그만 책 한 권 말고는 잃어버린 물건도 없었는데, 어울리지 않게 금박을 입힌 그 책도 지금쯤 우리 진영의 어떤 병사가 읽고 있으리라. 만약 모든 사람이 그 당시의 나처럼 소박한 삶을 영위할 수만 있다면 절도나 강도는 아예 존재하지도 않을 것이라고 나는 확신한다. 그런 일들은 필요 이상의 재물을 갖고 있는 사람들이 있는 데 반해 그렇지 못한 사람들이 있는 사회에서나 일어나게 되어 있다. 포우프가 번역한 호머 역시 조만간 적절하게 사람들 사이에 퍼져나갈 것이다.

"Nec bella fuerunt,

Faginus astabat dum scyphus ante dapes."

"전쟁도 인간을 괴롭히지 못했다네,

너도밤나무 대접만 필요했던 시절에는."

"공무를 보는 그대여, 어찌하여 벌 따위가 필요할까? 덕을 사랑하라. 그러면 백성들도 덕을 따를 것이다. 대인의 덕은 바람과 같고 소인의 덕은 풀잎과 같으니…… 바람이 불면 나 같은 풀도 몸을 숙일 것이다."[2]

---

2 논어.

소로의 아홉 번째 이야기

호수
THE PONDS

Walden

이따금 인간 사회와 잡담에 물리고 마을 친구들한테도 넌더리가 날 때면 나는 평소 사는 곳보다 좀더 서쪽으로 마을 사람들의 발길이 더욱 뜸한 '새로운 숲과 초원' 안까지 깊숙이 들어가 보거나, 해질 무렵 페어 헤이븐 언덕에서 허클베리와 월귤 열매로 저녁식사를 하고 아예 며칠분을 따 모으기도 했다. 과일은 그것을 사 먹는 이들이나 내다 팔기 위해 재배하는 사람에게는 결코 그 참맛을 보여 주지 않는다. 그 맛을 제대로 아는 방법은 하나뿐인데, 그런 방법을 쓰는 사람은 거의 없다. 허클베리의 참맛을 알려거든 목동이나 뇌조에게 물어 볼 일이다. 손으로 열매를 따 본 적도 없는 사람이 허클베리의 참맛을 알 거라고 여기는 것은 잘못된 생각이다. 보스턴에는 허클베리가 없다. 보스턴의 세 언덕에서 허클베리가 재배되고부터 허클베리는 사라진 셈이다. 그 열매의 향기롭고 본질적인 부분은 시장 수레에 부대끼면서 떨어져버리는 꽃과 함께 사라지고 여물이나 다름없는 음식물로 변질된다. 하느님의 정의가 군림하는 한 순수한 허클베리는 단 한 알도 시골의 언덕에서 도시로 들어오지 못할 것이다.

때때로 나는 하루치의 김매기를 마치고 난 다음, 서둘러 이른 아침부터 호숫가에서 낚시를 하고 있던 친구 곁으로 가보곤 했는데, 그는 오리나 물에 뜬 나뭇잎처럼 말도 없이 꼼짝도 하지 않았다. 그는 몇 가지 철학을 시험해 본 끝에 대체로 내가 도착할 때쯤이면 고대 수도승이 되기로 마음먹고 있었던 것이다. 거기에는 뛰어난 낚시꾼인데다 삼림의 온갖 기술에도 능통한 노인도 한 사람 있었는데, 그는 내 집을 낚시꾼들의 편의를 위해 세워놓은 건물쯤으로 여기고 흡족해했다. 나 역시 노인이 내 집 문간에 앉아 낚싯줄을 고르는 것을 기분 좋게 여겼다. 이따금 우리는 호수에 띄운 배의 양쪽 끝에 앉아 있곤 했지만 그다지 많은 말을 주고받지는 않았는데, 그것은 노인이 최근 귀가 점점 들리지 않게 됐기 때문이었다. 그러나 노인은 간혹 내 상념과 아주 잘 어울리는 찬송가를 콧노래로 부르곤 했다. 이런 식으로 우리가 나눈 교제는 온전한 화음을 이루었는데, 그것은 우리가 대화를 주고받은 것보다도 더 기분 좋은 추억이 되었다. 흔히 있는 일이지만 이야기를 나눌 만한 상대가 아무도 없을 때면 나는 곧잘 노로 뱃전을 두드려 메아리를 만들곤 했다. 그 메아리는 호수 주위의 숲 속을 선회하면서 점점 널리 퍼져나가 동물원 조련사가 야생 동물을 깨우듯 숲을 일깨워 마침내 숲이 우거진 골짜기와 구릉 사면에서 우르릉거리는 성난 소리가 들리는 것이었다.

무더운 저녁때면 나는 종종 배 안에 앉아 피리를 불며, 피리 소리에 매혹되기라도 한 듯 내 주위를 배회하는 퍼치[1]와, 숲의 잔해들이 여기저기 흩어진 채 골진 호수 바닥을 지나는 달빛을 바라보곤 했다. 옛날에 나는 가끔 모험심에 가득 차 한 친구와 함께

---

1   퍼치 – 농어과에 속하는 담수식용어.

캄캄한 여름밤 이 호수를 찾은 적이 있었다. 그리곤 물고기를 유혹해 볼 속셈으로 물가 가까이에 불을 피우고는 낚싯줄에 지렁이 다발을 달아 메기를 낚곤 했다. 밤이 깊어 낚시질이 끝나면 불붙은 장작개비들을 폭죽이나 되듯 하늘 높이 던져 올렸다. 그것들이 호수로 떨어져 쉭쉭 하는 요란한 소리를 내며 꺼지는 순간 우린 칠흑 같은 어둠 속을 더듬거리곤 했다. 그러면 우리는 휘파람을 불며 어둠 속을 뚫고 다시금 인간 세상으로 나왔다. 그러나 이제는 내 집이 바로 호숫가에 있다.

이따금 나는 마을의 어느 집 응접실에 그 집 식구들이 모두 잠자리로 물러날 때까지 늦도록 앉아 있다가 숲으로 돌아왔다. 그런 뒤 다음 날 먹을 거라도 마련할 겸 한밤중 몇 시간을 달빛을 받으며 배에 앉아 낚시질을 하곤 했다. 그럴 때면 올빼미와 여우들이 세레나데를 부르고 간혹 가까이에서 이름 모를 새가 끽끽거리며 우는 소리가 들렸다. 내게는 이런 경험이 잊을 수 없는 아주 소중한 것이었다. 물가에서 100야드나 150야드쯤 떨어지고 수심이 40피트쯤 되는 곳에 배를 세우고는 때때로 달빛 비치는 수면에 꼬리로 잔물결을 일으키는 수백 마리의 작은 퍼치와 연준모치들에 에워싸인 채 긴 아마실을 통해 40피트 밑에 살고 있는 신비스러운 야행성 물고기와 대화를 나누거나, 또 때로는 부드러운 밤바람 속에서 호수 주위로 60피트가량의 낚싯줄을 끌고 다니면서 간혹 낚싯줄을 통해 그 끝에 어떤 생명체가 있으며 그것이 지금 뭔가 굼뜨고 불확실하며 잘못된 의도를 품고 조금씩 결심을 하고 있는 중임을 알리는 희미한 떨림을 느끼는 경험 말이다.

그러다 이윽고 서서히 한 손 한 손 번갈아 낚싯줄을 당기면 서서히 뿔이 달린 메기가 찍찍거리고 꿈틀거리며 수면 위로 떠올랐다. 특히 캄캄한 밤, 어떤 다른 천체에서 광활한 우주의 생성에 관한 상념에 잠겨 있을 때 이런 가벼운 경련을 느낀다는 건 실로 기묘한 일이었다. 그 떨림이 나를 몽상에서 깨어나게 하여 다시금 자연과 연결시켜 주는 것이다. 그건 마치 다음 번에는 이 물속 깊숙이는 물론이거니와, 밀도가 그보다 더 될 것 같지 않은 머리 위 하늘 높이에도 나의 낚싯줄을 던질 수 있을 것 같은 느낌이었다. 이렇게 해서 나는 낚시 하나로 물고기 두 마리를 낚았다.

월든의 풍경은 수수한 규모이며 아주 아름답기는 하지만 장엄하지 않고, 오랫동안 그곳을 찾거나 그 물가에서 사는 사람이 아니면 관심을 가질 만한 것도 없다. 그러나 이 호수는 유난히 깊고 맑아서 상세히 묘사할 만하다. 반 마일 길이에 둘레가 1.75마일인 맑고 깊은 초록색 우물이며 넓이는 61.5에이커에 이른다. 또한 소나무와 떡갈나무 숲 한복판에 자리잡은 영원한 샘물인 이 호수에는 구름과 증발 말고는 눈에 띄는 유입구도 배수구도 없다. 호수 주위의 언덕은 물가에서 곧장 40에서 80피트의 높이로 솟아 있으며, 4분의 1마일과 3분의 1마일 떨어진 곳에 각기 100피트에서 150피트 높이에 이르는 언덕이 남동쪽과 동쪽에 자리

잡고 있다. 주위는 오직 삼림지뿐이다.

콩코드 일대의 물빛은 최소한 두 가지 빛깔을 띠고 있는데, 하나는 멀리서, 그리고 좀더 정확한 다른 한 가지 빛깔은 가까이에서 본 것이다. 첫 번째 빛깔은 빛에 크게 좌우되며 하늘빛에 따라 달라진다. 여름철 맑은 날에 약간 떨어진 곳에서 특히 물결이 일 때는 청색으로 보이며 멀리서는 모두 비슷비슷한 빛깔로 보인다. 폭풍이 부는 날씨에는 종종 어둡고 우중충한 잿빛을 띤다. 그러나 바다는 대기에 특별한 변화가 없을 경우 청색으로 보이기도 하고 녹색으로 보이기도 한다고 한다. 나는 천지가 눈으로 덮일 때 수면이든 얼음이든 이 일대 강물들이 거의 풀처럼 녹색을 띠는 것을 본 적이 있다. '액체든 고체든 맑은 물의 빛깔'은 청색이라고 여기는 사람들이 있다.

그러나 배를 타고 물속을 똑바로 들여다보면 여러 가지 빛깔들이 보인다. 월든 호수는 같은 자리에서도 청색으로 보일 때도 있고 녹색으로 보일 때도 있다. 천지 사이에 놓인 이 호수는 그 두 가지 빛깔을 모두 갖고 있는 것이다. 언덕 꼭대기에서 보면 호수는 하늘빛을 반사한다. 그러나 가까이에서 보면 모래를 볼 수 있는 물가 쪽은 노란 색조를, 그러다 연록색을 띠다가 점점 깊어지면서 호수 몸체에 이르면 모두 암록색을 띤다. 빛에 따라 언덕 꼭대기에서 볼 때도 물가가 선명한 녹색으로 보이기도 한다. 이것을 녹음이 반사된 빛깔이라고 말하는 사람도 있지만, 철로변 모래둑에서도 잎사귀가 피기도 전인 봄철에도 녹색인 것으로 봐서 그것은 단순히 원래의 청색에 모래의 노란색이 섞인 것뿐일지도 모른다. 그것이 바로 호수의 홍채에 해당하는 빛깔이다. 이 부분은 또한 봄철에, 밑바닥에서 반사된 태양열에 의해, 또한 땅으로부터 전달된 열에 의해 따뜻해진 얼음이 맨 처음 녹으며 아직 얼어붙어 있는 중심부 둘레에 좁다란 물띠를 만드는 부분이기도 하다.

이 지방의 다른 수면들이 그렇듯이 맑은 날씨에 물살이 거세지기라도 하면 물결 표면이 하늘빛을 직각으로 반사하거나 또는 아마도 거기에 빛이 좀더 섞여들기 때문에 좀 떨어진 거리에서 보면 호수는 하늘 자체보다 더 짙은 청색으로 보인다. 이런 때 바로 호수 수면에서 그 반사된 빛을 보기 위해 각기 다른 쪽을 바라보면, 무엇과도 비길 데 없고 형언할 수도 없는 연청색을 볼 수 있다. 마치 물결무늬가 있거나 광선에 따라 빛깔이 달라지는 비단이나 칼날과도 같이 하늘 그 자체보다 더욱 진한 청색이 물결의 반대편 빛깔인 원래의 암록색과 교차되어 나타나는데, 이 암록색은 그 녹청색에 비하면 탁해 보인다. 내 기억으로 그것은 투명한 녹청색으로서, 해지기 전 구름 사이로 얼핏 보이는 서쪽 하늘의 빛깔이다. 하지만 그 호숫물을 물잔에 담아 빛에 비춰 보면 같은 분량의 공기처럼 무색이다. 커다란 판유리가 녹색 색조를 띠는 것은 잘 알려져 있는 사실인데, 유리 제조업자의 말에 따르면 그것은 유리의 '몸체' 때문이며 그 유리도 작은 조각일 경우에는 무색이라고 한다.

녹색 색조를 반사하려면 월든 호수의 몸체를 얼마나 크게 떠야 할지는 나로서도 아직 입증한 바 없다. 이 지방 강물은 똑바로 내려다보면 검은색이나 암갈색을 띠는데, 대부분의 호수가 그렇듯이 그 강물은 강에서 헤엄치는 사람의 몸뚱이에 노란 색조를 더해 준다. 그러나 이 호수는 수정처럼 그지없이 맑아서 그 속에서 헤엄치는 사람의 몸이 기이할 정도로 석고와 같은 순백색을 띠면서 그럼에도 팔다리는 확대되고 일그러져 보이기 때문에 거의 기괴한 효과를 자아낼 정도이다. 미켈란젤로 같은 화가가 연구할 만한 일이다.

물이 너무 투명해서 수심 25에서 30피트 정도인 호수 밑바닥이 쉽게 보였다. 그 위를 노 저어가다 보면 수면에서 꽤 깊은 곳에서 대략 1인치 길이를 한 퍼치와 연준모치 떼를 볼 수 있는데 (가로선 때문에 퍼치는 금방 구별할 수 있다), 그런 곳에서 살다니 정말 금욕적인 물고기임에 틀림없으리라는 생각이 들 것이다.

몇 해 전 겨울에 나는 강꼬치고기를 잡을 생각으로 얼음에 구멍을 몇 개 파고, 물가로 올라서면서 도끼를 얼음판 위에 던졌는데 마치 무슨 귀신에 씌기라도 한 것처럼 도끼가 20여 미터를 미끄러지더니 구멍 속으로 곧장 빠지는 것이었다. 도끼는 수심 25미터 깊이의 물속에 가라앉고 말았다. 나는 호기심에서 얼음판에 엎드려 구멍 속을 들여다보았다. 한옆으로 약간 기울어진 도끼가 날을 아래로 하고 자루를 똑바로 세운 채 호수의 맥박에 따라 앞뒤로 천천히 흔들리고 있었다. 내가 건드리지 않으면 그 도끼는 그 자리에서 세월이 흘러 자루가 썩어 문드러질 때까지 그대로 서서 흔들리고 있을 것 같았다. 나는 갖고 있던 얼음용 끌로 바로 그 위에 구멍을 하나 더 뚫고 주머니칼로 가까이 있는 길쭉한 자작나무 가지 하나를 자른 다음, 올가미를 만들어 가지 끝에 매달고 조심스럽게 도끼 손잡이 위에 올가미를 씌워 자작나무에 단 줄을 끌어당겨서 도끼를 건져냈다.

물가는 한두 군데 짤막한 모래밭을 제외하면 포장석처럼 매끄럽고 둥글며 하얀 돌이 띠처럼 깔려 있는데, 아주 가파라서 크게 한 걸음 떼어놓기만 해도 물이 머리를 넘을 정도이다. 물이 그렇게 투명하지 않다면 맞은편으로 치솟은 호수 밑바닥이 보이지 않을 것이다. 이 호수가 헤아릴 수 없을 만큼 깊다고 여기는 이들도 있다. 혼탁한 곳은 한 군데도 없고, 무심한 눈으로 보면 수초 하나 보이지 않는 것 같다. 최근에 범람한 조그만 풀밭을 제외하면(그 것은 원래 호수에 속한 것이 아니다) 아무리 꼼꼼하게 살펴봐도 수목이라고 할 만한 것으로 부들 한 포기, 사초 한 포기, 심지어 노란색이든 흰색이든 나리꽃 한 송이 보이지 않고, 오직 얼마간의 심장초와 포타모게톤, 그리고 순채 한두 포기 정도가 있을 뿐이다. 그러나 이곳을 헤엄치는 사람은 누구든 그런 것이 있는지조차 모를 것이다. 이 수초들 역시 자신들이 몸담고 있는 호숫물처럼이나 깨끗하고 투명하다. 돌들은 호수 속으로 5에서 10야드가량 뻗어 있고, 그 밑바닥은 대체로 약간의 침전물이 쌓여 있는 가장 깊은 곳을 제외하면 깨끗한 모래뿐이다. 그 침전물은 필시 수많은 세월 동안 가을에 떨어진 낙엽이 그곳까지 흘러 들어와 썩은 것일 텐데, 한겨울에도 닻을 따라 선명한 녹색의 수초가 따라나오곤 한다.

이곳과 같은 호수가 하나 더 있는데, 이곳에서 서쪽으로 약 2마일 반쯤 떨어진 나인 에이커 코너의 화이트 호수가 그것이다. 이곳을 중심으로 사방 10여 마일 안에 있는 호수들 대부분은 나도 잘 알고 있지만 이 두 호수만큼 정결한 샘물 같은 호수는 없는 것 같다. 많은 종족들이 이 호수의 물을 마시고 그것에 감탄하고 그 깊이를 짐작해 보면서 세월과 더불어 사라졌는데도 불구하고 그 물은 여전히 푸르고 투명하기만 하다. 한 차례의 봄도 거르지 않고 아담과 이브가 에덴 동산에서 쫓겨나던 그 봄날 아침도 월든 호수는 존재하고 있었을 것이며, 그때도 안개와 남풍을 동반한 부드러운 봄비 속에 얼음이 풀리던 호수에는 아직 그들이 쫓겨난 소식을 모르는 채 맑은 호수에 흡족해하는 오리와 기러기들로 덮여 있었을 것이다. 이미 그때 이 호수는 수위를 조절하며 물을 정화시키고 지금과 같은 색조를 띠고 있었으며, 이 세상에서 하나밖에 없는 월든 호수로서 하늘에서 내리는 이슬을 증류하기 위한 천국의 특권을 받았던 것이다. 이 호수가 얼마나 많은 종족의 전설에 카스탈리아 샘물[2]과 같은 역할을 했을 것인가? 또, 황금시대[3]에는 어떤 요정들이 이곳을 다스렸을 것인가? 이 호수는 콩코드의 왕관에 달린 최고급 보석인 것이다.

그럼에도 이 샘물에 처음 왔던 이들은 자신들의 발자취를 얼마간이나마 남겨 놓았다. 나는 가파른 산비탈에서, 최근 물가에 우거진 숲을 베고 난 자리까지 호수를 에워싸고 좁다란 선반처럼 나 있는 길을 발견하고 몹시 놀란 일이 있다. 오르락내리락 물가에 가까워졌다 멀어졌다 하는 그 길은 필시 이곳에 살았던 종족만큼이나 오래된 길로서 토착민 사냥꾼들의 발길에 닦인 것인데 지금도 이따금 이 땅에 살고 있는 주민들이 무심코 밟고 다니곤 한다. 이 길은 겨울날 눈이 살짝 내린 직후 호수 한복판에 서서 보면 선명하게 드러나는데, 풀이나 나뭇가지에 가려지지 않은 그때는 또렷하게 굽이치는 하얀 선처럼 보이며, 여름에는 가까이에서도 구분할 수 없었던 곳들이 4분의 1마일 거리에서도 아주 확실하게 드러난다. 그것은 흡사 눈이 그 길을 또렷한 흰색의 돋을새김 글자체로 다시 인쇄하기라도 한 것 같다. 언젠가 이곳에 별

---

2 카스탈리아 샘물 – 그리스 파르나수스산 중턱에 있는 전설 속의 샘물로, 그 물을 마신 사람에게는 시적 재능이 주어졌다고 함.
3 황금시대 – 그리스 신화에 나오는 전설 속의 네 시대 중 첫 번째 시대이며 문학의 전성기였음.

장의 장식 정원이 들어선다면 그 길이 정원의 일부로서 얼마간 보존될 것이다.

호수의 수면은 늘 오르내리고 있지만 그것이 규칙적인 것인지, 또 그 기간은 어느 정도나 되는지에 대해서는 아는 이가 없다(물론 여느 때처럼 이 문제에 대해서도 대부분 아는 체하고 있지만). 대체로 볼 때 겨울에는 수위가 높고 여름에는 낮은데, 여느 지역의 강우 및 건기와 일치하는 것은 아니다. 나는 내가 호숫가에 살 때보다 수위가 1, 2피트 정도 내려간 때가 언제며, 적어도 5피트 이상 올라간 때가 언제인지를 기억하고 있다. 호수를 향해 좁다란 모래톱 하나가 나 있는데, 그 한쪽은 수심이 아주 깊다.

나는 1824년경 원래의 물가로부터 30야드가량 떨어진 그 모래톱 위에서 생선찌개 끓이는 일을 거든 적이 있었는데, 그 뒤로 25년 동안에는 두 번 다시 그럴 수가 없었다. 반면에, 내가 친구들에게 그로부터 몇 년 후 그들이 현재 물가라고 생각하고 있는 곳으로부터 80야드가량 떨어진 숲 속의 외딴 한구석에서 배를 타고 낚시를 하곤 했다는 얘기를 하면 믿을 수 없다는 표정을 지었는데, 그곳은 이미 오래전에 풀밭으로 바뀌어 있었던 것이다. 그러나 호수의 수위는 지난 2년 동안 꾸준히 상승하여 1852년 여름인 지금은 내가 호숫가에 살던 때보다, 또는 30년 전 그때만큼 수위가 정확히 5피트 상승하여 또다시 그 풀밭에서 낚시질을 할 수 있게 되었다. 결국 수위 차는 기껏해야 6에서 7피트 정도이다. 호수를 에워싸고 있는 언덕에서 흘러드는 수량이라는 것이 보잘것 없기 때문에 이러한 범람은 호수 속 깊은 곳에 자리잡은 샘물의 수량을 좌우하는 원인들 때문일 것이다.

올해 여름에도 호수의 수위는 다시 떨어지기 시작했다. 결국 주기적이든 아니든 이러한 변동이 일어나려면 꽤 오랜 시간이 소요된다는 사실에 유의할 만하다. 수위가 올라가는 것은 한 번, 수위가 떨어지는 것은 부분적이긴 해도 두 번 관찰했기 때문에, 지금으로부터 12년이나 15년 후에 수면이 다시 한번 내가 알고 있는 최저 수위까지 낮아질 것으로 생각한다. 유입구와 배수구가 있어 변동의 여지가 있기는 해도 1마일가량 떨어진 플린트 호수와 그보다 작은 중간급 호수들 역시 월든과 보조를 맞추고 있으며 최근에 월든 호수와 같은 때에 최고 수위에 이르렀다. 내가 관찰한 범위 내에서 화이트 호수 역시 마찬가지였다.

이처럼 긴 간격을 두고 월든의 수위가 오르내리는 데는 줄잡아 다음과 같은 쓸모가 있다. 이렇게 수위가 오른 채 1년 이상 지속되면 비록 호수 주위를 걷는 일은 어려워져도 지난번 수위가 올랐을 때 이후에 자랐던 송진소나무와 자작나무, 오리나무, 미류나무 같은 관목과 수목들이 죽기 때문에, 물이 다시 빠지고 나면 물가가 깨끗해진다. 매일매일 수위 차가 있는 다른 많은 호수나 유수(流水)와 달리 월든의 호숫가는 수위가 가장 낮을 때가 제일 말끔한 모습을 드러낸다. 내 집 바로 옆으로 호수의 한켠에 한 줄로 늘어서 있던 15피트 높이의 송진소나무들도 지렛대를 쓰기라도 한 것처럼 뿌리째 뽑혀 죽었다. 이렇게 해서 소나무의 침식 행위가 저지되었는데, 그 크기를 보면 지난번 수위가 이만큼 올라왔을 때로부터 시간이 얼마나 경과했는지를 짐작할 수 있다. 호수는 이와 같은 수위 변동으로써 물가에 대한 소유권을 내세운다. 이런 식으로 물가는 탈취당하고 수목들은 그것을 점유했다는 이유만으로 물가를 차지할 수 없게 되는 것이다. 이들은 수염이 없는 호수의 입술인 셈이다. 호수는 이따금씩 자신의 입술을 핥곤 한다. 수위가 오르면 오리나무와 버드나무, 단풍나무들은 스스로를 지탱하기 위해 수중에서 줄기 밖으로 몇 피트나 되는 길고 붉은 실뿌리를 내뻗는데, 이런 실뿌리가 나는 부분은 지면에서 3, 4피트 높이에 이른다. 또한 나는, 여느 때는 열매를 맺지 않던 물가의 월귤나무도 이런 상황에서는 많은 열매를 맺는다는 사실을 알고 있다.

이곳 물가에 반듯하게 돌이 깔린 이유를 어떻게 설명해야 좋을지 난감해하는 사람들이 있다. 마을 사람들은 예전부터 그것에 대한 얘기를 들어 왔는데, 노인들은 자신들이 어렸을 때 그 이야기를 들었다고 한다. 옛날에 인디언들이 이 자리에 있던 산에서 굿을 벌이고 있었다. 그 산은 지금 호수가 땅속으로 들어간 깊이만큼 하늘 높이 솟았다고 한다. 전설에 의하면 굿을 벌이던 인디언들이 불경스런 주문을 외었는데, 그것은 인디언들이 결코 범해서는 안 되는 나쁜 일이었다. 그들이 이렇게 굿을 벌이는 사이에 산이 흔들리더니 갑자기 무너지기 시작했다. 그들 무리 중에서 월든이라는 노파 한 사람만 겨우 달아났는데, 이 호수의 이름은 바로 그 노파의 이름을 딴 것이라는 것이다.

사람들은 산이 흔들릴 때 이 돌들이 산기슭을 타고 굴러 떨어져 오늘날과 같은 물가를 이루었으리라고 추측했다. 아무튼 옛날에 이곳에 호수가 없었는데 지금처럼 호수가 생긴 것이라는 얘기만큼은 확실한 것 같다. 그리고 이 인디언의 전설은 내가 앞에서 언급했던 고대 정착민 얘기와 어느 모로 보나 모순되지는 않는데, 그 정착민은 처음 수맥봉을 가지고 이곳을 찾아와 풀밭에서 엷게 김이 오르고, 또 자신의 개암나무 막대가 아래를 가리키는 것을 보고는 이 자리에 우물을 파기로 마음먹었다는 것이다. 그곳에 깔린 돌에 대해서는 아직도 많은 사람들이, 물살이 언덕과 부딪쳐서 생긴 것으로는 볼 수 없다고 여기고 있다. 그러나 나는 주위 언덕에 이와 같은 종류의 돌이 놀라울 정도로 많다는 사실을 알아냈다. 그래서 호수 곁을 지나는 철길을 뚫을 때 나온 돌이 너무 많아 철로 양옆으로 높다란 담을 쌓아야 했을 정도였다. 게다가 물가가 급경사를 이룬 곳에 특히 돌들이 많았는데, 결국 유감스럽게도 내게 있어서 이 문제는 더 이상 수수께끼가 아니었다. 나는 호숫가에 돌을 깐 것이 누구의 소행인지 알고 있는 것이다. 호수의 이름이 영국에 있는 어떤 지명(예를 들면 새프론 월든 같은 곳)에서 따온 것이 아니라면, 호수의 원래 이름이 '월드인 폰드'(돌담으로 에워싸인 호수)였을 것이며 그 이름도 거기에서 나온 것으로 볼 수 있을 것이다.

그 호수는 나를 위해 누가 미리 파놓은 우물인 셈이었다. 연중 넉 달 동안 호숫물은 그것이 사철 내내 맑은 것만큼이나 차가웠다. 나는 그 호숫물이 마을에서 가장 좋은 우물물까지는 아니더라도 마을의 다른 우물물만큼은 좋은 물이라고 생각한다. 겨울이 되면 대기에 노출된 모든 물은 대기로부터 보호받고 있는 샘물과 우물보다 더 차갑게 마련이다.

1846년 3월 6일 오후 다섯 시에서 다음 날 정오까지 내가 앉아 있던 방에 갖다놓은 호숫물의 온도는, 지붕에 내리쬐는 햇볕 때문에 온도계가 화씨 65도에서 70도를 가리키고 있을 때 화씨 42도를 가리키고 있었다. 그것은 마을에서 가장 차가운 우물에서 금방 길어낸 물보다 1도가 더 낮은 온도였다. 같은 날 보일링 샘물의 온도는 화씨 45도로서, 측정한 모든 우물물 중에서 가장 높은 온도였다. 그러나 내가 아는 바로는, 바로 이웃해서 얕게 고여 있는 표면의 물을 섞지 않을 경우 그곳 우물물이 여름철에 가장 차갑다. 게다가 여름철이라도 월든 호수는 그 깊이 때문에 태양에 노출된 어떤 물만큼도 따뜻해지는 일이 없다. 아주 무더운 날에는 나는 대개 지하광에 물 한 통을 갖다두곤 했는데 그 물은 밤 사이에 서늘하게 식어서 다음 날 낮 동안에도 그 온도를 유지했다(그러나 나는 호수에 인접한 샘물도 이용하곤 했다). 그 물은 일주일이 지나도 처음 떠왔던 날과 다름없이 맛이 좋았으며 펌프 특유의 맛도 배어있지 않았다. 여름철 호숫가에서 일주일가량 야영을 하는 사람이면 누구든 호숫물 한 통을 야영지 나무 그늘에 몇 피트 정도의 깊이로 묻어 두기만 하면 얼음이라는 사치가 굳이 필요 없을 정도이다.

월든 호수에서는 강꼬치고기와(그중에는 7파운드짜리가 잡힌 적이 있으며, 또 언젠가는 엄청난 힘으로 얼레를 채 가지고 달아난 놈도 있는데, 낚시꾼은 그놈을 보지도 못했기 때문에 8파운드짜리였다고 장담했다) 퍼치와 메기(이놈들 각각은 2파운드가 넘는 것도 있다), 연준모치, 치빈 또는 잉어(leuciscus pulchellus), 아주 드물게 브림[4] 몇 마리, 그리고 뱀장어 몇 마리(그중 하나는 4파운드나 나갔다)가 잡힌 적이 있다. 내가 이처럼 자세히 설명하는 이유는 물고기는 무게가 흔히 그 명성의 유일한 바탕이기도 하거니와, 그것이 내가 여기서 들어 본 것 가운데 유일한 뱀장어였기 때문이다. 그것 말고도, 길이가 5인치쯤 되고 옆구리가 은색이며 등은 녹색을 띤 작은 물고기들도(특징으로 보면 치빈과 비슷하다) 어렴풋이 몇 마리 본 기억이 있다. 여기서 이 이야기를 하는 이유는 사실을 우화에 연결시키려는 의도에서이다.

---

4   브림 - 검은송어과에 속하는 담수어.

그럼에도 이 호수에는 물고기가 그다지 풍부하다곤 할 수 없다. 그 수는 많지 않지만 강꼬치고기가 이 호수의 주요 자랑거리이다. 나는 얼음판에 엎드려 한 번에 적어도 세 종류의 강꼬치고기를 본 적도 있다. 하나는 길쭉하고 얄따란 것으로 금속 빛깔을 띠고 있는데 강물에서 잡히는 놈들과 아주 비슷하다. 또 하나는 밝은 황금색에 녹색 광택을 띤 놈으로 몸통이 아주 굵은데, 이 호수에서 가장 흔한 종류이다. 마지막 것은 황금색에 모양은 두 번째 놈과 비슷하지만 옆구리에 작은 흑갈색 또는 검은 반점이 희미한 붉은 반점 몇 개와 섞인 것으로 송어와 아주 비슷하다. 이놈은 원래의 종명 'reticulatus'(그물무늬가 있는)와는 어울리지 않는다. 그보다는 차라리 'guttatus'(색점이 있는)가 더 어울릴 것이다. 이 물고기들은 모두 살이 아주 단단하여 겉보기보다는 훨씬 무겁다. 연준모치, 메기, 퍼치도 그 점은 마찬가지이며, 사실상 이 호수에 살고 있는 모든 물고기는 호숫물이 깨끗하기 때문인지 강이나 다른 대부분의 호수에 사는 놈들에 비해 훨씬 깨끗하고 보기도 좋으며 살이 단단해서 다른 것들과는 쉽게 구분할 수 있다. 어류학자라면 이곳의 물고기를 새 변종으로 분류하려 들지 모를 일이다.

여기에는 또한 깨끗한 개구리와 거북, 돌조개도 얼마간 살고 있으며 사향뒤쥐와 밍크가 주위에 발자국을 남겨놓고 간혹 떠돌이 진흙거북이 들르기도 한다. 이따금 아침에 배를 밀다 보면 밤

새 배 밑에 들어가 숨어 있던 커다란 진흙거북이 나오기도 한다. 봄가을에는 오리와 기러기가 호수를 찾아오고 흰배제비(hirundo bicolor)가 스치듯 수면 위를 지나며 얼룩점도요새(totanus macularius)가 여름 내내 뒤뚱뒤뚱 돌 깔린 물가를 돌아다닌다. 나는 종종 물 위로 늘어진 스트로부스 소나무에 앉은 물수리를 놀라게 만드는 일은 있었지만, 페어 헤이븐이 그렇듯이 이 호수에 갈매기가 날갯짓을 한 적이 있을 것 같지는 않다. 기껏해야 매년 찾아오는 아비 한 마리를 참아 주고 있을 뿐이다. 이런 것들이 요즘 호수를 종종 찾아오는 주된 동물들이다.

평온한 날씨에 동쪽 모래밭 근처나 호수의 다른 몇 군데에서 배를 타고 물속을 들여다보면 수심이 8에서 10피트 정도 되는 모래 바닥에 달걀보다 작은 돌로 직경 6피트에 높이 1피트 정도 쌓아놓은 무더기가 보일 것이다. 처음에는 인디언들이 무슨 목적에선가 얼음판 위에 쌓아놓았던 돌무더기가 얼음이 녹으면서 바닥에 가라앉은 건 아닐까 하고 생각하게 된다. 그러나 그렇게 보기에는 돌들이 너무 고르고 그중 어떤 무더기는 그렇게 오래전에 쌓은 것 같지 않아 보인다. 그 돌무더기들은 강바닥에서 발견되는 것과 비슷하지만 이 호수에는 서커[5]도 칠성장어도 살고 있지 않으므로 대체 어떤 물고기가 쌓은 것인지 알 수가 없다. 어쩌면

---

5 서커 - 잉어 비슷한 담수어의 일종.

그 무더기는 치빈의 집일지도 모른다. 그 돌무더기들은 호수 밑 바닥에 흥미진진한 수수께끼를 하나 더 보태놓은 셈이다.

들쭉날쭉한 물가는 변화가 풍부하다. 지금 내 눈앞에는 깊은 만으로 심하게 들쭉날쭉한 서쪽 호숫가와 선이 굵은 북쪽 호숫가, 연이어진 곶들이 서로 겹쳐 사이사이에 아직 탐사되지 않은 후미진 곳이 있음을 암시하는 아름다운 부채꼴 모양을 한 서쪽 호숫가가 떠오른다. 물가로부터 솟아난 언덕들 한가운데 자리잡은 조그만 호수 한복판에서 바라볼 때 이 일대의 숲은 가장 보기 좋은 자리에 놓여 남다른 아름다움을 보여 준다. 왜냐하면 이런 때 호수에 비치는 그림자가 가장 아름다운 전경을 만들어 주는데다가 구불거리는 물가가 그 풍경에 실로 자연스럽고도 적당한 경계선을 이루기 때문이다. 여기서는 숲 언저리에 도끼질로 개간한 부분이나 그 개간지에 인접한 경작지 때문에 생긴 거칠고 불완전한 자리가 보이지 않는 것이다. 나무들은 물가까지 뻗을 넉넉한 공간이 있고 그 하나하나가 호수 쪽으로 힘차게 가지를 내밀고 있다. 자연의 여신은 이곳에서 자연스럽게 감침질을 해놓아서 물가의 야트막한 관목에서 키 큰 나무쪽으로 시선이 자연스럽게 옮겨가게 된다. 여기서는 사람의 손길이 닿은 흔적이 거의 보이지 않는다. 호숫물은 천 년 전이나 다름없이 물가를 핥고 있다.

호수는 풍경에서 가장 아름답고 표정이 풍부한 얼굴이라 할 수 있다. 호수는 대지의 눈이어서, 그 속을 들여다보는 이는 자기 본성의 깊이를 잴 수 있다. 물가의 나무들은 호수 언저리를 두른 가느다란 속눈썹이며, 주변의 울창한 언덕이며 절벽들은 그 눈을 덮고 있는 이마인 셈이다. 평온한 9월의 어느 날 오후 엷은 안개 때문에 맞은편 물가가 흐릿할 때 호수의 동쪽 끝 매끄러운 모래밭에 서면 '유리 같은 호수 표면'이라는 표현의 유래를 알 수 있다. 고개를 거꾸로 하고 보면 호수의 수면은 계곡에 걸친 더없이 섬세한 거미줄처럼 아득한 소나무 숲을 배경으로 반짝이면서 두 대기의 층을 나눠놓고 있는 듯이 보인다. 그럴 때면 수면 밑 마른 땅을 밟고 맞은편 언덕까지 갈 수 있고 수면을 스치는 제비가 그 위에 앉을 수 있을 것 같다. 사실, 종종 제비들은 무슨 착오라도 일으킨 듯이 수면 아래로 내려가려다가 새삼스럽게 그것이 물이라는 것을 깨닫곤 하는 것이다. 서쪽으로 호수를 볼 때는 진짜 태양과 그것의 반사체 때문에 너무도 눈부신 나머지 두 손으로 눈을 가리지 않을 수 없다. 그 두 개의 태양은 똑같은 밝기로 빛나는 것이다. 그리고 이 두 태양 사이로 호수 수면을 꼼꼼히 살펴본다면 그것이 문자 그대로 거울처럼 매끄럽다는 사실을 알게 된다. 다만, 수면 전체에 일정한 간격으로 흩어져 있는 소금쟁이들이 햇살 속을 움직일 때마다 상상할 수 있는 가장 섬세한 섬광이 일기도 하고, 또 어쩌면 오리 한 마리가 깃을 다듬거나, 또는 방금 말했듯이 제비들이 수면을 건드리기라도 할 것처럼 낮게 날 때를 제외하면 말이다.

멀리서 물고기 한 마리가 공중으로 3, 4피트 높이의 반원을 그릴 때도 있는데, 물고기가 튀어오를 때와 다시 물로 떨어질 때는 눈부신 섬광이 번쩍인다. 어떤 때는 그 은빛 반원 전체가 선명하게 드러나기도 한다. 이따금 엉겅퀴 털이 수면에 떨어지기라도 하면 물고기들이 달려드는 바람에 또다시 잔물결이 일기도 한다. 그건 마치 유리 녹은 물이 식기는 했으나 아직 굳기 전의 상태와 같아서 그 속에 들어 있는 몇 점의 티조차 유리의 흠처럼 깨끗하고 아름다워 보인다. 또 이따금씩 마치 물의 요정이 울타리로 세워둔 눈에 보이지 않는 거미줄이 그곳을 다른 수면과 분리해 놓기라도 한 것처럼 다른 곳보다 더 매끄럽고 더 어두운 수면이 보일 때도 있다.

언덕 꼭대기에서 보면 호수 거의 어디서나 물고기가 뛰는 것을 볼 수 있다. 강꼬치고기나 연준모치가 그 매끄러운 수면에 떠 있는 벌레를 물기라도 하면 호수 전체의 균형이 단숨에 깨지고 마는 것이다. 이 단순한 사실이 어떻게 그토록 정교하게 외부에 알려지는지 정말 놀라울 정도이다(물고기의 살육은 이처럼 반드시 드러나게 되어 있다).

원을 그리며 퍼지는 파문이 직경 30야드쯤 되면 지금 내가 앉아 있는 자리처럼 멀리 떨어진 곳에서도 알아볼 수 있다. 4분의 1마일 떨어진 곳에서 물매암이(gyrinus) 하나가 매끄러운 수면 위를 끊임없이 움직이는 것조차 알 수 있다. 그것들은 물 위에 작은 고랑을 내면서 퍼져나가는 두 개의 선으로 뚜렷한 물살을 그리기 때문인데, 그에 반해 소금쟁이들은 수면 위를 거의 아무런 흔적도 없이 미끄러진다. 수면이 꽤 거칠어지면 소금쟁이도 물매암이도 나오지 않지만, 평온한 날에는 조금만 자극이 있어도 은신처에서 나와 모험을 하듯 물위를 미끄러지기 때문에 호수 전체가 그들로 가득 차게 된다.

햇살의 온기가 고맙게 생각되는 가을 화창한 날에 이렇게 높은 곳 나무 그루터기에 앉아 호수를 바라보면서 그 위에 끊임없이 그려지는 동그란 물살을 보고 있노라면 마음이 가라앉는다(그 물살이 없다면 호수에 반사된 하늘과 나무숲 때문에 수면이 있는지조차 알 수 없다). 이 넓은 호수에 설혹 어떤 동요가 일더라도 이처럼 단숨에 잠잠해지면서 가라앉는데, 그것은 흡사 항아리 속의 물을 흔들어도 출렁대던 물이 가장자리에 닿아 금방 잔잔해지는 것과 같다. 물고기 한 마리가 뛰어오르거나 벌레 한 마리가 호수에 떨어지더라도 이렇게 아름다운 동그란 물결로 금방 알려지는 것이다. 그것은 마치 호수의 샘에서 끊임없이 솟아나는 것 같기도 하고 호수의 생명이 부드럽게 맥동하는 것 같기도 하고 호수의 가슴이 오르내리는 모습처럼 보이기도 한다. 환희에서 나오는 전율과 고통의 전율은 구분되지 않는다. 호수의 이 모든 현상들은 그 얼마나 평화로운가! 인간의 노동은 다시 봄날을 맞은 듯 눈부시게 빛난다. 아아, 오후도 한창때에 접어든 지금 모든 나뭇잎과 나뭇가지와 돌멩이와 거미줄이 봄날 아침이슬에 덮이기라도 한 듯 반짝거리고 있다. 노를 움직일 때마다, 벌레가 움직일 때마다 섬광이 인다. 노가 물을 치는 그 반향음은 얼마나 감미로운가!

9월 아니면 10월의 이런 날, 월든은 내 눈에 더할 나위 없이 값진 보석들로 장식된 완벽한 숲의 거울로만 보인다. 이 지상에 있는 것 가운데 호수만큼 아름답고 순수하며 커다란 형상은 없을 것이다. 그것은 하늘의 물이다. 울타리도 필요 없다. 수많은 종족이 오가더라도 호수를 더럽힐 수는 없다. 그것은 어떤 돌로도 부술 수 없는 거울, 뒷면의 수은이 닳아 없어지는 법이 없는 거울, 자연의 여신이 끊임없이 금박을 손질하는 그러한 거울이다. 어떤 폭풍도 먼지도 그 깨끗한 표면을 흐리게 만들 수 없다. 그 위에 비친 모든 불순물이 가라앉고 태양이 그 몽롱한 솔로(햇빛의 얇은 걸레로) 먼지를 터는 그런 거울, 어떤 입김 자국도 남지 않으며, 오히려 수면 높이 뜬 구름처럼 하늘로 날려보내어 그 품속에 고요하게 비추게 만드는 그런 거울인 것이다.

물의 들판이라 할 이 호수는 허공의 정기를 반사한다. 그것은 끊임없이 위로부터 새로운 생명과 동작을 받아들인다. 그 본성은 땅과 하늘의 중간이다. 땅에서는 풀과 나무만이 흔들릴 뿐이지만 물은 바람에 송두리째 움직이며 물결을 일으킨다. 나는 빛의 희미한 움직임과 번득임만 보고도 산들바람이 지나는 곳이 어딘지 알 수 있다. 호수의 수면을 내려다볼 수 있다는 건 정말 놀랄 만한 일이다. 이런 식으로 언젠가는 공기의 표면을 내려다보며 훨씬 더 미묘한 정기가 스치는 곳을 알 수 있을지도 모른다.

10월 하순이 되어 된서리가 내릴 때쯤이면 마침내 소금쟁이와 물매암이들도 사라진다. 그리고 나서 11월의 평온한 날들이 이어지면서 대개 수면에 잔물결을 일으키는 것은 아무것도 없게 된다. 11월의 어느 날 오후, 며칠 동안 계속되던 폭우가 끝나 잠잠해지자 하늘에는 아직도 구름이 자욱히 깔리고 대기는 안개로 가득 차고 호수가 유난히 잔잔해서 어느 것이 수면인지 알아보기도 어려울 정도였다. 이제 호수는 10월의 밝은 색조가 아니라 11월에 접어든 어둑한 주위 산들의 색채를 반사하고 있었다. 나는 되도록이면 살며시 지나가려 했지만 내 배가 만드는 희미한 파동이 내 시선이 닿는 범위까지 뻗어나가며 호수에 비친 산 그림자를 굽이치게 만들었다. 그러나 수면을 바라보고 있는 동안 멀리 군데군데 가물거리는 어렴풋한 빛이 보였다. 그것은 마치 서리를 피해 달아났던 소금쟁이들이 다시 돌아오기라도 한 것 같았다. 그렇지 않으면 수면이 너무 잔잔한 나머지 호수 바닥에서 샘물이 솟는 모양을 그대로 드러내는 것일지도 몰랐다.

그곳까지 조용히 노를 저어 다가간 나는 5인치 길이에 녹색 물속에서 풍부한 청동빛을 띤 작은 퍼치 떼가(나는 어느새 퍼치 떼에 에워싸여 있었다) 장난치듯 끊임없이 수면으로 떠올라 잔물결을 일으키며 때로는 거품까지 남기고 있는 것임을 알고 깜짝 놀랐다.

물이 너무도 투명하고 그 깊이조차 헤아릴 수 없는 듯하여 나는 문득 기구를 타고 허공에 떠 있는 듯한 착각에 빠졌다. 헤엄치는 물고기들은 흡사 공중을 가득 메운 새 떼같이 돛처럼 생긴 그 지느러미를 활짝 펼친 채 내 발 아래 좌우를 스쳐 지나가는 것같이 보였다. 겨울이 자신들의 넓은 천창에 얼음으로 덧문을 달기 전에 짧은 한철을 이용하려는 듯한 이 수많은 물고기 떼 때문에 호수 수면은 이따금씩 바람이 스치거나 빗방울이 떨어지는 것 같은 인상을 주었다. 내가 무심코 다가가 놀라게 하자 물고기들은 마치 누군가가 잔가지가 잔뜩 달린 나뭇가지로 물을 후려치기라도 한 것처럼 갑자기 꼬리로 물을 튀기며 잔물결을 일으키고는 순식간에 물속 깊은 곳으로 달아났다. 마침내 바람이 일어 안개가 자욱해지고 파도가 치기 시작하자 퍼치들은 물 밖으로 반쯤 몸을 내밀다시피 하고 전보다 더 높이 뛰어올랐다. 그러자 3인치 길이의 까만 점들이 삽시간에 수면에 좍 깔렸다.

어느 해인가 12월 5일에도 수면에 이는 잔물결을 보고는 이제 곧 소나기가 쏟아지려나 보다고 생각했다. 대기에는 안개까지 자욱해져서 나는 서둘러 노를 잡고 집 쪽으로 배를 저었다. 비록 내 얼굴에는 아직 떨어지지 않았지만 벌써 빗방울이 사방에 쏟아지기 시작했다. 나는 아무래도 비에 흠뻑 젖고 말겠다고 생각했다. 그런데 갑자기 잔물결이 뚝 그쳤다. 그건 바로 퍼치가 일으킨 잔물결이었는데, 그놈들은 내 노젓는 소리에 놀라 물속 깊은 곳으로 달아났던 것이다. 내 눈에 희미하게 퍼치 떼가 사라지는 모습이 보였다. 결과적으로 그날 오후에는 비가 내리지 않았다.

거의 60년 전 이 호수에 자주 드나들었던 한 노인의 말에 따르면(그 당시는 주위의 숲 때문에 무척 어두웠다고 하는데) 오리와 다른 물새들이 우글거렸으며 주위에는 독수리도 많았다고 한다. 노인은 낚시를 하러 이곳에 왔는데, 물가에서 발견한 낡은 통나무배를 썼다. 그 배는 스트로부스 소나무 두 그루의 속을 판 다음 서로 얽어매고 양쪽 끝은 뭉툭하게 자른 것이었다. 생김새는 꼴사나웠지만 오랜 세월 동안 쓰이다가 결국은 물에 잠겨 십중팔구 호수 바닥에 가라앉았을 것이다. 노인은 그 배 주인이 누군지 몰랐으니 결국 호수가 그 주인이었던 셈이다. 그는 히코리나무 껍질을 한데 엮어 닻줄로 썼다. 독립전쟁 전 호숫가에 살았던 한 옹기장이가 언젠가 노인에게, 호수 바닥에 쇠로 된 궤짝이 하나 있는데 자기 눈으로 직접 본 적도 있다고 했다는 것이다. 그 궤짝은 이따금씩 물가까지 떠올라 왔지만 누군가 다가가기라도 하면 깊은 물속으로 자취를 감추곤 했다.

나는 같은 재료로 만들긴 했지만 훨씬 더 품위 있는 생김새였을 인디언들의 통나무배를 대신한 셈인 그 낡은 통나무배 얘기를 듣고 무척 기뻤다. 아마도 애초에는 둑에 서 있던 나무가 물속으로 쓰러지고 그러고 나서 다시 한 세대 동안 둥둥 떠 있다가 호수에 가장 적당한 배가 된 것이리라. 처음 호수 속을 들여다보았을 때 밑바닥에 놓여 있는 큼직큼직한 나무줄기가 보였던 것이 생각난다. 그것들은 옛날에 바람에 밀려 그곳까지 흘러 들어갔거나 아니면 나무 값이 지금보다 훨씬 쌌을 때 마지막으로 벌채됐던 것이 얼음판 위에 방치되었던 것이리라. 그러나 지금은 그것들도 대부분은 없어져 버렸다.

내가 처음 월든 호수에서 배를 저었을 때만 해도 온통 빽빽하고 높다란 소나무와 떡갈나무 숲이 사방을 에워싸고 있었으며 후미진 곳에서는 포도 넝쿨이 정자 모양으로 나무 위로 늘어져 그 밑으로 배가 지나다닐 수도 있었다. 호숫가에 있던 언덕들은 너무나 가파르고 언덕 위의 나무들도 키가 높아서 서쪽 끝에서 호수를 내려다보면 흡사 웅장한 삼림을 위한 원형극장처럼 보였다.

지금보다 더 젊었을 때 나는 여름날 아침이면 종종 배를 호수 한복판까지 저어 가서는 그 자리에 벌렁 누워 몽상에 잠긴 채 몇 시간씩이고 산들바람이 부는 대로 떠다니곤 했다. 그러다 배가 모래밭에 닿는 기척에 정신을 차리고 일어나 내 운명이 나를 어느 물가로 데려다 주었는지를 알아보았다. 그것은 게으름이 무엇보다 매력적이고 생산적인 사업이었던 시절의 일이었다. 나는 수많은 아침나절을 아무도 몰래 이런 식으로 하루의 가장 소중한 시간으로 보내곤 했다. 나는 금전적으로는 아니더라도 햇빛 밝은 시간과 여름날이라는 점에서는 부유했으며 그 시간들을 아낌없이 사용했다. 또한 나는 내가 그 시간들을 일터나 교단에서 좀

더 보내지 않았다는 이유로 후회하지도 않는다. 그러나 내가 그 호숫가를 떠난 이후로 나무꾼들은 숲을 더욱 더 황폐하게 만들고 있으며, 앞으로 오랫동안 호수가 내다보이던 그 숲 속 오솔길을 따라 거니는 일은 없을 것이다. 앞으로 나의 뮤즈가 침묵을 지킨다 해도 어쩔 수 없는 일이다. 새들의 덤불이 베어지고 있는 마당에 어떻게 새보고 지저귀라고 할 수 있겠는가?

이제 호수 바닥의 나무줄기도, 낡은 통나무배도, 주위를 에워싸고 있던 컴컴한 숲도 사라졌다. 호수가 어디 있는지도 잘 모르는 마을 사람들은 그곳에 와서 목욕을 하거나 호숫물을 마시려 하기보다는 적어도 갠지스강만큼은 신성시해야 할 그 호숫물을 관을 놓아 마을까지 끌어다 접시를 닦을 생각만 하고 있다! 그저 수도꼭지를 틀거나 마개를 뽑아 월든 호수를 손에 넣으려는 것이다! 귀청을 찢는 울음소리로 마을을 진동시키는 저 흉악한 철마는 말굽으로 보일링 샘을 더럽혔고, 월든 호숫가의 모든 삼림을 먹어치운 것도 그놈이다. 그리스 용병들이 끌어들인 저 트로이 목마의 배 속에는 사람들이 잔뜩 들어차 있다! 심연에서 이 거만한 독충의 갈비뼈 사이에 복수의 창날을 깊숙이 꽂을 무어힐의 무어, 이 나라의 투사는 어디에 있단 말인가?

그럼에도 내가 알고 있는 월든의 모든 특성 중에서 가장 좋은 부분, 그리고 무엇보다 잘 보존된 것은 그 순수성이다. 많은 사람들이 이 호수에 비유되어 왔으나 정작 그러한 영예를 받을 만한 사람은 거의 없다. 나무꾼들이 호숫가 이곳저곳을 황폐화시키고 아일랜드인들이 그 곁에 자신들의 돼지우리 같은 집을 짓고 철도가 그 경계선을 침범하고 한때 얼음 장수가 그 얼음을 걷어 간 적은 있었지만, 호수 자체는 변치 않았다. 내가 어린 시절 보았던 바로 그 물 그대로인 것이다. 변한 것이 있다면 그것은 모두 나의 생각뿐이다. 호수에는 수많은 물결이 일었지만 어떤 주름살도 영원히 남지는 않았다. 호수는 영원토록 젊음을 누리고 있으며, 지금도 물가에 서면 저 옛날 그랬듯이 수면에서 벌레를 잡으려는 듯 물에 살짝 몸을 담갔다 날아가는 제비를 볼 수 있을 것이다.

마치 지난 20여 년 동안 거의 매일같이 그 호수를 보지 않기라도 했다는 듯 오늘 밤 다시 그 생각이 떠오른다. 바로 여기 월든 호수가 있다, 그토록 오래전 내가 보았던 바로 그 삼림 속의 호수가. 지난 겨울 잘려나간 숲에서는 또다른 숲이 호숫가에 전처럼 기운차게 싹트고 있다. 그리고 그때 그랬듯이 똑같은 생각이 표면으로 샘솟고 있다. 그것은 그 자신과 그 창조주에게, 아아, 그리고 어쩌면 내게도 여전히 그때와 같은 기쁨과 행복을 안겨 주는 호수인 것이다. 그건 분명 아무런 간계도 모르는 용사의 작품이다! 그 용사는 자신의 손으로 이 호수를 둥글게 다듬고 자신의 사상으로 정화시키고 자신의 유언으로 그것을 콩코드에게 남겨 주었다. 그 수면에는 바로 그때와 똑같은 영상이 떠올라있다. 그러므로 이렇게 말할 수도 있겠다. 월든이여, 이것이 정녕 그대인가?

이것은 한낱 시 한 줄 쓰기 위한

꿈이 아니라네.

월든 곁에서 사는 일이야말로

하느님과 천국에 가까이 다가가는 길.

나는 그 돌 놓인 호숫가이며,

그 위를 지나는 산들바람이라네.

내 빈 손에

그 호숫물과 모래가 담기고,

호수의 가장 깊은 곳은

내 사념 속에 드높이 자리하고 있다네.

열차는 결코 호수를 보려고 멈추는 법이 없다. 그렇지만 나는 기관사와 화부, 제동수, 그리고 정기승차권을 갖고 있어서 그 호수를 자주 접할 수 있는 승객들이라면 호수를 훨씬 잘 볼 수 있으리라 생각한다. 밤이 되면 그 기관사는(또는 그의 본성은) 자신이 지금껏 하루에 적어도 한 차례 이 맑고 순수한 광경을 보았다는 사실을 떠올릴 것이다. 비록 한 번밖에 보지 않은 사람이라도 그 광경은 스테이트 거리와 기관차의 그을음을 씻는 데 도움이 될 것이다. 그 호수를 '하느님의 안약'이라고 부르자고 하는 이도 있다.

월든 호수에 눈에 띄는 유입구나 배수구가 없다고 말한 바 있지만, 이 호수는 한편으로는 멀리 떨어져 있는 플린트 호수와 간접적으로, 그곳으로부터 연이은 일련의 조그만 호수들에 의해 관계를 맺고 있으며, 다른 한편으로 좀더 직접적이고도 명확하게, 비슷하게 연이은 일련의 호수들에 의해 좀더 아래쪽에 있는 콩코드강과 관계를 맺고 있다. 어쩌면 과거의 어떤 지질기에는 월든 호수가 그 작은 호수들로 흘러들었을지도 모르는 일이다. 그리하여 비록 하느님이 금지하신 일이지만 땅을 조금만 판다면 또다시 플린트 호수 쪽으로 흐르게 될지도 모른다. 만일 이 호수가 그토록 오랜 세월 동안 숲 속의 은자와 같은 엄격한 절제 생활을 함으로써 지금과 같은 놀라운 순수성을 획득한 것이라면, 이것과 비교해서 불순하다고 할 수밖에 없는 플린트 호수의 물이 월든 호숫물과 섞일 경우, 또는 그 호숫물이 바다의 파도 속에서 그 감미로움을 잃게 될 경우 애석해하지 않을 사람이 있을까?

링컨에 있는 플린트 호수, 또는 샌디 호수는 이 일대에서 가장 큰 호수이자 내해인데 월든 호수로부터 동쪽으로 1마일가량 떨어져 있다. 그 호수는 월든보다 훨씬 커서 일설에 의하면 197에이커에 달한다고도 하며 물고기도 훨씬 풍부하지만, 수심이 비교적 얕고 그다지 깨끗하지 않다. 나는 종종 기분 전환 삼아서 그쪽 삼림지로 산책을 하곤 했다. 얼굴에 거침없는 바람을 받고 넘실거리는 파도를 보며 선원들의 삶을 연상하는 것만으로도 그곳을 산책할 만하다. 나는 가을철 바람 부는 날이면 그곳으로 밤을 주우러 가곤 했는데, 그럴 때면 호수에 떨어진 밤송이들이 내 발 밑까지 밀려오곤 했다.

그러던 어느 날 신선한 물보라를 얼굴에 맞으며 사초가 무성한 물가를 헤치며 가던 나는 다 썩어 가고 있는 배의 잔해를 발견했다. 뱃전은 없어지고 바닥도 골풀 사이에 흔적만 겨우 알아볼 수 있을 정도였다. 그래도 마치 썩은 수초의 잎사귀에 잎맥이 그냥 남아 있듯이 그 형태만은 선명하게 남아 있었다. 그것은 해변에서나 볼 수 있는 것만큼이나 보기 좋은 난파선의 잔해로 훌륭한 교훈을 간직하고 있었다. 이제는 한낱 부식토일 뿐이고 호숫가와도 구별되지 않을 정도였으며 골풀과 부들 따위가 그 사이로 삐죽삐죽 튀어나와 있었다.

나는 그 호수의 북쪽 끝 모래 바닥에 난 물결 자국에 감탄하곤 했다. 물의 압력에 의해 굳은 그 자국은 그 위를 밟고 지나면 단단하게 느껴졌다. 그리고 이 자국을 따라 굽이치는 선을 이루며 일렬 종대로 자란 골풀이 흡사 파도가 심어놓은 양 줄지어 늘어서 있었다. 거기에는 또한 이상하게 생긴 공들이 상당히 많았는데, 그것들은 가느다란 풀잎이나 뿌리, 또는 어쩌면 파이프워트가 뭉쳐진 것 같았다. 지름이 반 인치에서 4인치 정도 되었고 아주 둥근 모양을 하고 있었다. 이 공들은 모래 바닥 위 얕은 물속에서 이리저리 움직이다가 때로는 물가로 올라오기도 했다. 풀이 단단하게 뭉쳐진 것도 있고 한복판에 모래가 얼마간 섞인 것도 있다. 처음에는 조약돌처럼 파도의 작용에 의해 생긴 것일지도 모른다는 생각이 들었지만, 가장 작은 것으로 반 인치짜리까지도 똑같이 거친 입자로 만들어져 있고 1년에 오직 한 계절에만 생기는 것이다. 게다가 파도는 뭔가를 새로 만든다기보다는 이미 견고하게 만들어진 물질을 부수는 성질을 갖고 있다고 나는 생각한다. 이 공들은 마른 상태에서도 그 형태를 꽤 오랫동안 유지한다.

플린트 호수라니! 우리의 작명술은 이렇게나 빈곤하다. 하늘의 물에 인접하여 농장을 세우고는 무자비하게 그 일대를 유린한 그 불결하고 어리석은 농부가 대체 무슨 권리로 호수에 자기 이름을 붙였단 말인가? 그자는 자신의 뻔뻔한 얼굴이 비치는 반들반들한 1달러나 번쩍이는 1센트짜리 동전을 더 좋아하는 자린고비였으며, 호수 위에 앉는 야생 오리들을 무단 침입자로 간주하는 작자였고, 그자의 손가락은 탐욕스런 하피[6]와 같은 오랜 습관으로 구부러진 데다 뼈만 앙상한 갈고리발톱으로 바뀌었다. 그러니 그 이름은 내게는 결코 올바른 이름이라 할 수 없다. 나는 그자를 만나거나 그자의 얘기를 들으러 그곳으로 가지는 않는다. 그자는 그 호수를 바라본 적도 없고, 거기서 목욕을 한 적도 없으며, 사랑하지도 않았고, 지키려 하지도 않았으며, 호수에 대해 좋게 말한 적도 없었고, 호수를 만들어준 창조주께 감사해 본 적도 없었다. 그보다는 차라리 그 호수에서 헤엄치는 물고기 이름을 따 붙이

---

6 하피 – 여자의 얼굴과 몸둥이에 새의 날개를 가진 탐욕스런 괴물.

거나, 호수를 찾아오는 들새나 네발짐승, 그 물가에서 자라는 야생화, 혹은 호수와 그 내력이 얽혀 있는 미개인이나 어린애의 이름을 따 붙이자. 비슷한 생각을 가진 이웃이나 주의회가 준 증서이외에는 어떤 소유권도 없는 자, 호수의 금전적 가치만 생각하는 자, 자신의 존재로 호숫가에 저주를 내리기만 했던 자, 이 일대의 땅을 고갈시키고 가능했다면 주저앉고 호숫물까지 다 써버리려 했을 자, 이 호수가 영국산 목초지나 덩굴월귤밭이 아니라는 사실만 애석하게 여긴 자(그자의 눈에는 실로 이 호수가 그러한 결점을 메울 만한 점이 아무것도 없다고 여겨졌던 것이다), 그리하여 물을 모두 뽑아버리고 밑바닥 진흙이라도 팔아치울 수 있는 자의 이름을 따붙일 것이 아니라 말이다.

이 호수로는 그의 물방아를 돌릴 수도 없었고, 호수를 바라보는 것이 그에게 아무런 혜택도 되지 못했다. 나는 그의 노동도, 어느 것이나 값이 붙어 있는 그자의 농장도 존경하지 않는다. 그는 그것으로 뭐든 구할 수만 있다면 이곳 풍경을, 자신의 하느님이라도 시장에 내다 팔 자인 것이다. 사실이지 그자의 하느님은 시장에 있다. 그자의 농장에서는 아무것도 공짜로 자라는 건 없으며, 밭에서 곡식이 자라고 풀밭에서 꽃이 자라고 나무에 과일이 열리는 것이 아니라 돈이 자라고 열리는 것이다. 그는 과일의 아름다움을 사랑하지 않고, 그것들이 돈으로 바뀌기 전에는 익은 것도 아니다. 내게 진정한 부를 누릴 수 있도록 가난을 달라. 나는 농부들이 얼마나 가난한가에 비례해서, 요컨대 가난한 농부들을 존경하고 그들에게 관심을 갖는다. 모범 농장이라니! 거기에는 오물더미에 자란 버섯처럼 주택이 서 있고, 청결과는 아무 상관 없이 사람과 말과 소와 돼지우리가 모두 나란히 붙어 있는 것이다! 거기서는 인간까지도 방목하는 것이다! 양털 기름과 인분 냄새와 버터밀크가 한데 뒤섞여 있는 곳이다! 인간의 심장과 뇌로 거름을 주는 고상한 경작이 이루어지는 곳이다! 그건 흡사 묘지에서 감자를 재배하는 것과 다름없다! 이런 것이 바로 모범 농장이라는 것이다.

아니, 그건 아니다. 가장 아름다운 어느 한 풍경에 굳이 사람의 이름을 따서 붙이려면 가장 고귀하고 훌륭한 인물의 이름을 따야만 한다. 우리의 호수들에 최소한 이카루스 바다 같은 이름을 붙이도록 하자. 그래서 "아직도 그 해안에는 용맹한 시도가 낭랑하게" 울려퍼지고 있는 것이다.

작은 구스 호수는 플린트 호수로 가는 도중에 있고, 콩코드강의 연장이며, 약 70에이커쯤 된다는 페어 헤이븐 호수는 남서쪽으로 1마일 떨어져 있으며, 40에이커쯤 되는 화이트 호수는 페어 헤이븐 너머 1마일 반 거리에 있다. 이것이 나의 호수 나라이다. 이들은 콩코드강과 함께 내가 물의 특혜를 누리는 호수들이며, 그것들이 밤낮으로 해를 거듭하여 내가 가져가는 곡식을 빨아 주는 것이다.

나무꾼과 철도, 그리고 나 자신도 월든 호수를 더럽혔으므로 아마도 우리에게 있는 호수들 중에 가장 아름답지는 않더라도 가장 매력적인 호수이며 숲 중의 보석은 화이트 호수일 것이다. 유난히 깨끗한 물빛이나 모래 빛깔에서 따왔을 그 이름은 너무 평범해서 보잘것 없다. 그러나 다른 점들에서 볼 때 화이트 호수는 월든 호수의 쌍둥이 동생이라고 할 만하다. 그 두 호수는 너무 비슷해서 지하로 연결돼 있는 게 확실하다는 생각이 들 정도다. 돌이 깔린 물가도, 같은 색조를 띤 물빛도 그렇다. 월든에서 그랬듯이 찌는 듯한 복날, 호수 바닥이 고스란히 물빛에 반사될 정도로 깊지 않은 그곳 어느 만에서 나무숲 사이로 그 호수를 내려다보면 물빛이 몽롱한 청록색 또는 녹회색으로 보인다. 나는 오래전 사포를 만들 셈으로 그곳 모래를 수레로 퍼왔으며 그 뒤로도 계속 그 호수를 찾아가곤 했다. 그 호수를 자주 들락거리는 어떤 이는 그곳을 비리드[7] 호수로 부르자고 한다. 주변 환경을 감안하면 옐로우파인 호수라고 부름직도 하다.

지금으로부터 약 15년 전 물가에서 수십 야드 떨어진 깊은 곳 수면 위로 튀어나와 있는 소나무의 우듬지를 볼 수 있었다(그 나무의 정확한 종명은 모르겠지만 이 부근에서는 옐로우파인이라고 부르는 송진소나무였다). 어떤 이들은 이 일대의 땅이 꺼져 호수가 생기기 전

---

7   비리드 - 선록색.

원래 그 자리에 있던 원시림에 속했던 나무라고 짐작하기도 한다. 나는 1792년 매사추세츠 역사학회 논문집에 이곳 시민 한 사람이 게재한 '콩코드시의 지형학적 해설'에서, 월든 호수와 화이트 호수에 대해 설명하고 난 뒤에 다음과 같이 덧붙인 글을 찾아냈다. "수위가 아주 낮아질 때면 이 호수 한복판에서 원래부터 그 자리에서 자란 듯이 보이는 나무 한 그루를 볼 수 있다. 그 뿌리는 수면 밑 50피트 깊이에 박혀 있는데, 나무 우듬지가 부러져 있고 부러진 자리의 직경이 14인치에 이른다."

1849년 봄 나는 서드베리에서 이 호수에 가장 인접해서 살고 있는 주민과 얘기해 보았는데, 그는 10년인가 15년 전 이 나무를 호수에서 끌어낸 사람이 바로 자기였노라고 말했다. 자신의 기억이 정확하다면 그 나무는 물가에서 6, 70야드가량 떨어진 지점, 수심이 3, 40피트쯤 되는 곳에 있었다고 했다. 때는 겨울이었고 그는 아침나절 얼음을 캐고 있다가 그날 오후 문득 이웃들의 도움을 받아 그 옐로우파인 고목을 물 밖으로 끌어내기로 마음먹었다는 것이다. 그는 톱으로 물가까지 얼음판에 운반로를 만든 다음 소를 동원해서 그 나무를 얼음판 위로 끌어올렸는데, 한참 작업을 하던 그는 얼마 가지 않아서 그 나무가 사실은 뒤집혀 있었던 것임을 알고 깜짝 놀랐다고 한다. 가지가 달린 그루터기가 아래를 향해 뻗어 있었고 그 가느다란 끝이 모래 바닥에 단단히 박혀 있었다는 것이다. 굵은 부분의 지름이 1피트쯤 되었기에 처음에는 쓸 만한 통나무감을 구하게 될 줄 알았지만 나무가 너무 썩어서 기껏해야 땔감으로 쓸 수 있을까 말까 할 정도였다. 그때만 해도 그는 아직 창고에 그 나무의 일부분을 보관하고 있었다. 나무 밑동에는 도끼와 딱따구리가 낸 흔적들이 남아 있었다. 그는, 그 나무가 원래 물가에 있을 때부터 죽은 나무였는데 바람에 쓰러져 호수에 빠진 다음 나무 우듬지가 물에 잠기게 됐을 것이고 원래의 밑동은 여전히 마른 상태여서 가벼웠기 때문에 물에 떠가다 거꾸로 박히게 된 것이라고 생각했다. 당시 여든 살이던 그의 부친도 그 나무가 호수에서 보이지 않았던 때가 기억에 없었다. 호수 바닥에는 아직 제법 굵직한 통나무들이 여러 개 남아 있는데, 수면의 흔들림 때문에 흡사 거대한 물뱀이 움직이는 것처럼 보인다.

이 호수에는 배가 뜬 적이 거의 없는데 그것은 여기에 낚시꾼을 유인할 만한 것이 거의 없기 때문이다. 여기에는 진흙이 있어야 하는 토란이나 흔한 창포 대신 붓꽃(iris versicolor)이 6월이면 벌새들이 찾아오는 돌 깔린 호숫가에서 맑은 물속에 가느다란 꽃대를 내민 채 자라고 있다. 그 푸른 잎과 꽃, 무엇보다도 물에 비친 붓꽃 그림자는 녹회색을 띤 호숫물과 보기 드문 조화를 이루고 있다.

화이트 호수와 월든 호수는 이 지상의 커다란 수정이며 광채의 호수들이다. 만약 이 호수들이 영원토록 응결돼 있고 손에 잡을 수 있을 정도로 작다면 십중팔구는 제왕들의 머리를 장식하기 위한 다른 보석들처럼 노예들이 캤을 것이다. 그러나 액체인 데다 크기도 커서 영원토록 우리들과 우리의 후손들에게 남게 되었으므로 사람들은 이를 무시하고 코히누르 다이아몬드[8]를 뒤쫓는다. 이 호수들은 너무나 순수하여 시장 가치를 매길 수가 없다. 여기에는 아무런 오물도 없는 것이다. 그것은 우리네 인생보다 얼마나 더 아름다우며 우리의 인격에 비하면 그 얼마나 투명한가! 인간은 결코 이들 호수들로부터 비열함을 배울 수 없다. 오리가 헤엄치는 농부네 집 앞 물웅덩이에 비하면 얼마나 깨끗한가! 이곳을 찾는 것은 정결한 야생 오리들이다. 자연에게는 그것을 제대로 평가할 줄 아는 인간이라는 주민이 없다. 보기 좋은 깃으로 노래하는 새들이 꽃과 조화를 이루고 있다. 하지만 그 어떤 청춘 남녀가 이 야생적이고 풍요로우며 아름다운 자연과 호흡하고 있는가? 자연은 그들이 사는 마을에서 멀리 떨어져 저 혼자 번성한다. 그런 자연을 놔두고 천국을 논한다는 것이야말로 이 지상을 모욕하는 일이다.

---

8   코히누르 다이아몬드 – 1849년 이래 영국 왕실이 소유한 세계 최대의 다이아몬드로 108캐럿.

소로의 열 번째 이야기

베이커 농장
BAKER FARM

Walden

이따금 나는 사원처럼 또는 돛을 모두 올린 바다의 함대처럼 우뚝 서서 가지를 흔들고 햇빛 속에 물결치는 솔 숲으로 산책을 가곤 했다. 그 솔 숲은 실로 고요하고 푸르고 그늘져 있어서 드루이드교[1]의 사제들이라도 떡갈나무 숲을 나와 이 솔 숲에서 예배를 드리려 했을 것이다.

또는 플린트 호수 저편에 있는 삼나무 숲을 찾기도 했는데, 그곳에는 삼나무들이 고색창연한 월귤나무들로 덮인 채 끝도 없이 치솟고 있어 발할라[2] 앞에 세운다 해도 어울릴 정도였으며 땅을 기는 노간주나무가 열매가 잔뜩 달린 화환으로 지면을 뒤덮고 있다. 그렇지 않으면 하얀 가문비나무에서 이끼가 느슨하게 늘어지고 늪의 신을 위한 둥근 탁자인 독버섯이 땅을 덮고 있으며 그보다 더 아름다운 버섯들이 나비나 조개나 식물성 고둥처럼 나무 밑동을 장식하고 있는 늪지를 찾는 때도 있었다. 그곳에서는 스웜프핑크와 층층나무가 자라고 붉은 올더베리가 마치 꼬마도깨비의 눈처럼 반짝이며 노박덩굴은 가장 단단한 나무를 감아 자국을 내며 으스러뜨리고 있고 야생 감탕나무는 너무도 아름다워, 보는 사람으로 하여금 집에 돌아갈 생각을 잊게 만드는데 그것 말고도 우리네 인간이 맛보기에는 너무나도 아름다운 다른 이름 모를 야생의 금단 열매들에 현혹되는 것이다.

---

1 드루이드교 - 고대 골족 및 켈트족이 숭배했던 기독교 이전의 신앙.
2 발할라 - 오딘 신의 전당.

나는 학자를 찾는 대신 독특한 나무들을 찾아다녔는데, 그것들은 이 일대에서도 희귀한 종류로서 초원 한가운데서도 꽤 떨어져 있거나 숲이나 늪지 깊은 곳, 또는 언덕 꼭대기에 있곤 했다. 그런 것 중에 검은자작나무가 있는데, 직경 2피트짜리의 보기 좋은 표본 몇 그루가 이곳에 남아 있는 것이다. 그 사촌이라 할 수 있는 노랑자작나무는 헐렁한 황금빛 조끼를 걸친 채 검은자작나무와 같은 향기를 내뿜는다. 깔끔한 줄기에 아름다운 이끼를 달고 있는 너도밤나무는 모든 면에서 완벽하다 할 수 있는데, 여기저기 흩어져 있는 종류를 제외하면 우리 지역 안에는 비교적 큰 나무들이 조그만 숲을 이룬 곳이 한 군데 남아 있다. 어떤 이들은 옛날 이 근방에서 너도밤나무 열매를 미끼로 잡은 적이 있는 비둘기들 때문에 너도밤나무 숲이 생긴 거라고 추측했다. 이 나무를 쪼갤 때 은색의 나뭇결이 반짝이는 광경은 아주 볼 만하다. 참피나무, 서나무, 그리고 개느릅나무라고도 하는 켈티스 옥시덴탈리스(caltis occidentalis)도 한 그루가 아주 잘 자라고 있다. 소나무에 속하는 훨씬 더 큰 졸참나무, 또는 훨씬 더 완벽한 모양의 아메리카솔송나무 한 그루도 숲 한복판에 탑처럼 우뚝 서 있다. 그 밖에도 수많은 나무들을 열거할 수 있다. 이 나무들은 내가 여름이든 겨울이든 종종 들르는 신전들인 셈이다.

언젠가 나는 우연히 무지개의 한쪽 끝에 선 적이 있었는데, 그것은 낮은 대기층을 가득 채우며 풀과 나뭇잎을 물들여 흡사 채

색 수정 사이로 세상을 내다보기라도 하는 듯한 황홀경을 자아냈다. 세상은 무지개빛 호수였고 나는 잠시나마 돌고래처럼 그 속을 누볐다. 그 순간이 조금 더 계속되었더라면 그때 일이 나의 직업과 인생에 깊은 영향을 주었으리라. 철둑길을 따라 걸어가면서 나는 늘 내 그림자 주위에 생기는 후광을 신기하게 여기면서 어쩌면 내가 하느님의 선민 가운데 하나일지도 모른다고 생각했다. 나를 찾아왔던 어떤 사람은, 자기 앞에 걷던 아일랜드인들의 그림자에는 후광이 없었던 것으로 봐서 그것은 뛰어난 토박이 사람들에게나 해당되는 게 틀림없다고 단언했다.

벤베누토 첼리니[3]는 자서전에서 말하기를, 성 안젤로의 성에 갇혀 있는 동안 어떤 무시무시한 꿈을 꾸거나 환영을 보고 난 다음 날이면 아침이든 저녁이든 이탈리아에 있을 때든 프랑스에 있을 때든 자신의 머리 그림자 둘레에 눈부신 빛이 나타났는데, 특히 풀잎이 이슬에 젖어 있을 때면 그 현상이 두드러졌다고 했다. 내가 말한 것도 아마 그와 같은 현상일 것인데, 특히 아침에 잘 관찰되지만 다른 때 심지어 달빛 속에서도 그런 현상이 나타난다. 이 현상은 늘 일어나는 것임에도 대부분은 그 일에 주의하지 않으며, 첼리니처럼 격정적인 상상력을 가진 이의 경우에는 거의 미신의 바탕이 되기도 한다. 게다가 첼리니의 말에 의하면, 그는

---

3 벤베누토 첼리니 – 16세기 이탈리아 조각가이며 자서전으로 유명한데, 후광에 대한 그의 설명을 '첼리니의 후광'이라 함.

그 일을 극소수에게만 이야기했다고 한다. 그러나 자신들이 주목받고 있다는 사실을 의식하는 사람들이야말로 탁월한 인간이 아닐까?

어느 날 오후 나는 내 빈약한 채식 식단을 보충하기 위해 숲을 통해 페어 헤이븐 호수로 낚시질을 떠났다. 그곳을 가기 위해 나는 베이커 농장에 딸린 플레즌트 초원을 지났다. 그 은둔지에 대해서는 어떤 시인이 다음과 같이 시작되는 시를 읊은 바 있다.

"너의 입구는 유쾌한 들이라네,
이끼 낀 과일나무들이
기운찬 냇물에 자리를 내준 곳,
그곳을 차지한 이들은
미끄러지듯 움직이는 사향뒤쥐와
쏜살같이 돌아다니는 쾌활한 송어라네."[4]

나는 월든에 가기 전에 그곳에서 살 생각을 한 적이 있었다. 나는 사과를 '슬쩍'하기도 하고 개울을 뛰어넘었으며 사향뒤쥐와 송어를 겁주었다. 그날은 까마득한 옛날 겪은 것 같은 그런 오후, 많은 사건이 벌어질 수도 있는 그런 날로서 우리의 자연스런 삶

---

4   엘러리 채닝의 '베이커 농장'에서(이 장에 나오는 모든 시는 여기서 따온 것임).

대부분을 그런 오후가 차지하고 있다. 내가 길을 떠났을 때는 이미 절반쯤 지난 시각이었지만. 도중에 소나기를 만나 할 수 없이 소나무 밑에서 머리 위에 나뭇가지를 잔뜩 이고 손수건을 헛간 삼아 반 시간가량 서 있어야 했다. 마침내 호수 속에 허리까지 잠근 채 서서 물옥잠 위로 낚시를 던지게 됐을 무렵 나는 갑자기 구름 그림자 속으로 들어갔다. 천둥이 어찌나 요란하게 치기 시작했는지 그 소리에 귀를 기울이는 것 말고는 아무 일도 할 수 없을 정도였다. 아무 방어수단도 없는 가엾은 낚시꾼 하나를 내쫓느라 저렇게 날카로운 번갯불까지 동원하고도 신들은 의기양양할 테지, 하고 나는 생각했다. 결국 나는 호수에서 가장 가까운 오두막으로 뛰어갔다. 그 집은 어느 길에서든 반 마일쯤 떨어진 곳에 자리잡고 있었지만 호수 쪽에 훨씬 더 가까운 데다 오랫동안 사람이 살지 않았던 곳이었다.

"여기다 시인이 집을 지었네,
완벽했던 그 시대에,
보라, 파멸로 치닫고 있는
이 하찮은 움막을."

뮤즈는 이렇게 읊고 있다. 그러나 그 오두막에는 이제 존 필드라는 아일랜드인과 그의 아내, 그리고 방금까지 아버지의 일을 돕다가 소나기를 피해 아버지와 함께 습지에서 뛰어온 얼굴이 넓적한 아이로부터 온통 쭈글쭈글한 데다 마귀할멈처럼 생기고 원뿔 모양의 머리통을 한 갓난애에 이르기까지 여러 명의 아이들이 살고 있었다. 갓난애는 마치 그곳이 귀족의 대저택이기라도 한 양 자기 아버지의 무릎에 앉아 습기와 허기에 시달리는 자기 보금자리에서 갓난애만의 특권을 발휘하여 뭔가 캐묻기라도 하는 눈길로 낯선 사람을 빠끔히 내다보고 있었다. 그애는 자기가 고귀한 혈통의 막내이며, 존 필드라는 이의 가엾고 굶주린 자식이 아니라 세상의 희망이며 기둥이라는 사실을 알지 못하고 있었다.

그렇게 우리가 비가 가장 적게 새는 지붕 아래쪽에 모여 앉아 있는 동안 밖에서는 소나기가 퍼붓고 천둥이 울렸다. 나는 그의 가족이 미국으로 타고 온 선박이 건조되기도 전인 예전에도 이 자리에 수없이 앉아 보았다. 이 존 필드라는 인물은 정직하고 근면했지만 주변머리 없는 인간인 것은 확실했다. 그리고 그의 아내 역시 높직한 화덕 한구석에서 용감하게도 끝도 없이 끼니를 요리하고 있었다. 둥글고 지저분한 얼굴에 젖가슴까지 내보이고 있으면서도 그녀는 여전히 언젠가 여건이 나아질 거라고 여기고 있었다. 한 손으로는 자루걸레를 놓는 법이 없었으나 어디서도 그 효과는 보이지 않았다. 역시 비를 피해 집 안으로 들어와 있던 닭들은 가족의 일원이기라도 한 것처럼 방 안을 성큼성큼 돌아다녔는데, 인간에 너무 적응된 나머지 요리를 해도 제맛이 날 것 같

지 않았다. 녀석들은 가만히 서서 내 눈을 쳐다보기도 하고 의미
심장한 몸짓으로 내 구두를 쪼기도 했다.

　한편 집주인은 내게 자신의 이야기를 들려 주었다. 그는 자신
이 이웃 농부를 위해 습지를 일구느라 얼마나 열심히 일했는지를
이야기해 주었는데, 그것은 1에이커당 10달러를 받고 삽과 습지
용 괭이로 목초지를 일군 다음 1년 동안 거름을 주며 그 땅을 쓰
는 조건이라는 것이다. 그리고 얼굴이 넓적한 그의 맏아들은 자
기 아버지가 얼마나 불리한 계약을 맺었는지 모르는 채 즐거운
마음으로 아버지와 함께 일을 하고 있었다. 나는 내 경험으로 그
를 도우려는 생각에서, 사실은 그가 내게는 가장 가까운 이웃이
며 이곳으로 낚시를 하러 온 내가 건달처럼 보일 테지만, 나 역시
그와 마찬가지로 생계비를 벌고 있는 사람이라고 말해 주었다.
나는 아담하면서 밝고 깨끗한 집에서 살고 있는데, 그건 이렇게
낡은 집의 1년치 집세보다 돈이 더 들지도 않았고, 그가 하려고
들기만 한다면 한두 달 안에 근사한 집을 세울 수도 있노라는 말
도 했다.

　또한 나는 차도 커피도 버터나 우유나 날고기도 쓰지 않기 때
문에 그것들을 사기 위해 애써 일할 필요도 없으며, 애써 일하지
않으니 식품값이 거의 들지 않는다는 얘기도 했다. 그러나 처음
부터 차와 커피와 버터와 우유와 쇠고기를 먹기 시작하면 그 값
을 치르기 위해 많은 일을 해야 하고, 또 일을 많이 하면 그 사이

에 소모된 영양을 보충하기 위해 잔뜩 먹어야 한다, 따라서 오십 보백보인 것 같아도 사실은 그렇지 않다는 것, 그것은 그가 여전히 만족하지 못하는 데다 덤으로 생활까지 희생시켜야 하기 때문이라는 말도 했다. 그러나 그는 자신이 미국으로 온 것을 득으로 보고 있었다. 왜냐하면 여기서는 매일같이 차와 커피와 고기를 먹을 수 있기 때문이라는 것이다. 그러나 유일하고도 진정한 미국이라면, 그런 것들 없이도 얼마든지 살 수 있는 생활양식을 추구할 자유가 보장된 나라, 국가가 노예제도나 전쟁이나 그 밖에 다른 불필요한 지출을 위해(그런 지출은 직간접적으로 그런 물건들을 쓰는 데서 야기되는데) 국민을 강제하지 않는 나라여야 한다. 나는 일부러 마치 그가 철학자이거나 철학자가 되고 싶어하는 사람이라도 되는 것처럼 이야기를 했던 것이다. 설혹 지상의 모든 초원이 황폐한 채로 남게 된다고 해도 그것이 인간이 자신을 구원하기 위해 시작한 일의 결과일 경우에는 얼마든지 기쁜 마음이 들 것이다. 인간이 스스로를 계발하기 위한 최선책을 찾기 위해 굳이 역사를 연구할 것까지도 없다. 그러나 안타깝게도 아일랜드인을 계발시키려면 일종의 정신적 습지용 괭이까지 동원해야 하는 대사업을 벌여야 하는 것이다.

나는 그에게, 그가 습지를 일구느라 그토록 열심히 일을 하므로 두꺼운 장화와 질긴 작업복이 필요하며 그것도 얼마 가지 않아 때묻고 해지게 마련이지만, 나는 가벼운 구두에 얇은 옷차림을 하고 있어서 비록 신사처럼 입었다고 여길지 몰라도(실제로는 그렇지도 못했지만) 사실 옷값은 절반도 들지 않았다는 것, 그리고 내가 원할 경우 별로 힘들이지 않고 기분 전환할 겸 한두 시간만 꼼지락거리면 이틀 동안 먹을 만한 물고기를 잡든가 일주일 동안 먹고살 만한 돈을 벌 수 있노라고 말했다. 만약 그와 그의 가족이 소박하게 산다면 여름철에는 오락삼아 허클베리를 따러 다니며 지낼 수 있을 것이라는 말도 했다. 그 말에 존은 크게 한숨을 지었고 그의 아내는 양손을 허리에 댄 채 멍한 시선을 지었는데, 두 사람 모두 과연 자신들에게 그런 일을 시작할 만한 밑천이 있는지, 또는 그런 일을 해낼 만한 산수 능력이 있는지 궁리해 보는 눈치였다. 그것은 그들에게는 추측항법으로 항해하는 것이나 다름없는 일이어서 어떻게 해야 항구까지 갈 수 있을지 알지 못하는 것이다. 따라서 아마도 그들 가족은 여전히 예리한 쐐기를 박아 인생이라는 그 거대한 기둥을 잘게 쪼개는 법을 모르는 채 자신들의 방식대로 삶과 직면하며 필사적으로 싸우고 있으리라. 엉겅퀴를 다룰 때처럼 대충 어떻게 해보자는 생각에서. 그러나 그들은 실로 불리한 전투를 치르고 있는 셈이다. 안타깝지만 존 필드는 계산을 하지 않고 살기 때문에 실패할 수밖에 없는 것이다.

"낚시를 해보았소?" 하고 내가 물었다. "그럼요, 별일 없을 때는 간혹 가서 한 번 먹을 만큼씩 잡아오곤 합니다. 퍼치를 많이 잡았죠." "미끼로는 뭘 쓰나요?" "지렁이로 먼저 연준모치를 잡고, 그 다음엔 그놈을 미끼로 퍼치를 잡죠." "여보, 지금 가보세요." 그의 아내가 기대에 부푼 얼굴로 눈을 빛내며 말했다. 그러나 존이 반대했다.

이제 소나기는 그치고 동쪽 숲 위에 걸린 무지개가 맑은 저녁을 예고하고 있었다. 나는 그 집을 나섰다. 집 밖으로 나와서 이 집의 우물 바닥을 살펴보고 마당을 마저 둘러볼 생각으로 마실 것을 청했다. 그러나 안타깝게도 우물은 얕고 모래가 떠 있었으며 한술 더 떠서 두레박줄은 끊어지고 두레박을 꺼낼 방도가 없었다. 그 사이에 그들 부부는 적당한 조리 그릇 하나를 고르고 물에서 찌꺼기를 거르며 오랜 의논과 꾸물거림 끝에 목마른 자에게 물을 건넸지만, 물은 충분히 시원하지 않았고 불순물이 미처 다 가라앉지 않은 상태였다. 여기서는 이런 오트밀 죽 같은 것으로 생명을 유지하는 모양이라고 생각했다. 그리하여 나는 눈을 딱 감고 재치 있게 그릇을 흔들어 티끌을 몰아낸 후 진심에서 우러난 접대에 대한 보답으로 벌컥벌컥 물을 들이켰다. 나는 예절이 관련된 이런 경우에는 까탈을 부리지 않는다.

비가 지나간 뒤 아일랜드인의 집을 떠나 다시 호수 쪽으로 걸음을 옮기면서, 강꼬치고기를 잡기 위해 외진 초원과 수렁과 습지, 쓸쓸하고 황량하기 그지없는 곳을 서둘러 가는 것이 한순간 대학까지 다닌 내겐 하찮은 일로만 여겨졌다. 그러나 어깨너머로 무지개를 걸고 맑게 갠 대기를 통해 어디선지 모를 곳에서 나는 딸랑거리는 희미한 소리를 들으며 점점 붉게 물드는 서쪽을 향해 언덕을 내려가는 동안 나의 수호신이 이렇게 말하는 소리가 들리는 것 같았다. 매일같이 더욱 멀리 나가 낚시와 사냥을 하라. 수많은 냇가와 노변에서 아무걱정 없이 휴식을 취하라. 젊은 시절 그대의 조물주를 잊지 마라.[5] 동트기 전 아무 근심 없이 자리에서 일어나 모험을 찾아 떠나라. 정오에는 다른 호숫가에 있도록 하고, 밤이 되면 모든 곳을 집으로 삼으라. 여기보다 더 넓은 들은 없으며, 지금 이곳에서 벌이는 놀이보다 더 가치 있는 것도 없다. 여기 있는 이 물풀과 고사리들처럼 그대 자신의 본성에 따라 야생으로 자라라. 그것들이 영국 건초가 되는 법은 없으리니. 천둥이 울리도록 하라. 그것이 농부의 수확을 망친들 어떻단 말인가? 그건 그대에게 주어진 임무가 아니다. 사람들이 수레와 헛간으로 달아날 때 그대는 구름 아래 머물라. 생업이 아니라 오락으로 먹고살라. 대지를 누리되 소유하지 마라. 인간은 모험심과 신념이 없기에 현재의 모습 그대로 사고 팔면서, 노예와 같은 삶을 영위하는 것이다.

오, 베이커 농장이여!
"이 풍경에서 가장 풍성한 것은

---

5   성서,「전도서」12:1.

얼마간의 순결한 햇빛이라네."
"울타리를 친 그대의 풀밭에서는
아무도 뛰놀지 않네."
그대는 어느 누구와도 싸우지 않고
곤혹스러운 질문도 없으며
처음에 그랬듯이 지금도 온순하게
수수한 팥빛 능직 상의를 걸쳤네."
"오너라, 사랑하는 이여,
미워하는 이여,
순결한 아이들과
이 나라의 가이 폭스[6]도,
모든 음모를 목매달자,
저 단단한 나무 서까래에 매달자!"

　사람들은 밤이면 순순히 집 안의 온갖 소음이 들리는 바로 이웃한 밭이나 거리에서 집으로 돌아온다. 그들의 삶은 수척해진다. 왜냐하면 그 삶은 제가 내쉰 숨을 다시 들이쉬기 때문이다. 아침과 저녁때면 그들의 그림자가 그들이 매일 걷는 걸음보다 더 멀리까지 늘어난다. 우리는 먼 곳에서 귀가해야 한다. 모험에서,

---

6　가이 폭스 – 음모자의 대명사.

위험에서, 매일매일의 발견에서 새로운 경험과 성격을 형성하여.

내가 호수에 채 이르기도 전에 무슨 새로운 충동에 몰렸는지 존 필드가 해지기 전에 습지를 일구려던 계획을 팽개치고 마음을 바꾸었다. 그러나 이 가엾은 사람은 내가 잡은 고기로 한 줄을 다 꿰도록 겨우 두어 마리를 집적거렸을 뿐이다. 그는 그것이 자신의 운 때문이라고 말했다. 그러나 우리가 배에서 자리를 바꾸어 앉자 운도 자리를 바꾸었다. 가엾은 존 필드! 나는 그가 이 글을 읽고 뭔가 개선된다면 모르되 그렇지 않다면 이 글을 읽지 않기를 바란다. 그는 이 원시적인 신생국가에서 저 오래된 나라에서 파생된 생활양식을 가지고 삶을 영위하려는 것이다. 요컨대 연준 모치를 미끼로 퍼치를 낚는 일이 그렇다, 물론 때로는 그것이 좋은 미끼가 될 수도 있지만. 지평선을 송두리째 갖고 있으면서도 그는 여전히 가난하며 가난에서 헤어나지 못하고 있다. 아일랜드에서 물려받은 가난과 가난한 삶에서, 그의 선조의 할머니부터의 수렁 같은 삶에서. 그 자신도 그의 후손도 습지를 걸어다니는 갈퀴가 달린 두 발에 날개 달린 신이라도 신기기 전에는 이 세상에서 일어서지 못하는 것이다.

더 높은 법칙
HIGHER LAWS

Walden

잡은 물고기를 뀐 줄을 들고 낚싯대를 끌며 이제 완전히 어두워진 숲을 지나 집으로 돌아오는데 얼핏 오솔길을 살금살금 가로지르는 마못이 보였다. 그 순간 이상하리만큼 잔인한 기쁨의 전율과 더불어 그놈을 잡아 날로 먹고 싶다는 강한 충동에 사로잡혔다. 그때 허기가 졌기 때문이 아니라 그놈이 갖고 있는 그 야성 때문이었다. 호숫가에서 사는 동안 한두 차례 먹을 만한 짐승 고기를 구하러 반쯤 굶주린 사냥개처럼 정신없이 숲 속을 배회한 일이 있었다. 그때 같아서는 무엇을 뜯어먹더라도 잔인할 것 같지 않았다. 아주 야만스러운 광경을 떠올려도 기묘하리만큼 친숙하게 느껴졌다.

그때도 그랬지만 지금도 내게서 많은 사람들이 그렇듯이 보다 높은 삶, 이른바 정신적인 삶을 추구하는 본능과 원시적이고 야만적인 삶을 추구하는 본능을 찾아볼 수 있는데, 나는 이 두 가지 삶을 모두 존중한다. 나는 선한 삶 못지않게 야생의 삶을 사랑한다. 나는 낚시질에 들어 있는 야성과 모험 때문에 여전히 낚시질을 좋아하고 있다. 종종 짐승처럼 그 거친 삶 속에서 좀더 많은 시간을 보내고 싶은 충동을 느낀다. 내가 아주 어렸을 때부터 그토록 자연과 친숙할 수 있었던 것도 낚시질과 사냥 때문이었던 것 같다. 그 두 가지는 일찍부터 우리를 자연으로 끌어당겨 그 풍경 속을 떠나지 못하도록 한다. 그것들이 없다면 그렇게 어린 나이에 자연과 친숙해질 수가 없다.

들과 숲에서, 요컨대 어떤 의미에서는 자연의 일부가 되어 삶을 영위하는 어부와 사냥꾼과 나무꾼 같은 이들은 흔히 일상적으로 생업에 종사하는 과정을 통해서, 자연에 대해 막연한 기대감을 품고 접근하는 철학자나 시인에 비해 자연을 관찰하기에 훨씬 유리한 입장에 처해 있다. 자연은 주저 없이 그들에게 자신의 모습을 보여 준다. 대초원을 지나는 여행자는 자연스럽게 사냥꾼이 되고, 미주리와 콜롬비아강의 상류에서는 덫 사냥꾼이 되며 세인트 메리 폭포에서는 어부가 되는 것이다. 그저 여행만 하는 여행자는 간접적이고 어중간한 사물의 모습만 보는 셈이어서 여행다운 여행을 했다고 할 수 없다. 그런 이들이 실제와 본능으로 이미 알고 있는 바를 과학이 입증할 경우 사람들은 큰 흥미를 느끼게 되는데, 그것은 그런 지식만이 진정한 의미에서의 인문학, 또는 인간의 경험담이기 때문이다.

미국인들에게는 공휴일이 많지 않기 때문에 오락이 별로 없으며 어른이든 아이든 영국만큼 많은 놀이를 즐기지 않는다고 주장하는 것은 틀린 생각이다. 왜냐하면 이 나라에서는 다른 놀이에 비해 사냥과 낚시 같은 보다 원시적이면서도 고독한 오락거리들이 성행하고 있기 때문이다. 나와 동시대에 사는 거의 모든 뉴잉글랜드 소년들은 열 살에서 열네 살 사이에 엽총을 쏘아 본 적이 있다. 그들의 사냥터와 낚시터는 영국 귀족의 수렵지구처럼 제한된 것이 아니라 미개인들의 사냥터보다 넓어 거의 무한대라 할 수 있다. 그러니 그들이 놀이를 하려고 공원 같은 곳에서 꾸물거리지 않는 건 전혀 이상할 게 없다. 그러나 벌써 변화의 조짐이 보이고 있다. 그것은 사람들의 인정이 깊어져서라기보다는 사냥감이 줄어들어서 생긴 현상인데, 동물애호회는 물론이고 사냥꾼은 사냥감이 되는 동물들의 절친한 친구인 것이다.

게다가 나는 호숫가에 살면서 종종 생선을 더하여 식단에 변화를 주려고 했다. 나 역시 최초의 어부들이 그랬던 것과 같은 절박한 필요에서 물고기를 잡았던 것이다. 설혹 내가 어떤 인정을 내세워 낚시에 반대하더라도 그것은 전적으로 인위적인 것이며 내 감정보다는 이성에 관련된 것이다(내가 지금 낚시에 대해서만 얘기하는 것은 새 사냥에 대해서는 이미 오래전부터 다르게 생각했을 뿐더러 숲에 들어오기 전에 총을 팔아버렸기 때문이다). 그것은 내가 남보다 인정이 없기 때문이라기보다는 낚시가 내 감정에 별달리 영향을 주지 않기 때문이다. 나는 물고기나 지렁이를 가엾다고 생각하지 못했다. 그건 습관이었다.

새 사냥에 관해서 말하자면, 지난 몇 년 동안 엽총을 갖고 다니면서 내세운 구실은 내가 조류학을 공부하고 있으며 처음 보거나 희귀한 새만을 찾는다는 것이었다. 그러나 이제, 조류학 공부에는 사냥보다 더 나은 방식이 있다는 점을 시인해야겠다. 그 방식에는 새들의 습성을 면밀히 연구할 필요가 있기 때문에, 그 이유만이라면 엽총을 없애버려야 했던 것이다. 그렇지만 인정이라는 면에서 반론이 있음에도 불구하고, 나로서는 새 사냥을 대체할 만한 스포츠가 있을지 의심스럽다. 그래서 불안해진 몇몇 친구들이 자기 자식들에게 사냥을 시킬 것인지 여부를 내게 물었을 때 나는, 그래 그 애들을 사냥꾼으로 만들게. 처음에는 그저 운동삼아 시키다가 나중에는 위대한 사냥꾼으로 키워 보게. 그래서 그 애들이 이 지역에서든 다른 어떤 삼림지에서든 마음에 찰 만큼 큰 사냥감을 찾지 못하게 될 정도로 말이야. 인간의 낚시꾼이자 인간의 사냥꾼이 되도록 말일세, 하고 대답하곤 했는데 그것은 사냥이 내가 받은 교육 중에서 가장 좋은 부분의 하나라는 점을 상기했기 때문이다. 여기까지는 초서[1]가 그린 수녀와 의견이 같다.

"사냥꾼은 성인이 아니라는 글에
털 뽑은 닭만큼의 관심도 없었지."[2]

인류사에서와 마찬가지로 개인사에서도 사냥꾼이 '최고의 인간'인(알곤킨 부족이 말하듯) 시절이 있게 마련이다. 엽총을 쏘아 본 적이 없는 소년을 가엾게 여길 수밖에 없는데, 그것은 그 소년이 결코 인정이 더 많아서가 아니라 서글프게도 부모들이 그 애의

---

1   초서 – 제프리 초서(1340~1400). 영국 시인.
2   초서의 「캔터베리 이야기」 중에서.

교육을 등한시했기 때문이다. 이것이 이런 취미에 빠진 젊은이들에 관련한 나의 답변인데, 그것은 그 애들이 얼마 가지 않아서 그 취미에서 벗어나리라는 믿음에 의지한 것이다. 아무 생각 없이 어린 시절을 보낸 인간이 아니라면 자기와 같은 조건으로 생을 영위하는 어떤 동물도 함부로 죽이지는 못할 것이다. 극도의 궁지에 몰린 산토끼는 어린애 같은 울음소리를 낸다. 어머니들이여, 그대들에게 경고하나니, 나의 동정심은 저 박애주의자들의 차별과는 다른 것이다.

  흔히 젊은이가 숲에, 자신의 가장 본원적인 부분에 이끌리는 과정은 다음과 같다. 처음에는 사냥꾼이나 낚시꾼으로서 숲을 찾아가다가 마침내는(그의 내면에 보다 나은 삶의 씨앗이 있을 경우) 시인이든 자연주의자든 자기에게 맞는 목표를 판별하여 엽총과 낚싯대를 버리게 되는 것이다. 이 점에서 볼 때 많은 사람들은 여전히, 또한 언제까지나 어린 상태로 남아 있는 셈이다. 어떤 나라에서는 사냥하는 목사가 그리 희귀한 광경이 아니다. 그런 사람은 훌륭한 양치기 개가 될 수 있을지는 몰라도 선한 목자는 될 수 없다. 나는 내가 아는 한, 나무 베기나 얼음 자르기 같은 일들을 제외하면, 그리고 한 사람을 빼놓고 우리 마을의 어른이든 아이든 나의 동향인들이 반나절 동안 꼬박 월든 호수에 머무는 유일하고도 확실한 볼일이 낚시질뿐이라는 사실을 생각하고 놀란 적이 있다. 그들은 대체로, 그동안 내내 호수를 바라볼 기회를 가졌음에도 불구하고 긴 줄에 꿸 만큼 고기를 낚지 못하면 운이 없다거나 시간을 버렸다고만 생각하는 것이다. 낚시질이라는 불순물이 가라앉고 그곳에 온 목적이 순수해지려면 아마 천 번쯤은 다녀가야 할 것이다. 그러나 이러한 정화 과정은 언제까지고 계속될 게 분명하다. 주지사와 주의회 의원들도 어렸을 때 그곳으로 낚시를 다녔을 테니까 어렴풋이나마 이 호수를 기억할 것이다. 그러나 이제 낚시를 하기엔 나이가 너무 들고 점잖아져서 호수에 대해서는 더 이상 아는 것이 없어졌다. 그럼에도 그들 자신들이 결국엔 천국에 갈 거라고 생각하는 것이다. 혹시 주의회에서 이 호수에 주목하는 경우가 있더라도 그것은 주로 그곳에서 사용하는 낚시바늘의 숫자를 규제하는 문제일 것이다. 그러나 그들은 주의회를 미끼에 꿰어 호수 그 자체를 낚으려는 왕 낚시바늘에 대해서는 아무것도 모른다. 이런 식으로 문명 사회에서조차 성숙하지 못한 인간은 사냥꾼이라는 발전 단계를 거치게 마련이다.

최근 들어서 낚시질을 할 때마다 나 자신에 대한 존경심이 조금씩 떨어진다는 사실을 깨달았다. 나는 수없이 낚시질을 해왔다. 낚시질 솜씨도 있고, 다른 많은 친구들이 그렇듯이 낚시질에 어떤 본능도 갖고 있으며, 그 본능이 가끔씩 되살아나는 것도 느끼고 있다. 그러면서도 언제나 낚시질을 하고 나면 낚시질을 하지 않았더라면 더 좋았을 거라는 생각이 드는 것이다. 이것은 내가 뭔가를 잘못 알았기 때문이 아니다. 그건 어렴풋한 암시이긴 하지만, 동틀 녘의 첫 번째 빛도 어렴풋하기는 마찬가지가 아닌가. 내게는 하등동물의 본능 같은 것이 분명 있다. 그러나 인정이 더 늘거나 지혜로워진 것도 아니면서도 해가 갈수록 점점 더 낚시를 하지 않게 되었다. 지금은 전혀 낚시를 하지 않는다. 그렇지만 만약 황야에서 살아가야 한다면 다시 본격적인 낚시꾼이나 사냥꾼이 되고자 할 것임을 알고 있다. 뿐만 아니라 생선과 다른 모든 육식에는 본질적으로 불결한 면이 있다. 나는 집안일이 어디로부터 시작되는 것인지, 매일매일 말쑥하고 보기 좋은 모양을 갖추고 집 안에서 온갖 악취와 보기 흉한 물건들을 치우려는 이 엄청난 대가를 치러야 하는 노고가 어디에서 비롯된 것인지 깨닫기 시작했다.

나 자신이 요리를 제공받는 신사인 동시에 정육점 주인이며, 주방 일꾼이자 조리사였기 때문에 더할 나위 없이 완벽한 경험에서 나는 이야기할 수 있는 것이다. 내 경우 육식에 대한 실질적인 반론은 그 불결함에 있었다. 뿐만 아니라 물고기를 잡아서 창자를 빼내고 조리하여 먹었음에도 본질적인 면에서 허기를 채워주지 못하는 것 같았다. 그건 무의미하고 불필요한 일이었으며 실제로 얻는 것에 비해 대가가 너무 컸다. 약간의 빵이나 감자 몇 알을 먹더라도 그 정도의 허기는 감출 수 있을 것이고 수고와 불결함은 훨씬 적을 것이다. 나와 같은 시대를 살고 있는 사람들 대부분이 그렇듯이 나는 오랫동안 육식이나 차, 커피 등을 그다지 즐겨 먹지 않았다. 그런 음식들에 무슨 해로운 영향이 있다는 이유에서가 아니라 그것들이 내 상상력에 그다지 유쾌하게 작용하지 않았기 때문이었다. 육식에 대한 반감은 경험에서 나온 것이라기보다는 본능에 가까운 것이다. 모든 면에서 검소한 삶과 식단이 보다 아름다워 보였으며, 비록 정말 그렇게 하지는 못했더라도 내 상상력을 만족시킬 정도는 노력했다. 보다 높은 정신 능력 또는 시적 능력을 최상의 상태로 유지하고자 하는 사람이라면 누구든 육식을 삼갈 뿐 아니라 어떤 종류의 음식이든 절제하려 할 것이다. 커비와 스펜스[3] 같은 곤충학자의 다음과 같은 진술은 의미심장하다고 할 수 있다. "성충 상태에서 음식물 섭취 기관을 갖추고도 전혀 쓰지 않는 곤충들이 있다. 성충 상태의 거의 모든 곤충이 유충 때보다 훨씬 적은 음식을 섭취한다는 일반론을 도출할 수 있다. 식욕이 왕성한 애벌레가 나비로 변하고 게걸스러운 구더기가 파리가 되면" 꿀이나 다른 감미로운 음료 한두 방울로 만족한다는 것이다. 나비의 날개 아래쪽에 붙은 복부는 유충 때를 상징하고 있다. 이 복부 때문에 나비는 다른 종에게 먹힐 운명을 자초한다. 유충 상태의 인간 역시 대식가이다. 국민 전체가 그런 상태에 처한 경우도 있는데, 그들은 공상이나 상상력이 결여된 국민으로서, 그 방대한 복부가 그들의 실상을 여실히 증명해

---

3 커비와 스펜스 - 『곤충학 입문』의 저자들.

준다.

우리의 상상력을 거스르지 않을 소박하고 정결한 음식을 마련하고 조리한다는 건 어려운 일이다. 그렇지만 내 생각에는 육신에 음식을 줄 때 상상력에도 음식을 주어야 할 것 같다. 육신과 상상력은 같은 식탁에 앉아야 하는 것이다. 어쩌면 그 일은 가능할지도 모른다. 적당하게 섭취한 과일은 우리의 식욕을 부끄럽게 하지도 않고 가치 있는 작업을 방해하지도 않는다. 그러나 음식에 지나친 조미료를 넣는 일은 독이 된다. 풍성한 음식으로 먹고 사는 일은 그렇게 가치 있는 일이라고 할 수 없다. 사람들 대부분은 육식이든 채식이든 매일같이 남들이 마련해 주던 음식을 자신의 손으로 직접 만들어 먹는 광경을 보일 경우 수치를 느낄 것이다. 그렇지만 그 반대의 경우가 될 때까지는 우리는 문명인이 아니며, 신사 숙녀가 될 수 있을지는 몰라도 진정한 의미에서의 인간은 아니다. 이 사실은 어떤 변화가 필요한지를 명확히 암시하고 있다.

어째서 상상력이 살코기나 지방분과 일치하지 않는가 하는 의문은 불필요한 것일지 모른다. 나로서는 그런 불일치 자체에 만족할 뿐이다. 인간이 육식동물이라는 사실은 수치스러운 일이 아닐까? 실제로 인간은 대부분 다른 동물들을 먹이로 삼음으로써 삶을 영위할 능력도 있고 또 그렇게 하고 있다. 그러나 그것은 실로 딱한 일이다(토끼를 덫으로 잡거나 새끼양을 도살하는 사람이라면 누구나 그렇다는 사실을 인정하게 될 것이다). 인간에게 보다 순결하고 위생적인 식사를 하도록 가르칠 수 있는 사람은 인류의 은인으로 간주될 것이다. 실제 경험이 어떻든 나는 인류가 발전하는 과정에서 육식을 버리게 될 운명이라고 굳게 믿고 있다. 그것은 미개인 부족이 보다 개화된 부족과의 접촉을 통해 서로 잡아먹는 일을 버리게 된 일만큼이나 확실하다.

만약 자신의 정신에서 나오는 극히 희미하면서도 끊임없는 참된 제안에 귀를 기울여 보면 그것이 자기를 어떤 극단으로, 아니 심지어 광기로까지 이끌지 모른다는 생각이 들 것이다. 그러면서도 시간이 흐를수록 결의와 믿음이 쌓이게 되면서 자신의 길이 바로 거기에 있다는 사실을 알게 된다. 건전한 사람이 생각하는 아주 미약하면서도 확고한 반론은 결국 인류의 주장과 관습도 이기게 될 것이다. 자신의 정신을 따르는 사람은 오도되지 않는다. 그 결과로 육체가 쇠약해진다 해도 후회할 만한 결과라고는 할 수 없는데, 왜냐하면 그것이 보다 높은 원칙에 부합한 삶이기 때문이다. 만약 낮과 밤을 기쁘게 맞이할 수 있게 된다면, 그리하여 삶이 꽃과 향기로운 풀처럼 방향을 내뿜고 보다 탄력 있고 별처럼 빛나며 불멸의 것이 된다면, 그것이야말로 성공한 것이다. 그때에는 모든 자연이 축복일 것이며 당신 또한 시시각각 자신을 축복할 이유가 생긴다. 가장 큰 이득과 가치가 제대로 평가받는 일은 그만큼 드물다. 우리는 그런 것이 정말로 존재하는지 의심을 품는다. 그리고는 이내 그것들을 잊어버린다. 그것들은 지고 의 실체다. 아마도 가장 경이롭고 진실된 사실들은 사람들 사이 에서 결코 전해지지 않는 것 같다. 내가 일상생활에서 거두는 참 된 수확물은 아침이나 저녁의 색조처럼 만져 볼 수도, 형언할 수 도 없는 어떤 것이다. 그것은 내 손에 떨어진 별이며 내 손에 잡 힌 무지개의 한 부분이다.

그렇지만 내 식성이 유난스러울 정도로 까다로운 것은 아니다. 필요하다면 기름에 튀긴 쥐라도 맛있게 먹을 수 있다. 나는 내가 오랫동안 물을 마셔 왔다는 사실을 다행스럽게 생각하는데 그것 은 아편 중독자의 극락보다는 자연의 하늘을 더 좋아하는 것과 같은 이유에서다. 또한 나는 기꺼이 언제고 술에 취하지 않은 맑 은 정신으로 지낼 생각이다. 취기의 정도에는 끝이 없게 마련이 다. 물이야말로 현자를 위한 유일한 음료이지만 술은 그다지 고 귀한 음료가 아니다. 아침의 희망 위에 뜨거운 커피 한 잔을, 또는 저녁의 희망 위에 차 한 잔을 끼얹는다고 생각해 보라! 아, 이런 음료의 유혹을 받다니 얼마나 타락한 것인가! 음악조차 사람을 취하게 만들 수가 있다. 이렇게 얼핏 보아 하찮은 원인들이 발단 이 되어 그리스와 로마를 멸망시켰듯이 영국과 미국을 파멸로 몰 아갈 것이다.

정녕 취할 생각이라면 자신이 숨쉬는 공기에 취하는 쪽이 더 낫지 않을까? 거친 노동을 장시간 계속하는 것에 대한 가장 심각한 반대 이유는, 그런 노동을 하고 나면 거칠게 먹고 마실 수밖에 없다는 것이다. 그러나 솔직히 말해서, 이런 면에서는 나 자신도 전처럼 유별나게 굴지는 않는다. 식탁에 종교를 끌어들이는 일도 전보다 줄어들었으며 축복을 청하지도 않는다. 그것은 내가 전보다 더 현명해졌기 때문이 아니라 고백컨대 실로 유감스럽게도 세월의 흐름과 더불어 내가 점점 더 천박하고 냉담해졌기 때문이다. 어쩌면 이런 문제들은 대부분의 사람들이 시의 경우에서 그렇게 여기고 있듯이 젊은 시절에만 해당되는 것일 것이다. 실천은 간 데 없고 의견만 남아 있다. 그럼에도 불구하고 나는 베다 경전에서 언급하는 특권을 받은 사람과는 거리가 멀다. 경전은 다음과 같이 말한다. "만유에 편재하는 지고의 존재를 진심으로 믿는 자는 지상에 있는 모든 것을 먹어도 좋다." 요컨대, 자신이 먹을 음식이 무엇이며 그것을 마련해주는 자가 누구인가를 물어 볼 필요가 없다는 것이다. 그리고 그 경우에도(어느 인도인 주석자가 언급했던 것처럼) 베다의 기자는 이 특권을 '빈궁에 처했을 때'에 한정시키고 있다는 점을 알아야 한다.

식욕과는 무관한 음식에서 이따금씩 형언할 수 없는 만족감을 얻어 본 적이 없는 사람이 있을까? 나는 추한 미각에 정신적 지각이 은혜를 입고 있다는 것, 미각에서 영감을 얻어 왔다는 것, 언덕에서 따먹은 열매가 내 재능을 키워왔다는 것을 생각하고 전율을 느꼈다. 공자는 말하기를, "마음이 자신의 주인이 되지 못하면 봐도 보이지 않고 들어도 들리지 않으며 먹어도 그 맛을 모른다"고 했다. 음식의 참된 맛을 구별할 줄 아는 사람은 대식가가 될 수 없고, 맛을 구별하지 못하는 사람은 대식가가 될 수밖에 없다. 설혹 청교도일지라도 흑빵 한 덩어리를 시의회 의원이 거북의 고기를 먹을 때처럼 탐욕스럽게 먹을 수도 있다. 입으로 들어가는 음식이 인간을 더럽히는 것이 아니라 그것을 먹는 식욕이 인간을 더럽히는 것이다. 질이나 양이 아니라 감각적인 맛을 탐닉하는 것이 문제다. 요컨대 우리가 먹는 음식이 우리의 동물적인 생명을 지탱시키거나 정신적인 생명을 자극하는 것이 아니라 우리를 사로잡고 있는 벌레를 위한 음식이 될 때가 문제인 것이다. 사냥꾼이 진흙거북과 사향뒤쥐 같은 천한 음식을 좋아하고, 귀부인이 족발로 만든 젤리나 외국산 정어리를 탐닉한다면 그들은 똑같은 사람들이다. 사냥꾼은 저수지를 찾고 귀부인은 잼이 든 병을 찾는 것이 다를 뿐이다. 놀라운 것은 그들이, 그리고 여러분과 내가 어떻게 이처럼 먹고 마시는 더럽고 짐승 같은 삶을 영위할 수 있느냐는 것이다.

우리는 평생을 놀라우리만큼 도덕적으로 지낸다. 덕과 악덕 사이에는 한시도 휴전이 없다. 선은 결코 손해 볼 수 없는 유일한 투자다. 온 세상에 울려퍼지는 하프의 음악에서 우리를 전율케 하는 것은 바로 선에 대한 집요한 추구다. 그 하프는 우주의 법칙을 권하며 돌아다니는 우주 보험사의 행상이며 우리가 행하는 약간의 선이 우리가 치른 유일한 보험금인 셈이다. 젊은이도 나이가 들면서 결국에는 냉담해지지만 우주의 법칙은 냉담해지는 법이 없고 영원토록 가장 예민한 사람의 편에 선다. 책망하는 산들바람 소리에 귀를 기울이라. 그 소리는 분명 있으니까. 그 소리를 듣지 못하는 자는 가엾은 인간이다. 하프의 줄을 건드리거나 손을 멈출 때마다 언제나 우리는 그 매혹적인 도덕의 선율에 사로잡힌다. 지루하기 그지없는 소음도 멀리 떨어져서 들으면 우리의 천박한 삶을 풍자하는 당당하고도 감미로운 음악처럼 들릴 수 있다.

우리는 몸속에, 우리의 보다 높은 본성이 잠들수록 깨어나는 짐승이 있다는 것을 의식하고 있다. 그 짐승은 파충류 같고 관능적이며, 건강하게 살고 있는 우리의 몸속에 들어 있는 기생충들이 그렇듯이 어쩌면 완전히 내쫓을 수 없을지도 모른다. 그 짐승으로부터 떨어질 수 있을지는 모르지만 그놈의 본성을 바꿀 수는 없을 것이다. 그놈은 나름대로 건강하며, 따라서 우리는 건강할 수는 있지만 순결할 수는 없을지 모른다. 언젠가 하얗고 멀쩡한 이빨이 달린 돼지의 아래턱을 주웠는데, 그 뼈는 정신적인 것과 명확히 구분되는 동물적 건강과 힘이 존재함을 암시해 주었다. 이놈은 절제와 순결이 아닌 다른 방식에서 성공을 거둔 셈이다. 맹자는, "사람이 금수와 다른 점은 극히 하찮은 데 있다. 소인은 그것을 곧 잃고 말지만 군자는 그것을 조심스럽게 지닌다"고 했다.

우리가 순결에 이를 경우 어떤 삶을 살게 될지 그 누가 알 수 있을까? 내게 순결을 가르쳐 줄 정도로 현명한 이가 있다면 나는 당장이라도 그 사람을 찾아 나설 것이다. 베다에 의하면 "우리의 정열과 육체의 외적 감각을 다스리는 힘, 그리고 선행은 정신이 신에게 접근하는 데 없어서는 안 될 요소다"라고 한다. 그런데 정신은 얼마 동안 육신의 모든 부분과 기능을 통제할 수 있고 외적으로 볼 때 더할 나위 없이 천박한 관능이라도 순결과 헌신으로 변형시킬 수 있다. 생식력은 우리가 해이해져 있을 때에 우리를 방탕하고 불결하게 만들며 우리가 절제할 때는 기력과 영감을 북돋워 준다. 순결함은 인간의 꽃이다. 이른바 재능이나 영웅적 행위, 신성함 같은 것들도 순결의 밑에 맺히는 여러 가지 열매일 뿐이다. 순결의 수로가 열릴 때 비로소 인간은 곧장 신에게로 흘러가게 된다. 순결은 우리에게 영감을 주며 불순함은 우리를 파멸시킨다. 매일같이 내면의 짐승이 죽어가고 있으며 신성이 자리잡아가고 있다고 확신할 수 있는 사람은 축복받은 사람이다. 자신과 굳게 맺어져 있는 열등하고 동물 같은 본성 때문에 수치를 느끼지 않을 사람은 한 사람도 없을 것이다. 우리는 파우나 사티로스[4] 같은 신 혹은 반신이며 짐승과 결합된 신성이며 욕망의 동물이다. 요컨대 우리의 삶 자체가 우리에게는 치욕스러운 것이다.

---

4 파우나 사티로스 - 둘 다 반인 반수의 신.

"마음속에 자신의 짐승이 있을 곳을 마련해 주고

그 숲을 개척한 자는 얼마나 행복할까!

......

말이며 염소, 이리 등 모든 짐승을 마음대로 부리면서도

스스로 다른 모든 것의 나귀 노릇을 하지 않는 자는!

그렇지 못한 인간은 돼지 치는 자일 뿐 아니라

돼지들을 사납게 날뛰게 함으로써

그들을 더 못되게 만드는 악마나 다름없는 자다."[5]

모든 관능은 비록 갖가지 형태를 취하고 있더라도 실은 하나이며, 마찬가지로 모든 순결 역시 그러하다. 육욕이라는 면에서는 음식을 먹든 마시든 누구와 잠자리를 같이하든 잠을 자든 매한가지다. 이것들은 하나의 욕망이므로, 어떤 사람이 얼마나 육욕적인가를 알기 위해서는 이들 중에서 하나만 보면 된다. 불순한 인간은 서나 앉으나 순결할 수가 없다. 그 파충류는 자기 굴의 한쪽 입구가 공격받으면 다른 쪽 입구로 모습을 드러내게 마련이다. 순결을 원한다면 절제해야 한다. 대체 순결하다는 것은 무엇을 말하는가? 인간이 자신이 순결한지 아닌지를 어떻게 알 수 있을

---

5 존 단(1573~1631)의 '에드워드 허버트 경에게'에 나오는 구절.

까? 인간은 그것을 알지 못할 것이다. 우리는 이 덕에 대해 듣기는 했지만 그 정체에 대해서는 알지 못하고 있다. 그저 귀로 들은 소문에 따라 말할 뿐이다. 노력하는 데서 지혜와 순결이 나온다. 나태에서는 무지와 관능이 나올 뿐이다. 학생에게 있어서 관능이란 정신의 게으른 습관이다. 불순한 인간은 대체로 게으른 인간이며, 난롯가에 앉아 있는 인간, 해가 떴는데도 엎어져 있는 인간, 피곤하지 않은데도 쉬고 있는 인간이다. 불순함과 모든 죄악을 피하려면 마구간 청소를 하는 한이 있더라도 열심히 일하라.

본성을 극복하기는 어려운 일이지만 반드시 극복해야 할 대상이다. 기독교인인 당신이 이교도보다 순결하지 못하고 더 자제하지 못하고 더욱 신실하지 못하다면 대체 그것이 무슨 소용이겠는가? 이교라고 간주되는 많은 종교에도, 그 계율이 그것을 읽는 자를 부끄럽게 하고 비록 그저 의식의 수행이라 할지라도 신자를 새롭게 분발하도록 자극하는 것이 많이 있다.

나는 이런 일들에 대해 말하기가 실로 힘든데, 그것은 그 내용 때문이 아니라(내 말이 얼마나 음란하든 신경쓰지 않기에) 그것에 대해 말하다 보면 나 자신의 불순함이 드러날 것이기에 그렇다. 우리는 어떤 관능에 대해서는 부끄러움 없이 자유롭게 이야기를 하면서도 다른 관능에 대해서는 침묵한다. 그것은 우리가 인간의 본성에 필요한 기능에 대해서조차 말할 수 없을 정도로 타락했기 때문이다. 옛날에는 이런 모든 기능에 대해 경건하게 거론하고

법으로 규정하는 국가도 있었다. 오늘날의 취향에는 거스를지 모르지만 인도의 법전 제정자에게는 그 어떤 것도 사소한 일이 없었다. 그는 먹고 마시고 동침하고 대변과 소변을 행하는 등등의 비천한 행위들을 승화시켜 가르쳤고 그것들을 사소하다 하여 불성실하게 구구한 변명을 늘어놓지 않았다.

사람들은 누구나 자신의 몸뚱이라 불리는 신전을 지어 자신이 숭배하는 신에게 바친다. 그는 자기만의 양식에 따라 신전을 건축해야 하며, 대리석을 쪼아서 그 일을 모면할 수는 없다. 우리 모두 조각가이며 화가이고 우리가 쓰는 재료는 바로 자신의 살과 피와 뼈이다. 마음에 조금이라도 고귀함이 깃들어 있다면 즉각 그의 외모를 맑게 다듬기 시작하며, 천박함이나 관능이 들어 있다면 짐승 같은 형상을 꾸밀 것이다.

농부 존은 9월의 어느 날 저녁 힘든 하루 일을 마친 후 자기 집 문간에 앉아 있었는데, 그의 마음은 아직도 자신의 일 주위를 맴돌고 있었다. 목욕까지 마친 그는 그 자리에 앉아서 자신의 내면에 있는 지적인 인간을 되살려 보려는 것이었다. 약간 쌀쌀한 저녁이었는데, 이웃 중에는 서리를 걱정하는 이들도 있었다. 그가 이렇게 생각에 잠겨 있는데 얼마 지나지 않아 누군가 부는 피리 소리가 들려왔다. 그 소리는 그의 마음과 조화를 이루었다. 그래도 그는 계속 자신의 일에 대해 생각했다. 그러나 그는 생각하기가 힘들었는데, 비록 생각이 계속 머릿속에 떠오르고 자신의 의지에 반해서 그것을 계획하고 궁리하고 있었으면서도 그 일이 아주 하찮게 여겨졌기 때문이었다. 그것은 끊임없이 떨어져 나오는 살비듬에 지나지 않았다.

그러나 피리의 선율은 자신이 일하고 있는 곳과는 다른 천체로부터 울려오면서 그의 내면에 잠들어 있던 어떤 기능들을 작동시키라고 제안했다. 그 선율은 부드럽게 그가 살고 있는 거리와 마을과 국가를 없애버렸다. 그때 누군가가 그에게 이렇게 말했다. 너는 어째서 찬란한 삶이 가능한데도 이곳에 머물며 그토록 뼈빠지게 일하며 살고 있는 거지? 저 별들은 여기만이 아닌 다른 들판 위에서도 반짝이고 있는데 말이야. — 하지만 어떻게 이곳을 벗어나 그쪽으로 자리를 옮긴단 말인가? 그가 생각할 수 있는 유일한 방법은, 새로운 금욕 생활을 실천에 옮긴다는 것, 정신을 육체 속으로 내려보내 그 육체를 구원하며, 자신을 더욱 존중한다는 것뿐이었다.

소로의 열두 번째 이야기

동물 친구들
BRUTE NEIGHBORS

Walden

이따금씩 나와 함께 낚시질을 하는 친구가 있었다. 그는 마을 반대편에서 마을을 가로질러 내 집까지 오곤 했다. 그럴 때면 식사거리를 마련하기 위한 낚시질이 식사를 하는 것만큼이나 사교적인 행사가 되었다.

은둔자 : 요즘 세상일이 어떻게 돌아가고 있는지 궁금하군. 지난 세 시간 동안 들은 것은 소귀나무에서 난 메뚜기 소리가 고작이었지. 비둘기들도 나무 위에서 모두 잠든 모양이야. 날개 치는 소리 하나 없으니 말이야. 방금 숲 저편에서 난 소리는 농부들에게 정오를 알리는 나팔 소리일까? 일꾼들은 삶은 쇠고기에 사과술과 옥수수빵을 먹으러 가겠지. 무엇하러 그렇게 전전긍긍하며 사는 걸까? 먹지 않으면 일을 할 필요도 없는데 말이야. 이번 수확은 얼마나 될지 모르겠군. 마을 개가 짖어대는 소리 때문에 생각도 할 수 없는 곳에서 누가 살려고 할까? 그리고 살림이라니! 이런 화창한 날에도 문 손잡이를 윤이 나게 닦고 욕조를 북북 문질러야 할 테니 말이야! 차라리 집이 없는 편이 낫지. 속이 빈 나무에 산들 어떻단 말인가? 게다가 사교 방문이니 만찬 따위도 없고! 딱따구리나 찾아올 뿐이지.

아, 마을엔 사람들이 너무 많아. 그곳엔 볕도 너무 뜨겁고. 그들은 지나칠 정도로 생활에 젖어 있어. 내겐 샘에서 길어온 물과 선반 위에 놓인 흑빵 한 덩어리뿐. 그런데 이게 무슨 소리일까? 낙엽이 바스락대는 소리가 들리잖아. 허기를 이기지 못한 마을 사냥개가 먹잇감을 찾아 나오기라도 한 걸까? 아니면 마을에서 달아나 이 숲에 살고 있다는 그 돼지일까? 나도 비온 뒤에 그놈 발자국을 본 적이 있어. 꽤 빠르게 오고 있군. 옻나무와 장미덤불이 흔들리는데? 이런, 시인 양반, 자네였나? 요즘 어떻게 지내나?

시인 : 저 구름을 좀 보라구. 하늘에 떠 있는 모양을 보란 말이야! 오늘 본 중에서 가장 멋진 풍경인걸. 저런 풍경은 옛날 그림이나 외국에서도 볼 수 없는 거라네. 우리가 스페인 해안에 있는 게 아니라면 말일세. 저것이야말로 지중해의 하늘이지. 그런데 내 형편이 늘 그렇지만 오늘 아직 식사를 못해서 낚시나 좀 할 생각이라네. 낚시야말로 시인에게 어울리는 일거리지. 내가 배운 유일한 재주이기도 하고 말이야. 자, 나와 함께 낚시를 하러 가세.

은둔자 : 도저히 사양할 수 없는 제안이군. 내 흑빵도 이제 곧 떨어질 테니까 말이야. 나도 곧 함께 낚시를 가겠네만 지금 당장은 진지한 명상을 끝내야하네. 이제 곧 끝날 거야. 그러니 잠시 동안만 나를 좀 혼자 있게 해주게. 그러나 그렇게 오래 걸리지는 않을 테니까 그동안 자네가 미끼를 좀 구해 주게. 이 일대에서는 지렁이를 잡기가 쉽지 않다네. 흙에다 거름을 주지 않았기 때문이지. 그래서 지렁이는 거의 멸종 상태야. 미끼를 잡는 일도 물고기를 낚는 일 못지 않게 재미있지. 식욕이 너무 동하지 않을 땐 말일세. 오늘은 자네 혼자 그 재미를 독차지해

보게. 저쪽 땅콩밭을 삽으로 파보게나. 물레나물이 흔들리고 있는 곳 말이야. 풀뿌리 사이를 김을 맬 때처럼 잘 뒤져 보면 세 번에 한 번쯤 지렁이가 나올 거야. 좀더 멀리 가는 것도 좋은데, 왜냐하면 쓸 만한 미끼감은 거리의 제곱에 비례해서 증가한다는 공식을 발견했거든.

은둔자(이번엔 혼자서) : 어디 보자, 아까 어디까지 생각하고 있었지? 세상이 바로 이 구석에 있다는 생각에 근접하고 있었던 것 같군. 여기서 곧장 천국으로 갈까, 아니면 그냥 낚시질이나 할까? 여기서 명상을 끝내면 그런 멋진 기회가 또다시 찾아올까? 내 평생 거의 처음으로 사물의 본질 속으로 녹아 들어갈 것 같았는데 말이야. 그 생각이 다시 떠오르지 않을까 두렵군. 생각이 자비를 베풀어 준다면 휘파람만 불어도 불러올 수 있겠지. 생각이 이렇게 떠올랐는데, 나중에 생각해 보겠다고 하는 게 현명한 짓일까? 지금까지 한번 떠올랐던 생각은 흔적을 남기지 않았고 두 번 다시 그 생각들을 떠올릴 수 없었지. 내가 하고 있던 생각이 무엇이었던가? 안개가 아주 자욱했어. 공자의 세 문장을 생각해 볼 거야. 그러면 다시 원래 하고 있던 생각으로 데려다 줄지도 모르지. 우울한 생각이었는지, 아니면 무아경에 막 사로잡히고 있던 건지 모르겠어. 명심할 것. 기회는 한 번뿐이라는 것을.

시인 : 자, 은둔자 양반. 내가 너무 빨리 왔나? 온전한 놈 열세 마리와 토막 난 놈하고 작은 놈 몇 마리를 잡아왔네. 하지만 잔 물고기를 잡는

데는 이 정도면 될 것 같군. 낚시바늘을 몽땅 덮지는 않을 테니까. 이 마을 지렁이들은 너무 크다네. 연준모치라면 꼬챙이에 꿰지 않고 미끼만 먹어치울 수도 있지.

은둔자 : 자, 그럼 떠나 보세. 콩코드강으로 갈까? 물이 너무 불지 않았다면 그곳에서 낚시질하는 것도 좋을 걸세.

어째서 우리가 보고 있는 이 대상들만으로 세상이 이루어진 걸까? 어째서 인간은 이런 동물들만 이웃으로 삼고 있는 걸까? 그건 흡사 생쥐만이 이 틈바구니에서 살 수 있다는 얘기와 마찬가지가 아닌가? 필페이[1] 패거리들은 동물들을 아주 적절하게 이용하고 있는 것 같다. 그 책에 나오는 동물들은 어떤 의미에서는 우리 생각의 일부를 운반하도록 돼 있는 짐말인 셈이니까 말이다.

내 집에 종종 나타나는 생쥐들은 외국에서 들어왔다는 흔한 종류가 아니라 마을에서도 찾아볼 수 없는 토착종이었다. 그중 한 마리를 유명한 박물학자에게 보내 준 적이 있는데 큰 관심을 보였다. 집을 짓고 있을 때 일인데, 생쥐 한 마리가 집터 바로 밑에 자리를 잡고 있었다. 내가 마룻바닥을 깔고 대팻밥을 쓸어내기도

---

1 필페이 – 우화 작가로 알려진 인물들의 총칭.

전에 이놈은 점심때가 되면 꼬박꼬박 밖으로 나와 내 발치에 떨어진 빵 부스러기를 주워먹었다. 그놈은 지금껏 사람을 본 적이 없는 것 같았다. 얼마 가지 않아 그놈은 아주 익숙해져서 내 구두를 타고 옷 위로 기어오르기까지 했다. 흡사 다람쥐처럼 재빠르게 돌아다니면서 조그만 자극에도 순식간에 벽을 타고 오를 수도 있었다. 그러다 어느 날인가 내가 긴 의자에 팔꿈치를 괴고 기대 있는데 그놈이 옷을 타고 내 몸을 기어오르더니 소매를 지나 점심을 싼 포장지 주위를 빙빙 돌았다. 나는 점심거리를 꽉 잡고 재빨리 치우면서 그놈과 숨바꼭질놀이를 했다. 그러다 엄지와 검지 사이에 치즈 조각을 잡고 가만히 있어 보니까 그놈이 다가와 내 손바닥에 올라앉아 치즈를 갉아먹고는 흡사 파리처럼 얼굴과 앞발을 깨끗이 닦은 다음 가버리는 것이었다.

얼마 지나지 않아 피비[2] 한 마리가 헛간에 집을 지었으며 개똥지빠귀 한 마리는 내 집에 거의 붙어 있다시피 자라던 소나무에 둥지를 틀었다. 6월이 되자 아주 수줍은 새인 뇌조(Tetrao umbellus)가 새끼들을 데리고 뒷숲에서 나와 창문 앞을 지나더니 내 집 앞쪽으로 걸어갔다. 그놈은 흡사 암탉처럼 *꼬꼬거리며* 새끼들을 불렀는데 하는 짓이 영락없이 숲 속의 암탉이었다. 누군가 다가오기라도 하면 뇌조 새끼들은 어미의 신호에 따라 순식

---

2 피비 – 딱새류에 속하는 새.

간에 뿔뿔이 흩어지는데, 흡사 회오리바람이 쓸어가기라도 한 것처럼 보인다. 뇌조 새끼들은 낙엽이나 나뭇가지와 빛깔이 너무도 비슷해서 나그네들 대부분은 새끼들 한복판에 서서 어미새가 푸드득거리며 날아가는 소리와 불안스러운 울음소리를 듣거나 그의 주의를 끌기 위해 날개를 질질 끄는 모습을 보면서도 바로 옆에 뇌조 새끼들이 있다는 것을 알지 못한다. 어미 뇌조는 종종 사람 앞에서 흐트러진 모습으로 땅바닥에 뒹굴거나 빙빙 돌기 때문에 얼마 동안은 그것을 보면서도 대체 그게 무슨 종류의 짐승인지 알 수 없을 정도다. 새끼들은 멀리서 어미가 보내는 지시에 따라 머리를 낙엽 속에 묻은 채 꼼짝 않고 납작하게 쭈그리고 있는데, 사람이 다가가도 그 자리에서 달아나 들키는 법이 없다. 그래서 심지어는 새끼를 밟거나 한동안 그것들을 눈으로 보면서도 그것이 뇌조 새끼라는 사실을 알지못할 수도 있다. 언젠가 한번 손바닥에 새끼들을 올려놓은 적이 있는데, 그래도 어미의 지시와 본능에 순종한 이 새끼들은 두려워하거나 몸을 떠는 일도 없이 그 자리에 웅크리고만 있었다. 이 본능은 어찌나 완벽한지, 한번은 새끼들을 다시 낙엽 위에 놓아주다가 그중 한 마리가 잘못해서 옆으로 쓰러진 적이 있었는데, 10분이 지나도 다른 것들은 물론 그놈까지 그 자세 그대로 있었다.

이놈들은 다른 대부분의 새 새끼들처럼 깃털이 나지 않은 보기 흉한 모습이 아니고 병아리보다도 빨리 자란다. 그들의 맑고 차분한 눈에 담긴 어른스럽고도 순진한 표정은 여간해서는 잊기 힘들다. 흡사 세상에 대한 모든 지식이 그 안에 감춰져 있는 것 같다. 유년기의 순결뿐 아니라 세상 경험에 의해 선명해진 지혜까지도 담겨 있는 것 같았다. 그와 같은 눈은 뇌조가 태어나면서 갖춰진 것이 아니라 그 눈에 비친 하늘이 생겼을 때부터 있었던 것이다. 숲에서 이와 같은 보석을 달리 찾아보기는 어렵다. 나그네가 이렇게 맑은 우물을 들여다볼 기회는 자주 있는 것이 아니다. 무지하고 경솔한 사냥꾼들이 이런 시기의 어미새를 쏘는 경우가 있다. 그러면 이 순진한 새끼들은 숲을 배회하는 들짐승이나 다른 새의 먹이가 되거나 자신들과 그처럼 닮은 썩어 가는 낙엽과 한데 섞여 버리고 마는 것이다. 어미에 의해 새끼들이 부화되자마자 뭔가에 놀라서 뿔뿔이 흩어지면 그대로 어미를 잃어버리는데, 그것은 새끼들이 자신들을 불러모으는 어미의 소리를 들어보지 못했기 때문이라고 한다. 뇌조야말로 내게는 암탉이며 병아리인 것이다.

숲에서는 얼마나 많은 동물들이 야생으로 자유롭고도 은밀하게, 그러면서도 여전히 마을 인근에서 먹이를 구하며 살아가는지 놀랄 정도인데, 사냥꾼들이나 짐작으로 알고 있을 뿐이다. 이곳에서 삶을 영위하는 수달은 실로 조용하기 그지없다! 그 수달은 4피트 가까이 자라 조그만 아이만 한데 필시 사람의 눈에 띈 적이 한 번도 없었을 것이다. 나는 전에 내 집 뒷숲에서 미국너구리를 본 적이 있으며, 밤마다 녀석들이 우는 소리를 듣곤 했다.

대개 나는 씨를 뿌리고 나서 정오에 샘터에서 한두 시간가량 그늘에서 쉬면서 점심을 먹고 책을 읽곤 했다. 그 샘은 늪과 개울의 발원지이며 내 밭에서 반 마일가량 떨어진 브리스터 언덕에서 스며나오는 것이었다. 이 샘으로 가려면 송진소나무가 빽빽하고 풀이 자란 골짜기를 계속 내려가 늪지를 에워싼 좀더 큰 숲 속으로 들어가야 한다. 상당히 외지고 그늘진 그곳에, 가지를 사방으로 뻗은 스트로부스 소나무 밑에 사람이 앉을 만한 깨끗하고 단단한 풀밭이 있다. 나는 샘을 파서 맑고 하얀 우물처럼 만들어 놓았다. 그러면 물을 흐리지 않고도 한 통 가득 물을 뜰 수 있었던 것이다.

한여름이 되어 호숫물이 뜨거워지면 물을 뜰 목적으로 거의 매일같이 이 샘터를 찾았다. 그곳에는 멧도요가 진흙 속에서 벌레를 찾기 위해 새끼들을 데리고 오기도 했는데, 그럴 때면 어미 새가 1피트 정도 높이로 날면서 둑을 따라 내려오고 그 뒤를 새끼들이 떼지어 달려 내려온다. 그러다 나를 본 어미새는 새끼들 곁을 떠나 거의 4, 5피트 거리까지 내게 바싹 접근하여 빙글빙글 돌면서 날갯죽지와 다리가 부러진 시늉을 해서 내 주의를 어린 새끼들에게서 떼어놓으려 한다. 그러면 가늘고도 뻣뻣한 삐익삐익 하는 어미의 소리로 지시를 받은 새끼들은 벌써 일렬로 늪지를 가로질러 행군하기 시작하는 것이다. 어떤 때는 어미새는 보이지 않고 새끼들이 삑삑 하고 우는 소리만 들려왔다. 샘터에는 멧비둘기도 날아와 바로 내 머리 위에 있는 스트로부스 소나무의 한 들거리는 가지에서 가지로 파닥거리며 날아다니곤 했다. 또 붉은날다람쥐가 내게서 제일 가까운 나뭇가지를 타고 내려와 유난히 친한 체하며 호기심을 보인 적도 있었다. 이처럼 숲 속의 그럴싸한 장소에 가만히 앉아 있기만 하면 숲의 모든 주민들이 차례차례로 모습을 보여 주는 것이다. 때로는 평화롭지 못한 사건을 목격하기도 했다. 어느 날 장작더미라기보다는 그루터기를 쌓아 놓은 곳으로 간 나는 큰 개미 두 마리를 보았는데, 한 마리는 붉은 개미였고 다른 한 마리는 훨씬 커서 거의 반 인치나 되는 검은 개미로 서로 격렬하게 싸우고 있었다. 한번 달라붙은 두 개미는 서로 놓지 않은 채 나무토막 속에서 끊임없이 발버둥치고 맞붙어 싸우며 뒹굴고 있었다. 좀더 앞쪽을 바라본 나는 나무토막들이 온통 이런 전사들로 뒤덮인 것을 알고는 깜짝 놀랐다. 그것은 두 마리의 결투가 아니라 여러 마리가 참가한 전투이며 개미 두 종족간의 전쟁으로서, 붉은 개미와 검은 개미가 서로 맞붙어 있었을 뿐 아니라 검은 개미 한 마리에 붉은 개미 두 마리가 붙어 있는 경우도 많았다. 이 뮈르미돈[3]들의 대군이 내 장작더미의 산과 골짜기를 온통 덮었고, 지면은 이미 붉은 개미와 검은 개미 할

---

3 뮈르미돈 – 아킬레스 왕을 따라 트로이 전쟁에 참가한 고대 테살의 전사.

것 없이 죽은 놈과 죽어 가는 놈들이 사방에 흩어져 있었다. 이것은 내가 목격한 유일한 전투이자 전투가 한창인 동안 내가 발을 디뎌본 유일한 전쟁터였으며 더할 나위 없는 격전이었다. 한편은 붉은 공화군이었고 다른 한편은 검은 제국군이었다. 사방에서 치열한 전투가 벌어지고 있었지만 내 귀로는 아무 소리도 들을 수 없었다. 인간의 병사가 그토록 결연한 전투를 벌인 적은 없었다.

나는 나무토막 사이 양지 바른 조그만 골짜기에서 서로 뒤엉켜 있는 한 쌍의 개미를 지켜보았다. 그때는 한낮이었는데 놈들은 해가 질 때까지, 아니 숨이 끊어질 때까지 싸울 작정이었다. 작은 쪽인 붉은 전사는 흡사 바이스처럼 적의 앞가슴에 매달린 채 마주 잡고 전쟁터를 뒹구는 동안 끊임없이 적의 한쪽 더듬이 뿌리를 물어뜯고 있었는데, 다른 한쪽 더듬이는 이미 끊어져 나간 상태였다. 그동안 힘이 더 센 검은 개미는 붉은 개미를 좌우로 흔들어대고 있었으며, 좀더 가까이 다가가 살펴보니 이미 적의 다리 몇 개를 잘라놓은 상태였다. 그들은 불독보다 훨씬 집요하게 싸우고 있었다. 어느 쪽이든 추호도 물러설 기미를 보이지 않았다. 그들의 슬로건은 '승리가 아니면 죽음'임에 틀림없었다.

한편 이 골짜기의 경사로를 타고 붉은 개미 한 마리가 잔뜩 흥분한 모습으로 내려왔다. 그놈은 벌써 자기 적을 해치웠거나 아니면 아직 전투에 참가하지 않은 것 같았다. 다리가 모두 붙어 있는 것을 보면 필시 후자일 것이다. 그의 어머니가 방패를 들고 나가 무사히 살아서 돌아오든지 그렇지 않으면 방패에 실려 돌아오라고 명령했던 것이다. 또 어쩌면 그는 아킬레스처럼 저 멀리서 분노를 품고 있다가 이제 친구 파트로클로스의 복수를 하거나 구하러 온 것일지도 몰랐다. 그는 멀리서 이 불공평한 싸움을 보고는(검은 개미는 붉은 개미에 비해 몸집이 거의 두 배나 됐으므로) 재빨리 다가와 전투원들로부터 불과 반 인치 거리에서 잔뜩 경계한 채 멈춰 섰다. 그런 다음 기회를 살피다가 검은 전사를 향해 달려들더니 적이 자신의 다리 하나를 골라잡도록 내버려둔 채 그놈의 오른쪽 앞다리 뿌리에서부터 작전을 개시했다. 이렇게 해서 세 마리가 무한정 한 덩어리로 엉겨붙었는데, 그것은 흡사 다른 모든 자물쇠와 시멘트를 능가하는 새로운 종류의 접착제가 발명되기라도 한 것 같았다. 이제는 양쪽 진영에서 높은 나무토막에 각기 군악대를 배치하여 국가를 연주하며 겁먹은 병사를 독려하고 죽어 가는 병사를 위로하는 광경을 보았다 해도 놀라지 않았을 것이다. 나 자신도 그들이 사람이라도 된 듯 상당히 흥분해 있었다.

생각하면 할수록 양자의 차이는 별로 없어 보인다. 미국사에서라면 몰라도 적어도 콩코드의 역사에는 전투원의 수로 보나 전투에서 발휘된 애국심과 영웅적 행위로 보나 한순간도 이것과 비교할 만한 전투가 기록된 것이 없다. 그 숫자와 살육이라는 면만

놓고 볼 때 이것은 아우스테를리츠[4]나 드레스덴 전투[5]에 비교할 만했다. 콩코드 전투라니! 애국군 진영에서 두 명이 전사하고 루터 블랜처드[6]가 부상당한 일을 이에 비할 전투라 할 수 있을까? 이곳의 모든 개미는 그 하나하나가 버트릭[7]이었으며("총을 쏴! 제발 총을 좀 쏘라구!") 수천 마리가 데이비드와 호스머[8]와 운명을 같이했다. 여기에 용병은 하나도 없었다.

이 개미들은 우리 조상들이 그랬던 것처럼 주의를 위해 싸우고 있었고, 자신들의 차(茶)에 부과되는 3페니를 내지 않으려고 싸우는 것이 아님은 분명했다. 또한 이 전투의 결과는 적어도 벙커 힐 전투[9]가 그 관련자들에게 그랬던 것만큼이나 이들에게도 중요하고 잊지 못할 사건일 것이다.

나는 방금 언급한 개미 세 마리가 싸우고 있는 나무토막을 들고 집 안으로 들어가 싸움의 결말을 알기 위해 창턱 유리컵 속에 집어넣었다. 확대경으로 맨 처음에 언급했던 붉은 개미를 들여다본 나는 그놈이 이미 남아 있는 적의 한쪽 더듬이까지 잘라버린 후 이번에는 앞다리 근처를 열심히 쏠아대고 있긴 했지만 검은

---

4 아우스테를리츠 – 나폴레옹 1세가 러시아와 오스트리아 연합군을 격파한 곳.

5 드레스덴 전투 – 나폴레옹이 치른 전투.

6 루터 블랜처드 – 콩코드 전투의 부상으로 사망한 미국 측의 피리 부는 병사.

7 버트릭 – 존 버트릭. 콩코드 전투에서 미국 측 지휘관.

8 데이비드와 호스머 – 콩코드 전투에서 전사한 미국 병사들.

9 벙커 힐 전투 – 미국 독립전쟁의 첫 번째 대격전.

전사의 턱에 그 자신의 가슴팍이 온통 찢겨나가 내용물이 드러나 있다는 사실을 알게 되었다. 검은 개미의 흉갑은 너무 단단해서 붉은 개미가 물어뜯을 수 없을 것처럼 보였지만, 고통받고 있는 붉은 개미의 까만 홍옥 같은 두 눈은 전쟁만이 보여 줄 수 있는 살기로 번뜩이고 있었다. 개미들은 유리컵 속에 들어간 뒤에도 반 시간이나 더 싸움을 계속했으며, 내가 다시 들여다보았을 때 검은 병사는 적들의 몸뚱이에서 머리를 잘라놓은 상태였다. 그러나 아직 살아 움직이고 있는 머리들은 안장 앞테에 매단 끔찍스런 전리품처럼 검은 개미의 양옆에 전과 다름없이 꽉 달라붙어 있는 듯 보였으며, 더듬이를 모두 잃고 한쪽 다리만 남은 검은 개미는(그것 말고도 얼마나 더 부상을 당했는지 나로서는 알 길 없는데) 머리들을 떼어내기 위해 힘없이 버둥거리고 있었다.

결국 다시 반 시간이 지났을 때 검은 개미는 자기 몸에서 적들의 머리를 떼어내는 데 성공했다. 내가 유리컵을 들어 주자 검은 개미는 형편없이 망가진 상태로 창턱을 넘어 어디론가 가버렸다. 나는 그가 결국 그 전투에서 살아남아 여생을 오텔 데 장발리드[10]에서 보냈는지 여부는 알지 못한다. 하지만 이후로는 그의 용맹스러움도 별 쓸모가 없었을 것이다. 나는 두 개미 종족 중에서 어느 쪽이 승리를 거두었는지, 그 전쟁의 원인이 무엇이었는지 알

---

10 오텔 데 장발리드 – 파리에 있는 부상병 병원.

수 없다. 하지만 그날 내내, 흡사 내 집 앞에서 인간들끼리 싸우는 투쟁과 광포함과 학살을 내 눈으로 목격하고 흥분과 고통을 받기라도 한 듯한 기분이었다.

커비와 스펜스에 의하면, 개미들의 싸움은 이미 오래전부터 유명했으며 그 연대도 기록되어 있지만, 현대인으로 그런 싸움을 목격한 사람은 위베르[11]가 유일하다고 한다. 그들은 다음과 같이 썼다. "이네아스 실비우스[12]는 배나무 줄기에서 벌어진 큰 개미와 작은 개미들의 집요한 쟁투를 아주 상세하게 기록하고 나서, 이 전쟁이 벌어진 것은 교황 유게니우스 4세[13] 재임 시의 일로, 저명한 변호사인 니콜라스 피스토리엔시스가 목격하였고, 그가 그 전투의 전모를 눈앞에서 보듯 생생하게 설명해 주었다고 덧붙였다. 또한 스웨덴 신부인 올라우스 마그너스가 큰 개미와 작은 개미 사이에 벌어진 비슷한 전투를 기록해 놓았는데, 승리를 거둔 작은 개미족이 아군의 시체는 매장했으나 몸집이 큰 적군의 시체는 새의 먹이가 되도록 방치했다고 한다. 이 사건이 벌어진 것은 폭군 크리스티에른 2세가 스웨덴에서 축출되기 전이다." 내가 목격한 개미 전쟁은 웹스터의 탈주노예법이 통과되기 5년 전, 폴크

---

11 위베르 - 프랑수아 위베르(1750~1831). 프랑스의 곤충학자.

12 이네아스 실비우스 - 교황 피우스 2세, 1458~1464년까지 역임.

13 교황 유게니우스 4세 - 1431~1447년까지 로마 교황 역임.

대통령[14] 재임 시였다.

식품광에서 진흙거북이나 쫓아다니기에 알맞은 마을의 개들 대부분은 주인들 몰래 그 육중한 몸뚱이를 끌고 숲 속을 돌아다니며 쓸데없이 오래된 여우굴이나 마못이 살던 굴을 냄새 맡곤 했다. 때로는 잡종견이 앞장서곤 했는데, 그놈들은 숲 속을 민첩하게 누비고 다니며 숲 속 주민들에게 그럴싸한 공포감을 조장했다. 그런데 이 안내자보다 훨씬 뒤떨어진 마을의 개들은 어떻게 된 일인지 알아보기 위해 나무를 타고 오른 조그만 다람쥐를 보고도 황소처럼 짖어대다가는 자신이 길 잃은 날쥐를 뒤쫓고 있다고 상상하며 그 육중한 몸뚱이로 덤불을 쓰러뜨리면서 뛰어가는 것이다. 언젠가 돌이 깔린 호숫가를 걷고 있는 고양이를 보고 놀란 일이 있는데, 고양이가 마을에서 이렇게 멀리까지 나오는 경우는 거의 없었기 때문이었다. 그런데 고양이 쪽도 놀란 것 같았다. 평생을 깔개 위에 엎드려 보내는 길이 아주 잘든 고양이라 할지라도 숲에 들어오면 제집처럼 편히 지내는데, 그 교활하고도 눈에 띄지 않는 동작 때문에 숲의 여느 주민들보다 더 숲에 잘 어울리는 것처럼 보이는 것이다.

한번은 열매를 따러 나갔다가 숲 속에서 새끼 고양이를 거느린 어미 고양이와 마주친 적이 있었다. 이미 야성화된 상태여서 새

---

14 폴크 대통령 - 1845~1849년 미국 11대 대통령 역임.

끼들까지 자기 어미처럼 등을 구부리면서 사납게 가르릉거리는 소리를 냈다. 호숫가에 살기 몇 년 전, 호수에서 가장 가까운 링컨의 어느 한 농가(길리안 베이커네 집)에 '날개 달린 고양이'가 있었다. 1842년 6월 나는 그녀를 보러 그곳에 갔지만 고양이는 여느 때의 습성대로 숲으로 사냥을 나가고 없었다(나는 그것이 암컷인지 수컷인지 모르지만 통상적으로 '그녀'라는 대명사를 쓰기로 했다).

농가의 주부가 말하기를, 그 고양이는 전해 4월에 근처에 나타났는데 결국 그 농가에 눌러앉게 되었다고 했다. 암갈색에 회색이 섞인 고양이로 목에 하얀 반점 하나가 있고 발은 희고 꼬리는 여우처럼 크고 푹신푹신하다고 했다. 겨울철이 되면 털이 빽빽해지면서 양옆으로 퍼져 10에서 12인치 길이에 2.5인치 폭의 줄이 생기며 턱에는 토시 같은 털이 생기는데 위쪽은 느슨하며 아래쪽은 펠트처럼 빽빽하고 이 털들은 봄이 되면 모두 떨어진다는 말도 했다. 그들이 내게 준 그 고양이의 '날개' 한 쌍을 나는 아직도 보관하고 있다. 그 날개에는 피막 같은 것은 전혀 없었다. 그 고양이를 날다람쥐나 다른 야생 동물의 피가 얼마간 섞인 것으로 여기는 이들도 있는데 그런 일이 불가능할 것 같지는 않은 것이, 박물학자들에 의하면 담비와 집고양이의 결합에서 수많은 잡종이 나왔다는 것이다. 만약 고양이를 기를 일이 있다면 바로 이런 고양이가 제격일 것 같다. 시인에게는 날개 달린 말은 물론이거니와 날개 달린 고양이도 잘 어울리지 않을까?

가을이 되면 여느 때처럼 아비(colymbus glacialis)가 찾아와 호숫가에서 털을 갈고 멱을 감는데, 내가 아침에 자리에서 일어나기도 전에 그 쩌렁쩌렁한 웃음소리로 온 숲을 흔들어 놓곤 했다. 아비가 왔다는 소문이 퍼지면 밀 댐의 사냥꾼들이 총동원되어 최신형 엽총과 원뿔탄과 쌍안경을 지니고 마차를 타거나 도보로 둘씩 셋씩 짝을 지어 나선다. 그들은 마치 가을철 낙엽처럼 바스락대며 숲 속을 들어오는데, 아비 한 마리에 줄잡아 열 명은 되는 것 같다. 그중 일부는 호수 이편에 자리를 잡고 일부는 저편에 자리를 잡는데, 그것은 그 가엾은 새가 동시에 어디에나 나타날 수는 없을 거고 그놈이 이쪽에서 잠수하면 저쪽으로 떠오를 것이 틀림없기 때문이다.

그러나 이제 10월의 부드러운 바람이 일기 시작하며 나뭇잎이 바스락대고 수면에 잔물결이 일자 아비 한 마리도 보이거나 소리도 들리지 않았지만 그 적들은 쌍안경으로 호수를 훑으며 발포음으로 숲을 메아리치게 만든다. 이어서 파도가 물새들을 편들어 무수히 일어나 성난 듯 날뛰기 시작하면 사냥꾼들은 마을과 상점과 끝내지 못한 일거리로 퇴각하지 않을 수 없다. 그러나 사냥꾼들 역시 종종 성공을 거두곤 했다. 아침 일찍 물 한 통을 뜨러 갈 때면 종종 이 위풍당당한 새가 불과 몇십 야드 앞에서 내가 있는 후미진 물가를 떠나 호수를 향해 힘차게 나아가는 모습을 보곤 했다. 내가 배를 타고 그놈을 따라잡으려 애쓰기라도 하면 그놈은 물속으로 잠수하여 완전히 사라져 버리기 때문에 종종 그날 늦게까지 두 번 다시 보지 못하는 경우도 있었다. 그러나 수면 위에서는 그놈도 내 적수가 될 수 없었다. 그놈은 보통 비오는 날에는 나타나지 않았다.

아주 평온한 10월 어느 날 오후, 이런 날이면 유난히 아비들이 박주가리 솜털처럼 호수에 내려앉기 마련이다. 북쪽 호숫가를 따라 노를 저으며 사방을 둘러봐도 한 마리도 보이지 않았다. 그때 갑자기 아비 한 마리가 요란스럽게 웃으며 나타나더니 바로 내 앞에서부터 몇십 야드 떨어진 호숫가에서 호수 한복판을 향해 힘차게 헤엄쳐갔다. 내가 노를 저어 뒤쫓았더니 아비는 물속으로 쑥 들어가 버렸다. 그놈이 다시 물 밖으로 나왔을 때는 나도 훨씬 근접해 있었다. 그놈은 다시 물속으로 들어갔고, 나는 방향을 잘못 계산해서 그놈이 두 번째로 수면 위로 떠올랐을 때는 270야드쯤 사이가 벌어져 있었다. 그 사이에 내가 우리 둘 사이의 간격을 훨씬 더 벌려놓았던 것이다. 아비는 이번에도 한참 동안 요란하게 웃었는데, 이번에는 웃을 만한 이유가 충분했다.

그놈은 너무도 교묘한 계략을 써서 수십 야드 이내로는 도저히 다가갈 수가 없었다. 아비는 수면으로 떠오를 때마다 매번 고개를 이리저리 움직이면서 냉정하게 호수와 물가를 살펴보고는 물이 가장 넓게 퍼지고 배에서 가장 멀리 떨어진 곳으로 떠오를 수 있도록 방향을 선택하는 게 분명했다. 그 새가 이렇게 신속하게 마음을 정하여 실행에 옮기는 모습은 놀랍기만 했다. 그놈은 즉각 나를 호수에서 가장 넓은 곳으로 유인했기에 도저히 물에서 몰아낼 도리가 없었다. 그놈이 머릿속으로 뭔가 생각하는 동안 나도 머릿속으로 그놈의 생각이 무엇인지 알아맞히려고 애썼다. 그것은 호수의 잔잔한 수면 위에서 벌어진 인간 대 아비 사이의 멋진 게임이었다. 어느 순간 갑자기 상대편의 말이 장기판 밑으로 사라지는데, 여기서 중요한 것은 그 말이 다시 나타날 때 내 말을 그것과 가장 가까운 자리에 갖다놓는 일이었다. 어떤 때는 뜻밖에도 정반대 방향에서 나타나기도 했는데, 그놈은 분명 내 배 아래를 똑바로 헤엄쳐 지나갔던 것이다. 그놈은 숨이 아주 길고 여간해서는 지치는 법이 없어서, 꽤 멀리까지 헤엄을 치고 났을 때도 다시 곧장 물속으로 들어가곤 했다. 그럴 때면 누구도 이 매끄러운 수면 밑의 깊은 호수 속 어디에서 그놈이 물고기처럼 빠르게 헤엄치고 있는지 알아맞힐 수가 없다. 왜냐하면 아비는 호수의 가장 깊은 바닥도 얼마든지 드나들 여유와 그럴 능력이 있기 때문이다.

뉴욕주 호수에서는 송어를 잡으려고 설치한 수심 80피트의 낚시 바늘에 아비가 잡혔다고 하지만, 월든 호수는 그보다 훨씬 더 깊다. 이 미련해 보이는 외계의 손님이 자기들 무리 속을 빠르게 헤엄치는 것을 본 물고기들이 얼마나 놀랄 것인가! 그러나 아비는 수면 위에서처럼 확실하게 물속에서도 자기의 진로를 알고 있는 것 같았고, 물속에서는 물 위에서보다 훨씬 빠르게 헤엄을 쳤다. 한두 차례 그놈이 수면을 향해 떠오르는 곳에 이는 잔물결을 본 적이 있는데, 그럴 때도 머리만 잠깐 내놓고 주위를 정찰하고는 곧 다시 물속으로 잠수하곤 했다.

나는 그놈이 어디에서 떠오를지를 궁리하느라고 애를 쓰는 것보다는 차라리 노를 놓고 다시 나타나기를 기다리는 편이 낫다는 사실을 알게 되었다. 왜냐하면 눈을 잔뜩 긴장시킨 채 수면 한쪽을 뚫어져라 쳐다보고 있는 사이에 갑자기 등뒤에서 섬뜩한 웃음소리를 듣고 기겁을 한 적이 한두 번이 아니었던 것이다. 그렇지만 그놈은 어째서 그토록 교활하게 굴고 나서 물 밖으로 나올 때면 그렇게 요란하게 웃어대서 반드시 자신을 드러내는 것일까? 눈에 잘 띄는 그 하얀 가슴팍만으로는 부족하다는 걸까? 아비란 새는 정말 어리석군, 하고 나는 생각했다. 대개의 경우 그놈이 물에 떠오를 때 나는 물소리만으로도 아비가 있다는 것을 알 수 있었다. 그러나 한 시간이 지나고도 그놈은 여전히 힘에 넘쳐 다시 잠수하여 처음보다 훨씬 더 멀리 헤엄을 치곤 했다.

수면으로 떠오른 아비가 갈퀴 달린 두 발을 물속에서 부지런히 움직이면서도 가슴털 하나 움직이지 않은 채 유유히 떠다니는 모습은 정말 놀랄 정도다. 여느 때의 울음소리는 귀신 같은 웃음소리였지만, 거기에서는 그래도 물새 특유의 울음소리를 느낄 수 있었다. 그러나 이따금 내게 멋지게 골탕을 먹이고는 저 멀리에서 떠오를 때면 그놈은 길게 끄는 섬뜩한 울음소리를 냈는데, 그것은 새라기보다는 이리의 울음소리에 더 가까웠다. 그건 흡사 어떤 짐승이 땅바닥에 주둥이를 박은 채 느릿느릿 울부짖는 것 같은 소리였다. 숲 속 저 멀리까지 쩌렁쩌렁 울리는 아비의 이런 울음소리는 아마도 내가 이곳에서 들어 본 소리 중에 가장 야성적인 소리였던 것 같다.

나는 그놈이 자신의 재주를 믿고 내 모든 노력을 비웃는 것이라는 결론을 내렸다. 하늘이 어두워졌을 때에도 호수 수면이 너무나 잔잔해서, 나는 아비의 소리를 듣지 않고도 그놈이 물 위로 떠오른 곳이 어딘지를 알 수 있었다. 하얀 가슴팍과 바람 한 점 없는 대기, 잔잔한 수면이 그에게는 모두 불리했다. 마침내 250야드쯤 떨어진 곳에서 떠오른 아비는 마치 아비들의 신에게 도와달라고 애원하기라도 하듯, 그 특유의 길게 끄는 울음소리를 내질렀는데 그 순간 동풍이 불면서 수면에 물결이 일더니 하늘 가득 뿌연 비가 쏟아지기 시작했다. 그것은 흡사 아비의 기도에 대한 응답과도 같았다. 그의 신이 내게 성을 내고 있었다. 결국 나는 그놈이 소란스러워진 수면 저쪽에서 사라지도록 내버려두고 말았다.

가을날이면 나는 몇 시간씩이고 오리들이 사냥꾼을 피하기 위해 교묘하게 갈짓자로 방향을 바꿔가며 호수 복판에서 노는 모습을 지켜보곤 했다. 루이지애나의 늪지에서라면 그런 속임수를 쓸 필요도 별로 없으리라. 위로 날아올라야 할 때는 종종 호수 위 높은 곳에서 선회하곤 하는데, 하늘의 점처럼 보이는 그런 높이에 서라면 다른 호수와 강들을 쉽게 볼 수 있을 것이다. 오리들이 이미 오래전 남쪽으로 갔을 거라고 생각이 들 때쯤이면 4분의 1마일가량을 비스듬히 하강하여 아무도 없는 호수 위에 내려앉곤 했다. 하지만 오리들이 월든 호수 한복판에서 놀면 안전하다는 것 말고 또 어떤 이유가 있는지는 알 수가 없다. 그들이 나와 똑같은 이유에서 이 월든 호수를 사랑하고 있지 않은 것이라면 말이다.

소로의 열세 번째 이야기

따뜻한 집
HOUSE–WARMING

Walden

10월에 나는 강가 초원으로 포도를 따러 가서 식품으로보다는 그 아름다움과 향기로 더욱 소중한 포도송이를 잔뜩 따 왔다. 그 곳에는 또한 작고 매끈매끈한 보석이며 초원의 장식인 진주빛과 붉은빛을 띤 덩굴월귤 열매도 있었다. 나는 그것들을 따지는 않고 가만히 바라보았다. 농부들은 보기 흉한 갈퀴로 그것들을 훑듯이 따서 매끄러운 풀밭을 온통 혼란의 도가니로 만들어 놓는다. 그들은 경솔하게도 열매들을 부셸과 달러만으로 계산해서는 이 초원의 전리품을 보스턴과 뉴욕에 팔아치운다. 그렇게 팔린 열매는 잼으로 바뀌어 도시에 있는 자연 애호가들의 구미를 돋워 주는 것이다. 이런 식으로 도살업자들 역시 찢겨지고 시드는 초목 따위는 아랑곳하지 않은 채 대초원에서 들소의 혀를 거둔다.

매자나무의 보기 좋은 열매도 내게는 눈요기나 하는 식품일 뿐이었다. 그렇지만 땅주인과 나그네들이 미처 챙기지 못한 야생사과는 훗날 뭉근한 불에 익힐 생각으로 얼마간 비축해 두었다. 밤이 익었을 때는 겨울을 대비하여 반 부셸 정도 모아 두었다. 이런 계절이면 서리가 내릴 때까지 무한정 기다릴 수 없었기에 어깨에 자루 하나를 둘러메고 손에는 밤송이를 벌릴 장대 하나를 든 채 링컨의 끝없이 드넓은 밤나무 숲을 돌아다니곤 했는데 그건 정말 신나는 일이었다(그 당시만 해도 넓었던 그 숲은 이제 철로 아래에서 길고 긴 잠에 빠져들어 있었다). 바스락거리는 낙엽 소리와 붉은날다람쥐와 어치새가 큰 소리로 책망하는 소리를 들으면서 말이다.

나는 종종 그놈들이 반쯤 먹다 놔둔 밤송이를 훔쳤는데, 녀석들이 고른 밤송이에는 언제나 멀쩡한 밤톨이 들어 있었던 것이다. 때로는 내가 직접 밤나무로 올라가 흔든 적도 있었다. 밤은 내집 뒤편에서도 자랐으며, 집을 거의 덮을 만큼 커다란 밤나무 한그루도 있었지만(꽃이 필 때면 그 일대를 향기로 덮는 꽃다발이 된다) 다람쥐와 어치들이 대부분을 먹어치웠다. 그중에서도 어치는 이른아침 떼지어 몰려와서 땅에 떨어지기도 전에 밤송이에 든 밤톨을 쪼아먹었기 때문에, 나는 이 밤나무들은 아예 녀석들에게 내맡기고는 좀 멀리 떨어져 있긴 해도 온통 밤나무로만 이루어진숲을 찾아가곤 했다. 이렇게 수확한 밤은 빵의 좋은 대용품이 되었다. 그것 말고도 대용품들은 얼마든지 더 있을 수 있다. 어느날 지렁이를 잡으려고 땅을 파던 나는 넝쿨에 달린 산홍두(apios tuberosa)를 발견했다. 그것은 이곳 원주민의 감자로서 전설로 전해 내려오는 열매인데, 앞에서도 말했듯이 어린 시절 땅에서 파먹은 적이 있었으면서도 까맣게 잊고 있었다는 생각이 들었다. 나는 전에도 다른 풀대 옆에서 그 쭈글쭈글하고 붉은 벨벳 같은꽃을 여러 번 보았지만 그것이 이것인 줄은 알지 못했다. 땅을 경작하는 바람에 그 식물은 거의 멸종 지경에 이르러 있었던 것이다.

산홍두는 서리 맞은 감자와 비슷한 단맛이 있는데 굽는 것보다는 찌는 편이 더 맛이 있었다. 이 덩이줄기는 흡사, 언젠가 이 땅에서 검소하게 살며 자기 자식들에게 이것을 먹여 키우겠다는 자연의 어렴풋한 약속처럼 보였다. 가축은 살찌고 밭에는 곡식이 물결치는 오늘날에 와서는 한때 인디언 부족의 숭배 대상이기까지 했던 이 보잘것없는 뿌리는 완전히 잊혀졌거나, 기껏해야 꽃이 피는 덩굴로만 알려져 있을 뿐이다. 그러나 야생의 자연이 다시 한번 이 땅을 지배하면 저 약하고 방종한 영국산 곡물들은 수없는 적 앞에 자취를 감추고 사라지고 말 것이며, 인간의 보살핌이 없을 경우 까마귀들이 옥수수의 마지막 씨앗 하나까지 남서부에 있는 인디언 신의 위대한 옥수수밭으로 가져갈지도 모를 일이다. 원래 옥수수 씨앗은 까마귀가 그곳에서 가져왔다는 전설이 있으니까 말이다. 반면에 지금은 거의 멸종 상태인 산홍두가 서리와 거친 토양에도 불구하고 되살아나 번성함으로써 이 땅의 토착종임을 증명하고, 저 옛날 수렵 종족의 식단이었던 때의 지위와 위엄을 되찾게 될 것이다. 인디언의 케레스[1]가 아니면 미네르바[2]가 산홍두의 창조자이며 수여자였음에 분명하다. 그리하여 시(詩)가 이 땅을 지배하게 될 때, 그 잎과 줄기가 작품에 재현될 것이다.

9월 1일에 나는 이미 호수 맞은편, 물가에 인접한 곳에서 하얀 미류나무 세 그루의 줄기 아래쪽에 자리잡은 두세 그루의 조그만

---

1 케레스 – 곡물의 신.
2 미네르바 – 지혜의 여신.

단풍나무가 진홍색으로 물든 것을 보았다. 아, 그 빛깔은 얼마나 많은 이야기를 하고 있는지! 그로부터 한 주가 지날 때마다 나무 하나하나의 특징이 선명하게 드러나면서 거울 같은 호수에 각기 제 모습을 자랑스럽게 비추었다. 매일 아침 이 화랑의 관리인은 벽에 걸린 낡은 그림 대신에 보다 눈부시고 조화로운 색채가 유난히 눈에 띄는 새 그림을 내걸곤 했다.

10월이 되자 말벌 떼가 내 오두막을 동면 장소로 삼은 듯 몰려와 창문 안쪽과 머리 위 벽에 자리를 잡고 집에 들어서려던 손님들에게 겁을 주곤 했다. 아침이 되어 추위에 감각을 잃은 말벌들을 몇 마리씩 집 밖으로 쓸어낸 일은 있었지만 굳이 내쫓으려는 생각은 먹지 않았다. 오히려 녀석들이 내 집을 추위를 피할 만한 곳이라고 여긴 데 대해 우쭐한 기분이 되기까지 했다. 비록 함께 동거하기는 했지만 말벌 때문에 심각할 정도로 괴로웠던 적은 없었다. 시간이 흐르면서 이 말벌들은 겨울의 혹한을 피해 내가 모르는 어떤 틈 속으로 자취를 감추었다.

이 말벌들처럼 나 역시 11월이 되어 동면할 곳으로 들어가기 전에 월든 호수의 북동쪽 가장자리를 찾아가곤 했는데, 그곳은 소나무 숲과 돌 깔린 호숫가에서 반사된 태양열 때문에 호수의 난롯가라도 되는 양 따뜻했던 것이다. 될 수 있는 대로 인공적인 불보다는 태양열로 몸을 녹이는 편이 훨씬 쾌적할 뿐만 아니라 건강에도 좋다. 결국 나는 숲을 떠난 사냥꾼처럼 여름이 남겨놓은 깜부기불로 내 몸의 온기를 유지한 셈이다.

굴뚝을 세울 때가 됐을 때 나는 벽돌공의 기술을 익혔다. 내가 쓰는 벽돌은 헌 것이어서 흙손으로 깨끗이 다듬을 필요가 있었는데, 덕분에 나는 벽돌과 흙손의 성질에 대해 필요 이상으로 알게 되었다. 벽돌에 붙은 모르타르는 50년가량 된 것이다. 그런 모르타르는 시간이 지날수록 더 단단해진다고들 한다. 그러나 그것은 사람들이 진위 여부에 상관없이 곧잘 하는 말일 뿐이다. 그런 말 자체가 시간이 지날수록 더 단단하게 사람들의 머릿속에 달라붙기 때문에 그들에게서 아는 체하는 이 낡아빠진 버릇을 떼어내려면 흙손으로 수없이 두드려야 할 것이다.

메소포타미아의 마을 대부분은 옛 바빌론 유적에서 나온 질 좋은 헌 벽돌로 지은 것이며, 그런 벽돌에는 훨씬 더 오래되고 아마도 훨씬 더 단단한 모르타르가 붙어 있었을 것이다. 그 일이야 어떻든 나는 그처럼 수없이 두드리는데도 닳지 않는 단단한 쇠붙이 특유의 성질에 감명을 받았다. 비록 느부갓네살 2세[3]의 이름이 적혀 있지는 않았지만 내 벽돌도 예전에 굴뚝에 썼던 것이어서 일과 낭비를 막기 위해 되도록이면 벽난로에 썼던 벽돌을 따로 골라냈다. 또한 벽난로 주변의 벽돌 틈에는 호숫가에서 가져온 돌들로 채우고 역시 호숫가에서 가져온 흰 모래로 모르타르를

---

3 느부갓네살 2세 – 바빌론의 왕.

만들었다.

나는 내 집에서 가장 핵심적인 부분이 될 벽난로에 가장 많은 시간을 들였다. 사실이지 그 일에 너무 공을 들인 나머지, 아침부터 바닥에 벽돌을 쌓기 시작했는데도 저녁이 될 때까지 바닥에서 불과 몇 인치 올리지 못했기 때문에 결국 그날 밤 그것들은 내 베개가 되고 말았다(하지만 내 목이 뻣뻣해진 것은 그것 때문은 아니었다. 그 일은 그보다 훨씬 전에 일어난 일이다). 그 무렵 나는 2주 동안 어떤 시인을 내 집에 묵게 했는데 그 때문에 자리를 만드느라고 벽난로 앞까지 밀려나야만 했던 것이다. 시인은 칼을 가져왔고 나도 두 자루 갖고 있어서 우리는 곧잘 칼들을 흙 속에 쑤셔넣어 갈곤 했다. 그도 나와 함께 음식을 만들었던 것이다. 내 노동이 차츰차츰 네모반듯하고 단단한 결과로 나타나는 것은 보기만 해도 즐거운 일이었다. 일이 이렇게 더디게 진행된다면 그만큼 더 오래 견딜 거라는 계산도 있었다. 어떤 면에서 굴뚝은 지면에 바로 잇대어 집을 뚫고 세우는 독립적인 구조물이다. 집이 불에 타고 난 다음에도 굴뚝이 멀쩡하게 서 있는 경우가 종종 있다는 사실로 볼 때 그 중요성과 독립성은 명백하다. 이 일로 여름이 다 지나갔고, 이제 11월이 되었다. 이미 북풍이 호숫물을 차갑게 만들기 시작했지만 월든 호수는 너무 깊어서 전체를 다 차갑게 하려면 몇 주 동안은 끊임없이 불어야 했다. 저녁이 되어 불을 피우기 시작했을 때, 굴뚝이 연기를 아주 잘 뽑아냈다. 그것은 회벽을 바르기 전이라 판자벽 사이로 틈새가 잔뜩 나 있기 때문이기도 했다. 그러나 나는 옹이가 잔뜩 난 거친 갈색 판자벽에 머리 높이 나무껍질이 그대로 남아 있는 서까래가 있는 그 서늘하고 바람이 잘 통하는 집에서 쾌적한 저녁을 보내곤 했다. 회반죽을 바르고 나니 전보다 더 안락해졌다는 점을 시인하지 않을 수는 없지만 눈으로 보는 즐거움은 전 같지 못했다. 무릇 인간이 거하는 집이란 것은 머리 위에 어둠이 서릴 정도로, 그래서 밤이면 그림자들이 서까래에서 어른거릴 정도로 천장이 높아야 하는 게 아닐까? 프레스코 벽화나 다른 값비싼 가구들보다는 이런 형상들이 공상과 상상의 나래를 펴는 데 더 좋은 법이다. 내가 그 집을 단순히 은신처로서뿐만 아니라 몸을 녹이는 용도로 쓰기 시작했을 때 비로소 내 집에 살기 시작했다고 할 수 있겠다.

나는 장작을 벽난로와 직접 닿지 않게 하려고 낡은 장작 받침쇠 한 짝도 구했다. 내 손으로 만든 굴뚝 안쪽에 생긴 그을음이 왠지 보기 좋았고, 어느 때보다 더 당당하고 흡족한 기분으로 난롯불을 쑤석거리곤 했다. 내 집은 작아서 메아리를 즐길 수는 없었다. 하지만 독채인 데다 이웃들로부터 멀리 떨어져 있어서 그런지 훨씬 크게 느껴졌다. 모든 시설이 방 하나에 다 들어서 있었다. 그 방은 부엌이고 침실이고 객실이고 거실이었다. 어른과 아이, 주인과 종이 집에 살면서 누리는 모든 만족감을 한꺼번에 맛보며 살았다. 카토가 말하기를, 가장(patremfamilias)은 무롯 자신의 소박한 오두막에다 "기름과 술 창고, 통들을 잔뜩 마련함으로써 어려운 때에도 쾌적하게 지낼 수 있게 해야 한다. 그것이 그에게 유익하고 덕과 영화를 줄 것이다(cellam oleariam, vinariam, doliamulta, uti lubeat caritatem expectare, et rei, et virtuti, et gloriæerit)."라고 했다. 내 지하광에는 감자 한 통과 바구미가 핀 완두콩 2쿼트가 있고, 선반에는 약간의 쌀과 당밀 한 단지, 각기 8쿼트쯤 되는 호밀과 옥수수가루 단지가 있었다.

나는 종종 어느 황금 시대, 튼튼한 재료로 지어진 싸구려 장식 따위가 붙지 않은 집, 그러면서도 천장 판자나 회벽 따위도 없이 널찍하고 가공하지 않고 실속 있으며 소박한 커다란 방 하나만으로 이루어진 집, 맨 서까래와 도리들보가 머리 위의 야트막한 하늘을 떠받치고 있어 비와 눈을 막아 주는 집, 문턱을 넘은 손님이 옛 왕조의 새턴[4]에게 경의를 표하고 나서 이번에는 눈앞에 버티고 선 마룻대공과 쌍대공에게 예를 표하는 그런 집, 내 집보다 더 크고 사람들로 북적거리는 집에 대해 몽상에 잠기곤 했다.

동굴처럼 움푹한 그 집에서 천장을 보려면 장대에 횃불을 달아 높이 들어 올려야 한다. 벽난로에서 사는 이도 있고, 움푹 들어간 창문 자리에서 사는 이도 있으며, 방 한쪽 구석에서 사는 이도 있고, 또 굳이 원한다면 거미와 함께 높다란 서까래에서 사는 이도 있

---

4 새턴 - 농업의 신.

는 그런 집 말이다. 그런 집에서는 현관문을 열면 곧바로 집 안에 들어서게 되기 때문에 다른 예절을 차릴 것도 없다. 지친 나그네는 더 이상 돌아다닐 일 없이 세수와 식사와 대화와 잠을 모두 해결할 수 있다. 폭풍이 몰아치는 밤에 기분 좋게 쉴 수 있는 집이며 없는 것이 없으되 불필요한 가사 노동을 할 물건은 아예 없는 집이다. 한눈에 집 안의 모든 보물을 볼 수 있고 꼭 필요한 물건들은 모두 못에 걸려 있다. 그곳은 부엌이며 식품저장실이며 객실이며 침실이며 창고이며 다락방이다. 통이나 사다리 같은 필수품, 찬장 같은 편의시설이 있고 냄비가 끓는 소리를 들을 수 있으며, 자신의 식사를 마련하거나 빵을 굽는 화덕 앞에 있을 수도 있고, 꼭 필요한 가구와 용품들만이 집 안을 장식하고 있는 집이다. 빨래도 불 피우는 일도 주부도 밖으로 쫓겨나는 일이 없으며, 때로는 지하실로 내려가려는 조리사에게서 뚜껑 문에서 좀 비켜달라는 요청을 받기도 하고, 발을 굴러볼 것도 없이 발 밑이 맨땅인지 지하실인지 알 수 있는 그런 집 말이다. 새둥지처럼 사방이 한눈에 잘 들어오고 앞문으로 들어가서 뒷문으로 나올 때면 반드시 집 안 사람을 만나게 마련인 집이다. 그런 집의 손님이 된다는 것은 그 집의 자유를 고스란히 누린다는 것을 의미하며, 마음 편히 지내라고 하면서도 어느 방 하나에 외롭게 갇힌 채 그 집의 나머지 8분의 7에는 쉽게 접근할 수 없다는 의미가 아닌 것이다.

요즘에는 집주인이 손님을 벽난로 옆으로 부르지도 않으며, 벽돌공을 시켜 좁다란 방 어딘가에 별도로 벽난로 하나를 만들어 놓는다. 이제는 손님 접대가 손님을 격리시키는 최상의 기술이 되었다. 또한 손님을 독살하려는 의도라도 있는 양 요리에 대한 일마저 은밀하게 이루어진다. 나는 여러 차례 남의 사유지에 들어가 법률적으로 퇴거 명령을 받을 수도 있는 상황에 처한 적은 있어도 실제로 다른 사람의 집에 들어간 적은 그렇게 많지 않다. 방금 언급한 것과 같은 집에서 소박하게 살고 있는 왕과 왕비가 있어 마침 그 앞을 지날 일이 있다면 입고 있는 옷 그대로 방문할 의향은 있다. 그러나 현대판 궁전 같은 곳에 무심코라도 들어서는 일이 생긴다면 그곳을 빠져나오기 위해 온갖 궁리를 다 할 것이다.

우리가 응접실에서 쓰는 말 자체가 잔뜩 움츠러들어 완전히 무의미한 잡담이 되고 만 것 같다. 우리네 삶은 이처럼 그 상징물로부터 멀리 떨어져 있기 때문에 은유와 비유를 쓰려면 부득이 멀리서 활차나 식기 운반차에 실어와야 할 형편이다. 다시 말해서 응접실은 부엌과 일터로부터 그만큼 멀리 떨어져 있는 셈이다. 대개의 경우 식사마저도 식사의 비유에 불과할 뿐이다. 그것은 흡사 미개인만이 자연과 진실에서 비유를 빌어올 수 있을 만큼 가까이에서 살고 있는 것과도 같다. 저 멀리 노스웨스트 지역[5]이

---

5 노스웨스트 지역 – 1787년에 미국에 편입된 오하이오 강 이북 지방.

나 맨 섬[6]에 살고 있는 학자가 어떻게 부엌에 적합한 말이 무엇인지 알겠는가?

그럼에도 내 집에서 나와 함께 '즉석 푸딩'을 먹을 정도로 대담한 손님은 한두 사람밖에 없었다. 대부분은 그 결정적인 순간이 다가오면 마치 그대로 있다가는 내 집의 기둥이 뽑히기라도 한다는 듯 황급히 물러났다. 그렇지만 꽤 많은 '즉석 푸딩'을 해먹었음에도 내 집은 무사했다. 얼어붙을 것처럼 추위가 닥치고 나서야 나는 회반죽을 발랐다. 나는 이 회반죽을 마련하기 위해 호수 건너편 물가에서 좀더 희고 깨끗한 모래를, 필요하다면 훨씬 더 먼 곳까지도 가고 싶은 충동을 느끼게 만드는 운송수단인 배로 실어왔다. 그때에는 이미 내 집 사면 벽이 바닥에서부터 널빤지가 대어졌다. 외를 만들어 붙일 때쯤에는 못 하나에 망치를 한 번 내리치기만 해도 될 솜씨가 되자 기분이 좋아진 나는 회반죽을 널빤지에 깔끔하고 신속하게 바르려는 야심을 품게 되었다.

젠 체하는 한 친구의 얘기가 생각났다. 그는 좋은 옷을 입고 빈들빈들 마을 이곳저곳을 돌아다니면서 일꾼들에게 이것저것 충고를 하곤 했다. 그러던 어느 날 이번에는 말이 아니라 직접 행동으로 시범을 보이기로 마음먹은 그는 소매를 걷어붙이고 미장이의 받침판을 집어들고는 무사히 흙손 가득 회반죽을 담고 흡족한

---

6 맨 섬 - 영국 아일랜드해에 있는 섬.

얼굴로 대담하게도 머리 위에 있는 외를 향해 달려들었다. 다음 순간 당황스럽게도 주름장식이 붙은 고급 상의 앞가슴으로 흙손에 있던 내용물이 모두 쏟아져 내렸다. 나는 그처럼 효과적으로 추위를 막아 주고 집 안을 멋지게 마무리해 주는 회반죽 칠이 얼마나 경제적이고 편리한지를 새삼 깨달았으며, 미장이가 자칫하면 범하기 쉬운 갖가지 불상사들에 대해서도 알게 되었다. 나는 벽돌이 얼마나 물을 좋아하는지를 알고 놀랐는데, 그놈들은 회반죽을 채 고르게 다듬기도 전에 습기란 습기는 모조리 빨아들였다. 결국 나는 새로 벽난로를 마련하기 위해 수도 없이 물통을 져날라야 했다. 그 전해 겨울 나는 실험삼아 강에서 나오는 조개껍질을 태워 소량의 석회를 만든 적이 있어서 회반죽의 재료를 어디서 구할 수 있는지 알았다. 그럴 생각만 있다면 1, 2마일 정도 떨어진 곳에서 양질의 석회를 구해 내 손으로 구울 수도 있었다.

그러는 동안 호수의 그늘진 곳과 얕은 만에는 살얼음이 얼었는데, 대개의 경우 호수 전체가 얼기 며칠 전 또는 심지어 몇 주일 전에 살얼음이 얼곤 했다. 처음 어는 얼음은 특히 단단하면서 어두운 빛깔에 투명하여 흥미를 돋울 정도로 완벽한 상태이며 얕은 호수 바닥을 조사할 절호의 기회를 제공해 준다. 그럴 때는 수면에 뜬 소금쟁이처럼 불과 1인치 두께의 얼음판 위에 다리를 쭉 뻗고 엎드려 2, 3인치 사이를 두고 천천히 유리 뒤의 그림을 보듯 호수 바닥을 살펴볼 수 있기 때문이다. 그리고 그때의 호숫물은 더할 나위 없이 잔잔하게 마련이다. 모래 바닥에는 뭔가가 돌아다니며 이중으로 남긴 홈이 수없이 나 있다. 또한 하얀 석영의 조그만 알갱이로 된 물여우의 유충 껍질이 잔해처럼 사방에 흩어져 있다. 파여 있는 홈마다 그런 껍질이 있는 것을 보면 물여우 유충이 냈다고 보기에는 좀 지나치게 깊고 넓은 자국이긴 해도 그놈들이 그런 주름을 만든 것 같다.

무엇보다도 가장 흥미를 끄는 대상은 얼음판 자체인데, 얼음을 살펴보려면 첫 번째 오는 기회를 최대한 이용해야 한다. 얼음이 언 다음 날 아침 얼음판을 자세히 들여다보면 처음에는 얼음 속에 들어 있는 것처럼 보이는 기포의 대부분이 사실은 얼음판 밑면에 있으며, 훨씬 더 많은 기포가 바닥으로부터 끊임없이 올라오고 있다는 사실을 알게 될 것이다. 얼음이 아직 꽤 단단하고 어두운 빛깔을 띠고 있는 동안에는 그것을 통해 물을 볼 수 있다. 이 기포들은 지름이 80분의 1인치에서 8분의 1인치 사이로 아주 투명하고 아름다운데, 기포 속에 얼음을 통해 들여다보고 있는 사람의 얼굴이 비쳐 보인다. 대략 1제곱인치 넓이에 3, 40개 정도의 기포가 있다. 얼음 속에도 길이 반 인치 정도 되는 길쭉한 타원형 기포들이 세로로 들어 있는데 꼭지점을 위로 한 예리한 원뿔 모양을 하고 있다. 금방 생긴 얼음일 경우에는 마치 구슬을 꿰어놓은 듯 작은 공 모양의 기포들이 세로로 이어져 있다시피한 것이 보인다. 그렇지만 얼음 속에 있는 기포는 얼음판 밑에 있는 기포에 비해 숫자도 그렇게 많지 않고 뚜렷하지도 않다. 나는 종종 얼음의 강도를 시험하기 위해 돌을 던져 보곤 했는데, 얼음을 깨뜨린 돌멩이는 공기까지 함께 끌고 들어가 얼음판 밑으로 아주 크고 뚜렷하며 하얀 기포들을 형성하였다.

어느 날 48시간 후에 같은 장소에 가본 나는 얼음판이 1인치 정도 더 두꺼워졌는데도(그건 깨졌던 얼음 모서리의 이은 자국을 보면 확실하게 알 수 있는데) 그 커다란 기포들이 아직 완전한 모양을 갖추고 있다는 사실을 알았다. 그러나 지난 이틀 동안 봄날처럼 화창하고 따뜻한 날씨가 이어지자 얼음은 암록색의 물빛과 호수 밑바닥을 투명하게 보여 주지 못하게 되면서 불투명한 흰색이나 회색을 띠게 되었다. 두께는 두 배나 두꺼워졌지만 전만큼 강도가 높지 못했는데, 그것은 그 속에 있던 기포들이 열에 크게 팽창하면서 서로 맞붙어 원래의 규칙성을 상실했기 때문이다. 이제 기포들은 위아래로 서로 연결된 모습이 아니라 마치 자루에서 쏟아 놓은 은화처럼 옆으로 겹쳐 있거나 가느다란 틈에 낀 얇은 조각 모양을 하고 있었다. 그러자 얼음판도 더 이상 아름다워 보이지 않게 되고, 호수 바닥을 살펴볼 수도 없게 되었다. 이 새 얼음판에서는 기포들이 어떤 상태인지 궁금해진 나는 중간 크기의 기포를 포함하고 있는 얼음조각을 잘라 뒤집어 보았다. 새 얼음판이 기포의 주위와 밑으로 형성돼 있어서 기포가 두 장의 얼음판 사이에 끼어 있는 형국이었다. 그 기포는 전체가 아래쪽 얼음판 속에 들어 있었지만 위쪽 얼음판에 밀착한 상태이며 약간 평평한 렌즈 모양으로 가장자리는 둥글고 4분의 1인치 두께에 직경 4인치 정도였다.

그런데 나는 기포 바로 아래쪽 얼음이 접시받침을 뒤집어 놓은 모양으로 아주 규칙성 있게 녹아 있는 것을 보고 깜짝 놀랐다. 그 것의 중앙부는 높이가 8분의 5인치여서 물과 기포 사이에는 8분의 1인치도 채 안 되는 아주 얇은 칸막이 하나만 있는 셈이었다. 그리고 이 칸막이 군데군데에서 작은 기포가 아래쪽으로 터져 있는 것으로 보아 직경이 1피트 정도 되는 아주 큰 기포 아래쪽에는 얼음이 전혀 얼지 않았을 것이다. 내 짐작으로는, 처음 얼음판 밑에서 본 작고 수많은 기포들은 이제 다른 것과 마찬가지로 얼어붙어 있을 것이고, 각자 그 크기에 따라서 얼음판 위에 볼록렌즈를 갖다대기라도 한 것처럼 아래쪽 얼음을 녹이고 침식했을 것이다. 그것들이 바로 얼음판으로 하여금 쩡 하고 갈라지는 소리를 내게 만드는 작은 공기총들인 것이다.

내가 회칠을 마치자마자 본격적인 겨울이 시작되었으며, 마치 그때까지 허락이 떨어지기를 기다리기라도 한 듯 바람이 집 주위에서 윙윙거렸다. 대지가 눈으로 덮이고 나서도 밤이면 기러기들이 요란한 울음소리와 휘파람 같은 날개 소리를 내며 어둠 속을 날아와 일부는 월든 호수에 내려앉고 일부는 숲 위를 낮게 날아

멕시코 방향의 페어 헤이븐 호수 쪽으로 날아갔다. 밤 열 시나 열한 시쯤 마을에서 돌아올 때 나는 몇 번인가 집 뒤쪽의 조그만 물웅덩이 옆 숲에서 기러기 떼가 아니면 물오리 떼가 바스락거리며 낙엽을 밟는 소리를 들은 적이 있었다. 그들은 먹이를 구하러 그곳에 왔던 것인데 우두머리의 희미한 울음소리가 들리면 곧 떠나가곤 했다.

1845년 12월 22일 밤에 월든 호수는 그해 겨울 들어서 처음으로 완전히 얼었다. 플린트 호수나 그 밖에 좀더 얕은 다른 호수와 강물은 이미 열흘 전에 얼어붙었다. 1846년에는 12월 16일에, 1849년에는 31일경에, 1850년에는 27일경에, 1852년에는 1월 5일에, 1853년에는 12월 31일에 각각 얼음이 얼었다. 11월 25일부터 이미 눈으로 덮여 있었는데, 그러자 나는 삽시간에 한겨울 풍경에 에워싸이게 되었다. 나는 내 껍질 속으로 더욱 깊숙이 물러났으며 내 집과 가슴속 두 군데에 불을 활활 지피려 애썼다. 이제 내가 야외에서 하는 일은 숲에서 죽은 나무를 모아 안거나 어깨에 둘러메고, 또 때로는 한 팔에 죽은 소나무 한 그루씩을 끌고 헛간으로 나르는 일이었다. 이제는 별 쓸모가 없게 된 헌 울타리도 내게는 적지 않은 소득이었다. 나는 테르미누스[7]를 섬기지 못하게 된 울타리를 뜯어 불카누스[8]의 제물로 바쳤다. 방금 눈 속에

---

7   테르미누스 - 경계의 신.
8   불카누스 - 불의 신.

나가 밥지을 땔감을 구해 온(아니, 차라리 훔쳐 왔다고나 해야 할) 사람의 저녁식사는 얼마나 흥겨운 일이겠는가! 그가 먹는 빵과 고기도 달디달 것이다.

숲에는 마을에서 땔감으로 쓸 만한 온갖 종류의 삭정이와 죽은 나무들이 널려 있지만 지금은 전혀 쓰이지 않고 있는데, 그런 죽은 나무들이 어린 나무의 성장을 방해하고 있다고 보는 이들도 있다. 그것 말고도 호수에 떠다니는 유목들도 있다. 여름에 철로를 건설 중일 때 아일랜드 인부들이 엮어놓은 송진소나무로 된 뗏목을 발견했는데, 거기엔 아직 나무껍질이 그대로 붙어 있었다. 나는 그 뗏목을 물가로 일부 끌어올려 놓았다. 2년 동안 물에 잠겨 있었고 6개월 동안 물 위로 나와 있던 뗏목은 상태가 완벽했으나 물에 젖은 부분은 여간해서는 마르지 않았다. 나는 어느 겨울날 뗏목을 조금씩 거의 반 마일이나 되는 호수 건너편으로 날랐는데, 길이가 15피트 정도 되는 통나무의 한쪽 끝을 어깨에 메고 다른 한쪽 끝은 얼음판 위에 놓은 채 밀기도 하고, 또 자작나무 실가지로 통나무 몇 개를 한데 묶고 나서 끝에 갈고리를 단 길쭉한 자작나무나 오리나무 막대로 끌어오기도 했다. 비록 물에 흠씬 젖어서 납덩이처럼 무거웠지만 이 통나무들은 오래 탔을 뿐 아니라 불길도 훨씬 거셌다. 아니, 어쩌면 오히려 물에 젖었기 때문에 더 잘 타는 것일지 모른다는 생각이 들었다. 등잔불이 그렇듯 송진이 물에 갇혀 더 오래 타는 것일지도 모른다.

길핀[9]은 영국 삼림지의 주민들에 대한 보고서에서 다음과 같이 기록했다. "불법침입자의 무단침입, 이와 마찬가지로 주택과 울타리가 숲 경계를 범하는 행위는 고대 삼림법에서는 숲 짐승을 놀라게 하고 삼림을 훼손하는(ad terrorem ferarum ~ ad nocumentum forestæ) 중대한 위법 행위로 간주되어 공유지 침해라는 죄명으로 엄벌에 처해졌다." 그러나 나는 나 자신이 삼림감시인이기라도 한 것처럼 사냥꾼이나 나무꾼보다도 더 야생 동물과 삼림의 보존에 관심을 썼다. 그리고 숲의 일부가 불에 타기라도 하면(나 자신도 실수로 그런 짓을 저지른 적이 있지만) 두고두고 안타까워했으며 그 숲의 주인보다도 더 슬퍼하곤 했다. 아니, 숲의 주인이 나무를 베어낼 때조차 마음이 아팠다. 나는 우리 농부들이 숲을 벌채할 때는, 고대 로마인들이 성스러운 숲(lucum conlucare)을 솎아 빛이 들게 하면서 숲이 어떤 신을 모신 것이라고 믿었던 것처럼 그 외경심의 일부만이라도 가져 주었으면 한다. 로마인들은 속죄의 제물을 바치고는, 이 숲이 모시고 있는 당신이 어느 신인지 모르겠사오나 부디 저와 제 가족과 제 자식들에게 자비를 베풀어 주소서, 하고 기도를 드렸다.

오늘날 이 신생국가에서도 여전히 나무에 황금의 가치보다 더 영구적이고 보편적인 가치가 부여되고 있다는 사실은 주목할 만

---

9   길핀 - 윌리엄 길핀(1724~1804). 영국 박물학자.

한 일이다. 그토록 많은 발견과 발명을 이룩하고 난 후에도 나무 한 단을 그냥 지나치는 사람은 없을 것이다. 나무는 색슨과 노르만 조상들에게 그랬듯이 우리에게도 소중하다. 조상들이 나무로 활을 만들었다면 우리는 그것으로 총의 개머리판을 만든다. 30여 년 전 미쇼[10]가 말하기를, 뉴욕과 필라델피아에서의 땔감값은 "파리의 최고급 목재값과 거의 같거나 웃돌기까지 했다. 파리라는 이 대도시에서는 매년 30만 코드[11]가 넘는 땔감이 필요하고 사방 300마일이 온통 경작지인데도 그렇다"고 했다. 우리 마을의 땔감값도 꾸준히 오르고 있으며, 유일한 문제는 지난해보다 얼마나 더 오르느냐 하는 것뿐이다. 기계공과 상인들은 다른 특별한 볼일 없이도 직접 숲을 찾아와서 목재 경매에 참석하며 벌채가 끝난 뒤 부스러기를 주워가는 권리를 얻기 위해 높은 값을 치르기까지 한다. 사람들이 땔감과 공예품 재료를 구하기 위해 숲을 들락거린 지도 벌써 오래되었다. 뉴잉글랜드인과 뉴네덜란드인, 파리인과 켈트족, 농부와 로빈 훗, 구디 블레이크와 해리 길[12], 그리고 세계 각처의 제후와 농부, 학자와 야만인, 이들 모두가 여전히 몸을 녹이고 음식을 조리하기 위해 숲에서 얼마간의 땔감을 필요로 하고 있다. 나 역시 땔감 없이는 살 수 없다.

---

10 미쇼 - 프랑수아 앙드레 미쇼(1777~1855). 프랑스 박물학자.

11 1코드는 128세제곱 피트.

12 해리 길 - 윌리엄 워즈워스의 시 제목.

누구나 애정 어린 눈길로 자신의 장작단을 보게 마련이다. 나는 창 밑에 장작을 쌓아놓곤 하는데, 그것이 많으면 많을수록 유쾌했던 내 노동이 그만큼 잘 떠오른다. 내게는 주인 없는 헌 도끼 한 자루가 있어서, 겨울철이면 종종 집 앞 양지바른 터에서 콩밭에서 캐낸 그루터기로 장작을 패곤 했다. 내가 처음 밭에다 쟁기질을 할 때 쟁기꾼이 예언했던 대로 그 그루터기들은 내 몸을 두 번 녹여 주었는데, 한 번은 장작으로 만들 때였고 다른 한 번은 그 장작으로 불을 피웠을 때였다. 결국 그 이상 따뜻한 땔감도 없었던 셈이었다. 그 도끼에 대해서 말하자면, 마을 대장장이에게 맡겨 "날을 벼리라"는 말도 들었지만 나는 대장장이를 건너뛰어 숲에서 얻은 히코리 자루를 박아 그대로 썼다. 그 도끼가 날이 무딜지는 모르되 최소한 자루에서 빠져 달아날 염려는 없었다.

송진이 듬뿍 든 소나무 몇 토막이야말로 보물인 셈이었다. 이런 땔감이 아직 얼마나 많이 대지의 품 안에 숨겨져 있는지 생각해 보면 흥미로운 일이다. 지난 몇 년 동안 나는 종종, 예전에 송진소나무 숲이 있었던 헐벗은 언덕 기슭을 탐사하여 송진이 듬뿍 들어 있는 소나무 뿌리들을 캐내곤 했다. 이것들은 거의 원래의 모습 그대로 변치 않는다. 아무리 안 돼도 3, 40년은 됐을 이 그루터기들은 비록 백목질은 이제 모두 부식토나 다름없이 변해 있었지만 앞으로도 속은 멀쩡할 것인데, 그것은 지면과 같은 높이에서 중심부로부터 4, 5인치가량 떨어져 나이테를 이루고 있는 두

꺼운 나무껍질층을 보면 알 수 있다. 도끼와 삽으로 이 광산을 탐
사하여 쇠기름만큼이나 누런 알짜배기 저장소를 찾아내는 것이
다. 그건 흡사 땅속 깊은 곳에서 금광맥이라도 찾아낸 것 같은 기
분이었다. 그러나 나는 대개의 경우 눈이 오기 전 헛간에 쌓아둔
숲의 마른 낙엽으로 불을 지피곤 했다. 나무꾼은 숲에서 야영할
때면 가늘게 쪼갠 생히코리나무를 불쏘시개로 쓴다. 아주 드물긴
해도 나 역시 그것을 쓰곤 했다. 지평선 저편에서 마을 사람들이
불을 지필 때면 나도 굴뚝으로 긴 연기를 뿜어내어 월든 골짜기
의 온갖 야생 주민들에게 내가 깨어 있다는 사실을 알려 주었다.

  가벼운 날개를 단 연기여, 그대 이카로스의 새여,
  창공으로 날아오르며 날개가 녹아 내리네.
  지저귀지 않는 종다리, 새벽의 심부름꾼,
  그대는 마을 하늘 위가 보금자리라도 되듯 선회하네.
  그렇지 않으면 사라지는 꿈, 한밤중에 나타난
  어둑한 환상, 그대 치맛자락을 여미네.
  밤이면 별빛을 가리고, 낮이면
  빛을 흐리고 해를 가리네.
  난로에서 피어오르는 향이여, 그대 하늘로 가거든
  신들에게 이 눈부신 불꽃을 용서하라고 빌어 주렴.

나는 별로 써본 적은 없지만 금방 잘라낸 단단한 생나무가 다른 어떤 나무보다도 불을 피우기에 좋다. 나는 곧잘 겨울날 오후에 산책을 나가면서도 불을 활활 피워놓았다. 그러다 서너 시간이 지나 다시 돌아와 보면 불길은 여전히 활활 타오르고 있곤 했다. 내가 없는 동안에도 내 집이 비어 있었던 것이 아니다. 그건 마치 내가 없는 동안 집에다 쾌활한 동거인을 남겨 두기라도 한 것 같았다. 그 집에는 나와 불이 동거하고 있었던 셈인데, 대체로 내 가정부는 신뢰할 수 있었다. 그런데 어느 날 장작을 패고 있던 나는 문득, 혹시 집에 불이라도 난 게 아닌지 창으로 들여다볼 생각이 들었다. 내 기억에 의하면 그것이 불 때문에 불안을 품었던 유일한 경우였다. 아무튼 안을 들여다본 나는 불똥 하나가 침대에 붙은 것을 보고는 집 안에 들어가 불을 껐는데, 그때는 이미 불똥이 손바닥만 한 크기로 번져 있었다. 그러나 내 집은 양지바른 데다가 아늑한 곳에 자리잡고 있었고 천장이 낮아서 겨울철에도 한낮에는 거의 언제나 불을 꺼두고 지낼 수 있었다.

지하광에서는 두더지들이 자리를 잡고 세 알마다 하나꼴로 감자를 갉아먹었으며, 회벽에 쓰고 남은 털과 벽지를 가지고 아늑한 보금자리까지 지어놓았다. 아주 야성적인 동물조차 인간만큼이나 안락함과 온기를 좋아하며, 그런 것을 확보하느라 애쓰기 때문에 겨울을 무난히 살아남는 것이다.

내 친구들 중에는 내가 일부러 얼어죽을 작정으로 숲에 들어오기라도 한 것처럼 말하는 이들도 있다. 동물은 조용한 장소에 보금자리를 만들어 자신의 체온으로 따뜻하게 유지하는 데 그친다. 그러나 불을 발견한 인간은 널찍한 방에 얼마간의 공기를 가두고 자신의 체온을 이용하지 않고도 그 공기를 데워 자신의 보금자리를 만드는데, 그 안에서는 성가신 옷을 잔뜩 입지 않고도 돌아다니며 한겨울에도 어느 만큼은 여름처럼 지낼 수도 있고, 창이 있는 덕분에 햇빛을 방 안까지 들이고 등잔으로 낮의 길이를 늘이기까지 할 수 있는 것이다. 이런 식으로 인간은 본능적인 삶에서 한두 걸음 더 뛰어넘어 예술을 위한 얼마간의 여가까지 마련한다. 내가 오랜 시간 휘몰아치는 돌풍을 맞아 전신이 무감각해지기 시작했더라도 내 집의 따뜻한 공기 속에 발을 들여놓기만 하면 이내 기능을 회복하며 생명을 연장시킬 수 있었다. 그러나 아주 화려한 주거지에 사는 사람도 이 점에서는 자랑할 것이 없다. 결국 인류가 어떻게 파멸할 것인지는 불을 보듯 뻔한 일인 것이다. 북방에서 좀더 혹독한 바람이 약간만 불어도 인간의 목숨은 순식간에 끊어질 수 있다. 우리는 혹한의 금요일이라든가 기록적인 폭설이라는 식으로 날짜를 매기고 있지만, 그 금요일이 조금만 더 춥거나 그 폭설이 조금만 더 심할 경우 그날로 이 지상에서 인류의 존재는 끝장나고 말 것이다.

내가 이 숲의 주인은 아니기 때문에 그다음 겨울 절약을 위해 조그만 조리용 화덕을 이용했다. 하지만 그 화덕은 앞이 트인 벽난로만큼 불이 제대로 유지되지 못했다. 또한 그렇게 되자 대개의 경우 그렇듯 음식 만드는 일이 시적인 작업이 아니라 단순한 화학 작용에 그치고 말았다. 화덕이 일상화가 된 오늘날 우리들도 한때는, 인디언들이 그랬듯이, 감자를 재 속에 묻어 구웠다는 사실을 까맣게 잊고 말리라. 화덕은 자리를 차지하고 집 안에 냄새를 피우는 데다가 화덕에 불을 빼앗긴 나는 흡사 친구라도 잃은 기분이었다. 불 속에서는 늘 어느 얼굴을 떠올리게 된다. 저녁나절 불을 들여다보는 노동자는 낮 동안의 노동에서 누적된 불순물이며 속된 냄새를 마음에서 씻어낼 수 있다. 하지만 이제 불 앞에 앉아 불을 들여다볼 수 없게 되자 어떤 시인의 적절한 시구가 새로운 힘으로 떠오르는 것이었다.

눈부신 불꽃이여, 그대의 저 값진 삶을 묘사해 주는
따사로운 동정심을 결코 내게 거절하지 말지어다.
나의 희망이 아니라면 무엇이 그토록 밝게 타올랐겠는가?
나의 운명이 아니라면 깊은 밤 무엇이 그토록 굴러 떨어졌겠는가?
어째서 그대는 우리의 난로와 넓은 방에서 추방되었나,
모든 이로부터 그토록 환영과 사랑을 받았던 그대가.
그토록 우둔한 우리네 삶의 평범한 빛에 비하면
그대의 존재가 너무나 유별났던가?
그대의 눈부신 불꽃이 마음에 맞았던 우리의 영혼과

신비로운 대화를, 어쩌면 너무도 대담한 비밀을 나누었을까?

이제 우리는 안전하고 강하다, 왜냐하면 우리는

흐릿한 그림자가 스치지 않는 난롯가에 앉아 있기에

환호하지도 않고 슬퍼할 것도 없이

오직 불에 두 발과 손을 녹일 뿐 그 이상을 바라지도 않네.

아담하고 실리적인 덩치 옆에서

현재라는 시간은 앉아서 잠들어 버릴 수도 있네,

어두운 과거에서 걸어나와 저 옛날 흔들리는 장작불

불가에서 우리와 함께 이야기했던 유령을 겁내지 않네.[13]

---

13 미국 시인 엘렌 스터기스 후퍼(1812~1848)의 「숲의 불」에 나오는 구절.

소로의 열네 번째 이야기

예전의 주민과 겨울 손님들
FORMER INHABITANTS;
& WINTER VISITORS

Walden

나는 몇 차례 유쾌한 눈보라를 겪었으며, 밖에서는 눈발이 사납게 소용돌이치고 있는 동안(그런 때는 올빼미조차 잠잠했다) 난롯가에 앉아 몇 번인가 즐거운 겨울밤을 보냈다. 몇 주일 동안 산책을 해도 이따금 나무를 베어 썰매로 마을까지 운반하곤 했던 나무꾼 몇 명을 빼놓고는 아무도 만나지 못했다. 그러나 자연은 숲의 가장 깊은 눈 위에까지 길을 내도록 나를 부추기곤 했다. 내가한번 지나가고 나면 바람에 떡갈나무 낙엽이 내 발자국 속으로쓸려 들어와 자리를 잡고, 햇살을 흡수하고 눈을 녹여 내가 발을디딜 만한 자리가 마련되었을 뿐 아니라 밤이면 그 까만 자국이길을 안내해 주었다. 누군가를 사귀려면 예전에 이 숲에 살았던이들을 떠올리는 것 외에 별 도리가 없었다.

마을 사람들 대부분은 내 집 가까이에 난 길이 주민들의 웃음소리와 잡담으로 떠들썩하고 그 언저리의 숲 속 여기저기에 조그만 정원과 주택들이 들어서 있던 때를 기억하고 있는데, 그 당시만 해도 길은 지금보다 숲에 더 빽빽하게 에워싸여 있었다고 한다. 내 기억으로도 몇 군데에서는 소나무가 마차 옆구리를 긁곤했고 이 길을 걸어서 혼자서 링컨 마을로 가야 했던 여자와 아이들은 공포심 때문에 그 길 대부분을 뛰어가다시피 했었다. 지금은 주로 이웃 마을로 가거나 나무꾼의 수레가 다니는 데 쓰일 뿐한적한 길에 불과하지만 한때는 변화가 다채로워서 여행자들을흥겹게 해주었으며 사람들의 기억에도 오래도록 남아 있던 길이었다. 지금은 마을과 숲 사이에 탄탄하고 널찍한 밭이 들어서 있는 곳이 한때는 단풍나무가 들어선 늪지를 가로질러 통나무를 박은 길이 나 있었다고 하는데, 지금도 스트래튼(현재의 구빈원 농장)에서 브리스터 언덕에 이르는 흙길 밑에는 틀림없는 그 당시의 잔해가 남아 있다.

내 콩밭 동쪽 길 건너편에는 콩코드 마을의 유지이자 지주였던 덩컨 잉그램의 노예인 카토 잉그램이 살았다. 그 지주는 자기 노예에게 집을 한 채 지어 주고는 월든 숲에서 살도록 해주었다(이 카토는 저 유명한 우티켄시스 카토가 아니라 콩코드 주민이었다). 그가 기니아 출신의 흑인이었다고 말하는 이들도 있다. 호두나무 숲 속에 있던 그의 조그만 밭을 기억하는 이도 몇 사람 있는데, 그는 훗날 늙었을 때 쓸 일이 있을 때까지 호두나무를 건드리지 않으려 했지만 그것도 결국 젊은 백인 투기꾼의 손에 넘어가고 말았다. 그러나 그 역시 지금은 생전이나 다름없는 비좁은 집을 차지하고 있다. 카토의 지하광은 반쯤 없어진 채 아직도 흔적이 남아 있지만, 언저리에 자란 소나무 때문에 나그네들의 눈에 띄지 않았다. 그것을 아는 사람은 거의 없다. 그 자리는 이제 미끈한 옻나무(rhus glabra)로 덮여 있고, 조생종 미역취(solidago stricta)가 빽빽이 자라고 있다.

이 자리, 바로 내 밭의 마을 쪽 모퉁이에는 질파라는 흑인 여자가 작은 오두막집에서 살았는데, 그녀는 아마실을 내어 마을 사람들에게 팔았으며 목소리가 크고 독특해서 쩌렁쩌렁한 노랫소리로 월든 숲을 울리게 만들었다. 그러다 1812년 전쟁 때 가석방으로 풀려난 영국군이 그녀가 없는 동안 집에 불을 놓아 그녀가 기르던 고양이와 개와 닭이 모두 불에 타죽었다. 그녀는 어느 면에서는 가혹하다고 할 정도로 힘겨운 삶을 살았다. 예전에 이 숲을 드나들던 한 노인의 기억에 의하면, 어느 날 정오에 그녀의 집 앞을 지나던 그는 그녀가 부글부글 끓는 냄비 앞에서 "젠장, 온통 뼈다귀뿐이로군!" 하고 중얼거리는 소리를 들었다고 한다. 나도 그 자리에 난 떡갈나무 덤불 사이에서 벽돌을 본 적이 있다.

길 아래 오른쪽의 브리스터 언덕에는 한때 지주 커밍즈의 노예로 '재주 많은 흑인'인 브리스터 프리맨이 살았다. 그 자리에는 아직도 브리스터가 직접 심고 가꾸었던 사과나무들이 자라고 있다. 그 나무들이 지금은 커다란 고목이 되었는데 아직도 야성의 맛을 간직하고 있는 그 열매는 내 입맛에는 너무 시다.

얼마 전 링컨의 옛 묘지에서 한쪽 구석에 자리잡은 조그만 그의 무덤을 보고 그 묘비명을 읽은 적이 있다. 그의 무덤은 콩코드에서 퇴각하다 전사한 영국 척탄병들의 아무 표지도 없는 묘지 근처에 있었는데, 거기에는 유색인이라는 뜻으로 '시피오 브리스터'(그는 충분히 스키피오 아프리카누스[1]라고 불릴 자격이 있었다)라고

---

1 스키피오 아프리카누스 - 로마의 장군.

적혀 있었다. 마치 죽으면 피부 빛깔이 바래기라도 한다는 듯이 말이다. 또 그 묘비에는 그가 죽은 날짜가 눈에 띌 정도로 강조돼 있는데, 그것은 간접적으로나마 그가 한때는 살아 있는 인간이었다는 사실을 알려 줄 뿐이었다. 그는 점쟁이였던(그러나 좋은 말만 해주었던) 유순한 부인 펜다와 함께 살았다.

그녀는 몸집이 크고 통통하고 피부가 까맸는데, 어둠의 자식들보다 더 까만 빛이었으며 그처럼 까만 달은 그 이전에도 이후에도 콩코드 하늘에 떠오른 적이 없을 정도였다.

언덕을 더 내려가서 왼쪽, 숲의 구 도로에는 스트래튼 일가의 농장이 있던 흔적이 나 있다. 예전에는 그 농가의 과수원이 브리스터 언덕 경사면을 모두 덮었지만 이미 오래전 송진소나무 때문에 모두 죽고 몇 군데 그루터기만 남아있다. 그 과수의 뿌리는 여전히 마을에 무성한 나무들의 접목 공급원이 되고 있다.

마을 쪽으로 좀더 가면 길 건너편 숲 언저리에 브리드가 살았던 터가 있다. 이 터는 옛 신화에서도 이름을 찾아볼 수 없는 어떤 귀신의 장난질로 유명한데, 그 귀신은 뉴잉글랜드인의 삶에 중요하고도 놀라운 역할을 했으므로 신화 속에 등장하는 귀신만큼 언젠가는 그 전기를 기록할 만하다. 그놈은 처음에는 친구나 일꾼처럼 자신을 위장하고 다가와서는 결국 일가족을 털고 몰살시키는 뉴잉글랜드의 럼주라는 귀신이다. 그러나 아직 이곳에서 벌어진 비극을 얘기해서는 안 될 것 같다. 세월이 흘러 그 비극을 완화시키고 거기에 맑은 색조를 더하도록 내버려두자. 정신이 아주 희미하고 미심쩍은 어떤 사람의 말에 의하면 이 자리에 한때 술집이 있었노라고 한다. 그곳에는 지나던 나그네가 술에 타 마셨으며 그가 탄 말에 기운을 돋워 주었다는 우물도 있었다. 사람들은 이곳에서 서로 인사를 나누고 소식을 주고받았으며 그런 다음에는 각기 제 갈 길로 갔다고 한다.

브리드의 오두막은 겨우 10여 년 전까지만 해도 있었지만 이미 오래전부터 사람이 살지는 않았다. 그 오두막은 내 집만 한 크기였다. 내 기억이 맞다면 그 오두막은 어느 선거일 밤 장난이 심한 아이들 손에 타버렸다. 그 당시 마을 외곽 지역에서 살고 있었던 나는 대버넌트[2]의『곤디버트』에 한참 빠져 있었다. 그해 겨울 나는 무기력증에 시달리고 있었다. 그런데 그 무기력증을 유전으로 간주해야 할지(삼촌은 면도하다 잠이 들고 안식일을 제정신으로 보내기 위해 주일이면 지하실에서 감자의 싹을 따야 했으니까 말이다), 아니면 차머즈[3]가 편집한 영시집을 꼼꼼히 읽으려 했던 욕심 때문에 그랬던 건지는 모르겠다. 아무튼 무기력 때문에 완전히 맥이 풀려 있었다. 이렇게 책에 고개를 박고 있는데 화재를 알리는 종소리가 울렸다. 소방마차가 황급히 그쪽으로 달려갔고 그 앞에는 일단의 어른과 아이들이 두서없이 뛰어가고 있었다. 나는 개울을 건너뛴

---

2   대버넌트 - 영국의 시인.
3   차머즈 - 영국의 편집자.

덕분에 선두 그룹에 끼어 있었다. 우리는 불이 난 곳이 숲 저편 남쪽 끝이며(전에도 몇 번 불난 곳으로 뛰어간 적이 있었던 것이다) 헛간이나 상점이나 집, 그렇지 않으면 그것들 모두가 타고 있는 거라고 생각했다.

"베이커네 헛간이야."하고 누군가 소리쳤다. 그러자 또 다른 사람이 "코드맨네 집이라고." 하고 단정지었다. 다음 순간 마치 지붕이 내려앉았을 때처럼 숲 위로 새로운 불길이 솟구쳐 올랐다. 그것을 본 우리는 일제히 "콩코드 시민들이여, 어서 구조하러 갑시다!" 하고 고함쳤다. 사람들을 잔뜩 태운 마차들이 미친 듯이 질주해 지나쳤는데, 그중에는 필시 보험회사 직원도 타고 있었을 것이다. 그들은 화재 현장이 아무리 멀더라도 반드시 나타났으니까 말이다. 그 뒤를 소방마차가 이따금씩 종을 울리면서 훨씬 느리고 안전하게 따라갔다. 그리고 맨 후미에는(나중에 떠돈 소문에 의하면) 제 손으로 불을 놓고는 경보를 울린 개구쟁이들이 달려갔다. 이렇게 우리는 진정한 이상주의자처럼 감각의 증언 따위는 들어 보려고도 하지 않은 채 줄곧 뛰어갔다.

그리하여 마침내 길모퉁이를 돌자 탁탁거리며 불똥 튀는 소리와 함께 담 너머로 발산되는 불꽃의 열기를 느낄 수 있었다. 다음 순간 현장에 도착했다는 것을 깨달았다. 불과 아주 가까웠음에도 우리의 열기는 식지 않았다. 처음에 우리는 개구리못을 통째로 쏟아부을 생각을 했지만 이미 타버릴 만큼 탄 데다가 불을 끌 만한 가치도 별로 없었기에 그냥 타도록 내버려두자고 결론지었다. 그래서 우리는 소방마차 주위에 빙 둘러서서 서로 밀치락거리며 손나팔 사이로 감상을 표현하기도 하고, 좀 작은 소리로 배스콤 상점을 포함하여 세인의 주목을 받았던 대화재 사건에 대해 언급 했으며, 만약 우리의 '물통'이 제때 현장에 도착하고 개구리못의 물이 가득했다면 자칫 이 최후의 화재현장을 물바다로 만들었을 지도 모른다는 생각을 우리끼리 주고받았다. 이윽고 우리는 아무 런 장난도 치지 않은 채 그곳에서 물러나 잠자리로, 그리고 나는 『곤디버트』로 돌아갔다. 그러나 『곤디버트』에서, 지혜는 영혼의 화약이라는 머릿글 가운데 "그러나 인류의 대부분은 인디언들이 화약에 대해 무지한 것처럼 지혜에 대해 문외한이다"라는 구절 만큼은 말하고 싶다.

다음 날 밤 나는 우연히 같은 시각에 들을 가로질러 그쪽 길을 가게 되었다. 그런데 그곳에서 낮은 신음소리가 들리기에 어둠 속에서 좀더 다가가 보았더니, 내가 알기로 그 일가의 유일한 생 존자이며 그 미덕과 악덕의 계승자이고 이번 화재의 유일한 관련 자가 배를 깔고 엎드려서 아직도 그을음을 피워 올리고 있는 지 하실 벽 너머를 살펴보고 있었는데, 여느 때의 버릇처럼 무슨 말 인가 중얼대고 있었다. 그는 종일 멀리 있는 강변 풀밭에서 일을 하고 있다가 짬이 나자마자 곧 선친들이 살았고 자신도 어린 시 절을 보낸 그 집을 찾아온 것이었다. 그는 마치 그곳 돌 틈에 무슨 보물을 감춰두었던 것이 이제야 기억난 사람처럼 자리를 이리저리 바꾸어 가며 내내 엎드린 자세로 사방에서 지하실 안을 들여다보았지만, 거기에는 벽돌과 잿더미 외에는 아무것도 없었다. 집이 사라졌으니 그 폐허를 쳐다보고 있을 수밖에 없었던 것이다.

그는 그저 내가 나타났다는 사실로 동정을 받았다고 생각하고 마음이 가라앉아 어둠 속이나마 내게 우물이 덮인 자리를 보여주었다. 다행히도 우물이란 불에 탈 수가 없는 것이다. 그는 벽을 한참 더듬더니 자신의 부친이 나무를 깎아 세워놓은 지레식 두레박을 찾아낸 다음, 묵직한 한쪽 끝을 돌에 고정시켜 놓은 무슨 쇠갈고리 아니면 꺾쇠를 손으로 찾아내서는(지금으로선 그것이 그가 매달릴 수 있는 유일한 물건이었다) 그것이 흔해빠진 '추'가 아니라는 사실을 내게 납득시키려 했다. 나도 그 쇠갈고리를 만져 보았으며, 지금도 매일같이 산책을 나갈 때면 그것을 유심히 들여다보곤 하는데, 왜냐하면 거기에 한 일가의 내력이 고스란히 매달려 있었기 때문이다.

또다시 왼쪽으로 그 우물과 담장 옆 라일락 덤불이 보이는 자리에는(지금은 널찍한 밭으로 바뀌어 있지만) 너팅과 르 그로스라는 사람이 살았다. 하지만 이제 다시 링컨 쪽으로 시선을 돌려보자.

이들 집보다 숲 속으로 더 들어가서 길이 호수와 가장 가깝게 접한 자리에 옹기장이였던 와이먼이 자리를 잡고 마을 사람들에게 질그릇을 팔았으며 이제는 그 후손들이 일을 물려받았다. 그들은 세속적인 면에서 부자는 되지 못했고 그곳에 사는 동안 그 땅도 주인의 묵인하에 쓰고 있었다. 종종 세무원이 세금을 거두러 찾아왔지만 빈손으로 돌아가야 했다. 내가 읽은 세무원의 보고서에는, 거기엔 차압할 만한 물건이 아무것도 없었기에 그저 형식적으로 "딱지를 붙였다"고 적혀 있었다. 한여름에 접어든 어느 날 내가 김을 매고 있는데 시장에 내다 팔 옹기를 잔뜩 싣고 가던 사람이 내 밭 옆에 말을 세우고는 젊은 와이먼의 안부를 물었다. 오래전 옹기제작용 녹로를 그에게서 산 적이 있는 그 사람은 그가 지금 어떻게 지내는지 알고 싶었던 것이다. 나는 성경에서 옹기장이가 쓰는 진흙과 녹로에 대해 읽은 적은 있었지만, 우리가 쓰고 있는 옹기가 저 옛날부터 깨지지 않은 채 물려 내려왔거나 아니면 호리병박처럼 무슨 나무에서 열리는 것인 줄로만 알고 있었기 때문에, 내 이웃에서 그와 같은 도기제조를 업으로 삼았던 적이 있다는 말을 듣자 기분이 좋았다.

나보다 먼저 이 숲에 살았던 마지막 주민은 아일랜드인인 휴 코일(자칫하면 Quoil을 coil로 적을 수도 있겠다)로 와이먼의 집을 차지하고 살았는데 사람들은 그를 코일 대령이라고 불렀다. 소문에는 워털루 전투에 참전한 사람이었다고 한다. 그가 아직 살았다면 그때의 전투 얘기를 몇 번이고 해달라고 했을 것이다. 여기서 그의 생업은 도랑 치는 인부였다. 나폴레옹은 세인트 헬레나로 유배 갔고 코일은 월든 숲으로 유배 온 셈이었다. 내가 그에 대해 알고 있는 이야기는 모두 비극적인 것뿐이다. 그는 세상 경험을 많이 쌓은 사람답게 예절이 바르고 지나칠 정도로 공손한 어투를 썼다. 섬망증으로 몸을 떠는 그는 한여름에도 외투를 입고 다녔고 혈색은 연분홍색이었다. 그는 내가 숲에 들어 온 직후 브리스터 언덕 기슭에서 죽었기 때문에 내 기억에는 그가 이웃사람으로 남아 있지 않았다. 나는 그의 동료들조차 '흉가'라며 피하던 그 집이 헐리기 전에 한번 찾아가 보았다. 높다란 판자 침대 위에는 마치 그 자신이기라도 한 양 그의 헌 옷이 구겨진 채 놓여 있었다. 샘터의 깨진 주발을 대신하기라도 하듯 난롯가에는 그의 담뱃대가 깨진 채 놓여 있었다. 그렇다고 깨진 주발이 그의 죽음에 대한 상징물이 될 수도 없는데, 그는 내게 자신은 브리스터 샘물 얘기는 들어 보았지만 한 번도 가본 적은 없다고 말했던 것이다.

다이아몬드와 스페이드, 하트의 킹 같은 때묻은 카드들이 마룻바닥 여기저기에 흩어져 있었다. 재산관리인의 손길도 닿지 못할, 밤처럼 새까맣고 조용한 닭 한 마리가 옆방에서 잠을 자고 있었는데, 흡사 여우라도 기다리듯 꼬꼬댁거리지도 않았다. 뒤에는 채소밭이 있었는데 뭔가를 심어놓긴 했으나 무섭게 떨리는 손 때문인지 한 번도 김을 매주지 않은 듯 윤곽조차 확실치 않았지만 이제 수확할 시기를 맞고 있었다. 거기에는 로마쑥과 서양도깨비바늘이 우거져 있었는데 내 옷은 온통 도깨비바늘 투성이가 되었다. 집 뒷벽에는 그가 마지막 워털루 전투에서 수확한 전리품인 마못 가죽이 새롭게 걸려 있었다. 그러나 이제 그는 따뜻한 모자도 벙어리장갑도 필요하지 않았다.

이제 이들 집터에는 흙에 묻힌 지하광 돌과 함께 움푹한 자국만 남아 있으며 양지바른 풀밭에는 딸기와 나무딸기, 검은딸기, 개암나무 덤불과 옻나무가 자라고 있다. 굴뚝이 있던 후미진 자리에는 송진소나무와 마디진 떡갈나무가 자리잡았고 현관 댓돌이 있던 자리에는 향기로운 검은자작나무가 흔들리고 있다. 간혹 한때 샘물이 있던 자리에 움푹 파인 우물이 보이곤 하지만 지금은 바싹 마른 채 무정한 풀만 우거져 있다. 마지막 주민이 그곳을 떠나면서 훗날까지 발견되지 않도록 판판한 돌로 덮고 그 위에 떼를 입혀 잘 감춰놓은 것도 있었다. 우물을 덮다니, 정말 슬픈 행동이 아닐 수 없다! 그 행동을 하면서 눈물의 우물은 뚜껑이 열렸을 테니 말이다. 지금은 흡사 버려진 여우굴처럼 보이는 지하광들이 있던 오래된 구멍들도 한때는 생활로 북적이던 곳이었다. 거기에서는 한때 '운명과 자유 의지와 순수한 예지' 따위가 어떤 형태, 어떤 사투리로든 번갈아가며 의논되었던 것이다. 그러나 그들이 내린 결론에 대해 내가 알 수 있는 것은 단지, '카토와 브리스터가 죽었다'는 것이었다. 그것은 유명한 철학 유파의 연혁만큼이나 교훈적인 사실이다.

문과 상인방과 문지방이 없어지고 난 후 한 세대가 지나도 라일락은 활기차게 자라 봄이면 향기로운 꽃을 피우는데, 생각에 잠긴 나그네의 손길에 무심하게 꺾이고 만다. 한때 아이들이 앞마당에 심어 가꾼 그 나무는 이제 외딴 풀밭 담벽 옆에 선 채 새로 자라는 숲에 자리를 내주고 있다. 그건 그 일가의 마지막 남은 유일한 생존자인 셈이다. 거뭇한 피부를 한 그 집 아이들은 자신들의 집 그늘진 땅에 심어 매일같이 물을 주었던, 싹이 둘 밖에 없던 그 대단찮은 꺾꽂이 가지가 그렇게 뿌리를 뻗어 자기들보다 그리고 나무에 그늘을 드리웠던 집보다 또한 어른들이 가꾸던 채소밭과 과수원보다 더 오래 살아남으리라는 것을 알지 못했을 것이다. 그래서 그들이 성장하고 죽고 난 뒤 반세기가 지나 어느 외로운 방랑자에게 자신들의 이야기를 어렴풋하게나마 전해 주리라는 것도 생각지 못했을 것이다. 첫 번째 맞은 봄에 그랬듯이 여전히 아름답고 향기로운 꽃을 만발한 채 말이다. 나는 여전히 섬세하고 점잖고 그러면서도 쾌활한 라일락꽃의 빛깔을 유심히 바라본다.

하지만 콩코드가 탄탄히 기반을 닦은 데 반해 그보다 나은 싹을 갖고 있던 이 조그만 마을이 몰락한 이유는 무엇일까? 여기에는 자연의 이점, 물의 특혜라는 이점이 있었잖은가? 그렇다, 저 깊은 월든 호수와 시원한 브리스터 샘물, 여기서 건강에 좋은 물을 얼마든지 마실 수 있는 특혜, 이들은 이 모든 특혜를 술을 묽게 하는 데나 이용했던 것이다. 이들은 예외 없이 술을 좋아했다. 바구니, 마구간용 빗자루, 거적짜기, 옥수수 굽기, 아마사 잣기, 도기업 등이 이곳에서 번성하여 장미처럼 황야를 꽃피우고 수많은 자손들이 선조들로부터 그 땅을 물려받을 수는 없었던 것일까? 적어도 이 불모지라면 저지대 같은 타락상을 막아 주었을 것이다. 안타까운 일이지만 이곳에 살았던 주민들에 대한 추억도 풍경의 아름다움을 더욱 돋보이게 하지는 못한다! 어쩌면 자연은 나를 최초의 입주자로 삼고 지난 봄에 세운 내 집을 최초의 마을로 삼아서 다시 한번 촌락을 세워 보려는 것인지도 모르겠다.

나는 지금 내가 살고 있는 곳에 누가 집을 지은 적이 있는지는 알지 못한다. 고대 도시의 터에 폐허의 잔해를 재료로 하고 묘지로 정원을 만든 도시라면 사양하겠다. 그 땅은 표백되고 저주받은 것이어서 그런 일이 불가피해질 만한 상황이라면 이미 지구 자체가 파멸로 치닫고 있을 것이다. 이와 같은 회상과 더불어 이 숲에 다시금 주민들을 들여놓으면서 마음이 가라앉은 나는 잠에 빠져 들어갔다.

이런 계절에는 손님이 거의 없었다. 눈이 꽤 쌓이면 한두 주일 동안은 그 어떤 방랑자도 내 집 근처를 얼씬하려 들지 않았지만, 나는 그곳에서 들쥐만큼이나 또는 쌓인 눈에 묻힌 채 먹을 것 하나 없이 오랫동안 살았다는 가축이나 가금(家禽)만큼이나 아늑하게 살았다. 또는 이 나라에 있는 서튼 마을[4]의 초기 정착민 일가가 그랬던 것처럼 말이다. 1717년 폭설에 오두막이 완전히 덮였

---

4 서튼 마을 – 영국에도 서튼이 있음.

을 때 그 일가의 가장은 마침 집에 없었는데, 한 인디언이 눈 속에서 굴뚝의 훈기가 만든 구멍 하나를 발견하고 일가족을 구해 주었다. 그러나 여기엔 나를 걱정해 주는 다정한 인디언도 없었거니와 그럴 필요도 없는 것이, 이 집의 주인은 늘 집에 있었기 때문이다. 폭설! 듣기만 해도 즐거운 말이 아닌가! 그때는 농부들도 수레를 끌고 숲이나 늪지에 접근할 수가 없기 때문에 할 수 없이 자기 집 앞에서 그늘을 드리우고 있는 나무를 베어 쓰지 않을 수 없으며, 눈 표면이 단단하게 굳으면 늪지의 나무를 지상 10피트 높이에서 잘라야 하는데, 지면은 이듬해 봄이나 돼야 드러나는 것이다.

깊은 눈 속에, 큰길에서 내 집에 이르는 반 마일 정도의 길은 사이가 동뜬 산만한 점선으로 나타낼 수도 있었다. 고른 날씨가 일주일 동안 이어졌을 때 똑같은 걸음수와 똑같은 보폭으로 오가면서 일부러, 또한 분할기로 재듯 정확하게 나 자신이 낸 깊은 발자국을 밟아 보았다(겨울은 우리로 하여금 이런 기계적인 동작을 하게 만드는 것이다). 그런데 그 자국에는 흔히 하늘의 푸른색이 하나 가득 들어 있곤 했다. 어떤 날씨도 내 산책을 결정적으로 막지는 못했다. 그것은 차라리 외출이라고 해야 할 것이, 왜냐하면 나는 종종 너도밤나무나 황색자작나무와의 약속을 지키기 위하여 또는 소나무들과의 오랜 교제를 유지하기 위하여 깊은 눈 속을 헤치고 8마일이나 10마일 거리를 걸어가곤 했기 때문이다. 얼음과 눈 때문에 가지가 축 처지고 우듬지는 뾰족해져서 소나무도 전나무처럼 보였다. 거의 2피트 깊이로 쌓인 눈을 헤치며 높다란 언덕 꼭대기를 올라갈 때면 한 걸음 한 걸음 떼어놓을 때마다 머리 위로 쏟아지는 또 다른 눈보라를 털어내야 했다. 때로는 두 손 두 발로 허우적거리며 기어갈 때도 있었는데, 이때는 사냥꾼들도 모두 동면에 들어간 뒤였다.

어느 날 오후에는 밝은 대낮에 스트로부스 소나무의 아래쪽 죽은 가지 줄기에 바짝 붙어 앉아 있는 아메리카올빼미(strix nebulosa)를 보며 즐거워하기도 했다. 나와 올빼미 사이는 불과 5야드도 채 되지 않았다. 그놈은 내가 몸을 움직일 때마다 발밑에서 나는 뽀드득거리는 소리는 들을 수 있었을 테지만 나를 보지는 못할 게 뻔했다. 내가 꽤 큰 소리를 내자 그놈은 목을 빼고 목덜미 깃을 곤두세우며 눈을 크게 떴다. 그러나 곧 눈꺼풀이 다시 감기면서 끄덕끄덕 졸기 시작하는 것이었다. 눈을 반쯤 감은 채 고양이처럼, 아니 고양이의 날개 달린 사촌인 그놈이 앉아 있는 모습을 반 시간가량 쳐다보고 있자니 내게도 졸음이 전염되는 느낌이었다. 그놈의 눈꺼풀 사이에 가느다란 틈이 나 있었는데, 그것을 통해 나와의 아슬아슬한 관계를 유지하고 있는 셈이었다. 그놈은 이렇게 반쯤 감은 눈으로 꿈의 세상에서 밖을 내다보며, 자신의 시야를 가로막고 있는 희미한 얼룩 같은 나의 존재를 알아보려 애쓰고 있었다. 그러나 좀더 큰 소리가 나거나 내가 좀더 가까이 다가서기라도 하면 그놈은 눈에 띄게 불안해하면서 천천히 횃대에서 몸을 돌리는 것이었다. 그것은 흡사 자신의 꿈이 방해받은 데 짜증이 난 듯한 모습이었다.

다음 순간 올빼미는 나뭇가지에서 훌쩍 뛰어내리면서 놀랄 만큼 큰 날개를 쭉 펴 소나무 사이를 날아갔는데, 내 귀에는 그 날갯짓 소리가 전혀 들리지 않았다. 결국 올빼미는 솔가지 사이에서 시각보다는 시각에 가까운 미묘한 감각의 인도를 받아 예민한 날개 끝으로 흐릿한 길을 더듬어가며 자신만의 새벽을 평화롭게 기다릴 만한 새로운 가지를 찾아냈다.

초원을 가로지른 긴 철둑길을 따라 걸어가면 수없이 살을 에는 듯한 바람과 맞닥뜨리곤 했는데, 이곳은 바람을 막을 것이 아무것도 없었기 때문이다. 매운 추위가 내 한쪽 뺨을 때리면 비록 무종교자이긴 했지만 다른 쪽 뺨도 내밀었다. 브리스터 언덕에서부터 내려온 마찻길도 사정은 마찬가지였다. 널따랗게 사방이 트인 들판의 모든 눈이 월든 숲길의 양쪽 울타리에 쌓여 마지막으로 그 길을 지나간 나그네의 발자취를 지우는 데 반 시간도 채 걸리지 않을 때도 나는 여전히 우호적인 인디언처럼 마을로 내려가곤 했던 것이다. 또한 마을에서 돌아올 때면 새로운 눈이 쌓여 그 속을 허우적거리며 걸어와야 했다. 부지런한 북서풍이 길이 굽은 곳마다 가루눈을 쌓아놓곤 했기 때문에 토끼 발자국이나 조그만 활자처럼 찍힌 들쥐 발자국 하나 보이지 않았다. 그러나 한겨울에도 늪지에는 따뜻한 샘물이 솟아 풀과 앉은부채가 다른 여러 해살이풀과 함께 자라고 이따금 추위에 익숙한 새가 봄이 오기를 기다리는 것도 볼 수 있다.

어떤 때는 눈이 내리는데도 불구하고 저녁 산책을 나갔다 돌아오면 집 밖으로 나온 나무꾼의 깊은 발자국이 나 있곤 했는데, 그럴 때면 난롯가에 나무 부스러기가 쌓여 있고 집 안에는 그가 피웠던 파이프 담배 냄새가 자욱하게 배어 있었다. 또 어느 일요일 오후 마침 집에 있던 내 귀에 총명한 한 농부가 뽀드득거리며 눈을 밟고 오는 소리가 들렸다. 그는 사교적인 '잡담'을 나눌 생각으로 멀리서 숲을 지나 내 집을 찾아온 것이다. 그 농부는 생업으로 자작농을 하고 있는 몇 안 되는 사람들 중 하나였다. 교수복 대신 농부의 작업복을 걸친 그는 헛간 마당에서 퇴비 한 짐을 끌어내리는 것만큼이나 능숙하게 교회나 국가의 도덕성을 추출해 내곤 했다. 우리는 춥고도 상쾌한 날 불을 크게 피우고는 맑은 정신으로 빙 둘러앉아 있던 건강하고 소박했던 시절에 대해 얘기를 나누었다. 다른 디저트가 떨어지면 영리한 다람쥐들이 오래전 포기해버린 호두를 이로 깨물곤 했는데 그렇게 껍질이 두꺼운 호두는 십중팔구 속이 비어 있었다.

가장 멀리서, 가장 눈이 많이 쌓였을 때도 지독한 눈보라를 뚫고 내 오두막을 찾는 사람은 시인이었다. 그런 날씨에는 농부도 사냥꾼도 병사도 기자도 심지어는 철학자도 기가 꺾였지만 시인의 앞길을 막을 것은 아무것도 없었는데, 시인은 순수한 사랑으로 행동하기 때문이다. 시인이 오가는 것을 그 누가 예측할 수 있겠는가? 시인은 자신의 일 때문에 의사들조차 잠든 시각에도 늘 밖으로 불려나오는 것이다. 우리는 이 조그만 집을 떠들썩한 웃음소리로 울리고 진지한 대화로 채움으로써 한동안 침묵에 잠겼던 월든 골짜기에 보상을 했다. 여기에 비하면 큰길은 고요하고 인적도 없었다. 우리는 적당한 간격을 두고 웃음소리로 예포를 쏘아 올리곤 했는데, 그 웃음소리가 방금 한 농담에 대한 것이든 앞으로 할 농담에 대한 것이든 상관없는 일이었다. 우리는 묽은 오트밀 죽 한 그릇을 앞에 놓고 갖가지 '새로운' 인생론을 만들어 냈다. 그것은 철학이 요하는 맑은 정신에다 연회의 흥겨움이라는 이점을 더한 것이었다.

호숫가에서 보낸 마지막 겨울에 또 한 사람의 반가운 손님이 있었다는 사실을 잊을 수가 없다. 그는 언젠가 마을을 지나 숲 사이로 내 집의 등불 빛이 보일 때까지 눈과 비와 어둠을 뚫고 와서는 나와 함께 긴 겨울밤을 보냈다. 그는 마지막 남은 철학자 중 한 사람으로(코네티컷이 그의 고향이었다) 처음에는 코네티컷의 산물을 행상으로 팔다가 나중에는 그의 표현대로 자신의 두뇌를 팔고 다녔다고 한다. 그는 여전히 하느님을 자극하고 인간에게 수모를 안겨 주며 이 일을 계속하고 있는데, 흡사 호두 안에서 알맹이가 영글 듯 자신의 두뇌만을 열매로 삼고 있다. 그는 살아 있는 사람 중에 신념이 가장 깊은 인간일 것 같다. 그는 언제나 말과 태도로써 다른 사람들이 생각하는 것보다 더 나은 세상이 오리라고 가정하며, 세월이 흘러도 결코 실망하지 않을 사람이다. 그는 현재에 자신을 걸지 않는다. 비록 지금은 아무도 그를 인정하지 못하고 있지만 언젠가 때가 오면 사람들 대부분이 알지 못하는 법령이 효력을 발휘하여 일가의 가장과 통치자들이 그에게 자문을 구하러 올 것이다.

"평온을 볼 수 없는 자는 눈먼 자로다!"[5]

그는 인간의 참된 벗이며, 인간의 진보에 있어서는 거의 유일한 동반자다. 그는 한 노인, 아니 차라리 불멸의 인간이라고 할 수 있는데, 집요한 끈기와 신념으로, 신의 마멸되고 기울어진 기념비라 할 인간의 몸에 새겨진 영상을 선명하게 만들어 주는 사람이다. 그는 넉넉한 지성으로 아이와 거지와 미치광이와 학자들을 포용하고, 그 모두의 사상을 음미할 뿐 아니라 흔히 거기다 어느 만큼의 폭과 정밀성을 더해 주곤 한다. 나는 그가 세상이라는 길가에 만국의 철학자들이 쉬어갈 여관을 운영해야 한다고 생각한다. 그리고 그 간판에는 다음과 같은 문구가 적혀야 한다.

---

5 '토마스 스토러'의 말.

"인간이면 누구나 환영하지만, 그의 짐승만은 사양함. 넉넉하고 평온한 정신으로 진지하게 올바른 도(道)를 구하는 분들은 들어오시오."

그는 내가 아는 이들 중에서 가장 정신이 온전하고 비뚤어진 생각을 할 줄 모르는 사람으로, 어제도 내일도 그러하다. 예전에 우리는 산책과 대화를 나누곤 했으며, 그럴 때는 세속의 먼지를 훌훌 털어 버릴 수 있었다. 그는 그 어떤 제도에 얽매이지 않은 자유롭고 천진난만한 인간이었으므로. 우리가 접어든 길이 어느 것이든 하늘과 땅이 한데 어우러진 듯이 보였다. 그처럼 그는 풍경에 아름다움을 더해 주었던 것이다. 푸른 옷을 입은 그에게 가장 어울리는 지붕이 있다면 그의 평온한 정신을 고스란히 반영하고 있는 머리 위의 하늘일 것이다. 나는 그가 죽는다는 것은 생각할 수도 없었다. 왜냐하면 그가 없는 자연이란 상상할 수 없기 때문이다.

우리는 자리에 앉아 제각기 잘 마른 사상의 널빤지들을 깎으며 우리의 칼을 시험하고 그 호박소나무의 샛노란 결에 감탄하곤 했다. 우리는 아주 조용히 겸손하게 물속에 발을 내디디거나 부드럽게 낚싯줄을 당겼기에, 사상의 물고기들이 놀라서 냇물에서 달아난다거나 강둑의 낚시꾼을 두려워하는 일 없이 당당한 모습으로 떠다녔는데, 그 모습은 마치 서쪽 하늘에 떠 있는 구름과 모였다 흩어졌다 하는 진주빛 양 떼와도 같았다. 그렇게 우리는 신화를 수정하고 우화를 이것저것 다듬고 또 지상에서는 그럴싸한 터전을 잡지 못하여 공중누각을 세우기도 했다. 실로 그는 위대한 관찰자이며 예언자였다! 그와의 대화는 '뉴잉글랜드 야화'라고 할 만했다.[6] 은둔자와 철학자와 앞서 말한 바 있는 정착민 이 세 사람이 나눈 대화로 내 조그만 집은 늘어나다 못해 휠 정도였다. 그 집의 점 1인치마다 기압 말고도 어느 만큼의 중량이 가해졌는지 차마 말할 수 없을 정도다. 이렇게 솔기가 벌어지고 말았기에 그후 물이 새지 못하도록 권태라는 뱃밥으로 그 무수한 구멍을 메워야 했다. 그러나 그런 뱃밥이라면 이미 충분히 있었다.

또 한 사람, 마을에 있는 그의 집에서(그도 간혹 나를 찾아왔지만) 두고두고 기억될 만큼 '견실한 시간'을 나누었던 이가 있다. 그러나 내가 그 당시 가졌던 교제는 이것이 전부였다.

어디서나 그랬듯이 그곳에서도 나는 종종 결코 오지 않을 손님을 기다리곤 했다. 『비슈누 푸라나』에는 이런 구절이 있다. "집주인이라면 저녁때가 되면 집에 머물러, 소젖을 짜는 시간만큼, 또는 원한다면 그보다 더 긴 시간을 손님이 오기를 기다려야 한다." 나 역시 손님 접대라는 이 의무를 이행하려고 소 떼 전체의 젖을 다 짜도록 기다려 보곤 했지만 마을에서 사람이 오는 모습은 보지 못했다.

---

6 '천일야화'에 비유해서 말한 것임.

소로의 열다섯 번째 이야기

겨울 동물들
WINTER ANIMALS

Walden

호숫물이 단단히 얼자 각처로 새로운 지름길들이 생겼을 뿐 아니라 얼음판 위에서 주변의 친숙한 경치를 전혀 새롭게 바라볼 수 있었다. 눈으로 덮인 플린트 호수를 가로질렀을 때는 배를 타고 그토록 자주 그곳을 지나다니고 얼음을 지친 적이 있음에도 불구하고 너무도 넓고 낯설어서 배핀만[1]에라도 온 기분이었다. 이 설원의 한쪽 끝에는 링컨 언덕들이 주위를 에워싸듯 솟아 있는데, 전에는 한 번도 와보지 못한 곳 같았다.

얼음판 위에서는 어부들이 일정치 않은 거리를 두고 이리처럼 생긴 개들과 함께 천천히 돌아다니고 있었는데, 바다표범잡이나 에스키모, 또는 흐릿한 날씨에는 전설에 나오는 괴물처럼 보일 때도 있었다. 그럴 때면 그들이 거인인지 난쟁이인지도 알아볼 수 없었다. 밤중에 링컨에 강연이 있어서 이 길을 이용한 적이 있는데, 내 오두막에서 강연장까지 다른 어떤 길이나 집 앞을 지나지 않고도 갈 수 있었다. 그 길 도중에 있는 구스 호수는 사향뒤쥐들이 얼음판 위에 집을 짓고 사는 군락지였지만 내가 지나갈 때는 밖에 나와 있는 놈을 한 마리도 볼 수 없었다.

다른 호수들처럼 여느 때는 눈이 쌓여 있지 않거나 쌓이더라도 얕게 산발적으로 쌓이는 월든 호수는 내 앞마당이나 다름없었다. 다른 곳에는 눈이 거의 2피트 깊이로 쌓여 마을 사람들이 집 앞

---

1 배핀만- 캐나다 북부와 그린랜드 사이에 있는 만.

길이나 돌아다니고 있을 때도 나는 그 위를 마음대로 돌아다닐 수 있었다. 마을길에서 멀리 떨어지고 아주 간혹 썰매의 방울 소리나 들려올 뿐인 그곳에서 나는 말코손바닥사슴이 잘 다져놓은 광대한 들판을 돌아다니듯 눈을 이고 휘어지거나 고드름이 빽빽이 달린 떡갈나무 가지와 근엄한 솔가지 아래서 썰매를 타고 얼음을 지쳤다.

겨울밤 그리고 종종 겨울 낮에 듣는 소리 가운데 확실치 않은 거리에서 들려오는 쓸쓸하고도 아름다운 올빼미 울음소리가 있었다. 얼어붙은 땅을 적당한 활로 켜듯이 울려나오는 이 소리는 월든 숲 특유의 언어로서, 비록 울고 있는 올빼미를 본 적은 없었지만 마침내 내 귀에 익숙한 소리가 되고 말았다. 겨울 저녁 문을 열기만 하면 거의 언제나 그 울음소리를 들을 수 있었다. 후 후후, 훠러 후. 이때 처음 세 음절은 안녕! 하고 말할 때의 억양처럼 들리는데, 때로는 그냥 후, 후 하고 말기도 한다.

호수가 꽁꽁 얼기 전인 초겨울의 어느 날 저녁 아홉 시쯤 쩡쩡 울리는 기러기 울음소리에 놀라 문가로 나가본 내 귀에, 흡사 숲속에 폭풍이 몰아치듯 내 집 위를 낮게 날며 요란하게 퍼덕이는 기러기의 날개 소리가 들려왔다. 기러기 떼는 호수를 가로질러 페어 헤이븐 방향으로 날아가고 있었는데(필시 내 집의 불빛 때문에 월든 호수에 내려앉을 생각을 단념한 것 같았다) 그동안 내내 대장 기러기가 규칙적인 가락으로 끼룩거렸다. 그때 갑자기 아주 가까이에서 고양이올빼미가 숲의 모든 짐승들 울음소리 중에서 가장 거칠고 <u>으스스</u>한 목소리로 일정한 간격으로 들려오는 기러기의 울음소리에 대꾸를 보내는 소리가 들려왔다. 그것은 마치 허드슨만[2]에서 온 이 침입자에게 토착민의 음역과 성량이 더 크다는 것을 알려줌으로써 기러기들을 망신시켜 콩코드 저편으로 몰아내기로 작정한 것 같았다. 대체 네놈들이 무슨 속셈으로 내게 봉헌된 이 밤 시간에 우리 성채를 놀라게 하는 거냐? 내가 이런 시간에 낮잠을 자고 있을 줄 알았느냐? 또 내가 네놈만 한 목청을 뽑지 못할 줄 알았단 말이냐? 우우, 우우, 우우! 그건 내가 들어 본 중에서 가장 오싹한 불협화음이었다. 그렇지만 예민한 귀가 있는 사람이라면 거기에서도 이 일대에서는 듣도 보도 못한 일종의 화음을 알아들을 수 있었으리라.

나는 또 콩코드에서 나와 아주 가까운 밤친구라 할 수 있는 얼어붙은 호수가 우는 소리도 들었다. 마치 배 속이 불편하거나 꿈자리가 사나워 자리에 누워서도 잠을 제대로 이루지 못하고 이리저리 뒤척이기라도 하는 듯했다. 또, 결빙 때문에 땅이 갈라지는 소리에 잠에서 깨기도 했는데, 그건 누군가가 내 집 문을 향해 한 떼의 가축을 몰아낸 듯한 소리 같았다. 그리하여 아침이면 4분의 1마일 길이에 3분의 1인치 폭으로 땅이 갈라진 자국을 보곤 했다.

---

2 허드슨만 - 캐나다 동북부의 거대한 만.

이따금씩 달빛을 받으며 뇌조나 다른 먹잇감을 찾아 얼어붙은 눈 위를 배회하는 여우들의 울음소리도 들려왔다. 그놈들은 숲 속의 개처럼 귀에 거슬리는 소리로 미친 듯이 울부짖는데, 그것은 마치 무슨 불안감에 시달리고 있거나 뭔가 표현하고 싶다는 것 같았다. 빛을 보기 위해 발버둥치며 아예 개가 되어 길거리를 마음껏 뛰어다니고 싶다는 듯이 말이다. 오랜 세월을 고려해 볼 때 짐승들의 경우도 인간처럼 어떤 진보가 있을 수 있는 건 아닐까? 내 눈에는 여우들이 방어 자세를 취하면서 변신을 기다리고 있는, 저 혈거(穴居) 시대의 미개인처럼 보였다. 간혹 그중 한 마리가 내 집의 불빛에 끌려 창가까지 다가왔다가 나를 보고는 캥캥거리며 물러나곤 했다.

언제나 새벽이면 붉은날다람쥐(sciurus Hudsonius)가 마치 누군가 일부러 나를 깨우기 위해 숲에서 보내기라도 한 듯이 지붕 위를 달리거나 벽을 타고 오르내리면서 나를 깨웠다. 겨울철이면 나는 채 여물지 않은 달디단 옥수수 반 부셸을 문 밖의 눈 위에 뿌려놓고는 그것에 끌려 다가온 다양한 동물들의 행태를 지켜보며 시간을 보내곤 했다. 황혼과 저녁때는 토끼들이 꼬박꼬박 찾아와 잔뜩 먹고 갔다. 붉은날다람쥐는 온종일 들락거리며 갖가지 수법을 보여줌으로써 나를 즐겁게 해주었다. 처음에는 떡갈나무 관목 사이로 조심스럽게 접근하는데 마치 바람에 날린 낙엽처럼 이따금씩 생각났다는 듯이 눈 위를 쪼르르 달려와서는, 놀라운 속력과 왕성한 활기로 네 다리를 놀려 믿을 수 없을 만큼 빠르게(무슨 내기라도 했다는 듯이) 이쪽을 향해 몇 발짝 저쪽을 향해 다시 몇 발짝 옮겨놓곤 했지만 한 번에 3미터 이상은 전진하지 않았다. 그러다 갑자기 익살스러운 표정을 지으며 걸음을 딱 멈추고는 마치 온 세상이 자기를 주시하고 있다는 듯 까닭 모를 재주를 넘기도 했다. 다람쥐의 모든 동작은 설혹 숲에서 가장 외딴 곳이라 할지라도 무희만큼이나 관객을 의식해서 나오는 것이다. 그놈은 그 거리 전체를 걷는 데 걸리는 시간보다(다람쥐가 걷는 건 본 적이 없지만) 훨씬 더 많은 시간을 이렇게 머뭇거리며 세심한 주의를 쏟는 데 바친다. 그러다 갑자기 다람쥐는 눈 깜짝할 사이에 어린 송진소나무 꼭대기에 올라가 목덜미 주름을 말고는 상상 속의 모든 관객들을 나무라면서 동시에 혼자 말로 온 세상을 향해 독백을 늘어놓는데, 나로서는 도무지 다람쥐가 그러는 이유를 알 수 없었다. 내 생각엔 다람쥐 자신도 이유를 알 것 같지는 않았다.

이윽고 다람쥐는 옥수수 앞에 이르러 적당한 것 하나를 골라잡더니 이번에도 역시 모호하기 짝이 없는 삼각 보행법으로 까불거리며 창문 밑 장작더미의 맨 꼭대기까지 올라갔다. 그리곤 그 자리에서 나를 빤히 쳐다보고 몇 시간씩 그곳에 자리를 잡고는 이따금씩 새로 옥수수를 가져다가 처음엔 탐욕스럽게 갉아먹으면서 반쯤 먹은 옥수수 속을 여기저기 집어던졌다. 그러다 마침내 입맛이 더욱 까다로워진 다람쥐는 먹을 것을 가지고 장난치며 날

알의 속만 먹었다. 그런데 한 발로 균형을 잡은 채 쥐고 있던 옥수수를 부주의하게 그만 떨어뜨리고 말았다. 그러자 다람쥐는 예의 모호하고 익살스러운 표정으로 떨어진 옥수수를 내려다보았다. 그건 마치 그 옥수수가 혹시 살아 있는 게 아닌가 하고 의심하는 듯한 표정이었는데, 떨어진 옥수수를 다시 가져올 건지, 아니면 새 옥수수를 가져올 건지, 그렇지 않으면 아예 자리를 뜰 건지 마음을 정하지 못하는 것 같았다. 한순간 옥수수를 생각하다가 다음 순간에는 바람결에 무슨 소리가 들리는지 귀를 쫑긋했다. 이런 식으로 이 뻔뻔스런 꼬마는 아침나절에 옥수수를 잔뜩 먹어치우곤 했다.

그러다 결국에는 좀 길고 토실토실하며 자기 몸뚱이보다 훨씬 큰 옥수수를 한 개 집어들고 능숙하게 균형을 잡고는 여전히 지그재그를 그리며 수없이 멈춰서면서 들소를 끌고 가는 호랑이처럼 그것을 숲으로 운반하기 시작했다. 다람쥐는 옥수수가 너무 무거운지 수직과 수평 사이의 대각선으로 늘어뜨린 채 땅바닥에 질질 끌고 갔는데 수없이 뒹굴면서도 어찌 됐건 가지고 가겠다는 굳은 결의를 보여 주었다. 실로 경박하고 변덕스러운 녀석이었다. 결국은 옥수수를 아마도 2, 3백 야드 떨어진 소나무 꼭대기에 있을 자기 집까지 끌고 갔다. 나중에 나는 숲 속 사방에 여기저기 흩어진 옥수수 속을 발견할 수 있었다.

이윽고 어치가 도착하는데, 그 훨씬 전에 8분의 1마일 정도 거리를 두고 조심스레 접근하면서 귀에 거슬리는 날카로운 울음소리부터 낸다. 그리고는 남의 눈을 피해 살금살금 이 나무 저 나무로 날아다니며 조금씩조금씩 다가와서는 다람쥐들이 떨어뜨린 옥수수 알갱이를 쪼아먹는 것이다. 그런 다음엔 송진소나무 가지에 앉아 황급히 옥수수알을 삼키려 하지만, 목구멍에 비해 알갱이가 너무 큰 나머지 그만 목에 걸리고 만다. 갖은 고생 끝에 겨우 옥수수알을 게워내고는 이번에는 한 시간 동안 부리로 수없이 쪼아 잘게 부순다. 어치들은 누가 봐도 도둑이었기 때문에 나는 그다지 좋아하지 않았다. 그에 반해 다람쥐들은 처음에는 수줍어하다가도 나중에는 그것이 자기 것이기라도 되는 양 당당하게 굴었다.

그동안 박새들도 떼지어 몰려들어 다람쥐들이 떨어뜨린 부스러기들을 물고 가장 가까운 나뭇가지로 날아가 앉은 다음 나무껍질 속에 든 곤충이라도 되는 것처럼 부스러기를 발톱으로 쥐고는 가느다란 목구멍으로 넘길 만큼 잘게 부서질 때까지 조그만 부리로 쪼았다. 이 박새들은 작은 무리를 이루어 매일같이 장작단을 쌓아둔 곳에서 식사거리를 찾거나 문 앞에서 부스러기를 쪼아먹곤 했는데, 작은 소리로 혀짤배기 같은 소리를 내며 울거나(그건 마치 풀에 맺힌 고드름이 서로 부딪치는 소리 같다), 아니면 기운 찬 소리로 '데이데이데이' 하고 울기도 하고, 봄날처럼 따뜻한 날이면 숲 언저리에서 여름 때처럼 금속성으로 '삐이-비이' 하고 울기도 했다. 나중에는 서로 낯이 익어서 그중 한 마리가 내가 한아름 안고 가던 장작더미 위에 내려앉아 겁도 없이 나무를 쪼기까지 했다. 예전에 마을 채소밭에서 김을 맬 때 참새 한 마리가 잠시 내 어깨에 앉은 적이 있었다. 그때 그 일로 나는 어깨에 계급장을 다는 것보다도 더 대단한 수훈을 세운 느낌이었다. 다람쥐들 역시 낯이 익게 되어, 종종 길을 질러가기 위해서 내 구두를 밟고 넘어가는 경우도 있었다.

대지가 아직 완전히 눈으로 덮이지 않았을 때, 그리고 겨울이 막바지에 접어들어 내 집이 있는 남쪽 구릉과 장작단 주위의 눈이 녹았을 때에도 뇌조는 아침 저녁으로 먹이를 구하러 숲에서 나오곤 했다. 숲 속 어느 쪽을 걷든지 갑자기 뇌조가 휘익 하는 날갯짓 소리와 함께 머리 위 마른 잎과 가지에 쌓인 눈을 흔들며 달아나곤 한다. 그러면 고운 눈가루가 햇살에 금가루처럼 쏟아져 내린다. 이 용감한 새는 겨울에도 위축되는 일이 없는 것이다. 뇌조는 내리는 눈에 파묻히기도 하고, "어떤 때는 부드러운 눈 속에 날개까지 묻은 채 하루 이틀을 숨어 지내는 적도 있다"고 한다. 나는 또 해질 무렵 탁 트인 들을 지나다 야생 사과나무의 싹을 잘라먹기 위해 숲에서 나와 있던 뇌조들을 놀라게 하곤 했다. 뇌조들은 매일 저녁 특정한 나무를 꼬박꼬박 찾아들곤 하기 때문에 교활한 사냥꾼이 매복한 채 기다리곤 한다. 숲에 이웃한 과수원에서는 이런 피해를 적지 않게 본다. 어쨌든 나로서는 뇌조가 먹이를 구할 수 있다는 사실을 다행으로 여긴다. 뇌조는 싹과 건강한 음료만을 먹고 사는 자연의 여신이 키우는 새인 것이다.

어둑한 겨울날 아침이나 짧은 겨울 오후에 간혹 사냥개 한 떼가 요란스럽게 짖으며 추적의 본능에 휩싸여 숲을 누비고 다니는 소리가 들리곤 했다. 일정한 간격으로 사냥 나팔 소리가 들려와 뒤편에 사냥꾼이 있다는 것을 알 수 있었다. 숲에서는 또다시 총성이 울리지만 호숫가의 공터로 뛰쳐나오는 여우도, 자신들의 악타이온[3]을 뒤쫓는 사냥개 무리도 없다. 그러다 저녁때쯤 전리품으로 썰매 뒤에 여우꼬리 하나를 늘어뜨린 채 여관으로 돌아가는 사냥꾼들을 만나기도 한다. 사냥꾼들 말에 의하면, 만약 여우가 얼어붙은 땅속에 가만히 있었거나 아니면 줄곧 달아났더라면 여우사냥개들이 도저히 잡지 못했을 거라고 한다. 추적자들을 따돌린 여우가 걸음을 멈추고 쉬면서 귀를 기울이는 사이 사냥개들은 여우를 따라잡는 것이다. 그리고 여우가 길을 우회하여 다시 살던 곳으로 돌아오면, 그곳에는 사냥꾼이 대기하고 있는 것이다.

여우는 종종 담을 따라 수십 야드를 달아나다 어느 한쪽으로 훌쩍 뛰어내리기도 하는데, 물속에 들어가면 냄새를 지울 수 있다는 사실도 알고 있는 것 같다. 한 사냥꾼이, 언젠가 사냥꾼에게 쫓긴 여우 한 마리가 군데군데 얕은 물 웅덩이가 고인 채 얼어붙

---

3 악타이온 – 아르테미스에 의해 사슴으로 변하여 자기 사냥개에게 갈기갈기 찢긴 나무꾼.

은 월든 호수로 뛰어들더니 얼마간 호수를 가로지르다가 다시 물가로 돌아오는 것을 본 적이 있다고 했다. 얼마 후 사냥개들이 그곳에 도착했지만 그만 여우 냄새를 잃어버리고 말았다는 것이다. 때로는 사냥개들만 내 집 앞을 지나다 집을 에워싸고 빙빙 돌면서 나의 존재는 안중에도 두지 않고 무슨 광기에 사로잡힌 것처럼 요란스럽게 짖는 때도 있었는데, 그 어떤 것으로도 그놈들이 하는 짓을 말릴 수가 없었다. 이런 식으로 사냥개들은 여우의 최근 흔적을 찾아낼 때까지 한 자리를 빙빙 도는데, 영리한 사냥개라면 흔적을 찾기 위해서라면 다른 어떤 일도 염두에 두지 않는다. 어느 날엔가 어떤 사람이 렉싱턴에서 내 오두막까지 꽤 먼 거리를 찾아와서 혼자 나가 일주일 동안 사냥을 하며 떠돌아다니던 자기 사냥개에 대해 물었다. 그러나 설혹 내가 그에게 말해 주었더라도 제대로 알아들었을 것 같지 않았다. 왜냐하면 내가 그의 질문에 뭐라고 대꾸를 하려고 들 때마다 내 말을 막으며 "그런데 선생은 여기서 뭘 하는 거요?" 하고 묻곤 했던 것이다. 그는 개를 잃은 대신 사람을 찾은 셈이었다.

연중 물이 가장 따뜻할 때 한 번씩 월든 호수로 목욕하러 오는 무뚝뚝한 한 늙은 사냥꾼이, 그렇게 목욕하러 온 언젠가 나를 방문하여 몇 년 전 어느 날 오후에 총을 가지고 월든 숲을 돌아다녔을 때 얘기를 들려 주었다. 그가 웨일랜드로를 따라 걷고 있는데 사냥개들이 짖는 소리가 점점 가까워지더니 얼마 지나지 않아서 여우 한 마리가 담에서 길로 뛰어내렸다가는 생각만큼이나 빠르게 맞은편 담을 훌쩍 뛰어넘어 길 저쪽으로 달아나 버렸다. 그가 재빨리 총을 쏘았으나 맞출 수가 없었다. 얼마 후 늙은 사냥개 한 마리가 새끼 세 마리를 데리고 맹렬한 속도로 달려왔다. 자기들끼리 사냥에 나선 그 사냥개들은 다시 숲 속으로 사라졌다. 오후 늦게 그가 월든 남쪽의 울창한 숲에서 쉬고 있는데 멀리 페어헤이븐 방향에서 아직도 여우를 쫓고 있는 사냥개들의 소리가 들려왔다. 숲을 진동하는 사냥개 소리가 점점 다가와 웰 메도우에서, 다음에는 베이커 농장에서 들려왔다. 그는 한동안 잠자코 서서 사냥개들 짖는 소리에 귀를 기울였다. 그 소리는 사냥꾼에는 더할 나위 없이 감미로운 것이었다. 그때 갑자기 아까 보았던 그 여우가 편안한 속보로 조용한 덤불숲 사이를 헤치며 나타났는데, 인정 많은 나뭇잎의 살랑거림이 여우의 발소리를 감춰 주었기에 여우는 민첩하게 조용히 도망쳐 추적자들을 멀찌감치 떼어놓았다. 여우는 나무숲 복판에 있는 바위 위로 훌쩍 뛰어올라 꼼짝 않고 앉아 바로 사냥꾼을 등뒤에 둔 채 귀를 기울였다. 한순간 연민을 느낀 사냥꾼은 팔을 들어올릴 수가 없었지만 그건 일시적인 감정일 뿐이었다. 그는 다음 순간 총을 겨누고 발사했다. 여우는 바위에서 땅바닥으로 굴러 떨어졌다.

사냥꾼은 그 자리에 선 채 사냥개의 소리에 귀를 기울였다. 소리가 점점 가까워지면서 인근의 숲 속 통로마다 미친 듯이 짖어대는 사냥개의 소리로 진동했다. 이윽고 늙은 사냥개가 주둥이를 땅에 댄 채 또는 신들리기라도 한 것처럼 허공을 물어뜯기도 하면서 바위 쪽으로 곧장 달려왔다. 그러나 죽은 여우를 보자 사냥개는 너무 놀라 말문이 막힌 듯 모든 추적을 중단한 채 시체 주위를 소리 없이 빙글빙글 돌았다. 곧 이어서 사냥개 새끼들도 하나씩 도착했는데 그놈들 역시 어미처럼 이 수수께끼 같은 일에 제정신을 차리고는 침묵에 잠겼다. 잠시 후 사냥꾼이 앞으로 나가 그들 한가운데로 나서자 수수께끼가 풀리게 되었다. 사냥개들은 그가 여우 가죽을 벗기는 동안 잠자코 기다리더니 한동안 여우꼬리를 따라 쫓아오다가는 이윽고 다시 숲 속으로 방향을 돌렸다.

그날 저녁 웨스턴의 한 유지가 콩코드 사냥꾼의 오두막을 찾아와 자기 사냥개들에 대해 물어 보았다. 그는 사냥꾼에게, 그 사냥개들이 벌써 일주일 전부터 웨스턴의 숲에서부터 자기들끼리 사냥을 하고 있었다고 했다. 콩코드 사냥꾼은 자신이 아는 바를 얘기해 주고는 여우 가죽을 받으라고 했지만, 상대방은 그 제의를 사양하고 움막을 떠났다. 그는 그날 밤 사냥개를 찾지는 못했으나 다음 날 사냥개들이 강을 건너 어느 농가에서 하룻밤을 지내고 배불리 먹은 다음 아침 일찍 그곳을 떠났다는 소식을 들었다.

내게 이런 이야기를 들려 준 그 사냥꾼은 샘 너팅이라는 사람도 기억하고 있었는데, 그는 페어 헤이븐 구릉지에서 곰을 사냥하여 콩코드 마을에서 곰가죽을 럼주와 바꾸곤 했다는 것이다.

그 곰사냥꾼은 그곳에서 말코손바닥사슴을 본 적이 있다는 얘기도 했다고 한다. 너팅은 버고인이라는(그는 그 개를 버긴이라고 발음했다) 이름의 유명한 여우사냥개를 갖고 있었는데, 종종 그 개를 빌려쓴 일이 있다고 했다. 이 마을에 있던 한 늙은 상인(그는 대위이며 읍내 서기에다 마을 대표이기도 했다)의 '거래장부'에서 나는 다음과 같은 항목을 보았다. 1742~43년 사이의 1월 18일, "존 멜빌, 회색여우 한 마리, 2실링 3펜스를 대변 기입." 지금은 이 지역에 회색여우가 없다.

그리고 1743년 2월 7일자 장부에는, 헤제키야 스트래튼이 "고양이 가죽을 1실링 4펜스 남짓한 금액으로" 거래를 했다고 적혀 있다. 물론 그것은 살쾡이를 말하는 것일 텐데, 프랑스 전쟁에 하사로 참전한 용사 스트래턴이 그렇게 보잘것없는 고양이 따위로 거래를 했을 리가 만무하니까 말이다. 사슴가죽도 장부에 올라 있는데, 당시만 해도 매일같이 사슴가죽이 거래되었다. 이 일대에서 사냥한 마지막 사슴의 뿔을 아직도 보관하고 있는 사람도 있으며, 또 어떤 사람은 내게 자기 삼촌도 참가한 그 사냥에 대해 자세한 이야기를 들려 주었다. 예전에는 이곳에도 사냥꾼들 숫자가 많았고 유쾌한 족속이었다. 또 길가에서 나뭇잎 하나를 따서는 그것으로 그 어떤 사냥 나팔보다도 즐겁고 듣기 좋은 음악을 연주할 줄 알았던 몸이 여윈 사냥꾼도 기억난다.

달이 뜬 한밤중이면 나는 이따금씩 숲을 돌아다니는 사냥개들과 마주치곤 했다. 그러면 그놈들은 두려운 듯 살금살금 길을 비켜나서 내가 지나갈 때까지 덤불 속에 조용히 서 있곤 했다.

다람쥐와 들쥐들은 내 호두를 손에 넣으려고 서로 다투었다. 집 주위에는 직경 1인치에서 4인치에 이르는 송진소나무들이 수십 그루 서 있었는데, 지난해에 들쥐들이 그 나무들을 갉아먹었다. 지난해는 들쥐들에게는 노르웨이의 겨울만큼 힘들었는데, 그해는 눈이 오랫동안 깊이 쌓여서 주로 소나무 껍질로 연명해야 했던 것이다. 이렇게 띠를 두른 듯 껍질이 벗겨졌으면서도 나무들은 한여름이 되자 다시 싱싱하게 우거지는 듯이 보였고, 대부분 키도 1피트씩은 더 자랐다. 그러나 다시 한번 그런 겨울을 겪고 나자 하나도 예외 없이 모두 죽어버렸다. 들쥐 한 마리가 이런 식으로 소나무 한 그루를 통째로, 위아래가 아니라 빙 둘러가며 해치울 수 있다는 건 놀라운 일이다. 그러나 어쩌면 지나치게 빽빽하게 자라는 이 소나무들을 이렇게 솎아 주는 것도 필요한 일일지 모른다.

산토끼(lepus americanus)들과는 아주 익숙해졌다. 그중 한 녀석은 겨우 내내 집 밑에다 굴을 파고 살았는데 나와는 겨우 마루 한 장을 사이에 두고 있었던 셈이다. 그놈은 매일 아침 내가 움직이는 기척을 내기 시작하면 황급히 튀어나가다가 마루판에 머리를 쿵쿵쿵 부딪쳐서 나를 놀래키곤 했다. 산토끼들은 땅거미가 질 무렵이면 문 앞에 모여들어 내가 던진 감자 껍질을 우물거리곤 했는데 흙빛과 거의 같아서 가만히 있으면 거의 구분할 수 없을 정도였다. 황혼녘에는 창문 아래 꼼짝 않고 앉아 전혀 보이지 않던 산토끼 한 마리가 갑자기 눈에 띄기도 했다. 저녁때 문을 열고 나가면 산토끼들이 끽끽거리며 팔짝 뛰어 달아나곤 했다. 눈앞에 있는 산토끼는 동정심만 자극할 뿐이다.

어느 날 저녁때는 문가에서 불과 두 발짝 떨어진 곳에 산토끼 한 마리가 있었는데 나를 보고 너무 겁이 난 나머지 덜덜 떨면서 움직일 엄두도 내지 못했다. 야위고 뼈만 앙상하며 들쭉날쭉한 귀에 뾰족한 코, 빈약한 꼬리, 가느다란 앞발을 한 가엾고 조그만 동물이 말이다. 그것은 흡사 자연이 이제는 보다 위풍당당한 혈통을 내지 못한 채 발끝으로 아슬아슬하게 버티고 서 있기라도 한 것 같은 모습이었다. 그 큰 눈은 어리고 병약하며 수종에라도 걸린 것처럼 보였다. 나는 한 발짝을 내디뎠다. 다음 순간 그놈은 탄력 있는 도약과 함께 그 몸뚱이와 사지를 우아하리만큼 길게 뻗으며 쏜살같이 눈밭을 가로질러 달아났다. 순식간에 그놈과 나 사이에 숲이 들어섰다. 그것은 자신의 힘과 자연의 위엄을 과시할 줄 아는 야성의 자유분방한 야생 짐승이었던 것이다. 그놈이 그토록 야윈 것도 이유가 있었다. 결국 그런 것이 산토끼의 본성이었던 셈이다(산토끼의 학명 레푸스는 '날쌘 발'을 뜻하는 레비페스에서 나온 것이라고 보는 이들도 있다).

토끼와 뇌조가 없는 전원이란 어떤 것일까? 이 두 동물은 가장 소박한 자생종이다. 지금도 그렇지만 옛 사람들에게도 오래되고 유서 깊은 종족인 것이다. 그들은 자연 자체의 색채와 성질을 품고 있고, 나뭇잎이나 대지와, 그리고 그들끼리도 가장 밀접한 관계를 맺고 있다. 하나는 날개가 달리고 다른 하나는 다리를 갖고 있을 뿐이다. 토끼나 뇌조가 튀어 달아날 때 당신이 본 그것은 야생 동물이 아니라 바삭거리는 나뭇잎이 그렇듯이 자연의 일부를 본 것뿐이다. 뇌조와 토끼는 어떤 격변이 일어나더라도 이 땅의 진정한 토박이가 그렇듯 번성할 게 분명하다. 설혹 숲이 몽땅 잘려나가더라도 움트는 싹과 덤불들이 그들에게 숨을 곳을 마련해 줄 것이고 그리하여 전보다 더 수가 늘어날 것이다. 산토끼 한 마리 먹여 살리지 못하는 전원이란 더할 나위 없는 불모지일 것이다. 우리 숲에는 토끼와 뇌조가 가득하다. 아무리 목동들이 잔가지로 울을 치고 말총으로 덫을 놓는다 해도 어느 늪지에서든 뇌조나 토끼의 모습을 볼 수 있다.

소로의 열여섯 번째 이야기

겨울 호수
THE POND IN WINTER

Walden

고요한 겨울밤이 지나고 잠에서 깨어난 나는 밤새도록 무슨 질문인가 내게 주어지고 그 질문에 대답하려 애썼으나 헛수고였다는 느낌으로 잠에서 깨어났다. 무엇을? 어떻게? 언제? 어디서? 같은 질문들 말이다. 그러나 이제 모든 생물체가 그 품 안에 살고 있는 자연이 동트면서 그 평온하고 만족스러운 얼굴로 내 집의 널찍한 창문을 들여다보는데 그녀의 입가에는 아무런 질문도 떠올라 있지 않았다. 나는 이미 대답된 질문과 자연과 하루의 빛 속에서 잠을 깬 것이다. 어린 소나무들이 점점이 흩어져 있는 두꺼운 눈과 내 집이 자리 잡은 언덕 비탈길은 흡사 앞으로! 하고 명령하는 듯이 보였다. 자연의 여신은 아무 질문도 하지 않고 우리 인간들이 던지는 질문에 답하지도 않는다. 그녀는 이미 오래전 그렇게 마음을 굳힌 것이다. "오 제왕이시여! 우리의 눈은 이 삼라만상의 경이롭고 다양한 장관들을 감탄에 차서 쳐다보며 그것을 영혼에 전하고 있나이다. 밤은 어김없이 이 눈부신 창조물의 일부를 가리지만, 다시 낮이 찾아와 땅에서 하늘의 평원에 이르는 이 위대한 작품을 우리 앞에 펼쳐주나이다."

이윽고 나는 아침 노동을 시작한다. 우선 도끼와 물통을 들고 물을 구하러 나선다. 그것이 꿈이 아니라면 말이다. 추위와 함께 눈이 내린 밤이 지나고 나서 물을 찾으려면 수맥봉이라도 있어야 했다. 바람이 조금만 산들거려도 그토록 민감하게 반응하고 그 모든 빛과 그늘을 반영하던 저 투명하고 전율하는 호수의 수면도 겨울이 되면 1피트 또는 1.5피트 두께로 단단히 얼어붙어서 육중한 가축 떼라도 능히 올라설 수 있게 되며, 고르게 눈이라도 덮이고 나면 다른 들판과 구분할 도리도 없다. 주위 언덕에 사는 마못들이 그렇듯 호수 역시 눈꺼풀을 닫고 3개월이나 그 이상 동면에 들어간다. 마치 언덕에 에워싸인 초원과도 같은 눈 덮인 들판에선 나는 우선 눈을 1피트 정도 파헤친 다음 이번에는 얼음을 1피트 잘라내어 발 밑에 창문을 열어놓는다. 그곳에서 무릎을 꿇고 물을 마시면서 물고기의 고요한 응접실을 들여다본다. 흡사 젖빛 창유리로 들어온 것처럼 빛은 한결 부드러워져 있고 밝은 모래가 깔린 밑바닥은 여름이나 다를 것이 없다. 그곳에는 황혼에 잠긴 저 호박색 하늘처럼 파도 하나 없는 영원한 평온이 스며들어 있어, 이곳 주민들의 침착하고 한결 같은 기질과도 어울려 보인다. 천국은 우리의 머리 위뿐만 아니라 발 밑에도 있는 것이다.

이른 아침 세상이 아직 냉기로 뻣뻣해져 있을 때 낚시 얼레와 간소한 점심을 들고 찾아와 강꼬치고기와 퍼치를 잡기 위해 눈밭에 가느다란 낚싯줄을 드리우는 이들이 있다. 그들은 본능적으로 다른 마을 사람들과는 다른 풍조를 따르고 다른 권위를 믿는 야성인들로서, 이렇게 오가는 그들 덕분에 그들이 아니었다면 찢어지고 말았을 여러 마을들을 하나로 이어 준다. 호숫가의 떡갈나무 낙엽 위에 두꺼운 모직 외투를 깔고 앉아 점심 식사를 하는 그들은, 시민들이 인위적인 지식에 밝다면 자연의 지식에 정통하

다. 책을 들여다보는 일이 없는 그들은 자신들이 알고 있고 말할
수 있는 것보다 훨씬 많은 일을 해낸 사람들이다. 그들이 하는 일
들은 다른 사람들에게는 알려져 있지 않다고 한다. 여기에 다 자
란 퍼치를 미끼로 강꼬치고기를 낚는 이가 있다. 그의 물통 속을
들여다보면 마치 여름의 호수 속을 보는 듯 놀라지 않을 수 없는
데, 마치 여름을 자기 집에 가두어 놓았거나 그렇지 않으면 여름
이 숨은 장소가 어딘지를 알고 있는 것처럼 보인다. 맙소사, 한겨
울에 어떻게 이것들을 잡았을까? 땅이 얼어붙었기에 썩은 통나
무에서 벌레를 구해 물고기를 낚은 것이다. 그의 삶 자체가 박물
학자의 연구보다 더 깊이 자연과 맺어져 있다. 그 자신도 박물학
자의 연구 대상인 셈이다. 박물학자는 곤충을 찾기 위해 주머니
칼로 이끼와 나무껍질을 조심조심 들어올린다. 그에 반해 이 낚
시꾼은 도끼로 통나무를 찍어 이끼와 나무껍질이 사방으로 튀게
만드는 것이다. 그는 나무껍질을 벗기는 것으로 생계를 유지한
다. 이런 사람은 낚시할 권리가 있으며, 그의 손을 통해 자연의 섭
리가 이행되는 것은 보기가 좋다. 퍼치는 굼벵이를 삼키고 강꼬
치고기는 퍼치를 삼키며 낚시꾼은 강꼬치고기를 삼키는 것이다.
이렇게 하여 존재라는 눈금 사이의 모든 빈틈이 메워지는 것이다.

안개가 자욱한 날 호수 주위를 거닐던 나는 이들 거친 낚시꾼
들이 사용하고 있는 원시적인 낚시법에 흥미가 일곤 했다. 그는
물가에서 약 20야드쯤 떨어진 곳에 역시 같은 간격으로 좁다란

얼음 구멍을 뚫고는, 그 위에 오리나무 잔가지를 걸치고 낚싯줄이 끌려 들어가지 않도록 한쪽 끝을 막대기에 고정시킨 다음, 낚싯줄의 느슨한 부분을 얼음 위 1피트 정도 높이에 있는 오리나무 가지 뒤로 넘겨 거기에 마른 떡갈나무 잎을 하나 매달아놓곤 했다. 그 떡갈나무 잎이 아래로 움직이면 고기가 잡혔다는 신호인 것이다. 그래서 호수를 반 바퀴쯤 돌다 보면 안개 속에서 흐릿하게 일정한 간격을 두고 이 오리나무 가지들이 나타나는 것이다.

아, 월든 호수의 강꼬치고기! 얼음 위에 누워 있거나 낚시꾼들이 얼음을 파서 만든 물구덩이 속에 들어 있는 이놈들을 볼 때면 나는 그 보기 드문 아름다운 모습에 놀라곤 한다. 그것들은 전설 속의 물고기들 같아서 마을의 거리는 물론 이 숲에도 낯선 존재이며, 콩코드의 우리네 삶에 아라비아가 낯설듯이 낯선 존재인 것이다. 이 고기에는 눈부실 정도로 뛰어난 아름다움이 있어서, 길거리에서 파는 저 시체 같은 대구나 볼락 같은 물고기에 비할 수 없을 정도다. 이들은 소나무 같은 녹색도 아니고 돌덩이 같은 회색도 아니며 하늘의 청색도 아니다. 그런 표현이 가능하다면 이들의 빛깔은 내 눈에는 꽃이나 보석처럼 진귀한 색채로만 보인다. 마치 그들이 진주가 아니면 월든 호수의 동물적 핵심 또는 수정이기라도 하듯 말이다. 당연한 말이지만 이들 강꼬치고기는 속속들이 월든 호수를 닮아 있다. 그들 자신이 월든이라는 동물의 왕국에서 작은 월든 호수 하나하나인 셈이다. 그런 물고기가 이런 곳에서 잡힌다는 것, 덜컥거리며 마차들이 지나고 썰매들이 방울을 쩔렁이는 월든로가 바로 옆을 지나는 이곳, 이 깊고도 넓은 샘 속에 이렇게 큰 황금빛과 에메랄드빛을 띤 물고기가 헤엄친다는 사실 자체가 놀랍기만 하다. 나는 시장에서 강꼬치고기와 비슷한 물고기를 본 적이 없다. 그랬다면 만인의 주목거리가 됐을 것이다. 이들은 마치 수명을 다하지 못하고 하늘의 엷은 공기 속으로 자리를 옮기는 사람처럼 경련을 일으키듯 몇 번 몸을 뒤채고 나서는 속 편히 물의 영혼으로서의 삶을 포기한다.

이미 오래전에 잃어버린 월든 호수의 바닥을 되찾고 싶었던 나는 1846년 초 얼음이 녹기 전에 나침반과 사슬과 측심줄을 가지고 조심스럽게 월든 호수를 조사했다. 그동안 이 호수의 바닥에 대해 갖가지 얘기가 있었고, 바닥이 없다는 얘기까지 나돌았는데 그런 소문 자체가 바닥이 없는 것이었다. 사람들이 정작 바닥을 재보지도 않은 채 그토록 오랫동안 호수 바닥이 없다고 믿을 수 있다는 사실은 놀라운 일이다. 이 일대를 한 차례 산책하러 나가기만 해도 그렇게 바닥 없는 호수가 두 군데나 나왔다. 많은 사람들이 월든 호수가 지구 반대편으로 뚫려 있다고들 믿고 있었다. 한동안 얼음판에 바짝 엎드려서 그 현혹스러운 매개체를 통해 물기 어린 눈으로 물속을 들여다보며 혹시라도 자신의 가슴팍에 한기라도 들까 두려운 나머지 결론을 서두르던 이들은 '건초 한 짐이라도 쑤셔넣을 만큼'(그럴 수 있는 사람이 있다면 말이지만) 큰 구멍들을 여러 개 보았다. 그건 분명 삼도천(三途川)의 수원일 것이고 이 일대에서 지옥으로 들어가는 입구일 터였다. 다른 마을 사람들도 56파운드짜리 추와 1인치짜리 줄을 한 수레 싣고 그곳을 찾아갔지만 아직까지 바닥을 찾는 데는 실패했다. 추가 이미 바닥에 닿았음에도 그들은 계속 줄을 풀며 경이로움에 대한 자신들의 끝없는 욕심을 측정하느라 헛수고를 하고 있었던 것이다.

그러나 이제 독자에게 단언하건대, 월든 호수의 바닥은 상당히 단단하며, 상식을 벗어날 정도는 아니지만 여간해서는 보기 힘든 깊이를 갖고 있었다. 나는 대구잡이용 낚싯줄과 1.5파운드짜리 돌멩이 하나로 쉽게 그 수심을 측정했다. 물의 부력이 작용하기 전에 줄을 힘껏 당겨야 했으므로 그 돌이 밑바닥을 떠나는 순간을 정확히 알 수 있었던 것이다. 호수에서 가장 깊은 곳은 정확히 102피트였다. 그 뒤로 수위가 높아졌으므로 거기에 5피트를 더해 107피트가 될 것이다. 그렇게 작은 면적으로서는 상당한 깊이다. 상상력 하나로 거기서 1인치라도 에누리해서는 안 될 것이다. 모든 호수가 얕다면 어떻게 될까? 그것으로 인간의 마음에 무슨 영향이 없을까? 이 호수가 하나의 상징으로서 그런 깊이와 순수성을 갖고 있다는 사실이 고마울 뿐이다. 인간이 무한을 믿는 한 앞으로도 바닥 없는 호수는 계속 나올 것이다.

내가 수심을 알아냈다는 얘기를 들은 어느 공장주는 그건 불가능하다고, 왜냐하면 댐에 대한 자신의 지식으로 판단하건대 모래가 그런 급한 경사면에 있을 수 없다고 했다. 그러나 아주 깊은 호수들도 그 면적에 비례해서 볼 때는 사람들 생각만큼 그렇게 깊지 않으며 물이 다 빠지고 나면 그다지 놀랄 만한 골짜기가 나오지는 않을 것이다. 그 호수들은 산 사이에 있는 찻종 모양이 아니다. 왜냐하면 면적에 비해 유난히 깊다는 이 호수도 그 중심부를 수직 단면으로 잘라서 보면 기껏해야 얕은 접시 정도의 깊이이기 때문이다. 호수들 대부분은 물을 비울 경우 우리가 흔히 보는 정도의 오목한 초원만 남을 것이다. 풍경에 관한 아주 탁월하며 정확한 글을 남긴 윌리엄 길핀은 자신이 "깊이 60길에서 70길에 폭 4마일의 해수만이며 산으로 에워싸인 길이 약 50마일가량의 호수"라고 묘사한 스코틀랜드 로크 파인의 곳에 서서 이렇게 말하고 있다.

"만약 홍적층의 붕괴 직후 또는 그러한 붕괴를 야기한 자연적 격변이 일어난 직후 물이 흘러들기 전에 그것을 볼 수 있었다면, 분명 무시무시한 심연으로 보였을 것이다!"

"웅대한 산악이 하늘을 찌를 듯 솟구친 것처럼
움푹한 땅이 넓고 깊게 무너져
광활한 하상을 이루었도다."[1]

---

1   밀턴의 「실낙원」

그러나 로크 파인의 최단 직경을 이용하여 그 비율을 월든 호수에 적용할 경우(앞에서 살펴보았듯이 월든 호수는 수직 단면이 얕은 접시 모양을 하고 있다), 이 호수는 월든 호수보다 네 배나 더 얕은 셈이 된다. 그러니 로크 파인의 물을 뺐을 경우 '무시무시한 심연'이 나타나리라는 것은 터무니없는 생각이다. 옥수수밭이 펼쳐져 있는 부드러운 골짜기들 대부분이 바로 물이 빠졌을 경우 이런 '무시무시한 심연'일 텐데, 그것을 굳게 믿고 있는 주민들에게 이 사실을 납득시키려면 지질학자의 통찰력과 천리안이 동원되어야 할 것 같다. 호기심이 왕성한 사람이라면 야트막한 언덕에서 원시의 호숫가 흔적을 볼 수 있으며, 그 내력을 감추기 위해 훗날 평지가 융기할 필요도 없다. 그러나 큰길에서 도로 공사를 하는 인부들이라면 잘 알고 있는 바와 같이 소나기가 내린 뒤에 생긴 물웅덩이를 보면 땅이 패인 곳을 찾기 쉬운 법이다. 요컨대, 약간의 일탈을 허용할 경우 상상력은 자연 그 자체보다 더 깊이 잠수하고 더 높이 비상한다는 것이다. 결국, 대양의 수심도 그 폭에 비하면 그리 대단한 것이 아니라는 사실이 드러날 수도 있다.

나는 얼음판 밑의 수심을 측정했기 때문에 얼지 않는 항구 밑 바닥을 측량할 때보다 훨씬 정확하게 바다의 형태를 확인할 수 있었는데, 그것이 일정한 질서를 이루고 있다는 사실에 놀랐다. 가장 깊은 곳에는 태양과 바람과 쟁기에 노출된 그 어떤 들판보다도 평평한 수 에이커에 달하는 바닥이 있다. 그 한 가지 보기로, 임의로 선택한 한 선(150야드)에서의 수심이 1피트 이상의 차이도 보이지 않았다. 또, 대체로 중앙에 근접할수록 사방으로 100피트당 3, 4인치 정도의 편차를 산정할 수 있었다. 모래가 깔린 이렇게 고요한 호수에도 깊고 위험한 구덩이가 나 있다고 말하는 사람들이 있지만, 이와 같은 여건에서는 물의 영향으로 모든 기복이 평평해지는 것이다. 바닥이 아주 규칙 바른 데다 물가와 언덕 모양과 완벽하게 일치하기 때문에 아주 멀리 떨어진 곳이라도 호수를 측정함으로써 확인할 수 있고 그 방향 역시 맞은편 물가를 관측함으로써 결정할 수 있다. 곶은 모래톱이, 평지는 얕은 여울이 되고, 골짜기와 협곡은 깊은 바다와 해협이 된다.

50야드를 1인치로 축소한 호수 지도를 그리고 백 군데 이상의 수심을 기록하자 나는 놀라운 일치점을 알게 되었다. 그 수치에서 가장 깊은 곳이 지도 중앙에 오는 사실을 발견한 나는 지도 위에 가로 세로로 자를 대보고는, 놀랍게도 호수에서 길이가 가장 긴 곳과 폭이 가장 큰 곳이 교차하는 지점이 바로 수심이 가장 깊은 곳이라는 사실을 발견했다. 호수 중앙부가 거의 평평하고 호수의 윤곽선이 몹시 불규칙하며, 가장 긴 길이와 폭이 작은 만까지 측정해서 얻은 수치임에도 불구하고 말이다. 그리하여 나는 이렇게 중얼거렸다. 어쩌면 이 사실이 비단 호수나 웅덩이는 물론 대양의 가장 깊은 곳을 알아내는 데도 이용될 수 있지 않을까? 또한 이것은 산의 높이에도 적용되는 규칙이 아닐까? 산은 골짜기의 반대말이니 말이다. 우리는 산의 가장 높은 곳이 폭이 가장 좁은 부분이 아니라는 사실을 알고 있다.

작은 만 다섯 중에서 세 개, 또는 내가 실제로 수심을 측정해 본 모든 만에서 만의 입구를 가로지르는 모래톱이 있고 모래톱 안쪽의 수심이 더 깊다는 사실이 관측되었다. 요컨대 이러한 만은 수평으로뿐만 아니라 수직으로도 호수가 물 쪽으로 확장된 것이며 그 자체로 웅덩이 또는 또 하나의 호수를 형성하는데, 양쪽으로 튀어나온 곳의 방향을 보면 모래톱의 위치를 알 수 있다. 해안의 모든 항구에도 그 입구에 모래톱이 있다. 작은 만의 어귀가 그 길이에 비해 넓은 데 비례하여 모래톱 너머의 물이 안쪽 웅덩이 물에 비해 더 깊었다. 따라서 작은 만의 길이와 폭이 주어지고 주변 물가의 특성을 알게 되면 모든 경우에 적용되는 하나의 공식을 산출할 모든 인자를 갖춘 셈이다.

이러한 경험에서, 수면의 윤곽과 호숫가의 특성만 관측하여 호수의 최심부를 어느 정도로 근사하게 추정할 수 있는지 알아보기 위해 나는 화이트 호수의 평면도를 그려보았는데, 그 호수는 약 41에이커의 넓이에 월든 호수처럼 섬이 없고 눈에 띄는 유입구와 배수구 역시 없다. 가장 큰 폭을 표시한 선과 가장 작은 폭을 표시한 선이 서로 아주 근접해 있어서(마주보는 두 곳이 서로 근접하고 마주보는 두 만 역시 움푹 들어간 곳이다) 나는 두 번째 선에 인접하면서 가장 긴 길이를 표시한 선 위에 최심부를 표시했다. 최심부는 이 지점에서 100피트도 되지 않는 곳에서 발견되었는데, 처음에 표시하려 한 방향으로 좀더 떨어진 곳으로서, 깊이도 불과 1피트 더 깊은 60피트였다. 물론 호수 속으로 냇물이 흘러든다거나 그 속에 섬이라도 있을 경우에는 문제가 한층 더 복잡해질 것이다.

만약 우리가 자연의 모든 법칙을 알고 있다면, 어느 한 지점에서의 모든 특수한 결과를 추론하기 위해서는 단 한 가지 사실 또는 실제 현상 한 가지에 관련된 기술만 알면 될 것이다. 지금으로서는 불과 몇 가지 법칙밖에 알지 못하며, 따라서 우리의 추론 결과는 무효인 셈이다. 그것은 물론 자연의 혼란이나 불규칙성 때문이 아니라 계산에 필요한 인자를 모르기 때문이다. 법칙과 조화에 대한 우리의 개념은 대부분 우리가 밝혀낸 사례에 한정되게 마련이다. 그러나 얼핏 상충되는 듯이 보이지만 실제로는 일치하며 우리가 알지 못하는 무수한 법칙에서 우러나온 조화야말로 더할 나위 없이 경이로운 것이다. 특수한 법칙은 길을 가는 나그네의 눈에 매 걸음마다 산의 윤곽이 다르게 보이는 것처럼 우리의 관점에 따라 다르게 보이게 마련인데, 그것은 원래 절대적인 단 하나의 형태를 갖고 있으면서도 무한대의 측면을 갖고 있기 때문이다. 그래서 설혹 그 산을 쪼개거나 구멍을 뚫는다 해도 전체가 파악되지 않는 것이다.

내가 호수에서 관찰한 사실은 인간의 도덕 원리에도 고스란히 적용된다. 그것은 평균의 법칙이다. 두 지름의 이러한 규칙은 우리를 태양계 안의 태양과 인간의 심장으로 인도해 줄 뿐 아니라, 한 인간의 일상적인 행위와 삶이라는 물결의 길이와 폭을 통해 그만의 작은 만과 후미진 곳까지 이어지는 선분을 그려준다. 그 선분이 교차하는 곳이 바로 그의 성격이 지닌 높이이거나 깊이가 될 것이다. 한 인간의 깊이와 숨겨진 바닥을 알려면 그의 물가가 어느 방향으로 기울어져 있고 인접한 시골이나 환경이 어떤지 알기만 하면 될 것 같다. 만약 그가 저 아킬레스의 나라인 산악에 에워싸여 있다면, 그래서 그 봉우리들이 그늘을 드리우고 그것이 그의 가슴에 반영된다면, 그의 내면에도 그것과 상응하는 깊이가 있을 것이다. 그러나 그것이 얕고 평탄한 땅이라면 그의 깊이 역시 얕음을 나타내는 것이다. 우리의 신체에서도 힘차게 튀어나온 이마는 그것과 상응하는 생각의 깊이로 이어진다. 또한 우리의 작은 만이나 독특한 기질 어귀에도 모래톱이 가로지르고 있다. 그 하나하나의 만은 어느 한 철 우리가 머무는 항구가 되어 우리를 억류하고 일부를 땅에 가두기도 한다. 대체로 이런 기질들은 기분에 따라 정해지는 것이라기보다는 저 옛날에 융기한 지축인 돌출부에 따라 그 형태와 크기와 방향이 결정된다고 할 수 있다.

이 모래톱이 폭풍이나 조수나 해류에 의해 점차 높아지거나 또는 바다에 침전물이 있어서 차츰차츰 수면에 근접하게 되면, 처음엔 단순히 사상이 정박하고 있던 물가의 한 기질에 불과했던 것이 바다와 분리된 별개의 호수가 되면서 그 안에서 사상은 독자적인 조건을 확보하게 된다. 요컨대 해수에서 담수로 바뀐다거나 짠맛을 잃거나 사해 또는 늪으로 바뀌는 것이다. 한 개인이 인생의 장(場)에 발을 내디디게 될 때 그의 내면 어딘가에서 바로 그러한 모래톱이 수면에 도달했다고 볼 수 있지 않을까? 사실이지 우리는 너무도 서투른 항해사여서 우리의 사상 대부분은 종종 항구도 없는 해변에 얹히거나 시(詩)의 만에서 흘러나오는 밝은 불빛만을 보게 되거나 그렇지 않으면 공공의 항만 시설로 들어가서는 과학이라는 수리용 도크에 입소하여 이 세상에 적응하도록 수리를 받는데, 거기에는 하나하나의 개성을 도와 줄 자연의 조류는 아예 존재하지도 않는다.

월든 호수의 유입구와 배수구로는 기껏해야 비와 눈과 증발 외에는 발견한 것이 없지만, 어쩌면 온도계와 줄 하나만 있으면 찾을지도 모른다. 물이 호수로 들어오는 곳이라면 여름에는 다른 곳보다 차고 겨울에는 따뜻할 테니까 말이다.

1846~1847년 겨울 채빙 일꾼들이 이곳에서 작업하던 어느 날 뭍으로 운반한 얼음 덩어리를 쌓고 있던 일꾼들이 다른 얼음만한 두께가 되지 못하는 얼음들을 퇴짜놓았다. 그래서 채빙 일꾼들은 어느 한 군데의 얼음이 다른 곳에서 나오는 얼음보다 2, 3인치 얇다는 사실을 알게 되었다. 그들은 그곳에 유입구가 있는 모양이라고 생각했다. 그리고는 또 내게 '물 빠지는 구멍'이 있다고

짐작되는 곳을 보여 주었는데, 그 구멍으로 빠져나간 호숫물이 언덕 밑을 지나 옆에 있는 초원으로 흘러간다는 것이다(그들은 그것을 보여 주기 위해 나를 얼음덩어리에 태우고 밀어 주었다). 그것은 수심 10피트 지점에 조그맣게 움푹 들어간 구멍이었지만, 단언하건대 그보다 더 크게 물 빠지는 구멍이 나오지 않는 한 굳이 땜질을 할 것까지는 없을 것이다. 어떤 이는, 그렇게 '물 빠지는 구멍'이 발견됐을 경우 구멍 입구에 채색 분말이나 톱밥을 집어넣고 초원의 샘 위에 다 체를 얹어두면 그 체에 색을 입힌 입자들이 걸린다는 원리에 의해 그것이 초원과 연결됐는지 여부를 증명할 수 있다고 제안하기도 했다.

내가 측량하고 있을 때 두께가 16인치나 되는 얼음이 가벼운 바람에도 물결처럼 움직였다. 잘 알려진 사실이지만 수준기(水準器)는 얼음판 위에서는 사용할 수 없다. 얼음이 육지에 단단히 고정된 듯이 보이는데도 물가에서 약 5야드 떨어진 지점에서의 최대 편차는 0.75인치를 보였다. 그것은 얼음판에 눈금을 매긴 막대를 세워 육지에 설치한 수준기로 측정한 것이다. 호수 중심부에서는 훨씬 큰 수치가 나왔을 것이다. 측정기가 정교할 경우에는 지표의 진동도 측정할 수 있을지 모를 일이다.

삼각 수준기의 두 다리를 뭍에, 세 번째 다리를 얼음판에 설치하고 가늠자를 세 번째 다리로 향하면 극히 미세한 얼음판의 오르내림도 호수 건너 나무에서는 몇 피트의 편차를 보였다. 수심을 재기 위해 얼음에 구멍을 뚫기 시작했을 때 보니, 두껍게 쌓인 눈밑 얼음판 위에 3, 4인치 정도의 물이 고여 있었다. 이렇게 깊이까지 물이 얼음을 파 들어갔던 것이다. 이 물은 즉각 구멍 속으로 흘러들기 시작했으며, 꽤 깊은 물줄기를 이루어 그로부터 이틀 동안이나 계속 흘러들었다. 그 물줄기가 사방의 얼음판을 잠식하여 호수의 물기를 없애는 데 주된 원인까지는 아니더라도 실질적인 작용을 했다. 왜냐하면 물이 흘러 들어가면서 얼음판을 위로 떠오르게 만들었기 때문이다. 이것은 배에서 물을 빼내기 위해 어느 정도 배 밑에 구멍을 내는 것과 같은 원리다. 이 구멍들이 얼고 이어져서 비가 내린 다음 마지막으로 새로 얼어붙은 부분이 매끄러운 얼음판으로 전체를 덮게 되면 거미줄 모양처럼 아름답고 까만 얼룩이 생겨 '얼음 장미'라고 할 만한 무늬가 형성된다. 이 무늬는 물이 사방에서 중앙으로 흐르면서 만든 수로 때문에 생긴 것이다. 얼음판이 얕은 물웅덩이로 덮여 있을 때면 내 그림자가 둘로 보이는데, 하나가 다른 하나의 머리 위에 서 있는 형태로서 그림자 하나는 얼음판 위에서 있는 모습이고 다른 하나는 나무나 언덕 기슭에 서 있는 모습이었다.

아직 두껍고 단단한 눈과 얼음이 덮여 있는 추운 1월인데도 빈틈없는 지주는 여름에 마실 음료를 식힐 얼음을 캐러 마을에서 이곳까지 찾아온다. 1월에도 7월의 더위와 갈증을 예견하다니 실로 감동적이고도 딱할 만큼 영리한 셈이다. 두꺼운 코트와 장갑 차림까지 하고서, 게다가 아직 준비할 일이 한두 가지가 아닐 텐데도 말이다! 그도 필시 내세에서 마실 여름철 음료를 식힐 만한 보물을 현세에 쌓아놓고 있지는 못할 것이다. 그는 단단한 호수를 자르고 톱으로 켠 다음 물고기들이 사는 집 지붕을 벗겨서는 그들의 영토이자 대기를 마치 장작단이라도 되듯 사슬과 말뚝으로 단단히 고정시켜 겨울 저장고에서 여름을 나게 할 속셈으로 상쾌한 겨울 대기를 지나 마차로 실어 날랐다. 멀리서 보면 고체로 된 하늘을 길거리로 운반하는 것처럼 보인다. 이 채빙 일꾼들은 장난치고 놀기 좋아하는 유쾌한 족속들로서, 내가 다가가면 곧잘 자기들과 함께 톱으로 구멍을 파자고 권유하곤 하는데 그럴 때면 나는 두 손을 들곤 했다.

1846~1847년 겨울 어느 날 아침 북극 혈통의 남자 백 명이 이곳 호수에 몰려들었는데, 여러 대의 마차에 썰매, 쟁기, 파종기, 풀깎이, 삽, 톱, 갈퀴 등 보기도 흉한 농기구들을 잔뜩 싣고 왔다. 그들 하나하나는 '뉴잉글랜드 농부'라든지 '경작자' 같은 잡지에도 볼 수 없는 뾰족한 송곳이 둘씩 달린 막대기로 무장하고 있었다. 나는 그들이 겨울 호밀의 씨를 뿌리러 온 것인지 또는 최근에 아이슬랜드에서 도입된 무슨 곡물을 심으러 온 건지 알 수 없었다. 비료가 눈에 띄지 않았기에 나는 그들이 내가 그랬듯이 이곳 흙이 비옥한데다 충분히 묵혀두었다는 생각으로 한해 농사를 지을 작정인 모양이라고 짐작했다.

그런데 그들이 말하기를, 이 소동의 책임자는 지역 유지인 한 농부인데 이미 50만 달러라는 엄청난 재산을 갖고 있으면서도 그 돈을 두 배로 불리고 싶어한다는 것이었다. 그는 자기 돈을 두 배로 불린다는 명목에서 이 한겨울에 월든 호수의 유일한 외투를, 아니 그 가죽 자체를 벗겨내려는 것이다. 그들은 즉각 일에 착수하여 감탄할 만큼 질서정연하게 쟁기질을 하고 수레를 끌며 돌아다녔는데, 그것은 마치 이곳을 모범 농장으로 만들려고 골몰하는 것처럼 보였다. 그러나 그들이 고랑에다 대체 무슨 씨앗을 뿌리려 하는 건지 지켜보고 있었더니 내 옆에 있던 일꾼들이 갑자기 갈고리를 모래땅까지, 아니 물속까지(왜냐하면 그것은 그야말로 물이나 다름없는 땅이었기에) 깊숙이 박더니 독특한 동작으로 홱 잡아채어 그 처녀지를 통째로 들어내서는 썰매에 싣는 것이었다. 나는 그들이 늪에서 토탄이라도 캐는 모양이라고 생각했다. 이런 식으로 그들은 매일같이 어느 극지대로부터 기관차의 독특한 울음소리와 함께 호수를 오갔다. 마치 북극의 흰머리멧새 떼 같았다. 하지만 때로는 월든 할멈이 복수를 했는지, 수레 뒤를 따라가던 일꾼 하나가 갈라진 땅 사이로 발을 헛디뎌 하마터면 타르타로스[2]로 곧장 굴러 떨어질 뻔했다. 그 일을 겪고 나자 좀전까지만 해도 그토록 대담했던 그 일꾼은 간이 콩알만큼 졸아붙어서 동물

---

2 타르타로스 – 지옥 아래의 바닥 없는 못.

적 열기를 거의 다 잃고는 내 집에 피신하여 화덕의 미덕에 의지하지 않을 수 없었다. 때로는 얼어붙은 땅에 보습의 한끝이 부러지기도 하고 쟁기가 고랑에 박혀 파내야 하는 경우도 있었다.

다시 말해서 아일랜드인 백 명이 미국인 감독관들과 함께 케임브리지로부터 매일같이 얼음을 캐러 왔다는 말이다. 그들은 설명할 것조차 없을 만큼 잘 알려진 방법으로 얼음을 큼직한 덩어리로 자른 다음 썰매로 물가까지 운반하고 나서 재빨리 얼음 받침대 위로 끌어올렸다. 그리고는 말의 힘으로 작동하는 쇠갈퀴와 활차와 도르래로 들어올려 밀가루통만큼이나 확실하게 줄을 맞춰 차곡차곡 쌓아올렸다. 그건 흡사 구름을 뚫을 작정으로 오벨리스크[3]를 세우는 것 같았다. 그들의 말에 의하면, 일이 잘될 경우에는 하루에 천 톤의 얼음을 캘 수 있다고 했는데, 그건 약 1에이커의 얼음판에서 나오는 양이었다. 썰매들이 줄곧 같은 자리로 오감에 따라 얼음판에는 마치 땅에서처럼 깊은 바퀴자국과 '이동용 홈'이 패였으며, 말들은 여물통처럼 속을 파낸 얼음 덩어리에서 끊임없이 귀리를 먹어댔다. 이렇게 일꾼들은 얼음 덩어리들을 높이 35피트에 밑면이 약 30에서 35제곱 야드가 되도록 쌓아올렸으며, 공기가 들어오지 않도록 바깥 얼음 덩어리 사이에는 건초를 집어넣었다. 왜냐하면 그렇게 차갑지 않은 바람이 통로

---

3 오벨리스크 - 방첨탑.

사이로 스며들게 되면 결국 커다란 틈바구니를 내게 되고 그 결과 여기저기 약해짐으로써 결국 얼음 덩어리 전체가 무너져 내릴 수 있기 때문이다.

처음에는 흡사 거대한 청색의 요새 아니면 발할라[4]처럼 보인다. 그러다가 얼음 사이사이에 마른풀을 끼워 넣으면서 온통 서리와 고드름으로 덮이기 시작하면 청색 대리석에 이끼가 끼어 자못 고색창연한 웅장한 유적처럼 보이게 되는 것이다. 그것은 마치 달력에서 흔히 볼 수 있는 동장군이 우리와 함께 여름을 나려고 마련해 놓은 숙소처럼 보였다. 일꾼들은, 이 얼음의 25퍼센트도 목적지에 이르지 못하며, 그중에서 2, 3퍼센트는 열차 안에서 없어질 것으로 계산했다. 그러나 이 얼음 덩어리의 대부분은 애초의 의도와는 전혀 다른 운명을 맞고 말았다. 왜냐하면 얼음이 처음 기대했던 만큼 제대로 관리되지 못하여 여느 때보다 더 많은 공기가 들어갔거나 아니면 다른 무슨 이유에서 시장까지 가지도 못하게 됐기 때문이다. 1846~1847년 겨울 약 1만 톤가량을 쌓아놓은 이 얼음더미는 마침내 마른풀과 널빤지로 덮였다. 이듬해 7월이 되어 덮었던 것을 걷고 일부를 실어가고 나머지는 햇볕에 그대로 방치했는데, 그해 여름과 겨울을 나고 나서 1848년 9월이 돼서야 모두 녹았다. 이렇게 해서 월든 호수는 잃어버렸던

---

4 발할라 – 노르웨이 신화에 나오는 오딘의 전당. 전사한 용사들의 안식처.

자기 자신을 대부분 회수하게 되었다.

　호숫물이 그렇듯이 월든 호수의 얼음도 가까이에서 보면 녹색이지만 멀리서 보면 아름다운 청색을 띤다. 그래서 4분의 1마일쯤 떨어져서 보더라도 강의 하얀 얼음이나 다른 호수의 밋밋한 녹색 얼음과는 쉽게 구분된다. 때때로 이 커다란 얼음 덩어리가 채빙 일꾼의 썰매에서 길거리로 미끄러져 떨어지곤 했는데, 그러면 일주일 동안 그 자리에서 마치 커다란 에메랄드처럼 빛나기 때문에 지나는 행인들마다 유심히 들여다보게 된다. 월든 호수의 어느 부분은 액체 상태에서는 종종 녹색으로 보이다가도 일단 얼고 나면 같은 자리에서 봐도 청색으로 보이는 경우가 있었다. 그래서 월든 호수 근방의 패인 땅에서는 겨울철이면 호숫물처럼 녹색 물이 고여 있다가도 다음 날 보면 청색으로 얼어붙어 있곤 했다. 물과 얼음이 청색을 띤 것은 필시 그 속에 함유된 빛과 공기 때문일 텐데, 가장 투명한 것이 가장 푸른 빛을 띠고 있다. 얼음은 흥미로운 명상의 주제다. 일꾼들 말에 의하면, 프레시 호숫가의 얼음 창고에는 5년 묵은 얼음이 있는데 처음 캐냈을 때와 다름없이 품질이 좋다고 한다. 물통의 물은 금방 상하는데 얼음의 맛은 변치 않는 이유가 무엇일까? 흔히들, 이것이 바로 애정과 지성의 차이라고 한다.

　결국 나는 16일 동안 내 집의 창가에서 백 명의 일꾼들이 수레며 말이며 온갖 농기구처럼 보이는 연장을 동원해서 바쁜 농사꾼처럼 일하는 모습을 바라보았는데, 그 광경은 달력 첫장에서 볼 수 있는 그런 그림과도 같았다. 그리하여 나는 창 밖을 내다볼 때마다 종달새와 수확하는 농부의 이야기, 또는 씨뿌리는 농부의 이야기 같은 것들이 생각나곤 했다. 이제 그들도 모두 가버렸다. 이제 30일만 더 있으면 같은 창가에서 순수한 해록빛 호숫물을 보게 되리라. 거기에는 구름과 나무 그림자가 드리워져 있을 것이고 호수는 외로이 수증기를 뿜어올릴 것이며 한때 인간이 그곳에 서 있었다는 그 어떤 흔적도 찾아볼 수 없게 되리라. 어쩌면 아비 한 마리가 외로이 잠수하다 깃털을 가다듬으면서 웃는 소리를 듣게 될지도 모르고, 물에 뜬 나뭇잎 같은 배에 탄 외로운 낚시꾼의 모습을 보게 될지도 모른다. 그는 얼마 전까지만 해도 백 명의 사내들이 마음놓고 일하던 물결에 비친 자신의 모습을 보게 될 것이다.

결국, 찰스턴과 뉴올리언스, 마드라스와 봄베이와 캘커타의 땀 흘리는 주민들이 내 우물의 물을 마실 수 있을지도 모르는 것이다. 아침이면 나는 『바가바드 기타』의 저 거대한 우주적 철학에 내 지성을 목욕시킨다. 그 경전이 씌어진 이후 신들의 시대는 지났으며, 오늘날의 세계와 그 문학은 그에 비하면 보잘것없고 하찮기만 하다. 그 철학의 숭고함은 우리로서는 도저히 미칠 수 없이 먼 것이기에 그것이 혹시 전생에 관한 것이 아닐까 하는 의문이 생길 때도 있다. 나는 경전을 내려놓고 내 우물로 물을 길러

간다. 그런데 그 우물가에 내가 만난 사람은 다름아닌 브라마와 비슈누와 인드라[5]의 사제인 브라만의 종인 것이다. 브라만은 아직도 갠지스 강변 자신의 사원에 앉아 베다를 읽고 있거나 빵 껍질과 물병만 가지고 나무 밑에서 살고 있는 것이다. 나는 주인을 위해 물을 길러 온 그의 종과 만난다. 말하자면 우리의 물통이 같은 우물속에서 서로 부딪친 것이다. 순결한 월든 호수의 물이 갠지스강의 성스러운 물과 섞인다. 월든 호수의 물은 순풍을 만나 전설적인 아틀란티스섬과 헤스페리데스[6]를 지나고 한노가 밟았던 길에서 더 나아가 테르나테[7]와 티도레[8], 페르시아만을 지나 인도양의 열대 바람에 녹아들 것이며 알렉산더도 이름만 들어 본 항구들에 이를 것이다.

---

5 인드라 – 힌두교의 세 신.

6 헤스페리데스 – 황금 사과밭.

7 테르나테 – 인도네시아 최북단의 섬.

8 티도레 – 인도네시아 몰루카 제도에 있는 섬.

소로의 열일곱 번째 이야기

봄
SPRING

Walden

채빙 일꾼들에 의해 얼음 위에 큰 구멍이 생기면 대체로 호수가 일찍 녹게 마련인데, 그것은 추운 날에도 바람에 일렁이는 호숫물이 주변의 얼음을 잠식해 들어가기 때문이다. 그러나 그해 월든 호수에는 이런 결과가 벌어지지 않았다. 그것은 호수가 얼마 지나지 않아 낡은 옷 대신 두꺼운 새 외투를 입었기 때문이다. 이 호수는 유난히 깊은데다가 얼음을 녹이거나 잠식할 물의 흐름이 없기 때문에 인근의 다른 호수만큼 빨리 녹는 법이 없다. 이 호수는 겨울철에 녹은 적이 한 번도 없었는데, 호수들이 혹독한 시련을 겪었던 1852~1853년 겨울에도 예외는 아니었다.

월든 호수는 플린트 호수와 페어 헤이븐 호수에 비해 일주일에서 열흘 정도 늦은 4월 초하루쯤부터 북쪽 가장자리와 얕은 부분부터 녹기 시작한다. 이 호수는 일시적 기온 변화의 영향을 가장 적게 받기 때문에 인근의 다른 어느 호수나 강보다도 계절의 순수한 진행 상태를 잘 보여 준다. 3월 들어서 며칠 동안 혹한이 계속되면 다른 호수의 해빙은 그만큼 지체되는데 반해서 월든 호수의 수온은 거의 중단 없이 상승한다.

1847년 3월 6일 월든 호수 한복판에 집어넣은 온도계는 화씨 32도, 즉 빙점을 가리켰으며 물가에서는 33도를 가리켰다. 같은 날 플린트 호수의 복판은 32도 남짓이었고 물가에서 6, 70야드쯤 떨어진 지점에서 1피트 두께 얼음 아래쪽 얕은 물의 수온은 36도를 가리켰다. 플린트 호수에서 깊은 곳과 얕은 곳의 온도 차가 3도 반가량 차이가 난다는 것, 그리고 그 호수 대부분이 비교적 얕다는 사실이 그 호수가 월든 호수에 비해 얼음이 그렇게 일찍 녹는 이유를 말해 준다. 이 무렵 가장 얕은 부분의 얼음은 중앙부에 비해 몇 인치 정도 얇았다. 한겨울에는 중앙부가 가장 따뜻하고 그곳 얼음이 가장 얇았다. 결국, 여름철 이 호수에 발을 담가 본 사람이라면 깊이가 3, 4인치밖에 안 되는 뭍에 가까운 부분의 수온이 호수 안쪽에 비해 따뜻하다는 것, 그리고 수심이 깊은 곳에서는 바닥 근처보다는 수면 쪽이 따뜻하다는 사실을 알 것이다.

봄에는 태양이 대기와 지면의 온도를 상승시키면서 영향력을 발휘할 뿐 아니라 태양열이 두께가 1피트가 넘는 얼음을 통과하여 얕은 물의 경우 밑바닥에서 반사열을 만들어 수온을 높이고 얼음 아래쪽을 녹인다. 동시에 햇빛에 직접 녹는 얼음 위쪽은 표면이 고르지 않게 되고 얼음 속에 들어 있던 기포가 위아래로 팽창하면서 완벽한 벌집 형태로 침투하게 됨으로써 결국에는 봄비가 한 차례 내리기만 해도 순식간에 얼음이 없어지는 것이다. 얼음도 나무처럼 결이 있어서 얼음 덩어리가 문드러지거나 여기저기 구멍이 생기기 시작하면, 그래서 벌집 모양을 하게 되면, 이 기포의 방들은 그 위치가 어디든 간에 물의 표면이었던 부분과 직각을 이룬다. 수면 가까이 바위나 통나무가 올라와 있는 부분 위쪽의 얼음은 훨씬 얇고 따라서 그 반사열로도 금방 녹아버린다.

나는 케임브리지에서 얕은 나무 연못을 만들어 물을 얼리는 실험을 했던 얘기를 들었다. 그들은 밑으로도 찬 공기를 순환시킴으로써 양면에서 얼리려 했지만 바닥에서 올라온 태양의 반사열이 이러한 양면 접근의 이점을 상쇄시키고도 남을 정도였다는 것이다. 한겨울의 따뜻한 비에 월든 호수의 설빙이 녹고 그 중앙부에 짙은 검은빛 또는 투명한 얼음이 남게 되면, 물가 근처에는 그 반사열 때문에 5야드 이상의 폭에 두껍고 흰 얼음 조각이 띠처럼 녹게 된다. 또한, 앞에서도 말했던 것처럼 얼음 속의 기포 자체가 볼록렌즈처럼 작용하여 얼음 아래쪽을 녹인다.

한 해에 걸쳐 일어나는 갖가지 현상들이 호수 속에서 작은 규모로 매일같이 일어난다. 대체로 아침이면 얕은 물은 그렇게까지 높은 온도는 아닐지 몰라도 깊은 물에 비해 빠르게 더워지며, 저녁때면 다음 날 아침까지 급속히 냉각된다. 요컨대 하루는 1년의 축소판이다. 밤은 겨울이며 아침과 저녁은 봄과 가을, 정오는 여름이다. 얼음이 깨지거나 울릴 때는 온도의 변화를 의미한다.

1850년 2월 24일 추운 밤이 지나 상쾌한 아침이 찾아왔을 때 하루를 보낼 셈으로 플린트 호수를 찾아간 나는 도끼머리로 얼음판을 두드려 보고는 징을 치기라도 한 것처럼 또는 팽팽한 북가죽을 두드리기라도 한 것처럼 수십 야드에 요란하게 울려퍼지는 소리가 나서 깜짝 놀랐다. 해가 뜬 지 한 시간쯤 지나자 호수는 언덕 너머로부터 비스듬히 비치는 햇살의 영향을 받으며 울리기 시작했다. 그러더니 흡사 잠에서 깬 사람처럼 기지개를 펴고 하품을 하며 점차 요란한 소리를 내기 시작했는데, 그런 상태가 서너 시간 계속되었다. 정오 때는 잠시 낮잠을 자더니 저녁때가 되어 해의 영향력에서 벗어나면서 다시금 울리기 시작했다. 날씨가 순조로울 때는 매일 저녁 규칙적으로 예포를 울리는 것이다. 그러나 한낮에는 얼음 갈라지는 소리로 가득한 데다 대기 역시 탄력을 잃어 울림을 완전히 잃기 때문에 설혹 얼음을 내리치더라도 물고기나 사향뒤쥐가 놀라지는 않을 것이다. 낚시꾼들에 의하면, '호수의 천둥 소리'에 놀란 물고기들이 미끼를 물지 않게 된다고 한다. 호수가 매일 저녁 천둥 소리를 내는 것은 아니며 언제 천둥 소리를 낼지 정확하게 예측할 수도 없다. 그러나 날씨에 아무런 변화가 없는데도 천둥 소리를 내는 적도 있다. 이렇게 크고 차갑고 두꺼운 피부를 가진 물체가 그렇게 민감하리라고 그 누가 상상이나 하겠는가? 그럼에도 봄이 오면 싹이 터지듯, 호수 역시 나름대로의 법칙이 있어 때가 되면 순순히 천둥 소리를 울리는 것이다. 봄이 오면 대지는 온통 살아나며 돌기들로 뒤덮인다. 아무리 큰 호수도 대기의 변화에는 온도계 속의 수은주만큼이나 예민하게 반응하는 것이다.

숲 속에 들어와 사는 데 한 가지 매력은 봄이 오는 것을 느긋하게 지켜볼 기회가 있다는 것이다. 호수의 얼음은 이윽고 벌집 모양으로 녹기 시작하여 그 위를 걸으면 발이 빠졌다. 안개와 비, 따뜻한 태양이 차츰차츰 눈을 녹이고 낮은 점점 눈에 띌 만큼 길어져 간다. 그리고 장작을 더 마련하지 않아도 겨울을 날 수 있을 것 같다는 생각이 든다, 이제 큰 불을 피울 필요가 없으니까. 나는 봄의 첫 징후들을 주시하며 혹시 새가 돌아와 우짖는 소리라든가 줄무늬다람쥐가 찍찍거리는 소리는 들리지 않는지 귀를 기울여 본다. 이제 다람쥐의 양식도 거의 바닥났을 테고 마못 역시 겨울 숙소 밖으로 나와 돌아다닐지 모른다. 푸른울새와 멧종다리, 붉은어깨검정새들의 노래 소리를 듣고 난 3월 13일에도 얼음의 두께는 여전히 거의 1피트나 되었다. 날씨는 점점 따뜻해지고 있는데도 호수의 얼음은 눈에 띌 만큼 호숫물에 잠식되지도 않았고 강처럼 조각조각 깨져서 떠내려가지도 않았다. 물가 쪽은 폭 몇 야드 정도가 완전히 녹았음에도 한복판은 벌집 무늬만 생기고 물이 흥건할 뿐이어서 두께가 6인치 정도로 발이 푹 젖었다. 그러다 다음 날 저녁때쯤 따뜻한 비가 내리고 이어서 안개라도 낀다면 얼음은 안개가 걷힐 때쯤 삽시간에 사라져버리고 만다. 마치 안개에 유괴되기라도 한 것처럼 말이다. 어느 해인가 그렇게 얼음이 완전히 사라지기 닷새 전 호수 복판을 가로지른 적이 있었다. 1845년 월든 호수가 완전히 녹은 것은 4월 1일이었고, 1846년에는 3월 25일, 1847년에는 4월 8일, 1851년은 3월 18일, 1852년은 4월 18일, 1853년은 3월 23일, 1854년은 4월 7일경이었다.

강과 호수의 해빙이라든가 날씨의 변화에 관련된 모든 사건은 우리처럼 기후의 변화가 심한 곳에 사는 사람들에게는 적잖은 관심의 대상이다. 날이 따뜻해지면 강가에 사는 이들은 한밤중에 대포처럼 요란한 소리를 내며 얼음이 갈라지는 소리를 듣게 되는데, 그건 마치 얼음 족쇄가 산산조각이 나기라도 하는 것 같은 소리다. 그리고 나면 며칠 안에 얼음은 순식간에 없어지고 만다. 악어 역시 대지의 진동과 더불어 진흙 밖으로 모습을 나타내는 것이다. 자연의 밀접한 관찰자로 자연의 모든 작용에 대해 속속들이 아는 듯이 보이는 한 노인이 내게(그건 마치 그가 어렸을 때 자연이라는 선박이 건조되었는데 그때 그가 용골판을 까는 데 한몫 거들기라도 한 느낌이었으며, 그런 그도 이제 충분히 나이를 먹어서 앞으로 므두셀라[1]만큼 오래 산다고 해도 더 이상 쌓을 지식도 없을 것처럼 보였던 것이다), 어느 봄날 총과 배를 가지고 오리나 몇 마리 잡아 볼까 생각한 적이 있노라고 말했다(그리고 난 그 노인이 자연의 작용에 대해 놀라는 것을 보고 놀라지 않을 수 없었는데, 그것은 그들 둘 사이에는 아무 비밀도 없을 줄 알았기 때문이었다).

강변 저지대에는 아직 얼음이 남아 있었으나 강의 얼음은 모두 녹았기에 노인은 자신이 사는 서드베리에서 페어 헤이븐 호수까지 아무 장애 없이 내려 갈 수 있었다. 그런데 그곳에 가보니 호

---

1 므두셀라 - 노아의 홍수가 일어나기 전 969세까지 장수한 족장.

수의 대부분이 단단한 얼음으로 덮여 있었다는 것이다. 날이 따
뜻했기에 노인은 그렇게 큰 얼음이 통째로 남아 있는 것을 보고
놀랐다. 아무튼 오리가 보이지 않았기 때문에 노인은 배를 호수
의 북쪽, 다시 말해서 호수 속에 있는 섬의 뒤편에 감춰놓고 자신
도 남쪽 덤불 속에 숨어서 오리가 나타나기를 기다렸다. 뭍에서
부터는 얼음이 10여 야드가량 녹아 있어 잔잔하고 따뜻한 물이
드러나 있는 데다가 그 아래는 오리가 좋아하는 진흙 바닥이기에
노인은 이제 곧 오리가 나타날 것이라고 생각했다는 것이다. 그
자리에서 꼼짝 않은 채 한 시간가량 엎드려 있던 노인은 아주 먼
곳에서 나는 것처럼 나지막한, 그러면서도 아주 웅장하고 인상적
이며 그가 들어 본 어떤 소리와도 다른 소리를 들었다. 그 소리는
흡사 어마어마하고 평생 잊을 수 없는 끝맺음을 하려는 듯 점점
더 부풀어올랐다. 느릿느릿 돌진하는 함성과도 같은 그 소리는
그에게는 마치 엄청난 새 떼가 내려 앉는 듯한 소리처럼 들렸기
에 너무 흥분한 나머지 총을 움켜쥐고 황급히 몸을 일으켰다. 그
런데 다음 순간 노인은 놀랍게도, 자신이 그곳에 엎드려 있던 동
안 큼직한 얼음덩이가 송두리째 물가로 밀려왔다는 사실, 그리고
그가 들었던 소리는 그 거대한 얼음덩이의 모서리가 땅을 긁는
소리였다는 사실을 알게 되었다. 처음에는 조금씩 부스러져 나가
던 얼음덩이가 마침내 위로 솟구치면서 섬 주위로 파편을 흩트러
뜨렸는데, 얼음이 완전히 정지할 때까지 상당한 높이까지 올라왔

다는 것이다.

이윽고 햇살이 직각을 이루게 되고 훈풍이 안개와 비를 몰고 와 눈더미를 녹이면서 태양은 안개를 몰아내고 진갈색과 흰색의 향을 피우는 변화무쌍한 풍경 위에서 미소를 짓는다. 그 풍경 속에서 졸졸거리며 흐르는 수많은 시냇물과 개울의 음악 소리에 한껏 기분이 좋아진 나그네가 조그만 섬과 섬 사이를 건너간다. 시냇물의 혈관은 빠져나가는 겨울의 피로 가득하다.

얼음에서 풀려난 모래와 진흙이 깊숙이 패인 경사로를 따라 내가 마을로 갈 때 이용하는 철로 위로 흘러내리면서 만드는 형상들을 살펴보는 일 이상으로 나를 즐겁게 해준 현상도 없었다. 철도가 놓이기 시작한 이래 적당한 재료로 쌓은, 그리고 그 재료를 생생하게 보여 주는 철둑도 수없이 늘어났을 테지만 이렇게 대대적으로 이루어지는 현상은 흔치 않았다. 그 재료는 갖가지 굵기와 풍부한 색채의 모래에다 대개 약간의 진흙이 섞이곤 했다.

봄이 되어 얼음이 풀리거나 이따금 겨울철에 날씨가 푸근해지기라도 하면 모래가 용암처럼 언덕 사면을 따라 흘러내리기 시작하는데, 그것이 종종 눈 위로 솟아 나와 모래가 전혀 없던 곳까지 온통 모래투성이가 되곤 하는 것이다. 수없이 작은 흐름들이 서로 겹치고 엉키면서 일종의 혼성물을 보여 주는데, 그것은 반은 흐름의 법칙을, 반은 식물의 법칙을 따른다. 모래는 흐르면서 수액이 풍부한 나뭇잎이나 덩굴 형상을 취하며 1피트 이상의 두께로 걸쭉한 나뭇가지 더미를 이루는데, 위에서 내려다보면 흡사 지의류(地衣類)의 들쭉날쭉하고 찢어진 이파리나 비늘 달린 잎 모양을 연상시킨다. 산호나 표범의 발, 새의 발, 뇌나 폐나 창자, 또는 온갖 종류의 배설물을 연상시키기도 한다. 그것은 실로 기괴하기 짝이 없는 식물로서, 아칸서스 잎이나 치커리, 담쟁이, 포도나무 같은 식물의 잎보다 더 오래된 전형적인 건축의 잎장식 모형으로 그 형태나 색채가 청동으로 주조되었다. 어쩌면 상황에 따라서는 미래의 지질학자들에게 수수께끼를 안겨 줄 운명일 수도 있다. 이처럼 산을 통째로 깎아낸 자리는 내게는 마치 그 종유석을 햇빛 속에 드러낸 동굴 같은 느낌을 주었다.

모래의 다양한 색조는 실로 풍부하고 보기 좋은 것으로서, 갈색과 회색, 황색, 적색 등 철분에 따라 각기 다른 색을 보여 준다. 흘러내린 모래더미는 철둑 아래 배수구에 이르면서 몇 가닥으로 납작하게 퍼진다. 그 하나하나의 흐름이 원통을 반으로 자른 듯한 형태를 잃고 차츰차츰 납작하고 넓어져 가는 것이다. 이 모래의 흐름은 흘러내리면서 물기를 점점 많이 함유하게 되어 마침내 거의 평평한 모래를 이루는데, 여전히 풍부하고 아름다운 색채를 띠고 있긴 하지만 이제 원래의 식물 형상은 찾아볼 수가 없다. 그러다 마침내 물속에 들어간 모래는 강어귀에 쌓이는 것과 같은 모래톱으로 바뀌고 식물 형상은 바닥의 물결 흔적 속으로 사라지고 마는 것이다.

높이가 20피트에서 40피트에 이르는 둑 전체의 한쪽 면 혹은 양면 모두가 4분의 1마일가량 어느 봄날 하루의 산물인 이런 종류의 잎 무더기(또는 모래의 탈장)로 덮이는 경우가 간혹 있다. 이 모래 잎사귀에서 놀라운 점은 그것이 어느 날 갑자기 분출한다는 것이다. 한쪽 경사면에는 아무것도 없는데 다른 한쪽 경사면은 단 한 시간만에 이런 풍부한 잎사귀로 덮이는 것을 볼 때면(왜냐하면 태양은 우선 한쪽 면에 작용을 하기 때문이다), 나는 흡사 어떤 의미에서 이 세상과 나 자신을 창조한 예술가의 작업실에 선 듯한, 그리고 그 예술가가 아직도 한쪽 면에서 작업을 하면서 넘칠 것 같은 활력으로 자신의 새로운 그림을 그리고 있는 작업실에 들어선 듯한 느낌을 받곤 한다. 그럴 때면 지구의 내장에 훨씬 근접한 느낌을 받는데, 그것은 이 모래의 범람이 동물 몸속의 내장과 비슷한 잎사귀 덩어리라고 할 수 있기 때문이다. 이렇게 해서 모래 자체에 대해서도 식물의 잎사귀와 같은 기대감을 품게 된다.

지구가 자신을 잎사귀로 표출하는 건 이상할 것이 없는데, 그것은 지구가 내부에서도 그러한 관념을 가지고 노동을 하고 있기 때문이다. 원자들은 이미 이 법칙을 익혔고 그 법칙들로 가득하다. 머리 위에 늘어진 나뭇잎도 바로 여기에 그 원형이 있다. 그것이 지구 속이든 동물의 몸속이든 간에 내부에 있을 때 잎사귀는 습기를 품은 두툼한 잎(lobe)으로서, 그것은 특히 간과 폐와 지방엽에 적용되는 낱말이다. 외부에 있을 때는 바싹 마르고 얇은 잎

(leaf)인데, 여기서 f와 v는 b를 눌러 바싹 말린 음이다. 잎(lobe)의
기본음은 b음(b는 잎이 하나일 때, B는 잎이 둘일 때)의 부드러운 덩
어리라 할 수 있는 lb이며 b의 뒤에 있는 유음 l이 그 부드러운 덩
어리를 앞으로 지긋이 밀고 있다. 지구(globe)의 기본음은 glb로
서, 후음 g가 단어의 의미에 성량(聲量)을 더해 준다. 새의 깃과 날
개는 더욱 마르고 더 얇은 잎이다. 결국 땅속의 뚱뚱한 애벌레를
거쳐 가볍게 펄럭이는 나비가 되는 것이다. 지구 자체도 끊임없
이 자신을 초월하고 변신하면서 그 궤도 위를 날고 있다. 얼음까
지도 마치 수초의 잎을 물의 거울 위에 눌러 떠내기라도 한 것 같
은 섬세한 수정 잎사귀로부터 만들어지기 시작하는 것이다. 나무
전체도 하나의 잎사귀에 불과하며, 강물은 그 육질부가 대지 사
이에 끼어든 더욱 커다란 잎사귀라 할 수 있고, 마을과 도시는 그
잎겨드랑이 속에 끼어 있는 곤충의 알이다.

해가 지면서 모래도 흐름을 멈추지만, 아침이 되면 흐름은 다
시 한번 시작되며 수없이 많은 가지와 가지로 갈라진다. 아마 혈
관의 형성 과정도 이러하리라. 좀더 자세히 들여다보면, 먼저 풀
린 더미에서 마치 손가락 끝부분처럼 끝이 물방울처럼 생긴 부드
러운 모래의 흐름이 앞으로 밀고 나와 천천히 더듬으며 맹목적으
로 아래로 흘러내린다. 그러다 마침내 해가 더 높이 떠오르면서
열기와 습기가 풍부해지면 가장 유동적인 부분이 가장 무딘 부분
도 복종할 수밖에 없는 법칙에 따른 결과로서 그 무딘 부분에서

떨어져 독자적으로 그 안에 구불구불한 수로 또는 동맥을 형성하게 된다. 그 속에는 두툼한 잎사귀나 나뭇가지 단계로부터 다음 단계로 옮아가면서 이따금씩 모래 속에 그대로 묻히곤 하는 번개처럼 반짝이는 작은 은빛 흐름이 보인다. 그렇게 모래가 흘러내리면서, 그 더미 속에서 가장 좋은 재료를 선택하여 얼마나 신속하고 완벽하게 수로의 예리한 끝부분을 만드는지 경이로울 정도다. 강물의 발원도 이런 과정을 통해서이다. 아마도 물에 침전되는 규토질 가운데에는 그 뼈대가 있을 것이며, 보다 고운 흙가루와 유기질 속에는 육질 섬유나 세포조직이 있을 것이다.

인간이란 사실 녹고 있는 진흙덩이가 아니라면 무엇일까? 사람의 손가락 끝도 물방울의 응결에 불과하다. 손가락과 발가락은 육신의 녹고 있는 진흙덩이가 각기 한도껏 흘러가 이루어진 것이다. 좀 더 온화한 풍토라면 인간의 육신이 어느 만큼 확장되며 흘러가게 될 것인지 어떻게 알겠는가? 손바닥은 찢어진 잎에 잎줄이 나 있는 종려나무 잎사귀가 아닐까? 좀 더 상상력을 발휘해 보면, 귀는 그것 나름대로 잎 또는 물방울이 있는 머리 옆의 이끼 (lichen, umbilicaria)로 간주될 수도 있을 것이다. 입술(아마도 labor 의 파생어 labium인가?)은 동굴처럼 움푹한 입의 위아래로 비어져 나온 것이다. 코는 응결된 물방울 또는 종유석이 분명하다. 턱은 더욱 큰 물방울로서 얼굴에서 흘러내린 흐름들이 한데 합쳐진 것이다. 뺨은 이마에서 얼굴의 골짜기로 흘러내리던 산사태가 광대뼈에 막혀 퍼진 것이다. 둥글게 찢어진 나뭇잎의 끝부분 하나하나 역시 크든 작든 두툼하게 뭉친 채 꾸물거리는 물방울이며, 이 찢어진 부분이 잎의 손가락인 셈이다. 그 찢어진 부분만큼 잎은 사방으로 흐르려 한 것인데, 열이 더 높았거나 다른 온난한 풍토에서였다면 좀더 멀리까지 흘렀을 것이다.

이런 식으로 이 언덕 사면 하나가 자연의 모든 작용 원리를 보여 주는 것처럼 보였다. 이 지구의 창조자는 한 가지 잎사귀에 대한 특허만 갖고 있을 뿐이다. 다른 어떤 샹폴리옹[2]이 있어 이 상형문자를 해독하고, 그래서 우리 인간들이 마침내 새 잎의 장(章)을 넘길 수 있게 될까? 내게는 이 현상이 포도원의 풍요와 생식력보다 더 유쾌한 것이다. 사실 여기에는 성격상 어느 정도 배설물과 같은 면이 있으며, 마치 지구의 안팎을 뒤집어놓기라도 한 것처럼 간과 폐와 내장 무더기가 끝도 없이 쌓여 있는 것이다. 하지만 바로 이것이 자연에 내장이 있다는 것, 그리고 자연이 바로 우리 인간의 어머니라는 사실을 암시해 준다. 이것은 대지에서 얼음이 빠져나오는 것이며, 그것이 바로 봄이다. 그 뒤를 이어 신록의 꽃피는 봄이 찾아오는데, 이는 신화의 뒤를 이어 순수한 시가오는 것과 같다. 겨울의 독기와 소화불량을 말끔히 씻어내는 데는 이 이상의 좋은 것이 없을 것 같다. 대지는 아직 강보에 싸여

---

2 샹폴리옹 - 장 프랑수아 샹폴리옹(1790~1832). 프랑스의 이집트 학자. 이집트 상형문자를 최초로 해독했음.

있어 갓난애처럼 사방으로 손가락을 뻗고 있는 것이다. 대머리에서는 생기에 넘치는 머리카락이 나온다. 여기에는 무기적인 것은 아무것도 없다.

이들 잎사귀 더미는 마치 용광로 찌꺼기처럼 둑 위에 놓여 있어, 자연이 그 내부에서 맹렬하게 불을 지피고 있다는 사실을 보여 주고 있다. 지구는 책장처럼 차곡차곡 쌓여 지질학자와 골동품 수집가들이나 공부하는 죽은 역사의 단편에 불과한 것이 아니라 나무 잎사귀처럼 꽃과 열매에 앞서 피어나는 살아 있는 시다. 요컨대 지구는 화석이 아니라 살아 있는 생명체다. 그 위대한 생명체에 비하면 동식물의 생명은 기생물에 불과하다. 지구의 고통은 그 무덤에서 우리의 허물까지 들춰낼 것이다. 우리는 그 속에 우리 자신의 쇳물을 부어넣어 가장 아름다운 주물을 만들 수도 있지만, 그것들도 대지의 용해물이 흘러나와 만든 형상처럼 나를 흥분시키지는 못할 것이다. 비단 그것뿐 아니라 지상의 모든 제도도 도공의 손에 든 진흙처럼 얼마든지 변형될 수 있다.

얼마 지나지 않아 이 둑뿐만 아니라 모든 언덕과 들, 모든 분지에 있던 얼음이 동면하던 네발짐승처럼 그 굴 속에서 땅 밖으로 나와 노래를 부르며 바다를 찾아가거나 구름이 되어 다른 나라로 이주할 것이다. 부드러운 설득력을 가진 해동이 쇠망치를 휘두르는 토르[3]보다 힘이 더 세다. 해동은 녹이는 데 반해 토르는 산산조각을 낼 뿐이다.

대지에서 어느 정도 눈이 걷히고 며칠 간 따뜻한 날이 이어지면서 지표면이 어느 만큼 마르면, 이제 막 고개를 내밀기 시작한 한해 유년기의 부드러운 첫 번째 징후들과 겨울을 꿋꿋이 버티고 난 말라빠진 초목의 아름다움을 비교해 보는 건 자못 유쾌한 일이 아닐 수 없다. 저 영원한 미역취와 파인위드 같은 우아한 야생 잡초들은 마치 그때는 자신들의 아름다움이 채 무르익지 않았다는 듯 지난 여름보다도 더 두드러지게 눈길을 끈다. 그 외에도 황새풀, 부들개지, 우단현삼, 물레나물, 조팝나무, 터리풀 등등 줄기가 강인한 식물들이 있는데, 이 무궁무진한 곡창은 일찍 날아온 새들의 먹이가 되고 있다. 아무튼 과부가 된 자연의 여신은 이들 품위 있는 잡초들로 스스로를 치장하는 것이다.

무엇보다도 나는 울그래스의 구부러지고 다발진 꼭지에 마음이 끌리곤 한다. 겨울을 맞은 우리들에게 여름을 상기시켜 주는 이 잡초의 형상은 예술에서 즐겨 본따기도 하는데, 별자리가 인간의 정신과 갖는 관계의 형식을, 그 잡초의 형상은 식물의 왕국에서 누리고 있다. 그 잡초는 고대 양식으로서, 그리스나 이집트의 양식보다 더 오래된 것이다. 동장군에게서 나타나는 현상들

---

3   토르 – 우레의 신.

대부분은 형언할 수 없는 부드러움과 연약하고 섬세한 측면을 암시하고 있다. 우리는 흔히 이 제왕을 거칠고 난폭한 폭군으로 알고 있지만 그는 연인과도 같이 다정한 손길로 여름의 머릿단을 치장시켜 준다.

봄이 오자 붉은날다람쥐 두 마리가 한꺼번에 내 집 밑에 자리 잡고 내가 책을 읽거나 글을 쓰고 있노라면 바로 발밑에서 처음 들어 보는 괴상하기 짝이 없는 소리로 찍찍거리거나 목소리를 굴리거나 꾸룩거리는 소리를 내곤 했다. 내가 발을 굴러도 녀석들은 정신없이 장난에 빠져 공포도 존경심도 모두 잊고 자기들을 말리려는 인간의 권위에 도전하기라도 하듯 더욱 큰 소리로 찍찍거리기만 했다. 아니, 그러시면 안 되죠, 찍찍찍. 녀석들은 내 논법 따위는 아무래도 좋다는 듯이, 또는 그 진의를 전혀 알아듣지 못한 듯이 어찌할 수 없는 독설 속으로 빠져드는 것이다.

봄을 찾아온 최초의 참새! 그 어느 때보다 싱그러운 희망으로 시작된 해! 어렴풋한 은색의 지저귐은 눈이 일부 녹아 물기 어린 들판 위로 울려퍼진다. 푸른울새와 멧종다리, 붉은어깨검정새들의 울음소리였다. 그것은 마치 겨울의 마지막 눈송이들이 떨어지면서 내는 소리 같지 않은가! 이런 때, 역사와 연대기, 전통, 글로 적힌 그 모든 계시가 다 무엇이란 말인가? 개울물은 봄의 축가를 부르며 환희를 노래한다. 강변 저지대 위를 낮게 나는 개구리매는 벌써 동면에서 깨어 나올 최초의 먹잇감을 찾고 있다. 여기저기 눈이 녹으며 꺼지는 소리가 계곡에서 들려오고 얼음은 호수에서 순식간에 녹는다. 풀은 봄의 불길처럼 언덕 비탈에서 타오른다(et primitus oritur herba imbribus primoribus evocata). 그것은 마치 대지가 내부의 열기를 내뿜으며 돌아오는 태양을 맞이하는 것처럼 보인다. 다만 그 불길은 노란색이 아니라 녹색이다. 영원한 젊음의 상징인 풀잎은 긴 초록색 리본처럼 땅에서 여름 속을 향해 솟아나다 추위의 제지를 받지만, 새로운 생명으로 땅속에서 지난해 마른잎의 뾰족한 끝을 치켜들며 이내 다시 솟아난다. 풀잎은 땅속에서 스며나오는 시냇물처럼 꾸준히 자라난다. 풀잎은 시냇물과 거의 같은 것인데, 왜냐하면 6월 한창때가 되어 시냇물이 말라붙으면 풀잎이 그들의 수로 역할을 한다. 그리하여 가축들은 해마다 이 영원한 푸른 시냇물에서 목을 적시고 풀 베는 사람도 풀잎을 거두어 때이른 겨울 채비를 서두른다. 결국 우리네 인간의 생명은 죽어 없어질지라도 그 뿌리는 살아남아 영원을 향해 그 푸른 잎을 뻗는 것이다.

월든 호수도 순식간에 녹고 있다. 북쪽과 서쪽 가장자리를 따라 폭 10야드가량의 운하가 생겼는데, 동쪽 끝부분의 얼음은 그보다 훨씬 넓게 녹았다. 몸체로부터 거대한 얼음판 하나가 깨어진 채 떨어져 나와 있다. 물가 덤불 속에서 멧종다리가 지저귀는 소리가 들린다. 올릿, 올릿, 올릿. 칩, 칩, 칩, 체차르. 체 위스, 위스, 위스. 그놈 역시 얼음을 깨뜨리는 데 한몫 거들고 있는 셈이다.

얼음 가장자리의 큰 곡선은 아름답기 그지없다! 그것은 물가의 곡선에 어느 정도 일치하면서도 그보다 훨씬 더 규칙적이다. 이번 얼음은 유난히 단단한데, 그것은 최근에 몰아닥친 일시적인 혹한 때문이다. 얼음은 물에 흠씬 젖어있거나 궁전 바닥처럼 물결 무늬를 그리고 있다. 동풍이 불투명한 표면을 스치고 지나가도 얼음은 아무 반응도 보이지 않는다. 이윽고 바람은 그 너머에 있는 생동하는 수면에 이른다. 이 물띠가 햇살에 반짝이는 모습은 실로 장관이 아닐 수 없다. 맨살이 드러난 호수의 얼굴은 환희와 젊음으로 가득하다. 마치 그 안에 들어 있는 물고기들과 물가 모래사장의 기쁨을 표현하기라도 하는 듯하다. 잉어의 비늘에서 나온 듯한 은색의 광택을 보면 흡사 그 전체가 살아 있는 한 마리의 물고기 같다. 이것이 겨울과 봄의 차이인 것이다. 월든은 죽었다가 다시 살아났다. 그러나 앞에서도 말했듯이 올 봄에는 유난히 해빙이 더뎠다.

폭풍이 몰아치던 겨울에서 맑고 포근한 날씨로, 어둡고 침울한 시간에서 밝고 탄력 있는 시간으로의 변화는 만물이 일제히 선언하는 중요한 순간이다. 그것은 겉으로 보기에는 한순간의 일처럼 보인다. 저녁이 다가오고 있었고 겨울 구름이 여전히 드리워져 있었으며 처마에서는 진눈깨비 섞인 빗물이 떨어지고 있었음에도 갑자기 어느 순간 쏟아져 들어온 빛이 집 안을 가득 채웠다. 나는 창 밖을 내다보았다. 그 순간, 아아! 어제까지만 해도 차가운 잿빛 얼음이 끼어 있던 자리에 흡사 여름날 저녁처럼 잔잔하고 희망에 가득한 투명한 호수가 있는 게 아닌가! 머리 위엔 아무 것도 없는데도 여름날 저녁 하늘이 호수의 품 안에 떠 있었다. 그 것은 마치 호수가 저 먼 지평선과 정보라도 주고받고 있는 것 같았다. 멀리서 개똥지빠귀 울음소리가 들렸다. 그건 내게는 수천 년 만에 들어 보는 소리 같았다. 그 음악을, 저 옛날처럼 여전히 감미롭고 힘찬 그 노래를 나는 앞으로 수천 년 동안 잊지 못할 것이다.

오, 뉴잉글랜드의 여름날이 저물어갈 때 들려오는 개똥지빠귀의 울음소리! 그 새가 앉은 그 나뭇가지를 볼 수라도 있다면! 아니, 개똥지빠귀를, 아니 사실은 그 나뭇가지를 말이다. 적어도 그것은 개똥지빠귀(turdus migratorius)가 아니니까. 그토록 오랫동안 늘어져 있던 내 집 주위의 송진소나무와 떡갈나무 관목들이 갑자기 각각의 본성을 보여주기 시작하여 더욱 밝고 더 푸르고 보다 곧고 생생해졌다. 그것은 마치 비에 씻겨 원래의 모습을 되찾은 것처럼 보였다. 이제 더 이상 비가 오지 않을 것임을 나는 알고 있었다. 숲 속의 나뭇가지 하나만 봐도 알 수 있는 일이다. 아니, 바로 장작더미를 보기만 해도 겨울이 지나간 건지 아닌지 알 수 있다. 날이 더욱 어두워졌을 때 나는 숲 위를 낮게 날아가는 기러기 울음소리에 깜짝 놀랐다. 그건 마치 남쪽 호수에서 밤 늦은 시각에 도착한 지친 나그네들이 마침내 불평을 늘어놓으며 서로 위로하기에 바쁜 듯이 보였다. 나는 문가에 서서 기러기들이 날갯짓하며 몰려가는 소리를 들을 수 있었다. 그들은 내 집 쪽을 향해 날아오다가 갑자기 불빛을 발견하고는 떠들썩한 울음소리를 죽인 채 방향을 바꾸어 호수에 내려앉았다. 그리하여 나도 집 안으로 들어와 문을 닫고 숲에서 맞는 첫 번째 봄밤을 지냈다.

아침에 나는 문 앞에서 안개 사이로 기러기들이 250야드쯤 떨어진 호수 한복판을 헤엄치는 모습을 지켜보았다. 수가 많은데다가 너무도 소란스러워서 월든 호수는 마치 기러기들의 인공 놀이터라도 된 것처럼 보였다. 그러나 내가 물가에 다가서자 기러기 떼는 대장의 신호에 따라 일제히 요란한 날갯짓 소리를 내며 날아올랐다. 그들은 대열을 갖추고는 내 머리 위를 선회하더니(모두 스물아홉 마리였다) 일정한 간격으로 들리는 우두머리의 울음소리를 따라 곧장 캐나다 쪽으로 방향을 잡았다. 그들은 좀더 진흙이 많은 곳에서 아침식사를 할 생각인 것 같았다. 그 순간 오리 떼도 호수에서 날아오르더니 그 소란스러운 사촌들을 따라 북쪽으로 항로를 잡았다.

일주일 동안 나는 안개 낀 아침마다 암중모색이라도 하듯 짝을 찾아 선회하는, 그러면서도 숲 속에 사는 그 어떤 생명체보다 큰 소리로 숲을 가득 채우는 외로운 기러기의 울음소리를 들었다. 4월에는 작은 무리를 이루어 다급히 날아가는 비둘기들을 다시 보았으며, 얼마 지나지 않아 흰털발제비들이 내 개간지 위에서 지

저귀는 소리도 들었다. 마을에 제비 떼가 잔뜩 있어서 나를 찾아
올 만한 녀석이 없을 줄 알았는데도 말이다. 나는 그놈들이, 백인
들이 이 땅에 나타나기 전, 속이 빈 나무 속에 살던 옛 제비 종족
일 거라고 상상했다. 거의 모든 나라에서 거북과 개구리가 봄의
선봉이며 전령꾼 노릇을 한다. 지구의 두 극 사이의 희미한 진동
을 바로잡아 자연의 균형을 지키기 위해 새들이 지저귀고 깃을
번뜩이며 날아다니고 초목이 싹트고 꽃을 피우며 바람이 부는 것
이다.

계절 하나하나가 모두 제각기 최상인 것과 마찬가지로, 봄이
온다는 것도 혼돈에서 우주가 생성되고 저 옛날 황금시대가 실현
되는 일인 것이다.

"Eurus ad Auroram, Nabathacaque regna recessit,
Persidaque, et radiis juga subdita matutinis."

"동풍은 저 오로라와 나바테아 왕국,
페르시아와, 아침 햇살 속 능선들로 물러갔다네.
......
인간이 태어났다. 만물의 창조자,
더 나은 세상의 근원이 거룩한 씨앗에서 그가 나온 것일까,
아니면 최근 저 높은 하늘에서 떨어져 나온 대지가

동족인 하늘의 씨앗을 품었던 것일까."[4]

　단 한 차례의 이슬비에도 풀빛은 한층 더 짙어진다. 마찬가지
로 보다 나은 생각을 집어넣을 경우 우리의 전망도 더 밝아진다.
만일 우리가 언제나 현재에 살면서, 조그만 이슬 하나로부터 받
은 감화까지도 고스란히 털어놓는 저 풀잎처럼 우리에게 닥치는
모든 일들을 이용한다면, 그리고 과거의 기회를 무시한 것에 대
한 보상을 의무로 여기고 거기에 송두리째 시간을 보내지만 않
는다면 분명 축복을 받을 것이다. 온 세상에 이미 봄이 왔는데도
우리는 겨울 속에서 늑장을 부리는 셈이다. 상쾌한 봄날 아침에
는 모두의 죄가 용서받는다. 이런 날은 악덕도 쉬는 것이다. 봄의
태양이 타오르는 동안에는 아무리 부도덕한 죄인이라도 본래의
모습으로 돌아올 수 있다. 우리는 자신의 순수성을 회복함으로
써 이웃의 순수성도 알아보게 된다. 어제만 해도 이웃을 도둑이
나 주정뱅이, 호색가로 여기고는 그를 가엾이 여기거나 경멸하면
서 세상에 대해 절망했을지 모른다. 그러나 이 최초의 봄날 아침
태양이 밝고 따스하게 빛나며 세상을 재창조할 때 평온하게 일에
몰두하고 있는 그와 마주치게 된 당신이, 그의 지치고 방탕에 물
든 혈관이 고요한 기쁨으로 가득 차서 새날을 축복하고 있으며

4　로마의 시인 오비드의 시 「변형」에 나오는 구절.

갓난애 같은 순수함으로 봄의 감화를 흠씬 받아들이고 있는 것을 보게 되면 그의 모든 허물도 순식간에 잊을 수 있는 것이다. 그에 게는 선의의 분위기뿐만 아니라 갓 태어난 본능으로 맹목적으로 표현하려는 일종의 성스러운 기미마저 느낄 수 있다. 그리하여 잠시 동안 언덕의 남쪽 기슭에서는 어떤 저속한 농담도 들리지 않게 된다. 그의 비틀린 외양에서는 아주 어린 초목처럼 연하고 싱그럽고 순결하고 밝은 싹이 솟아나 새로운 한해의 삶을 시도하 는 것도 엿볼 수 있다. 그런 인간까지도 자신의 하느님의 기쁨에 동참한 것이다. 어째서 교도관은 감옥 문을 활짝 열지 않는 걸까? 어째서 판사는 사건을 기각시키지 않는 걸까? 어째서 목회자는 신자들을 돌려보내지 않는 걸까? 그것은 바로 그들이 하느님이 내린 지시에 따르지 않고 모두에게 아낌없이 베푸는 용서를 받아 들이지 않기 때문이다.

"매일같이 평정하고 자비로운 아침의 숨결에서 나와 선으로 돌아 가고자 하는 마음은, 덕을 사랑하고 악덕을 미워한다는 면에서 보다 근원적인 본성에 다가가게 하는데, 그것은 죽은 숲에서 새싹이 돋는 것과 같다. 마찬가지로 사람이 하루에 한 번씩 행하는 악은 다시 움트 기 시작한 덕의 싹이 자라지 못하도록 망가뜨리는 것이다.

이렇게 해서 덕의 싹이 여러 번 자라지 못하게 되면 저녁의 자비로 운 숨결로도 싹을 보존할 수 없다. 저녁의 숨결로 더 이상 싹을 보존할 수 없으면 곧 인간의 본성이 금수의 본성과 다를 바가 없게 되는 것이다. 사람들은 이 사람의 본성이 금수의 본성과 같다고 보고 그에게 원래 본유의 이성이 없었다고 생각한다. 그러한 것이 인간의 참되고 자연스러운 성정일까?"[5]

"황금시대가 처음 태어났을 때 거기에는 복수하려는 사람도 없었고
법이 없어도 자발적으로 성실과 청렴을 귀하게 여겼네.
처벌과 공포도 없었고, 놋쇠 현판에
협박문이 적히지도 않았고, 탄원하는 군중이
판사의 말을 두려워하지도 않았지만, 복수할 사람 없어 걱정할 일
없었네.
산에서 죽은 나무가 바다로 떨어져
낯선 세상으로 가는 일도 없었고
사람들이 제 나라를 떠나는 일도 없었네.
······
영원한 봄만 있었으며, 부드러운 산들바람이
따스하게 씨 없이 피어난 꽃을 달래주었네."[6]

4월 29일 나인 에이커 코너 다리 근처 강둑의 포아풀밭, 사향

---

5 맹자의 말.
6 오비드의 시 「변형」에 나오는 구절.

뒤쥐가 숨어있는 곳에서 버드나무 뿌리를 디디고 선 채 낚시를 하고 있을 때 뭔가 딸깍거리는 소리가 들려왔는데, 마치 아이들이 손으로 갖고 노는 막대기에서 나는 소리 같았다. 고개를 들어보니 아주 날씬하고 우아한 매 한 마리가(얼핏 보기에 쏙독새 같았다) 물결처럼 솟구쳤다가는 몇 야드씩 급강하하는 동작을 반복하고 있었다. 그때마다 햇빛에 공단 리본처럼, 또는 조개 속의 진주처럼 반짝이는 날갯죽지 속이 보였다. 그 광경은 매사냥을 연상시켜 주었고, 매사냥이 얼마나 고상하고 시적인 것인지를 깨닫게 해주었다. 그 새는 아마도 쇠황조롱이일 테지만 이름이야 아무려면 상관없는 일이었다. 그것은 내가 본 중에서 가장 가벼운 비상이었다. 그 새는 나비처럼 그저 날개를 퍼덕이지도, 덩치가 더 큰 매들이 흔히 그렇듯 솟구치기만 한 것도 아니라, 공기의 들판에 당당하게 몸을 맡긴 채 장난하고 있었다. 그 이상한 울음소리와 함께 몇 번이고 올라갔다가 자유롭고 아름다운 하강을 거듭하면서 연처럼 몸을 뒤집곤 했으며, 고공에서부터 뚝 떨어져 내리다가는 흡사 대지에 앉아 본 적이 없는 새처럼 다시 날아오르곤 했던 것이다. 그 매는 흡사 이 우주에 어떤 친구도 없이 혼자 그곳에서 노니는 것처럼, 아침과 자신이 날고 있는 창공 외에는 달리 친구가 필요 없는 것처럼 보였다. 그 매는 외로운 것이 아니라 자신의 발 밑에 있는 지상 전부를 외롭게 만들었다. 그놈을 낳아 준 부모와 형제, 조상들이 하늘 어디에 있는 걸까? 창공의 거주자인

이놈은 언젠가 험준한 어느 바위 틈에서 알을 깠다는 것 말고는 이 땅과 아무 관계가 없는 듯이 보였다. 그렇지 않다면 그놈은 둥지까지도 구름 한 모퉁이에 무지개단과 황혼의 하늘을 한데 엮고 한여름 지상에서 떠오른 부드러운 안개로 만들었다는 것일까? 지금 그놈이 사는 집은 어떤 가파른 구름이다.

그 외에도 나는 보석처럼 보이는 금은빛과 밝은 구릿빛을 띤 희귀한 물고기를 한 줄 가득 낚았다. 아아, 나는 첫 번째 봄날 아침이면 작은 언덕 사이와 버드나무 뿌리 사이를 뛰어다니며 수없이 그 풀밭을 돌아다녔다. 그럴 때면 거친 강의 골짜기와 삼림은 무덤에 잠들었다고 하는 죽은 자라도 깨울 듯한 순수하고 밝은 햇살 속에 몸을 씻곤 했다. 불멸의 증거가 이 이상 필요하지는 않을 것이다. 삼라만상이 이러한 빛 속에서 살고 있는 게 분명하다. 오, 죽음이여, 그대의 가시는 어디 있는가? 오, 무덤이여, 그대의 승리는 또 어디 있단 말인가?

만약 주위의 인적 드문 숲과 초원이 없었다면 우리네 마을의 삶이라는 것은 더없이 침체했을 것이다. 우리는 야생이라는 강장제를 필요로 한다. 이따금씩 알락해오라기와 메도우헨이 숨어 있는 늪지를 건너거나 도요새의 큰 울음소리를 들어야 하는 것이다. 또, 더 야성적이고 더 외로운 새만이 둥지를 틀고 밍크가 배를 대고 땅 위를 기어다니는 곳에서 속삭이는 듯한 사초의 향내도 맡을 필요가 있다. 우리는 모든 것을 탐색하고 배우려고 애를 쓰면서도 그 모든 것은 수수께끼에 싸인 채 탐색되지 말아야 할 필요가 있다. 또한 끝없는 야생을 간직한 육지와 바다는 탐사되거나 측량되지 말아야 한다. 왜냐하면 그 깊이는 측량될 수 없는 것이므로. 인간이 아무리 자연을 누리더라도 결코 그 끝이 있을 수 없다.

우리는 무한대의 자연력, 광활하고 거대한 지형, 잔해가 깔린 해변, 살아있거나 썩어 가고 있는 나무로 가득한 황야, 뇌운(雷雲), 3주 동안 계속 내려 홍수를 일으키는 장마를 보고 충전되어야만 한다. 우리 자신의 경계가 침범당하고 우리가 결코 발길을 들이지 않는 곳에서 어떤 생명체가 자유로이 풀을 뜯고 있는 광경을 볼 필요가 있다. 우리는 혐오감을 일으키고 언짢게 만드는 썩은 고기를 독수리가 뜯어먹고 건강과 힘을 얻는 광경을 보면 기분이 나아진다. 집으로 가는 길옆 움푹 패인 땅에 말 시체가 있었는데, 그 때문에 나는 종종 다른 길로 가야 했다. 특히 대기가 무겁게 가라앉는 밤이면 더욱 그랬다. 그러나 그 광경은 자연의 강한 식욕과 침범할 수 없는 건강에 대해 확신을 갖게 해주었으며, 그것이 내겐 보상인 셈이었다. 나는 자연이 그토록 생명으로 충만하여 수많은 생명체가 희생되고 서로 먹이가 될 수 있다는 사실이 차라리 기분 좋았다. 왜가리가 먹어치우는 올챙이라든가 길에서 마차에 친 거북과 두꺼비 등등 연약한 유기체가 과육처럼 그토록 평온하게 으스러뜨려질 수 있다는 사실말이다. 때로는 그

살과 피를 비가 씻어주기까지 하는 것이다! 사고를 당할 위험이 상존하고 있는 인간으로서는 거기에 설명될 것이 거의 없다는 사실을 깨달아야 한다. 현명한 사람이라면 여기서 만유의 순결함이라는 결론을 내릴 것이다. 독은 결코 유해하기만 한 것이 아니며 어떠한 상처도 치명적인 것은 아니다. 동정이란 근거가 없는 감정일 뿐이다. 그것은 일시적인 감정이어야만 한다. 그에 대한 변명은 진부함을 면치 못할 것이다.

5월 초가 되자 호수 주변 소나무 숲 한가운데에서 이제 막 싹트기 시작한 떡갈나무와 히코리나무, 단풍나무 같은 다른 나무들은 그 일대의 풍경에 특히 구름 낀 날에 햇빛과도 같은 눈부신 빛을 나누어 주었다. 그것은 마치 태양이 안개 속을 뚫고 언덕 이곳 저곳을 어렴풋하게 비추는 것과 같았다. 5월 3일이 아니면 4일에 나는 호수에서 아비 한 마리를 보았으며, 그 달의 첫 주 동안에 쏙독새와 갈색개똥지빠귀, 비어리, 멧딱새, 되새 등 다른 새의 울음소리도 들었다. 숲개똥지빠귀의 울음소리는 그보다 훨씬 전에 들었다. 딱새 역시 벌써 돌아와 있었는데, 그놈은 내 집 문과 창안을 들여다보며 자기가 살 만한 굴이 될지 살펴보곤 했다. 그놈은 발톱을 웅크린 채 날개를 윙윙거리며 허공에 몸을 정지시켰는데, 이렇게 집을 조사할 때면 마치 허공을 잡고 있는 듯이 보였다. 얼마 안 있어 유황처럼 노란 송진소나무의 꽃가루가 호수와 물가의 바위와 썩은 나무 위를 온통 덮어서 통으로 하나 가득 모을 수도 있을 것 같았다. 이것이 이른바 '유황비'인 셈이었다. 칼리다스[7]의 「사콘탈라」에도 '연꽃의 금빛 가루로 노랗게 물든 냇물'이라는 구절이 나온다. 이렇게 하여 하루가 다르게 높이 자라는 풀밭 사이를 거니는 사이에 계절은 여름을 향해 다가갔다.

이것으로 나의 숲 속 생활 첫해가 끝났으며, 이듬해 역시 처음과 다름이 없었다. 마침내 나는 1847년 9월 6일 월든 호수 곁을 떠났다.

---

7   칼리다스 – 5세기의 힌두 시인.

소로의 열여덟 번째 이야기

맺음말
CONCLUSION

Walden

의사들이 환자에게 공기와 환경을 바꿔 보라고 권하는 것은 현명한 일이다. 다행히도 이곳만이 세상 전부가 아닌 것이다. 뉴잉글랜드에는 마로니에가 자라지 않고 흉내지빠귀의 울음소리 역시 거의 들을 수 없다. 기러기는 우리 인간보다 훨씬 세계적으로 활동한다. 기러기는 캐나다에서 아침식사를, 오하이오에서 점심식사를 하고 밤이면 남부의 늪지대에서 깃을 가다듬는 것이다. 들소까지도 어느 만큼은 계절과 보조를 맞추어, 옐로스톤에서 보다 싱싱하고 맛좋은 풀이 날 때까지만 콜로라도의 풀을 뜯는다. 그러나 우리 인간들은 농장의 가로장 울타리를 허물고 돌담을 쌓기라도 하면 그때부터 삶에 경계가 그어지고 운명이 결정되기라도 하는 것처럼 생각한다. 만약 마을 서기로 뽑힐 경우에는 올 여름에 티에라 델 푸에고[1]에 가기는 글렀다고 여기는 것이다. 하지만 그럼에도 불구하고 지옥의 불길이 이글대는 땅에라도 얼마든지 갈 수 있는 것이다. 우주는 우리가 보기보다 훨씬 광활하다.

그러나 우리는 호기심 많은 승객들이 그러하듯 좀더 자주 우리가 탄 배의 고물 난간 너머를 내다봐야 하며, 뱃밥이나 만들고 있는 멍청한 선원들처럼 항해해서는 안 된다. 지구의 반대편은 우리가 편지를 보내는 이의 고향일 뿐이다. 우리의 항해는 대권항해[2]일 뿐이며 의사는 피부병에 대한 처방을 해줄 뿐이다. 기린을

---

1 티에라 델 푸에고 – 아르헨티나 최남단에 있는 주의 이름.

2 대권항해 – 지구의 가장 큰 원을 따라 항해하는 항법.

사냥하러 남아프리카로 달려가는 사람이 있지만, 그가 쫓고자 하는 것은 기린이 아니다. 사람이 기린을 얼마 동안이나 쫓아다니며 사냥하겠는가? 도요새와 멧도요 역시 좋은 사냥감이긴 하지만, 내 생각에는 자기 자신을 사냥하는 편이 훨씬 더 고귀한 사냥일 것 같다.

"그대의 눈을 내면으로 돌려 보라, 그러면
그대의 마음속에 아직 발견되지 않은
수많은 곳을 보게 되리라. 그곳을 여행하라,
그리하여 자신의 우주에 통달하라."[3]

아프리카는 무엇을 표상하며, 서부는 무엇을 표상하는가? 우리 자신의 내면은 해도에 하얀 공백으로 있지 않은가? 발견하고 보면 그것 역시 저 해안처럼 시커멓게 보일 수도 있을 테지만 말이다. 우리가 찾으려는 것이 나일강과 니제르강, 미시시피강의 수원일까? 아니면 이 대륙의 서북항로일까? 과연 그런 것들이 인류에게 가장 중요한 문제들일까? 프랭클린[4]만이 길을 잃어 아내가 그토록 열심히 찾아다니는 유일한 인간일까? 그린넬[5]은 지금

---

3 윌리엄 해빙턴(1605~54).

4 프랭클린 - 존 프랭클린(1786~1847). 영국 탐험가.

5 그린넬 - 헨리 그린넬(1799~1874). 프랭클린을 수색하기 위해 나선 미국 원정대 대장.

자신이 어디에 있는지나 알고 있을까? 그보다는 차라리 자신의 강과 바다를 찾아다니는 멍고 파크[6]나 루이스와 클라크[7], 프로비셔[8]가 될 일이다.

자신의 극지방을 탐험하라. 필요하다면 식량으로 고기 통조림을 한 배 가득 싣고 가되 빈 깡통은 표지가 될 수 있도록 높이 쌓으라. 고기 통조림이 그저 고기를 보존하려고 발명된 것일까? 아니다. 차라리 자신의 내면에 있는 완전한 신대륙과 신세계를 찾아나설 콜럼버스가 되어 무역을 위해서가 아니라 사상을 위한 새 항로를 열라. 사람은 누구나 왕국의 군주이며, 그 앞에서는 러시아 황제의 제국도 한낱 소국, 얼음 위에 솟은 조그만 얼음덩이에 불과할 뿐이다. 그러나 자신을 존경할 줄 모르는 인간이 애국자가 되어 소(小)를 위해 대(大)를 희생시키는 일도 왕왕 벌어지고 있다. 그런 자들은 자신의 무덤을 만들 땅은 사랑하면서도, 자신의 육신에 활력을 넣어 줄 정신에는 아무런 공감도 하지 못한다. 애국심이란 그런 자들의 머릿속에 들어 있는 구더기와 다름없다. 그처럼 큰 비용을 들여 화려하게 출항했던 남해 탐험대의 의미는 무엇이었을까? 그 의미는 단지 정신세계에도 대륙과 바다

---

6 멍고 파크(1771~1806), 스코틀랜드 탐험가.

7 루이스와 클라크 – 메리웨더 루이스(1774~1809), 윌리엄 클라크(1770~1838). 미국 서부를 탐험한 인물들.

8 프로비셔 – 마틴 프로비셔(1535~1594). 영국 탐험가.

가 있다는 사실(인간은 누구나 그 정신세계 속에 있는 지협이거나 조그만 만일 뿐이지만, 아직 그 자신이 탐험하지 않은 땅이다), 그리고 각자의 바다, 각자의 대서양과 태평양을 탐험하기보다는 추위와 폭풍과 식인종들과 싸우며 정부의 배를 타고 500명의 선단을 이끌고 수천 마일을 항해하는 편이 훨씬 쉽다는 사실을 간접적으로 인정한 데 불과하다.

"Erret, et extremos alter scrutetur Iberos.

Plus habet hic vitæ, plus habet ille viae."[9]

"사람들이 돌아다니며 저 기이한 호주 원주민들을 보게 놔두자.

내게 있는 것은 하느님의 것, 사람들에게 있는 것은 길에서 보는 것이니."[10]

잔지바르의 고양이 수를 헤아리려고 세계를 일주할 필요는 없다. 하지만 더 나은 일을 하기 전에는 이런 일이라도 하라. 그러다 보면 마침내 내면으로 통하는 저 '심스의 구멍'[11]이라도 찾을

---

9   로마 시인 클라우디안(370~405).

10   원전의 Iberos를 '호주 원주민'으로 바꿔서 번역했음.

11   심스의 구멍 – 존 심스는 지구의 속이 비어 있어서 그 속에 살 수도 있다고 주장한 인물.

지 모를 일이다. 영국과 프랑스, 스페인과 포르투갈, 황금해안과 노예해안, 이 모두가 자기 자신의 바다에 접해 있다. 그렇지만 그 어떤 범선도 이 바다를 찾기 위해 육지가 보이지 않는 곳까지 항해한 적은 없다. 그것만이 인도로 가는 지름길인데도 말이다. 모든 외국어를 말하고 모든 국가의 관습을 익히고 싶은 거라면, 다른 모든 여행자보다 더 멀리까지 여행하고 싶은 것이라면, 모든 풍토에 익숙해지고, 스핑크스로 하여금 돌에 머리를 찧게 만들고 싶다면, 차라리 옛 현인의 격언을 따라 '너 자신을 탐구하라.' 여기에는 눈과 용기가 필요하다. 패배자와 도망자만이 전쟁에 나가며 겁쟁이들만이 이 일을 피해 입대하는 것이다. 이제 서쪽 멀리 길을 떠나라. 그 길은 미시시피 강이나 태평양으로 막히지도 않을 것이며 저 진부한 중국이나 일본으로 나아가지도 않고, 여름과 겨울, 낮과 밤에 상관없이, 해가 지고 달이 지고 그리하여 마침내 지구까지 지는 이 새로운 천체의 접경으로 향할 것이다.

미라보[12]는 '사회에서 가장 신성시되는 법에 정식으로 맞서려면 어느 정도의 결의가 필요한지 확인하기 위해' 노상강도질을 했다고 한다. 그는, "군대에서 싸우는 병사는 노상강도를 하는 데 필요한 용기의 절반도 채 필요하지 않다. 잘 생각해 보고 굳게 결심을 했을 경우에는 명예와 종교도 결코 장애가 될 수 없다"고 단

---

12 미라보 - 콩드 미라보(1749~1791). 프랑스 혁명당원.

언했다. 통상적으로 볼 때 이 말은 더없이 용감한 말이지만, 자포자기까지는 아니더라도 한가한 말이라 할 수 있다. 분별 있는 사람은 종종 훨씬 더 신성한 법을 따르다 보면 자기도 모르는 사이에 자신이 '사회에서 가장 신성시되는 법'으로 간주되는 일에 '정식으로 맞서고 있다'는 것을 깨닫게 되며, 결국은 일부러 그럴 생각이 없었는데도 자신의 결의를 시험하게 된다. 무작정 사회에 대해 이런 태도를 취해야 하는 것이 아니라, 자신의 법에 따르면서 스스로 찾아낸 태도를 유지하는 것이 중요하며, 공정한 정부라면(그런 정부를 만나는 행운이 있다면 말인데) 결코 맞서는 태도가 되는 일은 없을 것이다.

나는 숲에 처음 들어갈 때만큼 확실한 이유가 있어서 숲을 떠났다. 그때 내게는 아직 살아야 할 몇 개의 삶이 더 있는 것처럼 보였기에, 하나의 삶에 그 이상 많은 시간을 내줄 수 없었던 것이다. 우리가 얼마나 쉽게 또 부지불식간에 어느 특정한 길 하나에 들어서서 스스로의 걸음으로 그 길을 다져놓는 것인지 놀라울 정도다. 숲에서 산 지 채 일주일도 되지 않아서 내 집 문에서 호숫가까지 내 발걸음으로 길이 나게 되었다. 그리고 내가 그 길을 밟은 지 벌써 5, 6년이 지났음에도 그 길은 여전히 선명하기만 하다. 어쩌면 다른 사람들도 그 길로 접어들어서 그 길이 지금처럼 남아 있도록 거들었을지도 모를 일이다. 지표면은 부드럽기 때문에 사람의 발자국이 찍힌다. 그리고 그 점은 마음이 가는 길의 경우도 마찬가지다. 그렇다면 세상의 큰길은 얼마나 닳고 부스러졌으며, 또 전통과 순응의 바퀴자국은 얼마나 깊을 것인가! 나는 선실 여행보다는 세상의 돛대 앞, 그 갑판 위에 서기를 원했는데, 그 자리에서라면 산속의 달빛도 잘 볼 수 있었기 때문이다. 지금도 나는 배 밑으로 들어가고 싶지 않다.

나는 경험에 의해 적어도 다음과 같은 사실을 배웠다. 즉, 사람이 자신이 꿈꾸는 방향으로 자신 있게 나아가면서 자신이 꿈꾸는 삶을 살기 위해 노력한다면 보통 때는 생각지도 못한 성공을 거두게 된다는 것이다. 그는 어떤 일은 받아들이고, 어떤 일은 내치면서 눈에 보이지 않는 경계를 넘게 된다. 요컨대 새롭고 보편적이며 보다 자유로운 법칙이 그의 주위와 그의 내부에 확립되는 것이다. 그렇지 않으면 예전의 법칙이 확대되면서 보다 자유로운 의미에서 그에게 유리하게 해석됨으로써 보다 높은 존재의 질서에 대한 허락을 받고 삶을 영위하게 될 것이다. 삶을 단순화하는 데 비례하여 삼라만상의 법칙은 덜 복잡해질 것이며, 고독도 고독이 아니고 가난도 가난이 아니며 약점도 약점이 아니게 된다. 설혹 공중누각을 세운다 해도 그 일은 헛된 수고가 되지 않는데, 누각이란 것은 마땅히 그곳에 있어야 하는 것이다. 이제 그 아래 기초만 만들면 되는 것이다.

영국인과 미국인들이 당신에게 그들이 알아들을 수 있도록 말할 것을 요구한다면 그것은 우스꽝스러운 일이다. 인간도 버섯도 그런 식으로 성장하는 법은 없다. 마치 그 일이 아주 중요하고 자기들이 아니면 당신을 이해할 사람이 없다는 듯이 말이다. 그건 흡사 자연이 한 가지 이해 규칙만을 지지하기 때문에 네발짐승은 물론 새들까지, 다시 말해서 땅바닥을 기는 것들은 물론 하늘을 나는 것까지는 뒤를 받쳐주지 못한다는 식인 것이다. 그것은 하찮은 가축도 이해할 수 있는 '쉿'이나 '워워' 따위를 최고의 영어라고 주장하는 식이다. 또한, 그것은 우둔함만이 무난하다는 식의 생각이기도 하다. 내가 주로 걱정하는 것은, 혹시라도 내 표현이 필요한 만큼 지나치지 못하지나 않을까, 다시 말해서 나의 일상 경험의 비좁은 한계를 충분히 뛰어넘지 못해서 내가 확신하는 진리를 표현하는 데 부적합한 일이 생길까 하는 것이다. 지나치다는 것, 그것은 바로 자신의 마당이 얼마나 넓으냐에 좌우되는 것이다. 다른 지방으로 새 목초지를 찾아 이주하는 들소는, 젖 짤 시간에 통을 걷어차고 외양간 울타리를 뛰어넘어 자기 새끼에게로 뛰어가는 암소만큼이나 지나치다고 할 수 없는 것이다. 나는 잠을 깬 사람이 또 다른 잠을 깬 사람들에게 말하는 것처럼 아무 경계가 없는 곳에서 말을 하고 싶다. 왜냐하면 참된 표현의 기초라도 마련하려면 아무리 과장해도 부족하다고 확신하고 있기 때문이다. 음악을 들어 본 사람치고 자신이 지나치게 말하는 것은 아닐까 하는 두려움을 느낀 사람이 있을까? 미래와 가능성이라는 면에서 볼 때 우리는 아주 느슨하게, 아무것도 미리 확정짓지 말고, 마치 우리의 그림자가 태양 앞에서 보이지 않는 땀을 흘리듯이 분명치 않은 흐릿한 윤곽선만 그은 채 살아야 할 것이다. 우리는 언어에 스며 있는 덧없는 진실로도 설명되지 않은 진술의 불충분함을 끊임없이 드러내야 한다. 언어의 진실은 순간적으로 해석되며, 그런 다음에는 자구(字句)의 뜻에 얽힌 기념비 하나만 남는다. 믿음과 신앙을 표현할 말은 명확하지 않지만, 뛰어난 본성의 소유자들에게는 그 말들이 제사 때의 향만큼이나 의미심장하고 향기로울 것이다.

어째서 우리는 언제나 가장 무딘 인식으로 우리의 수준을 낮추면서 그것을 상식으로 찬미하는 것일까? 가장 흔한 상식이야말로 바로 잠자는 사람의 의식이며, 바로 그 표현은 코고는 소리인 것이다. 우리는 흔히 1.5배의 지력을 가진 이들을 반편으로 분류하곤 하는데, 그것은 우리가 그 지력의 3분의 1밖에 인식하지 못하기 때문이다. 아침 노을에서 흠을 잡으려 드는 이들도 있다 (그렇게 일찍 일어날 수만 있다면 말이다). 사람들은 "카비르[13]의 시에는 환상과 정신, 지성, 베다의 난해하지 않은 교리 등 네 가지 뜻이 담겨 있다고 여긴다"고 한다. 그러나 우리가 사는 세상에서는 어떤 이의 글이 한 가지 이상의 해석을 허용할 경우엔 불평거리가 될 수도 있다. 지금 영국에서는 감자병을 없애려고 애쓰고 있

---

13 카비르 - 인도 시인.

는데, 그 이상 널리 퍼지고 훨씬 더 위험한 머리병을 없애기 위해 애쓰는 사람은 없을까?

나는 내 글이 난해한 지경에 이르렀다고는 생각하지 않지만, 이런 점에서 내 글에 월든 호수의 얼음에서 볼 수 있는 것 이상의 치명적인 흠이 없다면 다행일 것이다. 얼음을 사 가는 남부인들은 월든 호수에서 나오는 얼음의 청색을(그것이야말로 순수하다는 증거인데) 더럽게 여기고는, 비록 흰색을 띠긴 했으나 잡초맛 나는 케임브리지의 얼음을 더 선호했다. 사람이 좋아하는 순수성은 지구를 에워싸고 있는 안개 같은 것이며, 그 너머에 있는 담청색 하늘이 아니다.

우리 미국인, 그리고 일반적으로 볼 때 현대인들은, 고대인들 심지어는 엘리자베스 왕조 시대인들에 비하면 지적인 난쟁이에 불과하다고 귀가 멍멍하도록 떠들어대는 사람들이 있다. 하지만 그것이 얼마나 옳은 말일까? 살아 있는 개가 죽은 사자보다 낫다. 자기가 난쟁이족이라는 이유로 가장 큰 난쟁이가 되려는 대신 목이라도 매달아야 한다는 건가? 각자 자신의 일에 유의하고 자신이 타고난 대로 될 수 있도록 애써야 할 것이다.

어째서 우리는 성공하려고 그토록 서두르며 또 모험을 감행하는 것일까? 어떤 사람이 동료들과 보조를 맞추고 있지 못하다면 그것은 아마도 그가 그들과는 다른 고수의 북소리를 듣고 있기 때문일 것이다. 그 박자가 어떻든, 또 그 소리가 얼마나 멀리서 나는 것이든 그가 자신의 음악에 발을 맞추도록 내버려두자. 그가 사과나무나 떡갈나무만큼 빨리 성장하느냐는 문제는 중요하지 않다. 봄을 맞고 있는 그가 굳이 여름으로 계절을 바꾸기라도 해야 할까? 우리에게 맞는 여건이 아직 마련되지 않았다는 이유에서 그것을 대신할 수 있는 어떤 현실이 있을까? 공허한 현실이라는 암초에 난파되어서는 안 될 것이다. 힘들여 머리 위에 청색 유리로 만든 하늘을 세워야 할까? 설혹 그렇게 한다고 해도 우리는 여전히 마치 유리 따위는 없다는 듯이 그 너머에 있는 진정한 창공을 응시하고 있을 텐데 말이다.

쿠루라는 곳에 완벽을 추구하는 한 예술가가 있었다. 어느 날 그는 문득 지팡이를 하나 깎을 생각을 했다. 불완전한 일에는 시간이 고려할 요인의 하나일 테지만, 완벽한 일에는 시간이 끼어들 자리가 없다고 여긴 그는, 비록 평생 다른 일을 아무것도 못하는 한이 있더라도 모든 점에서 완벽한 지팡이를 깎고야 말겠노라고 스스로 다짐했다. 적합치 않은 재료는 쓰지 않기로 마음먹은 그는 곧 나무를 구하러 숲으로 갔다. 그가 나뭇가지를 살피며 하나하나 퇴짜를 놓는 동안 그의 친구들은 하나씩 그에게서 떨어져 나갔는데, 그것은 그들이 일하다 늙어 죽었기 때문이다. 그러나 그는 조금도 나이를 먹지 않았다. 그의 일사불란한 결의와 고결한 믿음이 그 자신도 모르는 사이에 그에게 영원한 젊음을 주었던 것이다. 그는 결코 시간과 타협하지 않았기 때문에 시간은 그의 길에서 비켜서서 그 예술가를 굴복시키지 못했다는 이유로 멀리서 한숨만 짓고 있었다. 그가 모든 점에서 적당한 재료를 찾아내기 전에 쿠루는 고색창연한 폐허로 변했으며, 그는 그 흙무더기 위에 앉아 나무를 깎았다. 지팡이 모양이 채 갖추어지기 전에 칸다하르 왕조가 멸망했기 때문에 그는 지팡이 끝으로 모래 위에 최후의 왕족 이름을 쓰고는 다시 작업을 계속했다. 그가 지팡이를 매끄럽게 다듬었을 때 칼파[14]는 더이상 지표가 될 수 없었다. 그가 지팡이에 물미를 달고 보석 장식을 씌우기 전에 브라마는 잠을 깨었다 다시 잠들기를 여러 차례 거듭했다.

그런데 내가 어째서 이런 얘기를 하고 있는 걸까? 그가 마지막 손질을 가했을 때 갑자기 지팡이는 놀란 예술가의 눈앞에서 브라마의 모든 창조물 중에서도 가장 아름다운 모습으로 피어났다. 그는 지팡이를 만들면서 하나의 새로운 체계, 가득하고도 완벽하게 균형 잡힌 세계를 만들어 냈던 것이다. 옛날의 도시와 왕조는 사라졌지만 그 안에는 보다 아름답고 더 찬란한 도시와 왕조가 자리잡았다. 그리고 이제 그는 자기 발치에서 아직 마르지 않은 부스러기더미를 보고 자기 자신과 자신이 한 일과 지금까지 지나간 시간이란 것이 한낱 허상에 불과했다는 것, 그 시간은 브라마의 머리에서 떨어진 하나의 섬광이 인간의 머릿속에 든 부싯깃

---

14 칼파 – 힌두교에서 말하는 오랜 시간 단위.

에 불을 붙이는 정도밖에 되지 않았다는 것을 깨달았다. 재료가 순수했고 그의 솜씨도 순수했으니, 어떻게 경이롭지 않은 결과가 나올 수 있으랴?

결국 우리가 어떤 일에 부여할 수 있는 외관이란 것은 진실만큼 도움을 주지 못할 것이다. 진실만이 오래가는 법이다. 대개의 경우 우리는 현재 있어야 할 곳이 아닌 엉뚱한 자리에 있다. 우리는 무한한 충동으로 하나의 상황을 상정하고는 그 속에 자신을 집어넣기 때문에 동시에 두 가지 상황에 처하는 경우도 있어서 빠져나오기가 그만큼 더 어렵다. 우리는 정신이 온전할 때는 사실을, 실재하는 상황만을 염두에 둔다. 거짓으로 하는 말이 아니라 꼭 필요한 것을 말하라. 어떠한 진실도 거짓보다 나은 법이다. 땜장이 톰 하이드는 교수대에 서자 할 말이 있느냐는 질문을 받았다. 그러자 이렇게 말했다. "재봉사들에게 바느질을 하기 전에 먼저 실 끝에 매듭짓기를 잊지 말도록 전해 주시오." 그의 동료가 무슨 기도를 했는지는 전해진 바가 없다.

자신의 삶이 아무리 비천할지라도 그 삶을 정면으로 대하고 살도록 하라. 피하지도 욕하지도 말라. 그 삶은 당신만큼 나쁘지는 않을 것이다. 당신이 가장 부유할 때 당신의 삶은 가장 가난해 보인다. 남의 흠이나 잡는 사람은 천국에서도 흠잡기에 바쁘리라. 설혹 그 삶이 가난할지라도 당신의 삶을 사랑하라. 설혹 구빈원이라도 유쾌하고 신나며 훌륭한 시간을 보낼 수 있을 것이다. 석양의 햇살은 부자의 저택에서나 구빈원의 창문에서나 똑같이 눈부시게 빛난다. 구빈원의 문 앞에서도 봄이 오면 어김없이 눈이 녹는 것이다. 마음이 고요한 사람이라면 구빈원에서도 만족스런 삶을 영위할 수 있고 궁전에서처럼 유쾌한 생각을 할 수 있다. 종종 가난하게 사는 마을 사람이 어느 누구보다도 자유로운 삶을 영위하는 것처럼 보이곤 한다. 어쩌면 아무 의심 없이 받을 수 있을 정도로 마음이 넉넉하기 때문일지도 모른다. 대부분은 자기가 마을의 부양을 받을 대상이 아니라고 여기고 있지만, 그들 중에는 부정한 수단으로 자신을 부양하는 경우가 많은데, 그것은 훨씬 더 불명예스러운 일인 것이다.

샐비어 같은 약초를 가꾸듯 가난을 가꾸라. 옷이든 친구든 새 것을 구하려고 애쓰지 말라. 헌 옷을 뒤집어쓰고 옛 친구들에게로 돌아가라. 사물이 변하는 것이 아니라 우리가 변하는 것이다. 옷은 팔되 생각은 갖고 있으라. 친구가 모자라지 않도록 신께서 보살펴 줄 것이다. 설혹 평생을 거미처럼 다락방 구석에 갇히더라도 생각만 잃지 않는다면 세상은 내게도 똑같이 클 것이다.

철학자[15]는 이렇게 말한 바 있다. "세 개 사단으로 이루어진 군대라도 그 장수의 목숨만 빼앗으면 혼란에 빠뜨릴 수 있지만, 비천하기 짝이 없는 인간에게서라도 그 생각을 빼앗을 수는 없다."

---

15 철학자 – 여기서는 공자를 가리킴.

많은 감화에 자신을 굴복시켜 가면서까지 스스로를 개발하려고 너무 애쓰지 마라. 그것은 낭비일 뿐이다. 겸손은 어둠이 그렇듯이 천상의 빛을 드러내 준다. 가난과 빈약함의 어둠이 주위로 몰려드는 순간, "보라, 삼라만상이 눈앞에 전개되지 않는가!" 설혹 크로이소스[16]의 재산이 주어진다고 해도 우리의 목적은 여전히 똑같을 것이고, 우리의 수단 역시 본질적으로는 매한가지임을 상기해 보자. 뿐만 아니라, 가난 때문에 활동범위가 제약되면, 그래서 가령 책이나 신문을 사서 읽을 형편이 되지 못한다해도, 그것은 가장 의미 있고 중요한 경험만을 하도록 제한받는 것뿐이다. 그럴 때는 어쩔 수 없이 가장 중요한 에센스를 산출할 재료를 구할 수밖에 없으리라. 아주 빈한한 삶이야말로 가장 감미로운 삶이다. 그런 삶에서는 빈둥거릴려야 그럴 수 없다. 낮은 생활 수준에서는 높은 수준의 아량 때문에 잃는 법이 없다. 남아도는 부로는 없어도 상관없는 것만 살 수 있다. 영혼의 필수품을 사는 데 돈은 필요 없다.

나는 아무래도 벽에 종동(鐘銅)의 합금이 약간 섞여 있는, 한 구석이 납으로 된 집에서 살고 있는 모양이다. 낮에 쉬고 있을 때면 이따금 밖에서 요란스런 방울 소리가 들려오곤 한다. 그것은 내 동시대인들이 내는 소리다. 이웃들은 유지들과 했던 일들이라든

---

16 크로이소스 – 부로 유명한 리디아의 왕.

가 만찬 때 만난 명사들 얘기를 들려 주지만, 나는 데일리 타임즈의 기사만큼이나 그런 일에 관심이 없다. 이웃들의 관심사와 대화 내용은 주로 의상과 풍속에 관한 것이지만, 아무리 치장해도 거위는 거위일 뿐이다. 사람들은 캘리포니아와 텍사스, 영국과 인도 제국, 조지아주가 아니면 매사추세츠주의 모 판사에 대한 얘기를 하는데, 모두가 일시적이고 덧없는 일들뿐이어서 나는 어느 회교국의 노예장관이 그랬듯이 그들의 마당에서 달아날 생각만 하게 되는 것이다. 나는 내 분수에 맞는 삶을 즐거워한다. 나는 눈에 잘 띄는 화려한 행렬 속에 끼어 걷기보다는, 그럴 수만 있다면 이 우주의 창조주와 함께 걷고 싶으며, 이 부산하고 신경이 곤두서고 부산하고 진부한 19세기에서 살기보다는 이 시대가 지나가도록 잠자코 앉거나 선 채 생각을 하고 싶다.

　대체 사람들은 무엇을 축하하는 걸까? 모두들 무슨무슨 준비위원회의 일원으로 매시간 누군가가 나와서 연설하기를 기대하고 있다. 하느님은 그날의 사회자일 뿐이며, 연사는 웹스터[17]가 맡게 되어 있다. 나는 저울대에 매달려 무게를 줄이려고 애쓰기보다는 잠자코 저울에 올라서서 나를 가장 강력하고 합당하게 끌어당기는 것에 끌리고 싶다. 요컨대 어느 상황을 상정하지 않고 실재의 상황을 받아들이고 싶다. 내가 갈 수 있는, 그리고 그 위에

17　웹스터 - 19세기 미국의 웅변가.

서는 어떤 힘으로도 나를 제지할 수 없는 유일한 길을 가고 싶다. 기초를 다지지도 않은 채 아치를 올린다면 나를 결코 만족시킬 수 없으리라. 다리를 간질이는 장난 따위는 그만두자. 단단한 바닥은 어디나 있는 것이다. 나그네가 소년에게 앞에 있는 늪을 가리키며 바닥이 단단하냐고 물었다고 한다. 소년은 그렇다고 대답했다. 그런데 얼마 안 있어 나그네가 탄 말의 뱃대끈까지 물에 잠기자 나그네가 다시 소년에게 말했다. "네가 이 늪의 바닥이 단단하다고 하지 않았느냐?" 그랬더니 소년이 이렇게 대꾸했다. "바닥은 단단해요. 하지만 아저씨는 아직 절반도 들어가지 못했어요." 사회라는 늪과 유사(流砂)의 경우도 이와 마찬가지다. 그러나 그 사실을 아는 것은 나이 든 소년인 것이다.

생각이나 말, 행동이 선한 경우는 우연의 일치에 불과하다. 윗가지에 그저 회칠을 한 자리에다 못을 박는 우(愚)를 범하고 싶지 않다. 그런 일을 하면 며칠 밤을 잠을 이루지 못할 것이다. 내 손에 망치가 쥐어진다면 먼저 손으로 초벽 위를 더듬어 보겠다. 공사용 접합제를 믿어서는 안 된다. 못을 깊이 박고 정확하게 끝을 구부려 놓는다면 한밤중에 깨어서도 흡족하게 그 일을 돌아볼 수 있을 것이다. 뮤즈를 불러오더라도 결코 부끄럽지 않을 일로서 말이다. 이처럼 신은 도움의 손길을 뻗어 오직 그런 식으로만 도움을 줄 것이다. 당신이 박는 못 하나하나가 당신이 작동하는 우주라는 기계에 쓸 못이 되게 하라.

사랑이 아니라, 돈이 아니라, 명성이 아니라 내게 진실을 달라. 나는 기름진 음식과 술로 풍성하게 차려진 식탁에 앉아 아첨으로 시중을 받았으나 거기에는 성실과 진실이 없었기에 결국 그 야박한 식탁에서 허기진 채 물러나고 말았다. 그 접대는 얼음장만큼이나 차가웠다. 음식을 식힐 얼음이 따로 필요가 없을 거라는 생각이 들 정도였다. 그들은 내게 포도주가 얼마나 오래된 것인지, 그 제조 연도가 얼마나 유명한지를 말했으나, 나는 그곳에 없으며 그들이 돈 주고도 사지 못할 포도주, 더 오래 묵고 맛은 더 새로우며 순수한, 그리고 제조 연도가 더욱 찬란한 포도주만 생각하고 있었다. 저택과 정원의 양식이나 '환대' 따위는 내겐 아무래도 좋은 것이었다. 나는 왕을 예방했으나 그는 나를 홀에서 기다리게 만들었다. 그는 손님 접대를 할 줄 모르는 사람처럼 굴었던 것이다. 내 이웃 중에는 속이 빈 나무에 사는 사람이 있었다. 그 이웃의 행동거지는 실로 제왕다웠다. 차라리 그를 예방하는 편이 더 나았을 것이다.

우리는 언제까지 무익하고 케케묵은 미덕 따위나 논하면서(조금이라도 실천할 경우 그것이 얼마나 부당한지 당장 드러나고 말) 주랑(柱廊) 현관에 앉아 있을 건가? 그것은 마치 인내심으로 하루를 시작하되 자기 감자밭을 김맬 일꾼을 고용한 다음 오후 느지막이 나타나 이른바 선의를 가지고 기독교인의 온정과 자선을 실천에 옮기는 것과 같지 않은가! 인류에게서 찾아볼 수 있는 중국적(中國

的)인 자만과 무기력한 독선에 대해 생각해 보자. 오늘의 세대에 서는 스스로를 눈부신 혈통의 마지막 후예로 여기고 기뻐하려는 경향이 엿보인다. 이 세대는 보스턴과 런던과 파리와 로마에서 자신의 오랜 혈통을 생각하면서 의기양양하게 예술과 과학과 문학에서의 발전을 논하는 것이다. 철학학회 보고서라든가 공공연한 위인 예찬서가 난무하는 것이다! 선한 아담이 자신의 미덕을 생각하는 꼴이다. "그래, 우린 이 지상에서 결코 사라지지 않을 위대한 업적을 행하고 훌륭한 노래를 불렀지." 하고 말이다. 그 일들이 우리의 기억에 남아 있을지는 모르지만. 앗시리아의 저 박식한 학자들과 위인들은 모두 어디로 갔을까? 우리야말로 젊은 철학자이며 실험가들이 아닌가!

지금 이 글을 읽는 사람 중에 인간의 평생을 모두 살아 본 이는 없을 것이다. 지금은 인류의 생애에서 봄철에 불과할 수도 있다. 우리 중에 7년씩이나 가려움증을 겪어 본 사람은 있을지 몰라도 아직까지 콩코드에서 17년 묵은 매미를 본 사람은 없다. 우리는 우리가 살고 있는 이 지구에서도 극히 얇은 껍질에 대해서만 알고 있을 뿐이다. 사람들 대부분은 땅거죽에서 6피트 이상 파 본적이 없고, 또 땅거죽에서 6피트 이상 높이 뛰어 본 적도 없다. 우리는 우리가 있는 곳을 알지 못한다. 뿐만 아니라 하루의 거의 절반을 깊이 잠드는 것이다. 그런데도 우리는 스스로를 현명하다고 여기고 이 지구상에 확고한 질서를 마련해 놓았다. 우리야말로 심오한 사상가이며 야심만만한 존재가 아닌가! 나는 숲에 깔린 솔잎 사이에서 내게서 숨으려고 애쓰는 벌레를 보면서, 어째서 그놈이 그런 천박한 생각으로 어쩌면 자기의 은인이 될지도 모르며 자기 종족에게 유쾌한 정보를 알려 줄 수도 있는 내게서 그토록 머리를 감추려는 것인지 자문할 때마다, 저 위에서 인간이라는 벌레를 굽어보고 있는 훨씬 더 큰 은인과 지적 존재를 상기하지 않을 수 없다.

세상에서는 끝없이 진기한 일이 벌어지고 있음에도 우리는 형언할 수 없을 만큼 지루해하고 있다. 그것은 가장 개화됐다는 나라에서 어떤 설교들이 행해지고 있는지만 보면 알 수 있는 일이다. 기쁨과 슬픔 같은 말이 있기는 하지만 그것들은 코먹은 소리로 부르는 찬송가의 후렴에 지나지 않으며, 사람들은 그보다는 평범하기 짝이 없는 개념을 신봉한다. 우리는 갈아입을 수 있는 것은 옷뿐이라고 생각한다. 흔히 대영제국은 아주 점잖은 대국이고 미합중국은 일류 강국이라고들 한다. 우리는 모든 사람의 등 뒤에서, 만약 대영제국을 심중에 품을 수만 있다면 그 정도는 나뭇조각처럼 가볍게 떠내려 보낼 정도의 어마어마한 조류가 흐르고 있음을 알지 못한다. 다음에는 어떤 17년 묵은 매미가 땅에서 기어 나올지 아무도 모른다. 이 나라의 정부는 영국 정부처럼 식후에 한잔하며 대화하는 중에 탄생한 것이 아닌 것이다.

우리 내면의 생명은 저 강물의 물과 같다. 올해 그 강물의 수위가 유례없이 올라가 목마른 고지대로 범람할 수도 있다. 어쩌면 사향뒤쥐가 모두 익사하는 중요한 해가 될 수도 있다. 우리가 지금 살고 있는 곳이 언제나 마른땅이었던 것은 아니다. 나는 내륙 오지에 난 둑에서 과학이 그 범람을 기록하기도 전인 오래전 강물이 휩쓸고 지나간 흔적을 발견한다.

모두가 뉴잉글랜드에 나돌았던 얘기를 알고 있을 것이다. 힘차고 아름다운 곤충 한 마리가 60년 동안 어느 농부의 부엌에 있던 사과나무 목재로 만든 오래된 식탁의 마른 판자에서 나왔던 것이다. 그 식탁은 처음엔 코네티컷주에 있다가 나중에 매사추세츠주로 옮겨졌는데, 나이테로 판단하건대 이 곤충은 그보다 훨씬 전에 어미가 살아 있는 나무 속에 낳은 알에서 깨어났다. 그놈은 필시 탁자에 놓인 단지의 열로 부화된 것일 텐데, 탁자를 갉는 소리가 몇 주 동안이나 들렸다고 한다. 이 얘기에 부활과 불멸에 대한 믿음이 강화되지 않을 사람이 있을까? 오랜 세월이 지나는 동안 차츰차츰 잘 마른 무덤으로 바뀌어가고 있던 사회라는 말라죽은 생명체 속의 목질부 밑 수많은 동심원을 그리는 나이테 속에 묻혀 있던 아름답고 날개 달린 생명체가 어느 날 갑자기 선물로 받은 가장 진부한 가구 속에서 튀어나와 마침내 멋진 여름의 삶을 누리게 될지 누가 알았겠는가? 그 즐거운 식탁에 둘러앉아 있던 인류라는 가족은 필시 지난 몇 해 동안 그 벌레가 나무를 갉는 소리에 몹시 놀란 적이 있을 것이다.

나는 지금 존이든 조나단이든 이 모든 사실을 깨달을 거라고 말하는 것은 아니다. 그러나 그것이 단순한 시간의 흐름만으로는 결코 밝아 오게 만들 수 없는 저 아침의 특성인 것이다. 우리의 눈을 감기는 저 빛은 우리에게는 어둠일 뿐이다. 그날은 바로 우리가 잠에서 깨어나는 날 동터 올 것이다. 앞으로도 동틀 날은 얼마든지 있다. 태양이란 아침에 뜨는 별일 뿐이다.

『월든(Walden)』은 그것이 씌어졌던 시대보다도 오늘의 우리에게 좀더 절실하게 다가온다는 점에서뿐만 아니라 시간이 흐를수록 그 속에 담긴 메시지가 보다 선명하게 전달된다는 점에서 특이한 책이다. 그것은 흔히 얘기하듯 '자연으로 돌아가자'는 식의 단순한 구호가 아니라, 상실돼 가는 인간성을 되찾기 위한 힘겨운 시도의 하나로서 중요한 역할을 하고 있다. 무엇보다도 풍부한 시적 통찰력으로 설득력을 얻고 있는 이 책은 문명에 의지하지 않는 '순결한 인간'의 삶이 어떤 것인지를 탐색하고 있다.

헨리 데이비드 소로(Henry David Thoreau)는 그의 스승이자 친구인 랄프 왈도 에머슨(Ralph Waldo Emerson)이나 엘러리 채닝(Ellery Channing)과 함께 산책과 대화를 나누면서 평생을 콩코드 마을 주변에서, 특히 콩코드의 황야에서 많은 시간을 보낸 인물이었다.

그가 월든 호숫가에 살러 간 것을 은둔자였다거나 사람들을 싫어했기 때문이라고 보는 사람도 있지만 그에겐 그럴 수밖에 없는 나름대로 특별하고 심각한 이유가 있었다. 1842년 1월 11일 그의 형 존 주니어가 파상풍으로 세상을 떠났는데, 그가 월든 호수로 가기로 마음먹은 것은 그 형의 죽음 때문이었다. 월든 호수 옆에 땅을 가지고 있던 '콩코드의 위대한 현자' 에머슨은 그가 그곳에 살도록 허락해 주었다. 처음에 그는 책을 한 권 쓰기 위해 호수를 찾았다. 그것은 『콩코드와 메리맥 강에서의 일주일』이라는 책으로, 존 소로 주니어를 기리기 위한 책이었다.

그는 2년 2개월하고도 이틀을 그곳에서 보냈다. 그는 좀더 '신중한 삶을 영위하기 위해서' 월든 호숫가에 소박한 오두막을 지었다. 그 오두막은 다섯평(3미터×5미터)도 채 되지 않는 것이었다. 『월든』에는 그 이유를 다음과 같이 밝히고 있다.

"내가 숲 속에 들어간 이유는 신중한 삶을 영위하기 위해서, 인생의 본질적인 사실들만을 직면하기 위해서, 그리고 인생에서 꼭 알아야 할 일을 과연 배울 수 있는지 알아보기 위해서, 그리고 죽음의 순간에 이르렀을 때 제대로 살지 못했다는 사실을 깨닫지 않기 위해서였다."

그가 월든 호숫가로 살러 간 날은 1845년 7월 4일 독립기념일이었다. 어떤 이는 그것을 두고 헨리가 사회로부터 독립을 선언하기 위해서 일부러 그런 날을 택한 것이라고 생각한다. 또 어떤 이는 7월 4일이 죽은 형의 생일 바로 전날이라는 사실을 지적한다. 7월 4일 월든으로 들어간 그는 이튿날 월든 호숫가에서 죽은 형의 생일을 맞이했다. 이런 생각은 『월든』의 내용으로도 뒷받침된다. "내가 처음 숲 속에 거주했을 때, 다시 말해서 낮뿐 아니라 밤도 보내기 시작했을 때는 우연찮게도 독립기념일인 1845년 7월 4일이었는데……."

랄프 왈도 에머슨의 호의로 소로는 자신의 첫 번째 저서 『콩코드와 메리맥강에서의 일주일(A Week on the Concord and Merrimack Rivers)』과 명작 『월든, 숲 속에서의 삶(Walden ; on life in the wood)』에 대한 초고를 완성하게 된다. 『월든』은 그가 2년 2개월 2일 동안 월든 호숫가 숲 속의 조그만 오두막에서 지낸 삶의 성과로서, 다양한 질문들에 대한 일종의 답변서이다. 많은 사람들이 그를 은둔자로 여기고 있지만, 소로는 호숫가에 사는 동안에도 사회에 등을 돌린 사람이 아니었다. 그는 종종 가족과 친구들과 함께 식사를 하기도 했고, 친구와 호기심 많은 이웃들이 그의 오두막을 방문하기도 했다. 『월든』에도 다음과 같은 내용이 나온다.

"내 집에는 의자가 세 개 있었는데, 하나는 고독을 위한 의자, 둘은 우정을 위한 의자, 셋은 친교를 위한 의자였다."

1846년 7월 말, 월든 호숫가로 들어간 지 1년이 좀 지난 어느 날 그는 구두를 고칠 필요가 생겼다. 구두에 난 구멍을 수선하기 위해 콩코드로 들어간 그가 구두 수선공의 상점을 나서는데 마을의 경찰 샘 스테이플즈가 그에게 인두세를 내라고 했다. 그때 소로는 고의적으로 몇 년 동안 인두세를 내지 않고 있었다. 세금을 내라는 말에 그는 노골적으로 인두세를 내지 않겠노라고 말했다. 인두세의 세입 용도에 반감을 갖고 있었던 것이다. 그 세입은 미국과 멕시코의 전쟁에 대한 재정과, 노예법 진행을 뒷받침하는 용도로 쓰이고 있었다.

소로는 세금 내기를 거부했을 뿐 아니라 샘 스테이플즈가 대신 세금을 내주겠다는 제의마저 거절했다. 그가 세금을 내지 않았기 때문에 샘 스테이플즈는 할 수 없이 소로를 감옥에 보낼 수밖에 없었다. 그는 그날 밤을 감방에서 보냈다. 그러나 그날 저녁 소로가 감옥에 갇혔다는 소식을 들은 사람이 그의 세금을 대납했다. 세금을 대신 내준 사람이 누구였는가에 대해서는 지금껏 알려진 바가 없으나 많은 사람들이 소로의 숙모, 마리아 소로였을 것으로 추측하고 있다. 누군가 자신의 세금을 대납했다는 사실을 안 소로는 격분하며 감방에서 나오지 않겠다고 고집을 부렸다. 세금을 낸 사람이 그가 아니므로 자신은 마땅히 감방에 있어야 한다고 주장했다. 감방에서 하룻밤을 보낸 경험 덕분에 그는 그의 가장 유명한 논문이며 중요한 정치론인 「시민 불복종 의무에 대하여(On the Duty of Civil Disobedience)」를 쓰게 되었다. 그는 그 논문에서, 모든 이에게 우리가 하는 행동과 당국의 행동에 대해 의문을 품도록 권하고 있다. "부당한 법이 여전히 존재하고 있다. 우리는 그런 법을 준수하는 데 만족할 것인가, 아니면 그 법을 수정하려고 노력하면서 성공을 거둘 때까지만 준수할 것인가. 그렇지 않으면 지금 당장 그 법을 어겨야 할 것인가?"

　나이가 들면서 그의 관심은 콩코드의 자연사를 관찰하고 기록하는 데 쏠리게 되었다. 그는 자연의 역사에 대한 철저한 기록을 유지했으며 콩코드 주민들은 그를 마을의 박물학자로 간주하고, 자연에 관련된 질문을 하면서 갖가지 새로운 동식물에 대해 자문을 구하곤 했다. 많은 학자들은 소로를 미국 자연보호운동의 선구자로 여기고 있다. 소로의 자연보호 사상을 피력한 논문으로「산책」이 있다. 그 글에서 그는 다음과 같이 말하고 있다. "야생 동물을 보호한다는 일은 대체로 동물들이 살고 드나들 수 있는 삼림을 조성하는 일을 의미한다."

　「시민 불복종」과 헨리 데이비드 소로는 미국의 위대한 지도자들의 삶에 적잖은 영향을 끼쳤다. 존 F. 케네디 대통령, 마틴 루터 킹 목사, 윌리엄 O. 더글라스 대법원 판사 등은 그의 사상에 전적인 영향을 받은 이들이었다. 소로는 1847년 9월 6일 월든 호숫가를 떠났으며, 그의 책 『월든』은 1854년이 돼서야 출간되었다. 1862년 5월 6일 평생 동안 시달려 온 만성 폐결핵으로 사망했다.